Sonneblomstraat 7

Die kaartehuis van Niel en Wanya Cloete stort in duie die dag toe Niel, grootbaas van Rock Trust en wonderkind van die finansiële beleggingswêreld, as swendelaar ontmasker word. Duisende beleggers, onder wie ou mense wat hul laaste bietjie spaargeld verloor, bevind hulle skielik reddeloos op straat.

Ook Wanya kom nie skotvry daarvan af nie. Terwyl Niel in die tronk sit, moet sy die gelag betaal. Sy word verder in trurat geslinger toe sy ná 'n oortreding tot gemeenskapsdiens in tant Bes se sopkombuis in Sonneblomstraat 7 gevonnis word.

Maar eintlik is dit 'n bedekte seën, want hier leer sy mense en waardes ken wat haar lewe voortaan onherroeplik sou verander . . . onder andere Roelof Rossouw, die maatskaplike werker wat 'n ogie oor haar moet hou.

In *Sonneblomstraat 7* val die meetsnoere vir baie mense tog in lieflike plekke – al kos dit meet en pas om liggaam en siel aan mekaar te hou.

Die dae van ons nietigheid

Die probleem met Lizl Landman is dat sy briljant is. Beeldskoon, blond, 'n gekurfde droom . . . maar te professioneel perfek vir Willem Claassen se ego. Die twee top mediese studente is in ewige kompetisie. En die liefde hou nie van kompetisie nie.

Lizl weier om haar toekomsdrome as dokter te verpand

vir 'n tradisionele huwelikslewe. Eers ná tien jaar kruis hul paaie – en swaarde – weer wanneer Fritz Hancke, skatryk boer en pasiënt van Willem, in 'n stadshospitaal beland. Haar diagnose: kwaai griepaanval en bloeiende maagseer. Sy diagnose: Kongokoors.

Saal B3 word onder kwarantyn geplaas, so ook Lizl. Een verkeerde diagnose, en skoppensboer se lag klink skel in haar hospitaal, haar gewete, haar hart. Soveel lewens kom op die spel . . .

In *Die dae van ons nietigheid* moet ook Willem en Lizl leer: Met tyd speel jy nie – ons lewe in die dae van nietigheid.

Die uurglas loop leeg

Karien Saayman, wie se lewe altyd so op koers was, se kompas is aan't wankel.

Die hospitaal waar sy verpleegsuster is, se Don Juan, dr. Arnold Lutz, het sy oog op haar en sy weet nie hoe om sy onwelkome attensies die hoof te bied nie. Selfs die feit dat sy met Hannes Eksteen, vooruitstrewende boer van die plaas Franskraal, trou, skrik die voortvarende dr. Lutz nie af nie.

Dan verskyn dr. Christian Willems, briljante chirurg, op die toneel, en in plaas daarvan dat hy vir haar uitkoms bied, word Karien se lewe net verder deurmekaar gekrap.

Uiteindelik is dit 'n terminaal siek meisietjie van vyf wat vir die erg beseerde Hannes en die ander weerlose en ontredderde grootmense die pad na herstel aanwys.

In *Die uurglas loop leeg* is daar veral een lewensles te leer: om voluit te leef is 'n gawe wat elkeen self moet ontdek.

Ena Murray

Omnibus 40

Sonneblomstraat 7
Die dae van ons nietigheid
Die uurglas loop leeg

Jasmyn

Sonneblomstraat 7 is opgedra aan
Tannie Swannie van Jan Bom

Eerste uitgawe van:
Sonneblomstraat 7: Tafelberg, 1993
Die dae van ons nietigheid: NG Kerk/Waterkant Uitgewers, 1985
Die uurglas loop leeg: JP van der Walt, 1986

Jasmyn
is 'n druknaam van NB-Uitgewers,
'n afdeling van Media24 Boeke (Edms) Beperk,
Heerengracht 40, Kaapstad
© Die skrywer 2013
Alle regte voorbehou

Omslagfoto: Gallo Images

Geset in 11.5 op 15 pt Sabon
Gedruk en gebind deur Paarl Media,
Jan van Riebeeck-rylaan 15,
Paarl, Suid-Afrika

Eerste uitgawe 2003

ISBN 978-0-624-06567-8
ISBN 978-0-624-06568-5 (epub)
ISBN 978-0-624-06569-2 (mobi)

Inhoud

Sonneblomstraat 7

1

Die toneel is tipies Sandton. Met een oogopslag besef jy die mag van geld: Die groot dubbelverdiepinghuis, die parkagtige tuin, die swembad omring met gestoffeerde sonstoele, 'n buitelugkroeg op die een terras. Ook die twee vroue langs die swembad pas in die prentjie. Hulle suig aan mengeldrankies wat op 'n silwerskinkbord deur 'n in wit geklede man aangedra is.

'n Prentjie wat afgunstig aanskou sal word deur diegene wat rykdom begeer . . .

"Kom jy môre tennis toe? Waar was jy verlede week?"

"Ag, verlede week was ek net tam. Ek sal maar sien hoe ek môre voel."

Die blonde vrou kyk die donker een ondersoekend aan. "Hoekom? Voel jy nie gesond nie?"

"Nee, ek makeer niks nie. Dis net . . . Ek is moeg vir die ou spul daar. Vir dieselfde geskinder week ná week. Vir die keurige lekkernye by die tee . . . Dit begin my irriteer."

Pat Oberholzer kyk haar vriendin verbaas aan, glimlag dan. "Wel, dit hou 'n mens darem op die hoogte van sake. Wie gaan oorsee, wie het 'n slag op die Beurs geslaan, wie . . .?"

"Wie lol met wie se vrou en wie lê aan by wie se man? Wie het 'n nuwe Porsche en wie gee die volgende troue en waar . . . en wat gaan dit kos? Ja, ek weet. Ek wil al skreeu daarvan."

Pat frons nou effens. Haar stem verraai 'n tikkie verergdheid. "Jy laat ons 'ou spul' na 'n nare klomp mense klink. Ons is nie almal só oppervlakkig nie."

Haar gasvrou gee haar 'n sydelingse blik. "Ek bedoel niks persoonliks nie. Jy weet dit. Dis net . . ." Sy aarsel en vee ergerlik oor haar voorkop. "Ek is jammer. Ek is seker nie in 'n goeie luim nie. Ek neem aan ek sien jou vanaand by die ambassadeur se ete?"

Pat vergeet haar gebelgdheid en kom in beweging, neem 'n laaste suig aan haar mengeldrankie. "Natuurlik gaan ons. Dit laat my dink . . . Ek sal nou moet begin roer. Ek moet oor 'n uur by die haarsalon wees."

Die twee vriendinne staan op en ná 'n effense aarseling vra Pat reguit: "Skort iets dalk, Wanya? Ek probeer nie vis nie, maar ons is tog vriendinne."

Die donkerkop trek haar skouers op. Haar oë is ontwykend. "Nee, ek is maar net in 'n negatiewe bui, dis al." Dan ontmoet sy haar vriendin se blik en dis of die woorde onverhoeds uitglip: "Maar voel jy nie ook soms die lewe is . . . sinloos nie? Dis week ná week dieselfde ding: Dinsdae tennis, Woensdae brug, Donderdae tee by iemand, Vrydae . . . en twee, drie keer in 'n week, 'n ete by dié, 'n partytjie daar, of hier . . ." Sy swyg toe sy die verbasing in Pat se oë sien. "Ag, toemaar. Vergeet dit."

Maar Pat is nou nuuskierig. "Julle het, nes ons, 'n bedrywige sosiale lewe, maar ek het nog altyd gedink jy geniet dit!"

Wanya glimlag wrang. "Het ek 'n keuse? Ek weet dis noodsaaklik vir Niel se sakebelange, maar . . . wat kry ék daaruit? Miskien . . ." Sy kyk weg van Pat se speurende blik. "Jy het darem jou twee kinders."

Pat frons. "Maar hoekom begin julle nie ook met 'n gesin nie? Julle is al sewe jaar lank getroud."

"Niel wil nie kinders hê nie. Nie nou al nie, sê hy. Hy is

nog besig om 'n sakeryk op te bou, en kinders sal in hierdie stadium in die pad wees."

"Hy het in 'n mate gelyk, Wanya. Ek is natuurlik lief vir my kinders, maar hulle kan jou ook maar kniehalter. Veral as jy sosiale verpligtinge het, kan dit soms groot probleme skep. Ek sit juis vanaand al weer met 'n nuwe oppasser. Beauty het net geweier om vanaand weer na die kinders te kyk. Sy moes verlede week vier aande inbly en sy was baie ontevrede. Ek wens hulle is al so groot dat 'n mens hulle kan geld gee en fliek of diskoteek toe kan stuur. Maar nou moet ek nog van 'n oppasser gebruik maak. Nee, geniet maar eers jul lewe. As ek geweet het wat ek vandag weet, het ek nie so gou met 'n gesin begin nie."

Wanya sien haar vriendin weg en stap dan die huis binne. Sy sal self moet begin aandag gee aan haar voorkoms. 'n Oomblik lank oorweeg sy dit om haar hare weer 'n slag by 'n gesofistikeerde salon te laat kap, maar besluit dan daarteen. Nie dat sy hoef te vrees dat sy nie op die nippertjie 'n afspraak sal kry nie. Wanya Cloete hoef net haar vingers te klap en die diens is daar. Maar deesdae verkies sy om haar lang, donker hare onopgesmuk te dra. Sy moet dus net hare was en droogblaas. Maar wat om aan te trek . . .

Haar oë soek deur die ry aandrokke. Dan klap sy die kasdeur toe, stap na die kas in haar kleedkamer. Weer soek haar oë, maar dan word dié deur ook toegeklap. Sy voel nie lus vir een van haar ou rokke nie. Nie dat dit regtig ou rokke is nie, maar . . .

Sy gaan sit op die kant van die bed. Wat gaan deesdae met haar aan? Sy voel so verskriklik gefrustreerd. Die geringste dingetjie irriteer haar. Sy is ontevrede met alles. Misnoeg is eintlik die regte woord. En sy moet die afgelope tyd pal stry teen 'n depressie wat haar wil oorweldig.

Sy is verveeld, besef sy. As sy 'n kind kan hê, sal dit haar

11

besig hou. Maar Pat sê kinders is 'n ergernis en Niel sê kinders is in die pad. As hy haar net wil toelaat om dééltyds modelleerwerk te doen. Maar daarvan wil hy glad nie hoor nie. Niel Cloete se vrou gaan nie werk nie. Al werk wat sy het, is om 'n goeie gasvrou te wees en asemrowend te lyk wanneer sy aan sy sy in die openbaar verskyn. Al wat haar dae vul, is 'n geroetineerde program van tennis by die klub, brug by 'n vriendin, tee by 'n ander vriendin, modeparades bywoon, bevele aan huishulpe gee, partytjies reël en deelneem aan sosiale funksies . . . soos vanaand. Maar wat sal sy aantrek?

Haar kok verskyn skielik in die gang. "Kan ek vir madame iets voorberei vir middagete?"

"Nee, dankie, Thomas. Ek is nie honger nie. Ons is ook nie vanaand hier vir ete nie. Jy het die res van die dag vry."

"Dankie, madame."

Haar lippe plooi effens toe hy verdwyn. Thomas het by 'n Franse sjef klas geloop en sedertdien gebruik hy die Franse aanspreekvorm. Dan word haar gesig weer ernstig, en haar hand reik na die telefoon. Sy skakel een van die stad se eksklusiewe modehuise. Hierdie keer is dit 'n Franse madame wat haar te woord staan. En natuurlik sal madame Veronique aan mevrou Cloete se versoek kan voldoen. Sy is immers 'n gewilde en baie geëerde kliënt. Natuurlik sal sy dadelik 'n paar aandrokke stuur en sommer 'n assistent ook indien daar miskien 'n verstelling gedoen moet word. En natuurlik sal dit gereed wees vir die aand se geleentheid.

Uiteindelik is dit nie net die assistent wat voor die imposante huis stilhou nie. Madame Veronique sit self agter die stuurwiel. Die jong meisie langs haar kyk verwonderd om haar.

"O, dis pragtig! Ek het nog net altyd by sulke plekke verbygery."

Die Franse dame glimlag. "Nou kom, dan kan jy ook sien hoe lyk dit binne."

Die in wit geklede Alfred ontvang hulle by die voordeur, versoek hulle vriendelik om in die sitkamer te wag terwyl hy sy mevrou laat weet dat hulle opgedaag het.

Annatjie draai behoorlik in die rondte. "Oe, maar dis mooi! Dit moet baie geld gekos het."

Madame Veronique laat haar blik vlugtig om haar dwaal. Sy is gewoond aan weelde, maar probeer om deur die oë van hierdie ongekunstelde meisie daarna te kyk. "Ja. Dis baie waardevolle artikels wat jy hier sien."

Alfred verskyn weer in die deur. "Mevrou vra of die twee dames sal deurkom na haar slaapkamer, asseblief." Hy neem die vyf plat dose uit Annatjie se arms. Laasgenoemde is skoon stom toe hulle die luukse slaapkamer binnestap en vriendelik ontvang word. Die jong vrou met die donker hare lyk asof sy gereed is om vir 'n modetydskrif te poseer. Annatjie sluk verdwaas. Sy het gedink sulke weelde en skoonheid sien 'n mens net in die sepies op televisie. Kan dit waar wees dat daar mense is wat regtig só lewe?

Die een rok ná die ander word aangepas, maar dit verloop nie so glad soos madame Veronique verwag het nie. Sy ken Wanya Cloete se smaak teen hierdie tyd en al vyf die aandrokke vind ook byval by haar kliënt. Maar hulle is te nou.

Wanya frons. Sy sal haar dieet en drankies moet dophou. Sy tel die een rok weer op, beskou dit goedkeurend.

Madame Veronique stel voor: "Ek kan ander gaan haal, mevrou."

"Nee, ek wil daardie een hê. Is daar nie iets aan te doen nie?"

Die Franse dame lyk onseker. Sy ken ryk vroue. As hulle 'n ding wil hê, wil hulle dit hê, al is dit ook die onmoontlike. Jammer dat haar hoofassistent nou met verlof is. Annatjie werk nog net 'n paar maande by haar en is beslis nie opgewasse vir die taak nie.

Sy probeer taktvol verduidelik: "Soos jy weet, het hierdie rokke nie breë nate nie en 'n mens kan nie aan hulle torring nie, dan verloor die rok sy snit. 'n Mens kan altyd 'n bietjie nouer maak, maar . . ."

"Wat sê jou assistent?" wil Wanya egter koppig weet.

Met 'n ligte suggie kyk madame Veronique na Annatjie. "Is dit moontlik om die rok 'n paar sentimeter wyer te kry sonder om die snit te bederf?"

"As u dit net weer sal aanpas vir my, asseblief . . ." Ná 'n rukkie kom die voorstel: "Ons het gelukkig van hierdie soort materiaal. Ons kan twee bane weerskante invoeg wat wyer uitklok na onder en die kraag deur dieselfde materiaal vervang." Sy kyk vraend na haar hoof. "Sal dit nie werk nie?"

Dis Wanya wat antwoord: "Ek dink dis 'n plan. Dit sal ook iets vir die rok doen." Vir die eerste keer kyk sy met belangstelling na die meisie wat sy tot dusver skaars raakgesien het. "Is jy seker jy kan dit doen?"

Die ouer vrou tree vinnig tussenbeide. Dis immers 'n rok van 'n paar duisend rand wat ter sprake is. "Dis so te sê 'n nuwe rok maak. Jy sal dit nie betyds klaarkry nie, Annatjie. Ek dink regtig ek moet 'n paar groter nommers gaan haal . . ."

"Nee. Ek wil hierdie een hê. As jou Annatjie sê dit kan gedoen word, hoekom nie?"

Madame maan haarself om kalm te bly. O, hierdie rykmansvroue! Sy kyk waarskuwend na Annatjie maar dié knik en sê vol selfvertroue: "As ek dadelik aan die werk spring . . . Hoe laat wou mevrou dit gehad het?"

"Op die laatste kwart voor agt vanaand."

Op pad terug stad toe is madame Veronique onrustig en ontevrede. "Jy gaan nie betyds klaarkry nie, Annatjie. En as hierdie rok opgemors word . . . Mevrou Cloete sal dit nie neem nie en dan sit ek met die skade. Jy het uit jou beurt gepraat. Volgende keer moet jy onthou ék onderhandel met die kliënt."

Annatjie lyk verleë. Sy was seker voorbarig. Maar dan . . . Sy kyk haar werkgewer vas aan. "Die rok sal betyds klaar wees, madame. En ek sal dit nie opfoes nie." Toe haar werkgewer nog skepties bly, sê sy: "Waar ek vandaan kom, madame, het ek geleer as 'n ding móét dan kán dit. Ek sal madame nie in die steek laat nie." Vlugtig verskyn die plek waar sy vandaan kom voor haar geestesoog, word byna dadelik weer verdring deur die prentjie wat sy so pas aanskou het en sy sê: "Ek wonder hoe dit moet voel om só ryk te wees . . . Hulle is baie ryk, dié Cloetes?"

"Ja."

"Eintlik stinkryk, nè?"

Madame glimlag effens. "Jy kan hulle seker maar so noem."

"Hulle moet wees. Om sommer net so 'n fantastiese duur aandrok te kan koop . . . Ek wonder hoe dit moet voel?"

Madame se blik dwaal vlugtig na die sedige gesiggie langs haar. Sy weet uit watter deel van die stad hierdie meisie kom . . . 'n heel ander wêreld as dié van Sandton. So goed soos 'n ander planeet.

"Ek dink nie dis altyd so lekker nie, Annatjie. Die dag wanneer jy alles kan koop wat jou hart begeer, het daar maar min uitdagings in die lewe oorgebly. Wat die lewe interessant maak, is die uitdagings wat aan jou gestel word."

Maar sy weet Annatjie sal nie met haar saamstem nie. Op die oomblik is die term "genoeg geld" vir hierdie meisie die toppunt van geluk op aarde, want haar lewe lank leef sy van die hand in die tand. Maar wanneer is genoeg genoeg? mymer die ouer vrou by haarself. Hoewel sy nie "stinkryk" is nie, is sy 'n gegoede vrou. Sy het al daaraan gedink om haar eksklusiewe modehuis te verkoop en rustiger te gaan lewe. Maar sy doen dit nie. Sy het nog nie genoeg nie, dink sy. Daarom is sy op byna sestig op 'n Vrydagmiddag laat steeds aan die gang; sal sy eers huiswaarts kan keer wanneer ryk mevrou Cloete se aandrok afgelewer is. Net om te bad, iets ligs te eet en doodmoeg in die bed te val ná 'n veeleisende dag waarin sy na die griewe en onredelike eise van die stad se ryk vroue moes luister en ter wille van die vrede en die besigheid dikwels 'n teenwoord moes terugsluk en swyg. En môre lyk dit presies dieselfde . . .

Sy bring die motor tot stilstand. "Goed, Annatjie. Jy het skaars vier uur om hierdie rok af te lewer. Ek weet nie . . ."

Maar Annatjie glimlag, maak die motordeur oop en antwoord gevat: "Madame het dan nou net vir my oor uitdagings gepreek. Ek het nie geld nie, maar aan uitdagings ontbreek dit my nie!"

Toe madame agter haar lessenaar inskuif terwyl Annatjie dieper die boetiek in verdwyn, glimlag sy. Hierdie kind kort net 'n kans in die lewe, dink sy weer soos daardie dag toe Annatjie skielik voor haar lessenaar verskyn het om werk te vra. Sy het geen sertifikaat of selfs 'n aanbevelingsbrief gehad nie, maar wat madame opgeval het, was die reguit, eerlike blik in die intelligente oë. En omdat sy ook 'n klerekenner is, het sy onmiddellik geweet die pakkie wat Annatjie aangehad het, is nie by 'n kettingwinkel gekoop nie.

Op Annatjie se vraag of sy miskien vir haar werk het, het sy 'n teenvraag gehad: "Mag ek weet waar jy daardie pakkie gekoop het?"

Annatjie het vlugtig na haar klere gekyk, haar kop geskud en met kinderlike eerlikheid geantwoord: "O, ek kan

16

nie bekostig om klere te koop nie, mevrou. Ek maak maar my goed self."

"Jy bedoel . . . jý het daardie pakkie gemaak?"

"Ja, mevrou."

"Waar het jy die patroon gekoop?"

"Nêrens, mevrou. Ek het dit sommer uit my kop gesny. Daar was 'n prentjie in 'n tydskrif en toe maak ek vir my ook een. Dis eintlik my Sondagklere, sien?"

"Ek . . . verstaan." Die ouer dame het veel meer as die klere gesien, en Annatjie is summier aangestel. Sy is oorlaai met 'n stortvloed van dankbaarheid, totdat sy dit beslis tot 'n einde gebring het met: "Goed. Goed. Jy hoef nie vloere en teekoppies te was nie. Ons hét iemand daarvoor. Ons maak nie self klere hier nie, maar dikwels is daar verstellings om te doen, en omdat ons klere duur is, moet dit mense wees wat weet wat hulle doen wat daaraan werk. Jy sal onder mevrou Duvenhage werk. Sy is my hoofassistent. Kom ek neem jou na haar toe . . . e . . . Annatjie, nè?"

"Ja, mevrou. Ek is Annatjie."

"Goed, Annatjie. Ek hoop jy sal lekker werk hier. En almal noem my madame, hoor?"

Die oë het gerek. "Is mevrou regtig 'n madame? Ek bedoel 'n Franse madame?"

Sy was soos 'n fris briesie wat onverwags deur die boetiek gewaai het. Madame het geglimlag en spontaan 'n geheim verklap: "Nie regtig nie, hoewel ek met 'n Fransman getroud was. Maar dit pas by die beeld van ons boetiek. Jy sal my nie verraai nie?"

"O nee, me . . . madame! Ek is nie 'n klikbek nie."

In die paar maande wat Annatjie nou al hier is, het sy getoon dat haar werkgewer se intuïtiewe aanvoeling dat sy 'n aanwins gaan wees, nie verkeerd was nie. Annatjie het vinnig die fynere kunsies by mevrou Duvenhage en mada-

17

me Veronique geleer. Om halfagt staan sy gereed en bewys aan madame dat sy haar eerste groot uitdaging met vlieënde vaandels die hoof gebied het. Met 'n kritiese kennersoog beskou madame die rok van hoek tot kant, moet dan goedkeurend knik. "Dis goed, Annatjie. Dis eintlik briljant. Die insetsels maak werklik iets besonders van die rok." Annatjie is blosend van dankbaarheid. Goedkeurend sê haar madame: "Ek gaan jou in die toekoms meer in hierdie rigting inspan, en dit beteken natuurlik 'n verhoging. Kom. Ons het nog net 'n kwartier."

Toe hulle daar aankom, is Niel Cloete reeds geklee in sy aandpak. Terwyl hulle wag dat Wanya die rok aantrek, bied hy hulle vriendelik 'n drankie aan. Madame neem 'n sjerrie en Annatjie vra 'n koeldrank. Die gasheer en ouer vrou se blikke ontmoet geamuseer, maar dan verskyn Wanya in die deur.

Dit is maar net menslik dat 'n tikkie afguns in die jong hart roer. Hierdie vrou het alles, dink sy. Sy is beeldskoon en in die pragtige skepping, met haar blink donker hare wat agter oor haar skouers swiep, is sy die toonbeeld van elegansie. Sy het alles, alles wat 'n mens se hart maar kan begeer, dink Annatjie met 'n dowwe pyn. Sy het selfs 'n baie aantreklike man wie se blik op hierdie oomblik met bewondering op haar rus. Kan 'n vrou meer van die lewe verlang?

"Dit pas perfek, nie waar nie, skat?"

Haar man dink beslis ook so, tel sy tjekboek van 'n tafeltjie af op en skryf summier en sonder die knip van 'n oog die bedrag neer. Hy glimlag sy vrou toe: "Jy hoef dit nie uit jou persoonlike rekening te vereffen nie. Dis 'n geskenk van my."

"Dankie, skat. Dis dierbaar. Maar daar is verstellings gedoen." Sy kyk vraend na madame Veronique.

Impulsief sê Annatjie: "O, dit kos niks nie. Dit was 'n plesier."

18

Madame sluk maar die bedrag wat op haar lippe gevorm het terug, glimlag gedwee en beaam: "Dit was 'n plesier."

Niel Cloete stap nader, hou 'n tweede tjek na haar toe uit: "Vergun my dit, asseblief. Dis net om dankie te sê. My vrou het my vertel jou diens is onverbeterlik."

Madame neem die tjek so grasieus en ongeërg soos net 'n professionele persoon kan. "Dankie, meneer Cloete. Geniet die aand. Goeienaand."

In die motor hou sy die tjek na Annatjie toe uit. "Hier. Dis joune."

"Maar hy het dit vir madame gegee!"

"Jý het die werk gedoen."

"Maar dis net my werk."

"Jy het dit ná werktyd gedoen. Jy is geregtig op vergoeding. Vat dit!" Dis nie die eerste keer dat sy haar teen trots eie aan die buurt Jan Hofmeyr vasloop nie.

"Maar dis 'n belaglike bedrag! Die man het 'n fout gemaak!"

"Nee, hy het nie. So 'n fooi is vir Neil Cloete iets alledaags. Neem dit, Annatjie. Jy het gewerk daarvoor. Beduie nou vir my die pad na jou huis toe."

"Maar ek kan 'n bus haal . . ."

"Die busdiens is nie so goed in die aand nie. Ek wil jou graag gaan aflaai. Dis geen moeite nie. Ek wil jou ook bedank, Annatjie. Jy het vandag 'n puik stukkie werk gelewer. Dankie, kind."

Op die hoek van Sonneblomstraat laat Annatjie haar werkgewer stilhou. "Madame kan my hier aflaai. Dis my straat. Ek woon net 'n paar huise ver."

"Ek kan jou tot daar . . ."

"Dis regtig nie nodig nie, dankie, madame. Ek het 'n pakkie wat ek eers vir tant Bes moet aflewer voordat ek huis toe gaan. Baie dankie vir die bring. Tot siens, madame."

19

Sy word 'n rukkie agternagekyk voordat die motor in die teenoorgestelde rigting vertrek. Madame ry stadig, laat haar blik oor die rye rooibaksteenhuisies van Jan Hofmeyr gly. Ogiesdraadomheinings en eenvormige draadhekkies sny elkeen se stukkie aarde van die ander af. Grasperke so groot soos posseëls, of sommer net stofgetrapte stukkies aarde, skei die pad van die stoepies met hul eenderse verandas. In rigiede rye, soos 'n erewag verslonste soldate, staan hulle aan weerskante van Sonneblomstraat, kompleet asof hulle vooraf in 'n fabriek vervaardig is en toe staangemaak is in hul eendersheid. Madame Veronique merk op dat die volgende straat Gousblomstraat heet. En die volgende Leeubekkiestraat. Aandblomstraat . . . Daar is 'n stil erns in haar oë toe sy die motor se neus al verder weg van Jan Hofmeyr stuur. Die straatname klink asof Jan Hofmeyr 'n vrolike, kleurryke voorstad is. Maar vir die mense wat hier bly, is die lewe geen blomtuin nie . . . hier het die meetsnoere nie in lieflike plekke geval nie. Hier is dit letterlik meetsnoere . . . meet en pas . . . meet en pas om liggaam en siel aanmekaar te hou . . . Sy skud haar kop. Die prys van een aandrok is seker veel meer as wat baie van Jan Hofmeyr se inwoners in 'n jaar aan kos bestee.

"Ek is laat, tant Bes. Ek moes eers vir 'n kliënt 'n rok regmaak. Hier is die broekrek. Ek sal môre na die gare soek. Pa wonder seker al wat van my geword het."

"Kry jou asem, Annatjie. Jou pa is versorg. Toe jy nie die gewone tyd verbygekom het nie, het ek Nellie gestuur om daar te gaan omsien. Sy het belowe sy sal by hom bly totdat jy kom."

"O, dankie tant Bes. Ek kon geweet het tannie sal sorg." Sy plak haar langs die kombuistafel neer, kom nou eers agter hoe moeg sy is. Sy moes teen tyd werk, en afgesien van die fisieke inspanning, was daar die geweldige spanning in haar dat sy miskien die duur rok kon opmors . . .

"Hier, kind. Hier is 'n stukkie vis wat ek vir jou gehou het. Ek het jou pa s'n saam met Nellie gestuur. Eet eers. Dan hoef jy nie nog te sukkel om kos te maak wanneer jy by die huis kom nie. En skink solank koffie."

"Dankie, tant Bes. O, tant Bes, jy sal nooit glo as ek jou vertel van die huis waarin ek vandag was nie! Net so mooi, ag, wat praat ek, báie mooier as enige van die huise wat hulle altyd in die sepies wys! Ag, eintlik kan die sepies maar gaan slaap! Met 'n fantastiese swembad en die meubels in die huis . . . en die ligte . . . dit lyk soos reëndruppels wat hang. En beelde . . . en blomme . . . en fraiings en tossels en . . . swáár gordyne en . . . Dis onbeskryflik!"

"En hoe het jy dáár beland?"

"Mevrou Cloete, dis nou die vrou van die huis, het 'n aandrok gekoop en ek moes dit verstel. Ek was hier in my hart baie bang, maar toe onthou ek tant Bes sê altyd as jy bang is vir 'n ding, doen hom dadelik, dan hou die bangheid gouer op."

"Waarvoor was jy bang? Jy kan mos naaldwerk doen."

"Ja, maar dié rok kos 'n paar duisend rand."

Die ketel word hard neergesit. " 'n Paar duisend rand? Vir één rok?"

"Ja. Dis 'n aandrok. O, daar is rokke in ons boetiek wat duurder ook is, maar sy het van hierdie een gehou. En ek maak dit toe vir haar reg en sy is só tevrede daarmee dat haar man madame 'n fooitjie gee en madame gee toe weer die fooitjie vir my. Sy sê ek het ná werktyd gewerk, ek verdien dit. Maar weet tant Bes hoeveel is dit? Kyk net hier! Kyk net!"

Tant Bes kyk af na die tjek, dan kyk sy weer op. "Praat jy nou die waarheid, Annatjie?"

21

"Natuurlik, tant Bes! Tannie kan madame môre bel en self vra." Sy lag opgewonde. "Ek kon dit self nie glo nie. Hy is stinkryk." Sy neem 'n groot sluk koffie. "Ek kan tant Bes nie genoeg bedank nie dat tannie my daardie dag so te sê gedwing het om dáár werk te gaan vra. O, daar het 'n nuwe wêreld vir my oopgegaan!"

Tant Bes sluk stadig aan haar koffie, bedenkinge in die blik wat sy op die babbelende meisie hou. Sy het die advertensie in die koerant gesien en Annatjie laat roep. Aan die begin wou Annatjie niks weet nie.

"Ek kan nie uit die huis werk nie, tant Bes. Wat word van Pa?"

"Ons sal 'n plan maak. Jy kan hom soggens versorg en sorg dat hy alles by sy rolstoel het. Smiddae sal ek vir hom kos stuur en ons almal sal deur die dag inloer en help totdat jy van die werk af kom. Annatjie, jy kan nie genoeg verdien deur net vir ons klomp klere te maak nie. Jy werk jou dood teen 'n slaweloon om by jou pa se pensioen te voeg om aan die lewe te bly. Die plek adverteer vir 'n naaldwerkster. Gaan en doen aansoek vir die pos."

Annatjie het nog teëgeskop. "Maar dis die grêndste winkel in die hele stad!"

"Nou wat daarvan? 'n Naat is 'n naat, of jy hom in 'n grênd winkel stik of in Sonneblomstraat. En jy kán nate stik. Jy gaan môreoggend vroeg daarheen!"

Almal in Jan Hofmeyr ken daardie generaalstemtoon en almal in Jan Hofmeyr gehoorsaam dit. Ook Annatjie. Want tant Bes is nie net nog 'n tannie in een van die baksteenhuisies nie. Tant Bes is die ongekroonde koningin van Jan Bom, soos die meeste mense maar na hierdie deel van die stad verwys. En veel meer.

Maar nou is dit tant Bes wat begin bedenkinge kry. Duisende rande vir 'n rok . . . So 'n groot fooitjie . . . En 'n ander wêreld wat vir Annatjie Roos van Sonneblomstraat oopgaan . . . Miskien nie so 'n goeie ding nie. Dan sug tant Bes, staan saam met Annatjie op. Die tyd sal maar moet leer of hierdie nuwe wêreld nie saam met al die glans en goud ook bederf bring nie. Sy sal Annatjie se naam meer gereeld op haar gebedslys moet sit . . .

"Toe ek die bedrag op die tjek sien, het ek gedink nou kan ek vir Pa 'n elektriese kombers vir die winter koop. En nuwe onderklere. Sy goed is al behoorlik gaargestop. Nag, tant Bes."

Sy kyk Annatjie agterna totdat sy by die hekkie uit is, skakel die stoeplig af en stap kamer toe. Negeuur: tyd om te gaan slaap. Môreoggend klokslag halfvier staan sy op. Daar is nie tyd vir laat lê in Sonneblomstraat 7 nie. Daar is te veel om te doen.

Haar gedagtes bly maar om Annatjie draai toe die kamerlig al af is. 'n Goeie kind daardie. Eerste aan haar pa gedink en wat hý nodig het toe sy onverwags geld in die hand gestop word. Nee wat. Oor háár hoef sy haar nie te kwel nie. Maar sy sal maar gereeld vir haar bid . . . net ingeval . . . Die glans van geld is vir die mense van Jan Hofmeyr baie aanloklik. Seker omdat daar so min daarvan hier te sien is.

Toe Annatjie by haar eie voordeur instap, is die getroue Nellie steeds daar. Oom Jan is in die bed gehelp vir die nag en Nellie sit en stop van sy sokkies toe Annatjie binnestap.

"Ek het gesien die stopgoedjies lê hier en toe dink ek ek kan dit maar solank vir jou doen terwyl ek ledig sit. Ek doen dit wel nie so netjies soos jy nie . . ."

"Jy doen dit goed, Nellie. Baie dankie. Ek is jammer ek is so laat. Ek moes oortyd werk."

"Alles reg. Ek sit ook maar net saans voor die TV. Maar nou moet ek spore maak. Ek het tant Bes belowe ek sal môre 'n bietjie vroeër kom. Daar is 'n swetterjoel wortels en uie om te skil."

Annatjie kyk haar agterna toe sy hinkepink die straat af sukkel. Sy leef van 'n ongeskiktheidspensioen . . . en die bord kos wat sy daagliks by Sonneblomstraat 7 kry. Maar haar liefdesdade is oorvloedig in hierdie gemeenskap van swaarkry en sukkel.

Annatjie staan nog 'n rukkie op die stoep, laat haar blik oor die bekende straattoneel dwaal. Dit lyk so anders as Sandton . . . Tog . . . Hier is iets wat miskien nie in Sandton te kry is nie. 'n Samehorigheidsgevoel, 'n betrokkenheid by mekaar se wel en wee . . . want swaarkry dwing jou soms om 'n hulpsoekende hand uit te steek . . . en omdat jy swaarkry ken, weet jy ook wanneer om 'n helpende hand uit te steek. Sy wonder of die Cloetes ooit weet wie hul bure is. Sy is byna seker hulle sien mekaar maar baie selde. Maar hier is dit anders. Sy ken elkeen op die naam. Sy weet wie in elke huisie bly. En almal ken haar. Almal weet van haar pa in die rolstoel. En toe sy vanmiddag nie die gewone tyd huis toe gekom het nie, het helpende hande geweet waar hulp nodig is. Want môre is dit jou beurt om afhanklik te wees. Môre is jý die een in nood . . . en die blom van nood is die enigste blom wat in hierdie tuintjies welig groei.

Sy gaan sê nag vir haar pa, vertel hom maar net dat sy laat moes werk aan 'n bestelling . . . en dat madame 'n verhoginkie belowe het. Sy sal hom liewer nie vertel van die prys van die rok nie. Hy sal haar waarskynlik nie glo nie. Dis omtrent soveel as wat hy vir sy brandmaer skape betaal is toe hy destyds uitgeboer het . . . Sy verstand sal dit nooit kan verwerk nie. Van die fooitjie wat daarmee gepaardgegaan het, sal sy hom liefs ook nie vertel nie. Dit kan hom dalk net ontstel.

Sy buk af, soen hom teer op die voorkop, kyk dat hy goed

toe is vir die nag en stap uit. Haar liewe ou pa wat tred met die werklikheid verloor het. Sy wêreldjie het klein geword tussen die mure van die huisie in Sonneblomstraat. Maar háár wêreld is besig om wyer uit te kring. Sy het vandag 'n glimp van die ander wêreld gekry . . . en soos tant Bes kan sy nie dadelik aan die slaap raak nie.

Maar eindelik slaap hulle tog. Annatjie droom van glinsterende diamante en kandelare wat soos reëndruppels blink. Tant Bes droom nie. Sy het gebid, vir Annatjie spesiaal, en dankie gesê vir die wortels en uie wat 'n goeie Samaritaan vanmiddag hier kom aflewer het. Dankie gesê vir haar gesondheid en vir die krag wat sy ontvang na die eis van elke dag. Toe het sy vas aan die slaap geraak . . . 'n vermoeide mens sonder gewetenswroeging.

Ure later eers doof die ligte van die groot huis in Sandton uit . . . en man en vrou lê slapeloos langs mekaar. Sy wonder of sy die saak van 'n kind weer moet aanroer . . . of dan die saak van deeltydse modelleerwerk . . . en of sy maar net van dag tot dag moet aanploeter soos nou. Hy lê wakker met 'n verstand wat net met syfers besig is . . . en meer syfers . . . en groter syfers. Hy raak eindelik met 'n tevrede glimlag om die lippe aan die slaap en sy lê en kyk hoe die maan 'n ligbaan deur die venster oor die mat en chaise longue maak, oor die aandrok wat ongeërg daaroor neergegooi is.

2

So gaan 'n jaar verby waarin omstandighede in Sandton en Jan Hofmeyr nie juis verander nie.

In een van Sandton se spogtuine lê die twee vriendinne

weer langs die swembad; Alfred het pas vir hulle 'n vrug-
tedrankie gebring en daar wag die aand weer 'n ete by 'n
vyfsterhotel. Die gesprek draai maar om dieselfde dinge as
'n jaar gelede: dieselfde onderwerpe waaroor rykmansvroue
maar gesels om die dag om te kry. Klere, juwele, oorsese
reise, huishulpe, haarsalonne, sosiale okkasies, skindernuus.
Pat se kinders het darem 'n jaar ouer geword, die oudste een
is al in die hoërskool en sy spreek nou die wens uit dat hy
al in matriek is. Die Cloetes se agtste huweliksherdenking
het steeds kinderloos verbygegaan, maar met een verskil:
Wanya het die idee van 'n kind nou byna permanent op die
agtergrond geskuif. Hoe meer sy Pat se kinders aanskou,
hoe meer besef sy dat dit 'n onreg teenoor 'n kind sal wees
om hom of haar in 'n lewe in te help waar daar nooit vir
hom tyd sal wees nie.

Sy waag dit nou om haar gevoelens hardop teenoor Pat
uit te spreek: "Hinder dit jou nie om jou kinders aand ná
aand so alleen te laat nie?"

Pat is heel verbaas. "Nee, hoekom? Hulle is mos versorg.
Hulle is doodgelukkig by Beauty. Sy is so goed soos 'n ma
vir hulle."

Maar sy is nie hul ma nie, wil Wanya terugkap, maar sy
swyg, 'n jammerte in haar hart vir die twee bedorwe kin-
ders wat alles het wat geld kan koop, maar met 'n Beauty
se liefde en sorg tevrede moet wees. Dit is seker beter dat
daar in die Cloetes se huis nie kinders sal wees nie. Sy weet
Niel is heimlik verlig dat sy nie meer die kwessie periodiek
ophaal nie. Dit pas hom dat hulle kinderloos bly.

Die daaglikse patroon van haar lewe lyk dus vandag, 'n
jaar later, presies dieselfde.

"Hulle wil volgende week 'n kompetisie by die tennis-
klub reël, sommer so onder ons klomp. Gaan ek en jy die
dubbels saam aanpak?"

"Ek weet nie, Pat. Ek is miskien volgende week nie hier nie."

"O? Waarheen gaan jy?"

"Ek wil my ma-hulle 'n slag besoek. Ek was lanklaas daar."

"Stel dit uit vir 'n ander dag, man. Jy kan mos enige tyd vir jou ouers gaan kuier."

Maar Wanya skud haar kop. "Nee. Ek stel gedurig uit. Ek moet net 'n slag gaan."

Toe haar vriendin vertrek, voel Wanya verlig. Dis of sy en Pat deesdae ook nie meer veel gesels oorhet nie.

"Sien jou dan vanaand by die ete."

Wanya kyk haar vraend aan. "Is julle ook daar? Ek het van Niel verstaan dis 'n direksie-ete." Sy weet Charl Oberholzer is nie een van die direkteure nie.

"Ons is ook genooi. Charl het mos 'n taamlike bedrag in Niel se Rock Trust belê. Al die groot beleggers is genooi, verstaan ek."

Wanya trek haar skouers op. "O, wel, van Niel se sake weet ek bloedweinig. Goed, ons sien mekaar dan daar."

Toe Niel die namiddag haastig stort om hom te verfris vir die direksievergadering, vra Wanya hoekom die Oberholzers ook by die ete gaan wees.

Hy verduidelik terwyl hy vinnig 'n skoon pak klere aantrek. "Ons het dit goedgedink om die grootste beleggers na die ete te nooi. Charl het 'n paar miljoen ingestoot, ons kan dus maar vir hom 'n etetjie koop!" Dan frons hy liggies, begin om sy das te knoop. "Miskien oorweeg ons dit om hom by ons te betrek. Hardus Delport wil blykbaar as direkteur bedank."

"Hoekom?"

"Nugter weet. Hy het skielik knypstert geraak en nugter weet hoekom. Rock Trust is dié instansie waar mense nou hul geld belê. Miljoene rande stroom daagliks in. Dit groei en groei elke dag."

Soos Wanya teenoor haar vriendin opgemerk het, verstaan sy min van haar man se geldwêreld, en meer uit plig as omdat sy werklik belangstel, vra sy: "Hoekom?"

"Hoekom wat?"

"Hoekom belê die mense so vreeslik in Rock Trust?"

"Omdat ons die hoogste rente in die land betaal, my poppie. En almal hou van geld en soek die plek uit waar hulle die beste rente op spaargeld kan kry. Ons rentekoers is bokant die inflasiekoers. Dit laat mense na hierdie kans gryp, veral dié wat van hul rente moet lewe, soos afgetrede mense en pensioentrekkers. Ons gee hulle 'n hele paar persent meer as die banke en ander finansiële instellings. Die een wat nie nou in Rock Trust belê nie, is 'n gek." Hy glimlag, stap nader, buk af en soen haar op die voorkop. "Maar dis nie dinge waaroor jy jou mooi koppie hoef te breek nie, my skat. Laat dit aan jou man oor. Sien jou ná die direksievergadering by die ete. Het jy met Alfred gereël dat hy jou bring?"

"Ja. Niel . . . Ek wil graag volgende week my ouers gaan besoek." Sy sien sy vlugtige frons maar druk deur: "Sal jy nie dalk kan saamgaan nie? Ek weet nie wanneer laas jy by hulle was nie."

Maar hy skud sy kop beslis. "Ongelukkig nie, my skat. Daar is vergaderings wat net nie uitgestel kan word nie. Maar gaan jy gerus. Sê groete vir hulle. Moet net nie te lank wegbly nie. Ek het jou hier nodig."

Hy stap uit en sy kyk hom agterna. Ja, nodig om as sjarmante gasvrou op te tree wanneer potensiële beleggers genooi word. Om Niel Cloete eer aan te doen wanneer die openbare oog op hom rus. Op die grootbaas van Rock Trust, die nuwe wonderkind van die finansiële beleggingswêreld. Die man wat in miljoene rande dink. Sy sug, staan op van die kant van die bed. Sy moet haar seker ook begin aantrek . . .

In Jan Hofmeyr se Sonneblomstraat is die lewenspatroon ook maar dieselfde as 'n jaar gelede. Met net een verskil. In die jaar wat verby is, het oom Jan Roos se rolstoel teruggegaan na die verhuringsagent. En almal mis hom. Hy het nooit gekla nie en het ook sonder klag uit hierdie wêreld vertrek. Smiddae wanneer tant Bes in die kombuisie van Sonneblomstraat 7 kos inskep vir die hongerlydendes van hierdie arm gemeenskap, soek haar hand al na oom Jan se bord. Maar daar is altyd iemand wat daardie ekstra bord kos goed kan benut.

Want jare lank al weet die mense van hierdie arm gemeenskap waar om 'n bord sop te kry as hulle dit nie self kan bekostig of bekom nie. By Sonneblomstraat 7, by tant Bes.

Maar tant Bes is veel meer as die kok vir meer as driehonderd hongerlydendes in Jan Bom. Sy is ook sieketrooster, maatskaplike werker, dokter. Sy ken elkeen by die naam en sy ken elkeen se geskiedenis. Sy ken die nood van elke hart en elke huis. Sy weet waar klere en komberse broodnodig is. Sy is ook die nieamptelike werkverskaffingsburo van die gemeenskap. Fabrieksbase en ander sakemanne weet van tant Bes. Wanneer periodieke tekorte onder die werkers voorkom, word tant Bes gebel, soms selfs in die nag. Dan staan sy op, vat die dofverligte strate van Jan Bom en gaan maak die werkloses wakker. Want 'n baas se nood beteken vir Jan Bom se mense brood.

Sy is die beskermengel vir Jan Bom . . . en sy regeer met 'n streng hand oor haar kudde. Sy verdra nie twak nie. Sy looi 'n afknouerige kind sommer gou; met 'n dronke praat sy 'n baie reguit taal. Sy stap by jou voordeur in met liefde en begrip, met 'n helpende hand, maar as jy gefouteer het, sal jy dit gou van tant Bes hoor. As jy hulp nodig het, sal tant Bes wel verskyn en met haar sterk geloof almal help dra aan hul probleme.

In die volle geloof dat daar kos sal wees, kom hulle smiddae aangestap na Sonneblomstraat 7. Net soos tant Bes, in die volle geloof dat daar kos sal wees om te kook, elke oggend halfvier opstaan. Tant Bes se kospotte word gevul deur donasies. Sy is nie 'n geregistreerde welsynorganisasie nie en sy kry dus geen staatshulp nie. Baiekeer het dit al gebeur dat sy en 'n bekommerde Nellie met gevoude hande in die kombuisie sit met niks om te skil of te kook nie. Dis dan wanneer daar innig gebid word: Here, help! Laat 'n wonderwerk gebeur! Tant Bes se vaste geloof in wonderwerke is nog nooit beskaam nie. Kos daag op uit alle oorde, dikwels onverwagte oorde. 'n Boer wat 'n klomp groente kom aflaai. 'n Vrou wat hoenders kom skenk. 'n Pakhuis wat 'n geskeurde sak rys aanbied. Êrens vandaan bring die rawe dit aan na die kombuisie in Sonneblomstraat.

En as die rawe die dag regtig rus, is daar nog altyd die klein bedraggie in die spesiale rekening waaroor tant Bes soos 'n arend waak. Die tien rande, twintig rande en soms selfs ook 'n honderd rand wat van plaaslike gemeentes en private skenkers inkom, word baie streng geadministreer en daar word net daaraan geraak as die wolf reeds by die voordeur huil. Dan word daar oordeelkundig gekoop by 'n supermark waar die bestuurder haar ken en van haar bedrywighede weet. Maar nog nooit het Jan Bom se mense honger van haar af weggedraai nie.

Ook in die jaar wat verby is, het tant Bes se daaglikse patroon nie verander nie. Ook nie Annatjie of Kruppel Nellie s'n nie. Kruppel Nellie is steeds tant Bes se getroue skiller en kerwer. En Annatjie maak steeds elke dag ná werk by tant Bes 'n draai om oor die dag se gebeure verslag te lewer.

Nee, niks het eintlik verander in die jaar wat verby is

nie, ook nie by Wanya se ouerhuis op die dorpie 'n entjie buite Johannesburg nie. Die Du Toits is doodgewone middelklasmense wat rustig op die dorpie kom aftree het nadat oom Piet al sy jare vir die Spoorweë gewerk het. Hulle leef eenvoudig en tevrede.

Toe hulle hul enigste dogter en laatlam die tuinpaadjie opgestap sien kom, voel hulle ongerus. Eintlik behoort hulle nie 'n greintjie bekommernis oor hierdie kind van hulle te hê nie. Sy is met 'n skatryk man getroud en sy kla nooit oor enigiets nie. Maar die ouerharte voel aan dat hul kind nie so gelukkig is as wat sy behoort te wees nie. En sy kom al weer sonder haar man kuier . . .

Geredelik aanvaar hulle die gewone verskonings: "Niel is baie besig. Vergaderings, die een op die ander. Pa weet mos?" En eintlik is hulle heimlik verlig dat hy so "besig" is. Hulle kon nog nooit gemaklik voel in hul skoonseun se teenwoordigheid nie. Ná hul eerste en enigste besoek aan die luukse huis van hul dogter en skoonseun in Sandton, het hulle erg minderwaardig gevoel. Dis nie die lewe wat hulle ken nie. Ook nie wat hulle verkies nie – hulle het hulself trouens altyd maar tekort gedoen om hul pragtige dogter elke gerief en geleentheid te probeer gee. Maar hulle is dankbaar dat dit so goed met haar gaan . . .

Maar toe hulle daardie middag van hul dogter afskeid neem, wonder hulle stilswyend of dit werklik so goed met hul kind gaan. Wanya kan ongelukkig nie oorslaap nie. Sy ontvang môreaand baie spesiale gaste tuis. Mynmagnate, kabinetslede, vername manne in die kapitalistiese wêreld. 'n Baie belangrike ete. Nie dat sy self veel te doen het nie. 'n Ekstra sjef word gehuur om Thomas in die kombuis by te staan. Alfred ken al die kuns om 'n formele tafel te dek. Sy moet net 'n lae rangskikking vir die tafel maak. Maar sy moet darem daar wees . . . Dus groet sy maar.

31

"Sê groete vir Niel. 'n Agent was nou die dag hier en vertel ons toe van Rock Trust. Hy sê Niel is een van die direkteure."

"Ja, Pa. Dis eintlik sý geesteskind en dit gaan glo baie goed."

"So het die agent gesê. En hulle betaal werklik goeie rente. Ek het toe ook maar 'n paar rand belê." Hy glimlag. "Ek moet darem my skoonseun ondersteun!"

Sy glimlag terug. "Dankie, Pa. Ek sal vir Niel sê."

Maar die boodskap word nooit oorgedra nie, want toe sy ná donker by die huis kom, is Niel nog nie tuis nie. Sy is reeds in die bed, die lig al later afgeskakel, toe hy inkom. Sy groet is vlugtig en ongeërg, sy gedagtes duidelik met ander dinge besig. Die frons tussen sy oë moedig haar ook nie aan om vrae te stel nie. Sy draai haar dus maar op die ander sy. Hy het nie eens daaraan gedink om te vra hoe dit met haar ouers gaan nie, daarom bly die groete wat gestuur is ook ongesê.

Die volgende aand, glimlaggend tussen haar gaste, kom die besef tot haar dat sy werklik nie hier nodig is nie. Sy kon maar by haar ouers oorgebly het. Sy kon 'n bloemiste gebel het om 'n rangskikking vir die eettafel te stuur. Die twee sjefs se kos is onverbeterlik; Alfred se tafel onberispelik korrek gedek. Háár bydrae is 'n nuwe silwerarmband wat bewondering en afguns by haar vrouegaste wek, en die mans laat besluit dat Niel Cloete darem 'n gelukkige derduiwel is om met só 'n voortreflike vrou te kan spog.

Maar in die weke wat volg, lyk Niel Cloete al minder na 'n gelukkige derduiwel. Altans, so lyk dit vir sy vrou wat hom deesdae byna net by sosiale okkasies sien. Ná so 'n okkasie val hy vermoeid op die bed neer en slaap soos 'n dooie tot die volgende oggend wanneer hy hom weer inderhaas vir die dag se bedrywighede regmaak en verdwyn.

"Jy kan nie so voortgaan nie, Niel," sê sy een oggend besorg.

Maar sy stem is ongeduldig soos dit dikwels deesdae die geval is: "Ek kan nie anders nie. Wanneer 'n mens kan oes, moet jy oes."

Sy weet nie presies wat hy bedoel nie, maar vra: "En wanneer is die oes verby? Ons het nie meer 'n lewe saam nie, Niel. Daar is geen vreugde of gemeensaamheid meer tussen ons nie."

"Dit sal op 'n dag rustiger gaan. Ek doen dit tog vir jou ook. Of dink jy alles wat jy hier om jou sien, val sommer soos manna uit die hemel neer?"

Sy swyg maar. Sy geïrriteerde houding maak haar net nog ongelukkiger.

Die volgende dag bars die bom.

Die naam Rock Trust staan groot op elke koerant se voorblad. Dis selfs hoofnuus oor die radio en televisie. Daar is groot fout met Rock Trust en die miljoene wat die publiek daarin belê het, is in gevaar – hulle kan hul geld verloor. Nie net die rykes word geraak nie, maar veral dié mense wat dit die minste kan bekostig, die afgetredenes en pensioentrekkers wat deur die hoë rentekoerse verlei is om die neseier wat 'n leeftyd lank vir die oudag bymekaargemaak is, ten beste te benut. Of so het hulle gedink . . . Maar die kans dat hulle gaan verloor, is baie goed. Dit is wat Wanya in die koerante lees en oor die televisie hoor.

Geskok en desperaat wil sy by haar man weet: "Niel, wat is aan die gang?"

"Hou maar jou neus hier uit, Wanya. Jy verstaan daar tog niks van nie."

Ontreddderd keer sy hom in die gang voor op pad deur toe. "Nee, ek verstaan niks van jou geldsake af nie, maar wat ek wel verstaan, is dat onskuldige mense, mense wat

33

jou vertrou het, hul geld gaan verloor. Mense soos my pa. Hy het óók in jou Rock Trust belê. Die oes waarvan jy gepraat het . . Was dit toe al die tyd die oeste waaraan ánder mense geswoeg het, wat jý toe soos 'n dief gaan afmaak het?"

Hy staan bleek en gespanne voor haar . . . en lyk glad nie meer soos die man met wie sy 'n paar jaar gelede getrou het nie. Hy ís ook nie, besef sy toe hy haar ru wegdruk en bars laat hoor: "Man, ek het nie tyd vir jou sedepreke nie. My advokate wag vir my."

Maar die hulp van die beste advokate in die land kan nie verhoed dat die dag aanbreek dat Niel Cloete in hegtenis geneem word vir bedrog nie. 'n Bedrag van meer as tweehonderd miljoen rand word genoem . . . Tweehonderd miljoen rand het skielik tussen neus en ore verdwyn. Die wyses skud hul koppe. Sal die mensdom dan nooit leer nie?

En skielik, soos met 'n towerslag, verander Wanya se daaglikse roetine so onherkenbaar dat haar verstand dit nie heeltemal verwerk kry nie. Ook Niel Cloete kom skielik in aanraking met dinge wat hy nooit geken het nie, nooit sou glo hy ooit sou ervaar nie. Soos om in sy luukse kantoor gekonfronteer te word deur die lang arm van die gereg. Om voor jou geskokte personeel tussen twee speurders uit te stap, bekendes in die hysbak raak te loop en te besef dat hulle weet wat aan die gebeur is. Om in 'n polisiekantoor soos net nog 'n landsburger behandel te word, beleef maar onpersoonlik. Die óú Niel Cloete het in sy luukse kantoor op die tiende verdieping agtergebly. Hiér is hy net nog 'n burger wat die wet oortree het. Soos die ou voor hom en die een ná hom, moet hy sy hande uitsteek vir die noodsaaklike vingerafdrukke, word hy na 'n sel gelei en die deur sonder seremonie agter hom gegrendel. Om hom sien hy 'n toneel wat hy geglo het sý oë nooit sal aanskou nie – 'n enkelbed met 'n dun sponsmatras en 'n bruin kombers daaroor. 'n Toiletbak van vlekvrye staal in die een hoek, 'n kassie langs die bed . . . kaal mure . . . en 'n deur met 'n opening in die middel waardeur oë jou vier-en-twintig uur van die dag kan dophou.

Hy is geregtig op regshulp, maar daar moet volgens vasgestelde riglyne gehandel word . . .

So bring Niel Cloete sy eerste nag in 'n sel deur en Wanya slaap soos soveel kere tevore alleen in die groot huis in Sandton. Slaap . . .? Nee, lê wakker en tel die lang nagure om.

Weer is dit hoofnuus in die media. Dit is immers hul taak om die publiek op die hoogte te hou. Duisende niksvermoedende mense het hul kosbare geldjies aan Niel Cloete toevertrou.

Die volgende oggend om halfnege word 'n miljoen rand aan borggeld betaal. Niel Cloete se paspoort word in veilige bewaring geneem. Die saak sal oor 'n maand voorkom; intussen is hy distriksgebonde en moet hy hom daagliks by die polisiekantoor aanmeld.

Man en vrou se oë ontmoet toe hy die huis binnestap. Op albei se gesigte lê die spore van 'n slapelose, kommervolle nag. Woordeloos, sonder 'n groet, stap hulle in teenoorgestelde rigtings – sy om die kombuis te gaan sê dat daar ontbyt vir meneer gemaak moet word en dat sy self niks wil hê nie; en hy slaapkamer toe om te gaan bad en te probeer om die nag in die sel van hom afgewas te kry.

Die telefoon lui en Alfred antwoord. Dis haar ma, kry Wanya die boodskap. Sy is bang om na die telefoon te stap. Hoewel sy weet dat hulle, soos die res van die land, bewus moet wees van wat aan die gang is, het sy nie die moed gehad om huis toe te bel nie. Maar nou wil haar ma met haar praat.

Dis pynlik. Sy sluk hard en dwing die woorde oor haar

droë, koue lippe. "Dit gaan goed, Ma, dankie. Nee, alles is onder beheer. Nee, hy is terug by die huis. Hy is op borgtog uit. Moenie oor my bekommerd wees nie. Regtig." Dan kom die vraag: "Ma, hoeveel het Pa belê? Was dit baie? Was dit ál jul spaargeld?"

Sy weet nie of sy die versekering wat sy kry, moet glo nie: "Moenie oor ons bekommerd wees nie. Ons kan dit hanteer. Ons het nog genoeg oor om van te lewe. Regtig, my kind, jy kan my maar glo. Jy . . . julle moet net sê as ons kan help. Wil jy nie maar 'n rukkie hierheen kom nie? Maar dan . . . jou plek is by jou man. Hy het jou nodig. Sterkte, my kind. Ons bid vir julle."

In die weke wat volg, vind Wanya uit dat daar ander mense is wat nie na bid voel nie. Dis sý wat die telefoonoproepe ontvang en die spit moet afbyt terwyl Niel en sy advokate ure lank in sy studeerkamer agter geslote deure kopkrap en beraadslaag. Hy kom net uit daardie vertrek wanneer hy hom, soos hy verplig word om elke dag te doen, by die polisiekantoor moet gaan aanmeld en wanneer hy saans gaan slaap, of liewer snags . . . en dit het al gebeur dat hy sommer op die bank in die studeerkamer aan die slaap raak. Die telefoon op sy lessenaar is ontkoppel en dis Wanya wat die telefoon moet beantwoord, wat mense hoor huil, hoor vloek, hoor dreig. Later word Alfred aangesê om dit te beantwoord, met die opdrag om te sê dat niemand tuis is nie. Maar dit weerhou sommige nie daarvan om selfs teenoor die swart man hul paniek oor hul geld in geen onseker taal uit te spreek nie. Later besluit Alfred dat dit miskien maar beter sal wees om die gehoorbuis skuins op die mik terug te sit.

Pat Oberholzer en haar ander vriendinne se besoeke het soos water in 'n droë sloot opgedroog . . . en so ook die talle uitnodigings wat hulle in die verlede kwalik kon nakom.

Geen tennis of brug- en teepartytjies meer nie; geen etes by ander van hul sosiale stand nie; geen glinsterdinees meer in vyfsterhotelle nie. Die groot huis in Sandton word stil – 'n kerker van eensaamheid en skande en trane.

Maar by die tennisbaan en brugpartytjies, by die etes en onthale gons dit . . . en daar word net oor een ding gepraat . . . Rock Trust en die ellende wat dit vir duisende mense inhou. Nie dat die lede van hierdie uitgelese groep regtig in ellende kan verkeer nie, al het van hulle ook groot bedrae geld belê. Soos die Oberholzers byvoorbeeld.

Pat vertel aan almal wat wil luister: "Charl het wel 'n paar miljoen rand belê, maar dit sal ons nie breek nie. Ons kan dit vat. Maar wat 'n skreiende skande is, is dat daar talle mense is wat sonder 'n enkele sent sit. Hulle wat oornag niks het om van te lewe nie. En weet julle wat? Amper was Charl ook in die sop. Niel wou hom knaend betrek by die direksie, maar ek het gekeer. Ek het gesê Charl het genoeg ysters in die vuur. Gelukkig tog, anders was ons ook nou kniediep in die gemors."

"Hoe verwerk Wanya dit? Wanneer laas het jy haar gesien? Julle is mos groot vriendinne."

"Ek het haar nog nie gesien nie. Ek kan dit maar reguit sê: Ek gaan nie saam met Wanya sit en huil nie. Dit sal die opperste valsheid wees. Sy het die voordeel van al daardie gesteelde geld terdeë geniet."

"Pat! Hoe kan jy so iets sê! Die hofsaak kom eers aanstaande week op die rol. Paul sê dit kan wees dat dit swak bestuur was, of swak oordeel aan Niel se kant. Dat hy die geld belê het in projekte wat nie so winsgewend was as wat hy verwag het nie."

Maar Pat snork minagtend en in die stilligheid is daar eenstemmigheid. Waar die geld ook al heen is, of dit in 'n private bankrekening in 'n Switserse bank is of bloot verdwyn het as gevolg van swak besteding en beplanning, mense het groot finansiële verliese gely en Niel Cloete is daarvoor verantwoordelik. Daar is 'n hele paar vroue wat nie sal erken dat hul mans hulle gewaarsku het dat die gordel voortaan stywer ingetrek sal moet word nie. Min mense kan sessyferbedrae summier verloor sonder om dit aan eie lyf te voel. Oorsese reise moet gekanselleer word, so ook die nuwe motor, en daardie aandrok vir die volgende okkasie moet maar terug na madame Veronique.

Natuurlik word daar ook hard in madame Veronique se eksklusiewe boetiek gegis oor wat met die Cloetes gebeur het.

"Haai, foei tog, ek kry mevrou Cloete so jammer. Sy was baie gaaf daardie dag met die aandrok, en meneer Cloete ook. Hy het my so 'n groot fooi gegee."

Maar mevrou Duvenhage het min simpatie. "Hmpf! Met gesteelde geld kan ek ook groot fooie uitdeel."

"Haai, mevrou Duvenhage!"

Madame het ook 'n mening: "Sy het gelyk, Annatjie. Daar is miljoene rande verduister . . . en dit het aan ander mense behoort."

Annatjie lyk bekommerd. "Nou laat julle my baie sleg voel. Moet ek nie maar die geld teruggee nie? Dalk het hulle dit nou bitter nodig."

"Moenie verspot wees nie, kind!" lag madame. "Jý het niks gesteel nie. Jy het eerlik gewerk daarvoor. En daardie paar rand sal aan die Cloetes se basse geen verskil maak nie. Ek dink nie al gee jy hulle ook twee miljoen rand, sal dit die geringste verskil maak nie. En amper het ek ook geld belê. Gelukkig was my spaargeld nog vas in daardie stadium, anders was ek tot my verdriet vandag veel armer."

Soos altyd draai Annatjie daardie middag ná werk weer eerste by Sonneblomstraat 7 in. Met haar koppie koffie voor haar, bring sy weer die nuus van die dag ter sprake. Tant Bes se radio speel pal in die kombuis en sy is op die hoogte van sake.

"Ja, Annatjie, toe jy my vertel het dat die vrou sommer so op 'n ingewing duur ingevoerde rokke koop, het ek my bedenkinge gehad. Die mense wat dink fonteintjies kan nie opdroog nie, maak 'n fatale fout . . ." Sy kyk die jong meisie skerp aan. "Spaar jy nog elke maand gereeld, Annatjie?"

"Ja, tant Bes. Elke maand sit ek weg. Ek spaar vir 'n deposito op 'n woonstel wat nader aan my werk is. Madame Veronique sal my help om 'n lening te kry."

Tant Bes frons kwaai. "Ek hou niks van 'n afbetalery nie. Dis hoe mense in die skuld beland. Jy koop kontant of jy bly daarsonder. En hoekom wil jy skielik uit Jan Bom padgee? Is ons nie meer goed genoeg vir jou nie?"

"Haai, tant Bes, hoe kan tannie nou so praat? Ek wil maar net 'n bietjie nader aan die werk wees, dis al. Ek wil nie regtig uit Jan Bom padgee nie. Hier ken ek almal en almal ken my. In my woonstel sal dit seker baie alleen wees."

"Ja, en dis wanneer jy verkeerde geselskap gaan soek. Bly jy maar net hier en spaar elke maand sodat jy niemand in die oë hoef te kyk nie."

"Tant Bes is seker reg. Maar dan sal ek darem baie graag vir my 'n motor wil aanskaf," laat sy hunkerend hoor.

Tant Bes is dadelik by met die regte raad: "Daarmee skort niks nie, maar jy spaar totdat jy genoeg het en koop dit kontant. Jy koop nie goed op skuld nie, Annatjie. Jou pa is nie meer hier om jou op die spoor te hou nie. Jy gaan nie dinge doen wat jy voor jou siel weet jou pa nie sou goedkeur nie."

"Nee, tant Bes. Natuurlik nie, tant Bes. Dit sal dan maar 'n tweedehandse motor wees. Ek sal horingoud wees voordat ek genoeg gespaar het om 'n nuwe motor kontant te koop. Maar ek stem saam. Skuld is 'n nare ding. Om bokant jou vuurmaakplek te lewe, is om jouself op te hang. Kyk hoe lyk dit vandag by die Cloetes." In haar verbeelding sien sy weer die huis en die swembad en die meubels en die pragtige kandelare. "Dit help nie jy het alles wat geld kan koop, maar jy kan nie slaap nie . . ."

Tant Bes glimlag vir die ernstige gesiggie. "Toemaar, my kind. Dis geen skande om eerlik arm te wees nie. Dis 'n skande om oneerlik ryk te wees. Armoede het ook sy pluspunte, my kind. Dink net hoeveel mense rol vannag onrustig in hul beddens rond oor hierdie Rock Trust-ding. Maar nie een van Jan Bom se mense verloor 'n sekonde slaap daaroor nie!"

Annatjie glimlag, knik. "Dis waar. Ek dink Jan Bom se mense is van dié wat die rustigste slaap, want hulle het niks wat oorvloedig of ekstra is nie."

"Juis. Maar dit is seker 'n vreeslike gevoel om te dink jy het meer as genoeg en een oggend word jy wakker en kom tot die besef dat jy skaars genoeg het om van te leef. Hou jy maar kop, kind. Spaar maar waar jy kan, maar moet tog nie vrekkerig wees nie. Jy moet altyd iets hê om uit te deel aan dié wat dit nodiger het as jy."

"Dit laat my dink . . . Ek wil Pa se elektriese kombers maar vir Nellie gee. Ek is nog jonk genoeg om daarsonder klaar te kom. Die arme Nellie kla so in die winter oor haar been."

Tant Bes knik, kyk haar goedkeurend aan. "Dit sal vir haar baie beteken, Annatjie. Sy sal baie bly wees."

Tant Bes kyk haar oudergewoonte agterna toe sy aanstap huis toe. Glimlaggend sê sy by haarself: "Jý is die ryk een, Annatjie, nie mevrou Cloete nie. Jý het die rykdom wat die Cloetes van Sandton nog nooit gesmaak het nie. Jý is die miljoenêr, nie hulle nie."

Wanya besef in die maande wat volg dat sy beslis nie meer miljoenêrstatus het nie. Die dag breek aan dat Niel Cloete gevonnis word: agt jaar tronkstraf waarvan die helfte opgeskort is vir vyf jaar. Niel se hoofadvokaat verduidelik aan Wanya wat die vonnis behels.

"Dit beteken dat hy vier jaar effektiewe gevangenisstraf moet uitdien."

"Niel moet vir vier jaar . . . tronk toe?"

Advokaat Pelzer se oë rus simpatiek op die bleek gesig wat die afgelope tyd duidelik vermaer het. Hy wonder of sy besef die ergste lê nog voor. Hy verduidelik vinnig verder: "Hy is verplig om een derde van die vier jaar te sit. Daarna kan ons aansoek doen om parool. Hy sal dus 'n bietjie langer as sestien maande . . . e . . . weg wees. Dit is darem nie só lank nie. Alles sal van Niel self afhang. Hulle sal nie parool weier as hy hom goed gedra nie."

Haar kop sak. Soos 'n kind in 'n koshuis, dink sy dof. Kan 'n mens sterf van skaamte en skande?

"Het jy al gedink waarheen jy wil gaan?"

Sy kyk hom onbegrypend aan.

Hy voel skielik ongemaklik. Die vrou besef klaarblyklik nog nie ten volle wat haar getref het nie. "Die huis en sy inhoud word verkoop om soveel moontlik te verhaal om die skuldeisers te vergoed. In hierdie stadium bereken ons dit op so twintig sent in die rand."

"Jy bedoel . . . álles word verkoop? My huis . . . alles?"

"Alles, Wanya. Ook jou nuwe motor. Net jou heel persoonlike besittings sal jy kan saamneem waarheen jy ook al gaan. Wat is jou planne?"

Daar is geen planne nie, wil sy sê. Watse planne kan 'n mens hê wat een oggend opstaan en besef hy of sy besit absoluut niks nie? "Ekke . . . ek sal seker na my ma-hulle toe gaan."

41

Hy knik. "Dit sal verstandig wees. Niel sal dan ook meer gerus voel oor jou." Die kyk in haar oë laat hom nadink. Hy sug innerlik. Ja, dis 'n bietjie laat om nóú oor sy vrou en haar welsyn bekommerd te raak. Hy moes aan haar gedink het toe hy sy slim planne gesit en beraam het. "Daar is 'n bietjie kontant tot jou beskikking. Jy sal nie meer kan leef soos jy daaraan gewoond is nie, Wanya, maar jy sal met goeie berekening kop bo water kan hou. Ek het nog nooit gevra . . . Het jy opleiding in enige rigting? Jy sal daaraan moet dink om te gaan werk. Nie net vir die inkomste nie, maar ook om jou gedagtes besig te hou terwyl Niel . . . nie hier is nie."

"Ek was 'n model toe ek Niel ontmoet het." Sy kyk vlugtig na die spieël teen die muur agter hom. Haar mond trek wrang. Soos sy nou lyk . . . Sy bring haar blik terug na syne, trek haar skouers agteroor. "Ek sal regkom, dankie."

Hy staan op. "Jy het my telefoonnommer. Bel my asseblief as jy dit nodig vind."

Toe sy terugkom van die voordeur, staan Thomas voor haar. Hy lyk verleë. Hy wil maar net seker maak . . . gaan madame hom behou of . . .? Natuurlik! Haar personeel weet wat aangaan. Soms weet hulle nog voor jou, soos dit ook nou blyk. Advokaat Pelzer het haar maar pas ingelig oor haar finansiële situasie, maar Thomas weet blykbaar reeds dat sy hom nie meer kan bekostig nie.

"Ek is bevrees ek kan jou nie behou nie, Thomas. Maar ek sal jou 'n goeie getuigskrif gee. Jy sal glad nie sukkel om . . ."

"Mevrou Oberholzer het my reeds gevra of ek nie na haar toe sal kom nie. Ek het gesê ek sal maar eers by madame moet hoor, dan sal ek haar laat weet."

Sy behou haar selfbeheersing, knik net. "Jy kan haar maar laat weet sy kan jou kry net wanneer dit haar en jou pas. En Alfred kan ook maar intussen uitkyk . . ."

"Hy het reeds werk gekry, madame. Hy begin volgende maand as hoofkelner by die Park Lane Hotel."

Dis nie ék wat húlle die trekpas gee nie. Dis hulle wat my in die pad steek, dink sy met 'n groeiende histerie in haar. Maar haar kalm, byna doodse stem verraai niks nie. "Dan is dit goed so, Thomas."

Haar hand huiwer op die telefoon. Sy wil nie, maar sy het geen keuse nie. Sy het nêrens om heen te gaan nie. Dis net by haar ouers waar daar vir haar skuiling is tot tyd en wyl sy uit hierdie chaos weer rigting gekry het.

Maar ook hier het daar onverwags komplikasies ingetree.

"Ek wou jou al gebel het, maar ek was so besig met inpak. Ek . . ."

"Inpak?"

"Ja, my kind. Thys het besluit dis beter as ons nader aan hom kom bly. Hy het vir ons plek in 'n tehuis vir bejaardes in die Kaap gekry."

" 'n Tehuis vir bejaardes?" Dis nie moontlik nie! Haar pa sal liewer sterf voordat hy na 'n oumensplek gaan! "Maar hoekom, Ma? Julle het nog altyd gesê julle bly in jul huis totdat julle die dag doodgaan."

Haar ma is vaag met die verduideliking, en skielik dring dit tot haar deur wat werklik aan die gang is. Haar pa se belegging in Rock Trust het veroorsaak dat hy sy huis moes verkoop! Haar broer moet nou vir hulle sorg, vir hulle 'n dak oor die kop soek. Watter bitter pil moet dit nie vir hulle wees nie, vir hierdie twee mense wat nog altyd so trots was op hul onafhanklikheid! En dis hul eie skoonseun wat hulle dit aangedoen het . . . vir hulle en duisende ander soos hulle. Vir hulle is daar darem nog 'n seun wat kan omsien. Vir hoeveel is daar niemand nie? Haar stem wurg in haar keel.

"Ek weet nie of ek sal kan kom groet nie, Ma. Ek is self

baie besig op die oomblik. Moet ook inpak . . ." Sy kan nie vir haar ma sê sy sit van môre af sonder 'n motor nie! Op haar ma se vraag antwoord sy sommer blindelings: "Ek kry 'n woonstel. Ek gaan nie alleen in hierdie groot huis bly nie." Sy kan haar mos nie vertel sy sit van môre af op straat nie! "Nee, Ma, alles is reg. Moet asseblief nie oor my bekommerd wees nie. Ek kan nie nou hier weg nie. Daar is Niel . . . Ek moet hom besoek . . ." Ja, sy sal haar man seker soms in die tronk kan besoek . . . moet besoek.

Haar ma beaam haar gedagtes: "Dis nou die tyd dat jy by jou man moet staan, Wanya. Jy is reg. Jy kan nie nou daar weg nie. Maar sodra jy kan, kom kuier vir ons. Thys . . ."

Sy hoor die aarseling in haar ma se stem, weet sonder dat sy ingelig word. Haar broer is woedend. Die feit dat sy nog niks van hom gehoor het nie, het haar dit reeds vertel. Hy is bitter teenoor Niel . . . soos so baie ander mense . . . en hoe durf sy hom verkwalik?

Heer, waar dan heen? wonder sy vaag en stom toe sy van die telefoon af wegdraai. Van Niel se familie is daar geen hulp te wagte nie. Sy ouers is reeds dood, en hy het die afgelope jare, namate hy die suksesleer geklim het, vervreem geraak van sy ander familie. Niel, besef sy nou, het die afgelope jare net een ding voor hom gesien: geld. Niks anders het meer saak gemaak nie. Nie sy vrou nie, nie sy familie nie, niks nie . . . nie eens eerlikheid en betroubaarheid nie.

Dit word donker en baie stil om haar. Sy gaan sit agter die lessenaar in Niel se studeerkamer. Hier het hy seker sy planne beraam . . . en in die proses ook sy eie vrou en homself verwoes. Sy staan op, stap na die drankkabinet. Sy kies 'n bottel tussen die wye verskeidenheid, tel 'n glas op. Waarheen moet sy gaan? vra sy weer tevergeefs toe sy dit na haar mond bring. Wat gaan van my word? wonder sy toe sy die bottel weer omkeer.

44

Haar blik dwaal deur die vertrek, kyk met nuwe oë na alles. Duur goed. Hoe het die een vrou histeries oor die telefoon in haar oor gegil? "Die kos uit my en my kinders se monde geneem!" En 'n ander, bewerige ou stem vol radelose kommer. "Die dak oor ons koppe weggevat. Ons is in die sewentig. Ons sit op straat!"

Sy keer die bottel weer om, maar die stemme skreeu al harder ... en die duur meubels begin al nader na haar skuif. Sy moet wegkom hier! Hulle gaan haar vasdruk, versmoor, dooddruk! Sy moet uitkom, wegkom!

Haar motor se ligte gooi 'n ligbaan met die rylaan af. Die bande skreeu toe sy by die straat indraai, maar sy hoor dit nie. Dis net stemme in haar ore ... deurmekaar stemme wat skree en huil en skel.

En dan, skielik, is daar 'n harde stamp, die geluid van glasskerwe, 'n gil op die agtergrond ... en weer stemme.

"Ek het gesien hoe sy soos 'n besetene deur die rooi lig jaag en die kind tref!"

"Hy is dood. Dit lyk of sy nek gebreek is."

Sy klim uit, staan langs die motor, hou daaraan vas, luister en kyk soos iemand wat nie weet waaroor die bohaai gaan nie.

"Sy is dronk! Kyk hoe hou sy vas!"

Daar beweeg iets blinks voor haar gesigsveld, en 'n streng stem ruk haar tot haar sinne: "Wat is u naam, dame?"

"Wanya."

"U van, asseblief."

"Cloete."

Daar is 'n beroering onder die geskokte omstanders.

"Ek wou sê jy lyk bekend! Dis daardie bedrogman, Niel Cloete, se vrou!" sê 'n vrou opgewonde en skril.

"Mevrou, kan u onthou wat gebeur het?"

Wanya skud haar kop heen en weer. Sy was in die stu-

45

deerkamer . . . en die meubels het meedoënloos na haar toe begin aanskuif asof hulle haar wou dooddruk . . .

"Kom saam, asseblief."

Die wêreld draai om haar en alles is dof en onwerklik.

In die aanklagkantoor is die bevel kortaf en saaklik: "Ons sal vanaand niks met haar uitgerig kry nie. Sluit haar maar toe."

Die jonger man se oë rek. "Adjudant . . .?"

Die ouer man kyk hom bedaard aan. "Die feit dat sy dié mevrou Cloete van Sandton is, maak geen verskil nie. Sy is 'n dronk vrou wat 'n kind doodgery het. Dis al. Vat haar sel toe. Ek stuur die dokter."

Die distriksgeneesheer is dit eens met die senior polisieman. Wanya Cloete makeer fisiek niks nie. Sy is bloot dronk.

"Dan slaap sy dit maar vannag af. Ek dink nie dit maak eintlik op hierdie oomblik vir haar saak waar sy haar roes uitslaap nie. Môre is nog 'n dag."

3

Môre breek aan.

Wanya sukkel om haar uit die newels los te trek, skuifel orent op haar elmboog en gryp met haar ander hand haar kop vas. O, haar kop! Sy dwing haar oë oop, maak hulle weer toe. Sy slaap nog. Sy móét wakker word! Sy sper haar oë weer oop, knip hulle vinnig, sper hulle weer oop, laat haar blik stadig om haar dwaal. Dis nog deel van die nagmerrie. Sy sukkel heeltemal orent, kyk weer om haar. Waar . . .?

Sy probeer terugdink. Sy was in Niel se studeerkamer, onthou sy met 'n kloppende brein. Sy het benoud geraak asof sy vasgedruk word . . . Sy het in haar motor geklim, begin ry . . . waarheen weet sy nie. En toe . . . Daar was 'n slag . . . en 'n gil . . . en stemme.

Sy kom op haar voete, kyk nou met wydgesperde oë om haar rond . . . en sonder dat sy nog ooit die binnekant van 'n tronksel gesien het, weet sy instinktief waar sy haar bevind.

Dis nie waar nie! Dit kan nie wees nie! Maar dit is, vertel haar oë haar terwyl sy na 'n toneel kyk soos dié waarna haar man kort gelede gekyk het – die smal bedjie, die wasbak in die hoek, die toilet . . .

"Here, dis nie waar nie!" Dis net 'n fluistering. "Asseblief, liewe Here, dis nie waar nie!" pleit sy. Maar oomblikke later knars die slot en toe die polisieman voor haar staan, weet sy dit is waar. Dit is geen nagmerrie nie. Dit is die werklikheid. En hoe groot die omvang van hierdie werklikheid is, hoor sy uit die adjudant se mond.

Sy was onder die invloed van drank agter haar stuurwiel. Sy het deur 'n rooi lig gejaag en 'n kind doodgery. Sy het die nag in 'n tronksel deurgebring. Mense wat onder die invloed van drank bestuur, word toegesluit.

Wanya krimp ineen. As jy 'n onskuldige mens doodry, word jy toegesluit . . . Sy en Niel is nou albei in die tronk.

Die ervare polisieman sien die verstarring in haar, besef dat sy nog nie nugter kan dink nie.

"U het die reg om u regsverteenwoordiger te spreek. Wie is hy?"

Wie is hy? Sy het nog nooit so 'n ding gehad nie. Niel het regsverteenwoordigers gehad. 'n Hele paar . . . Maar sy . . . sý het nog nooit een nodig gehad nie.

"Ek weet advokaat Pelzer het u man verteenwoordig. Moet ons hom skakel?"

Sy knik net stom. Daar is niks om te sê nie. Daar is niks

wat van binne af wil uitkom nie. Alles in haar is vasgevries van vrees en skok.

'n Uur later gaan die deur weer oop. Sy sit steeds roerloos in stomme verdwasing.

"Wanya!"

Hy sak op sy hurke voor haar neer, sy gesig streng. Hy kon sy ore nie glo toe hy die oproep ontvang nie. Hy kan dit nou nog nie glo nie. Om hierdie vrou in 'n tronksel aan te tref . . . en onder sulke omstandighede!

Sy sit en kyk hom net aan sonder 'n sprankie hoop in haar oë. Sy weet nie wat hy hier kom maak nie. Daar is niks te make nie. Sy het die dood van 'n mens veroorsaak terwyl sy dronk was. Dis al. Sy gaan die res van haar lewe hier sit.

Maar 'n ruk later lei advokaat Pelzer haar na buite, word sy in sy motor ingehelp. Hoe dit kan gebeur, verstaan sy nie. Maar sy laat haar soos 'n stom skaap haar eie huis inlei, voel hoe sy op 'n stoel neergedruk word.

"Wie is jul huisdokter?"

"Dokter Raath." Sy praat die eerste keer, maar weet ook nie hoekom sy antwoord nie. Sy is nie siek nie.

Toe hy terugkeer van die telefoon, kom sit hy langs haar, neem haar willose hand in syne. "Wanya, luister nou mooi. Die dokter kom so gou hy kan. Intussen wil ek hê jy moet nie paniekerig word nie. Ek sal . . . kyk wat ek kan doen. Ek het jou op borgtog uitgekry. Intussen wil ek hê jy moet kalm raak. Wie kan ek bel om hier na jou toe te kom? 'n Vriendin?"

Sy kyk met leë oë op, en hy herhaal: "Wie van jou vriendinne kan ek bel?"

Sy skud haar kop heen en weer, laat dit vooroor sak.

"Daar moet tog één mens wees wat ek kan bel wat nie sal omgee om na jou toe te kom nie!"

Onbetrokke staar sy hom aan. Sy het nie meer sulke goed nie. Baie gehad in die dae toe dit goed gegaan het. Die afgelope maande . . . "Ek sal regkom. Wanneer . . . wanneer moet ek terug?"

"Terug waarheen?"

"Terug . . . tronk toe?"

"My liewe mens . . ." Hy voel verlig toe hy 'n nuuskierige Alfred skielik in die binnedeur gewaar. "Alfred . . . wie is almal hier in die huis?"

"Dis ek en Thomas en Rosy, meneer," antwoord hy, sy oë op sy werkgeefster. Wat gaan deesdae in hierdie huis aan? Toe hy vanoggend inkom om die oggendtee te maak, is daar geen spoor van 'n mens nie en die hele huis staan wawyd oop.

"Gaan roep vir Rosy."

Ook Rosy het allerhande afleidings te make terwyl sy mevrou help uittrek en in die bed kry. Dis deesdae darem 'n deurmekaarspul in hierdie huis. Sy moet maar uitkyk vir ander werk. Hier is dinge glad nie meer reg nie.

In die weke wat volg, ervaar Wanya alles wat haar man enkele weke voor haar deurgegaan het. Die hofsaal, die landdros op die regbank, die flitsende mediakameras, die nuuskieriges saamgepak agter in die hofsaal . . . en sy in die beskuldigdebank.

Die klag word gestel. Sy het 'n motor onder die invloed van drank bestuur. Die bloedtoets het 'n ontoelaatbaar hoë persentasie alkohol getoon. Wanneer die bloedtoets gedoen is, kan sy nie eens onthou nie. Dit was seker voordat hulle haar in die sel gestop het. Tweedens het sy roekeloos bestuur en 'n rooi verkeerslig geïgnoreer. Derdens het sy 'n mens, 'n straatkind van net agt jaar, doodgery. Hy is op slag dood. Daar is 'n klomp ooggetuies om alles te staaf. Die staat se saak sluit hiermee.

Advokaat Pelzer se stem klink op ter verdediging en versagting. Almal is bewus van die uiters moeilike tyd wat mevrou Cloete die afgelope jaar beleef het. Almal wat mevrou Cloete ken, sal getuig dat sy nie 'n alkoholis is nie. 'n Sosiale drinker, maar nie 'n alkoholis nie. Haar emosionele toestand het haar daardie ongelukkige aand na drank laat gryp. Haar situasie moet in ag geneem word: Haar man is onlangs tronkstraf opgelê, hulle was mense van aansien en sy het haar skielik so te sê geldloos en dakloos bevind. Al hierdie faktore het daartoe bygedra dat sy daardie aand in menslike swakheid na die bottel gegryp het. Sy is 'n jong vrou van ses-en-twintig wat skielik weerloos teen die aanslae van die lewe staan. Sy het nie doelbewus in die motor geklim met die voorneme om iemand te gaan doodry nie. Dit was bloot 'n instinktiewe ontvlugtingsdrang teen haar haglike omstandighede wat haar laat wegjaag het. Sy het nie eens besef dat sy iemand getref het nie. Daar is dus versagtende omstandighede wat aangevoer kan word en in ag geneem moet word wanneer vonnis gevel word. Hiermee sluit die verdediging sy saak.

Vonnis sal die volgende dag gevel word. Die beskuldigde word op eie verantwoordelikheid vrygelaat tot dan. Landdros Marais verdaag die hof.

Die landdros sit in sy kantoor agter die lessenaar toe iemand saggies aan sy deur klop. Hy glimlag toe hy sy besoeker herken.

"A, Roelof! Jy is net die man wat ek wil sien. Kom binne."

"Dagsê. Is daar 'n probleem waarmee ek kan help?"

"Ja, ek wil jou mening hoor. Maar sê my eers waaraan het ek hierdie besoek te danke."

"Ek was vanoggend in die hof. Hierdie Cloete-saak het my geïnteresseer."

"Dan het jy die hofsitting bygewoon? Goed. Ek wil juis met jou daaroor gesels."

Uit die aard van hul beroepe en die feit dat 'n landdros en 'n maatskaplike werker soms ten nouste saamwerk, het Daan Marais en Roelof Rossouw deur die jare goeie vriende geword en geleer om respek vir mekaar se standpunte te hê. Veral hierdie Cloete-saak wil hy met sy vriend bespreek.

"Ek het reeds besluit dat haar straf gemeenskapsdiens sal wees. My probleem is net waar. Ek dink nie die hospitaal se ongevalle-afdeling sal gepas wees nie. Volgens getuies is sy nie gewoonlik 'n roekelose motorryer nie. Dis trouens haar eerste oortreding. Sy is ook nie 'n drankverslaafde nie."

"Mag ek 'n voorstel maak?"

"Dis hoekom ek die saak met jou bespreek."

"Stuur haar na tant Bes toe."

"Tant Bes . . . van Sonneblomstraat?"

"Ja. Laat sy haar gaan help kos kook."

"Maar kan sy ooit kos kook? Hierdie ryk vroue . . ."

"Sy kan leer. En al kan sy nie kook nie, sy kan kos inskep, groente skil, skottelgoed was."

Daan Marais kyk die ander man onseker aan. 'n Vrou van Sandton wat vir Jan Bom se mense gaan groente skil . . . "Hoekom dink jy dit gaan die regte terapie vir haar wees?"

Roelof glimlag. "Dit gaan haar besig hou . . . en dis wat sy nou nodig het. Sy moet só besig wees dat sy nie tyd het om te dink of te tob nie. En miskien sal dit baie goed wees as die dame van Sandton sien hoe arm mense lewe. Ek glo Jan Bom sal haar 'n paar besonderse lewenslesse leer . . . lesse wat vir haar van groot waarde kan wees."

Wanya staan regop en stil in die beskuldigdebank toe die vonnis oor haar uitgespreek word: 'n Vonnis van vyftien maande onder korrektiewe toesig word opgelê, wat in gemeenskapsdiens uitgedien moet word. Haar rybewys word ook 'n jaar lank ingetrek. Meneer Rossouw is die maatskaplike werker onder wie se toesig sy sal wees. Die saak is afgehandel.

Sy staan net daar en huil. Laat die trane van verligting skaamteloos oor haar wange vloei. Sy gaan nie tronk toe nie! Sy gaan nie in 'n sel opgesluit word nie! O, dankie, Here!

"Wanyatjie . . ."

"Ma! Hoe kom Ma . . . Pa!" Hulle hou haar vas, huil saam met haar, en dan is daar ander arms om haar, huil sy teen sy bors: "Thys! O, my boetie, ek is so jammer . . . oor alles!"

Agter haar rug ontmoet diep bekommerde vaderoë die ander s'n. Twee hande sluit in 'n handdruk saam en 'n vreemde stem sê gerusstellend: "Moenie bekommerd wees nie. Ons sal mooi na haar kyk."

Wanya draai weg uit haar broer se omhelsing, kyk op na die lang blonde man met die sagte blou oë. 'n Hand word ook na haar uitgehou.

"Bly te kenne, mevrou Cloete. Ek is Roelof Rossouw. Ek sal jou 'n paar minute alleen met jou familie gee."

Hy stap na waar 'n verligte advokaat Pelzer sy toga oor sy arms gooi en sy aktetas optel. "Welgedaan, advokaat."

"Ja. Ek is dankbaar dit het so afgeloop. Maar hierdie tant Bes . . ."

Roelof glimlag. " 'n Besonderse vrou . . . en iemand wat vir Wanya baie sal beteken."

"Maar in Jan Hofmeyr! Daar is tog ander plekke ook."

"Hoekom nie Jan Hofmeyr nie?" Daar is 'n stil uitdaging in die vraag.

Advokaat Pelzer trek sy skouers op. "Wel, laat dit dan so

wees. Ek het gelukkig vir haar 'n eenmanswoonstel raakgeloop." Hy glimlag meewarig. "Natuurlik nie naastenby waaraan sy gewoond was nie, maar dis 'n dak oor die kop en al wat sy nou kan bekostig. Dis gelukkig gemeubileer. Die gebou is maar 'n bietjie vervalle, maar sy het 'n bed om op te slaap en 'n tweeplaatstoof om op te kook. Sy sal maar eers so moet regkom."

Roelof glimlag weer, hierdie keer effens skertsend. "Dit klink asof Jan Bom glad nie so erg gaan afsteek nie!"

Die ouer man moet ook glimlag. "Ja, dit is so. Gelukkig raak 'n mens aan alles gewoond . . . maar aan die begin sal dit maar sukkel."

"Ja, daar gaan baie groot aanpassings van Wanya Cloete gevra word."

Verdwaas kyk Wanya later na haar nuwe blyplek. Moet sy hiér bly? Haar oë val voor die maatskaplike werker se opsommende blik. As sy kon gaan werk het, al is dit ook agter die toonbank van 'n apteek, kon sy iets beters bekostig het. Maar nou het sy 'n vonnis om uit te dien . . .

"Sal jy regkom?"

Sy knik sku, weier om weer in sy oë te kyk en die begrip daarin te lees. Want dit maak seer . . . en dit wek 'n magtelose woede in haar op. "Heeltemal, dankie."

Hy moet versigtig trap tussen die tasse en kartondose wat die hele vloer vol staan. By die deur sê hy: "Ek sal jou môre-oggend om sewe-uur oplaai. Pak maar intussen jou goedjies uit." Hy aarsel, vervolg dan: "Dit lyk erger as wat dit werklik is. Moet jou nie daaroor bekommer nie." Sy woorde dwing haar om hom vraend aan te kyk. "Dis nie regtig van soveel belang as wat jy tot dusver gedink het nie. Ons sien mekaar môre weer. Tot siens."

Sy sien die deur toegaan, kyk lank daarna, dan om haar. Die ingeboude kas hou haar aandag. Nie 'n kwart van wat hier om haar staan, sal in daardie kassie ingaan nie. Maar dis ook nie nodig nie. Meer as die helfte van haar aardse besittings sal sy seker nie weer nut van hê nie. Duur aandrokke, handgemaakte skoene . . . Sy het letterlik net met haar klere by haar huis uitgestap.

Haar huis . . . Môre word dit opgeveil en alles wat daarin is. Alles. Van die oorspronklike skilderye tot by die laaste silwerteelepel. Van die Oosterse tapyte wat sy met soveel sorg gekies het, tot by die sonsambrele langs die swembad. Alles. Sy het nie meer 'n huis nie. Dis net hierdie . . .

Haar blik dwaal weer om haar. En dis nie eens hare nie. Sy huur dit maar net. Sy het niks nie . . . regtig niks nie.

Sy gaan sit op die kaal matras. Êrens, in een van hierdie tasse, is beddegoed wat sy toegelaat is om saam te bring. Maar sy weet nie in watter een nie en sy het nie die krag of die lus om daarna te begin soek nie. Dié man . . . dié Rossouw wat die hof as haar oppasser aangestel het . . . hy het gesê dis nie van soveel belang nie. Hy is seker reg. Wat maak enigiets saak wanneer jy by die oomblik gekom het dat jy moet aanvaar daar het niks van gister oorgebly nie . . . en dat môre ook niks inhou nie? Dan lê jy maar op die kaal matras en jy huil . . . jy huil oor wat was, oor wat nooit weer sal wees nie. Jy huil oor jou mooi tuin en jou waardevolle meubels en al die pragtige goed wat jy deur die jare versamel het en wat môre verkoop gaan word. Jy huil oor 'n man wat jy liefgehad het en met jou hart en toekoms vertrou het . . . 'n man vir wie jy nie eens meer respek oorgehou het nie. En jy huil omdat jy bang is . . . bang vir môre . . . want jy ken môre nie. Jy ken nie die wêreld waarin jy jou eensklaps bevind nie. Jy is gewoond aan die beskermende mure wat rykdom en status soveel jare om jou gebou het. Maar nou is jy op die sypaadjie uitgegooi . . . en jy is bang . . . vreeslik bang.

Tant Bes kyk op van haar naaldwerkie toe haar ingestelde gehoor die fyn piep van die voorhekkie registreer. Dalk iemand wat hulp nodig het.

'n Bly glimlag breek deur toe die voordeur oopswaai. "Roelof! Kom binne!"

Natuurlik móét hy 'n koppie koffie drink. En sy kan vir hom 'n toebroodjie maak. Regtig nie? Annatjie het pas die ekstra stukkie vis geëet voordat sy huis toe is. Maar dis nie moeite om gou 'n broodjie te sny nie. Van Annatjie gepraat . . . Die kind eet nie reg nie. Soggens vat sy net toebroodjies werk toe en saans, as tant Bes haar nie dwing om iets te eet nie, peusel sy maar net wanneer sy by die huis kom. Dis verkeerd, want sy werk baie hard. Sy het al weer 'n verhoging gekry. Daardie madame is baie tevrede met haar werk.

Hy luister met deernis. Liewe, dierbare tant Bes. Altyd bekommerd oor ander. Altyd bang iemand sal honger ly. Sy is die onselfsugtigste mens wat hy ken. As daar miskien nog 'n vae twyfel in sy hart was oor die wenslikheid van sy voorstel om die vrou van Sandton hierheen te bring, verdwyn dit heeltemal.

Tant Bes kyk hom ondersoekend aan. Sy en Roelof Rossouw werk al jare saam. Dikwels is hy die een wat die noodlydendes na haar toe bring. Dikwels is dit sy wat 'n nuwe geval onder sy aandag bring. Sy weet intuïtief dit is nie sommer net 'n besoekie hierdie nie.

"Wat is dit, my kind? Kan ek help?"

"Ek is al weer verleë, tant Bes. Maar ek weet nie van 'n beter heenkome as Sonneblomstraat 7 nie."

Tant Bes vou haar hande rustig voor haar op die tafel en sê hulpvaardig: "Praat maar."

Tant Bes raak daardie aand nie sommer dadelik aan die slaap nie. Peinsend staar sy die donker in. Arme mens. Beeldskoon en skatryk, het Annatjie destyds vertel. Maar al die ingevoerde klere en eksotiese meubels kon haar nie van skande en trane en ontnugtering red nie. Wonder of sy nog die rok het . . . Maar al het sy dit nog, beteken dit niks nie. Van môre af sal sy haar dae in Sonneblomstraat deurbring . . . en hiér, agter tant Bes se groot kastrolle, beteken 'n aandrok net mooi niks nie – peperduur ofte nie.

Die rok wat sy die volgende oggend aanhet toe Roelof aan die deur klop, sal net so onvanpas in tant Bes se kombuisie wees as 'n skepping van Dior. Sy weet egter nie presies waar sy gaan beland nie. Die detail van haar vonnis kan sy glad nie onthou nie en sy het geen behoefte daaraan gehad om navraag te doen by Roelof Rossouw nie. Al wat sy kan onthou, is die oorweldigende verligting dat sy nie toegesluit gaan word nie. Die res het op daardie oomblik nie saak gemaak nie.

Toe hy in die deur verskyn en sy sy oë sien, kyk sy onseker op haarself af. "Skort daar iets?"

"Nee. Dis net . . . Het jy nie iets . . . e . . . eenvoudigers om aan te trek nie? Die plek waarheen ek jou neem . . ."

"Ek twyfel. Ek sal moet kyk. Dis maar 'n gewone rok hierdie," sê sy verward.

Hy glimlag. Knik. Nee, Wanya Cloete sal nie klere hê wat by haar nuwe rol pas nie. Sy weet nie van klere koop in kettingwinkels nie.

"Toemaar. Dit sal vir eers goed wees. Het jy al iets geeet?"

Sy knik, jok woordeloos. Die brood en botter en eiers en wors wat hy met sorg aangedra het, staan nog net so onaangeraak. Sy het darem 'n koppie koffie gedrink voordat hy aan die deur geklop het.

"Goed. Dan kan ons maar gaan." Sy blik dwaal vlugtig rond. Hier is niks gedoen nadat hy gister hier weg is nie.

Sy voel verleë toe hy opsigtelik na die kaal bed staar. "Ek was so moeg. Ek het sommer aan die slaap geraak." Sy voel skuldig oor die leuen – sy het skaars 'n oog toegemaak.

Sy kennersoog vertel hom dat dit ook 'n leuen is, maar hy laat dit daar, staan opsy sodat sy kan verbykom. Stilswyend neem hy die sleutel by haar, sluit die deur en lei haar die trap af na sy motor. Toe hy langs haar inskuif, wil sy vir die derde keer weet: "Waarheen gaan ek? Wat is dit wat ek moet doen?"

"Jy gaan gemeenskapsdiens doen. Dit beteken dat jy die volgende vyftien maande sal help by 'n plek waar daar van jou dienste gebruik gemaak kan word. In hierdie geval is dit by tant Bes in Sonneblomstraat."

"Wie is tant Bes en waar is Sonneblomstraat?"

"Ek sal jou netnou verder inlig. Ek wil net eers hê jy moet nou jou roete leer ken."

"My . . . roete?" Dis Grieks vir haar.

"Ja. Jy ken tog die stad goed, nie waar nie?"

"Natuurlik."

"Wel, van jou woonstel af tot by die bushalte is dit omtrent vierhonderd meter."

"Bushalte?"

Sy stem bly ongeërg. "Ja. Hier is die halte, sien? Net ná sewe soggens haal jy die bus. Ek ry nou die roete wat die bus sal volg." Sy sit verslae. Bus ry . . . Natuurlik sal sy moet bus ry! Hoe gaan sy by die plek kom waar sy bedags haar vonnis moet uitwerk? Sy het nie 'n motor nie. Sy het nie eens meer 'n rybewys nie!

"Hier klim jy af en neem die volgende bus na Jan Hofmeyr."

"Watse plek is dit?"

"Dis 'n woonbuurt. Dit is waar Sonneblomstraat is. Die bus sal jou hierlangs neem." Hy hou sy oë op die verkeer, maar is bewus van die saamgeklemde hande in haar skoot. "Op hierdie hoek klim jy af. Dan stap jy om die volgende hoek tot by Sonneblomstraat nommer 7. Jy sal dit aan jou linkerkant kry." Hy hou voor die huis stil. "Smiddae sal tant Bes jou om vyfuur laat gaan, sodat jy omtrent sesuur terug sal wees by die woonstel."

Hy sien hoe haar blik om haar dwaal, bly vassteek op die nommer wat op die stoeppilaar geverf is. "Moet ek hiér werk?" Sy wend haar pleitend tot hom. "Hiér?"

"Ja. Jy moet tant Bes help om vir tot driehonderd mense kos te kook."

Hy sien hoe haar oë verstar, hoe sy sluk. "Kook? Maar ek kan nie kos kook nie!"

"Sy sal jou leer."

Daar is nou vrees in haar oë. "Meneer Rossouw . . ."

"Ons kan maar voorname gebruik. Ons gaan 'n lang tyd met mekaar te doen hê. My naam is Roelof. Ja, Wanya? Jy wou sê?"

"Kos kook vir . . . honderde mense?"

Hy glimlag skeef. "Dit klink maar net erg. Dis net driehonderd. Wel, soms is dit meer – maar tant Bes sê altyd as jy vir driehonderd kook, kan jy maar vir vierhonderd ook kook."

"Wie is tant Bes?" Maar sy wil nie regtig weet nie.

"Sy is die mirakel van Jan Hofmeyr. Die engel . . . en jy hoef nie vir haar bang te wees nie. Kom ons gaan in."

Sy gryp vinnig na hom, paniek in haar oë. "Asseblief! Asseblief, Roelof! Ek kan nie!"

"Daar is niks om voor bang te wees nie, Wanya. Tant Bes is daar. En Nellie. En Vitorie. Jy is nie alleen nie."

"Maar . . . maar waar kom al die mense vandaan? Dié wat moet kos kry?"

"Hier uit Jan Hofmeyr. Die armblankes wat hier bly. Baie

van hulle is werkloos. Baie van hulle leef op ouderdoms-
pensioen of ongeskiktheidspensioen. Vir baie van hulle is
die bord kos wat hulle by tant Bes kry, die enigste kos wat
hulle daardie dag sien. Sy hou hulle aan die lewe met wat
sy smiddae in hul borde kan skep. Dis hongerlydendes vir
wie jy bedags gaan help, Wanya. En moenie so bekommerd
wees oor die feit dat jy niks weet van kos maak nie. Tant
Bes is 'n baaskok en 'n towenaar, glo my. En vir 'n hon-
ger mens is enige kos lekker. Ook 'n bord pap. Die spreek-
woord sê honger is die beste kok . . . en hierdie mense is
honger. Kom."

Sy moet hom gedwee volg tot in die deur van die kombui-
sie, merk terloops op dat dit uitlei op 'n ewe klein agterstoe-
pie wat ook toegemaak is en waar ook stowe staan. Op die
stoepie staan groot aluminiumpotte reeds en kook, maar
in die kombuisie lyk dit soos 'n miniatuur-inmaakfabriek.
Twee vroue is langs die kombuistafel besig om groente te
skil, en te oordeel na die vrag wat nog geskil moet word,
lyk dit nie vir Wanya of hulle vandag daarmee gaan klaar-
kry nie.

Sy word voorgestel aan Nellie, die kranige groenteskiller
wat voor haar verstomde oë 'n aartappel nerffyn afskil. Dan
aan tant Bes . . . dié tant Bes. Met openlike vrees in haar oë
ontmoet sy die opsommende blik, voel dan hoe haar hart
ruk toe die oë skielik vol begrip raak en sy baie moederlik
en informeel teen die breë boesem vasgedruk word: "Baie
welkom by ons, hartjie. Ons is baie dankbaar vir nog 'n
paar hande, nè, Nellie? Maar dis darem 'n te mooie rokkie
vir kombuiswerk, kindjie. Wag, laat ek sien . . . O ja, dis
Vitorie," stel sy die swart vrou met die breë glimlag agter
een van die kastrolle bekend. "Vitorie, het jy al my overall
gestryk?"

"Ja, madam. Dit lê op die bed," kom dit selfvoldaan.

59

"Nou gaan haal dit, asseblief, jong."

Selfs Roelof vind dit moeilik om sy mondhoeke in toom te hou toe tant Bes se oorjas om die maer gestaltetjie ingebind word met 'n stuk tou.

"Dit . . . dit kan maar so los hang, tante," waag Wanya dit en knoop die tou selfbewus los.

"Jy lyk nou nes 'n tent wat wil ontplof!" gil Nellie plesierig en lag uitbundig.

Wanya kyk op haarself af, voel hoe haar mondhoeke begin trek. Sy moet verskriklik lyk! Behoedsaam kyk sy na die man wat sedig eenkant staan, maar toe sy sy blik ontmoet en die vonkel in sy oë sien, begin sy giggel. Roelof en tant Bes en Vitorie se hartlike gelag vloei skielik saam met dié van Nellie. Wanya se lag kom eers rukkerig, maar later voel sy hoe die warm trane oor haar wange begin loop.

Die gelag bedaar onmiddellik en hulle staan 'n oomblik lank verslae voor haar snikke. Dan is daar arms om haar, voel sy 'n warm bors teen hare druk, hoor sy 'n moederlike stem by haar oor.

"Toemaar, hartjie, toemaar. Alles sal regkom. Tant Bes sal na jou kyk. Jy hoef vir niks bang te wees nie. Vitorie, maak vir ons 'n pot sterk rooibostee. Kom, kind, ek gaan wys jou waar die badkamer is en dan was jy jou gesig."

Toe 'n baie skaam Wanya in die badkamer verdwyn en tant Bes na die kombuis terugkeer, maak Roelof aanstaltes om te vertrek.

"Gaan jy nie bly vir 'n bietjie tee nie?"

"Nee, dankie, tant Bes. Ek moet kantoor toe. Ek sal Wanya so teen vieruur weer kom oplaai. Sy moet nog inkopies doen." Hy glimlag. "En seker ook 'n oorjas in die hande kry."

"Ja. Die straatmark verkoop nou overalls uit. As jy daar gaan koop, kan sy twee vir die prys van een kry."

"Ek sal onthou." Sy oë is dankbaar. "Dankie, tant Bes. Ek laat haar met 'n geruste hart hier agter. Maar asseblief, tannie, moet haar nie spaar nie. Laat haar werk. As julle met alles klaar is en dis nog nie huistoegaantyd nie, laat sy die kombuisvloer was as dit daarop aankom."

Tant Bes kyk hom fronsend oor die voorhekkie aan. "Jy is baie hard op haar. Ek ken jou nie so nie," kom die verwyt.

"Tant Bes, werk is die beste terapie vir 'n seer en eensame hart. Maar dit hoef ek nie vir tannie te vertel nie. Dit weet tant Bes uit eie ervaring, nie waar nie? Dit is belangrik dat Wanya besig bly – só besig dat sy saans sonder dink of tob soos 'n klip sal slaap. Goed. Dis seker nie nodig om haar die kombuisvloer te laat was nie. Maar neem haar dan saam op tannie se rondtes by die siekes. Dit sal haar goed doen. Ek wil hê sy moet die mense van Jan Hofmeyr leer ken."

"Hoekom?"

"Sodat sy kan sien wat swaarkry werklik is. Sodat sy op 'n dag tot die besef sal kom dat sy, ten spyte van alles wat met haar gebeur het, nog baie stof tot dankbaarheid het."

Wanya sal die res van haar lewe hierdie eerste dag in Sonneblomstraat 7 nooit vergeet nie. Dat sy eendag met groot deernis aan hierdie dag sou terugdink, sou sy skaars kon glo.

Toe tant Bes weer die kombuis instap, sit Wanya langs Nellie by die kombuistafel, besig om wortels te skraap. Nellie het haar gewys hoe. Dit gaan nogal glad nie so sleg nie, dink sy skoon verbaas by haarself, kyk verskonend op na tant Bes. "Ek is jammer oor . . . netnou. Ek weet nie wat my makeer het om so uit te bars nie."

"Ag, my kind, jy hoef nie om verskoning te vra nie. Ons Jan Bommers ken trane. Maar ek moet sê, die meeste trane wat ons in hierdie kombuis ken, is uietrane, nè, ou Nel?"

61

Hoe, weet sy nie, maar sy slaag daarin om honderde wortels te skraap. En vervolgens kom sy agter wat tant Bes bedoel het met uietrane. Sy het gedink sy sal ná al haar ellendige ervaringe nie meer veel trane oorhê nie, maar dit stroom behoorlik.

"Jy moet by die gatkant begin skoonmaak. Dan brand dit nie so erg nie," beduie die ervare Nellie.

Wanya kyk stromend en snuiwend na die ui. Watter kant sou dié kant wees?

Weer beduie Nellie: "Jy moenie by die skerp kant begin skoonmaak nie. Sien, só?"

Tussen Vitorie en tant Bes geskied die wonderwerk voor Wanya se oë. Teen twaalfuur is die kos gereed en reg vir opskep. In die agterplaas staan die rye plastiekborde reg vir inskep. Van die groot kastrolle word eenkant op 'n lang tafel gesit.

Wanya bly onseker in die kombuis staan. Sy is seker veronderstel om te gaan help inskep, maar 'n wilde vrees vir die vreemde mense vat haar skielik vas. 'n Nuwe gesig sal dadelik opgemerk word en vrae gaan gevra word. Sy bevind haar meteens in die ongelooflike situasie dat sy skaam is voor hierdie armsalige mense, skaam dat hulle moet weet wie sy is en hoekom sy hier is. Hulle is brandarm, maar hulle kan enige mens in die oë kyk. Dis sy, Wanya Cloete van Sandton, wat skaam is – nie net oor die hede nie, maar ook oor die verlede.

Maar gedagtig aan Roelof se opdrag, laat tant Bes dit nie toe nie.

"Kom, hartjie. Kom help. Dis nou eers die ou mense wat kom. Ná skool kom die kinders en hul ouers." Wanya wil pleit dat sy verskoon moet word, maar nog voordat sy iets kan sê, trek tant Bes haar aan die arm by die deur uit. "Jy hoef nie skaam te wees vir die overall nie. Niemand sal dit raaksien nie. Hier lag ons nie vir mekaar se klere nie. Hier is ons net dankbaar as ons iets het om aan te trek."

Die rye ou mense kom voor haar verby en sy sien die ellende op die ou gesigte. En tog . . . Elkeen het 'n glimlag en die dankbaarheid straal uit hul oë.

En terwyl hulle verbykom, stel tant Bes haar ongeërg voor: "En dis nou Wanyatjie. Sy help van nou af ook hier."

Die ou vroutjie voor haar, klein en krom, met die bord bewend in die knopperige rumatiekvingers vasgeklem, gee haar 'n liefdevolle glimlag. "God seën jou, dogter."

Wanya kyk vinnig af na die kastrol voor haar, voel hoe die knop in haar keel knellend groter word. God seën jou . . .

En toe is die ander klomp daar en dis veral die kinders wat aan Wanya se hart ruk. Hulle neem die borde by haar, gaan sit eenkant en die manier waarop daar geëet word, vertel 'n eie verhaal. Hulle is stil totdat die bord leeg is, weet dat daar geen tweede skeppie kan wees nie.

En deurentyd gesels tant Bes met haar honger kuddetjie. "Pieta, jy moet mooi leer, gehoor? Ek wil 'n beter rapport sien hierdie kwartaal! Lettie, het Jan toe daardie werk gekry? Faantjie, jy moet kom dat ek 'n knoop aan daardie hemp werk. Jy moet jou hare wegsteek voor jou oë, Rita. Dis skelms wat met een oog na die wêreld loer. En hoe gaan dit vandag met jou ma, Hansie? Het die medisyne gehelp?"

En toe almal weer weg is, tel tant Bes soos 'n goeie skaapwagter al haar skapies en mis 'n paar. "Vitorie, skep maar 'n bord kos uit vir Jan Swanepoel. Hy het nie vandag kom eet nie. Longe is seker weer te gedaan. En Betta het ook nie opgedaag nie. Ek sal maar vir haar ook 'n bord neem. Seker weer die spatare wat lol. En waar is ons Pikkie dan vandag? A, hier kom hy aan." Wanya sien hoe 'n seuntjie moeilik aangesukkel kom. Hy is so gebreklik dat haar hart in haar keel spring. Tant Bes verduidelik vinnig: "Dis glo van kroep wat hy so opgetrek het toe hy 'n baba was." Dan aan die seuntjie van sowat agt wat uitasem teen die tafel tot stilstand kom en sy inmekaargetrekte liggaampie daarteen aanleun. "A, tant Bes se grootseun! Hier is jy! Hier is jou kos. Ek hoe gaan dit vandag met my grootman?"

Die kindergesiggie straal van liefde. "Goed, tant Bes. Ek het vandag 'n prent geteken."

"Sowaar? Jý? Ek glo dit nie! Kan jy dan teken?"

"Ja, kyk hier. Ek het dit saamgebring vir tant Bes. Hier is dit."

Wanya trek haar asem in. Dis uitstekend vir 'n seuntjie van sy ouderdom. Die plaastoneel laat haar hartseer wonder of hierdie kind, vasgevang in die strate van Jan Hofmeyr, al ooit op 'n plaas was.

"Maar dis pragtig, Pikkie!" laat sy spontaan hoor en tant Bes knik goedkeurend na haar.

Die seuntjie se breë glimlag wil haar verswelg. "Tannie kan dit maar vir tannie vat. Ek sal weer een teken."

Tant Bes sien hoe haar helper se oë vol trane skiet en sy sê saggies: "Vat dit, hartjie. Hy gee dit uit sy hart."

Sy sukkel om normaal te praat. "Dankie, Pikkie. Dis 'n baie groot geskenk. Ek wil dit baie graag hê."

Hy knik tevrede, begin eet, en toe hy klaar is, kry sy weer daardie hartverowerende glimlag. "Tannie Hartjie, gaan tannie nou altyd hier wees?"

"Ja, Pikkie."

"Dan sal ek nog prentjies vir tannie teken. Ek hou van prentjies teken."

"Dankie, Pikkie. Ek sal hulle graag wil sien. Hierdie een is pragtig."

"Tot siens, tannie Hartjie."

"Tot siens, Pikkie, tot môre."

Toe Roelof haar die middag kom haal, is alles in Sonneblomstraat 7 se kombuisie blinkskoon en op hul plek, en die vadoeke hang soos 'n ry wit vlae op die wasgoeddraad. Dis stil in die motor op pad terug woonstel toe. Hy het dadelik die pleisters om die twee vingers gesien, maar geen kommentaar gelewer nie. Tant Bes moes twee keer dokter waar die skerp groentemes haar geraps het. Hy merk ook op dat die paniekerige vrees uit haar oë verdwyn het. Dat die hande nie meer inmekaargeklem op haar skoot lê nie.

"Wat het jy daar?"

Sy glimlag, vou die tekening oop en hou dit na hom toe uit. " 'n Oorspronklike skildery deur 'n groot meester."

Hy bring die motor voor die woonstelblok tot stilstand, kyk met aandag daarna. "Dis goed. Waar kry jy dit?"

"Pikkie het dit vir my gegee. Ken jy vir Pikkie?"

"Natuurlik ken ek vir Pikkie. In daardie verskrompelde liggaampie van hom skuil die moed en deursettingsvermoë van 'n reus."

Hy volg haar die woonstel binne. "Ek kan jou gou na die hipermark neem. Ek het self 'n paar goedjies nodig."

"Dankie."

Terug in die motor spel hy haar program vir die volgende paar dae uit. En weer voel sy die skokgolwe deur haar gaan. Verleë en verneder protesteer sy met afgewende oë: "Maar ek is nie 'n alkoholis nie! Hoekom moet ek 'n kursus vir drankverslaafdes bywoon?"

"Die hof het so besluit, Wanya. Om jou beswil. Jy was sterk onder die invloed toe jy die ongeluk gemaak het."

"Ja, maar . . ." Skielik lê die trane weer vlak. Sy, Wanya Cloete, word as 'n drankverslaafde gebrandmerk! "Dit was net daardie een aand! Dit is nie my gewoonte om my te buite te gaan nie!"

"Ek weet, maar jy het geen keuse nie. Jy móét dit by-woon. Dis 'n hofbevel."

Sy draai haar gesig weg, stry teen die woede wat die vernedering in haar opwek. Haar stem is skor. "Miskien sou dit beter gewees het as hulle my liewer tronk toe gestuur het."

Hy hou stil by die hipermark, skakel die motor af, kyk na haar. "In die gevangenis word daar ook opheffingswerk gedoen. Daar word allerhande behandelingsprogramme toegepas om die gevangenes te help om weer menswaardig te voel en selfrespek te herwin – sodat hulle, wanneer hulle die dag vrygelaat word, mense kan wees wat die wêreld in die oë kan kyk en hul plek in die samelewing kan vol staan. Maar dit is beslis nie 'n aangename plek om in te wees nie. Wees maar dankbaar dat jy 'n vonnis van gemeenskapsdiens gekry het."

Haar kop sak, haar stem is gedemp. "Ek is jammer. Ek ís dankbaar."

"Nou goed." Hy klim uit, maak vir haar die deur oop. "Die een wat eerste klaar is, wag vir die ander by hierdie ingang." Hy sien die flits van verbasing in haar oë en glimlag skeef. "Ek is nie bang dat jy sal probeer ontsnap nie. Ek vertrou jou."

Hy wag reeds op haar toe sy later haar verskyning maak. Hy het maar net drie items op sy inkopielys gehad.

"Is dit al wat jy nodig het?" vra hy verbaas toe hy sien dat sy net een winkelsak by haar het.

Sy glimlag. "Ja, dankie." Dis verbasend met hoe min 'n mens kan klaarkom as jy moet. En sy moet. Haar fondse is baie beperk.

Terug in die woonstel sit hy 'n pakkie op die tafeltjie neer.

Sy kyk vraend op: "Wat is dit?"

"Jy gaan dit nodig kry. Is jy seker jy sal môreoggend regkom met die bus?"

Sy antwoord moedig: "Natuurlik. Tot siens, Roelof . . . en dankie."

"Slaap gerus, Wanya."

Toe die deur agter hom toegaan, stap sy dadelik na die pakkie. Twee geblomde oorrokke en 'n wekkertjie. Sy staan lank daarna en kyk, voel hoe haar oë weer wasig word . . . maar hierdie keer is dit nie trane van woede en ontnugtering of opstand nie. Dan vou sy Pikkie se prentjie oop en lê dit langsaan neer. 'n Klomp geskenke op haar eerste dag van vonnisuitdiening. Trane van dankbaarheid laat haar oë blink.

Wat Roelof Rossouw gehoop het, gebeur dan ook. Die volgende twee uur is sy baie bedrywig in die beknopte woonstelletjie. Sy maak nie kos nie. Tant Bes se bord kos vanmiddag was heeltemal voldoende. Sy krap in die tasse rond, kry die beddegoed, maak haar bed op. Maak planne. Net 'n paar rokke word in die kas opgehang, die heel deftiges word weer teruggepak. Sy sal later 'n plan met hulle maak. Dan gaan sy bad, klim daarna dadelik in die bed. Dit was 'n dag vol belewenisse, emosioneel uitputtend. Sy huiwer op die rand van slaap. Sy hoop Pikkie sal hou van sy geskenkie . . . Dié Roelof Rossouw . . . Hy is streng maar tog gaaf . . . en tant Bes is dierbaar.

Sy slaap soos 'n klip totdat die nuwe wekkertjie haar die volgende oggend waarsku dat sy nie meer die rykmansvrou van Sandton is nie, maar 'n werker wat betyds die vroeë bus moet haal . . . Sy spring dadelik op en vind dit nie vreemd dat sy nogal met verwagting na hierdie nuwe dag uitsien nie.

4

Maar in die weke wat volg, gaan dit nie altyd so maklik nie. Soms oorval die woede jeens Niel haar. Dan huil sy ontredderd oor die onmoontlike situasie waarin hy haar laat beland het. Meer dikwels is dit trane van vernedering wat sy met geweld moet terugsluk. En snags gee sy in swakke menslikheid toe aan die trane van selfbejammering en eensaamheid.

Stadig maar seker word sy egter aan hierdie nuwe wêreld gewoond, is dit nie meer so 'n skrikwekkende gedagte om soggens die bus te haal nie. Sy kan daardie eerste rit in die munisipale bus net nie vergeet nie. Sy, wat gewoond was om met haar Jaguar deur Johannesburg se strate te ry, moet nou meedoen aan die stormloop om 'n sitplek te kry, en as dit haar nie geluk nie, staande vasklou wanneer die bus rukkerig en met remme wat irriterend skree, voortskommel. Veral as sy op die tweede bus ook nie sitplek kry nie, ondervind sy 'n bitterheid jeens haar man wat haar bang maak. En eendag gaan Niel weer uit die tronk kom . . . Wat dan?

Wanneer sy hierdie punt bereik, skram sy doelbewus weg van die antwoord. Daardie dag lê nog ver in die toekoms. Intussen is daar elke dag genoeg, soms te veel, om te verwerk en te bemeester.

Maar tussen al die aanpassings en gesukkel deur, gebeur daar soms iets wat haar vertel dat daar ondanks al die swaarkry en ellende wat sy self beleef en daagliks om haar in Jan Hofmeyr sien, ook mooi dinge in die lewe verskuil lê. Kosbare oomblikke wat soos edelgesteentes in 'n donker spelonk blink en wat haar vreemde nuwe lewe tog die moeite werd maak. Soos die dag toe die bus weer stampvol was en 'n ou man opgestaan het om sy sitplek vir haar aan te bied; soos die vreugde in klein Pikkie se oë toe sy hom die tekenpapier en kleurpotlode gegee het; soos die dankbaarheid in die oë van mense wat nie weet waar die volgende stukkie kos vandaan moet kom as Sonneblomstraat 7 se deure die dag moet sluit nie.

Wat egter die diepste indruk op haar maak, is tant Bes se onbaatsugtige liefdesdiens. Die voorbeeld wat sy in hierdie vrou vind, vul haar met groot skaamte en skuld. Self 'n vrou wat dit aan aardse goed nie ruim het nie, self 'n bewoner van een van die baksteenhuisies van Jan Bom, self nie so gesond nie, weerhou dit haar nie om 'n helpende hand na haar medemens uit te steek nie. Ongeag haar eie lewensomstandighede, gaan tant Bes getrou voort om soos 'n Moeder Teresa in haar eie klein wêreld te toon wat en hoe 'n Christen behoort te wees.

Een middag word tant Bes sag maar beslis op 'n kombuisstoel neergedruk. "Nou gaan tant Bes sit. Ék sal die skottelgoed was."

"Maar, hartjie, jy sal dit nooit alleen kan bemeester nie. Dis nou jammer dat Vitorie vandag kliniek toe moet gaan, juis toe hier 'n paar ekstra monde was. Ek sal Roelof van die nuwe intrekkers moet vertel."

"Tannie sit doodstil daar en drink 'n koppie tee en laat daardie voete en bene rus. Ek weet nie hoe hou tannie dit nie. Van soggens halfvier so pal op die bene. En dis jaarin en jaaruit. Hoe lank nou al?"

Tant Bes glimlag, laat haar maar die bietjie bederf welgeval, ontvang dankbaar die koppie tee. "Ek weet nou self nie meer presies nie. Laat ek nou dink . . . Die ding het begin toe pastoor De Koker op 'n dag vir my gevra het of ek nie 'n sopkombuis vir die mense van Jan Bom sal begin nie. Ja, dit is nou net mooi twintig jaar gelede."

Wanya kyk ongelowig van die wasbak af op. "Só lank? Twintig jaar!"

Tant Bes knik. "Ja. Maar dit voel nie so lank nie. Later het ek besef 'n sopkombuis is nie genoeg nie. Al meer mense van Jan Bom het begin honger ly." Die oë staar ernstig voor haar uit. "Jy weet, kind, in die depressiejare het ons land met 'n groot armblankevraagstuk gesit. Die nood was groot onder die mense. Daar was nie werk nie en ook nie geld nie. Ek was toe nog baie klein, maar ek onthou die honger . . . daar was so selde iets om te eet." Wanya luister verslae. " 'n Mens vergeet dit nooit nie. Vandag sit ons land met baie vraagstukke en probleme . . . en een daarvan is dat daar weer 'n armblankevraagstuk is. Ek weet daar is baie mense wat honger ly vandag – bruin, swart én wit. En ek weet ook ek kan nie die hele wêreld se hongerlydendes kos gee nie, maar ek kan Jan Bom se armblankes help. Ek kan hulle kos gee, want ek weet self wat honger ly is."

Sonder dat sy dit besef, vlieg Wanya se hande ervare deur die skottelgoedwater. "Maar ek weet nie hoe hóú tannie dit nie!"

Tant Bes glimlag. " 'n Mens hou. Daar is altyd genade. En daar is altyd beloning. Jy werk nie verniet nie."

"Maar Roelof het gesê tant Bes doen hierdie werk sonder vergoeding."

"Ja. Ek kry nie 'n salaris nie. In 'n stadium wou die kerke so iets instel, maar ek het geweier. Nee, ek kry my betaling van die mense van Jan Bom self. Ek kry my beloning op beter maniere." Sy stoot glimlaggend 'n beker vorentoe waarin 'n paar lusernblommetjies en rooi malvas staan. "Hetta het vandag hierdie vir my gebring. Ek wonder waar op aarde in Jan Bom sy die lusernblommetjies gekry het. Dís my beloning, Wanya. En die kinders wat hul rapporte vir my kom wys nog voordat hul ouers dit gesien het."

Wanya kyk haar stil aan. "Of die prentjie wat Pikkie geteken het."

70

Hulle glimlag teenoor mekaar en tant Bes knik. "Dis reg, my kind. Watter geldelike vergoeding kan daarmee vergelyk? Maar wag, ek moet nou eers vir Roelof gaan bel om hom te sê van die nuwe mense wat hier ingetrek het."

Wanya vee met die rugkant van haar hand oor haar voorkop en gaan weer ywerig voort met haar taak. Tant Bes . . . 'n heilige in 'n grys rok en pienk pantoffels.

Toe tant Bes terugkeer van die telefoon, het sy 'n boodskap vir Wanya. "Roelof sê jy hoef nie vanmiddag die bus te haal nie. Hy kom sien die nuwe mense en dan sal hy jou sommer hier kom oplaai. Maar dit kan miskien eers ná ses wees."

Wanya knik. "Dit maak nie saak nie. Daar wag niks vir my by die woonstel nie. Dan het ek genoeg tyd om alles hier op te ruim."

Tant Bes glimlag, beskou die bedrywige hande. Toe Wanya weke gelede hier aangekom het, het sy skaars geweet hoe om 'n bord te was of 'n wortel te skraap. Vandag hoef sy Kruppel Nellie haar vaardigheid glad nie meer te beny nie. Wanya Cloete het hierdie afgelope weke reeds 'n ver pad gekom, hoewel sy dit waarskynlik self nie besef nie.

"Ek hoop Annatjie kom vandag vroeg huis toe, dan kan jy haar ook ontmoet. Jy kan haar sommer vra om vir jou 'n paar gewone rokkies te maak. Al dra jy 'n overall bo-oor, is dit darem 'n sonde om met sulke deftige klere voor 'n opwasbak te staan."

Wanya het al baie van Annatjie gehoor, maar dis eers toe laasgenoemde kort ná ses by tant Bes ingestap kom dat sy besef sy het hierdie Annatjie al iewers gesien.

Dit is nie vir Annatjie snaaks om die vrou van Sandton in Sonneblomstraat se kombuis aan te tref nie. Tant Bes het haar al die eerste middag nadat Wanya hier kom werk het, van haar vertel. Annatjie onthou nou hoe geskok sy daardie middag was. Om te dink die deftige vrou vir wie sy die dure aandrok reggemaak het, werk hiér in tant Bes se kombuis! Maar in die weke wat verby is, was tant Bes se verslae net positief. Natuurlik het sy haar vingers aanvanklik byna flenters gesny en gelukkig gebruik hulle plastiekborde anders was die meeste al stukkend. Maar deesdae is Wanya al byna net so 'n ekspert met die skillery soos Nellie, byna net so 'n ekspert met die skottelgoed soos Vitorie, en tant Bes kan haar al vertrou om nie te veel sout of suiker by te gooi nie en toe te sien dat die kos nie te waterig is nie. Net gistermiddag nog het tant Bes trots laat hoor: "Jy sal verbaas wees om te sien hoe vlytig die ryk vrou van Sandton in ons kombuis geraak het!"

Vir Wanya is dit egter weer 'n ontsettend vernederende oomblik wat sy moet deurleef. Een van daardie pynlike oomblikke wanneer sy wens die grond moet onder haar oopgaan en haar insluk. Want dis madame Veronique se assistentjie wat voor haar staan . . . en die herinnering aan hul laaste ontmoeting laat 'n verslae pyn in haar agter. Hoe lekker moet hierdie meisie nie nou in haar mou lag nie!

Maar Annatjie lag nie in haar mou nie. Sy het lewensinsig in die huisies van Jan Bom geleer. Hier huil jy soms vir iemand, maar jy lag nie vir hom nie. Hier is baie mense in Jan Bom wat eenmaal bo was en toe het die wiel gedraai. Dis nie net ongeleerdes en ongeletterdes wat smiddae 'n bord kos uit die genadehand van tant Bes kom ontvang nie. Onder hulle is mense wat eens aansien en status geniet het, mense wat groot salarisse verdien het, selfs gegradueerde mense wat êrens op die verwoestende pad van inflasie en resessie en werkloosheid op die uitdraaipad na Jan Hofmeyr beland het.

Ook vandag word die helpende hand, so eie aan hierdie woonbuurt, spontaan uitgereik ná tant Bes die versoek ge-

rig het: Sien Annatjie nie kans om vir Wanya 'n paar een-
voudige drarokkies te maak nie?

"Natuurlik! Kry die materiaal, en ek sal dit op 'n Sater-
dagmiddag vir jou maak."

Met oë wat blink van diepe verleentheid, kan Wanya net
knik. Hierdie keer sal daar geen fooitjie ter sprake wees
nie.

Toe Roelof opdaag, tref hy die drie vroue al geselsend
om die kombuistafel aan. Hy bestudeer veral die een gesig
voordat hulle hom opmerk. Sy lyk heel anders as die vrou
wat hy die eerste dag hier in Sonneblomstraat afgelaai het.
Hy twyfel of sy self agtergekom het watter groot verande-
ring sy ondergaan het. Daar het 'n rustige kalmte, 'n soort
vrede by haar ingetree en hy besef dat dit nie sonder trane
en pyn gebeur het nie.

Hy is oorbewus van die geweldige aanpassings wat die
ryk vrou moes maak om by hierdie nuwe lewe in te skakel
en om al die vreemde dinge wat oor haar pad gekom het, te
hanteer. En dikwels wou sy hart vermurwe wanneer hy sien
hoe swaar en hoe seer sy kry, maar hy het met die wysheid
van ervaring geweet dat hy dit nie vir haar makliker durf
maak nie. Hoe gouer sy aanvaar dat die lewe uit die harde
werklikheid bestaan, hoe makliker gaan sy haar aanpas.
Want haar lewe van weelde en gemak is vir altyd verby.

Sonder dat sy daarvan bewus was, was sy oog gedurig
op haar. Nie dat hy haar dopgehou het omdat hy haar nie
vertrou nie, maar om 'n helpende hand uit te steek wanneer
die vrag te swaar word. Hy weet dat dit vir die vrou met
die Jaguar 'n geweldige beproewing was om daardie eerste
oggend die bus te haal. Maar sy moes daardeur. Op 'n dag
het dit gereën en die wind was guur toe hy by die bushalte
verbygery het. Hy het haar daar in die ry sien staan en sy
hart het week geword. Maar hy het verbygery. Nee, sy moet

leer om net 'n gewone mens te wees en alles wat op haar pad kom, te aanvaar, te hanteer en te verwerk. Só sal sy bo uitkom . . . en Wanya Cloete moet en sal bo uitkom, dit het hy daardie eerste dag dat sy voor hom gestaan het stilswyend aan homself beloof.

Maar vandag het hy 'n grondige verskoning om haar terug te neem woonstel toe en hy ervaar 'n vreugde in hom wat hy moet erken 'n bietjie buitensporig is. Hy maak homself wys dit is maar net omdat sy sy verantwoordelikheid is en omdat hy goeie nuus vir haar het.

Hy deel haar dit ook mee op pad huis toe, en die dankbaarheid en verligting in haar oë is beloning genoeg. Daar is begrip in sy hart toe hy sag sê: "Dit was vir jou 'n baie groot beproewing, hierdie bywoning van die kursus teen drankverslawing, nie waar nie?"

Toe sy net stom knik, lê hy sy hand vlugtig op hare. Nadat die eerste skok oor waar sy moet bly en waar sy moet werk, verby was, het daar nooit 'n klag oor haar lippe gekom nie. Hy weet ook dat sy elke keer ineen kon krimp van vernedering wanneer sy die kursus moes bywoon. Hy kan hom voorstel hoe sy moes voel met al die oë op haar, want om 'n gewone mens te wees wat dronk agter 'n stuurwiel is, is iets anders as wanneer jy 'n gesiene en skatryk vrou is. En dit terwyl sy geweet het dat sy nie hierdie kursus nodig het nie. Maar dis nou verby en hy voel self dankbaar daaroor.

Hy gee haar hand 'n drukkie. "Ek is trots op jou, Wanya. Moenie dink ek weet nie dat jy deur 'n baie moeilike tyd is nie, maar jy het jou waardig gedra." Hy glimlag. "En ek dink jy sal erken, noudat jy daarop kan terugkyk, dat dit nie só vreeslik was as wat jy jou dit voorgestel het nie, of hoe?"

Sy glimlag terug. "Daardie eerste drie weke . . . was erg. Baie erg. Maar nou . . ." Sy lag saggies . . . en dis die eerste keer dat hy haar hoor lag en dis vir hom die mooiste klank wat hy in 'n baie lang tyd gehoor het. "Ek begin my vonnis geniet. Of is ek nie veronderstel om dit te geniet nie? Dis mos eintlik 'n straf."

Hy skud sy kop glimlaggend. "Jy weet nie hoe bly dit my hart maak om jou dit te hoor sê nie, Wanya. En jy is verkeerd. Die hoofdoel van 'n vonnis is nie om te straf nie. Dis om te help. Hoe onmoontlik dit ook al mag klink. Het jou vonnis jou nie baie gehelp nie? Gehelp om die lewe meer in perspektief te kry nie? Geleer om dinge raak te sien wat jy nooit voorheen raakgesien het nie? Jou dalk gehelp om die kaf van die koring te skei nie?"

Hy hou stil voor die woonstelblok en sy kyk hom dankbaar aan. "Ja, dit is so. Ek is baie dankbaar dat ek hierdie vonnis gekry het." Haar oë word weer ernstig. "Maar daar is iets wat ek nie kan vergeet nie. Iemand wat ek die res van my lewe nooit sal kan vergeet nie. Iemand . . ."

"Maar natuurlik sal en kan jy hom nie vergeet nie. 'n Mens hou mos nie sommer op om iemand lief te hê nie, al kry jy hoe seer."

"Van wie praat jy?"

"Van jou man, natuurlik. Of was dit nie na hom wat jy verwys het nie?"

Haar ooglede val vinnig. Niel . . . Dis met 'n skok dat sy besef dat Niel net 'n vae skim in haar herinneringsveld is. Sy kyk onwillig op. Hy het gesê jy hou nie op met liefhê net omdat jy baie seergekry het nie. Het sy Niel nog lief? wonder sy half verdwaas. As jy iemand liefhet, vergeet jy daardie persoon tog nie. En sy het Niel amper vergeet . . .

Hy sien die ontsteltenis in haar oë en frons, sê vinnig: "As jy my gaan nooi vir 'n koppie koffie sal ek beslis nie nee sê nie."

Sy ruk haar gedagtes weg van die onaangename onderwerp en sê vinnig: "Dan kan jy kom koffie drink. Daar is nog iets wat ek wil vra, asseblief."

In die kombuisie maak sy koffie terwyl hy teen die deurkosyn aanleun. Hy kyk haar peinsend aan en hoewel hy twyfel of hy op die regte spoor is, sê hy tog: "Ek het gewonder wanneer jy gaan vra. Ek kan dit vir jou reël. Hy is geregtig op besoeke."

Sy hou haar besig met die koppies. Hy is op 'n dwaalspoor en sy weet nie hoe om hom reg te help nie. Sy voel skielik in 'n hoek gedryf.

Hy kom langs haar staan, kyk ondersoekend op haar af. "Dis tog wat jy wou vra, dan nie? Wanneer jy jou man kan gaan besoek."

Haar keelspiere trek styf en sy sluk swaar. Dan kyk sy pleitend op. "Móét ek?"

Hy lyk 'n oomblik peinsend en antwoord versigtig: "Dit is nie 'n moet nie. Maar ek het gedink jy sal hom graag wil sien."

Sy vee met haar hand oor haar oë. "Ek . . . weet nie . . ."

Hy roer sy koffie om en om. "Dis jou keuse, Wanya, maar miskien sal dit goed wees as jy 'n slag gaan."

Sy skud haar kop afwysend. "Ek is bang."

Hy hou haar oë gevange. "Waarvoor?"

"Vir . . . om hom in daardie omstandighede te sien."

"Is dit al rede?"

Sy aarsel, erken dan lamlendig: "Nee. Ek is bang . . . sommer net bang . . ."

"Vir jouself? Eintlik vir jouself, nie waar nie?" Hy lees die antwoord in haar oë, sê bemoedigend: "Dan is dit juis noodsaaklik dat jy moet gaan. Jy is baie verward en die seer en ontnugtering lê nog vlak. Jy twyfel of jy jou man nog liefhet." Hy sien sy wil protesteer. Maar hy bly beslis: "Dis waar, nie waar nie?" Haar kop sak en hy vervolg met 'n

76

deernisvolle stemtoon: "Jy hoef nie sleg te voel daaroor nie, liewe vrou. Dis baie menslik dat jy nou sal twyfel. Hy het jou diep teleurgestel en jy het diep seergekry. Maar liefde sterf nie so maklik nie. Deur Niel te vermy, gaan jy nie sekerheid kry nie. Deur hom te gaan besoek, sal jy baie dinge opklaar."

Sy kyk lank na hom, sug dan en tel haar koppie koffie op, stap deur na die sit-slaapkamer. "Goed dan. Jy kan maar reël wanneer ek moet of kan gaan." Sy gee 'n kortaf laggie, maar hierdie keer gee dit hom geen vreugde nie. "Jy moet baie sleg van my dink."

"Hoekom moet ek?"

"Ag, Roelof, toe jy my leer ken het, was ek 'n ledige rykmansvrou wat nie eens geweet het van watter kant af 'n mens 'n ui begin skil nie. 'n Vrou wat geld gemors het op onbenullighede en . . ."

"Wanya . . ."

Maar sy gaan opgewonde voort: "Moenie probeer om my te troos nie, Roelof. Ek weet presies wat ek was. 'n Dronk vrou wat 'n jong lewe kortgeknip het . . . Dis na hóm wat ek netnou verwys het . . . die jong seun wat ek doodgery het. Ek weet nie eens hoe hy gelyk het nie. Maar ek is die oorsaak van sy dood . . . en ek sal dit nooit vergeet nie."

Hy neem haar aan die skouers, draai haar na hom, kyk af in die traannat oë. "Natuurlik sal jy nie. Die feit dat hy 'n straatkind was met 'n onbenydenswaardige lewe en dat sy dood miskien 'n groot verlossing uit die diepste ellende was, maak geen verskil nie. Nee, jy sal nie vergeet nie. Maar daar is ander kindertjies wat nog lewe, Wanya. Kindertjies soos Pikkie van Jan Hofmeyr. Teenoor wie jy kan vergoed."

"Ek sal nooit kan vergoed nie, Roelof. Mense soos ek en Niel . . . O, ek het geen reg om Niel vandag te verwyt of 'n vinger na hom te wys nie. Ek was niks beter as hy nie. Hy

77

was die steler, ek die deler. Ons is albei skuldig. Ek het maar net te graag ontvang, gegryp na alles wat ek wou hê en kon kry." Sy wys na die kartondose wat opgestapel rondstaan. "Duisende rande se klere, handgemaakte skoene . . . pelse . . . Gekoop met die hardwerkende mense van hierdie land se spaargeld . . . 'n nuttelose spul goed. En ek weet nie wat om daarmee te maak nie!" Sy sluk. "Dís wat ek jou wou vra. Ek het geen nut vir hierdie goed meer nie. Ek weet van 'n winkel in die stad waar hulle tweedehandse klere inkoop. Kan jy my asseblief help om die spul goed daar te kry?"

"Natuurlik. Ek sal jou môremiddag vroeër by tant Bes kry en dan kan ons dit neem."

"Dankie." Sy skud haar kop. "Jy en tant Bes . . . Julle is goeie mense. Die sout van die aarde. As ek vir my en Niel met julle vergelyk . . ."

"Niemand is goed nie, Wanya. Selfs Jesus het die persoon aangespreek wat hom 'goeie meester' genoem het en gesê daar is niemand op hierdie aarde wat goed is nie. Net die Vader in die hemel is goed. Ek en tant Bes het ook ons foute en tekortkominge. Hoeveel weet net ons." Hy glimlag skeefweg. "So is dit, Wanya. Omdat elke mens homself die beste ken, weet hy ook hoeveel foute en tekortkominge hy het."

Sy moet protesteer. "Ek weet geen mens is volmaak nie, maar as ek na jou en tant Bes kyk . . . Julle het dit jul roeping in die lewe gemaak om ander te help. Maar ek en Niel . . . Vir ons het die lewe bestaan uit hebsug en geldsug . . . en selfsug. Ek was al die jare toegespin in die goue kokon van rykdom, maar dit was gesteelde rykdom . . . uit die beurse van ander. En toe moet ek nog iemand doodmaak ook. Geen mens kan hom ooit losmaak van so 'n verlede nie. Mense soos ek en Niel dien geen doel in die lewe nie. Die wêreld is 'n beter plek sonder ons."

Hy stap vinnig na haar toe, neem haar aan die skouers. Sy oë is stip, sy stem intens. "Jy dink jy is die enigste mens met 'n verlede waarvan jy jou nooit sal kan losmaak nie. Maar jy is verkeerd, Wanya. Daar is niks op hierdie aarde, hoe erg ook al, waarvan jy jou nie kan losmaak deur die genade van Bo nie. En dit is nie ydel woorde nie. Ek sê dit nie maar net nie. Ek weet waarvan ek praat."

Sy kyk hom vertwyfeld aan. "Ek kan nie glo dat jý . . ."

"Jy kan dit maar glo, Wanya, want dit is so. Eendag . . . miskien . . . sal ek jou die bewyse gee." Hy laat val sy hande terug na sy sye. "Ek kry jou môremiddag by tant Bes."

Hy ry nie huis toe nie, maar stuur sy motor terug na Jan Hofmeyr. Toe hy 'n rukkie later 'n studeerkamer binnestap, is die man agter die lessenaar duidelik bly om hom te sien.

"Kom sit, Roelof. Ek sal vir Ria sê jy is hier, dan eet jy sommer vanaand saam met ons."

"Nee, dankie, Jan. Ek het reeds vir Ria gesê ek sal nie hier eet nie. Ek is jammer om jou te hinder. Ek weet jy is besig met voorbereiding vir jou preek."

"Jy hinder nie. Sit gerus."

Die twee mans het in die jaar dat dominee Louw in Jan Hofmeyr werk, groot vriende geword. Uit die aard van hul professies werk hulle nou saam en klop dikwels by mekaar aan om hulp. Vanaand is dit die maatskaplike werker wat 'n guns kom vra.

"Is jy al so ver met jou preek dat jy dit nie meer kan verander nie?"

Die dominee kyk hom verbaas aan. "Nee. Hoekom?"

"Ek wil vra, as dit moontlik is, Jan, of jy nie Sondag oor Paulus sal preek nie . . . oor 'n Paulus wat hom moes losmaak van wat agter lê en uitreik vorentoe. Asseblief."

Sy vriend se oë is ondersoekend. "As jy die behoefte het om meer daarvan te hoor . . ."

"Dis nie sodanig vir my nie." Roelof vee moeg oor sy oë. Dit was 'n besige en moeilike dag en dit ontstel hom dat Wanya Cloete se probleme hom so diep raak. "Toe ek destyds voorgestel het dat die landdros Wanya Cloete vir gemeenskapsdiens by tant Bes moet plaas, was ek in my hart oortuig dat dit haar goed sou doen. Dit hét ook – in baie opsigte. Ek dink sy sal die res van haar lewe deur 'n ander bril na die lewe kyk. Maar ongelukkig hel sy nou te veel na die ander kant toe oor. Sy is nou só bewus van haar skuld en sonde dat sy aandadig voel aan haar man se oortredinge. Sy weier om te glo dat sy nog 'n doel in die lewe het. Kortom, sy glo sy is te sleg om te lewe en dat hierdie wêreld beter daaraan toe sal wees sonder haar."

Jan Louw knik. "Dis die ommekeer van geen sondebesef tot die uiterste sondebesef. Sy moet die wonderlike waarheid aanvaar dat daar géén sonde is wat God nie sal kan vergewe nie."

"Presies. Maar sy wil dit nie van mý aanvaar nie. Sy dink ek is goed. Te goed. Sy wil nie glo dat ook ék dinge het waarvan ek my moes losmaak nie. Sy sal nooit glo dat daar vandag nog dinge in my lewe is waarvan ek my nie kan losmaak nie."

Die dominee kyk hom fronsend aan. "Maar, Roelof, jy kan my nie vanaand vertel dat jy nie glo dat die Vader se vergifnis aan jou nie volkome was nie."

"Nee, ek sê dit nie. Die vergifnis was volkome. Ek weet dit. Maar 'n mens moet met die gevolge van jou dade saamleef . . . en dit is iets waarvan ons nie kan wegkom nie. Jy kan jou van jou plig nooit losmaak nie."

Toe die deur agter sy besoeker toegaan, skuif die dominee die papier wat voor hom lê eenkant. Dis vir 'n ander Sondag.

Wanya beduie Roelof behendig hoe hy moet ry om by die winkel uit te kom. Hulle kry gelukkig naby parkeerplek en sy keer hom toe hy wil uitklim.

"Ek sal maar eers moet gaan hoor of hulle sal belangstel."

Sy stap huiwerig nader, kan haarself nie keer om vinnig rond te kyk nie. Nee, sy sien niemand bekend nie. Baie mense weet van hierdie gesogte winkel, ook die dames van die rykmanswoonbuurte. Ook sy dra kennis daarvan, maar het nooit gedink dat sy ooit die binnekant daarvan sal sien nie. Want dis hier waar die rykes soms kom om 'n rok of 'n handsak of pelsjas te kom inruil vir kontant wanneer die skoen begin druk. Sy weet van haar uitgelese vriendinne het al van hierdie boetiek gebruik gemaak om van hul "oortollige" goed ontslae te raak. Die gewone mens wat van hierdie winkel kennis dra, weet dat jy hier die duurste aanddrag en ontwerperskeppings teen minder as die helfte van hul oorspronklike prys kan aankoop. Daar is vroue wat nie omgee om vir hulle hier klere aan te skaf nie, want die meeste van die goed is so te sê nog splinternuut. Vandag is dit Wanya Cloete se beurt om sake in hierdie winkel te doen.

Natuurlik word sy dadelik herken. Daar was immers herhaaldelik foto's van haar in die nuusblaaie. Nie net tydens haar en Niel se hofsake nie, maar ook destyds in die sosiale kringe. Nee, die dame herken haar onmiddellik . . . en sy weet ook dat dit die skoen is wat druk wat Wanya Cloete vandag hierheen gedwing het.

Natuurlik stel sy belang. Maar, nee, ongelukkig het sy nie iemand om die goed van die motor af aan te dra nie. Mevrou sal dit maar self moet bring.

By madame Veronique se modehuis val almal oor hul voete om vyfsterdiens te lewer. Maar by hierdie tweedehandse winkel is die kliënt die verleë een.

Wanya probeer keer dat Roelof haar help, maar vergeefs. Een ná die ander dra hy die kartondose aan. Die eienares bestudeer die eerste rok baie krities en noem 'n prys.

Wanya protesteer spontaan: "Maar mevrou, weet jy dat hierdie rok by madame Veronique se modehuis . . ."

Sy word koel in die rede geval. "Dit maak nie saak waar dit gekoop is of hoeveel dit gekos het nie, mevrou Cloete. Dit is wat ek nóú daarvoor kan kry, wat belangrik is. Onthou, gewone mense koop hierdie tweedehandse goed, nie mense met baie geld nie. Ek sal jou nie meer daarvoor kan aanbied nie, anders bly ek daarmee sit."

"Ek . . ." Wanya lek oor haar droë lippe. "Ek het dit maar nog net een keer aangehad." Dit is die laaste rok wat sy gekoop het voordat die bom gebars het.

"Dit bly tweedehands, mevrou, en al my customers weet dis tweedehands, al lyk die rok ook hoe goed."

So word die een ná die ander artikel nagegaan en geprys. Wanya staan stilswyend van verslae vernedering.

Met 'n tjek in haar hand soek sy desperaat na die uitgang, voel 'n arm om haar skouers gaan en hoe sy na die motor gelei word. Sy word ingehelp, en toe hy langs haar inskuif, trek die motor onmiddellik weg terwyl haar rou snikke die ruimte om hulle vul.

Sy het 'n bietjie selfbeheersing herwin toe hulle voor die woonstelblok stilhou.

"Jy het gepraat dat jy nog materiaal wou koop vir die rokke wat Annatjie sal maak."

Sy skud haar kop, klim uit. "Nie vandag nie."

Toe sy die tjek op die tafeltjie neergooi, wens sy dat sy dit kan uitgil van woede en frustrasie. Sy wil kliphard huil oor al haar mooi goed wat sy vir 'n belaglike bedrag moes verkoop. Sy wil hardop kerm van die pyn in haar gekastyde hart. Hoekom loop hy nie!

Maar dan is daar hande op haar skouers wat haar nader trek, 'n stem wat sussend sê: "Huil maar, Wanya."

Haar kop ruk omhoog, haar oë skiet vlamme. "Ek wil nie huil nie! Ek wil skree, gil . . . oopbars! Het jy haar oë gesien? Die leedvermaak . . . die behae . . ."

En dan val haar kop teen sy bors en sy huil . . . en huil . . . totdat sy later swak en suf is. Totdat sy leeg en ontsettend moeg is. Sy laat willoos toe dat hy haar op die divan neerdruk, haar skoene uittrek en haar bene optel, haar terugdruk teen die kussings en 'n ligte kombers oor haar gooi.

Sy kyk hom met seer, dikgeswelde oë aan. "Ek is jammer."

Hy glimlag. "Dit was nodig. Ek is seker jy voel nou beter."

Sy sug. "Ja, dankie. Ek is net baie moeg."

"Ek weet. Jy gaan nou slaap. Kan ek jou Sondagoggend kom haal vir kerk?"

"Vir kerk?"

"Ja. Vir kerk."

Hy wil haar Sondae kerk toe neem. Is dit ook een van die opheffingsprogramme? wonder sy moeg. Maar sy gee nie om nie. Sondae is altyd die bitterste dag van die week om deur te worstel. Dan hoef sy nie na Sonneblomstraat te gaan nie, want dis die een dag in die week wat tant Bes se kudde vir hulself moet sorg. Maar vir haar beteken dit lang, eensame ure in haar beknopte woonstel.

"Ja. Ja, ek sal graag saamgaan."

"Ek kom kry jou om halftien."

"Roelof . . ." Sy gryp sy hand vas. "Dankie." Haar lippe bewe. "Ek weet jy doen net jou werk, maar . . . nogtans, dankie."

Sy vingers vou stywer om hare. "Wanya, daar is baie mense wat vir jou omgee . . . tant Bes, Nellie, Pikkie, die

83

mense van Jan Bom . . . almal gee baie vir jou om. Onthou dit altyd."

"En jy?"

"Ek ook." Hy kom orent. "Belowe my dat jy nie verder sal huil nie en dat jy nou sal slaap."

Sy glimlag bewerig na hom op. "Ek belowe."

5

Maar voordat daardie Sondag aanbreek, beleef Wanya moeilike dae en nagte. Ten spyte van wat Roelof gesê het, sien sy haarself al meer en meer as die slegste mens op aarde, voel sy hoe die gloeiende kole van skuld al hoër op haar kop ophoop. Want die nuwe intrekkers in Jan Hofmeyr is mense wat oornag in ellende gedompel is danksy Rock Trust.

Tant Bes luister hulpeloos toe, onmagtig om die man se bittere woordevloed te keer. Hy en sy vrou staan nou ook voor tant Bes se kostafel soos armlastiges sonder trots of integriteit.

"Dis die vreeslikste ding wat my nog oorgekom het . . . om vir kos te moet bedel. Ek het my lewe lank hard gewerk en vir my huis en my mense gesorg. En nou, op my oudag, moet ek vir kos bedel."

Tant Bes probeer hom paai: "Jy bedel nie, meneer Botes. Jy is genooi om hier te kom eet. Al hierdie mense is my gaste. Jy en jou vrou ook."

Wanya se hart trek saam. Dierbare tant Bes!

Maar hy is bitter. "Jy kan dit stel soos jy wil, niggie, maar dit is bedelaarskos, en ek en my vrou is vandag bedelaars, danksy die man wat die geld gesteel het wat ek vir my ou-dag gespaar het. Mag sy siel vir ewig in die hel brand."

"Piet! Asseblief, Piet!" Die verwese vroutjie aan sy sy is in trane.

"Kom ek skep vir jou 'n bietjie wortels in," probeer tant Bes weer. Maar die bord word hard op die tafel neergesit en Piet Botes sê skor: "Ek is nie meer honger nie. Eet jy maar, vrou." Marie Botes skud haar kop, vee haar trane af. "Hy is so verbitter. Ons was besig om vir ons 'n huisie in 'n aftreeoord te koop en toe stort ons lewe soos 'n kaartehuis inmekaar. Die Rock Trust-ding het ons gekelder. Daar was nog 'n hele onaangenaamheid oor kontrakbreuk, want ons kon nie voortgaan met die koop nie. As dit nie was dat ons dominee van hierdie plek geweet het nie, weet ek nie waar ons sou beland het nie. Ek sê elke dag vir Piet ons moet dankbaar wees ons het nog 'n dak oor ons kop, daar is honderde ander wat nou op straat sit. Maar Piet . . ."

Tant Bes neem die lepel uit Wanya se willose hand en sê: "Gaan haal vir ons die ander pot vleis, asseblief." Dan aan die ou vroutjie: "Kom, mevrou. Ek skep vir jou man ook 'n bord kos in. Neem dit saam huis toe. Hy sal dalk vanaand eet wanneer hy kalmer is."

Toe al tant Bes se genooide gaste, soos sy dit so dierbaar en taktvol gestel het, huis toe is, praat sy liefdevol met die stil vrou met die strak gesig.

"My hartjie, jy moet jou Piet Botes se woorde nie so aantrek nie. Dis tog nie jý persoonlik wat hom bedrieg het nie."

Maar sy skud haar kop, haar oë soos glassplinters. "Nee, tant Bes. Ek staan net so skuldig soos Niel. As ek net weet wat ek kan doen om te vergoed."

"Jy is reeds besig om te vergoed, my kind. Jou liefde en diens hier in Jan Hofmeyr beteken so baie vir so baie mense."

Maar dis 'n vrae troos vir die seer hart. As sy net weer

85

met Roelof kon praat . . . Maar sy kudde is baie meer veeleisend as tant Bes s'n. Hy is 'n man. Natuurlik weet sy dat die uitnodiging opreg was toe hy gesê het sy moet hom kontak as sy hom nodig het, maar sy doen dit nie. Sy wil nie lastig wees nie. Maar toe sy daardie aand in die bed klim nadat sy vergeefs probeer bid het, wens sy innig dat hy by haar voordeur moet instap. Sy het hom so nodig . . .

Sy is onbewus daarvan dat hy wel by haar voordeur staan, maar dan omdraai en terugstap na sy motor. Dis reeds donker in haar woonstel. Hy sal haar nie hinder nie. Maar hy het 'n bekommerde frons op sy voorkop toe hy wegry. Hy het by tant Bes verneem wat die dag gebeur het.

"Ek het haar só jammer gekry, Roelof. Sy het so verslae en verlore gelyk. Jy weet, ek wonder of die een wat in die tronk sit nie miskien die maklikste straf gekry het nie. Hier moet Wanyatjie die wêreld in die oë kyk en al die verwyte en bitterheid aanhoor. En haar man? Sit veilig agter tralies en weet van niks nie."

Toe hy die volgende middag tant Bes se kombuisie binnestap, is Wanya se gesig geslote, die oë versluier en hy kan maar net raai wat in haar binneste omgaan.

Skielik wonder hy of dit wenslik is dat sy vandag 'n besoek aan haar man moet aflê. Maar dit is reeds gereël en miskien is dit beter dat haar eerste besoek aan die gevangenis agter die rug kom.

"Jy kan sommer saam met my ry vanmiddag," laat hy ongeërg hoor en eers in die motor laat val hy die bom: "Ek het gereël dat jy Niel vanmiddag kan besoek." Sy sit net stil voor haar en uitkyk en hy vra versigtig: "Of wil jy nie gaan nie?"

"Dit maak nie saak nie."

Hy kyk fronsend voor hom uit. Sy het haar nog nooit so ver teruggetrek nie. Nie eens in daardie eerste bitter dae was sy so afsydig nie.

"Jy is nie verplig om te gaan nie, Wanya. As jy nie vandag daarna voel nie, kan ons dit uitstel."

"Dit maak nie saak nie."

Hy kyk weer na haar, sê dan net: "Goed dan. Dan gaan ons sommer direk daarheen."

Dis met dieselfde uitdrukkinglose oë dat sy om haar kyk toe hulle die gevangenis binnestap. Sy hoor sleutels in staalslotte knars, sien staalhekke oopswaai. Alles is blink en superskoon. Nog 'n deur gaan voor haar oop. Dan is sy in 'n vertrek met rye afskortings soos telefoonhokkies teenoor mekaar . . . en digte glasvensters wat hulle van mekaar skei.

"Jy kan maar ingaan," sê Roelof. "Ek wag hier buite vir jou."

Sy bly staan net daar totdat hy binnekom en sy herken hom amper nie. Die groen gevangeniskere . . . die veel korter hare . . . die gesig met onbekende kepe . . . en oë wat ewe uitdrukkingloos na haar kyk. Dan eers stap sy nader, gaan sit teenoor hom, sien dat hy die gehoorbuis aan sy kant optel. Sy volg sy voorbeeld in 'n dwaal.

"Wanya . . ."

"Niel." Moet sy vra hoe dit gaan? wonder sy paniekerig. Maar sy kan mos sien hoe dit gaan. Ellendig.

Dis hy wat vra: "Hoe gaan dit?"

"Goed, dankie." Sy kan nie net bly afkyk nie. Sy moet 'n slag opkyk.

Skielik is daar emosie op sy gesig. "Wat het jou besiel om so 'n mal ding te doen?" Sy kyk hom verskrik aan. "Om jou besope te gaan drink en dan agter 'n motor se wiel in te klim!" Haar ooglede sak. Sy swyg. Wat het jóú besiel om so 'n mal ding te doen? Om ou mense en arm mense van hul spaargeld te beroof? Om 'n dief te word? "Jy kan van geluk spreek dat jy so 'n straf gekry het. Buitekant, bedoel ek."

Sy knik net. "Dis hel hier binne. Ek kan dit nie vat nie. Ek weet nie of ek sal kan uithou nie."

Sy sluk, waag dit: "Advokaat Pelzer het gesê as jy jou goed gedra, sal jy net 'n derde van die tyd sit."

" 'n Derde van die tyd!" Hy byt sy woorde bitter af. "Weet jy hoe lank is sestien maande? Sestien maande van hel?" Die gal in sy stem is soos iets tasbaars op haar oortrom. "En die spul met wie jy elke oomblik saam is . . . dieselfde geriewe deel . . . na wie se geselskap jy moet luister. Moordenaars, rowers, verkragters, skuim . . . Ek gaan mal word hier."

"Niel . . ." Sy weet wat sy moet sê, behoort te sê. Diep in haar hart weet sy sy moet hom bemoedig om uit te hou. Sy moet hom kalmeer, hom verseker sy wag vir hom. Dat sy by die hekke sal staan dié dag wanneer hy as 'n vry man hier uitstap; dat sy hom liefhet; dat sy hom mis; dat sy verlang; dat hulle weer saam sal begin bou aan 'n nuwe lewe . . . Maar sy kan nie. Sy kán nie!

Sy strompel uit, haar hande voor haar gesig en hierdie keer hoor sy nie eens die geknars van sleutels en hekke wat oop- en toegaan nie. Sy voel net weer die nou bekende arm wat haar vashou, weglei van hierdie verskriklike plek en Niel se bitter stem en oë.

Hy lei haar die woonstel in, wil haar laat sit, maar sy gryp hom vas, wring haar gesig teen sy bors aan.

"Hou my vas! Hou my vas!"

Hy hou haar vas, laat haar huil totdat sy slap en weerloos teen hom aanleun. Met sy sakdoek vee hy die nat wange en seer oë af, sien hoe die mondhoeke nog bewend ruk.

"Ek is jammer. Ek moes jou nie laat gaan het nie. Jy was nog nie gereed nie."

"Dis nie jy . . . jou skuld nie." Sy kyk in sy begrypende blou oë op. "Jy was nog net altyd goed vir my . . . baie dierbaar vir my . . ."

Hy skeur sy oë van hare weg, verslap sy greep en sê: "Kom sit."

Sy gehoorsaam, gaan sit op die kant van die divan terwyl hy op 'n stoel plaasneem. "Hy is nie die man met wie ek getrou het nie, die man wat ek liefgekry het nie."

"Jy moet onthou dat hy hom nou in 'n aaklige wêreld bevind. Dis geen grap om 'n langtermyngevangene te wees nie."

"Hy het so gesê."

"En dit moet jy verstaan. Hy is saamgebondel met misdadigers uit elke vlak van die samelewing. Baie van hulle is kru, afstootlik – selfs barbaars. Ek gaan jou nie in detail vertel wat alles daar aangaan nie, maar hy kom in aanraking met bendes en afpersing en sodomie." Hy aarsel, gaan neem langs haar op die bed plaas. "Om uit 'n blikbord te eet en uit 'n blikbeker te drink en gevangenisklere aan te trek, maak van hom 'n ander mens. Natuurlik kan hy nie meer dieselfde mens wees as die een wat jy geken het nie. Hy gaan sy letsels opdoen en dit sal nooit regtig weggaan nie. Maar ek verseker jou ook dat die personeel alles in hul vermoë doen om hom te help en by te staan. Nie een van hulle wil sien dat hy as 'n gebroke mens ontslaan word nie. Hulle strewe daarna om diegene wat weer buitentoe moet stap, te bemoedig om die lewe van nuuts af aan te pak en 'n nuwe toekoms te bou. Maar alles kan nie van een kant kom nie. Van owerheidskant word alles moontlik gedoen om van hulle waardige mense te maak. Psigiatriese hulp speel 'n baie groot rol. Dit gaan van Niel afhang of hy sy kanse sal benut en positief reageer. En dis waar jy so 'n belangrike rol kan speel, Wanya. Jy kan hom bemoedig met jou besoeke en briewe. Jy is die een wat hom kan laat voel dis nie die einde van die wêreld nie, daar is 'n toekoms wat wag. Jy kan hom motiveer om positief te reageer op die hulp tot sy beskikking."

Sy kyk hom troebel aan en hy vervolg, sy oë dringend: "Jy is sy vrou, Wanya. Hy voel deur die gemeenskap verwerp. Maar daar móét iemand wees aan wie hy kan vasklou, van wie hy die versekering kan kry dat hy nie totaal verwerp is nie. Dat daar iemand is wat hom liefhet, wat vir hom wag." Hy lê sy hand teen die kant van haar gesig, kyk terug in die starende oë. "En dis net jy wat daardie rol kan vervul. Net jý." Hy staan op, draai by die deur terug. "Jy onthou nog dat ek jou Sondagoggend kom haal?"

"Ja."

"Tot siens." Hy aarsel, voeg by: "En al voel jy nie die liefde van vroeër nie, dan staan jou troubelofte. Jy kan jou man nie nóú in die steek laat nie, Wanya. Wat ook al gebeur. Of jy en Niel mekaar weer sal vind en 'n nuwe toekoms saam sal bou, en of julle uitmekaar dryf, is nie nou ter sprake nie. Daar is net een ding wat jy altyd moet onthou . . . met of sonder Niel . . . moet jy vir die res van jou lewe met jouself saamlewe. Laat dit moontlik wees."

Toe hy Sondagoggend aan die deur klop, is sy gereed. Hulle praat nie veel op pad kerk toe nie, maar dis 'n stilte wat nie hinder nie. Hy slaak innerlik 'n sug van verligting en voel tevrede en dankbaar. Sonder dat sy hom dit hoef te vertel, weet hy instinktief sy het haar stryd betreffende haar man klaar gestry. Die skaduwees onder haar oë vertel hom dat dit nie 'n maklike stryd was nie. Maar sy het vrede gemaak met wat sy weet haar te doen staan. As dit dan nie 'n pad van liefde kan wees nie, miskien nooit weer sal wees nie, is daar nog altyd die pad van plig. Hy het dit vir haar uitgespel en sy het dit aanvaar. Sy durf Niel nie nou in die steek laat nie. Dan sal hy heeltemal ten gronde gaan.

Sy luister met aandag na die preek: "Maar een ding doen ek: ek maak my los van wat agter is en strek my uit na wat voor is. Paulus het voorwaar baie gehad waarvan hy hom moes losmaak. Hy was 'n koelbloedige moordenaar van onskuldige mense. Hy was 'n vervolger van mense wat hom geen kwaad aangedoen het nie. Hy was 'n besetene wat 'n onheilsoorlog teen weerlose mense gevoer het. Voorwaar baie waarvan hy hom moes losmaak. As Paulus dit kon doen met en deur die genade van God, kan elke ander mens dit ook doen, maak nie saak wat jou oortreding of sonde was nie. Erger as Paulus s'n kan dit beswaarlik wees. Hy het dit gedoen. God het hom gehelp. Jy kan dit ook doen. God sal jou ook help."

Sy is skaars bewus daarvan dat sy haar hand uitsteek, maar haar vingers word dadelik vasgevang, warm toegevou.

"Maar om jou net los te maak van die boeie wat jou gebind het, is nie genoeg nie. Wat baat dit 'n gevangene wie se boeie ontsluit is om in sy sel te bly sit? Dan moet hy uitstap in die sonlig van God se genade en hom uitstrek na 'n nuwe toekoms volgens God se wil. Dán eers kom daar sin in sy losmaak van gister se dinge . . . wanneer hy hom uitstrek na dié dinge wat sy Skepper oorspronklik vir hom bedoel het . . . die mooie, die goeie, die regte."

Dis weer stil tussen hulle in die motor en haar blik is so na binne gekeer dat sy nie eens agterkom hulle is nie by haar woonstel toe hy die motor tot stilstand bring nie. Hulle is buite die stad by 'n pragtige eetplek en sy herken dit dadelik. Sy en Niel het ook soms Sondae hier kom eet. Sy kyk hom vraend aan, en hy glimlag.

"Ek het gedink ons twee kan 'n slaggie bederf word en vanmiddag hier eet. Sal jy?"

"Maar . . ."

"Maar wat?"

" 'n Mens moet bespreek."

"Ek weet. Ek het bespreek." Toe sy nog aarsel, frons hy liggies. "Wil jy nie? Is jy bang hier is dalk bekendes?"

"Nee, nee, dis nie dit nie." Sy frons. "Dis net . . . Ek wou nie vroeër vra nie, maar . . . Is daar nie iemand wat sal omgee dat ek hier saam met jou eet nie? Is jy getroud, Roelof?"

Hy kyk haar stil aan. "Daar is niemand wat sal omgee of te na gekom sal word as jy saam met my hier eet nie, Wanya."

"O." Sy glimlag. "Dit sal lekker wees om 'n slag weg te kom van die woonstel af. Dankie, maar . . . is ek toegelaat om hier te kom?"

Hy glimlag. "Sekerlik, veral in die teenwoordigheid en met die toestemming van jou toesigbeampte. Kom, Wanya. Ek sien ook uit na hierdie ete. En daarna . . ." Hy weifel, vervolg dan: "Ná die ete wil ek jou iets gaan wys."

Terwyl hulle eet, merk sy op: "Jy weet so alles van my af, maar ek weet niks van jou af nie." Sy voeg haastig by: "Dis nie dat ek wil indring nie, maar dis seker maar net menslik om nuuskierig te wees." Sy voel skielik verleë onder sy reguit blik. Wat moet hy van háár dink? "Ek is jammer. Vergeet daarvan."

Maar sy hand lê skielik oor hare op die tafel. "Ek dink ook dis tyd dat jy meer van my te wete kom. Dan sal jy verstaan."

Sy lyk verward. "Wat verstaan?"

Hy kyk haar half moedeloos aan, trek sy hand terug en sê: "Baie dinge. Ons kan seker maar gaan."

Tot haar verbasing ry hulle 'n ruk later by die hek van 'n begraafplaas in. Sy kyk vinnig na hom, maar kan niks wys word uit sy gesigsuitdrukking nie. Hy hou stil, stap om om die deur vir haar oop te maak en sy voel skielik ontsteld. Sy het die gevoel dat sy oortree.

"Roelof . . . Asseblief, ek het nie bedoel . . ."

"Ek weet." Hy hou sy hand uit. "Kom. Ek wil jou wys."

Hy staan regop voor haar, sy blou oë diep in hare. "Jy is die eerste mens met wie ek dit werklik deel. Kom."

Hy kom tot stilstand by 'n kindergraf en Wanya se hart spring in haar keel toe sy die grafopskrif lees: Marius Rossouw. Sy lees die geboorte- en sterfdatum. Hy was maar vyf jaar oud. Uitgegraveer in die graniet, soos seker ook in die vaderhart, staan: *Pappa sal jou nooit vergeet nie. Rus sag, my seun.*

Dis lank stil. Sy het nie die moed om na hom te kyk nie en sy is ook nie in staat om iets te sê nie.

"Ek het aangedring dat Elsa en Marius met my moet saamry. Elsa wou nie, maar ek het my vervies en sy moes maar inwillig. Op pad na ons bestemming het die ongeluk gebeur. Klein Marius is op slag dood. Die ander party was die skuldige. Hy kon nie betyds stop nie, maar ek het self te vinnig gery. Ek was nog vererg omdat ek so met Elsa moes sukkel."

Haar oë flits ontsteld na hom op. "Roelof, jy kan jouself nie verwyt nie! Dit was die ander man se skuld!"

Hy draai sy gesig na haar en haar hart ruk in haar. Die hartseer brand soos 'n blou vlam in sy oë. "So sê hulle, maar ek was agter die stuurwiel. My kind is dood. En ek wonder soms, as ek miskien 'n bietjie stadiger gery het, meer aandag gegee het aan die aankomende verkeer, meer op my hoede was . . ."

"O, Roelof, nee!" Sy is by hom, slaan haar arms om sy nek, hou hom vas. "Nee, jy mag jouself nie so treiter nie! Daar is iets soos Godsbeskikking. Jy moet jou losmaak van hierdie verwyte en skuldgevoelens. Onthou vanoggend se preek. As jý jou nie kan losmaak nie, hoe kan ék ooit hoop om dit reg te kry? Jy het nie doelbewus jou kind se dood veroorsaak nie. Maar ek . . . Toe my probleme my wou oorweldig, het ek, in plaas van om te bid en genade te vra, my besope gedrink en 'n kind doodgery. As jý dit nie kan regkry om jou ongeluk te verwerk nie, hoe gaan ék dit ooit regkry?"

Daar is meteens 'n sagte glimlag om sy lippe en sy hande hou haar vas. "Maar ek hét dit verwerk, Wanya. Dis wat ek jou hier by die graf van my kind wou kom vertel het. Dis die boodskap wat ek vandag vir jou het: Jy kan ook. Jy kan jou losmaak van die skuldgevoelens van gister."

Haar ooglede val en sy laat sak haar voorkop teen sy bors. "Dis nie in my geval so eenvoudig nie, my vriend. My skuld is baie groot. Daardie kind . . . Hy sou nog gelewe het as ek my nie aan drank te buite gegaan het nie."

"My kind kon dalk ook nog gelewe het as ek nie so vererg en haastig was nie. Maar ook dit verstaan Hy en kan Hy vergewe." Hy lig haar ken met sy hand, kyk met deernis na haar. "Wanya, Hy sê uitdruklik in sy Woord dat niemand Hom iets van die mens hoef te vertel nie: Hy ken hom. Hy weet dat ons stof is. Hy weet dat ons dikwels struikel en val. Hy weet dat ons probleme soms vir ons te groot word. Hy weet dat ons soms drange en gevoelens ervaar wat buite beheer raak. Hy weet al hierdie dinge. Daarom konsentreer Hy nie op ons val nie, maar op ons berou. Vir Hom is dit belangrik dat ons opstaan en die regte ding gaan doen. Ons kan verseker wees sy vergifnis is volkome."

"Glo jy dit regtig, Roelof? Is dit regtig só eenvoudig?"

"Ek glo dit volkome en dis regtig so eenvoudig. Hy het begrip vir ons swakhede, Wanya." Sy kop buig en sy woorde is net 'n fluistering teen haar lippe: "Ek glo Hy sal hiervoor ook begrip hê."

Dis 'n lang en deernisvolle soen, 'n soen van begrip vir haar hartseer en vertwyfeling. Maar toe hul lippe eindelik van mekaar wegbreek, weet albei dit was ook baie meer. Hy staan weg en hulle kyk net na mekaar. Dan draai hy weg van die graf: "Kom. Daar is nog iets wat ek jou moet wys."

Toe hy die motor weer tot stilstand bring, herken sy die gebou en hierdie keer is sy regtig bang om uit te klim. Maar soos iemand wat geen weerstand het nie, laat sy toe dat hy haar die groot gebou binnelei, die gange aflei totdat hulle by 'n deur indraai. 'n Vrou in 'n wit uniform glimlag in herkenning, groet vlugtig en stap dan uit. Willoos laat sy toe dat hy haar aan die hand nader aan die bed trek.

"Dis Elsa. Sy het in die ongeluk breinskade opgedoen. Sedertdien lê sy só."

Soos 'n standbeeld staan Wanya en afkyk op die roerlose figuur op die bed, kyk in die oë wat soos marmeroë na niks staar. Dan is hulle terug in die gang, terug in die motor, eindelik terug na haar woonstel.

Sy kyk nie na hom nie, sê net gedemp: "Ek sal graag nou alleen wil wees. Asseblief."

Daar is geen antwoord nie, sy hoor net die voordeur toeklik.

Dis 'n nag van diepe selfondersoek, van absolute eerlikheid teenoor eie hart én God. Maar toe die nuwe dag breek, staan elkeen by hul onderskeie vensters en soek na die laaste sterre. In die lang nag wat verby is, het hulle skuld bely, erkentenisse gemaak . . . maar daar is ook ná stryd en trane en gebede berusting gevind. Albei sien in hierdie môre die pad duidelik voor hulle uitgestippel lê. Albei besef daar is geen ander pad nie. En albei maak gereed vir die nuwe dag met die besef dat daar iets is wat diep in die hart weggebêre moet word nog voordat dit eens tot volle bewuswording gekom het.

In die dae wat volg, stap elkeen sy eie paadjie van aanvaarding op sy eie manier. Deur te konsentreer op die taak op hande; deur vertroosting te vind in diens aan ander.

Dis Wanya wat eerste die meisietjie in die bure se agter-plaas opmerk. Die kind staan deur die ogiesdraad en loer na die bedrywigheid voor tant Bes se kostafels. Wanya kry 'n blaaskansie en stap vinnig daarheen, maar sy is skaars halfpad of die meisietjie gewaar haar en laat spaander.

"Is hier nuwe intrekkers by nommer 9?" wil sy van tant Bes weet terwyl sy en Vitorie fluks met die skottelgoed vorder.

"Nie waarvan ek weet nie, maar dit kom en gaan maar gedurig hier langsaan. Hoekom vra jy?"

"Ek het vandag 'n vreemde gesiggie by die draad gesien. Miskien was dit maar net 'n kind wat nuuskierig was."

Maar die volgende dag gewaar sy die kleintjie weer, en sy besluit om haar uit 'n ander hoek te nader. Sy is byna by haar toe die kind haar gewaar en soos 'n verskrikte vlak-haas weghardloop. Wanya kyk haar fronsend aan.

Die dag daarna bly sy op die uitkyk vir haar, maar tot haar teleurstelling daag sy nie op nie. Die volgende dag is Sondag.

Sy doen alles moontlik om haar gedagtes in toom te hou, om nie terug te dink aan die vorige Sondag nie. Maar dit gaan swaar. Sy trek haar aan, stap na die Engelse kerkie laer af in die straat en vind vrede en rus in die gewyde atmosfeer. Maar die onrus is weer in haar toe sy die woonstel binne-stap. Sy spring aan die werk, maak die plekkie van hoek tot kant skoon, was selfs 'n paar stukkies klere uit . . . en nog is dit 'n lang middag en aand wat voorlê.

Hy sal nie kom nie. Sy weet dit. Sonder woorde was die stille begrip tussen hulle: Jou pad is jou pad . . . en my pad is my pad.

Verlig en vreugdevol haal sy die volgende oggend die bus. Dit voel vir haar of sy uit 'n tronk ontsnap het. Sy kan nie langer in daardie woonstel bly nie. Sy sal gek word daar.

Daar het 'n vae plan in haar vorm aangeneem en sy opper dit later huiwerig teenoor tant Bes.

"Annatjie bly mos alleen sedert haar pa se dood, nè, tant Bes?"

"Ja, my kind. Sy wou eers 'n woonstel nader aan die werk kry, maar het toe daarteen besluit. Gesê sy sal ons ou klomp te veel mis."

Wanya besluit om deur te druk. "Ek het gewonder, tannie . . . Dink tant Bes sy sal omgee as ek haar vra of ek nie by haar kan intrek nie? Ek sal my kant bring in alles."

Tant Bes kyk op. "Maar dis 'n wonderlike idee, hartjie. Hoekom het ons nie al vroeër daaraan gedink nie? Sy is dan nie so alleen nie en jy is nader en hoef nie meer bus te ry nie . . . Maar natuurlik sal sy instem. Finansieel sal dit haar baie help."

"Ek sal eers by Roelof toestemming moet kry."

"Watter toestemming moet Roelof gee?" vra 'n stem agter haar en sy kyk verras om, die vreugde en weersiens onverbloem in haar oë.

Dis tant Bes wat verduidelik en hy kyk vraend na Wanya. "Wil jy liewer by Annatjie kom bly?"

Haar oë raak versluier. Nee, nie regtig nie. Nie as ek weet jy sal soms onverwags opdaag vir 'n kort besoekie nie. Nie as ek weet dat jy soms, soos vroeër, met teerheid en begrip met my oor gister sal praat en my sal bemoedig vir môre nie. Maar jy sal nie weer kom nie. Ek weet . . . En die eensaamheid en verlange dryf my tot raserny in daardie woonstelletjie. "Ja, asseblief."

"Ek sien geen rede hoekom nie. As Annatjie gewillig is . . ."

Hy is al by die motor toe iets haar byval en sy hom vinnig agternaloop. Sy vertel hom van die meisietjie en hy frons.

"Ek is nie bewus van nuwe intrekkers nie. Maar 'n mens

97

weet nooit nie. Kyk of jy haar vanmiddag weer sien en volg haar. Miskien is sy maar net nuuskierig. Bel my kantoor toe as jy iets vasgestel het."

Hy kyk haar vas aan en dis met inspanning dat sy omdraai en begin wegstap.

"Wanya . . ." Sy kyk terug. "Ons is vriende, is ons nie?"

"Natuurlik."

"En ek het steeds jou belofte dat jy met my kontak sal maak as jy my nodig het?"

Ek het jou nodig, maar ek kan jou nie roep nie . . .

Oë is die spieël van die hart en hulle spreek soms 'n taal wat die lippe nie durf praat nie.

"Tot weersiens."

"Tot siens . . . my vriend."

6

Natuurlik is Annatjie onmiddellik te vinde vir die voorstel dat Wanya by haar intrek. Sedert haar pa oorlede is, het die huis baie groot en eensaam geword. Sy het al skuldig gevoel dat sy 'n hele huis tot haar beskikking het terwyl daar so 'n groot woningnood vir behoeftiges bestaan. Sy het juis gehoor van 'n man en sy dogtertjie wat in 'n buitekamer bly. Natuurlik kan Wanya by haar intrek.

Dis via tant Bes dat die ooreenkoms beklink word, want Wanya is reeds smiddae huis toe wanneer Annatjie van die werk af kom.

"Hier is jou vier rokke wat Annatjie gemaak het. Sy het gesê jy moet maar praat as daar fout is, sy sal regmaak."

Maar daar is nie fout nie en Wanya vra: "Het sy nie gesê wat skuld ek haar nie?"

"Sy sê jy skuld haar niks nie, hartjie."

"Maar . . ."

In die deur glimlag Roelof met sagte oë. Wanya het reeds diep in tant Bes se hart ingekruip en daar is al van die jonger tafelloseerders wat Wanya, soos Pikkie, ook tannie Hartjie begin noem het. "Jy moet nog leer, my hartjie, dat party dinge 'n prys het en ander nie. Naasteliefde het nie 'n prys nie . . . en Annatjie se hart loop oor van naasteliefde. Sy wou dit graag vir jou doen. Daar is nie 'n rekening nie."

Wanya sluk, sit haar arms om tant Bes en druk haar innig vas. "Julle klomp hier is die wonderlikste, dierbaarste mense op die hele aarde! Sê vir haar ek sê baie, baie dankie."

"Ek hoop ek tel ook onder hierdie spesiale groepie mense?"

'n Onbewaakte oomblik lank lê haar hart weer in haar oë. Maar dan sak die sluiers en sy sê tergend: "Ek sal eers goed daaroor moet nadink!"

"Miskien sal ek tog kwalifiseer as ek jou my goeie nuus meedeel. Ek het met die woonstelopsigter gepraat en hy sê as jy dadelik wil gaan, is dit in orde. Jy hoef nie eers 'n kennisgewingmaand uit te bly nie, want daar is 'n lang waglys." Hy glimlag toe hy die vreugde in haar oë sien. Hy onthou haar geskokte reaksie toe hulle die eerste dag voor Sonneblomstraat 7 stilgehou het. Sy het amper met afgryse gevra: Moet ek hiér werk? Nou lyk dit of sy die grootste geskenk op aarde ontvang het omdat sy in Jan Hofmeyr kan kom bly. "Ek kan jou help trek sodra jy gereed is."

Daardie middag lê sy die meisietjie letterlik voor en sy is reeds by haar voordat sy gewaar word. Wanya kry haar aan die een armpie beet toe sy wil weghardloop.

"Toe nou, my meisietjie. Ek sal jou niks maak nie. Ek wil maar net hoor hoekom jy altyd so ver weg bly en nie inkom en ook 'n bietjie kom gesels nie."

Die groot blou kinderoë kyk haar bang aan. "Ek mag nie."

"Natuurlik mag jy, skatjie. Almal is hier welkom. Kom saam, dan gaan wys ek jou."

Maar die kind rem met alle mag terug. "Nee! Ek mag nie!"

"Wie het so gesê?"

"My pa. Pa het gesê ek mag nie my voete hier sit nie."

"Wie is jou pa?"

Die koppie sak. Wanya gaan op haar hurke af, streel die blonde haartjies. "My naam is Wanya. Wat is joune?"

"Lala."

"Lala? O, maar dis 'n pragtige naam. Dit klink soos 'n liedjie! Kom. Kom saam met my. Ek wil hê jy moet vir Pikkie ontmoet. O, jongie, hy kan mooi teken. Kan jy ook prentjies teken?"

Maar die kleintjie ruk los, skree: "Los my! Los my uit!" en sy spring weg. Maar Wanya was voorbereid hierop en sit haar agterna. Toe sy om die straathoek kom, is sy net betyds om te sien hoe Lala by 'n hekkie in verdwyn. Sy stap tot daar. Gousblomstraat 3. Sy bly onseker staan, draai dan terug. Tant Bes sal weet wie hier bly.

Natuurlik weet tant Bes en sy vertel Wanya die hele geskiedenis. "Dis die Ferreiras wat daar bly. Koos het uiteindelik werk gekry en hulle trek die end van die maand. Annatjie het gepraat dat daar 'n man en kind in die buitekamer bly totdat hulle die Ferreiras se huis kan betrek. Dit moet dié meisietjie wees wat bedags hier deur die draad staan en loer. Hoekom kom sy nie in nie?"

"Haar pa het haar verbied om haar voete hier te sit," sê sy.

Tant Bes sug. "Ja, dit kry jy baie."

"Wat bedoel tannie?"

"Te trots om by tant Bes 'n bord kos te kom haal, al sterf hulle van die honger. Dis moontlik die verklaring."

Wanya lyk ongelukkig. "Dink tant Bes Lala is honger en dat sy bedags kom afloer hoe die ander eet?"

"Moontlik, hartjie. Die beste is om vas te stel. Ons skep vanmiddag twee ekstra borde kos uit en dan stap ons namiddag oor en kyk wat daar aangaan."

Maar tant Bes kan haar die middag nie vergesel nie. Sy word dringend na 'n sieke uitgeroep en Wanya stap alleen met die twee borde kos straataf. Sy klop eers by die huis se voordeur aan en Ansie Ferreira vul vir haar die prentjie in.

"Ons weet nie veel van Johan le Roux af nie. Ons het maar gesê hy en die kind moet solank agter intrek totdat ons goed net voor Kersfees gehaal word, want dit het my geklink hulle sit op straat. Hy praat nie veel nie. Wil blykbaar nie graag oor homself en sy omstandighede praat nie, maar hy het darem vir my man gesê hy het eers geboer."

Met meer vasberadenheid as moed stap Wanya by die agterdeur uit. Die buitekamer se deur staan oop en sy klop aan. Die man wat ingedoke op die bed sit, kyk op.

"Goeiemiddag, meneer Le Roux." Sy stap ongenooid binne, sit die borde op 'n tafeltjie neer en stap met uitgestrekte hand nader. "Ek is Wanya Cloete," sê sy en glimlag vriendelik.

Maar haar hand word nie geneem nie en hy staan ook nie op nie. "Wat wil jy hê, dame?" vra hy in 'n toon wat Wanya vertel dat sy nie welkom is nie.

"Ek het net kom kennis maak, meneer Le Roux. Welkom in Jan Hofmeyr."

Sy mond trek smalend. "Welkom in Jan Hofmeyr," aap hy haar sarkasties na. "Baie dankie."

Wanya hou haar ongeërg. "Ek verstaan jy het 'n dogtertjie ook."

Nou is hy op sy voete en die oë blits. "Luister, as jy van die Welsyn is, daar is die deur. Ek sorg vir my kind. Gee pad hier!"

"Ek is nie van die Welsyn nie, meneer. Ek is van Sonneblomstraat 7."

Hy frons. "Watse plek is dit?"

"Dis 'n doodgewone huis soos al die ander huise in Jan Bom. Dis waar ons smiddae vir die mense kos gee."

Sy gesig verstyf merkbaar. "Ons het nie aalmoese nodig nie, dankie. Ons hét kos."

Wanya kyk vlugtig om haar. Sy sien 'n eenplaatgasstofie. Langsaan lê 'n halwe brood in 'n plastieksak en daarnaas staan 'n oopgemaakte blik konfyt. Haar blik keer terug na syne en sy lees die uitdaging daarin.

"Natuurlik, meneer. Ek veronderstel egter dat dit moeilik is om in hierdie omstandighede kos te kook. Jy en jou dogtertjie is baie welkom om smiddae by ons te kom eet totdat jy die huis betrek het en jou vrou terug is."

"My vrou is dood."

"O. Ek is jammer. Maar die uitnodiging is opreg, meneer Le Roux. Jy en jou dogter is werklik baie welkom by ons. Ek het sommer twee borde kos saamgebring vir . . ."

"Luister hier, dame. Vat jou twee borde kos en maak dat jy by daardie deur uitkom. Ons het nie jou kos nodig nie. My kind ly nie honger nie."

"Maar sy kan nie net van brood leef nie." Wanya se oë begin ook blits. "Sy is 'n groeiende kind wat voedsame kos nodig het." Sy kyk die woedende man vas in die oë, besluit op 'n meer informele aanslag. "Johan, gaan jy werklik toelaat dat jou trots jou pragtige dogtertjie knak? Jy sê haar ma is dood. Sy het net vir jou en jy het net vir haar. As jy haar werklik liefhet, sal jy haar tog wil beskerm teen swaarkry."

102

"Ek het my kind lief! Sy is al wat vir my op aarde oorgebly het!"

"Hoekom laat jy haar dan onnodig ly? Hoe dink jy moet sy voel as sy sien hoe lekker ander kinders eet, maar haar pa sê sy mag nie deelneem nie? Dink jy sy sal bly glo dat haar pa haar liefhet?"

Hy lyk bleek onder die ongeskeerde baardstoppels. "Ek het Lala lief met alles in my en sy weet dit."

"In daardie geval sal jy tog seker nie 'n bord kos van haar weerhou nie, sal jy? As jý dan ons aanbod weier, laat jou dogtertjie ten minste smiddae by ons kom eet . . . Asseblief!"

Hy draai van haar af weg, staan met 'n kop wat hang. Sy stem is swaar. "Jy dink ek straf my kind doelbewus, maar . . . ek wil haar so graag alles, alles in die lewe gee wat 'n pa sy kind kan gee."

Wanya stap nader, lê 'n hand op sy voorarm en sê met 'n stem vol deernis: "Ek weet, Johan. Watter pa wil nie? Ek ken nie die omstandighede wat jou in Gousblomstraat 3 laat beland het nie, maar ek wil hê jy moet weet jy is nie alleen nie. Ons Jan Bommers staan bymekaar. Elkeen van ons het op sy eie manier hier beland. Jy is nie al een wat swaarkry ken nie. Ons ervaar dit almal. Ons weet hoe jy voel. Moenie die hand van vriendskap wat ons na jou uitreik, wegklap nie, veral ter wille van klein Lala."

Dis nou gebroke oë wat na haar kyk. "Dat my kind kos uit 'n ander se hand moet ontvang omdat ek te sleg geraak het om haar na behore te versorg . . ."

"Dit sal beter gaan, Johan. Maar intussen is ons jou vriende. Moenie toelaat dat jou trots tussen ons staan nie."

Hy vee oor sy oë, skud dan sy kop. "Nou goed dan. Lala kan maar smiddae daar gaan eet."

"En jy?"

"Nee."

"Ons kan elke dag saam met Lala vir jou 'n bord . . ."

"Néé! Magtig, wil jy my nou tot op die been stroop van alle selfrespek?"

Tot dusver vandag. Sy moet dankbaar wees vir wat wel bereik is. "Tot siens, Johan. Ons praat weer."

Wanya is onbewus daarvan dat dit 'n warme gevoel in Roelof se hart opwek toe sy later aan hom vertel wat gebeur het en hoe besorg sy oor hierdie geval is. Sal sy ooit agterkom hoe geweldig sy verander het? wonder hy stil en antwoord dan: "Ek sal beslis daar besoek gaan aflê en probeer om meer van sy omstandighede te wete te kom."

Maar Roelof vertel nie alles wat hy vasgestel het nie. Op sy eie besondere manier slaag hy daarin om die bitter man aan die praat te kry en hoor maar net nog een van die duisende hartseerverhale wat hy al moes aanhoor.

Sukkelend en stotterend, by tye onbeskaamd hartseer, by tye onbeskaamd opstandig, kom die verhaal uit van die jong boervrou wat kanker gekry het, die koste wat opgeloop het, stadig maar seker alle spaargeld verteer het. Toe sy uiteindelik sterf, was daar niks meer oor om mee voort te gaan nie. Die grond moes verkoop word. Net die koopsom van sy plaas het hy uiteindelik oorgehou van 'n winsgewende boerdery.

Met 'n onheilsgevoel in hom vra Roelof: "Maar waar is daardie geld dan nou, Johan? Dis darem nie min geld nie."

Soos hy vermoed het, is die antwoord: "Op aanbeveling van 'n makelaar het ek die hele bedrag eers belê. Met die rente wat ek sou kry, sou ek en Lala kon aangaan totdat ek 'n werk in die hande kon kry. Maar werk is skaars. En ek kan net boer. Ek is nie opgelei vir iets anders nie. Trouens, ek het ook geen opleiding vir boerdery nie, behalwe die praktiese ervaring wat ek self opgedoen het. Terwyl ek nog aan die werk soek was, het die ramp my getref. Die instansie waar ek my geld belê het, is gelikwideer. Ek het alles verloor. O, wel, ek het 'n paar sent in 'n rand uitgekry, maar dis kwalik genoeg om 'n ordentlike bestaan van te voer. En terwyl ek nie weet wanneer ek eendag gaan werk kry nie, moet ek daardie paar sente baie versigtig hanteer. Dit gaan opraak voordat ek weer 'n inkomste het."

"Ek begryp. Dit is baie verstandig van jou. By wie het jy jou geld verloor?"

"Rock Trust." Die bitterheid voer weer die botoon. "Die dief sit nou in die tronk, eet staatskos, met 'n dak oor sy kop. Dis ék wat buite is en moet toesien waar ek en my kind kos vandaan kry, of ons vannag 'n dak oor ons koppe sal hê of nie."

Soos hy verwag het, is tant Bes en Wanya se harte dadelik wawyd oop vir hierdie man en sy kind en tant Bes sê met blink oë: "Kon jy hom nie oorreed om ook maar hier te kom eet nie, Roelof?"

"Ek het dit maar eers daar gelaat, tant Bes. Ek sal later probeer. Op die oomblik het Johan le Roux meer as genoeg bitterheid om te sluk. Om hier te kom kos haal, sal vir hom net een bitter pil te veel wees. Ek is net dankbaar dat hy toelaat dat Lala kom."

Ook Wanya se oë blink. "O, hier is darem baie hartseer op ons ou aarde. Weet julle wat vertel Pikkie my vanmiddag? Lala het haar ander kossies opgeëet, maar haar stukkie wors het sy in 'n papiertjie toegedraai om huis toe te vat."

"Hy sal dit nie eet nie."

"Ek weet, Roelof. Maar is dit nie pragtig nie?"

Sy oë is warm. "Dit is. Daar is nog altyd pragtige dinge tussen al die hartseer en minder mooi dinge wat ons elke dag om ons sien." Hy sug, staan op. "Wel, hou maar jul oë en ore oop. As iemand weer bel, onthou tog maar van hom ook, tant Bes. Hy is bereid om enigiets te doen."

Wanya volg Roelof na die motor en daar kom hy gou agter dat sy reeds haar eie vermoedens het. "Roelof, waar het Johan sy geld verloor?"

Hy staan haar net en aankyk, wil nie vir haar jok nie en sy vervolg self: "Dis Rock Trust, nie waar nie?"

Hy sug. "Ja. Ongelukkig." Hy gryp haar aan die pols toe sy wil omswaai. "Wanya . . . Moet jou nie so ontstel nie. Ek sal vir hom werk kry."

"Dis nie jou verantwoordelikheid nie." Maar skielik is daar 'n glimlag in haar oë. "Of is dit? Dit is ons almal s'n. Dit is ons almal se verantwoordelikheid wanneer ons sien ons naaste kry swaar . . . of verstaan ek verkeerd?"

Hy glimlag terug. "Nee. Jy verstaan reg." Weer praat oë 'n taal wat die lippe nie durf uiter nie. "Hoe vorder jul Kersfeesreëlings?"

Haar gesig helder op. "Wonderlik. Dit gaan 'n vleisbraai-ery wees. 'n Boer het vir ons drie skape belowe; 'n slaghuis het wors belowe en 'n hoenderplaas hoendervlerkies."

Hy hou nog steeds haar pols vas, en dan vleg hul vingers spontaan saam. "Daar is nog so baie goeie mense op hierdie aarde. Ons konsentreer te veel op die onaangename dinge en sien nie al die goeie dinge raak nie."

"Ja." Sy trek haar hand uit syne. "Roelof, ek wil toestemming vra om iemand vanmiddag te gaan besoek." Sy skud haar kop ontkennend op die vraag in sy oë: "Nee, dis nie Niel nie. Ek was mos verlede week by hom. Annatjie het my met die motortjie geneem."

"O. En hoe het dit toe gegaan?"

"Nie so goed nie, maar darem beter as die eerste keer. Ek het met hom probeer praat, hom probeer bemoedig, maar hy is baie teruggetrokke. Dis of ek nie tot hom kan

106

deurdring nie." Miskien het sy nie sukses behaal nie omdat haar hart nie in die woorde was wat sy uit plig uitgespreek het nie. Sy kyk op. "Nee, ek wil met iemand gaan praat wat dalk vir Johan werk het. Hy sal seker 'n swaarvoertuigrybewys hê as hy 'n boer was?"

"Ek sou so reken. Ek sal jou neem."

"Dis nie nodig nie. Annatjie sal my sommer neem."

Hy dring nie verder aan nie, groet net en ry weg. Hulle weet albei dat sy hom deesdae doelbewus probeer vermy. Sy dra sorg dat hulle nooit alleen saam is nie. Toe hy nog dink dat hy haar moet help trek, het Annatjie se motortjie reeds al haar goed aangery Sonneblomstraat toe. Natuurlik stem hy saam. Dis beter so. Verstandig. Tog klem sy hande die stuurwiel onnodig styf vas.

Bert Barkhuizen kyk verbaas op toe hy sy besoeker herken. Hy stap nader, steek sy hand gul uit. "Wanya! Wat 'n verrassing! Kom sit. Waar op aarde val jy uit?" vra hy onbewus ontaktvol.

Maar sy vergewe hom, glimlag selfs. Sy wonder wat hy sal sê as sy moet antwoord: "Uit Sonneblomstraat uit!"

Die Barkhuizens was nie deel van die Cloetes se intieme vriendekring nie. Maar hulle het tog tydens sosiale geleenthede ontmoet. Sy het vanmiddag onthou dat hy een van die grootste vervoerkontrakteurs in die stad is.

Sy praat sommer op die man af, vertel hom wat sy daar kom maak en Bert kan sy verbasing kwalik verberg. Dat Wanya Cloete van alle mense vandag by hom kom soebat vir werk vir iemand anders. Maar sy toon geen teken dat sy in 'n verleentheid is nie.

"Asseblief, Bert, as jy kan, help die man. Hy sal enigiets doen. Het jy nie miskien 'n vragmotorryer nodig nie?"

"Nie op die oomblik nie, maar ek kan hom dalk in die

garage gebruik om herstelwerk te doen. Het hy enige werktuigkundige kennis?"

"Dit weet ek nie, maar kan ek hom nie stuur sodat jy 'n onderhoud met hom kan voer nie? Asseblief, Bert!"

Hy frons. "Ek verstaan nie mooi nie . . . Hoekom voel jy so ernstig oor dié man?"

Haar blik is reguit. "Twee redes. Nommer een: Hy het al sy geld in Rock Trust belê . . . en verloor. Nommer twee . . ."

"Maar, liewe mens, wil jy nou vir elkeen wat geld in Rock Trust verloor het, werk soek?"

"Ek wens ek kon, maar ek weet dis nie moontlik nie. Maar my tweede rede is die belangrikste: Omdat hy 'n mens in nood is . . . Ek weet hoe dit voel om in die nood te wees . . . en hoeveel 'n helpende hand dan vir jou beteken."

Bert Barkhuizen kug, laat sy ooglede val. Snaaks, hy is die een wat effens verleë voel. "Goed dan. Stuur hom. Ek sal kyk wat ek kan doen."

Hulle voel so opgewonde soos twee kinders toe hulle later in Gousblomstraat stilhou. Annatjie probeer 'n demper op Wanya se hoë verwagtinge plaas. "Sê nou hy wil nie gaan nie?"

Wanya is sommer kwaai. "Natuurlik gaan hy! Hy sal gaan al sleep ek hom tot daar!"

Annatjie lag. "Soos jy nou lyk, is jy heeltemal in staat daartoe!"

Maar dis nie nodig om Johan le Roux te sleep nie. Hy lyk vanaand heelwat beter as die eerste keer wat Wanya hom gesien het. Hy is geskeer en sy sien dat hy glad nie onaantreklik is nie. Sy klere lyk wel nog gekreukel, maar dis skoon. Lala glimlag breed na Wanya toe sy gewaar wie hul besoekers is. Annatjie word voorgestel en dan verduidelik Wanya. Tot haar groot vreugde is daar geen protes aan sy kant nie. Sy oë blink dankbaar.

Wanya kyk oorwinnend na Annatjie en dié knik goedkeurend. "Nou toe. Ons het iets om te vier. Kom saam huis toe en ons gaan bak pannekoek." Sy sien die aarseling in die man en wend haar tot die kind. "Ek is vrééslik lief vir pannekoek, en jy?" Die koppie knik gretig en Annatjie het haar ook sommer aan die hand. "Nou kom dan. Waarvoor wag ons?"

Wanya glimlag teenoor die man wat onseker bly staan. "Kom saam, Johan. Jy mag Annatjie nie seermaak nie. Sy het my met haar motortjie na meneer Barkhuizen toe geneem."

"Dan moet ek haar ten minste vir die petrol vergoed."

Sy neem hom aan die arm, trek hom deur toe. "As jy haar wil vergoed, moet jy minstens vier van haar pannekoeke opeet!"

"Dis maklike betaling!" Hy kyk op haar af. "Wanya, ek is so skaam oor my gedrag teenoor jou daardie eerste dag."

Sy gee sy arm 'n drukkie, trek die deur agter hulle toe. "Dis alles vergete. Ek het verstaan."

"Jy is 'n wonderlike mens."

"Ek? Dan moet jy die res van Jan Bom leer ken. Veral tant Bes. Dan sal jy sien wat wonderlik is. Kom, daar toet Annatjie al."

Dit word 'n genoeglike aand en Annatjie dring daarop aan om pa en dogter terug te neem met haar motor toe die laaste pannekoek laataand verslind is.

Toe sy hulle aflaai, kyk sy hom onseker aan. "Moet dit asseblief nie verkeerd opneem nie, maar gee my die broek en hemp wat jy môre gaan aantrek vir die onderhoud, dan stryk ek dit vir jou."

Maar Johan le Roux het die afgelope paar dae sy lesse geleer en Wanya se goeie raad ter harte geneem. Hy sluk sy trots en sê dankbaar: "Dis dierbaar en gaaf van jou, Annatjie. Ek sal dit vreeslik waardeer. Êrens met die trekkery het my strykyster voete gekry."

En jy sal eerder sterf voordat jy een sal leen, dink Annatjie, en glimlag. "Nou toe. Gaan haal dit gou."

Terug by die huis wil Wanya weet: "Wat het jy daar?" Annatjie verduidelik en Wanya lyk verbaas. "En hy gee dit vir jou sonder dat jy eers moet baklei?"

"Ja."

In haar slaapkamer gaan staan Wanya voor die venster en kyk op. Sal die mense aan die ander kant van die stad ooit weet watter kosbare mense aan hierdie kant bly? Dankie, Here, dat ek die voorreg gehad het om hulle te kon leer ken.

Die volgende dag kry sy egter byna 'n oorval toe Johan ontkenned op haar opgewonde vrae antwoord.

"Ek kon die werk nie aanvaar nie."

"Hoekom nie?" Wanya kan huil van teleurstelling.

"Hy kan my as vragmotorryer vir lang ritte gebruik. Maar ek het 'n kind, ek kan nie dae lank van die huis af weggaan nie. Wat moet van Lala word?"

"Sy kom bly by my," kom dit bedaard van Annatjie.

Maar Johan skud sy kop. "Baie dankie, Annatjie, maar dit sal nie uitwerk nie. Jy werk bedags."

Maar Annatjie het skielik 'n antwoord op alles. "Sy kan bedags by tant Bes en Wanya gaan bly. Hulle sal nie omgee om . . ."

"Ek kan nie toelaat dat julle . . ."

Maar Annatjie staan vas. "Afgespreek. Wanneer jy op lang ritte is, kom bly Lala by my en ek en Wanya kyk na haar. Johan, jy kan nie hierdie kans deur jou vingers laat glip nie!"

Hy knik. "Ja, die geld is goed. Maar . . ."

"Maar niks. Dis afgespreek."

Roelof luister stilswyend terwyl Wanya hom van die jongste verwikkelinge vertel. "Tant Bes gee glad nie om nie. Lala is 'n soet meisietjie. Volgende jaar gaan sy skool toe en dan is sy net smiddae hier. Saans slaap sy by my en Annatjie en Johan kan met 'n geruste hart sy werk doen."

Hy glimlag vir haar. "En julle het dit alles klaar gereël?"

"Ja. Skort daar iets daarmee?"

"Nee. Dis maar net . . ." Dis maar net dat jy al verder wegdryf. "Dis maar net weer Jan Bom se mense wat my nooit teleurstel nie. Ek het Johan netnou in die straat raakgeloop. Hy is baie dankbaar, veral teenoor jou, Wanya. Hy sê jy is die een wat weer sy voete op vaste grond geplaas het." En hy dink die son skyn uit jou uit, voeg hy woordeloos by. Hy verander die gesprek vinnig. "Julle sê alles is agtermekaar vir Oukersaand se partytjie?"

"O ja! Ons kort nog net 'n Kersvader. Maar ek het een in gedagte. Ek dink Johan is net die regte man."

Tant Bes kyk vinnig op. "Maar . . ."

Roelof skud sy kop skaars merkbaar. "Gaaf. Dit gaan 'n suksesvolle aand wees. Ek wens julle alles van die beste toe."

"Maar gaan jy dan nie ook hier wees nie? Jy was nog altyd . . ."

"O, ek is nie seker van vanjaar nie, tant Bes. Ek is moontlik daardie aand op 'n ander plek betrokke. Maar julle sal dit kan hanteer, ek weet."

Toe Annatjie ná ses instap, lyk sy verbaas toe sy hoor daar is 'n moontlikheid dat Roelof nie Oukersaand daar sal kan wees nie. "Dis snaaks. Hy was nog elke jaar ons Kersvader."

Wanya kyk vinnig op. "Was hy? Ek het nie geweet nie." Sy kyk ongemaklik na tant Bes. "Hoekom het tannie my nie reggehelp nie?"

Tant Bes hou haar doenig met haar handwerkie. "Maar hy het mos gesê hy sal moontlik nie vanjaar hier kan wees nie. Dan vra ons maar liewer vir Johan."

Johan le Roux neem eensklaps 'n baie prominente plek in in die gemeenskap van Jan Bom, veral in Sonneblomstraat. Met behulp van Wanya en Annatjie trek hy net voor Kersfees uit die buitekamer na die huis nadat die Ferreiras dit ontruim het. Annatjie maak gordyne en trek verweerde stoelkussings oor en Wanya poleer die meubels. Saam rangskik hulle alles en die twee vroue is heel in hul skik met die eindproduk. Johan se dankbaarheid is ontroerend toe hy ná sy eerste rit, wat hom drie dae van die huis af geneem het, terugkeer.

Hy loop trots deur sy huis en neem Wanya aan die skouers. Sag sê hy: "Hoe kan ek jou óóit bedank?"

Sy skud glimlaggend haar kop. "Die meeste is Annatjie se werk. Jy moet háár eintlik bedank."

"Ek praat nie net van die huis nie. Ek praat van alles wat jy vir my gedoen en beteken het. Vir my en my kind."

"Ag, dis niks nie, Johan."

"Nee, dis nie niks nie. Jy het my weer selfrespek gegee. Jy het my weer moed vir die lewe gegee. Dankie dat jy daardie dag hier ingestap en volhard het, ten spyte van die houding wat ek ingeneem het."

Sy laat toe dat sy kop nader kom vir 'n soen. Sy kan begryp dat hy dankbaar is en wil dankie sê. Maar dit is nie net 'n ligte soen soos sy verwag het nie. Sy word vasgevat en deeglik gesoen . . . en in die gangdeur kyk Lala grootogig toe. Dan breek 'n breë glimlag oor haar lippe en sy laat spaander Sonneblomstraat toe. Hierdie wonderlike nuus moet sy met tannie Annatjie deel.

Wanya voel verleë en selfbewus, selfs ongemaklik. Sy trek haar terug uit sy omhelsing, gryp na die eerste ding wat in haar gedagtes kom. "Is jy nou seker jy sal Oukersaand ons Kersvader kan wees?"

"Ja. Meneer Barkhuizen sê ek is Kersnaweek af. Maar ek werk Nuwejaarsnaweek. Hy ruil dit elke jaar so uit dat die helfte van die manne Kersfees af is en die ander Nuwejaar."

"Dan is dit gaaf. Ek sal nou regtig moet gaan. Tot siens, Johan."

Hy kyk haar met 'n tevrede glimlaggie agterna. Hy het nou weer soveel hoop en moed vir die toekoms. Hy droom selfs drome daaroor. Met 'n vrou soos Wanya . . .

Tant Bes lyk nie juis baie ingenome met die nuus wat Annatjie, met 'n ongeërgde stem en te breë glimlag, haar vertel nie.

"Ek twyfel of dit die waarheid is. Ek dink dis sommer wensdenkery aan Lala se kant."

"Hoekom? Johan en Wanya kom goed klaar. Hulle het eintlik groot maats geword."

" 'n Mens trou nie met elkeen met wie jy goed klaarkom en met wie jy groot maats is nie. Jy en Johan is ook goeie maats."

"Maar nie so groot soos hy en Wanya nie. Daar kan 'n verhouding tussen hulle ontwikkel."

"Annatjie, Wanya is 'n getroude vrou."

"Dit keer nie altyd dat jy verlief raak nie," hou Annatjie koppig vol, voel hoe sy haar eie hart kasty. Watter hoop het sy in elk geval teen 'n vrou soos Wanya? "Johan is beslis verlief op haar. Tant Bes moet net sy oë sien wanneer hy haar gewaar."

Tant Bes is sommer ongeduldig. Het sy dan al die tyd verkeerd gekyk? "Maar Wanya se oë blink nie. Sy is te verstandig om haar in 'n verhouding te begewe wat sy weet geen toekoms het nie."

113

"Maar miskien dink sy daaraan om haar man te verlaat."

Tant Bes se stem is skielik baie streng: "Annatjie, jy moet liewer nie hierdie storie versprei nie. Dis bloot die verbeeldingsvlug van 'n kind wat baie graag 'n ma van haar eie wil hê. Vergeet daarvan."

Maar nie een van die twee kry dit vergeet nie, en toe Roelof weer sy opwagting by tant Bes maak, is dit die eerste saak wat sy aanroer terwyl sy hom noukeurig dophou.

"Lala het met die storie by Annatjie aangekom dat Wanya haar nuwe ma gaan word. Annatjie sê sy was baie oortuigend daaromtrent. Maar, Roelof, dit is mos nie moontlik nie."

Sy blik verraai niks nie, maar hy kyk weg toe hy antwoord: "Hoekom is dit onmoontlik, tant Bes?"

Tant Bes klink sommer vererg. "Maar natuurlik is dit onmoontlik! Sy is 'n getroude vrou! Sy het nog nooit van skei gepraat nie."

"Ons weet nie wat in 'n ander se hart omgaan nie, tant Bes."

"Maar dit is jou plig om met haar te praat en hierdie ding stop te sit. Sy is jou verantwoordelikheid."

Maar hy skud sy kop, staan op. "Ek glo Johan sal 'n voorslagbraaier wees. Hy was 'n boer." Hy buk af en soen haar vlugtig op die hare, druk haar hand. "Wat ook al gebeur, my tannie, Wanya se geluk is die belangrikste, nie waar nie? Nie ek of tant Bes kan aan haar voorskryf nie. Tot siens."

Toe hy uit is, vee tant Bes oor haar oë. Dis maar 'n deurmekaar wêreld hierdie . . .

Die partytjie is 'n reusesukses. Die Jan Bommers vergeet vir een aand van al hul probleme. Kersvader laat die kinders se oë skitter en Johan speel die rol onverbeterlik. Almal wat sy eerste dae in Jan Hofmeyr onthou, kan kwalik glo dis dieselfde man. En vir almal is die geheim nie meer 'n geheim nie. Want Lala, oortuig deur die vurige soen, het nie net haar vreugde met Annatjie gedeel nie. Sy het ook ewe voorbarig aan haar maatjies vertel wat in die toekoms gaan gebeur. Johan se optrede plaas ook die seël daarop, en vir baie Jan Bommers is dit 'n uitgemaakte saak: Op 'n dag gaan Lala haar nuwe ma kry.

Tant Bes en Annatjie kyk ook maar stilswyend toe hoe Johan nooit ver van Wanya af is nie, hoe die drie langs mekaar op die gras sit en eet en die perfekte prentjie van 'n gelukkige gesinnetjie uitmaak. Johan en Lala se oë straal en Wanya, merk hulle op, het nog nooit so ontspanne gelyk en so baie geglimlag en gelag en geskerts soos vanaand nie. Nee, Lala is seker reg. Hier is iets aan die broei.

Maar die glimlaggies en skerts is weg toe Wanya laatnag voor haar venster staan en na buite kyk. Sy kyk met traannat oë na die sterre en voordat sy bedwaarts keer, prewel sy sag: "Waar jy jou ook al bevind, Roelof . . . 'n geseënde Kersfees."

Kersoggend word rustig deurgebring. Sy en tant Bes gaan saam kerk toe en nuttig 'n ligte maaltyd van koue vleis en slaai. Hoe Johan ook al daarop aangedring het, het sy geweier om die middag saam op 'n uitstappie te gaan. Sy het geweet sy kon nie. Sy het 'n besoek om af te lê. So is hy en Lala en Annatjie maar alleen weg in haar klein motortjie.

"Hoe gaan jy by die gevangenis kom?" wil tant Bes bekommerd weet.

"Ek gaan 'n taxi laat kom."

"Wanya . . ." Tant Bes kyk haar stip aan. "Jou persoonlike sake is jou eie, kind, maar dink jy nie dit het tyd geword dat jy Johan vertel dat jy 'n getroude vrou is en met wie jy getroud is nie?"

Wanya frons. "Daar is niks wat tussen ons kan vorder nie. Dit weet tannie tog."

"Maar Johan weet dit nie. En die hele Jan Hofmeyr dink julle staan op trou."

"Wat?" Sy luister verslae terwyl tant Bes verduidelik, en protesteer dan: "Johan het maar net sy dankbaarheid betoon toe hy my gesoen het. Daar steek niks in nie?"

"Is jy seker, hartjie?" Sy laat haar blik sak voor die reguit vraag. "Wanyatjie, dis vir niemand 'n geheim hoe Johan oor jou voel nie. Hy gaan seerkry. En Lala ook. En dalk ook ander mense."

"Wat bedoel tannie?"

"Annatjie voel baie sterk aangetrokke tot Johan, maar omdat jy daar is . . ."

"Ek is nêrens nie, tant Bes! Ek gaan vanmiddag my man besoek."

"Dan oorweeg jy dit nie om van hom te skei nie?"

Wanya sug. "Nee. Ek oorweeg dit nie."

"Dan is dit jou plig om reguit met Johan te praat. Jy kan dit nie langer uitstel nie. Hy is besig om sy hele toekoms om jou te bou."

Wanya lyk diep ongelukkig en ontsteld. "Ek het nie bedoel . . . Ek wou hom net help, tant Bes!"

"Ek weet, hartjie. En jy sal hom weer moet help om onder 'n wanindruk uit te kom. Hoe gouer, hoe beter."

Soos voorheen, is hierdie besoek weer 'n groot beproewing vir Wanya. Maar vandag is dit boonop Kersdag – 'n dag wat die hart week en weerloos laat. Dis 'n dag waarop dierbares saam moet wees en nie deur digte glas na mekaar moet kyk nie. En haar gesprek met tant Bes het haar meer ontstel as wat sy laat blyk het. Tant Bes sê almal dink daar is 'n verhouding tussen haar en Johan . . . Almal?

Soos altyd wanneer sy Niel se stoïsynse gesig deur die ruit sien, sak haar moed in haar skoene. Niel is beslis een van die gevalle waarmee Korrektiewe Dienste nie veel sukses behaal nie. Hy is verbitterd en ontoeganklik, maar sy gedrag is onberispelik. Daarvoor dra hy sorg, want hy gaan nie 'n dag langer hier sit as wat nodig is nie.

Op haar "Geseënde Kersfees" knik hy skaars. Sy begin hom maar vertel van die vorige aand se partytjie in Jan Hofmeyr. Hy luister so stil dat sy wonder of hy ooit inneem wat sy sê. "Hulle laat nie toe dat ek self vir jou geskenke koop nie. Ek het geld inbetaal sodat hulle iets vir jou kon koop vir Kersfees. Hulle het gesê jy kan sê wat jy wil hê. Wat het jy toe gekry?"

"Koekies en sigarette." Sy mond trek wrang. "Ons het nie veel van 'n keuse nie."

"Wat het julle vanmiddag geëet?"

"Die gewone. Dit was geen Kersmaal nie. Kersfees is vir goeie mense, nie vir moordenaars en diewe nie."

"O, Niel, asseblief, moenie so bitter wees nie!"

"Jy weet nie wat jy sê nie, Wanya. Laat ek jou my spyskaart vir vandag gee: Ontbyt – mieliepap en brood en koffie; middagete – vyf snye brood met koeldrank; aandete – hoender, stampmielies, twee groentes en 'n hand vol droëvrugte." Sy kan hom net sit en aankyk. "En so lyk dit elke liewe dag. Soms is daar 'n stukkie vis in plaas van vleis. Maar elke liewe dag eet ek stampmielies en brood."

Haar ooglede val vlugtig. Hy het baie maer geword. Dan kyk sy weer pleitend omhoog: "O, Niel, hou net moed en hou uit, asseblief! 'n Groot deel is al verby. Wanneer jy die dag uitkom . . ."

"Wanneer ek die dag uitkom . . . Sal jy daar wees, Wanya?"

Hy het dit nog nooit so direk gevra nie en haar maag gee

'n draai. Die hand wat nie die gehoorbuis vashou nie, bal tot 'n vuis saam, maar haar stem is egalig, selfs oortuigend: "Natuurlik sal ek daar wees. Ek wag vir jou, Niel. Ek is jou vrou."

Ná haar besoek aan Niel soek sy tant Bes se vertroostende teenwoordigheid op. Dikwels het sy al haar verdriet en hartseer teen die moederlike bors uitgehuil. Vandag het tant Bes egter 'n besoeker. Sy herken die motor dadelik en huiwer by die voorhekkie. 'n Paar maande gelede sou sy die vrymoedigheid gehad het om alles met hom te bespreek, maar sy het dit nie meer nie. Daar het 'n afsydigheid, selfs 'n afstand, tussen hulle ingetree wat vir haar onverklaarbaar is en diep seermaak. Net toe sy wil wegdraai en aanstap, gaan die voordeur oop en haar naam op sy lippe bring haar tot stilstand.

Hy stap nader, steek sy hand uit. " 'n Geseënde Kersfees, Wanya."

Sy kyk op in sy oë, maar sy blik is veraf, byna onpersoonlik. " 'n Geseënde Kersfees, Roelof."

"Ek het vir tant Bes 'n geskenkie gebring," verduidelik hy. "Sy sê my toe jy het Niel vanmiddag gaan besoek. Hoe gaan dit daar?"

"Soos gewoonlik." Sy kyk onseker op. As sy net die moed het om hom reguit te vra . . .

Maar hy het reeds iets aangevoel. "Skort daar iets? Kan ek help?"

"Ek . . . ek het jou raad nodig."

"Jy weet dit is altyd tot jou beskikking."

"Ek verstaan dat die hele Jan Hofmeyr dink daar is 'n verhouding tussen my en Johan. Weet jy iets daarvan af?"

Sy blik is reguit. "Ja. Ek weet die gerug doen die rondte."

"Van wanneer af weet jy daarvan?"

" 'n Rukkie."

"En jy het nie daaraan gedink om dit met my te bespreek nie?"

"Ek het geen reg om my met jou persoonlike sake te bemoei nie."

"Dan glo jy dit?"

"Dis nie belangrik wat ek glo nie, Wanya. Jou hart sal jou sê waar jou geluk lê. Die toekoms is joune om daarmee te maak wat jy wil."

"Dan gee jy nie om nie . . .?" Sy sluk en haar stemtoon verkil. "Dankie. Tot siens."

"Wanya . . ."

Sy kyk seergemaak om. "Ek is jammer. Ek het vergeet ek is maar net nog een van jou gevalle, iemand oor wie jy toesig moet hou en verslag moet lewer. En soos jy dit duidelik uitgespel het: wat in my hart aangaan, kan jou nie skeel nie. Dis my eie saak. Tot siens, Roelof."

7

In die dae wat volg, is Wanya egter in 'n stryd met haarself gewikkel. Sy is mens genoeg om die aandag wat sy van Johan ontvang, te geniet. Dis soos balsem op haar seer hart. Sy kry haarself nie sover om eerlik met hom te wees en hom te vertel presies wie sy is nie. Hy het blykbaar nie die vaagste gedagte om haar en dié Niel Cloete wat vir sy ellende verantwoordelik is, met mekaar te verbind nie. Wat sal Niel Cloete se vrou nou in Sonneblomstraat soek? Dit het ook nog nie gelyk asof hy oor haar verlede nuuskierig is nie. Op die oomblik is dit vir hom genoeg dat sy daar is . . . en dat sy elke dag vir hom meer en meer die vrou raak met wie hy kans sien om weer 'n nuwe toekoms te bou.

Sy vriendskap beteken ook geweldig baie vir Wanya in hierdie dae. Dis iets om aan vas te hou terwyl sy voel hoe die twee ander mense aan wie sy in die verlede vasgehou het, al verder van haar af wegdryf, totaal onbereikbaar word.

Met elke besoek aan Niel besef sy al duideliker dat hulle mekaar êrens langs die pad verloor het . . . vir goed verloor het. Terugskouend besef sy dat dit al gebeur het nog voordat die Rock Trust-bom oor hul koppe gebars het. Al meer begin sy wonder of sy dit sal regkry om weer die drade saam met hom op te tel en vir hom 'n vrou te wees. Veral van die laaste gedagte skram sy weg, want diep in haar wese weet sy: Sy wil nie meer sy vrou wees nie. Sy sien nie daarvoor kans nie!

Dit is beslis bewonderenswaardig om die pad van plig te probeer loop, maar het sy nie ook 'n plig teenoor haarself nie? Haar en Niel se wêrelde is so ver van mekaar verwyder soos die Noordpool van die Suidpool. Ná Sonneblomstraat en Jan Bom sal haar lewe nooit weer dié van 'n ledige ryk vrou kan wees nie. En Niel . . . Sy weet instinktief dat daar vir Niel geen ander wêreld bestaan nie. Sodra hy vry is, sal hy weer geld begin najaag asof dit die enigste ding op aarde is wat waarde het.

Roelof kan maar preek oor die pad van plig en dat 'n mens met jouself ook moet kan saamlewe, dink sy bitter. Almal is nie so sterk soos hy nie. Sý is nie. Sy is net 'n dood-gewone mens wat voel dat sy, sodra haar skuld betaal is, die reg het om vir haar 'n bietjie geluk te probeer bekom. Saam met Niel sal sy dit nooit weer vind nie. En Roelof . . . As sy net sy vriendskap kan behou. As hy net altyd vir haar daar sal wees wanneer sy hom nodig het. As sy net kan weet dat sy ook in die toekoms altyd na hom toe kan vlug om haar tydelik in sy warme begrip en teerheid te kan koester . . . Maar hy sal nie daar wees nie. Die dag wanneer sy en Niel weer bymekaar is, sal hy totaal van die toneel verdwyn. Hy het alreeds begin verdwyn, besef sy met 'n rou seerkryge-voel. Hy het hom reeds van haar begin onttrek. Toe sy hom in die begin so nodig gehad het, was hy daar. Maar noudat sy al meer op haar eie bene kan staan, weer balans en per-spektief het, het hy besluit sy het hom nie meer nodig nie. Hy berei haar nou al voor vir dié dag wanneer alle kontak tussen hulle verbreek sal word.

Dan bly daar mos net Johan oor, oortuig sy haarself met koppige desperaatheid. Johan maak geen geheim van sy ge-voel vir haar nie en sy weet Lala is mal oor haar. Hoekom nie hierdie twee mense se liefde aanvaar en rus en vrede vir haar siel kry nie? Hoekom met 'n huwelik voortgaan wat sy weet tot mislukking gedoem is? En hoekom bly hoop en hunker na iets wat nooit moontlik sal wees nie?

Toe Annatjie aankondig dat haar jaarlikse verlof aange-breek het en dat sy saam met 'n toergroep die Laeveld gaan besigtig, vind Wanya dit nie vreemd nie. Maar tant Bes se wyse oë kyk dieper, en hoewel sy nooit van Johan en die sogenaamde verhouding tussen hom en Wanya praat nie, is sy nou lus om Wanya aan die skouers te vat en te skud.

"Ek hoop van harte jy het tot 'n finale besluit gekom voordat Annatjie terugkeer."

"Waarvan praat tant Bes?"

Sy word takserend oor die kombuistafel aangekyk. "Jy weet goed waarna ek verwys, Wanya. Jy moet kies tussen jou man en Johan." Sy sien dat Wanya terugdeins, maar tant Bes is nie een wat doekies omdraai nie. En hierdie saak is ernstig, gans te ernstig om langer uit te stel.

"Tant Bes, daar is nie 'n vaste verstandhouding tussen my en Johan nie! Ek sweer dit. Ek hou hom op 'n afstand . . ."

"Wat bitter onregverdig teenoor hom is. Hy het sy deel van swaarkry gehad. Jy maak nie reg nie, Wanya." Tant Bes is nou opreg ontstoke.

Wanya se kop sak vooroor terwyl sy voortgaan met wortels skraap. Gelukkig moes Nellie vandag haar pensioen gaan haal, want tant Bes sou sommer voor haar ook uitgebars het.

"Ek sal nooit iemand doelbewus seermaak nie, tant Bes." Tant Bes se oë verteder. "Ek weet, hartjie. Maar onbewustelik maak jy ander seer. En in die proses maak jy jouself die seerste. Oor twee maande is jou tyd uitgedien. Dan moet jy weet wat jy wil doen. Jy moet jou toekoms nou al begin beplan."

Wanya kyk haar met groot oë aan. "Dis waar! My vonnis verstryk oor minder as twee maande! Ek het . . . ek het dit totaal uit die oog verloor!"

Tant Bes glimlag teer. "Dan was jy darem gelukkig by ons, hartjie?"

Wanya se oë skiet vol trane. "O, ja, tant Bes! Ek dink hierdie maande in Sonneblomstraat was van die gelukkigste in my lewe."

Haar woorde is opreg en tant Bes weet dit. "Maar nou moet jy baie versigtig wees, my kind. Wat jy nou gaan besluit, gaan die res van jou lewe beïnvloed. Jy moet hard bid vir die regte leiding, Wanya."

Sy doen dit op 'n aand nadat sy Lala in die bed gesit het. Johan word eers môreoggend terugverwag. Hoe moet ek besluit, Here? Wat is die regte besluit? Of moet ek net padgee – padgee van alles en almal af en my pad vorentoe alleen loop?

Toe daar skielik 'n klop aan die voordeur kom, is sy verbaas om Johan voor haar te sien staan.

"Maar jy sou eers môreoggend . . ."

"Ek weet, maar ek het tyd ingehaal langs die pad. Ek wou by die huis kom." Hy stap nader, neem skielik haar gesig tussen sy hande. "Om die een of ander rede wil jy nie hê ek moet hieroor praat nie, maar ek kan nie langer stilbly nie, Wanya. Op pad hierheen het ek besluit ek gaan nie langer uitstel nie. Ek het jou lief. Ek wil met jou trou. Asseblief, sal jy?"

Sy kyk verslae in sy oë op, draai dan haar gesig vinnig weg toe sy sien hy bring sy mond nader. Sy sug vermoeid en sê: "Jy is reg, Johan. Ons moet praat. Ek kan nie met jou trou nie. Ek is getroud." Sy lees die skok en ongeloof in sy oë en voel die skuld in haar opstu. Sy moes lankal gepraat het! "Ek is jammer, maar ek het nooit vermoed dat so iets moontlik is nie. Die feit dat ek jou so op 'n afstand gehou het . . ."

Hy skud sy kop verslae. "Ja, dit het my gehinder, maar ek het aanvaar dat jy 'n goeie rede daarvoor het. Ek het nooit probeer uitvis nie, want ek het geglo dat jy my in jou vertroue sal neem sodra jy dink die tyd is reg. Maar dat jy reeds getroud is . . . Waar is jou man dan?"

Sy kyk dapper terug. "In die tronk."

"Wat?"

"Ek is Niel Cloete se vrou, Johan. Die man van Rock Trust se vrou."

Sy kan net met 'n seer hart toekyk hoe hy sy gesig verslae in sy hande toevou en skielik lyk hy weer so ontredderd soos daardie eerste dag toe sy hom op die bed sien sit het. Verbete gaan sy voort: "Ek is self besig om 'n vonnis van vyftien maande uit te dien. Ek het 'n kind doodgery. Ek moet vyftien maande gemeenskapsdiens by tant Bes doen."

"Wanya . . ."

"Verstaan jy nou dat daar nooit ooit iets tussen ons twee kan wees nie?"

Sy gesig lyk grys. "Maar jy gaan tog seker nie terug na jou man toe nie! Gaan jy, Wanya? Het jy hom regtig nog lief?"

Sy sprei haar hande oop. "Dit gaan nie net om liefde nie. Ek het 'n plig, 'n verpligting. Ek het gedeel in die geld wat

Niel van ander . . . geneem het. Ek het 'n skatryk vrou se lewe gelei. Ek het al die voordeel van daardie gesteelde geld gehad." Sy skud haar kop. "Vergeet van my, Johan. Ons is nie vir mekaar bedoel nie."

Ook hy skud sy kop, maar in volslae verslaentheid. "Ek kan dit nog nie glo nie . . ." Met desperate hoop in die oë kyk hy haar aan. "Is jy baie seker dat jy nie miskien later . . . dat daar nie miskien later . . .?"

"Nee, Johan. Daar sal nie 'n later wees nie. Asseblief, laat ons hierdie gesprek staak."

Sy staan op die donker stoep en kyk hom agterna terwyl hy met die sypaadjie langs afstap in die rigting van Gous-blomstraat, skouers vorentoe, kop vooroor . . . Die blink trane rol ongehinderd oor haar wange. Sy wou hom nie seermaak nie . . . maar tant Bes was reg. Sy maak mense seer . . . en in die proses kry sy die seerste. Sodra haar proef-tyd verstryk het, moet sy hier wegkom. Sonneblomstraat en Jan Bom se mense is nie deel van haar toekoms nie. Maar sy gaan verlang . . . vreeslik verlang.

"As jy so voel, hoekom het jy hom weggestuur?"

Sy ruk soos sy skrik. Hy staan langs haar en in die skemer-lig kan hy die helder traanstrepe duidelik sien. Sy vingers bal in sy broeksakke.

"Waar . . . waar kom jy so skielik vandaan? Waar is jou motor? Ek het jou nie gehoor . . ."

"Ek was by tant Bes, en het sommer besluit om die paar treë hierheen te loop en te kom hoor hoe dit gaan." Dis nie heeltemal die waarheid nie. Hy kan haar nie vertel dat tant Bes hom so te sê gedwing het om te kom nie. Sy was nie haar gewone vriendelike self toe hy netnou by haar inge-stap het nie. En weer het sy nie doekies omgedraai nie. "Jy vermy hierdie huis bedags asof jy bang is vir iets. Of is dit vir iemand?"

Hoewel hy weet dat misleiding nie met tant Bes werk nie, het hy tog onskuldig probeer voorkom. "Op die aarde, waarvan praat tante nou? Ek is net geweldig besig."

"Twak! En al is jy ook hoe besig, het jy nog altyd jou plig om hier in Sonneblomstraat 7 na te kom. Of het jy vergeet dat sy jou verantwoordelikheid is? En moenie waag om vir my te vra wie sý is nie, jong man!"

"Wanya het nie meer my toesig nodig nie, tant Bes."

"Sê wie?"

"Haar tyd verstryk oor 'n paar weke."

"En nou was jy jou hande in onskuld. Dat sy besig is om te vergaan en dalk oor 'n paar weke tot niet is, tel nie."

"Wat wil tant Bes hê moet ek doen?"

Sy stemtoon het tant Bes gekalmeer. "Sy het 'n vriend nodig, my seun. Sy het jou nou nodiger as ooit, want Wanya moet oor haar toekoms besluit . . . en as sy 'n verkeerde besluit neem, gaan sy die res van haar lewe daaronder ly."

"Ek kan haar nie help besluit of vir haar besluit nie! Ek is magteloos, tant Bes! Jy weet dit tog! Ek kan geen sê in haar toekoms hê nie!"

"Ek weet, Roelof. Maar miskien het sy net 'n bietjie leiding nodig. Miskien net 'n hand om aan vas te hou, iemand om op te steun, om mee te praat, om te help perspektief gee. Dis net jý wat dit vir haar kan doen." Tant Bes het hom veelseggend aangekyk. "Ek weet dis baie gevra – maar is dit te veel gevra? Dis Wanya van wie ons praat."

Toe het hy opgestaan en uitgeloop en nou staan hy langs haar en voel so magteloos soos nog nooit tevore nie. Tant Bes is verkeerd. Hy kan haar nie help nie. Hy staan self te na aan haar. Maar hy probeer, vra weer: "Ek het gevra, Wanya. As jy werklik soveel vir hom omgee, en ek weet hý gee baie om, hoekom hom dan wegstuur?" Hy kyk liewer weg, kyk sommer die donkerte in. "Ek weet ons het vroeër oor plig gepraat, van jou plig teenoor jou man. Maar waaroor ons nie gepraat het nie, is dat elke mens ook 'n plig teenoor homself het. Dis nodeloos om jou huwelik voort te sit as jou hart nie daarin is nie. Dan is dit uit die staanspoor gedoem. Al wat dit sal baar, is net nóg hartseer en ontnugtering."

Sy kyk na sy gelaatstrekke afgeëts teen die dowwe lig van die straatlamp. "Wat presies probeer jy vir my sê, Roelof? Dat ek van Niel moet skei en met Johan trou?" Sy stap vorentoe sodat sy weer in sy gesigsveld is. "Is dit die raad wat jy my gee?"

Hy word gedwing om op haar af te kyk. "Nee. Wat ek vir jou wil sê, is: as geluk binne jou bereik is, gryp dit aan. Dis nie almal wat die pad van plig kan loop nie. Dis nie vir jou nodig om dit te doen nie. Jou omstandighede is . . . anders."

"Jy weet, Roelof, ek het nie geweet dat die toesigbeampte ook veronderstel is om vir my 'n nuwe man te soek nie."

"Wanya . . ."

Sy is só kwaad en só seer dat sy nie dink voordat sy praat nie. "Jy hoef my nie aan 'n ander man te probeer afsmeer nie."

"Wanya!" Hy kry haar aan die skouerknoppe beet, maar dis of sy aanraking meebring dat sy haar selfbeheersing totaal verloor.

"Of is dit maar net 'n geval dat jy nou teenoor my ook so 'n sieklike verantwoordelikheidsgevoel ontwikkel het as teenoor jou vrou?"

Die woorde is uit voordat sy besef wat sy kwytgeraak het. Dit is lank stil op die stoep. Dit is sy wat met 'n doodse stem weer die stilte verbreek: "Ek gaan nie om verskoning vra nie. Miskien was dit tyd dat iemand dit vir jou sê." Sy beweeg weg van die stil gestalte. "Moet jou nie oor my bekommer nie, Roelof. Jy het my trane verkeerd vertolk. Ek het nie gehuil omdat ek die man wat ek liefhet van my af weggestuur het nie. Ek het net vriendskap in my hart vir Johan. Ek het gehuil omdat ek iemand wat reeds baie seergekry het, weer moes kwes. Ek kon dit nie verhelp nie. Maar ek sal dit nie weer doen nie. Ek sal dit nie aan Niel doen nie. Ek moes Johan wegstuur – hoe swaar dit ook al was – want ek het geen verpligting teenoor hom nie. Maar ek het 'n verpligting teenoor Niel. Hy is my man. Ek het vandag 'n brief gekry waarin Niel se advokaat my in kennis stel dat sy vonnis terugverwys gaan word na die hof en hy het alle hoop dat dit omskep sal word tot korrektiewe toesig. Die kanse dat Niel dus ook binne die volgende weke vrygespreek sal word, is goed. Dankie vir jou belangstelling. Goeienag."

Tant Bes wag daardie aand nie dat Roelof moet terugkom om verslag te lewer nie. Sy het sy motor hoor wegtrek en instinktief geweet die besoek het nie goed afgeloop nie. Tevergeefs probeer sy die volgende oggend by Wanya uitvis wat gebeur het. Dié het skielik nes Roelof toegeklap, selfs teenoor haar. Daar is darem een troos. Geen verlowing is aangekondig nie, en dit kan sy darem vir Annatjie vertel toe sy ná dae terugkeer.

"Dit sê niks nie, tant Bes. Natuurlik sal hulle nie 'n formele verlowing aankondig nie. Wanya is immers nog wettig getroud. Maar ek het 'n vermoede sy gaan sake tussen haar en haar man finaal opklaar sodra haar tyd by ons verby is."

Tant Bes sug. "Ek gaan haar verskriklik mis. Gaan jy nie ook nie? Sy het so deel van ons geword."

"Natuurlik sal ons haar mis, maar sy was nooit regtig deel van ons nie, tant Bes. Wanya pas nie in by Sonneblomstraat en Jan Bom nie. Sy is vir beter dinge bedoel." Sy kyk tant Bes vas in die oë en sê op haar kenmerkend eerlike manier: "Afgesien van wat ek in my hart voel, het ek nog altyd gedink hulle pas nie by mekaar nie. Maar wie is ek nou om te sê."

Tant Bes se hart pyn vir die moedige glimlaggie om die lippe. Arme klein Annatjie. Het tot dusver ook maar min van die lewe ontvang.

Wanya begin weer na 'n woonstel soek, hierdie keer met nog minder geesdrif as die eerste keer. Wanneer Niel uitkom, moet hulle 'n dak oor hul koppe hê. Sy kry onverwags 'n klein gemeubileerde kothuis te huur, en in vergelyking met Sonneblomstraat is dit 'n paleisie, maar sy weet by voorbaat dat Niel nie daarmee tevrede sal wees nie. Met die gevoel in haar dat sy besig is om reguit op 'n diep afgrond af te stap, begin sy stadigaan haar goedjies oorneem en kry die plekkie gereed. Sy voel skuldig dat sy so verlig is dat daar in albei slaapkamers enkelbeddens staan, wetende dat dit nie die onvermydelike sal keer nie. Die nag sal aanbreek wanneer sy haar plig as vrou teenoor haar man sal moet nakom. Dit voel asof 'n hand haar keel toewurg en sy voel duiselig van paniek toe sy by die slaapkamer uitstap.

Die laaste paar dae in Sonneblomstraat word 'n pynlike vreugde. Elke ou gesig word dierbaarder as ooit. Elke kinderlaggie al kosbaarder. Sy wil elkeen vasdruk en teen haar vasklem, op hul skouers huil, maar sy mag nie. Want Annatjie was reg. Jan Bom en sy mense was nie regtig deel van haar lewe nie. Dit was net 'n fase, 'n kort tussenspel tussen 'n ou en 'n nuwe lewe . . . Maar wat hierdie nuwe lewe vir haar inhou, weet sy nie en wil sy liefs nie weet nie. Wat sy wel weet, is dat sy 'n groot stuk van haar hart hier tussen die eenderse rye huisies gaan agterlaat. Maar sy durf nie langer hier vertoef nie. Haar pad lei verder en sy moet gaan. Die laaste dag van haar vonnis breek aan.

Vroeg die oggend, voordat Annatjie werk toe gaan, gaan sy na haar kamer. Die twee vriendinne kyk mekaar tranerig aan. Dan val hulle mekaar om die nek en hou mekaar vas. Bewoë sê Wanya: "Ek gaan nie eens probeer om te begin dankie sê nie, Annatjie. Ek sê dus net een groot dankie vir alles. Ek sal jou nooit vergeet nie. Ek sal nooit weer in my lewe 'n vriendin soos jy hê nie."

"Maar dis seker nie nodig dat ons heeltemal kontak verloor nie. Ons kan mekaar nog soms sien. Jy sal seker weer by madame Veronique inloop en ek kan seker soms vir jou kom hallo sê in jou nuwe huisie?"

Wanya glimlag. "Ek sal seker nie weer by madame Veronique inloop nie, Annatjie. Ek en Niel is van nou af net doodgewone, werkende mense. Ons sal nie die soort geld hê wat madame Veronique vra nie." Sy sê egter met geen bitterheid nie. "Natuurlik kan jy vir my kom kuier. Maar ek wil jou vra om ons eers so 'n maand of drie kans te gee. Ek en Niel sal mekaar so te sê van voor af moet leer ken. Ons sal 'n aanpassingstyd nodig hê. Verstaan jy?"

"Natuurlik. Ek wens jou net alle geluk toe, Wanya."

"Dankie. Ek wens jou dieselfde toe. Ek laat Johan en Lala met 'n geruste hart hier by jou agter. Kyk mooi na hulle."

Annatjie sluk swaar. "Ek sal. Ek belowe."

"Hier is iets vir jou. Toe ek destyds van my deftige klere ontslae geraak het, het ek hierdie rok gehou. Om watter rede weet ek self nie. Ek wil graag hê jy moet dit neem." Sy knik en glimlag toe Annatjie die rok uit die omhulsel haal en 'n uitroep gee. "Ja. Dis die rok wat jy destyds so fantasties vir my reggemaak het."

"Maar dis 'n te duur rok!"

"Neem dit, asseblief. Jy kan dit net 'n bietjie korter maak. Dis sal jou pas. Daar is niks op aarde waarmee ek jou ooit kan vergoed nie. Dankie, my liewe vriendin."

Dis bitter swaar om klein Pikkie se sukkelende liggaampie die laaste keer te sien wegraak en die traangevulde stemmetjie in haar ore te hoor weerklink: "Kom kuier vir ons, 'seblief, tannie Hartjie."

Ook Nellie en Vitorie kry hul afskeidsdrukkies en dan is dit net tant Bes wat oorbly.

"Ek het nie vir Johan gegroet nie. Die vragmotor het seker gebreek, want hy is nog nie terug van sy laaste rit nie. Miskien is dit beter so. Maar ek het 'n boodskap vir hom. Sê vir hom ek sê hy moet Annatjie een aand uitneem na 'n deftige plek sodat sy haar aandrok kan aantrek en dat hy sy oë moet oopmaak en die stukkie goud voor hom moet raaksien."

"Ek sal hom sê."

Dan word dit stil. "Tant Bes . . ." Skielik bewe haar mond só dat sy geen woord meer kan uitkry nie.

"Kom hier, my hartjie."

Soos so baiekeer in die verlede word sy styf teen die moederlike boesem vasgetrek.

"O, my tannie Bes . . . Hoe kan ek ooit . . ."

"Moenie. Moenie dat ons vir mekaar dankie sê nie. Laat ons net onthou."

Sy knik, en skielik staan sy sonder wapenrusting. "Ek is so bang, tant Bes!" kom die erkenning.

"Ek weet, my kind. Ek sal vir jou bid." Toe Wanya vinnig wegdraai, vra sy: "Hoe kom jy by die huis?"

"Met die bus. Ek wil vandag vir oulaas weer bus ry."

"Maar ek sou dink Roelof sou jou darem vandag . . ."

"Nee. Ek ry bus."

Hy kry haar waar sy in die stad die ander bus moet haal. "Wanya, kom. Ek is jammer. Ek is opgehou. Kom ek neem jou huis toe."

"Nee, Roelof, dankie. Ek ry bus."

130

Hulle staan voor mekaar terwyl die skare om hulle saambondel in die spitstydgedrang. Dan, sonder 'n verdere woord, klim sy op die bus, gaan sit teen die venster en staar blindelings na buite. Die bus begin beweeg en een vlietende sekonde staan daar 'n gesig helder bokant die baie ander gesigte uit . . . en dan is dit ook weg . . .

8

Gespanne tot by breekpunt staan Wanya en kyk hoe die motor voor die kothuis stilhou. Twee mans klim uit en sy dwing haar bene om haar stoep toe te dra. Ná bykans agtien maande staan man en vrou voor mekaar, gespanne, sonder woorde.

Sy voel die ander man se blik op haar en weer dwing sy haar bene vorentoe, doen wat van haar verwag word. Sy sit haar arms om Niel se nek, druk hom 'n oomblik teen haar vas terwyl alles in haar wegkrimp. Daar is min reaksie van sy kant, en sy is dankbaar daarvoor.

"My vrou, Wanya. Meneer Van Wyk."

Sy steek haar hand uit, dwing 'n glimlag na haar lippe. "Meneer Van Wyk." Dan wys sy na die voordeur. "Kom binne."

Hulle stap binne, en sy sien hoe albei mans se oë om hulle dwaal. Sy staan doodstil, weet intuïtief wat Niel se uitdrukkinglose oë sê, sien dat die toesigbeampte goedkeurend knik.

Weer doen sy haar plig. "Sit gerus. Ek gaan maak vir ons tee."

"Dankie, mevrou, maar ek sal eers moet gaan." Sy knik net, weet dat hy dink hy doen hulle 'n taktvolle guns. 'n

Man en vrou wat so lank van mekaar verwyder was, wil sekerlik nou alleen gelaat word. "Ons sien mekaar weer, meneer Cloete."

Dan is hy uit en weg . . . en hulle kan net na mekaar staan en kyk. Sy lek senuweeagtig oor haar droë lippe. Wat sê 'n mens ná so 'n lang tyd?

"Ek . . . ek hoop nie jy neem my kwalik dat ek nie vanoggend . . . daar was nie. Ek het die gevangenis gebel om te hoor hoe laat jy uitkom en toe sê hulle meneer Van Wyk sal jou bring, want hy moet kom kyk waar ons bly." Hy antwoord nie, begin deur die huisie stap, loer by die twee slaapkamers in, by die kombuis, by die agterdeur uit, kom terug. "Kon jy nie iets kleiners gekry het nie?"

Sy pers eers haar lippe saam, probeer sy sarkasme ignoreer. "Dis die beste wat ek kon kry. Ons kan nie groter bekostig nie. Dis darem beter as . . ."

"'n Tronksel. Ja, seker."

"Dis nie wat ek wou sê nie. Ek wou sê dis beter as 'n woonstel. Kan ek vir jou tee maak?"

"Ja, maak maar. Het jy 'n telefoon laat installeer soos ek gesê het?"

"Ja. Dis in die slaapkamer langs die bed."

Hy stap deur na die slaapkamer en sy draai weg kombuis toe. Met wie op aarde gaan Niel so onmiddellik ná sy vrylating kontak maak? Van hul ou vriende sal dit beslis nie wees nie, dié het almal saam met gister verdwyn. Haar keel trek toe. Die enigste plek waar Niel die afgelope maande nuwe vriende kon maak, was in die tronk . . . Sy sluit haar oë 'n oomblik, prewel oor die teekoppies: "Here, asseblief, help ons!"

Hulle sit teenoor mekaar met hul teekoppies en kyk oral behalwe in mekaar se oë. Die stilte word onuithoudbaar en dis sy wat dit eerste verbreek.

"Ek wil môre gaan werk soek." Hy sê niks en sy vra huiwerig: "Het jy al iets in gedagte?"

"Ek hét al werk. Ek ontmoet iemand nog vanoggend hier."

Weer span die hand styf om haar keel. "Wie?"

"Iemand van 'n makelaarsfirma."

Sy staan op, neem die leë koppies kombuis toe. Sy weet haar man se blik volg haar . . .

Toe Niel se besoeker opdaag, weet Wanya haar vrese was nie ongegrond nie. Sy hou nie van die man nie. Sy glimlag is te joviaal, sy lippe te dik, sy ogies te nuuskierig. En sy haat sy familiêre houding.

"Magtig, ou Niel, maar ek het nie geweet jy het so 'n mooi vrou nie! Jy moet darem kwaai na haar verlang het!"

Iets sidder in Wanya toe haar man se blik takserend oor haar gaan. Hy sê vinnig: "Ek en Mike gaan gou 'n draai ry."

Sy is net in staat om te knik, kan nie gou genoeg wegkom uit die ander man se geselskap nie. Terwyl sy die teekoppies begin was, hoor sy die motor wegtrek . . . Skielik loop die trane onbeheers oor haar wange en sy gee haarself oor aan 'n skreiende huilbui. O, Roelof! Roelof! As ek net met jou kon praat!

Maar 'n rukkie later het sy weer beheer oor haarself, byt sy op haar tande. Dis maar die eerste dag! Sy begin om ete voor te berei, dank die Vader en tant Bes vir wat sy in Sonneblomstraat 7 se kombuisie geleer het. Om kos te kook is nie meer iets om te vrees nie. Sy gaan 'n heerlike ete maak, het sy die vorige dag al besluit toe sy die nodige gekoop het. Daar gaan genoeg vleis wees. En gebraaide aartappels. En gebakte nagereg. Broodpoeding. Weer is sy in die gees terug in Sonneblomstraat. Broodpoeding was tant Bes se spesialiteit. Die grootste bestanddeel daarvan is brood. Ou brood.

133

Goedkoop. En Jan Bom se mense het hierdie nagereg ge-waardeer. In hul lewens is daar nie juis plek vir poeding nie. Sy werk rojaal, smeer die aarbeikonfyt dik op, stapel die meringue hoog op. Dit moet 'n feesmaal wees wat Niel nooit sal vergeet nie.

Later is sy verplig om die oond af te skakel. Die meringue is al donkerbruin. Die groente staan pap gekook en koud op die stoof. Die braaiboud is verdroog. Later, ure later, sien sy 'n vreemde motor voor die deur stilhou. Sy sê niks toe hy binnekom nie. Sy het niks om te sê nie.

Maar hy is skielik ontspanne. Hy glimlag selfs. En hy het 'n tas by hom. Hy sien sy kyk daarna.

" 'n Paar stukkies klere. Ek het eenvoudig niks om te dra nie. Ek is heeltemal te maer vir my ou klere."

"Ek sal dit gaan uitpak."

Met uitdrukkinglose oë verrig sy hierdie takie. Waar sou hy die geld kry? Dis nie van die gehalte waaraan hy ge-woond was nie, maar beslis ook nie spotgoedkoop nie. En die motor . . .?

Sy kom in die sitkamerdeur tot stilstand. Daar staan 'n bottel whisky en 'n glas op die koffietafel. Die glas is reeds halfpad leeg. Sy sien hy het selfs ys uitgehaal. Hy kyk op van die koerant.

"Kom drink 'n drankie. Ons het tog iets om te vier!"

Sy skud haar kop. "Jammer, Niel. Drink jy maar."

Hy frons, sy oë skerp. "Wat makeer jou? Dis my eerste aand . . ."

"Ek weet. Ek verstaan. Maar sedert my . . . ongeluk het ek nog nooit weer iets sterks gedrink nie. Jy moet my as-seblief verskoon. Ek wil regtig nie hê nie."

Hy trek sy skouers op, ledig die glas en skink weer. Sy stem is kortaf: "Nes jy wil."

"Het jy al vandag geëet?"

"Ja, dankie. Ons het in 'n restaurant geëet. Dit was die heerlikste biefstuk wat ek in my lewe nog geëet het."

"Moet ek vir jou iets maak vir vanaand?"

"Dis nie nodig nie. My maag is nie gewoond aan so baie kos nie."

Sy stap weer kombuis toe. Dit het haar toevlugsoord geword. Die gebraaide aartappels lê hard en droog voor haar. Dit kan nie meer gered word nie. Sy krap dit maar in die vuilgoedblik uit. Die groente skep sy uit in plastiekbakkies, sit dit in die vrieskas. Sy rol die drooggebraaide stukkie skaapboud in foelie toe en druk dit ook in die yskas. Die broodpoeding bly staan in die oond. Sy sal maar môre daarmee 'n plan maak.

'n Intense moegheid oorval haar. Sy wil gaan bad en in die bed klim en, asseblief Here, onmiddellik aan die slaap raak en van alles vergeet. Maar sy is bang om kamer toe te gaan . . .

Tog kan sy dit nie langer uitstel nie. Die een of ander tyd sal sy uit die kombuis te voorskyn moet kom.

Die telefoon lui toe sy deurstap kamer toe. Niel sit en kyk na die nuus op die televisie en sy antwoord.

"Dis vir jou. Meneer Van Wyk."

Sy staan en kyk met nikssiende oë na die nuus terwyl Niel in die kamer is. Sy wil nie saam met hom in een slaapkamer wees nie!

Hy kom binne. "Die vuilgoed probeer my uitvang, maar hy het dit mis. Ek is nie onnosel nie."

"Wat bedoel jy?"

"Wil kastig weet hoe dit vandag met my gegaan het. Maar natuurlik is dit net om seker te maak of ek tuis is. Ek mag mos nie die huis tussen sesuur saans en sewe-uur soggens verlaat nie. Dis een van die voorwaardes."

"Ek gaan bad."

Uit die hoek van haar oog sien sy dat die bottel halfpad is. Sy gestel is nie meer gewoond aan alkohol nie. Hy drink te veel. Maar . . . Wat 'n vreeslike gedagte! Miskien sal dit goed wees as hy die hele bottel uitdrink . . .

Sy rek die tyd in die badkamer so lank moontlik uit, maar dan moet sy tog uitkom. Sy sien dat hy na haar kyk toe sy deurstap kamer toe, weet sonder om hom te hoor dat hy haar volg. Sy trek die kamerjas stywer om haar vas, voel hom baie naby haar, soek desperaat na iets om te sê.

"Waar kry jy die motor?"

"Hulle het dit vir my gegee. Ek moet tog 'n ryding hê."

Haar asem sit in haar keel. Sy staan steeds vasgedruk teen die kant van die bed. Sy kan nie meer wegkom nie.

"Wie is hulle?"

"Mike en sy groep. Hulle is 'n decent klomp, behandel my baie goed." Sy voel sy hande van agter af oor haar skouers kom. "Wanya . . ."

"Waar kom jy aan hulle? Hoe het jy hulle leer ken?"

"Ek het my contacts."

Sy voel sy vingers stywer vou. Sy swaai haar om. "Het jy Mike in die tronk leer ken?"

Sy sien hom diep frons. "Nee."

"Waar anders, Niel?" Sy weet sy is besig om doelbewus skoor te soek. "Jy was toegesluit vir baie maande. Waar kon jy mense leer ken het . . . ordentlike mense?"

Hy is nou kwaad, en sy is bly.

"Jy is 'n mooi een om te praat. As ek my nie misgis nie, is jy ook 'n dame met 'n rekord. Wie is jý om jou neus vir ander op te trek?"

Sy verbleek. "Wat ek gedoen het, het ek nie doelbewus en met voorbedagte rade gedoen nie."

"Maar as ons die misdade vergelyk . . . wat is die ergste . . . om 'n dief of 'n moordenaar te wees?"

Sy staan soos 'n standbeeld voor hom. Toe storm sy weg van hom af, druk hom byna om in die proses, stap weg . . . stap sommer net.

"Waarheen de duiwel gaan jy? Jy het jou slaapklere aan!"

Sy kom tot stilstand, reeds byna in die middel van die pad. Die tweede keer in haar lewe het sy sommer blindelings straat toe gevlug. En skielik wens sy daar kom nou 'n motor in die pad afgejaag . . .

"Wanya . . ."

Maar sy stap by hom verby na die ander slaapkamer. "Asseblief, Niel. Dis genoeg vir een aand. Ek kan niks meer verduur nie."

Sy hoor hom vloek voordat die deur agter haar toegaan. Sy leun daarteen aan, haar oë strak. Sy ken hierdie man nie! Hy is 'n heel ander mens as wat sy geken het! Selfs die taal wat hy praat, is vreemd. Hy moes dit die afgelope maande aangeleer het. Daar is iets afstootliks in hom waarvan alles in haar terugdeins. Sy wil nie, sy kán nie hierdie kru man se vrou wees nie!

Sy draai die sleutel hoorbaar in die slot, gaan lê sommer net so bo-op die onopgemaakte bed, skakel nie die lig aan nie. Sy hoor hom in die sitkamer, weet dat hy besig is om die bottel leeg te maak. Dan hoor sy hom in die badkamer, later in die slaapkamer . . . en dan word dit stil.

Roelof . . .

Sy skrik wakker van 'n gestamp teen die deur. Deur die venster sien sy dat dit reeds daglig is. Sy voel dof en suf, asof sy maar pas aan die slaap geraak het.

"Maak die deur oop, Wanya! Moenie kinderagtig wees nie!"

Sy bly lê soos 'n laaistok.

"Jy kan nie vir ewig hierdie deur gesluit hou nie! Wil jy hê ek moet dit afbreek?"

Sy het geen keuse nie. Die deur swaai oop tussen hulle. Sy oë is rooi en sy asem slaan teen haar gesig vas.

"Sluit jy die deur vir jou man?" Sy kyk net weerloos terug. "Wat 'n verwelkoming! Ek was maande lank in 'n tronksel sonder 'n vrou . . . en jy sluit waaragtig jou deur vir my!"

"Niel. Niel, asseblief, gee my kans! Ons . . . ons het vervreemd geraak. Ons moet mekaar eers weer leer ken."

"Leer ken? Wat wil jy leer ken? Ons was getroud . . . agt jaar lank getroud! Wat wil jy nog leer ken?"

Haar asem hyg in haar keel. "Asseblief! Asseblief, gee my net 'n rukkie kans om eers weer gewoond te raak aan . . ."

"Aan seks?" Hy gryp haar ru aan die skouers. "Moenie voorgee dat jy dit skielik nie meer ken nie! Ek is nie 'n swaap nie!"

"Wat bedoel jy?"

"Ons almal weet dat julle rondloop terwyl ons sit."

"Ons?" Sy kyk hom verbysterd aan. "Wie is ons?"

"Ons manne in die tjoekie. Ek het mos die manne hoor praat. Dit sypel van buite af in. Hulle kry die feite. Ek het manne gesien wat van hul kop raak hieroor."

"En jy dink ek . . .? Hoe durf jy!"

"Hoekom is jy dan so afsydig, my vrou?" smaal hy, ruk haar vas teen hom aan. "Dis ons eerste nag saam ná baie, baie maande en jy sluit jou deur vir my! Het jy dan nie ook behoefte aan my nie?"

"Niel, nee!"

Maar haar kamerjas lê reeds op die grond en sy hande gryp ongeduldig na die bandjies van haar nagrok. Sy hoor materiaal skeur en sy warm, klam mond is in haar nek, sak laer.

Nee! Nee! Here, help! O, Roelof . . . Roelof!

Sy voel hoe sy opgetel word, op die bed neergeslinger

word . . . en sy weet die swaarste ding wat haar nog ooit getref het, wag op haar in die volgende minute . . .

Veel later strompel sy na die badkamer, staar na haar gesig omraam met deurmekaar hare in die spieël bokant die wasbak. Lyk die pad van plig só, Roelof? Om verneder en verkrag te word deur jou eie man? Sy buk en laat die water in die bad loop, klim in en week haar gekneusde liggaam. Here, wil U regtig hê dat ek hierdie pad moet loop? Ek het aanvaar dis my plig om my huwelik te probeer red. Maar nou . . . Here, is daar regtig iets te redde? As daar nie eens respek oorgebly het nie . . . Waarop, Here, wáárop kan 'n huwelik dan gebou word?

In die dae wat kom, word Wanya 'n robot. Sy hou die kothuis aan die kant, kook kos wat dikwels in die vuilgoedblik beland omdat Niel by sy nuwe "vennote" is, kom haar vroulike plig werktuiglik na. Soos 'n zombie stap sy die pad van plig.

Sy soek ook werk. Sy wil nie deur Niel onderhou word nie. Sy wil hom nie vir 'n sent vra nie, want sy het 'n vermoede dat dit weer skandgeld sal wees. Sy weet nie wat sy werk presies behels nie, maar sy vra ook nie. Hoe minder sy van haar man en sy vennote weet, hoe beter.

Maar dit is 'n probleem om werk te kry. Talle werkloses loop rond, selfs opgeleide mense soebat vir werk. Maar dit het sy geweet toe sy nog in Jan Hofmeyr gebly het. En nou is sy een van dié wat van deur tot deur gaan, om weer onverrigter sake uit te stap. Sy oorweeg dit glad nie om by 'n modelagentskap navraag te doen nie. Hulle sal haar net een kyk gee en dit uitskater van die lag. Sy lyk lank nie meer soos 'n model nie. Haar spieël vertel haar dit. Selfs die rokke wat Annatjie nog gemaak het, hang soos sakke aan haar. Ook die te maer gesig en die eenvoudige reguit hare . . . en die onversorgde vel en hande. Daar het niks meer van die ou Wanya Cloete oorgebly nie . . . nie aan die buitekant nie en ook nie aan die binnekant nie.

As Niel soggens werk toe gaan, probeer sy haarself so netjies moontlik maak en haal die bus stad toe, bid en hoop dat sy haar nie teen bekendes sal vasloop nie. Veral nie een van die Jan Bommers nie. Want deesdae is sy selfs skaam om een van hulle raak te loop, dat hulle sal sien hoe afgemat sy lyk. Veral een persoon wil sy asseblief nooit weer sien nie . . .

Daarom is sy nie bly toe sy die oggend in die straat voorgekeer word nie.

"Wanya! Wanya, dis sowaar jy! Ek wou sê ek herken die vrou aan die oorkant van die straat. Hoe gaan dit?" en Annatjie gryp haar vas en gee haar 'n druksoen. Sy borrel oor van nuus uit Jan Bom. Kruppel Nellie het nou krukke gekry wat die wêreld vir haar baie makliker maak. En Pikkie het sowaar 'n eerste prys losgeslaan in Sanlam se kinderkunsuitstalling! Johan se baas is so ingenome met hom dat hy hom weer 'n verhoging gegee het. En Lala het begin klavierlesse neem. En tant Bes is nog maar dieselfde. Sy sal mos nooit verander nie.

"Maar jy het gesê jy sal met my kontak maak sodra jy gevestig is. Dis nou al drie maande! Wanneer kan ek vir jou kom kuier? Ek en tant Bes? En wat is jou telefoonnommer?"

Dit druis teen alles in haar in om vir die liewe Annatjie te jok, maar sy kan nie anders nie. Dis ironies, maar sy skaam haar dood as Annatjie en tant Bes daar moet aankom en Niel ontmoet – die nuwe Niel wat so onherkenbaar verander het. Ja, sy is skaam dat die Jan Bommers haar man moet leer ken! En tant Bes se wyse oë sal alles raaksien . . .

"Ons kan nog nie 'n telefoon kry nie. Ek sal jou laat weet sodra ons een het."

"Ons is nie ver van madame Veronique se boetiek nie.

Kom drink eers 'n koppie tee saam met my. Ek is seker madame sal jou ook graag weer wil sien."

Sy wens sy kon soos Lala destyds net laat spaander, maar sy moet haar soos 'n grootmens gedra en toe Annatjie geen ag slaan op haar teëpratery nie, stap sy maar saam. Daar is 'n wrang trek om haar mondhoeke. Hoe dikwels het sy hier ingestap . . . die ryk dame van Sandton! Dit voel nou asof dit in 'n ander lewe gebeur het.

Agter haar rug wissel madame en Annatjie 'n geskokte blik terwyl Wanya na 'n skepping kyk wat Annatjie uit die kas gehaal het. Dis 'n duur en pragtige rok. Die ou Wanya sou in ekstase geraak het daaroor, dit seker summier aangeskaf het. Vandag is dit net nog 'n rok vir haar . . . Daar is soveel meer dinge as mooi rokke in die lewe, het sy geleer.

Toe Wanya afskeid neem, skud madame haar kop. "Ek sou haar nie op straat herken het nie! Ek kan nie glo dis dieselfde vrou wat so gereeld hier kom koop het nie!"

Annatjie lyk bekommerd. "Sy het baie swaar gekry, madame. En vir my lyk dit sy kry nou éérs swaar."

"Maar wat kan tog daar skort, Annatjie? Sy en haar man is weer saam. Onthou jy hoe sjarmant hy daardie aand was? En die groot fooi wat hy ons gegee het?"

"Natuurlik, maar . . . 'n groot skroef is los. Ek kry die indruk dat sy finansieel baie swaar kry. Die rok wat sy aanhet, is een van dié wat ek nog in Jan Hofmeyr vir haar gemaak het. En daar is iets in haar oë . . ."

"Daar is iets in haar oë, soos dié van 'n ingehokte, vasgekeerde dier wat my koue rillings laat kry het," vertel sy daardie middag aan tant Bes. "Tant Bes se hart breek as tannie haar nou moet sien. Sy lyk soos iemand wat geen hoop op môre het nie."

Toe tant Bes op haar beurt weer hierdie ontstellende feite

oordra, kyk sy die man oorkant die kombuistafel versko-
nend aan. "Ek is jammer, Roelof. Ek weet dis onregverdig
van my om jou hiermee te belas, maar jy is al een tot wie ek
my kan wend."

Hy sit vooroor, vra stil: "Wat wil tant Bes hê moet ek
doen?"

"Net probeer agterkom . . . net seker maak," kom die
hulpelose antwoord.

Hy kyk haar verbaas aan. "Ek het geen gesag of reg om
daar in te dring nie, tant Bes!"

"Ja, jy het." Haar stem is skielik driftig, haar oë uitda-
gend. "Die gesag en die reg van 'n Christen. Die plig van 'n
Christen om om te gee." Dan pleit sy: "Ons kan haar tog
nie net so versaak nie, my seun! Ons is mos almal lief vir
Wanyatjie!"

Hy staan op, stap om die tafel en gee haar 'n drukkie,
soen haar liggies op die hare. "Ek belowe niks nie, maar . . .
ek sal probeer vasstel hoe dit met jou hartjie gaan. Toe nou.
Moenie so bekommerd lyk nie."

Maar hy is self 'n diep bekommerde man toe hy daar
wegry. Op 'n ingewing hou hy voor Annatjie se huis stil.

Sy hou sy gesig fyn dop terwyl sy hom haar indrukke gee.
Sonder moedswil dik sy so 'n bietjie aan.

"Ek is jammer om dit te hoor. Miskien is dit nie so erg as
wat jy jou verbeel nie," sê hy en groet.

Toe Johan later daar aankom, vertel Annatjie hom ook
die hele verhaal. Ook Johan reken dat sy haar die saak dalk
te sterk aantrek. Dat dit dalk erger voorkom as wat dit is.

Annatjie vererg haar sommer. "Ek verstaan nie aldag julle
mansmense nie. Soms kry ek die indruk julle is nie in staat
tot egte, werklike diep gevoelens nie."

Johan kyk haar verbaas aan. "Wat op aarde is nou aan
die gang?"

"Dis jy!" storm sy voort, ontsteld en nog meer oortuig daarvan dat daar iets groots skort met Wanya. Sy is beslis nie gelukkig nie. "Nou die dag was jy nog mal verlief op haar. Jy het soos 'n brandsiek hoender hier rondgeloop toe jy hoor sy is getroud en dat sy teruggaan na haar man toe. En nou skielik kan dit jou nie traak as sy swaar kry en ongelukkig is nie! Wat nou van die danige groot liefde wat jy vir haar gehad het!"

"Genugtig, Annatjie, bedaar! Goed, ek is ook jammer om te hoor dat dit oënskynlik nie so goed gaan nie, maar wat kan ek daaraan doen? Wat wil jy hê moet ek doen? Soos 'n ridder van ouds op 'n wit perd spring, haar uit haar man se huis gaan ontvoer en dan wat?"

"Moenie vir jou stuitig hou nie!" Sy kan huil van woede.

"Gee jy dan nie meer vir haar om nie?"

"Natuurlik gee ek vir haar om!"

"Maar nie genoeg om haar te probeer help nie!"

"Luister, mensie, verstaan my goed. Ek sal enigiets vir Wanya doen, maar in haar huwelik gaan inmeng, o nee!"

"Dan is jy nie meer lief vir haar nie!"

"Nee, nie só lief nie." Hy kry haar beet, druk haar op die bank langs hom neer. "Sit hier en luister goed. Ek gee toe. Daar was 'n tyd dat ek gedink het ek is mal verlief op Wanya. Ek gee ook toe dat ek vir 'n ruk soos 'n brandsiek hoender, om jou vleiende beskrywing te gebruik, gevoel het. Maar vandag besef ek dat ek Wanya eintlik net vereer het. Ek het haar op 'n voetstuk geplaas. En ek was en is en sal altyd baie dankbaar teenoor haar voel. Wat jy vertel het, ontstel my ook. Wanya verdien voorwaar 'n bietjie geluk. Maar ek kan daar niks aan doen nie. Stel jou voor dat ek my nou daar gaan inmeng. Dit gaan 'n refleksie op haar werp, en dis die laaste ding wat ons wil hê. Jý kan egter iets probeer doen, al is dit net om kontak met haar te behou."

Getroos sit sy langs hom. "Maar ek weet nie hoe en waar nie. Sy sê sy het nog nie 'n telefoon nie." Sy frons. "Of dit die waarheid is, weet ek nie. Ek het die gevoel gekry dat sy skerm." Sy sug. "Ek hoop maar tant Bes en Roelof kan iets uitgevoer kry."

Roelof probeer wel iets uitvoer, maar hy gaan baie omsigtig te werk. Dis nie net Johan wat besef dat dit katastrofiese gevolge kan hê as 'n ander man hom skielik in daardie huwelik begin inmeng nie. Hy soek Niel se korrektiewe beampte op en Andries van Wyk is nie onwillig om die saak te bespreek nie.

Maar Roelof is nie veel wyser toe hy weer by tant Bes instap nie.

"Volgens meneer Van Wyk hou Niel hom by die stipulasies. Hulle bly in 'n netjiese kothuis en hy het werk gekry by 'n makelaarsfirma."

"Ek stel nie belang in Niel nie. Wat kan hy van Wanya vertel?"

"Sy indruk is dat sy en haar man wel aanpassingsprobleme ondervind, maar dat dit nie van ernstige aard is nie."

Tant Bes snuif ontevrede. "Wat beskou hy as ernstig?"

"Dat Niel haar nie aanrand nie, dat hy in die daaglikse behoeftes van sy huis voorsien, dat daar nie klagtes van die bure is oor dronkpartytjies en gille in die nag nie . . ."

"O, Roelof, bly stil! Jy weet so goed soos ek dis nie waarna ons soek nie."

"Waarna soek ons, tant Bes?" Hy kyk haar kalm in die oë en dit jaag tant Bes se bloeddruk net nog meer op. As sy nie van beter geweet het nie, sou sy kon sweer hy gee nie 'n duit om nie! "Ons moet versigtig wees dat ons nie na goed soek wat nie bestaan nie. Ek aanvaar dat dit nie alles rosegeur en maanskyn is nie. Daar sal aanpassingsprobleme

144

wees. Dié twee mense moet mekaar so te sê weer van voor af leer ken. Hulle is nie meer dieselfde persoonlikhede wat destyds geskei geraak het nie. Maar as die wil daar is, die liefde . . ."

Tant Bes kan nie langer stilbly nie. "Hou op om soos 'n predikant op 'n preekstoel te klink. En watse twak praat jy van liefde? Ek en jy weet albei dat daar van Wanya se kant beslis . . ."

Hy val haar vinnig in die rede en sy stem is nou streng: "Ek en tannie weet niks nie. Ons het Wanya leer ken toe sy deur 'n baie moeilike tyd gegaan het. In daardie tyd het sy mense nodig gehad om aan vas te hou en ek en tant Bes en ander was daar vir haar. Dis natuurlik dat sy afhanklik begin voel het, haar miskien selfs begin verbeel het dat sy meer voel as dankbaarheid. Maar nou is sy terug by die man wat sy oorspronklik só liefgehad het dat sy met hom gaan trou het. En nou mag ons nie inmeng nie. Ons moet haar genoeg kans gee om die drade op te tel en dit weer saam te bind. Natuurlik gaan dit nie altyd maklik wees nie. Natuurlik gaan dit tyd neem. Maar ons . . ."

"Hoeveel is genoeg tyd, Roelof? Hulle is nou al drie maande weer bymekaar . . . en sy lyk bang en verwilderd volgens Annatjie." Tant Bes sug diep, vee die tafeldoek ge-lyk, kyk liewer weg. "Maar dit is seker soos jy sê. Ons wag maar en kyk wat gebeur. As ons dan op 'n dag die tyding kry dat alles net te veel vir haar geword het . . . dan was ons maar ons hande in onskuld. Ons wou ons maar net nie inmeng nie. En dan is dit te laat om te probeer help."

"Tant Bes . . ." Hy staan vinnig op, sy hande gebal langs sy sye. "Dink tannie dis maklik vir my om . . . niks te doen nie? Dink tant Bes ek wíl nie? Maar ek kán nie! Ek mag nie! Verstaan dit tog!"

Tant Bes druk die rugkant van sy hand teen haar wang,

haar stem nou deernisvol en begrypend: "Ek verstaan, my seun. Tant Bes verstaan."

Hy trek sy hand terug, haal 'n papiertjie uit sy sak, sit dit voor haar neer. "Dis haar woonadres. Miskien kan Annatjie sommer ongenooid gaan kuier."

Dis ook net wat Annatjie doen, gewapen met die stukkie papier wat tant Bes laataand, lank ná haar slaaptyd, kom aflewer het. Natuurlik het sy onmiddellik beloof om net die volgende dag verlof te neem by die werk en Wanya te gaan besoek.

"En, Annatjie, sê vir haar tant Bes stuur baie groete en liefde. Sê vir haar dat Sonneblomstraat 7 se deure altyd vir haar oopstaan."

Daar staan twee motors voor die deur toe Annatjie voor die kothuis stilhou. Sy wonder of sy nie maar eers moet aanry nie. Sy wil Wanya liewer alleen sien. Maar sy weet dat tant Bes nie kan wag dat sy vanaand verslag moet kom lewer nie. Dus hou sy maar stil.

Sy lees die skrik in Wanya se oë, maar sy hou haar ongeerg. "O, ek hoop nie ek steur nie, maar ek wou net graag kom hallo sê. Dag, Wanya." Natuurlik word sy ingenooi en Annatjie beskou die twee mans wat beleef op hul voete kom toe sy binnekom. Sy word voorgestel en nie een van die twee vroue dink daaraan om te noem dat Niel haar reeds ontmoet het nie. Annatjie se blik sak af na die bottel en twee glase op die koffietafel en sy hoor die man wat net as Mike voorgestel is, skertsend sê: "Maar, Wanya, ek het nie geweet jy het sulke oulike vriendinne nie!" Onverhoeds knyp hy Annatjie aan die bobeen en dié deins werktuiglik terug. Wanya trek haar asem in en Niel sê vinnig: "Gedra jou, Mike. Jammer . . . e . . . Annatjie. Dis maar net 'n grappie."

"Kom ons gaan kombuis toe, dan gaan maak ek vir ons tee," nooi Wanya en Annatjie volg haar verlig. Wanya trek die kombuisdeur agter haar toe en laat verskonend hoor terwyl sy water in die ketel tap: "Ek dink nie hy het iets leliks bedoel nie." Dan vra sy met 'n te breë glimlag: "Vertel my van al die Jan Bommers. Hoe gaan dit met almal?"

Sy peper Annatjie so met vrae dat dié geen kans kry om van haar kant enige vrae te stel nie.

Annatjie lag later en sê kopskuddend: "Genade, ek dink jy het nou al die name in Jan Bom genoem! Behalwe een." Wanya kyk haar vraend aan en Annatjie sê terwyl sy Wanya se gesig stip dophou: "Jy het nog nie gevra hoe dit met Roelof gaan nie."

"O." Die ooglede val. Dan weer die breë glimlag: "Hoe gaan dit met hom?"

"Goed."

Stilte.

"Ons verlang na jou. Verlang jy nie ook soms nie?"

Wanya sluk hard. "Natuurlik verlang ek."

"Hoekom kom kuier jy dan nie?"

"O. Ek . . . weet nie eintlik hoe om daar te kom nie. En ek . . . bly maar besig."

Waarmee? wil Annatjie vra. Om hierdie huisie aan die kant te kry? Maar sy swyg, sê veelseggend: "Daar ry busse . . . soos jy weet." Sy sit haar koppie neer. "Ek sal nou moet gaan. Dankie vir die tee."

Gelukkig het die aaklige Mike intussen vertrek en Annatjie groet Niel in die verbygaan. By die motor omhels die twee vriendinne mekaar en Annatjie voel hoe maer Wanya werklik is.

Sy kyk diep in Wanya se oë. "Ek het 'n boodskap van tant Bes. Sy laat weet baie groete en liefde en sy sê jy moet altyd onthou dat Sonneblomstraat 7 se deure dag en nag wyd oop staan vir jou. Ek wil byvoeg myne ook. Moet ons nie vergeet nie, Wanya."

"Hoe kan ek julle ooit vergeet? Sê vir tant Bes, vir almal, ek stuur al my liefde."

Annatjie vee met die rugkant van haar hand die trane op haar wange weg toe sy om die hoek verdwyn.

Niel kyk sy vrou fronsend aan toe sy weer binnestap. "Wie is dié meisie?"

"Dis Annatjie Roos. Sy bly in Sonneblomstraat in Jan Hofmeyr waar ek . . . gewerk het."

"Ek wil nie hê jy moet hierdie vriendskap aanmoedig nie. Jan Hofmeyr is nie juis 'n gewenste deel van die stad nie."

Sy lig haar ken. "As jou vriend Mike maar die helfte van die inbors en ordentlikheid van die mense van Jan Hofmeyr gehad het . . ."

"Los Mike uit. Jy maak van 'n molshoop 'n berg. Dit was net 'n grap."

"As hy ooit weer so 'n grap maak teenoor 'n gas van my of teenoor my, sal ek hom by daardie deur uitjaag. Ek bedoel dit."

"Jy hou jou baie skynheilig en aanstellerig, nè? Trek jou neus op . . ."

"Nee, Niel. Dis jý wat jóú neus optrek vir die eenvoudige, ordentlike, eerlike mense van Jan Hofmeyr. Al wat ek vra, is dat jy jou vriende uit die spogbuurte van Johannesburg in toom hou."

"Nou hoor nou! En wie is die dame wat haar ogies en glimlaggies so rondgooi wanneer meneer Van Wyk tydig en ontydig hier aankom? Moenie stry nie! Ek het jou al so gesit en bekyk."

"Ek is net vriendelik teenoor hom en as ek jy is, sal ek ook maar 'n vriend van hom maak. Hy is jou toesigbeampte. Hy moet verslag oor jou doen."

"Hy sal geen vat aan my kry nie en daar is geen wet wat my verplig om van iemand te hou van wie ek nie wil hou

148

nie. Hy is 'n agterbakse vuilgoed wat laataand bel net om seker te maak dat ek wel tuis is."

"Dis sy werk. Hy moet dit doen."

"Natuurlik. Jy sal weet. Jy het mos ook 'n toesigbeampte gehad. Jy het my nog nooit van hom vertel nie. Jy het my nog nooit regtig iets van jou tyd onder korrektiewe toesig vertel nie. Hoe het die man gelyk wat jou moes dophou? Was hy jonk? Aantreklik? Kom, Wanya, ek vra."

"Jy maak my siek."

"So?" Hy is by haar, kry haar aan die skouerknoppe beet. "Is dit nie miskien as gevolg van hóm dat jy soos 'n laaistok in my arms is nie? Het hy jou in die tyd wat ek weg was 'n bietjie bederf en getroos en . . . jy weet wat? Is dit hoekom ek skielik nie meer goed genoeg is nie?"

"Jy is walglik, Niel."

"O, ek is? En weet jy wat is jy? Jy is, so kom ek agter, 'n slet."

Haar handpalm het nog nie behoorlik sy wang getref nie, toe gryp hy haar pols in 'n pynlike greep. "Hoeveel mans het by jou geslaap terwyl ek weggesluit was? Sê my!"

"Jy weet daar is nie so iets nie." Haar wange is lykbleek.

"Hoe moet ek weet? Ek het daar gelê . . . nagte en nagte om . . . en ek kon sterf van verlange en behoefte aan jou. Maar ek kon niks doen nie. Niks nie. Dit het vir my gevoel ek is in 'n hoogoond, my liggaam aan die brand . . . en ek kon niks doen nie! Ek was agter tralies . . . toegesluit . . . en my vrou was buitekant . . . in 'n ander man se arms!"

"Dis nie waar nie, Niel! Ek het jou nooit verkul nie!"

"Weet jy wat? Daar was 'n man saam met my in die begin. Ek het hom skaars leer ken, toe is hy uit. Maar die bietjie wat ek van hom weet, het my vertel hy was 'n goeie ou. Hy was in vir bankroof. Hy het my vertel hy kon nie werk kry nie, en sy mense het begin honger ly. Toe probeer hy 'n bank beroof en hulle vang hom, sluit hom toe. Maar hy was skaars uit, toe is hy weer terug by ons. Waarvoor, dink jy? Weer vir roof? Nee. Vir moord. En weet jy hoekom hy gaan moor het? Hy moes uitvind dat sy vrou, om wie se onthalwe hy gaan roof het, by 'n ander man ingetrek het. Sy het by 'n ander man geslaap. En toe hy uitkom, wou sy niks meer met hom te doen hê nie. En toe moor hy. En nou wonder ek maar net . . . Is dit nie maar ook ons geskiedenis nie?"

"Niel, nee, asseblief . . ."

Maar dis of iets in hom, wat nog altyd styf opgewen was, begin afloop, onkeerbaar uit hom borrel. "Sien jy hierdie twee hande? Niel Cloete se hande? Hulle het hierdie hande gedwing om met 'n graaf te spit. Ja. Met 'n graaf. En vloere te skrop. En honderde en honderde borde en bekers te was. En pampoene en nogmaals pampoene te skil. En honderde vadoeke uit te was. Maar dit kon ek nog verduur. Dit was die nagte . . . daardie lang nagte . . . en die gedagtes wat deur my maal . . . en jou gesig en jou liggaam voor my . . . Ek het soms soos 'n kind aan die huil gegaan."

Tot haar verbystering bars hy skielik in trane uit en sy luister na die wrede snikke, weet nie wat sy moet dink nie. Is dit werklik naakte lyding en hartseer wat sy voor haar sien . . . of is dit dronkverdriet? Sy weet hy het reeds heelwat gedrink. Sy kyk na hom, sluit haar oë. Die pad van plig . . .

"Niel, kom, moenie jou so ontstel nie. Dis alles verby. Ons is nou weer bymekaar. Ek is hier by jou." Sy sit haar arms om hom, hou hom vas. "Jy moet dit nou vergeet. Ons moet vorentoe gaan, my man." Vorentoe . . . Here, vorentoe waarheen?

Sy help hom uittrek, in die bed kom, trek die beddegoed oor hom. "Ek gaan haal vir jou iets om te eet en te drink. Rus solank. Ek is nou weer hier."

Maar toe sy terugkom in die kamer, slaap hy reeds. Sy gaan sit in die donker sitkamer. Roelof, my vriend, toe jy so van die pad van plig gepraat het, het jy net jou eie pad van plig geken. Maar my pad lyk anders as joune . . . baie anders. As jy vanaand 'n kykie op my pad kon kry . . . sou jy nog so maklik van plig gepraat het?

Hy kry 'n kykie op die pad wat Wanya aan die stap is toe hy voor Sonneblomstraat 7 stilhou en Annatjie agter hom parkeer.

"Was jy toe daar?"

"Ja. Kom ons gaan in. Daar staan tant Bes al in die voordeur en wag."

Annatjie draai geen doekies om nie. "Sy het duidelik geskrik toe sy my sien. As alles reg is in daardie huis, hoekom is sy bang?"

Die ander twee luister in stilte tot tant Bes vra: "Hoe lyk dié Niel?"

"Baie anders as vroeër. Hy het grys geraak en daar is kepe om sy mond. O, hy is nog aantreklik, maar die letsels is daar. En wanneer hy na jou kyk, laat hy die indruk hy steek sy ware gedagtes weg. Maar die ander man . . ." Sy het trane in haar oë toe sy van die voorval vertel. "Ek het Wanya so jammer gekry. Sy was so skaam en verleë asof sý die skuldige is. Ek moet darem sê dat Niel hom aangespreek het, maar dit toe as 'n grap probeer afmaak het. Toe is ons kombuis toe. Sy het my geen kans gegee om vrae te stel nie. Sy het net oor die Jan Bommers bly uitvra en ek het die indruk gekry sy doen dit doelbewus. Sy wou nie hê ek moet van my kant af vrae stel nie. Toe ons by die motor groet, het sy weer daardie ingehokte kyk in haar oë gehad. Sy laat my dink aan iemand wat agter tralies is en by jou pleit om haar te bevry. Sy het baie liefde vir almal laat weet."

Sy kyk Roelof reguit aan, sien dat sy gesig al strakker

151

word by die aanhoor van haar woorde: "Ek is net oortuig van een ding. Wat ook al daar verkeerd is, dit kan nie so voortgaan nie. Wanya gaan knak. Ek is oortuig daarvan!" herhaal sy met nadruk.

Die twee vroue kyk na hom asof hy die enigste is wat kan help, maar hy keer sy rug vinnig na hulle, staar by die agterdeur uit en hulle weet hy sien niks raak nie.

Dis tant Bes se stem wat die swaar stilte verbreek: "Sy het ons nodig en ek weet nie hoe om haar te help nie. As 'n mens net weet wat die regte ding is om te doen!"

9

Die nie moeilik om die Cloetes se telefoonnommer in die hande te kry nie. Roelof skakel bloot vir Andries van Wyk.

"Natuurlik het ek hul telefoonnommer. Maar wat wil jy daarmee maak? Jy is mos nou klaar met dié geval?"

"Tant Bes wil graag met die vrou in aanraking kom. Jy weet mos dat sy gemeenskapsdiens by tant Bes gedoen het?"

"Ja, ek weet. Wel, hier is dit."

"Dankie. Hoe gaan dit nou daar?"

"Nee, goed. Hy sit nie 'n voet verkeerd nie."

"Maar jou eerlike opinie . . . Dink jy die man het sy les geleer en dat hy nie weer verkeerde dinge sal aanvang nie?"

Andries aarsel. "Ek weet nie, Roelof. Ek kry die eienaardige gevoel dat die man nie is wat hy voorgee om te wees nie. Ook in die tronk het hy die indruk geskep dat hy saamwerk, veral teen die end van sy termyn. Aan die begin was hy 'n moeilike kalant, maar later het hy oënskynlik sy volle samewerking gegee en sy gedrag was onberispelik. En tog het ek die gevoel dat ons hom nie regtig bekeer het nie."

"Drink hy?"

"Hy neem 'n drankie, maar ek het hom nog nie betrap dat hy hom te buite gaan nie. As dit die geval is, sal ek hom wel daarop betrap, want jy weet ons besoek en bel op geleë en ongeleë tye. Maar al gaan hy hom ook soms te buite en hy maak nie amok nie en slaap sy roes rustig af, is daar nie veel wat ek daaraan kan doen nie. Hy koop met sy eie geld drank." Andries van Wyk frons. "Vanwaar al die vrae?"

Roelof hoop hy klink onpersoonlik en professioneel. "Een van Jan Hofmeyr se mense het die vrou gaan besoek en die indruk gekry dat dit glad nie goed gaan daar nie. Tant Bes is nou baie ontsteld, want sy het baie erg oor haar geraak."

Die ander man knik. "Ja. Sy is 'n innemende mens. Dit lyk soms asof my besoeke die man irriteer, maar sy was nog altyd vriendelik en tegemoetkomend. Ek twyfel nie daaraan nie dat sy van haar kant af alles doen om dinge weer reg te kry."

"Dan het sy nog nie by jou gekla nie?"

"Nee. Inteendeel. Sy verseker my altyd dat dit goed gaan."

"Maar jy . . . dink jý dit gaan goed?"

"Dis moeilik om te sê, Roelof. As mense nie eerlik wil wees nie, is dit moeilik om te onderskei tussen wat waar is en wat vals is."

"Maar jy moet tog 'n mening hê." Roelof raak al meer ongerus.

"Ek kan net sê dat dit seker slegter kon gegaan het."

Dit is 'n baie onbevredigende antwoord, maar Roelof moet daarmee tevrede wees.

Toe hy in sy motor terug is, kyk hy af op die papiertjie tussen sy vingers. Hy weet nie eintlik wat om daarmee te maak nie. Andries van Wyk behoort tog agter te kom as

153

daar regtig iets ernstigs skeel. Of sal hy? Wanya steek graag haar seer en hartseer agter 'n glimlag weg. Sy het by die Jan Bommers geleer dat jy aanstap en jou las dra al lyk die toekoms hóé duister. Jy moet net deur vandag kom . . . net vandag sorg vir daaglikse brood . . . Dank God vir 'n Sonneblomstraat 7 en 'n tant Bes, dink hy. En met sy hele siel wens hy dat hy Wanya Cloete weer terug in Sonneblomstraat 7 kan sien. Dan sal hy ten minste nie met hierdie rasende onrus in hom rondloop nie, nie dag en nag met homself stoei en homself oor en oor vermaan dat hy hom nie durf inmeng nie terwyl sy hele wese uitreik na haar.

"Wanya . . ."

Wanya klem die gehoorbuis vas asof dit 'n strooihalm is waarna sy gryp. Daar is net een stem wat só klink.

Hy hoor die skerp intrek van haar asem. "Dis Roelof." Stilte. Hy sit gespanne vorentoe. "Wanya . . .?"

"Ja. Ja, ek hoor." Hy kan haar hoor sluk. "Hallo."

"Hoe gaan dit?" Hy weet nie hoekom hy die vraag stel nie, want hy weet wat die antwoord gaan wees.

"Goed . . . dankie."

"Ek bel eintlik . . ." Hy aarsel. Hy moes nie gebel het nie! Nou, erger as ooit tevore, wil daar iets in hom losbreek, oopbreek, na buite bars. Om haar stem te hoor . . . en intens bewus te wees van die onoorbrugbare kloof wat tussen hulle lê.

"Skort daar . . . dalk iets?" hoor hy die onrustige vraag. "Tant Bes . . .?"

Deernis wel in hom op. "Nee, sy is gesond. Daar skort niks nie. Of liewer . . . Sy verlang net ontsettend baie na jou. Sy het gewonder of jy nie eendag weer jou gesig by Sonneblomstraat 7 sal kom wys nie." Stilte, en hy sluit sy oë. Doen hy die regte ding? "Maar as jy nie so voel nie . . . Jy is onder geen verpligting nie. Sy . . . sy wil jou maar

154

net laat weet dat sy jou nie vergeet het nie. Die deur staan steeds oop as jy . . . haar nodig het." Albei weet dat daar nie eintlik nou net na tant Bes verwys word nie.

Wanya knip haar oë 'n paar keer. O, as sy maar van hierdie aanbod kon gebruik maak! Maar sy weet sy mag nie . . . mág nie! Dit gaan die situasie net onuithoudbaar maak! Maar om weer met hom te praat . . . in sy begrypende blou oë op te kyk . . . Om weer te voel hoe sy vingers haar hand vashou . . . Net te weet hy is dáár.

"Ek . . . ek sal kyk . . . Sê baie liefdegroete vir haar. Dankie vir die bel."

Twee dae later verskyn sy skielik in Sonneblomstraat 7 se kombuisdeur. Eers staar die drie paar oë haar verstom aan. Dan storm tant Bes en Vitorie en Nellie haar tegemoet asof sy die Verlore Seun is.

"Wanyatjie! My hartjie! Kom sit! Kom sit hier by ons! Vitorie, waar's die tee? O, my hartjie, ons het almal só verlang!"

Sy kyk na die drie dierbare gesigte voor haar, laat haar traangevulde blik deur die kombuisie dwaal. Dis wonderlik, hemels, om weer hier te sit!

Maar natuurlik word die ware verhaal nie vertel nie, word 'n prentjie geskilder wat veral tant Bes weet nie die waarheid is nie.

"Gee aan daardie wortels, Vitorie. Ek gaan nie ledig sit terwyl julle werk nie."

Tant Bes protesteer. "Nee. Jy kuier by ons."

"O nee. Gee aan daardie plank en die mes, Nellie. Lyk my tant Bes dink ek het my slag verloor," skerts sy.

Tant Bes se oë vul met deernis. Sy probeer so hard, arme ding . . . Dan sien haar skerp oë iets raak en op haar reguit manier vra sy: "Los daardie wortels. Kyk hoe lyk jou pols! Wat gaan daar aan?"

Wanya draai haar tenger pols vinnig uit tant Bes se hand, laat ongeërg hoor: "Ag, dis net 'n stampplek. Dit lyk lelik, maar dis nie meer seer nie. Tant Bes, hou op soos 'n broeis hen wees. Ek is nie van porselein gemaak nie."

"Sy sê sy is nie van porselein gemaak nie, maar selfs staal kan breek as dit verby sy perke beproef word," lewer tant Bes verslag aan Roelof. "Haar verduideliking dat sy haar pols gestamp het, is 'n volslae leuen. Dis 'n hand wat haar gegryp en baie seergemaak het."

Roelof luister beswaard en stap later motor toe met tant Bes se vertroostende woorde nog in sy ore: "Maar sy het darem belowe dat sy gou weer sal kom. Miskien sal ek volgende week agter die waarheid kom. Sy het haar bes gedoen en baie hard toneelgespeel, maar Annatjie was in die kol – sy lyk soos 'n ingehokte dier."

'n Ruk later staan hy langs sy vrou se bed, kyk in haar leë oë af, draai blindelings weg en stap uit. In die motor slaan hy met sy vuis op die stuurwiel en laat dan sy voorkop daarteen sak. Daar is niks, Here, niks wat ek kan doen om haar te help nie!

Wanya besef haar besoek aan Jan Hofmeyr was 'n fout. Die verlange is nou eens so erg! Haar voete dwing nou soggens na die bushalte waar sy weet die bus na Jan Hofmeyr vertrek. 'n Paar dae lank kry sy dit reg om moedig teen die versoeking te stry. Sy noem vir haarself talle redes op hoekom sy liewer alle bande en kontak met Jan Bom moet verbreek. Niel se waarskuwing dat sy die vriendskap met Annatjie nie moet aanmoedig nie, maan haar dat hy haar besoek aan tant Bes ten sterkste sal afkeur. Want Niel, dit weet sy nou, het beslis nie nederigheid in die tronk aangeleer nie. Hy dink nog steeds hy is verhewe bo die soort mens wat in

156

Jan Hofmeyr bly. Hy is steeds 'n snob. Buitendien kla haar gewete haar aan oor haar motiewe om Sonneblomstraat te wil besoek. Sy het lankal geleer dat dit maar beter is om heeltemal eerlik met jouself te wees. Daarom erken sy in haar hart dat dit nie net gaan om tant Bes en Pikkie en al die ander wat so diep in haar hart gekruip het nie. Sy sal hóm miskien weer sien. Hy is tog 'n baie gereelde besoeker by tant Bes. Maar sy durf nie besoeke in Jan Bom aflê in die hoop om 'n ander man te sien te kry nie. Dis nie regverdig teenoor haar eie man nie, ook nie teenoor die ander man nie en beslis nie teenoor haarself nie. As daar geen kontak hoegenaamd tussen hulle is nie, kan sy dalk leer om hom te vergeet, om die huidige omstandighede te aanvaar en met hart en siel te probeer om haar huwelik te red en 'n ware vrou vir Niel te wees.

Tog bly sy Roelof se stem hoor, bly sy sy gesig voor haar sien. En dit word 'n ware nagmerrie om haar huwelikspligte teenoor haar man na te kom. Dan bid sy weer vuriglik, elke dag en elke nag, dat die Here haar en haar man sal help om 'n weg deur hierdie wildernis van hartseer en ontnugtering en verwydering te vind. Maar hoe kan sy verwag dat Hy hulle moet help as sy nie van haar kant af ook haar deel doen nie?

So stap sy verby die wagtende bus na Jan Hofmeyr, soek maar weer werk. Waar Niel in die verlede nooit wou toelaat dat sy gaan werk nie, gee hy nou nie om nie. Toe sy dit huiwerig opgehaal het, het hy ongeërg gesê: "Dit sal jou ten minste besig hou." Sy was baie dankbaar daaroor, en het sy bui probeer benut om haar teësin in Mike te lug.

Sy houding het dadelik verander en sy stem was vermanend: "Los maar vir Mike uit. As dit nie vir hom was nie, het ons nie nou kos gehad om te eet nie."

Juis omdat sy so onrustig voel oor Niel se nuwe werk en

sy vriende van bedenklike karakter, bid sy elke dag dat sy werk sal kry sodat sy nie weer op straat sal sit as Niel se sake weer skeefloop nie.

Maar sy soek tevergeefs. Sleepvoet stap sy terug na die bushalte. Wat help dit tog? Sy sal nooit werk kry nie. Daar is nie vakatures vir voorslag-wortelskrapers en skottelgoed-wassers nie. Haar gedagtes laat wel die verlange na Sonne-blomstraat 7 intens in haar op. Daar het hulle haar nodig gehad. Daar kon hulle haar gebruik. Daar was hulle bly om haar te sien. Daar het sy iets beteken. Sy gaan staan doodstil, haar oë peinsend. Terwyl sy nie kan werk kry nie, kan sy tog iets vir haar medemens doen. Maar sal dit so uitwerk? As sy die saak eers met tant Bes bespreek . . . As sy haar voorwaarde stel . . .

Sy tref drie droewige mense by Sonneblomstraat 7 aan. Sy kyk hulle verbaas vanuit die kombuisdeur aan. Daar gaan niks aan nie. Vitorie staan eenkant met 'n vadoek en vee die plastiekborde af wat reeds skoon is. Nellie sit en huil soos 'n kind by die tafel terwyl tant Bes haar trane vertroostend afvee. En die kastrolle staan leeg en koud op die rakke.

"Wat op aarde gaan hier aan? Kook julle nie vandag kos nie?"

Natuurlik is hulle bly om haar te sien, maar die nuus wat sy kry, is ontstellend.

"Die eerste keer in baie jare het ek vanoggend niks om te kook nie."

Wanya kyk tant Bes in absolute ongeloof aan. "Dit kan nie wees nie, tant Bes!"

"Dit is so, hartjie. Daar is ook nie genoeg in ons spaar-boekie om genoeg mieliemeel te koop om vir almal pap te maak nie. Vandag sal my skapies maar honger moet om-draai. Ek het niks om vir hulle te gee nie."

Kruppel Nellie snuif weer hardop. "Dis te vreeslik! Dit voel skoon na sonde om so ledig te sit hierdie tyd van die oggend. Maar daar is niks om skoon te maak nie!"

Wanya kyk hulle verslae aan. Dis net ondenkbaar dat Jan Bom se mense vandag nie hier geholpe sal raak nie. Klein Pikkie sal verniet die lang ent pad aanstrompel en ouma Anna sal net nie kan verstaan dat daar vandag nie eens 'n krummel is vir die bord wat sy self aandra nie. En die bedleêndes sal vanmiddag vergeefs wag op die kloppie aan die deur . . . Dit kan nie gebeur nie!

"Tant Bes, kan ek asseblief die telefoon gebruik?"

"Natuurlik, hartjie."

Toe die telefoon aan die ander kant opgetel word, bid sy byna hardop. Asseblief, Here, gee dat sy ons sal help! "Pat? Pat, dis Wanya wat praat. Wanya Cloete. Goeiemôre."

"O . . . Wanya? O . . . e . . . hallo."

Die stemtoon moedig haar glad nie aan nie, maar Wanya druk desperaat deur. "Pat, ek het dringend jou en Charl se hulp nodig. Hier is oor die driehonderd mense in Jan Hofmeyr wat vandag geen kos het om te eet nie. Is dit nie moontlik dat Charl miskien vir ons 'n paar hoenders kan gee nie? Al is dit net genoeg om sop van te kook, dat die mense darem elkeen 'n beker sop kan kry? Asseblief, Pat!"

Daar is 'n verbaasde stilte. "Genugtig, Wanya, ek verstaan niks wat jy sê nie! Watter mense is dit en wat het jy . . .?"

Wanya val haar opgewonde in die rede, verduidelik vinnig, haar blik op tant Bes se wekkertjie. As hulle gou iets in die hande kan kry, sal die mense vanmiddag nog kan eet.

"Ek kan jou niks belowe nie. Ek sal by Charl hoor . . ."

"Hier is my telefoonnommer. Bel my terug as julle bereid is om te help. Anders moet ek verder soek."

159

Toe sy die kombuis binnestap, sit Wanya 'n vertroostende hand om tant Bes se skouers. "Toemaar, my tannie. Ek glo daar sal iets opdaag."

"Ja, my kind. Ek glo ook so. Hy het nog altyd voorsien. Maar dit begin laat word . . ."

Nellie begin vertel van die dag toe hulle ook soos vanoggend gesit het. Hulle het 'n klomp kaal bene en 'n sakkie aartappels gehad. Daardie oggend het hulle ook nie geweet waar die kos vir die dag vandaan sal kom nie.

"En toe bel 'n boer en sê hy het skade met sy tamaties gehad. Hael. As ons daarvan wil hê, moet ons kom haal. Ons is dadelik na oom Michiel toe. Met sy bakkie is ons plaas toe. Wanyatjie, dit was nou 'n gemors. Die goed was pap geslaan op die land. Ons het sommer bakhande vol gepluk. Ons was later besmeer en taai tot agter ons ore. En daar gly oom Michiel nog en gaan sit plat op sy bas binne-in die tamaties! O, dit was nogal sports ook!" Nellie lag hartlik, haar trane skoon vergete.

"Ja, dit was 'n affêre. Toe die bak vol was, het ons maar so aangekruie huis toe, 'n streep tamatiesop agter ons aan. Maar teen die end het ons die heerlikste sop op die stoof gehad," vertel tant Bes saam.

"Ja," neem Nellie weer oor, "en terwyl ons tamaties opgetel het, het 'n bakkery 'n klomp brood hier kom aflewer. Vars, maar heeltemal verdruk en hulle mag dit nie so aan die publiek verkoop nie. Daardie middag eet almal hulle toe oorhoeks aan tamatiesop en dik snye vars brood. Onthou tant Bes nog dat oom Pieta gesê het dis die lekkerste tamatiesop wat hy nog in sy lewe geëet het?"

Die telefoon lui en Wanya is dadelik daar. Dis Charl Oberholzer wat self praat. "Ek bel om te hoor presies wat jy nodig het."

Wanya herhaal weer wat sy vir Pat gesê het.

"Ek sal kyk wat ek kan doen. Maar wees gerus. Daar sal iets by Sonneblomstraat afgelewer word. Nommer 7, nè?"

"Ja. Dankie, Charl. Jy weet nie hoe dankbaar ek is nie."

Wanya stap met 'n breë glimlag terug kombuis toe. "Toe, mense. Kry jul gesigte reg, binne 'n uur begin ons kos maak."

"Daar is nog 'n handjie vol wortels en 'n paar aartappels in die buitekamer," sê Vitorie ondernemend.

"Nou toe, Vitorie. Gaan haal dit, dan kan ons dit solank skil."

Pat Oberholzer trek haar asem in. "Op dees aarde, wat soek Wanya Cloete hiér?" Toe sy verneem dat die direkteure toegestem het dat Charl maar 'n voorraad van hul braaihoenders aan Sonneblomstraat 7 kan skenk, het sy tot haar man se verbasing daarop aangedring om saam te gaan wanneer dit afgelewer word.

"Wat wil jy daar gaan maak?" wou hy weet.

"Ek kan sterf van nuuskierigheid. Ek wil weet wat aangaan. Waarom Wanya Cloete nou vir kos bedel."

"Sy bedel nie vir haarself nie. Dis vir liefdadigheid," het hy effens vererg laat hoor.

"Nietemin. Ek wil sien wat sy daar doen. En jy is maar net so nuuskierig, anders sou jy dit nie self kom aflewer het nie."

Hy bring sy nuwe vierwielaangedrewe voertuig tot stilstand en toe die voordeur oopgaan, sê Pat afkeurend: "Dis sowaar sy! Maar kyk haar ou rokkie. En die hare is ook maar verwaarloos . . ."

Wanya lees die verbasing, selfs skok, in haar eertydse vriendin se oë, maar sy glimlag blymoedig. Sy is nie selfbewus nie. En natuurlik weet sy hoekom Charl Oberholzer se vrou dit nodig geag het om haar man te vergesel. Maar dit kan haar nie skeel nie. Dis die kos wat hulle gebring het wat belangrik is.

"Ek hoop dis genoeg, Wanya. Ek het ook twee sakke stampmielies gebring wat effens nat geraak het op die bodem. Maar die res makeer niks nie. Ek weet nie of jy dit kan gebruik nie."

"Maar natuurlik kan ons, Charl. Baie, baie dankie." Sy kyk haar eertydse vriendin vas in die oë. "Ook aan jou, Pat, baie dankie. Wil julle nie inkom nie, asseblief? Tant Bes sal ook graag wil dankie sê."

Pat lyk onseker, maar Charl aanvaar die uitnodiging dadelik, diep geïnteresseerd in wat hier aangaan. In die kombuis word hulle oorweldig deur die ander drie se dankbaarheid, soseer dat hulle later uiters verleë lyk. Charl stel talle vrae wat eerlik beantwoord word. Met sy oë bewonderend op die vier vroue voor hom, sê Charl.: "Ek sal Sonneblomstraat 7 beslis onthou. Julle sal weer van my hoor, wees verseker."

Wanya vergesel hulle terug bakkie toe en sy lees die vraag in Pat se oë. Kalm gee sy die antwoord. "Julle wonder seker hoe ek hier inskakel. Ek het destyds my vonnis uitgedien deur vyftien maande lank gemeenskapsdiens in tant Bes se kombuisie te doen." Sy kyk sonder skroom van die een na die ander. "Ek dank die Here vandag dat Hy my destyds hierheen gelei het. In Sonneblomstraat 7 het ek baie lesse geleer, lesse wat ek nooit sal vergeet nie. Ek weet nou dat 'n mens nie vir jouself alleen kan lewe nie. In hierdie kombuisie het ek die grootste toewyding en naasteliefde leer ken. Hier het ek 'n engel met 'n voorskoot en pienk pantoffels leer ken. Daardie engel het vanoggend gehuil toe ek hier instap. Danksy julle twee, lag sy nou. Baie, baie dankie."

Doodstil ry die man en vrou weg uit Jan Hofmeyr.

Dan sit Charl Oberholzer sy hand op sy vrou se knie en

sê met 'n diep stem: "Ek het ook vandag 'n les geleer in Sonneblomstraat 7. Dat die Here vir ons nog altyd baie, baie goed was. Ons hoef nooit te wonder waar môre se kos vandaan kom en of ons vannag 'n dak oor ons koppe het nie. Jy hoor daagliks dat daar mense is wat nie kos het om te eet nie, maar dit gaan by jou verby. Dit tref jou nie regtig nie . . . Ek het my voorgeneem tant Bes gaan nooit weer huil oor leë kospotte nie. Ek gaan sorg dat daar nou elke maand iets hier afgelewer word. En ek gaan haar môre bel en sê dat as daar ooit weer 'n oggend soos vanoggend aanbreek, sy my dadelik moet laat weet. Ek het nog iets geleer, Pat."

Hul oë ontmoet. "Ons is nie dankbaar genoeg vir wat ons het nie. Ons moet waardeer wat ons elke dag ontvang. Dis maar alles net genade. En ek bewonder Wanya Cloete vir wat sy vandag gedoen het. Dit kon nie maklik gewees het om by ons te bedel nie. Maar sy was nog altyd 'n fyn vrou. Ek het nog altyd gedink sy het meer integriteit as haar man. En ons het haar skandelik behandel. Nee, Pat, moenie jou kop skud nie. Toe sy haar vriende nodig gehad het, het ons gerieflikheidshalwe van haar 'vergeet'. Ek skaam my van-dag daaroor."

In tant Bes se kombuisie is daar nie tyd vir gesels nie. Daar is honderde honger mae wat oor twee uur gevoed moet word. Hoender op stampmielies met 'n lang sous daaroor. Héérlik! Tot die kokke se monde water.

Maar die wonderlikste kom nog toe sy daardie middag weer haar plek langs tant Bes agter die tafel inneem, skeple-pel in die hand. Om al die ou gesigte te sien opklaar in blye herkenning. Daar is onverbloemde vreugde wat soos sterre in klein Pikkie se ogies aanskakel toe hy sy tannie Hartjie gewaar. Dis louter vreugde om te sien hoe dankbaar mense eet en hoe hulle dit geniet.

Dis eers die middag, toe tant Bes se kombuisie weer

blinkskoon aan die kant is en Vitorie en Nellie al huis toe is, dat daar tyd is vir gesels.

Tant Bes kyk haar bekommerd aan. "Hartjie, ek dink nou eers daaraan. Wat van jou man? Jy moes hom mos seker vanmiddag kos gegee het en hier staan jy . . ."

"Nee, tant Bes. Hy kom nie smiddae huis toe vir ete nie. Ons eet in die aand. Maar ek sal haas moet begin spore maak."

Tant Bes vou haar hande om Wanya s'n. "Dankie, my kind. Baie dankie."

Wanya glimlag, skud haar kop. "Dit was niks nie, tant Bes."

"Nee, dit was nie niks nie. Dit was só baie dat dit nie in geld of woorde afgemeet kan word nie. Maar God sal jou beloon, hartjie. Ek weet Hy sal. Op sy tyd en op sy manier sal Hy jou beloon, Wanyatjie."

Haar ooglede val, dan kyk sy op. "Kom Roelof nog so baie hier?"

Tant Bes word onverhoeds deur hierdie vraag betrap. Sy kan haar verbasing nie wegsteek nie. Want van almal en oor almal is al gesels, maar Roelof se naam is nooit genoem nie.

"Nie bedags nie. Hy kom soms ná werk hier inloer."

Wanya knik. Natuurlik. Hy het geen rede om so gereeld bedags hier in te loer nie. Hier is mos nie meer iemand wat hy moet dophou nie.

"Hoekom vra jy?"

"Tant Bes . . . Ek is nog aan die werk soek, maar kon nog niks kry nie. Toe dink ek ek kan intussen soms hier kom help as ek welkom sal wees."

"Hoe vra jy dan nou, hartjie? Jy is vier-en-twintig uur van elke dag hier welkom. Maar sal dit nie indruis met jou pligte by jou eie huis nie?"

"Glad nie. Ek is soggens vroeg klaar en dan is dit 'n hele lange dag om om te kry totdat ek vir die aand moet begin kook. Nee, dis nie die probleem nie."

"Wat is dan die probleem?" wil die wyse ou tannie weet en Wanya besef dit sal nie help om vir tant Bes iets te probeer wegsteek nie. Sy wil ook skielik nie. Daar is genoeg valsheid in haar lewe, soveel plekke en tye wanneer sy toneel moet speel. Tant Bes is die een mens teenoor wie sy haar hart kan oopmaak.

"Ek wil baie graag soms weer hierheen kom, maar . . . ek wil nie hê my en Roelof se paaie moet weer kruis nie." Sy kyk moedig terug in die wyse ou oë wat sy in hierdie oomblik weet reeds lankal die geheim in haar hart gepeil het.

"Ek kan nie, tant Bes! Ek mag nie!"

"Jy is verniet bang, Wanya. Hy kom nie bedags hier nie. Jy het my woord jy sal hom nie hier kry nie."

Haar gesig sak ver vooroor sodat tant Bes net die kroontjie van haar kop kan sien, maar sy hoor die gedempte woorde: "Roelof het eenkeer vir my gesê dat God ons ken, die mens, en weet dat ons stof is. Ek weet ook ek is stof . . . en dis vir daardie stof dat ek bang is." Pleitend kyk sy op. "Verstaan tannie? Stof het geen weerstand nie. Dit waai sommer weg, word reddeloos rondgeslinger deur die geringste windjie. Ek moet daarvoor keer . . . vir die stof in my."

Tant Bes sug diep, vee vinnig oor haar oë. "Ja, my kind. Ek verstaan. En jy is baie wys. Roelof ook. Hy weet ook dat dit beter is dat julle mekaar nie sien nie. Dit was op my aandrang dat hy jou geskakel het. Ek besef nou eers dat ek dit vir hom baie swaar gemaak het. Ek moes liewer self gebel het."

"Tannie weet van sy vrou? Van die tragedie wat in sy eie lewe lê?"

"Ja, my kind, ek weet daarvan. En dit kan jare lank so

165

voortduur." Wanya verstaan wat tant Bes vir haar sê. Daar is geen hoop nie . . .

Soos so baie keer tevore luister Roelof daardie namiddag net stil na wat tant Bes te sê het. Sy het hom gebel, gesê dat daar iets is wat sy met hom moet bespreek. Nou knik hy net, sê bedaard: "Ek verstaan volkome, tant Bes. Ek weet dis nie dat ek nie hier welkom is nie. Maar Wanya het tant Bes nodig. Ek belowe ek sal nie bedags hier aankom nie."

"Maar jy sal nog gereeld vir my kom kuier ná werk?"

Hy glimlag gerusstellend. "Natuurlik! En ek sal baie graag wil hoor hoe dit gaan. En altyd eerlik, tant Bes?"

"Ek belowe, Roelof. Ek sal niks vir jou wegsteek nie. Dis beter om te weet as om te wonder."

Hy sit lank agter die stuurwiel voordat hy die motor aanskakel. Ja, tant Bes, dis waar. Dis die gewonder wat jou gek maak . . . en hy wonder oor so baie dinge. Maar daar is darem een troos: Daar sal nou weer gereelde kontak tussen haar en Sonneblomstraat wees. Tant Bes sal 'n ogie hou en hy sal darem soms iets van haar verneem.

Waar tant Bes alleen in haar kombuisie agterbly, laat sy haarself die eerste keer in 'n lang tyd die weelde van baie trane toe. Sy is nie 'n mens wat heeldag huil nie. Trane in die oë kry, ja. Hier en daar 'n traan afpik, ja. Dis net as mense regtig honger is, dat sy huil. Soos vanoggend toe haar stowe koud en haar kospotte leeg gestaan het. Maar nou huil sy oor 'n ander hongerte. Die groter hongerte. Die pyne van 'n honger hart is onstilbaar. Niks stop daardie pyn nie. Elke oomblik dat jy wakker is, is jy bewus daarvan. Sy het vandag daardie honger in twee mense se oë gesien en sy huil vir hulle, want aan daardie hongerte kan sy niks doen nie. En daar is nie eens 'n sprankie hoop dat dit tog eendag gestil sal kan word nie.

Maar daar is darem nie net trane in Sonneblomstraat nie. Die lewe wissel vreugde en hartseer af soos wat die natuur dag en nag afwissel.

Annatjie bring die vreugdenuus vroeg die volgende oggend voordat sy werk toe gaan. Sy en Johan is verloof.

"Ons trou ná Kersfees, want Johan kry Nuwejaarsnaweek af en dan kan ons 'n bietjie wittebrood hou. Ek sal dus hier wees om tannie weer vanjaar te help met die Kerspartytjie."

"Dis wonderlike nuus, Annatjie. En Lala kan by my kom bly solank julle wittebrood hou."

"Ek en Johan moet nog die saak bespreek. Ons het nog nie finaal besluit of sy bly en of ons haar gaan saamvat nie."

"Nee, my kind, laat sy hier kom bly. 'n Wittebrood behoort aan 'n man en sy vrou. Daar is nie plek vir 'n derde persoon nie. Nee, laat Lalatjie maar vir die rukkie by my kuier."

Die hele Jan Bom is ingenome met hierdie nuus. Ook Wanya is oorstelp toe sy dit hoor. Sy en tant Bes glimlag teenoor mekaar soos twee samesweerders.

"Ons het albei gehoop dit sal eendag gebeur, nie waar nie, tant Bes?"

"Natuurlik! Annatjie lê my baie na aan die hart. As sy die verkeerde keuse gedoen het . . ."

"Nee, sy het nie. Ek het baie vertroue in Johan. Hy sal vir haar baie goed wees. Hy sal haar waardeer, want hy weet hoe dit voel om 'n vrou af te gee en op 'n dag net sonder haar te moet klaarkom. En Annatjie is 'n goeie, spaarsamige, hardwerkende vrou. Tant Bes sal nog sien, daardie Johan gaan weer heel bo uitkom met haar hulp."

Tant Bes knik. "Ja, Annatjie het al gesê dat Johan baie hard spaar om sy eie vervoerlorrie te koop."

"En hy gaan dit doen. Dit sal my nie verbaas as hy nog

167

eendag Barkhuizen Vervoer oorneem nie. Dis goed dat die tweetjies mekaar nou gevind het. Nou kan hulle saamwerk om hul toekomsdrome te bewaarheid."

Haar gesig versober skielik en sy hou haar baie doenig met die uie. Tant Bes is nie seker of dit regte trane of uie-trane is wat oor haar wange loop nie. Dalk is dit 'n bietjie van albei, want sy weet dat Wanya beslis geen toekoms-drome met haar man deel nie. En ander toekomsdrome mag sy nie hê nie . . .

Dis byna asof hulle weer terug is in die ou dae. Gereeld verskyn sy in tant Bes se kombuis, help deur die dag en so teen drie-uur haal sy die vroeë bus terug huis toe. Tot tant Bes op 'n dag bekommerd wil weet: "Hartjie, soek jy nog werk?"

Wanya kyk effens skuldig op. Sy soek, maar nie baie hard nie. Sy het opgehou om van die een kantoor na die volgende onderneming te loop en werk te vra. Sy hou nou die koe-rante dop, maar sy sien nie juis iets wat moontlikhede inhou nie. Snaaks genoeg, dit hinder haar ook glad nie meer so erg nie. Want dis heerlik om soggens op te staan en te weet sy gaan Sonneblomstraat toe. Sy besef maar te goed dat dit nie onbepaald so kan aangaan nie, maar sy dink en wonder nie meer oor môre nie. Sy het 'n regte Jan Bommer geword: Vat elke dag soos dit kom, wees dankbaar vir wat die dag jou bied, soos om wortels te skraap vir honger mense, en moenie oor môre tob nie.

"Werk is skaars, tant Bes," vertel sy die ouer vrou iets wat sy reeds weet. "Ek het 'n advertensie gesien by 'n crèche, maar die ure pas my nie. Ek sal te laat daar wegkom om nog aandete te kan kook."

Tant Bes bewaar die swye, maar sy het 'n sterk vermoede dat Wanya nie regtig meer ernstig na werk soek nie.

"Gee jou man nie om dat jy hier kom help nie?"

Die vinnige flits van die oë vertel tant Bes dat haar vermoede korrek is dat Niel Cloete nie weet dat sy vrou bedags wortels staan en skraap in Jan Hofmeyr nie.

"Ek het hom gevra of ek kan gaan werk en hy het ingestem."

Albei weet sy het nie tant Bes se vraag beantwoord nie.

"Wanyatjie, ek wil nie moeilikheid hê nie, veral nie vir jou nie, my kind. As jou man nie daarvan sal hou . . ."

"Tant Bes . . ." Daar is skielik 'n vasberade trek om haar mond. "Ek is bereid om baie op te offer en toe te gee ter wille van my huwelik. In watter mate reeds weet ek en die Here alleen. Maar daar is een ding wat ek nie sal doen nie. Ek gaan julle nie ook opoffer nie. Niel Cloete gaan my nie uit Jan Bom weghou nie. Ek sal alleen hier wegbly as julle my nie meer hier wil hê nie. Dan sal ek wegbly. As tant Bes vir my sê ek mag nie weer kom nie . . ."

"Jy weet dit sal nooit gebeur nie!"

"Goed dan. Dan kom ek. En as ek wil wortels skraap in Sonneblomstraat sal ek dit doen! Niemand, net niemand gaan my dit ook ontneem nie!"

Gelukkig is Niel Cloete te besig met sy eie gedagtes om hom aan sy vrou te steur en hom moeg te maak met dit waarmee sy haar dae verwyl. Om die waarheid te sê, sy gedagtes is met belangriker dinge besig. Soseer dat hy seksueel ook heelwat afgekoel het teenoor haar. Dáároor is sy innig dankbaar. Dit is 'n groot verligting dat daardie eerste dae se drifte en drange nou blykbaar uitgewoed het. Soos destyds toe hy in Sandton se luukse studeerkamer tot laatnag somme gesit en maak het, doen hy dit nou weer. Wanneer hy bed toe kom, slaap sy lankal en lang tye gaan verby dat hy haar nie aanraak nie. Maar dit stem haar ook onrustig. Iets is hier aan die broei en intuïsie vertel haar Niel is terug op die ou weë.

Hierdie vermoede groei sterker aan toe hy daardie aand onverwags vra: "Hoe sal jy daarvan hou om te verhuis na 'n ander land?"

Sy kyk hom met groot oë aan en 'n hand vat haar hart vas. "Jy bedoel . . . emigreer?"

"Ja."

Sy sluk. "Waarheen?"

"O, ek het nog geen definitiewe land in gedagte nie, maar die idee raak al aanlokliker."

"Maar hoekom?"

"Hoekom nie? Kyk om jou. Die land is in 'n gemors."

"Daar is nie 'n land op hierdie aarde waar daar nie probleme is nie, Niel."

"Nietemin. Ek oorweeg dit sterk om pad te gee. Dink solank daaroor."

Later staan sy voor die slaapkamervenster terwyl hy nog met sy berekeninge besig is, en haar hart lê soos 'n klip in haar. Here, U kan nie dit óók nog van my vra nie! Ek kan nie hier weggaan nie! Weg van my mense . . . Sonneblomstraat . . . heeltemal weg van . . . almal wat ek liefhet. Niel sal niks waag in hierdie tyd nie. Daarvoor is hy te slim. Hy sal nie die risiko waag om teruggestuur te word tronk toe nie. Maar oor ses maande is hy 'n vry man. Dan kan hy gaan waarheen hy wil . . . ook oorsee. En hy verwag dat sy moet saamgaan.

In die weke wat volg, merk tant Bes 'n spanning in Wanya op wat sy later net nie meer kan ignoreer nie.

"Wanya, wat is aan die gang? Jy is deesdae so gespanne soos 'n staalveer. Jy lyk deesdae weer net soos 'n vasgekeerde dier. Jy moet my verskoon, maar nou moet ek jou 'n baie reguit vraag vra: Verniel Niel jou?"

"Nee, tant Bes."

"Moenie vir my jok nie!" Tant Bes gebruik haar generaalstem wat almal gehoorsaam, en Wanya weet sy kan maar met die waarheid uitkom.

"Nee, tant Bes, regtig. Niel behandel my goed."

"Wat gaan dan met jou aan, kind?"

Wanya sug. "Niel oorweeg dit om oorsee te gaan. Ek bedoel, hy wil hê ons moet emigreer."

Tant Bes hyg na asem. "Jy bedoel, weggaan . . . heeltemal weggaan en in 'n ander land gaan bly?"

"Ja." Dis lank stil. Tant Bes het nie woorde nie en ná 'n rukkie laat Wanya met 'n te bedaarde stem hoor: "Toe hy dit die eerste keer vir my genoem het, was dit ook 'n verskriklike skok vir my. Die gedagte was onaanvaarbaar. Maar intussen het ek begin dink daaroor . . ." Sy ontwyk tant Bes se geskokte oë. "Miskien sal dit verstandig wees. Van Niel se kant gesien . . . Almal weet wie hy is en wat gebeur het. Dit gaan vir hom baie moeilik wees om weer vertroue terug te wen en op sy eie bene te staan. Vir Niel is dit noodsaaklik om sy eie onderneming te hê. Hy moet die baas wees. In 'n ander land kan hy van voor af begin, en met 'n skoon blaadjie."

"En van jou kant gesien?"

"Miskien sal dit vir my ook die beste wees. Ek is ook 'n vrou met 'n rekord."

"Ag nee, my kind. G'n mens onthou meer daarvan nie."

"Tog, tannie, sal dit beter wees. Ék onthou. Elke keer dat ek by daardie kruising kom, onthou ek . . ." Sy swyg. Ja, sy onthou. Sy onthou ook Roelof se gesig toe hy in 'n vlietende sekonde in haar gesigsveld verskyn het die dag toe sy in die bus weggery het. En elke dag soek haar oë na daardie gesig . . . Op 'n ander plek, in 'n heel ander land, sal sy ophou soek . . . en sal haar hart seker tot rus kan kom.

"Dan . . . dan gaan jy saam met hom?"

"Ja, tant Bes."

Toe Roelof een aand laat by tant Bes se huisie instap, is hy verbaas om haar nog ten volle geklee te sien. Gewoonlik is sy hierdie tyd van die aand reeds in die bed, gereed om die lig af te skakel. Maar hy is dankbaar dat sy nog wakker is. Hy moet net vanaand met iemand praat.

Hy merk onraad toe hy die rooi oë sien, vra dadelik: "Wat makeer, tant Bes?"

Sy begin huil en hy gaan sit vinnig langs haar, sit sy arm om haar skouers. "Kom nou. Dit kan nie só erg wees nie. Wat skort?"

"Dit is so erg, Roelof. Dit is so erg."

Hy frons. Hy het haar nog nooit so ontsteld gesien nie. Skielik is daar 'n groot onrus in hom. "Asseblief, wat is dit?"

"Dis Wanyatjie . . ."

"Wanya!" Hy lyk skielik bleek om die mond. "Wat van haar?"

"Sy gaan weg, my seun. Sy gaan ons verlaat."

"Weg? Waarheen?"

"Hulle gaan oorsee bly sodra Niel se vonnistyd verstryk het."

Dis stil. Dan kom die vraag dof: "Is dit 'n voldonge feit? Het sy self so gesê?"

"Ja. Nou die dag al. Sy sê dis beter vir hulle albei as hulle maar liewer in 'n ander land gaan bly."

"Dan het sy klaar besluit sy gaan saam?"

"Ja. Sy sê dit gaan die afgelope tyd goed met haar en Niel en sy gaan saam met haar man."

Hy sug, staan vinnig op en gaan staan voor die venster, kyk na die dofverligte Sonneblomstraat. "Ek het ook iets wat ek vir tant Bes moet vertel. Elsa is vanmiddag oorlede."

172

10

Nog 'n Kersfees kruip nader. 'n Ieder en 'n elk is besig met voorbereidings. In Sonneblomstraat 7 is dit die ene bedrywigheid. Maar hierdie Kersfees word daar nie net op die Voorsienigheid gehoop om die nodige te voorsien nie. Charl Oberholzer het besluit dat hy vanjaar se Oukersete gaan borg. Wanya staan verslae. Sy kan nie glo wat sy oor die telefoon hoor nie. "O, Charl, ek . . . ek weet nie hoe om dankie te sê nie," stamel sy.

"Nee, Wanya. Dis ék wat moet dankie sê. Dis maar 'n klein dankie aan die Vader wat so baie vir my gegee het. Sedert ek daardie dag in Sonneblomstraat was, is julle baie in my gedagtes en tel ek my seëninge gereeld. Dit sal vir my 'n voorreg wees om die nodige vir 'n spogete te verskaf. Sê vir tant Bes sy moet haar lysie opstel en my laat weet wat sy sal nodig hê. Ek sal sorg dat dit betyds by haar afgelewer word."

Toe Wanya terugkom in die kombuis, straal haar oë. "Julle sal nooit glo wat gebeur het nie! Dit was Charl Oberholzer wat gebel het. Hy laat weet tant Bes moet 'n lysie opstel vir die ete Oukersaand en hy sal alles voorsien. Is dit nie wonderlik nie!"

"Wanyatjie! Maar dis baie geld vir een man!"

"Nee, tant Bes. Hy sê dis sy manier om vir God dankie te sê dat Hy so goed is vir hom."

Hoewel sy opgewonde deelneem aan die voorbereidings vir die groot aand, is daar ook 'n diep weemoed in haar. Sy sal nie hier wees nie. Niel het ander planne vir Oukersaand. Hy het haar reeds ingelig dat hy spesiale verlof van meneer Van Wyk het om na 'n groot party by Mike se huis te gaan. Wanya weet presies hoe dit daar gaan uitsien. 'n

173

Groot nagemaakte wit Kersboom in die een hoek vol duur versierings. Baie kos, baie drank en polsende dansmusiek. En nêrens in die gesprekke sal jy agterkom dat dit eintlik 'n fees vir die Kind van Bethlehem is nie. In die ver verlede het sy talle soortgelyke partytjies in Sandton bygewoon. Sy weet presies hoe dit sal wees.

Maar haar hart sal na Sonneblomstraat hunker daardie aand. Terughunker na so baie dinge . . .

Toe tant Bes haar vertel het van Roelof se vrou, het sy nie geweet wat sy voel nie. Verligting én jammerte. Verligting dat 'n vrou wat jare lank vasgevang was in 'n lewende dood, verlossing gekry het. 'n Diepe jammerte vir die man wat deur die jare sy pad van plig so getrou geloop het. Al het sy daar soos 'n lewende lyk gelê, was sy sy vrou, die ma van sy kind.

Hoeveel kere het sy tot by die telefoon gestap om hom te bel, om te simpatiseer. Maar sy kon nie besluit wat die regte woorde sou wees om te gebruik nie. Dan het sy maar weer uitgestel. Hoe kan sy vir hom sê dat sy jammer is dat Elsa dood is? Dit was tog 'n verlossing vir albei.

Tog het sy eienaardig teleurgesteld gevoel dat hy steeds getrou bly aan sy beloftes aan tant Bes. Steeds ontwyk hy Sonneblomstraat gedurende die dag. Sy weet hy doen dit op haar eie versoek, maar hy kan seker darem maar een middag net vinnig hier kom inloer . . .

Miskien het hy in die maande dat hulle mekaar nie met 'n oog gesien het nie, besef dat dít wat hy tussen hulle gewaan het, nie eg was nie. Miskien het hy tot die slotsom gekom dat dit maar net hul besondere omstandighede was (en die noodlot wat hulle 'n tyd lank saamgegooi het) wat dinge in sy verbeelding laat ontstaan het wat nie werklik daar was nie. Die feit dat Roelof nou 'n vry man is, verander nie werklik iets aan die saak nie. Sý is nie vry nie.

"Wie speel vanjaar Kersvader?" wil sy van tant Bes weet voordat sy die middag huis toe gaan.

"Ons sal nog moet sien. Ek hoop maar net ons sal genoeg geskenke vir die kinders kan koop. Alles is deesdae so verskriklik duur. Anders sal hulle maar elkeen met 'n kous lekkers tevrede moet wees."

Sy is reeds halfpad by die deur uit toe die ongeërgde vraag kom: "Sal Roelof ook hier wees?"

"Nee. Hy is met vakansie."

"Met vakansie? Is hy reeds weg?" Sy kan skaars haar teleurstelling verbloem.

"Ja. Hy kom eers ná Nuwejaar terug. Hy het soveel opgehoopte verlof, het hy gesê. Wou mos die afgelope jare nie juis lank padgee terwyl sy vrou so gelê het nie. Maar hy het regtig 'n lang vakansie nodig."

"Waarheen is hy?"

"See toe."

Dis of die sonlig dowwer is toe sy uitstap in die straat. En dis of die leë gevoel in haar groter word. 'n Honger hart leer met min klaarkom. Al waarop hare die afgelope maande gevoed het, was die gedagte dat hy êrens naby is, in dieselfde stad. Maar nou is hy heeltemal weg . . .

Dis miskien hierdie gevoel van finale afskeid wat haar optrede bepaal toe sy by die huis instap en deur 'n woedende Niel gekonfronteer word.

"Waar was jy?" tier hy.

Sy kyk hom verbaas aan. Hy is baie vroeër terug by die huis vandag. En wat op aarde het hom so ontstel?

"Ek was stad toe. Jy weet ek soek werk."

"Maar jy hét mos reeds werk, het jy nie? Om te loop en bedel. Dis mos jou nuwe professie."

Sy kyk hom skerp aan. Iemand moes hom ingelig het waar sy haar dae deurbring. Dan lig sy haar ken, voel skielik roekeloos. Tot dusver het sy stilgebly, het sy die riel gedans soos hy fluit, het sy die pad van plig geloop en alles maar opgekrop. Maar nou gaan sy nie meer stilbly nie.

"Ek bedel nie vir myself nie. Jou informant was nie spesifiek genoeg met sy of haar inligting nie."

"Dan ontken jy dit nie?"

"Nee."

Sy oë blits. "Ek weet nie wat in jou gevaar het nie. Jy is heeltemal 'n ander mens."

"Weer reg, Niel. En jy is ook. Ons het twee vreemdelinge geword. Ons ken mekaar nie meer nie. Ons weet niks van mekaar af nie. Ons verstaan mekaar nie meer nie."

"Dis nie nodig dat dit so moet wees nie. Maar jy is 'n totaal ander mens as die een met wie ek getrou het. My magtig, Wanya! Dat ek van Charl Oberholzer moet hoor my vrou het by hom kom kos bedel."

Dan het Charl . . . Sy het dit nie verwag nie, maar haar skouers bly vierkantig. "Maar het hy jou nie die detail vertel nie?"

"Watter verskil maak dit? Bedel is bedel! Wat het jy met daardie gespuis te doen? Hulle is nie ons klas nie. Wat het jy in Jan Hofmeyr verloor?"

Weer lê die agterdog dik in sy stem, maar sy is nie meer vir hom bang nie. "Ek sal nie eens probeer verduidelik nie. Jy sal nie verstaan nie."

"Nee, ek verstaan nie dat mý vrou haarself so kan verneder nie. Nou sê ek vir jou, dit gebeur nie weer nie! Jy sit jou voete nie weer in Jan Hofmeyr nie! En jy hou op om werk te soek. Dis onnodig. Oor drie maande is my vonnis uitgedien! Dan gee ons pad." Sy blik gaan krities oor haar. "Jy is besig om jou te verwaarloos. Ruk jou reg. Ek wil my nie vir jou skaam nie. Hier is geld," en hy gooi 'n rol note op die tafel neer. "Gaan koop vir jou 'n rok vir die partytjie by Mike-hulle. Ek wil jou daardie aand sien lyk soos die vrou wat jy altyd was. Ek gaan nou terug kantoor toe, maar môreoggend ry jy saam met my stad toe. Ons moet foto's vir ons nuwe paspoorte laat neem."

Hy stap uit en sy bly staar na die rol note voor haar. Die vrou wat sy was . . . Nee, Niel, ek sal nooit weer die vrou wees wat ek was nie . . . en dank God daarvoor. Nie eens die duurste rok in madame Veronique se modehuis sal my weer daardie vrou maak nie.

Sy tel die note op, trek haar oë peinsend saam, stap dan daarmee na die slaapkamer en sit dit in haar handsak.

Toe Niel later van die kantoor af kom, is sy luim heelwat beter en sy kan dit selfs waag om te vra: "Waar het jy Charl Oberholzer gesien?"

"In die stad by 'n kafee waar ek 'n koerant gaan koop het." Hy gee 'n kortaf laggie. "Sy vroutjie het haar bes gedoen om my glad nie raak te sien nie, maar ek moet erken ek het Charl se houding waardeer. Toe hy my gewaar, het hy reguit op my afgestap en sy hand uitgehou. Nee, hy is nie 'n slegte ou nie, maar ek het nooit veel van daardie Pat van jou gehou nie."

Wanya knik vaag. Nee, vandag kan sy ook nie dink dat sy en Pat ooit vriendinne kon gewees het nie. Sy hou vandag net so min van haar as van die Wanya Cloete van destyds.

Sy kyk op en betrap haar man se oë ondersoekend op haar. "Ek verstom my aan jou, Wanya. Dat jy vrywillig teruggaan na daardie plek en jou langer bemoei met daardie mense. Charl dink egter die wêreld van jou juis daarom. Wat kry jy uit die spul? Om jou tyd daar te gaan verkwis . . ."

"Om honger mense kos te gee? Jy sal nooit weet watter bevrediging en vreugde dit jou kan gee om 'n bord kos na 'n honger mens uit te hou en te sien hoe hy dit geniet en waardeer nie. Kom ons laat dit daar, asseblief."

177

"En ek het gesê dit stop nou en hier, vandag. Daar is kerke en welsynorganisasies wat na sulke mense omsien. Jou aandag en tyd moet jy aan jou huis en jou man gee. Dis waar jou plig lê."

Haar plig . . . Sy staan op, begin die skottelgoed byme-kaar maak, dra dit kombuis toe en begin dit was soos dit 'n pligsgetroue vrou betaam.

Die volgende oggend gaan sy gehoorsaam saam met hom stad toe, laat die foto's neem, vul saam met hom die vorms in. Dan, 'n duidelike teken dat hy haar nie heeltemal ver-trou om sy bevel te gehoorsaam nie, gaan laai hy haar self voor Madame Veronique af. Sy laat haar alles welgeval en stap by die groot deure in terwyl sy sy oë op haar voel. Hy maak seker dat sy binne is voordat hy wegtrek.

Annatjie is verras en effens verbaas om haar daar te sien. Wanya gaan mos elke oggend deur Sonneblomstraat toe, maar sy en madame Veronique is bly om haar te sien.

Wanya het egter nie sommer net kom inloer nie. Sy het 'n definitiewe opdrag vir Annatjie. En 'n boodskap vir tant Bes.

Tant Bes skud haar kop toe Annatjie daardie middag ná werk die boodskap aflewer. "Ek het gewonder wat van haar geword het toe sy vanoggend nie opdaag nie. Sy het ons nou al so bederf. As sy nie opdaag nie, voel dit iets skort met die dag. En dan kom ons eers agter hoeveel werk sy uit ons hande neem. Sy het nie gesê hoekom sy nie vandag kon kom nie?"

"Nee. Net dat ons 'n lysie moet opstel van almal se name wat Oukersaand hier sal wees, ook die grootmense. En dat tant Bes nie bekommerd moet wees oor die geskenkies nie. Dis alles klaar georganiseer."

"Wat sou sy daarmee bedoel?"

"Ek het gevra, maar sy was baie geheimsinnig. Het net

178

geglimlag. Miskien het sy êrens vandaan die geld gekry om vir elkeen 'n geskenkie te koop. Maar ons kan Wanya vertrou. As sy sê daar sal geskenkies wees, dan sal daar wees. O ja, en sy het ook gesê as sy die volgende paar dae nie opdaag nie, moet tant Bes nie bekommerd wees nie. Sy sal baie besig wees."

"Waarmee nogal?"

"Sy het nie gesê nie."

Wanya is ook inderdaad besig die volgende paar dae. Die eerste dag doen sy wat haar man van haar verlang . . . gee besonder baie aandag aan haar huis en aan haarself. Hy het gelyk. Sy het die afgelope tyd nie meer omgegee hoe sy lyk nie. Die daaropvolgende dag vra sy Niel of sy weer saam met hom kan inry stad toe.

"Miskien het madame Veronique al iets ingekry waarvan ek hou," verduidelik sy. "Haar mooiste skeppings was uitverkoop toe ek iets gaan soek het."

Tevrede dat sy vrou eindelik haar lawwe tydverdryf uit haar sisteem het, laai hy haar weer voor die boetiek af. Maar Wanya gee nie eens een kyk in die rigting van die pragtige ontwerpe om haar nie.

"Het jy die lys name gebring?" vra sy dringend.

"Ja. Hier is dit." Annatjie kyk haar nuuskierig aan. "Wat voer jy in die mou? Waarvoor wil jy al die name hê?"

Wanya glimlag. Sy kan Annatjie nou maar vertel, want sy gaan haar hulp nodig hê. "Dis om te weet wie almal geskenkies moet kry. Ek moet weet vir wie ek koop. Gelukkig ken ek die meeste."

"Wat 'n mens graag vir iemand wil koop en wat jy kan bekostig, is twee goed," laat Annatjie verstandig hoor, maar dit plaas blykbaar nie 'n demper op Wanya se geesdrif nie.

"Natuurlik, my liewe Annatjie. Die fondse is darem ook nie onbeperk nie. Maar nietemin . . ."

179

"Wie het die nodige voorgeskiet?"

Haar antwoord is 'n geheimsinnige glimlaggie. "Jy sal jou ore nie kan glo nie!" En daarmee moet Annatjie maar tevrede wees.

Madame Veronique is heeltemal bereid dat Wanya die geskenke eers na haar modehuis bring en dat dit daar in die naaldwerksters se lokaal opgemaak kan word. Dan kan Annatjie dit, soos dit klaarkom, aanry Sonneblomstraat toe vir die groot aand.

Sommer die eerste dag dat Wanya met oorlaaide arms daar aankom, word Annatjie se agterdog deeglik geprikkel.

"Het jy 'n fonteintjie ontdek wat net pienk note spuit?" laat sy droog hoor.

Wanya se oë blink. "Ek het nie alles gekoop wat jy hier sien nie. Baie is gebedel."

"Waar?"

"By apteke veral, soos die parfuums en skoonheidsmiddels."

"En hulle gee sowaar vir jou hierdie duur goed persent?"

"Ja. Dit hang af van hoe jy die mense benader. Ek stap in en vertel die eienaar of bestuurder tant Bes se storie en wat sy beplan vir Oukersaand. Dan gee ek tant Bes se telefoonnommer en ook dominee Louw s'n, en sê hulle kan maar eers bel om seker te maak dat ek nie die goed vir myself wil hê nie, ek sal vir die oproepe betaal."

"Dan bel hulle?"

"Sommige, maar die meeste aanvaar my woord summier."

"En dan gaan haal hulle sommer al hierdie goed van die rakke af . . .?" Annatjie bly maar skepties.

"Nee, man. Die parfuum is monsters en die ander goed baie ou voorraad. Maar so 'n botteltjie parfuum is mos nou net die ding vir Nellie. Sy gooi haar party dae só van die Blue Rose dat my en tant Bes se oë traan."

"Wat is Blue Rose?" wil madame nuuskierig weet en Wanya lag.

"Dis baie goedkoop reukwater. Maar sy is so lief vir haar lekkerruikgoedjies!"

"En hierdie ander goed?" Annatjie tel 'n kissie op en maak dit oop. Daarin is byna alles wat 'n skilder sal nodig kry. "Dis 'n duur affêre hierdie. Jy het dit seker nie uitgebedel gekry nie."

"Nee, ek het nie. Ek weet dit is nie goedkoop nie, maar ek het net gevoel dis die ideale geskenk vir ons klein Pikkie. Ek sien al hoe sy ogies gaan straal." Sy lê 'n gerusstellende hand op Annatjie se arm. Liewe, spaarsamige, versigtige Annatjie! "Ek verseker jou ek het nie 'n bank beroof nie. Ek hét die geld om vir hierdie goed te betaal. Maar ek het só gedink . . . Hoe meer ek uitgebedel kry, hoe meer geld hou ek oor om ordentlike geskenke mee te koop. Nou koop en bedel ek maar so om die beurt en ek dink nie ek het vir die eerste dag te sleg gevaar nie."

Annatjie moet maar glimlag. "Jy is 'n anderste soort mens, Wanya. En dit verstom my nie dat jy soveel sukses behaal nie. Geen mens sal jou kan weerstaan as jy met jou bedelglimlaggie en pleitende oë voor hom staan nie."

Wanya se glimlaggie versober, haar oë word ernstig. "Dis nie 'n sonde of 'n skande om te bedel vir mense wat niks het nie. Ek voel nie skaam of skuldig daaroor nie. Daar is mense . . ." Sy aarsel, vervolg: "Daar is mense wat dink ek verneder my om dit te doen, maar ek dink dit is 'n voorreg. En die heel bevoorregtes is diegene wat gevra word om te gee. Want elke mens sal hom liewer in die situasie wil bevind dat hy die een is wat kan gee eerder as om die armsalige drommel te moet wees wat ontvang, nie waar nie?" Sy glimlag skielik weer breed. "En ek verseker jou ek herinner hulle daaraan!"

Annatjie en madame deel 'n glimlag. "Nou goed dan, Wanya. Ek sien jy weet wat jy doen. Dis regtig wonderlike geskenke – die Jan Bommers sal Oukersaand hul eie oë nie kan glo nie. Hoekom begin ons nie sommer nou met die toedraaiery nie? Dan kan ek dit vanmiddag al by tant Bes aflewer. Ons kan probeer om elke dag so te maak, dan is daar nie so 'n gejaag op die end nie."

"Gaaf. Kom ons begin. Niel kom my eers halfvyf oplaai. Ons kan dan al klaar wees. Annatjie . . . ek wou vra . . ."

"Ja?"

"Het jy nog daardie aandrok wat ek jou gegee het?"

"Maar natuurlik! Dis my kosbaarste besitting. Hoekom?"

Wanya lyk verleë. "Ek weet dit word nie so gedoen nie, maar . . . maar kan ek dit vir een aand leen?"

"Maar natuurlik! Dit is mos eintlik joune."

"Nee. Dit is nie. Ek het dit vir jou gegee, maar . . . ek sit 'n bietjie in die knyp. Ons gaan Oukersaand weer na een van daardie deftige affêres en ek het nie eintlik iets om aan te trek nie. Ek het mos destyds my aanddrag alles verkoop."

"Natuurlik kan jy dit met liefde leen," lag Annatjie. "Ek sal dit sommer môreoggend bring, dan kyk ons of dit nog pas. Ek is seker ons sal die middel moet inneem. Jy is darem nou verskriklik maer." Hul oë ontmoet. "Hoe gaan dit regtig, Wanya?"

"O, goed genoeg, dankie. Ek sukkel maar net om die gewig wat ek verloor het weer aan te sit. Miskien sal ek dit anderkant die water weer terugkry."

"Dan is Niel nog van plan om te emigreer?"

"Ja. Ons paspoorte is reeds in orde, maar hy het nog nie besluit op 'n spesifieke land nie. Hy sê hy sal maar eers 'n bietjie rondkyk voordat hy finaal besluit."

Annatjie hou maar haar gedagtes vir haarself, maar sy voel diep bekommerd en onseker. Iets rym nie hier nie. Jy moet geld hê om jou in 'n ander land te gaan vestig. Dit weet sy darem. En jy moet sommer regtig oorgenoeg hê om eers te wil rondreis en die wêreld deur te kyk voordat jy 'n land uitkies. Maar as Niel Cloete soveel geld tot sy beskikking het – nugter weet waar dit so skielik vandaan kom, hy was dan nou die dag nog bankrot – behoort hy mos sonder om 'n oomblik te aarsel vir sy vrou 'n nuwe aandrok te kan koop, dan nie?

Sy hou egter hierdie gedagtes vir haarself. Tant Bes is reeds ongelukkig en hartseer genoeg. Niemand kan tog iets aan die situasie verander nie. Sy wens soms innig dat sy die saak met Roelof kan bespreek, maar besef terselfdertyd dat hy ewe magteloos staan.

Die ramp tref Jan Hofmeyr die dag voor Oukersaand.

Wanya stap madame Veronique se boetiek net binne met die laaste paar geskenke, toe die oproep kom. Annatjie draai wit geskrik van die telefoon af weg.

"Daar het iets vreesliks gebeur. Dit was Nellie wat gebel het."

"Tant Bes? Het daar iets met haar gebeur?" vra Wanya vinnig.

"Ja. Sy het geval en haar heup gebreek."

"Nee, Annatjie!"

Laasgenoemde knik. "Nellie sê die dokter kan nie met sekerheid sê hoe ernstig die breuk is nie. Daar moet natuurlik eers plate geneem word. Maar hy is oortuig die heup is gebreek. Hy het haar sommer saam met hom weg hospitaal toe. Sy het glo geweldig baie pyn."

Hulle staan mekaar eers verslae en aankyk en dan neem Wanya spontaan oor. "Vra vir madame of jy hospitaal toe kan gaan; stel vas wat aangaan en as dit nodig is, bly 'n rukkie by haar. Ek gaan Sonneblomstraat toe."

By Sonneblomstraat 7 heers daar verwarring, eintlik

183

chaos. Nellie beteken niks nie. Dié sit net en huil. Vitorie is in twee geskeur. Sy besef hoe broodnodig sy hier is, maar sy móét net vanmiddag die bus haal om Kersfees by haar kinders te kan wees."

"Ek kan maar bly," bied sy onbaatsugtig aan. Wanya skud haar kop beslis. "Nee, Vitorie. Jy haal jou bus. Ons sal regkom hier."

"Maar dis net Nellie . . ."

"Nee. Ek is hier en Annatjie sal ook kan help. Jy moet Kersfees by jou mense wees."

"Maar wat van môre? Dis 'n groot storie. Die boom moet ook nog opgemaak word."

"Hier is genoeg Jan Bommers wat maar te graag sal help. Hou nou op om jou te bekommer."

Maar Wanya is nie regtig so onbekommerd as wat sy klink nie. Teen middagete het die rampnuus soos 'n veldbrand deur Jan Hofmeyr getrek. Gelukkig was die middagete reeds so te sê gaar toe die ongeluk tant Bes getref het en hierdie ete sal nie deur haar afwesigheid geraak word nie. Maar wat van môreaand? Natuurlik is daar baie vrywilligers, maar nie een het juis die kennis en ervaring om so 'n groot aand te reël nie. En nie een het al ooit 'n Kersete vir meer as driehonderd mense gekook nie. Maar Wanya wys nie haar kommer nie.

"Wees gerus, mense. Alles verloop volgens plan. En ek het goeie nuus vir julle. Die plate wys dat tant Bes se heup nie sleg gebreek het nie. Sy sal natuurlik 'n ruk in die hospitaal moet bly, maar dis nie so ernstig soos ons aanvanklik gevrees het nie."

"Ek kan my Oukersaand sonder tant Bes nie voorstel nie," laat iemand hoor.

"Ek weet. Ons voel almal so, maar vanjaar sal julle maar met my tevrede moet wees," sê Wanya dapper.

Daar is drie luide hoera's en bly glimlagte, maar toe Wanya daardie middag terugkeer huis toe, weet sy nog nie hoe sy by Niel gaan verbykom nie. Maar van een ding is sy honderd persent seker: Sy kan Jan Hofmeyr môre nie in die steek laat nie.

Haar hart sink in haar skoene toe sy sien hy is voor haar tuis. Sy is betrap. Hy staan haar ook en inwag, 'n frons tussen sy oë.

"Waar kom jy vandaan? Ek het vandag 'n paar keer huis toe gebel, maar hier was geen antwoord nie. Toe bel ek madame Veronique en sy sê jy is al vanoggend daar weg. En sy sê ook jy het nog nie vir jou 'n aandrok gekoop nie. Besef jy die partytjie is môreaand?"

Sy sug. Die oomblik van waarheid het aangebreek.

"Ek was in Jan Hofmeyr. Tant Bes het geval en haar heup gebreek."

"Al wéér Jan Hofmeyr! Het ek jou nie verbied nie . . ."

Sy verwoede reaksie ontstel haar nie. "Ek weet wat jy gesê het, Niel. Maar tant Bes . . ."

"Jy skuld daardie tante niks nie. Volgens jou het sy genoeg mense jare lank kos gegee dat hulle nou weer 'n slag vir haar iets kan doen. Jý het geen verpligting in Jan Hofmeyr nie!"

"Ja, ek het, Niel. Ek skuld tant Bes baie, oneindig baie. Sy het nie net vir my kos gegee nie. Sy het my oë oopgemaak vir 'n nuwe lewe. Ek kan my skuld aan daardie vrou nooit terugbetaal nie."

"Wanya, ek is nie lus vir twak nie!"

"Ek is nog nie klaar nie, Niel. Daar is nog baie twak wat ek jou moet vertel."

"As dit van dieselfde aard is as wat jy reeds kwytgeraak het, wil ek dit nie hoor nie. Maar ek sê nou vir jou, ek praat nie weer hieroor nie. Ek het klaar gepraat."

185

"Maar ek het nog baie te sê, en ek is bevrees jy sal maar na my moet luister. Ek kan nie môreaand saam met jou na Mike-hulle toe gaan nie."

"En hoekom nie?"

"Ek gaan môreaand vroeg Sonneblomstraat toe, want ek het die verantwoordelikheid vir môreaand se ete daar op my geneem."

Hy staar haar absoluut verstom aan. "Is jy van jou sinne beroof?"

Skielik ontspan die oorspanne staalveer in haar, word dit eienaardig kalm in haar, selfs vredevol. Sy glimlag selfs, 'n verskonende glimlaggie wat hom onkant betrap. "Nee, Niel. Ek dink ek is die eerste keer in my lewe in beheer van my sinne. Ek is jammer dat ek jou moet teleurstel, maar my groter verpligting lê daar."

"Jou groter verpligting . . . En wat van jou man? Het jy nie 'n verpligting teenoor hom nie? Behoort hý nie jou eerste prioriteit te wees nie?"

"In normale omstandighede, ja. Ek stem saam. Maar in Jan Hofmeyr sit daar mense wat kos moet bedel omdat hulle Rock Trust ten prooi geval het."

Hy verstyf merkbaar. "Moenie twak praat nie!"

"Ek praat nie twak nie, Niel. Daar is byvoorbeeld 'n ou man en vrou wat bedags hul honger by tant Bes se tafel moet kom stil, want hulle het al hul spaargeld in jou Rock Trust verloor. Daar is 'n man, jonger as jy, wat alles wat hy besit het in Rock Trust belê het. 'n Jong vooruitstrewende boer. Hy bestuur vandag 'n vragmotor vir 'n ander man. So kan ek hulle vir jou opnoem. Ook my eie ouers . . . Hulle was verplig om in 'n ouetehuis te gaan bly waar hulle betaal volgens hul inkomste, want hulle moes hul huisie verkoop nadat Rock Trust met hulle klaar was." Sy kan sien dit ruk hom en sy vervolg op gelykmatige toon: "Ek het jou nooit

186

vertel nie. Dit sou lyk asof ek behae daarin skep om sout in rou wonde te vryf. Ook nou bedoel ek dit nie verwytend nie. Ek verduidelik net en ek hoop jy sal verstaan, Niel. Ek móét môre Jan Hofmeyr toe gaan."

Sy oë het die kleur van harde graniet aangeneem. "Ek verstaan. Jy beskou jouself nou as 'n engel wat ander kan oordeel."

"Nee, Niel. Ek mag jou nie oordeel nie, want ek staan ook skuldig. Ek het ook gesteel. Ek het jou geld gesteel."

"Waarvan praat jy?"

"Ek praat van die geld wat jy my gegee het om 'n aandrok mee te koop. Ek het die geld vir 'n ander doel gebruik. Ek het Kersgeskenke vir Jan Bom se mense daarmee gekoop en ek het dit in madame Veronique se boetiek toegedraai en van daar na Sonneblomstraat laat aanry."

"Jy het . . . wát gedoen?" Hy lyk oorbluf. "Dan het jy glad nie 'n aandrok vir môreaand nie?" Hy vee oor sy hare.

"Nee, ek het een. Ek het een geleen, maar nou sal ek dit nie meer nodig hê nie. Ek sal nie môreaand op die partytjie wees nie."

"Ja, jy sal. Al trek jy 'n goiingsak aan, maar jy sal daar wees!"

"Nee, Niel. Ek sal by Sonneblomstraat 7 wees."

Hulle staar mekaar aan.

"Kan jy nie probeer verstaan nie . . ."

"Nee, ek probeer nie eens verstaan wat in jou gevaar het nie en ek weier om verder te luister na hierdie onsin," sê Niel vyandig.

"Ek is ernstig."

"Ek ook, Wanya. En nou wil ek net dít vir jou sê. As jy môreoggend Jan Hofmeyr toe gaan, kan jy maar jou tasse saamvat."

"Niel . . ."

187

"Nee. Néé, Wanya! Dis finaal. Jy besluit nóú, hiér, jy is my vrou en jou plek is by my . . . of jy stap . . . Sonneblomstraat toe. Jy het tot môreoggend toe tyd om hieroor na te dink."

"Ek is jammer, Niel, maar daar is niks om oor na te dink nie. Ek sal môreoggend stap."

Hoe Niel sy nag deurgebring het, weet sy nie. Sy gaan in die ander kamer slaap, die deur agter haar gesluit. Tot haar verbasing slaap sy soos iemand wat eindelik rus en vrede vir sy siel gekry het. Die volgende oggend word sy wakker van 'n geklop aan die kamerdeur.

"Wanya! Is jy wakker?"

"Ja."

"Het jy toe weer gedink?"

"Nee, Niel. Ek bly by my besluit."

'n Kort stilte. "Dan is dit vaarwel?"

Sy sluit die deur oop en kyk hom bedaard in die oë. "Ja. Dis vaarwel, Niel. Ek dink jy besef dit ook. Nou of later, uiteindelik gaan dit op 'n breekspul uitloop. Jy weet dit. Ek weet dit."

Hy knik stadig sy kop. "Jy is seker reg. Dan is dit maar tot daarnatoe."

Sy sien hom wegstap, hoor hoe hy wegry . . . en met droë oë begin sy haar aantrek. Daar is nie tyd om lykskouing te hou nie. Sonneblomstraat 7 wag op haar.

Dis Annatjie wat die tasse in tant Bes se slaapkamer ontdek. Madame was so gaaf om haar vandag ook af te gee, wetende dat Wanya elke kriesel hulp wat sy maar kan kry, sal waardeer. Nellie is skoon verslae toe Wanya op Annatjie se vraag antwoord: "Dis my tasse. Ek dink nie tant Bes sal omgee as ek solank my intrek hier neem nie."

"Jou intrek? Hoekom?"

"Ek en Niel het gisteraand die saak uitgepraat. Ons besef dat dit beter is dat ons paaie liewer nou skei." In dieselfde asem verander sy die gesprek. "Wat is die jongste nuus van tant Bes?"

Annatjie sukkel om haar gedagtes te orden. Niel en Wanya gaan skei! "Dit gaan goed. Hulle hou haar onder verdowing sodat sy nie meer so erg pyn het nie. Die spesialis sal haar vandag sien en besluit wanneer hulle moet opereer. Daar moet glo 'n pen in die been kom." Terwyl haar vingers flink hoender ontbeen vir die pasteie, sê sy ongeërg: "Roelof het my gisteraand gebel." Sy gee voor sy sien nie hoe Wanya se kop ruk nie. "Hy het hierheen gebel en natuurlik nie antwoord gekry nie. Toe bel hy vir my om te hoor wat het van tant Bes geword. Toe vertel ek hom wat gebeur het."

"Wat . . . wou hy gehad het?"

"Wou maar net weet hoe dit gaan met ons almal. Hy het gesê hy sal weer later vanaand bel om te hoor van tant Bes. En hy sê hy kuier heerlik by die see. Die weer is wonderlik. Die vakansie doen hom goed, dit kon ek hoor."

"Wat hoor jy van Johan? Waar is hy vanaand?"

"Glo iewers in die Drakensberge. Hy sal vanaand ook weer bel. Die ou klink maar bekaf. Sou natuurlik baie liewer vanaand hier wou gewees het. Maar Nuwejaarsnaweek is hy hier en dan trou ons. O, my aarde, dit laat my mos nou dink . . . Lala sou by tant Bes gebly het die paar dae wat ons op wittebrood is . . ."

"Sy kan mos maar by my bly. Ek is mos nou hier."

"Is jy seker, Wanya? Baie dankie. Jy weet, jy kon tant Bes se dogter gewees het. Ek sien haar al meer in jou. Altyd bereid om te help, om op te offer. Jy het Jan Bom se tweede tant Bes geword!"

Maar Wanya skud haar kop. "Nee, my liewe vriendin. Daar is maar een tant Bes."

"Maar daar is ook net een Wanya . . . en ons het haar almal baie, baie lief."

Wanya glimlag dankbaar, kyk af na die wortelslaai waarmee sy besig is. Om liefgehê te word. Sy moet dankbaar wees vir die baie wat haar wel liefhet en ophou hunker na 'n liefde wat nie vir haar bedoel is nie. Daar is tant Bes. Die grootste deel van haar lewe was sy 'n enkeling, maar nooit alleen nie. Daar is nie 'n vrou in Johannesburg wat deur meer mense bemin word as sy nie.

Die aand is 'n reusesukses. Nadat dominee Louw 'n kort boodskap gelewer het oor die Kind in die krip, word daar geëet "tot barstens toe vol" soos klein Pikkie dit stel, sy handjies op sy magie. Toe kom die groot verrassing. Kersvader kom skielik daar aangeloop en hy dra twee swaar sakke op sy skouers. En hy kom met nog twee te voorskyn!

En dan is daar asemteue van verrassing en bewondering toe die pakkies oopgemaak word. Daar is gille van blydskap en opwinding. Die ongeloof is oorweldigend. Dit kan nie wees dat hierdie pragtige goed vir hulle bedoel is nie!

By die Kersboom kyk Annatjie skielik ontsteld na Kersvader: "O, genade! Ons het totaal vergeet om vir Wanya 'n geskenk te koop! Sy het haar so afgesloof en ons het niks vir haar nie! O, hoe skaam kry ek nou! Wat gaan ons doen?"

Maar Kersvader glimlag in sy baard. "Ek hét iets vir haar, maar ek sal dit later vir haar gee. Moet jou nie bekommer nie."

Later, toe die mense teësinnig begin huiswaarts keer, tref iets Wanya skielik. "Annatjie, ek dink nog die hele aand dis Johan wat Kersvader speel, maar dit kan mos nie hy wees nie. Hy sit dan iewers in die Drakensberge. Wie is ons Kersvader?"

"O, kyk net, Wanya! Is dit nie 'n pragtige pop wat Lala gekry het nie? Kom wys vir tannie Wanya, skatjie," en Annatjie maak haar vinnig uit die voete.

Eindelik is almal weg nadat baie gewillige hande help opruim het. Annatjie en Lala sê laaste nag en dan is hulle ook weg. 'n Salige stilte daal oor tant Bes se rooibaksteenhuis neer. Moeg, maar oneindig gelukkig, sluit Wanya die agterdeur en draai om, kyk dan verbaas na Kersvader wat in die deur staan. Dan moet sy glimlag. Dis darem 'n vreeslike bos baard wat hy het!

"My liewe land, Kersvader! Ek het gedink jy rus lankal ná jou harde werk! Het jy iets vergeet?"

"Ja. Ek het vergeet om iemand se presentjie af te lewer. Dis Wanya s'n. Weet jy miskien waar ek haar kan kry?"

Sy ruk by die aanhoor van die stem, sit haar handpalm vinnig op die plek waar dit voel asof haar hart tot stilstand geskok het. Daardie stem!

Kersvader kom nader, haal sy rooi mus af en sit dit met lang baard en al op die kombuistafel neer.

"Roelof? Roelof! Wat . . . hoe . . .?"

Hy kom staan voor haar. "Toe ek gisteraand met Annatjie oor die telefoon gepraat het, het sy my vertel dat jy vanaand hier sal wees. Sy het my ook vertel dat jy en Niel binnekort die land gaan verlaat om julle elders te vestig. Toe het ek besef ek móét kom. Voordat jy finaal uit my lewe verdwyn, moes ek jou nog een maal sien. Ek móés net! Ek het in my motor geklim en deur die nag gery. Toe ek vanmiddag by Annatjie se huis stilhou, het sy pas daar aangekom om haar aan te trek vir vanaand. En toe het sy my nog iets vertel . . . iets wat ek eers uit jou eie mond moet hoor voordat ek dit mag glo."

Sy staan roerloos voor hom, haar oë eerlik. "Jy kan dit glo. Ek is vanoggend finaal van Niel af weg. Ons besef albei dit sal nie uitwerk nie. Ek het probeer, Roelof."

"Ek weet. Ek weet." Sy hande reik uit, omvou haar gesiggie. "Ek weet hoe tant Bes se Hartjie alles menslik moontlik gegee het . . . byna totdat haar eie hartjie gebreek het. En

191

mý hart kon breek vir haar. Maar dis nou verby . . . vir jou én vir my."

Die dierbare glimlag skyn op haar, die oë wil haar verteer met 'n teerheid wat haar na asem laat snak. Sy een hand gly weg van haar wang, neem haar hand en druk die palm oop onder sy rooi jas in tot daar waar sy sy hart kan voel klop. "Hier is jou presentjie, Wanya . . . as jy dit wil hê. Dis joune vir altyd. Dis lankal joune, maar ek kon dit nie vroeër gee nie. Dit was nie die regte tyd nie. Maar nou . . . hier is my hart, my liefling . . . as jy dit wil hê."

"Wil hê? Wil hê!"

Sy het nog nooit so mooi gelyk nie as toe sy sy ander hand neem en dit op háár hart lê. "En hier is jou geskenkie, dierbare Roelof . . . vir altyd en ewig joune."

Haar lippe ontmoet syne halfpad en dis amper 'n gewyde stilte wat in tant Bes se kombuisie heers. Eindelik lig hy sy kop in 'n luisterende houding.

"Luister, Wanya. Hoor jy?"

"Dis . . . Kersliedere wat gesing word."

Hy kyk glimlaggend in haar oë asof hy haar nooit weer uit sy gesigsveld wil laat gaan nie. "Dit is tradisie in Jan Bom dat almal op Oukersaand vir tant Bes kom sing. Dis hoe hulle hul dank aan haar kom betuig. Vannag sing hulle spesiaal vir jou." Hy trek haar styf teen sy blad vas. "Kom ons stap stoep toe."

Stille nag, heilige nag . . . Die hartroerende melodie groei al helderder aan totdat 'n hele skare voor Sonneblomstraat 7 staan. Stille nag, heilige nag, Jesus-kind, vriend'lik lag . . . Deur 'n waas van vreugdetrane sien sy Pikkie se breë glimlaggie reg voor en al die ander dierbare gesigte agter hom. Juig, die Redder is daar! Juig, die Redder is daar!

Teen haar voorkop voel sy Roelof se warm lippe. "Geseënde Kersfees, my liefling."

Die dae van ons nietigheid

1

Hy het agter haar in die ry eerstejaarstudente gestaan die dag toe hulle hulle moes gaan inskryf, en só het dit dwarsdeur hul universiteitsloopbaan gebly. Hy was altyd net agter haar, nooit voor nie. Weliswaar was daar nooit iemand anders tussen hulle nie, maar die feit bly, sy was altyd net een tree vóór.

Die eerste jaar of twee het dit nie saak gemaak dat die pragtige meisiekind hom altyd voor was nie. Bloot die feit dat sy 'n meisie is, 'n meisie wat net altyd 'n bietjie beter as hy in klastoetse en eksamens presteer, net altyd 'n paar punte meer as hy behaal, het dit vir Willem Claassen 'n uitdaging gemaak. Tot op 'n dag, op 'n dag . . .

Maar voordat daardie dag sou aanbreek, gebeur daar nog iets met die arme Willem. Die eendag was Lizl Landman nog net die slim vroumens vir wie hy die loef wou afsteek. Toe hy hom weer kom kry, was sy die meisie op wie hy – soos hy met 'n skok moes besef – tot oor sy ore toe verlief was. Hoe dít gebeur het, kon hy nie sê nie. Hoewel hulle twee so op 'n manier van die begin af saamgegooi is deur hul akademiese prestasie, was daar nog altyd net 'n mooi vriendskap en wedersydse respek tussen hulle. Almal het gedink hulle sleep ernstig, maar dit was nie regtig so nie. Terwyl ander verliefdes saans met oë vol drome na die hemel gestaar het, was hy en Lizl ernstig in gesprek gewikkel oor die een of ander mediese feit of deurbraak, of oor 'n interessante lesing. Elkeen se leergierige verstand het nie ruimte of tyd gehad vir vry en sulke aardse dinge nie. In albei het die vuur na meer kennis hoog gebrand. En dan, natuurlik ook daardie ekstra vlam in Willem om 'n slag vóór te kom. Maar dit sou bars, het hy deeglik besef. Lizl het haar studie ernstig opgeneem, só ernstig dat dit allesoorheersend vir haar was.

Die feit dat sy benewens haar geniale brein beslis ook bedeel was met alle ander dinge wat 'n man by die vroulike geslag soek, het kwalik by haar geregistreer.

Natuurlik het die ander manne haar voorkoms raakgesien en gewaardeer, maar hul manlike ego's is elke keer só geknou wanneer die uitslae van die klastoetse kom, dat nie een van hulle Lizl Landman buite die lesingsaal beter wou leer ken nie. Dít het hulle aan ou Willem oorgelaat. Hy was immers die enigste onder die mediese studente wat dit kon waag om soms, net soms, met die hoë intellek van Lizl Landman mee te ding. En dan het hy meestal ook maar bedroë daarvan afgekom. Nee wat. Pragtig ofte nie, hulle het maar hul oë weggedraai na die minder mooies. 'n Man wil darem maar graag die meerdere voel.

Eers toe die eerste roes van die liefde taan, het dit vir Willem begin saak maak – en seermaak – dat Lizl hom altyd een tree voor is. Lizl was natuurlik salig onbewus van die brandende begeerte in die jong student om, voordat hulle klaar is met universiteit, te bewys dat hy haar tog kan klop. Anders as met baie studente wat die akademie tweede plek gee wanneer die liefde instap, het die feit dat sy Willem Claassen liefgekry het en dat hy op haar verlief geraak het, geen invloed of uitwerking op Lizl se akademiese prestasie gehad nie.

Vir Willem was dit 'n moeilike tydjie, hierdie eerste rukkie van hul liefde. Die eerste keer in sy lewe het hy hom betrap dat hy oor sy boeke sit en droom van 'n meisiekind met blou oë en hare soos ryp koring en die soetste van soet

196

mondjies . . . en die volgende dag was daar 'n belangrike toets.

Toe die uitslag kom, kon niemand dit glo nie, ook nie sy goeie kamermaat, Derick, nie.

"Genugtig, ou, maar hierdie keer het Lizl jou darem op jou neus laat kyk." Derick het hom fronsend aangekyk. "Kragtie, ék het jou hierdie keer op 'n nippertjie na amper geklop! Wat's fout, maat?"

Willem het sy skouers vererg geroer. Hy het skuldig en skaam gevoel. Dit kom van sit en droom wanneer jy moet studeer!

Hy het sy swak punte probeer verskoon: Goeiste, hy is mos ook net 'n mens! Hoekom kan hy nie 'n slag nie te waffers vaar nie? Hoekom kan hy nie ook 'n slag net 'n doodnormale student wees wat oor blou oë en soet lippies droom nie? Verduiwels, hy is nie so perfek soos . . . soos Lizl nie.

En Lizl kon háár oë ook nie glo nie. Dit was die verste wat Willem ooit agter haar was. Beslis meer as een tree hierdie keer. Sy het hom fronsend aangekyk.

"Het jy siek gevoel, Willem?"

"Nee, natuurlik nie!"

"Nou hoekom . . .?"

"Magtig, Lizl, my punte is nog die tweede beste in die klas!"

"Ja, maar . . ."

"Maar wat? Ek kom deur . . . los deur. Maar wat jy eintlik wou sê, is dat dit nie naby joune kom nie. Ja, ek weet. Ek kan dit sien, maar ek is net 'n doodgewone mens, nie 'n . . . 'n genie soos jy nie."

"Willem!" Sy kon hom net geskok agternastaar. Sy was totaal onkant betrap deur hierdie vreemde optrede.

Sy skuldgevoel en ontevredenheid het vergroot met elke

tree wat hy van haar af weggestap het. Dis nie haar skuld dat hy soos 'n verliefde sot gesit en droom het terwyl hy moes studeer nie. Dis ook nie haar skuld dat hy net 'n doodgewone mens is en sy iets spesiaals, iets anders nie. Hoe durf hy haar verkwalik dat haar verliefdheid nie na haar kop gegaan het nie? Natuurlik is sy reg. As jy verlief is, is jy verlief. Maar wanneer jy studeer, studeer jy. Sy is weer reg . . . soos altyd.

Hy het op 'n kafeebankie in 'n afgesonderde hoekie gaan neerval, vir hom koffie bestel. Hy sal haar om verskoning moet gaan vra. Maar hoe gaan hy sy vreemde optrede ver-duidelik en probeer verskoon? Want met iemand soos Lizl sê jy nie net jy is jammer en dis uit en gedaan nie. Aikôna. Daarvoor is sy te presies en wil sy 'n antwoord op elke vraag hê. Sy sal wil weet wat hom soveel swakker as sy laat doen het. Sy sal ook wil weet wat aanleiding tot sy onverwagte uitbarsting gegee het. Sy sal eendag 'n uitstekende chirurg uitmaak. Sy vlek alles tot op die been oop, soek die kwaad tot in die diepste skuilhoeke, en dan begin sy uitsny en reg-maak. Wat de duiwel gaan hy vir haar sê? Dat hy oor haar oë en blonde hare en sagte lippe gesit en droom het toe hy moes studeer? Genugtig! Sy sal dink hy raak van sy wysie af! Meer nog. Sy sal hom die trekpas gee. Om 'n toets op so 'n manier in gevaar te stel! Haar intellek sal beslis nie tot daar-die vlak daal nie. Hy sal haar respek vir ewig kwyt wees.

"Arme ou Willem! Ek wonder hoe dit moet voel om altyd tweede viool te speel."

Die stem klink agter die hoë rugleuning van die kafee-bankie op en Willem sit doodstil. Hy wéét dis na hom wat verwys word.

"Ja, magtie, my manlike trots sal in die niet verdwyn. Kan jy jou voorstel as hulle eendag getroud is, miskien ven-note? 'Wag, dame, ek wil eers my vrou se opinie ook kry.'

'Wag, meneer, my vrou moet eers sê of sy saamstem.' 'Jammer, mevrou, maar my vrou sê jy ly aan jou gal, nie aan aambeie soos ek gesê het nie.' Genade! En wanneer hulle by die huis kom, sal dit eens so erg wees. Ma sê Jannie kry 'n motor, nie 'n bromponie soos Pa sê nie. En die ergste van alles is dat Ma waarskynlik reg is. Nee, arme ou Willem! Liewer dan vir my 'n stokonnosel en vaal, verbeeldinglose ou meisietjie as 'n beeldskone slimkop wat altyd beter weet as ek en dan nog reg is ook."

Hy het daar bly sit totdat die twee medestudente wat hom so bejammer het, weg is. Toe het hy teruggekeer na sy koshuis en reguit na sy boeke gestap.

'n Rukkie later was daar vir hom 'n oproep. Dit was Lizl, en sy het bekommerd geklink.

"Is alles reg, Willem?"

Hy het gesluk. Die feit dat sy hom eerste gebel het nadat hy so kortaf en amper beledigend teenoor haar was, wys sy is lief vir hom. Sy kan tog nie help dat sy slim is nie, selfs slimmer as hy.

"Ja, my skat. Alles is reg. Lizl . . . ek is jammer. Asseblief, moenie dat ons post mortem oor die voorval hou nie. Ek is jammer en ek beloof dit sal nie weer gebeur nie. Goed?"

Hy het sy asem byna biddend opgehou. Dis nie Lizl se styl om 'n saak net so onklaar te los nie. Maar dan hoor hy tot sy verbasing en blydskap: "Goed." 'n Kort stilte. "Wat doen jy?"

"Ek swot." Sy laggie was kortaf. "Dít wat ek 'n week gelede moes gedoen het. Môre kan ons weer toets skryf en dan . . . meisiekind, dan moet jy pasop!"

Haar laggie het in sy oor geklink. "Pasop! Ek neem jou netnou op jou woord! Ons sal sien wat met volgende week se toets gebeur."

"Nou maar goed. Ons sal sien . . . Lizl, ek het jou lief."

"En ek vir jou, skaapkop! Lekker leer! Tatta!"

Die woorde van sy klasmaats daardie dag in die kafee het twee nagevolge gehad. Eerstens het dit hom in so 'n mate uit sy malverliefdheid op die pragtige Lizl geskok dat hy van nuuts af die ou ideaal in hom voel ontbrand het. Hy sál nog op 'n dag vir Lizl verbysteek. Hy sál aan sy klasmaats, homself én Lizl wys dat hy, al is hy dan nie haar meerdere nie, beslis haar gelyke is. Hy het soos 'n besetene verder gestudeer.

En ook het daar iets in sy hart bly vassteek, iets wat hy doelbewus probeer ignoreer het, maar waarvan hy telkens weer bewus geword het. Daardie iets het elke keer in hom geroer sedert daardie dag en elke keer het hy daarvan geweet wanneer die uitslae kom en die volgorde onveranderd was: Lizl eerste, hy tweede. Die ironie van die saak was: hoe meer tyd hy aan sy studie gewy het, hoe meer tyd het Lizl gehad om te swot, vandaar die onveranderde volgorde.

En tog het hulle mekaar liefgehad. Daaroor was daar geen twyfel nie. Wanneer hy haar teen hom vasgehou het, het dit stil geword in hom. Dan het hy geweet dat, al staan hy die res van sy lewe in haar skadu, sy die vrou bly wat hy liefhet. Wat dit nog moeiliker gemaak het om te verwerk, was dat Lizl blykbaar volkome onbewus was van sy obsessie met haar prestasies. Sy het haar punte nooit in sy keel afgedruk nie. Trouens, sy het dit so vanselfsprekend aanvaar soos wat die res van die studente dit teen die finale jaar al aanvaar het. Willem het soms in sy dagdromery gewonder hoe sy sou reageer as die bordjies verhang sou word. Dit sal vir haar seker 'n vreeslike skok wees, het hy bekommerd besef. Nie omdat sy hom die eerste plek sou misgun nie, maar omdat sy die gevoel van teleurstelling en mislukking moeilik sou kon verwerk. Dit is nou maar eenmaal soos Lizl is: om eerste te wees – en altyd reg.

Baiekeer doen welmenende vriende meer kwaad as goed. Dit is ook wat gebeur toe Derick besluit om, net voordat hulle aan die einde van hul finale jaar uitmekaarspat, Lizl 'n bietjie raad te gee. 'n Wenk wat hy eintlik te lank agterweë gelaat het. Net voor die finale eksamen keer hy Lizl op die kampus voor.

"Ek wil met jou praat. Dis oor Willem."

Sy volg hom verbaas na die bank onder die boom. "Wat van Willem?"

"Lizl, jy moet ou Willem nou 'n kans gee. Dis nog net die finale eksamen wat voorlê. Dis sy laaste kans."

Sy kan hom net verward aankyk. "Derick, waarvan praat jy? Van watter kans . . .?"

"Verdomp, vroumens, jy weet goed waarvan ek praat! Dit gaan nou al vir jare so aan. Die arme man swoeg hom morsdood, maar hy kan net nie voor kom nie. Have a heart, girl! Gee die man darem één kans, asseblief . . . as jy hom regtig liefhet."

Sy begin frons, steeds verward, maar skielik ook onrustig. "Sê liewer vir my in plat Afrikaans wat jy wil sê."

"Goed dan. Al die jare moes Willem tweede viool speel. Hy leer hom nou morsdood in 'n laaste, desperate poging om hierdie finale eksamen daardie een treetjie voor jou te wees. Kry 'n paar glipse met van die vraestelle, magtie! Laat hy net een maal beter punte as jy kry. Dit sal niks aan jou doen nie. Jy sal nog speel-speel deurkom. Maar laat Willem tog net een keer voel hy is nie jou mindere nie."

"Jy . . ." Sy kon haar ore nie glo nie! "Jy vra my om doelbewus foute te maak sodat . . . sodat . . . Derick, dis die finale eksamen! Is jy gek?"

"Nee. Ek is nie gek nie. Maar jy, Lizl, jý is 'n dwaas."

Sy spring op en die blou oë flits. " 'n Dwaas om te weier om iets anders as net my bes te doen? Laat my dan een

201

wees! Ek het nog nooit van so iets . . . so iets belagliks gehoor nie!"

"Maar dis waar, Lizl. Geen man, nie eens ou Willem nie, hou daarvan dat sy meisie altyd beter as hy presteer nie. Daar is so iets soos manlike trots, weet jy?"

Hy stap weg en sy kyk hom agterna, vol ongeloof, maar ook met onrus in haar hart. Vir geen oomblik wil sy glo Willem sit agter hierdie ontnugterende gesprek met Derick nie. En tog . . . Sy onthou nou daardie keer toe hy so eienaardig opgetree het; toe hy gesê het hy is maar net 'n doodgewone mens en nie 'n genie soos sy nie. . . Sy gaan sit weer op die bank, haar bene skielik lam onder haar. Nog nooit het dit by haar opgekom dat dit Willem kan hinder dat sy altyd eerste is en hy tweede nie. 'n Man met sy intellek – en vir Willem s'n het sy die grootste respek – is sekerlik verhewe bo sulke kleinlikheid . . . of hoe?

Sy kry eers daardie aand, toe hy vinnig by haar kom kuier, kans om met hom daaroor te praat. Deesdae is sy kuiertjies altyd baie vlugtig en sy het gemeen sy begryp dit. Die finale eksamen is immers voor die deur. Elke oomblik word nou tot die uiterste toe benut. Vanaand bekyk sy hom met verskerpte aandag, soek fout en vind dit ook. Almal leer nou hard. Almal is maar 'n bietjie moeg, voel tam, lyk tam. Maar Willem lyk erger – uitgemergel. Sou hy regtig só toegewyd studeer net om haar een enkele maal te klop? Maar dis belaglik!

Sy kry dit egter reg om haar stem egalig te hou. "Derick sê my jy swot baie hard."

Sy mis nie die vinnige blik na haar kant toe nie. Hy klink bot: "Almal swot nou maar. Jy ook."

"Ja, maar . . ." Sy breek haar sin stomp af. Sy wou hom sê dat sy wel hard studeer, maar nie om iemand anders te klop nie, bloot net omdat sy haar eksamen wil slaag so goed as sy kan, haar doel in die lewe wil bereik en 'n goeie dokter wil word. Dis bloot net omdat sy Lizl is en Lizl lewer net haar beste, niks minder nie.

"Maar wat?" Sy oë flits agterdogtig.

"Dit sal alles niks help as jy die dag wanneer jy skryf te suf is om te dink nie."

"Dis die eerste keer dat jy vir my wil preek, Lizl."

Sy trek haar asem in. "Ek bedoel nie om . . ."

"Wat het Derick vir jou gesê?"

"Net dat jy jou gedaan leer. Ek kan nie begryp hoekom nie. Jou simbole was nog altyd puik. Ek kan nie verstaan nie . . ."

"En joune was nog altyd briljant." Tot haar verdere skok en verbystering het sy oë hare vyandig ontmoet. "Is jy dalk bang ek sal jou een keer die loef afsteek?"

"Ek . . . ek verstaan nie. . ." Dit kan nie wees nie! Hulle is aan die baklei, en dit oor só iets!

"Is dit hoekom jy my ontmoedig om alles uit te haal? Bang dat ek beter as jy sal vaar?"

Die roomwit vel word nog bleker. Die blou oë nog blouer. Dis waar! Derick het nie gejok nie! Dit maak saak! Dit maak verskriklik saak vir Willem!

"Maak dit werklik soveel saak dat jy voor kom, Willem?"

"Dit is blykbaar vir jóú baie belangrik, my skat. Toemaar, wees gerus. So iets sal nooit gebeur nie, want jy is 'n genie, en ek 'n doodgewone . . ."

"Ek is nie 'n genie nie!" Dis diepe ontsteltenis wat haar laat uitroep. "Watse sotlikheid is dit hierdie, Willem? Ek is 'n doodgewone mens met . . ."

Hy glimlag skeef, neem haar ken tussen sy vingers. "Nee, jy is nie, Lizl. Nie met jou verstand, met jou ambisie nie . . . en ook nie met jou voorkoms nie. Jy is 'n baie spesiale, uitsonderlike vrou, uitermate begaaf en geseën op alle terreine, en ek . . . ek weet nie of daar 'n man bestaan wat sal weet hoe om dit te verwerk nie."

"Daar is niks om te verwerk nie, Willem!" Sy gryp hom voor die bors vas, kyk dringend op in sy vreemde, half treurige oë wat sy nog nooit tevore só gesien het nie. "Al wat ek wil wees, is 'n goeie dokter, en daarna net jou vrou."

Maar sy skewe glimlaggie verdiep, los 'n ontsierende keep wat bitter vertoon aan die een kant van sy gesig. "Nee, Lizl. Jy kan nooit 'n goeie dokter wees nie, al wil jy ook hoe graag net dit wees. Jy, my skat, kan niks anders as 'n buitengewoon uitstekende dokter wees nie."

Sy sluk swaar. "Kan ons nie maar 'n oomblik net die dokter agterweë laat nie, Willem? Kyk na my. Ek is ook 'n vrou . . . en ek is lief vir jou. Moenie jou liefde van my wegvat nie, asseblief!"

Hy sluk, die adamsappel beweeg swaar op en af. Dan lê sy haar kop teen sy bors. Hy sluit sy oë bokant haar kop en streel haar hare.

Toe Willem praat, is sy stem gedemp: "Kom ons vergeet liewer hierdie hele gesprek, Lizl. Laat ons eers die eksamen agter die rug kry en dan . . . asseblief. Ons is nou albei seker 'n bietjie gespanne en oormoeg."

Wat kon sy anders doen as om in te stem?

Dis net omdat hulle Willem Claassen en Lizl Landman is dat hierdie onderstrominge blykbaar geen negatiewe invloed op hul prestasie in die eksamen het nie. Albei vaar soos te verwagte baie goed. Willem se hoop vlam hoog op met elke vak wat afgeskryf word. Hierdie keer . . .

Die laaste dag breek aan. Soos altyd soen hulle mekaar vlugtig en wens mekaar net die beste toe voordat hulle die lokaal binnegaan.

Derick is langs Lizl, aan haar ander kant, toe hulle die laaste oggend instap, en sy hoor hom deur die hoek van sy mond fluister: "Ek hoop jy gaan daardie geniale brein van jou hierdie keer reg gebruik, dokter Landman."

Sy draai koel na hom. "Ek is nog nie 'n dokter nie."

Sy glimlag is lig spottend. "Jy weet jy is een . . . klaar een. Van die beste, indien nie dié beste nie, wat hierdie fakulteit al opgelewer het."

Sy ignoreer hom, draai na Willem met 'n bemoedigende glimlag en liefde in haar oë. "Sterkte, my skat."

"Vir jou ook, my meisie. Dankie."

Natuurlik is dit iets om te vier wanneer jy die dag ná ses jaar jou laaste vraestel skryf, en die klompie mediese studente kom dan ook bymekaar in hul geliefkoosde eetplek.

Derick kla steen en been. "Ek gaan dop. Ek sê julle, vandag dop ek wholesale."

"Ag, kom nou. Ek het nie te sleg geskryf nie," probeer Lizl troos, want hy lyk regtig mismoedig en benoud.

"Aag, jý!" is die ondankbare antwoord wat sy kry. "Hoe het dit met julle ander ouens gegaan?"

Die ander is ook maar onrustig. "Ek weet nie hoekom ou Polly al wat 'n tienlettergrepige medisynenaam is vandag moes vra nie," kla 'n ander ook. "Hemel, ek was naderhand so deurmekaar dat ek nie eens 'n gewone vierletterwoordjie reg kon spel nie."

"Ja, wragtie," beaam Derick mismoedig. "Ek kon later nie meer my eie alfabet reg opsê nie."

Ten spyte van al die geklaery is almal deur toe die uitslae kom. Gelukkig is Derick nie in die nabyheid toe die simbole bekend gemaak word nie.

Lizl en Willem wens mekaar oor die telefoon geluk, want albei is by hul ouerhuise vir die vakansie voordat hulle met hul hospitaaljaar begin. Die twee verliefdes was gelukkig om by dieselfde stadshospitaal aanstellings te kry, hoewel

Derick, toe hy hiervan hoor, nie gedink het dit is so 'n goeie idee nie. Maar hy het stilgebly. Die koeël was reeds deur die kerk. Hy sou verkies het dat sy vriend liewer saam met hom na 'n ander hospitaal gaan sodat hy uit Lizl se skaduwee kon kom.

Natuurlik is hulle bly om mekaar weer te sien toe hulle hulle aanmeld vir diens by die betrokke hospitaal. Verwydering doen aan verliefdes wat wind aan vuur doen: Dit waai die kleinste vlammetjie dood en blaas die groot vuur aan. In albei lê die besef toe hulle voor mekaar staan dat, ten spyte van dinge wat krap, die vuur van die liefde nog brandend is.

Maar in albei se oë skuil nou 'n soort onseker spanning agter die vreugdedans op die voorgrond. Daar ontbreek iets aan spontaneïteit tussen hulle.

Toe hulle eindelik die privaatheid van die dokterskwartiere bereik waar elkeen 'n woonstelletjie aangewys is, draai Lizl na Willem, kyk hom direk in die oë en lê baie pertinent die vinger op die seerplek.

"Ek wou nog sê, baie geluk met die uitslae, my skat."

Sy kon die onmiddellike verstywing van sy glimlag nie miskyk nie.

"Jy het my al gelukgewens."

"Ek weet, maar ek wil dit weer sê. Baie geluk met die puik simbole wat jy behaal het."

"Dankie. Geluk ook met joune. Jy bly oortuigend die beste tot op die end."

Met diepe ongelukkigheid antwoord sy stil: "Jou uitslae is briljant – ver bo die gemiddelde. Moet jouself nie verkleineer nie, Willem!"

"Briljant . . . Nee, dis nie 'n woord wat by my pas nie. Jy is die tweede Chris Barnard, nie ek nie. Ek het klaar begin dink dat ek beter sal inpas in 'n plattelandse praktyk."

Sy kyk hom met ongeloof aan. "Willem! Maar ons . . ."
Haar stem sterf weg. Soos alle verliefdes het hulle ook al hul
drome gedroom, drome van saamwees, saamdoen, groot
drome om eendag vennote in 'n groot, florerende stadsprak-
tyk te wees . . . En nou praat Willem van die platteland.
Om 'n goedige huisdokter te word wat, sodra die geringste
dingetjie opduik wat bo sy vuurmaakplek en die hospitaal-
geriewe is, sy pasiënte na die stadsdokter verwys. En dis al-
les haar skuld!

Hy kyk na die ongelukkige gesiggie, voel skuldig, skaam.
Feit bly, sy kan dit nie verhelp dat sy so is nie. Wat beslis
seker is, is dat haar hoë intellek en begaafdheid nie van haar
'n dominerende, oorheersende mens gemaak het nie. As dit
liewer só was, sou dit makliker gewees het om dinge tussen
hulle tot 'n punt te dryf. Dié kere wat hulle verskil het, het
sy hom met logika, klinkklare bewyse en 'n stille oortuiging
verkeerd bewys. En daarna het sy dit nooit in sy keel afge-
druk nie. As sy net minder dierbaar en wonderlik, minder
volmaak was, sou dit soveel makliker wees om te doen wat
hy weet hy moet doen. Hoe lief hy haar ook al het, kan hy
nie die res van sy lewe in haar skaduwee leef nie.

"Lizl, dit gaan nie uitwerk nie." Sy stem is teer, amper
met 'n klank van jammerte daarin. So baie verhoudings ly
teen die end skipbreuk as gevolg van tekortkominge. Selde
as gevolg van te veel bates! Maar hierdie keer is dit beslis
die té veel wat een te veel is.

Sy voel 'n hand haar hart omklem. "Willem . . . Willem,
maak dit regtig soveel saak dat ek beter punte as jy behaal
het?"

Die kanker lê oopgevlek tussen hulle, en die diagnose is
onvermydelik.

"Dit maak saak."

Soos elke kankergewas laat dit 'n pynlike, brandende

207

seer, veral as daaraan gepeuter word. Haar stem is skor: "Ek het nooit gedink ek sal die dag belewe dat ek kleinlikheid en jaloesie in jou sal ervaar nie."

"Ek ook nie, Lizl. En ek weet nie of 'n mens dít wat tussen ons is, só kan omskryf nie. Ek is trots op jou, so vreeslik trots. Maar ek kan nie daarmee saamlewe nie. Dis om eie selfbehoud dat ek nie kans sien nie . . ."

"Nie kans sien om met ons verhouding voort te gaan nie?"

"Ja. Ek wil 'n mens, 'n dokter in eie reg wees – nie net 'n tweede opinie nie."

Sy kyk eindelik weg. "Ek verstaan."

Hy kyk ook weg. "Ek dink nie so nie, maar ons laat dit daar. 'n Lykskouing sal ons nêrens bring nie."

Toe hulle mekaar die volgende dag, elkeen in 'n doktersjas geklee, in die hospitaal raakloop, is albei se oë versluier en koel. In die loop van die daaropvolgende maande sou dokter Willem Claassen dit liewer waag om van sy seniors te verskil, as om dokter Lizl Landman se diagnose in twyfel te trek. Tot op 'n dag dat dokter Lizl, soos sy alombekend staan, bewys dat sy ook menslike feilbaarheid in haar omdra en dat selfs 'n genie, soos dokter Willem haar noem, kan fouteer. Sy maak 'n verkeerde diagnose en die pasiënt verloor amper haar lewe.

Ironies genoeg is dit juis Willem wat ná haar aan diens kom en onmiddellik besef dat iets ernstigs verkeerd is en dat die pasiënt gaan sterf. Dis bloot net deur sy blitsige optrede dat Lizl Landman nie daardie nag haar eerste pasiënt as gevolg van nalatigheid aan die dood afgee nie. Of dalk is nalatigheid 'n te kras woord om in hierdie geval te gebruik. Miskien is oorversekerdheid 'n beter keuse.

Die skok wat hierdie voorval egter vir haar inhou, laat

amper 'n blywende letsel op haar latere loopbaan. Juis omdat sy nog nooit uit die kol was nie, is dit vir haar 'n verskriklike gedagte dat sy wel gefouteer het en daardeur amper 'n mens laat sterf het.

Sy staan bleek en hewig ontsteld voor Willem. "Jy het ook gister die pasiënt ondersoek, Willem. Wat was jou diagnose? Het dit verskil van myne?"

"Ja." Hy kon nie anders as om dit te erken nie. Hy het van haar verskil, maar hy het al tevore ook van haar verskil en uiteindelik was dit tog altyd sy wat gelyk gehad het.

"Hoekom het jy niks gesê nie?"

"Jy het nie gevra nie."

"En as ek gevra het?" Hy bly stil en die ontsteltenis klim al hoër in haar op. "Besef jy deur stil te bly, het jy amper van my 'n moordenaar gemaak?"

Hy kyk haar vinnig aan, frons hewig. Sy oorreageer. "Nou is jy belaglik. Daar was nog nooit 'n dokter, en daar sal nooit een wees, wat nooit in sy lewe 'n verkeerde diagnose maak nie. Dan moet jy alle dokters moordenaars noem. Ruk jou reg, Lizl! Jy ruk hierdie ding heeltemal uit verband. Ons bly mense, hoe briljant ons ook al mag wees." Hy het nie bedoel om so streng te praat nie; ook nie om miskien selfs ligweg sarkasties te klink nie. Maar hy is meer ontsteld oor Lizl se reaksie as wat hy op hierdie oomblik self besef. Een van die gevaarlikste dinge wat met 'n dokter kan gebeur, is om selfvertroue te verloor. Dan word hy of sy beslis 'n potensiële moordenaar. Om die altyd so beheerste Lizl só te sien is ontstellend.

Dat hierdie ding veel dieper gaan as wat hy aanvanklik vermoed het, word die volgende dag bewys toe hy aan diens kom en Lizl hom inwag.

"Ek wil asseblief jou opinie oor hierdie pasiënt hê, dokter," sê sy en stap om die afskorting.

209

Hy volg fronsend, kyk ná 'n rukkie op, sy oë skerp. "Ek dink nie jy het 'n probleem met hierdie geval nie, dokter. Ek kan nie verstaan hoekom jy nog nie met die aangewese behandeling begin het nie."

Sy volg hom vinnig toe hy begin aanstap. "Dokter . . . Willem, asseblief . . ."

"Ja, dokter Landman?"

Haar oë pleit. "Ek wou net seker maak dat my diagnose . . ."

"Beteken dit dat jy van nou af elke keer aan jou eie oordeel gaan twyfel, selfs as jy 'n verkoue moet diagnoseer, dokter? Of is jy met 'n ander speletjie besig?"

"Speletjie?"

"Ja." Sy stem en oë is beslis kil. "As dít jou manier is om my jou meerdere te laat voel, kan ek jou nou al sê dit gaan nie slaag nie. Jy hoef nie tot sulke uiterstes te gaan nie. Ek het betyds gekeer dat ek nie heeltemal deur jou opgeslurp word nie."

Hy sien die skok in haar oë – en die seer – voordat sy dit kan verbloem, maar sy gesig versag nie.

Maar 'n paar dae later, toe dieselfde soort ding weer opduik, besef hy Lizl se selfvertroue het 'n geweldige knou weg. Dit kan maklik hand uitruk en in 'n sielkundige probleem ontaard. 'n Uitstekende dokter sal vir die mediese wêreld verlore gaan as hy nie nou wal gooi nie.

Hy roep haar eenkant toe hy van die pasiënt af wegdraai.

"Wat gaan met jou aan? Hierdie pasiënt moes al in die operasiesaal gewees het!"

"Ek weet, maar . . ."

"Maar wat?"

"Ek wou net eers jou opinie hoor. Asseblief, Willem, moenie weer kwaad word nie. Dis geen speletjie nie." Toe

hy in haar oë kyk, besef hy dis die waarheid. Lizl is nie met
'n speletjie besig nie. Hierdie vrou voor hom ís so onseker
van haarself as kan kom! "As jy my net sal belowe..."

"Wat belowe?"

"Dat jy asseblief in die toekoms met my sal stry as jy nie
met my saamstem nie! Asseblief, Willem!"

Hy glimlag, sy oë skielik sag. "Ek belowe jou plegtig,
dokter Landman, van nou af gaan ons soos kat en hond
baklei."

2

In die maande wat volg, is dit presies wat gebeur. Willem en
Lizl baklei soos kat en hond – hoe later hoe kwater.

Wat Lizl nie besef nie, is dat sy nou 'n langtermynpasiënt
van dokter Willem Claassen is. Hy het daardie dag onmid-
dellik besef dat wantroue in haarself, in haar gesonde oor-
deel, in haar kennis en opleiding, 'n uitstekende dokter sta-
dig maar seker laat verbrokkel. Dit kon hy nie toelaat nie.
Dit mag nie met Lizl Landman gebeur nie. Daar was net een
soort behandeling wat sou help, wat haar weer vertroue in
haarself sou gee: om haar deur en deur reg te bewys.

En daar was net een manier om dit reg te kry: om van
haar te verskil. Die jong dokter Willem bevind hom in 'n
onbenydenswaardige posisie. Ten spyte van sy minderwaar-
digheidsgevoel teenoor Lizl, is hy self 'n dokter van boge-
middelde formaat. En nou moet hy dikwels van Lizl ver-
skil, teen sy eie beterwete in, sodat sy reg bewys kan word.
Dis geen grap nie, nog minder om hierdie rol oortuigend
te speel. Natuurlik sorg hy dat hy nooit 'n pasiënt se lewe
daardeur in gevaar stel nie. Hy verskil net lank en heftig

genoeg van dokter Lizl om haar daarvan te oortuig dat háár diagnose die regte een is. Dan kapituleer hy gewoonlik met 'n ongeërgde optrek van die skouers en sê gedwee: "Jy is reg, dokter Lizl. Reg soos altyd. My fout."

Wat Willem nie weet nie, is dat hy 'n bron van diepe kommer vir háár word. Feit bly, soos een van hul professore eendag in die lesingsaal uitgewys het, 'n briljante student beteken nog nie 'n briljante dokter nie. Om 'n magdom boekekennis te hê beteken nog nie sukses in die praktyk nie. Dis wanneer daardie kennis prakties toegepas moet word, dat die koring van die kaf geskei word. Dit is dus 'n ontstellende gedagte vir Lizl dat die briljante student – volgens haar eerlike mening – miskien nie in staat is om sy kennis in die praktyk toe te pas nie. Sy weet daar is dokters wat baie goed kan diagnoseer, maar dan soms sukkel om op die regte behandeling te besluit. Daar is ook die uitsonderlike geval waar 'n dokter presies weet wat om te doen as hy net eers kan vasstel wat die pasiënt makeer, maar die regte diagnose is die groot kopseer. Dit is blykbaar die geval met Willem. Sonder dat hy dit besef, begin sy hom beskerm, gee sy soms voor teenoor die personeel en dokters met wie sy saamwerk, dat die regte diagnose dokter Willem se bevinding was, nie hare nie – natuurlik nooit só dat hy dit hoor nie.

Al wat hy weet, en waarvan hy oortuig is toe hulle die einde van hul hospitaaljaar nader, is dat Lizl nie meer veel respek vir hom as medikus kan oorhê nie. Sy het hom darem te veel keer verkeerd bewys. Hoe meer hy haar vertroue in haarself herstel het, hoe meer moes hy haar respek vir hom inboet. Maar daar was niks wat hy daaraan kon doen nie. As sy moet agterkom dat hy eintlik 'n rol aan die speel was – al het hy dit ook met die beste bedoelinge en uit liefde gedoen – sal sy hom nooit vergewe nie.

Sy word byna hierop betrap teen die einde van die jaar.

Daar het 'n uiters moeilike geval ingekom. Willem en Lizl is toevallig albei aan diens en, soos altyd, moes hy haar tweede opinie wees.

Hy stem met haar bevinding saam, maar soos dit nou gewoonte geword het, verskil hy eers van haar. Hierdie keer is dit eintlik maklik, want die simptome is verwarrend. Lizl hou egter voet by stuk en uiteindelik moet Willem maar weer saamstem. Die volgende dag loop sy 'n senior dokter raak. "Meer ervare dokters sou maklik met hierdie geval 'n verkeerde diagnose kon maak, dokter Lizl. Knap gedaan. Baie geluk."

Sy aarsel net 'n oomblik. "Die eer kom eintlik dokter Willem toe, dokter. Dit was sy diagnose."

"O? Nietemin. Dra my gelukwensing dan aan hom oor." Die gryskopman kyk haar goedig aan. "Dit gaan vir die raad baie moeilik wees om te besluit aan wie hulle die pos moet aanbied."

Sy lewer liefs geen kommentaar nie. Dis ook iets wat 'n bron van geheime kommer geword het: die vakature wat ontstaan het vir 'n senior hospitaaldokter. Almal het reeds geweet daar is net twee kandidate. Normaalweg word so 'n pos nie aan sulke junior dokters gegee nie, maar albei jong dokters het hulle in die loop van die jaar deur en deur bewys. Een van hierdie twee gaan beslis die belangrike pos aangebied word.

Natuurlik sal dit 'n baie groot eer wees vir die een wat dit kry. Maar hoekom moet die keuse nou juis weer tussen haar en Willem lê? Kry sý die pos, gaan dit Willem vir ewig van haar verwyder. Geen man se ego sal dit seker kan sluk nie. Hy sal haar junior wees, ondergeskik aan haar. Selfs nie sy liefde sal so iets maklik kan verwerk nie. Nie dat sy meer so seker is dat daar nog 'n tikkie van die ou gevoel vir haar in hom oorgebly het nie. Gedurende hierdie hele

213

jaar het hy nie een keer die geringste teken getoon dat hy hul verhouding wil hervat nie. Hy was nie eens een keer in haar woonstel nie! Buite die hospitaal het hy onwrikbaar 'n aparte lewe van haar bly voer.

En tog . . . tog het sy die gevoel dat hy nog omgee. Miskien is dit maar wensdenkery aan haar kant, omdat sy hom nog liefhet, dink Lizl mismoedig.

Aan die ander kant is sy menslik genoeg om te erken dat dit vir haar baie sal beteken as sy die gelukkige een is. Die vrou in haar hoop Willem kry dit, maar as dokter weet sy dat sy dit sekerlik verdien. Sy het baie hard gewerk. Soos altyd het sy net haar uiterste bes gelewer. Juis omdat sy geen noemenswaardige privaat lewe gehad het nie, het sy haar volkome aan haar werk gewy. Agter haar rug het die verpleegsters en van haar kollegas haar ou Ysberg genoem – min wetende dat dit vir Lizl geen geheim was nie.

Sy verstaan hoekom die verpleegsters haar so gedoop het. Sy weet sy is soms 'n bietjie streng met hulle, maar sy kan nalatigheid en laksheid net nie verdra nie. Toe sy eendag weer 'n juniortjie kwaai geroskam het, was dit Willem wat, toe die verpleegstertjie in trane padgee, met 'n droë stem en verwytende oë agter haar gekners het: "Ons is nie almal genieë nie, dokter. Jy moet dit soms onthou."

Sy het hom met kwaai blou oë aangegluur. "Daardie woord is in hoofletters op jou brein gegraveer!"

"En perfeksionisme op joune."

Teësinnig het sy ook wel verstaan hoekom haar kollegas so geredelik by hierdie benaming ingeval het. Sommige het hul bes gedoen om haar in hul sosiale kring ingetrek te kry, maar sonder sukses. Lizl Landman het nie in 'n sosiale lewe belanggestel nie. Wat hulle nie geweet het nie – en sy het haar ook nie probeer verdedig nie – is dat sy niks daarteen het dat 'n dokter ook soms ontspan en net 'n mens mag

214

wees nie. Maar elke keer wanneer sy êrens heen genooi is, was sy bang sy sou Willem ook daar raakloop en dit nog saam met 'n ander meisie. Sy het nie daarvoor kans gesien nie. Dit sou net seermaak. En as Willem nie daar sou wees nie, sou daar vir haar tog geen glans aan die aand wees nie. Dus . . . Wanneer sy van diens af was, het sy haar teruggetrek in haar woonstelletjie en haar besig gehou met mediese leesstof en bepeinsing oor die dag se gevalle of die volgende dag se werk. Sy weet Willem het nie 'n kluisenaarsbestaan soos sy gevoer nie, maar het liewer nie probeer vasstel hoe hy sy vrye tyd verwyl nie. Liewer nie . . . Dis 'n geheime vrees in haar dat hy eendag iemand sal raakloop met wie hy kans sien om die pad te loop; iemand met wie hy nie in gedurige kompetisie gewikkel is nie; iemand wat hom nie minderwaardig laat voel nie.

Dat daardie dag nog nie aangebreek het nie, kom Lizl 'n week later agter.

Sy is verstom toe sy haar woonsteldeur oopmaak en dis Willem wat voor haar staan. Wat op aarde sou hom vanaand die eerste keer na haar woonstel gebring het?

Willem kyk op haar af – in een opsig was hy haar darem nog altyd voor: hy is 'n hele kop langer as sy! – en sy hartspiere trek weer saam. Die eerste keer in 'n lang tyd sien hy haar sonder doktersjas. Wat 'n pragtige vrou! En wat 'n vermorsing, voeg hy by.

Hy kan die verbasing in haar oë lees en hy kan haar nie verkwalik nie. Is hy dwaas om vanaand hier te staan? vra hy homself af. Is hy soos 'n donkie wat hom elke keer teen dieselfde klip te pletter loop? Maar ná sy gesprek met dokter Luddick vanoggend het die ou drome weer tekens van herlewing begin toon, al sterker geword in die loop van die dag totdat sy voete hom vanaand na haar woonsteldeur gedra het ten spyte van sy gesonde verstand se waarskuwings.

215

Toe dokter Luddick hom ontbied, het hy geweet dit kan net in verband met die vakante pos wees. Hy het hom gelate by sy senior se kantoor aangemeld. Hy het selfs geglimlag, hoewel ietwat grimmig. Natuurlik sal dokter Luddick hom nou sê dat dokter Lizl Landman eerste keuse was, maar dat hy darem ook 'n baie sterk kans gehad het. Trouens, hy en Lizl het kop aan kop geloop, maar op die end het die keuse tog op haar geval. Hy was net 'n kort kop agter haar . . . soos gewoonlik. Maar dat hy hoop – dis nou dokter Luddick – dat hy, Willem Claassen, volgende jaar sal aanbly.

Maar dis glad nie wat gebeur het nie. Dokter Luddick het met uitgestrekte hand nader geloop en hom gelukgewens. Hy kon sy ore nie glo nie.

"Ekskuus?"

Die ouer man het geglimlag. "Jy het die pos gekry, Willem. Nogmaals geluk."

"Lizl . . . dokter Landman?"

"Ja, natuurlik is sy in ag geneem. Sy is 'n uiters bekwame dokter, soos jy self weet . . ."

"Bekwamer as ek." Waarom sou hy nou so iets sê? Hy vertel dan sowaar vir dokter Luddick in soveel woorde dat hy die verkeerde keuse gedoen het. Wat gaan aan met hom? Die verterende gedagtes het bly maal. Maar in sy hart het hy geweet: dis die ou minderwaardigheidsgevoel wat hom so laat optree. Hy het al so gewoond geraak daaraan dat Lizl eerste is, dat hy, noudat sy tweede is, haar in die eerste posisie wil skuif! Genugtig!

"Hoe meet 'n mens bekwaamheid? Hoe weet 'n mens die een man is bekwamer as die ander? Nee, ek dink nie dit was 'n geval van verskil in bekwaamheid wat die deurslag gegee het nie. Trouens, jou diagnose van die Victor-geval het jou net so bekwaam soos dokter Landman bewys."

"Die Victor-geval? Maar . . ."

"Moenie so oorbeskeie wees nie, Willem!" het die ouer dokter goedig maar goedkeurend geglimlag. "Lizl het my self vertel die eer van die regte diagnose kom jou toe. Maar wat ek eintlik wou sê, is dat die deurslaggewende faktor eintlik iets was wat niks met bekwaamheid te doen het nie."

"Ja?" Sy verstand het alles wat hy so pas gehoor het, probeer verwerk. Lizl het die mense vertel dit was sý diagnose! Hoekom? Hy het wel met haar saamgestem; maar hy het haar soos talle kere tevore eers teengestaan. Nou gee sy voor dit was net sý diagnose.

"Ja. Lizl is 'n pragtige vrou, en nie een van die raad is blind nie, al is ons hare al taamlik grys en yl!" het dokter Luddick geskerts. "Op 'n dag gaan sy wel trou, sy is 'n normale vrou ook, wil kinders hê. Die gewone ding, jy weet? Uit hierdie pos kan 'n man tot bo vorder, en daarom het ons besluit dat ons liewer die pos vir 'n man wil gee. Maar, asseblief, dít vertel jy Lizl nie!"

"Ek het dus die pos gekry omdat ek 'n man is?" het hy verslae gesê-vra, maar dokter Luddick het sy kop geskud.

"O nee, my jong kollega. As daar enigsins 'n keuse van bekwaamheid tussen julle twee was en Lizl was onomwonde as die bekwaamste aangewys, sou sy die pos gekry het, dit verseker ek jou. Maar aangesien daar volgens ons geen sprake van so iets is nie, het jou geslag die deurslag gegee. Dis al."

Willem was eers stil, het toe nog half verdwaas gesê: "Dankie, dokter. Sal u . . . sal u my asseblief kans gee om die saak te oordink? Ek sal u môre my finale antwoord gee."

"Soos jy wil, my jong vriend. Net dít, Willem, daar is min jong dokters wat so 'n wegspringkans gegun word."

"Dit besef ek terdeë, dokter. Dankie. Dis 'n groot eer. Maar ek sal u môre laat weet of ek dit aanvaar of nie."

En nou staan hy voor Lizl en wonder of hy nie die grootste flater van sy lewe gaan maak nie. Maar sy het hom reeds binnegenooi en hy is al oor die drumpel. "Dankie."

"Sit gerus."

"Dankie." Hy gaan sit, kyk om hom rond. Haar woonstel toon duidelik dat daar tog darem 'n verskil tussen 'n man en 'n vrou is, al ewenaar hul verstand en vermoëns mekaar. Die woonstel lyk warm en huislik, nie soos syne waar die goed maar net funksioneel neergeplak is om daar te wees nie. "Jou plek lyk goed."

"Dankie." Sy probeer haar nuuskierigheid wegsteek. Willem het beslis nie vanaand hierheen gekom om haar met haar woonstel te komplimenteer nie.

"Sal ons iets drink? Koffie of tee? Wat verkies . . .?" probeer sy die kort, swanger stilswye oorbrug.

"Nee, dankie. Ek . . . ek is 'n bietjie haastig."

"O."

Stilte. Dan keer sy blik terug na hare en hy vra op die man af: "Hoekom het jy dokter Luddick vertel dat die Victordiagnose myne was?"

Sy ruk instinktief soos sy skrik, haar hande skielik styf inmekaargestrengel. "Hoekom, Lizl?"

Sy sluk. "Dit was eintlik jou diagnose. As jy nie met my gestry het nie . . ."

Skielik speel die ou bekende, vir haar hartroerend bekende, skewe glimlaggie om sy mondhoeke. "Dis darem 'n onlogiese redenasie vir so 'n logiese verstand."

Verwarring en onsekerheid flits in die blou oë. Sy weet nie wat sy van die situasie moet dink nie. "Dis logies vir my." Dan glimlag sy ook dapper terug. "Onthou, ek is 'n vrou, en 'n vrou se logika is soms anders as dié van 'n man!"

Nou glimlag hy openlik en hierdie keer misgis sy haar nie. Daar is meteens 'n lig in sy grys oë wat sy nooit gedink het sy weer sou sien nie.

"Vrouelogika word gewoonlik deur die hart beheer, nie deur die verstand nie. Kan dit werklik waar wees, Lizl?"

"Waar? Wat waar?" vra sy en klink hierdie keer regtig so normaal soos 'n doodgewone vroumens dat hy hom moet beheer om nie daar en dan op te spring en haar van die stoel af op te ruk in sy arms in nie.

"Dat dit jou hart was wat jou dit laat sê het?"

"My . . . hart?"

"Dan gee jy nog om . . . 'n bietjie?"

Twee paar oë pen mekaar vas. Eindelik knik sy, haar lippe skielik bewerig. "Ek het nog nooit opgehou omgee nie en . . . ek het nooit net 'n bietjie vir jou omgegee nie, Willem . . ."

Hy sluk en sy adamsappel spring op in sy keel. "Sal jy met my trou, Lizl?"

"Trou? Jy bedoel . . . tróú?"

"Ja. Regtig. Wettig. Met ring, predikant, die lot. Maar daar is 'n voorwaarde."

"Ja?"

"Ek wil die vrou trou, nie die dokter nie."

"Wat bedoel jy?"

"Ek dink jy begryp. Jy was nooit onnosel nie," probeer hy die erns van die oomblik ligter maak.

Hy sien die verstarring van die lieflike gelaat, van die blou oë.

"Jy bedoel. . . ek moet my mediese loopbaan prysgee en net jou vrou wees? By die huis bly en . . ."

"En 'n ma vir ons kinders wees en 'n vrou vir my. Ja. Dis wat ek bedoel, Lizl."

Dis 'n grafstilte wat volg.

"Hoekom wil jy met my trou, Willem?" Haar stemtoon vertel hom dat hy nie veel hoop moet koester nie.

So egalig en besadig as wat kan kom, antwoord hy: "Omdat ek . . ."

"Moet my net nie vertel omdat jy my ook liefhet nie." Sy trek haar asem swaar, stadig in. "Soos jy pas gesê het: ek was nog nooit só onnosel nie."

"En as ek jou verseker dit is die rede?"

"Die een en enigste?"

"Watter ander rede kan daar wees? Hoekom sal ek 'n vrou vra om met my te trou as ek haar nie liefhet nie?"

Sy staar strak na hom, en hy weet wat hy gevrees het, gaan gebeur: Dit was 'n groot, 'n báie groot flater om vanaand hierheen te kom.

"Uit jou reaksie lei ek af dat jy my huweliksaanbod van die hand wys. Mag ek weet hoekom?"

"Jou voorwaarde is vir my totaal onaanvaarbaar."

"Om net my vrou en die ma van ons kinders te wees? Ek verstaan. Is dit omdat jy nie gelukkig kan wees sonder om ook dokter te wees nie? Of het die senior pos iets hiermee te doen?"

"Dit het niks . . ."

"Ek dink dit het, dokter Landman. Ek dink dit het alles daarmee te doen. Jy is natuurlik klaar oortuig dat jý die pos gaan kry, en natuurlik kan jy so 'n geleentheid om weer te bewys dat jy beter as ek is, nie onbenut laat verbygaan nie."

"Willem, dis onregverdig! Dis nie waar nie . . ." roep sy geskok uit, en hy staan vinnig op.

"Jammer dat ek jou gepla het, dokter. Goeienag."

"Willem!" Sy is voor hom by die deur, druk haar rug daarteen vas. "Ek het nie eens aan die pos gedink nie, dit nie eens oorweeg toe ek jou huweliksaanbod gehoor het nie. Maar jý is behep met die pos. Is dit nie eerder waar dat dit by jóú die oorwegende faktor was toe jy besluit het om my skielik vanaand te kom vra om te trou nadat jy my 'n jaar lank as vrou geïgnoreer het nie? Is dit nie so nie, dokter Claassen?"

"Ek dink daar is genoeg gesê . . ."

"Jy het, ja. Jý het beslis genoeg gesê. Maar ek het nog nie. Ek moes na jou beskuldigings luister, en nou luister jy na myne."

"Goed dan. Laat ons dan eens en vir altyd presies weet waar ons met mekaar staan. Ek weet nou dat jy net so min in staat is tot liefde en om 'n vrou vir jou man te wees, as die man in die maan! Jou danige liefde vir my is selfliefde, egoisme van die ergste graad. Jy mag 'n briljante dokter wees, Lizl Landman, maar 'n vrou sal jy nooit kan wees nie!"

"Dankie! En jy, Willem Claassen, het hierdie keer regtig my intelligensie onderskat. 'n Mens hoef ook nie eens regtig slim te wees om dwarsdeur hierdie danige huweliksaanbod van jou te sien nie. Met my uit die pad, veilig agter die kospotte in jou droomhuisie, is jy verseker van die pos. Maar om darem iemand te vra om met jou te trou net om haar uit die pad te kry, net om jou eie ego te streel . . ."

Twee hande vat om haar middellyf, lig haar van die vloer af op, sit haar netjies eenkant neer.

"Nag, dokter Landman." Halfpad deur die deur draai hy skuins terug. "Geluk met jou aanstelling. Ek is seker jy sal 'n groot sukses daarvan maak."

"Hoe weet jy ek het die aanstelling gekry?" wil sy woedend weet.

"Natuurlik het jy. Hoe anders? Jy sal môre hoor."

Toe sy haar woonsteldeur agter haar toedruk, is die woede skielik weg, is dit net die seer wat oorbly. Dit kom nie eens by haar op dat sy hom miskien verkeerd geoordeel het nie. Sy kan nie verkeerd wees nie. Die onmoontlike voorwaarde wat saam met sy huweliksaanbod gegaan het, vertel tog die volle waarheid. Willem het haar vanaand kom vra om met hom te trou om haar uit te skakel, en nie net vir die senior pos nie, maar vir die res van sy lewe. Geen kompe-

221

tisie meer van Lizl Landman nie. Sy sit veilig tuis en kook kos en maak kleintjies groot . . . en natuurlik sou hy sorg dat daar elke nege maande een is sodat sy so besig bly dat sy nooit weer aan iets anders sou kon dink as vuil doeke en fopspene nie. O!

Dokter Luddick klink verbaas toe hy die stem aan die ander kant van die telefoon herken.

"Nee, ek is nog nie in die bed nie. Nee, jy hinder nie. Kan ek help, Willem?"

"Miskien moes ek u dit liewer persoonlik kom sê het, dokter, maar hoe gouer u van my besluit hoor, hoe beter. Ek wil u en die ander betrokkenes baie hartlik bedank vir die eer en die vertroue in my, maar ek sien nie my weg oop om die aanstelling te aanvaar nie. U kan dokter Landman maar laat weet dat sy aangestel is."

"Willem, ek . . . weet nie wat om te sê nie . . . Ek hoop jy het die saak baie goed oordink. Wil jy nie maar nog weer . . .?"

"Ek het klaar gedink, dokter, en ek het finaal besluit. Ek wil graag iets voorstel, as u my die vermetelheid sal vergewe."

"Ja? Seker. Wat is dit?"

"Ek wil voorstel dat dokter Landman nie moet weet dat die pos eerste vir my aangebied is nie. Dit kan dalk krap, u verstaan? Geen mens wil graag weet jy was tweede keuse nie, al gaan dit ook bloot net om jou geslag. En aangesien sy hier gaan aanbly en ek padgee . . ."

"Ag, nee, Willem!"

"Ek is bevrees so, dokter. Ek het reeds ander planne oorweeg voordat hierdie senior pos in die gedrang gekom het. Soos ek sê, laat dokter Landman maar dink sy was die eerste en enigste keuse. Wat maak dit tog saak, dan nie? Goeienag, dokter. Jammer dat ek so laat gesteur het."

Dokter Luddick sit 'n rukkie peinsend agter sy lessenaar. Willem Claassen het gelyk. Aangesien hy glad nie in die pos belangstel nie, is daar geen rede hoegenaamd dat Lizl Landman moet weet dat iemand anders eerste die pos aangebied is nie. Soos hy tereg uitgewys het, kan dit dalk krap en toekomstige verhoudinge vertroebel . . . en vroumense is maar van nature krapperige goed. Nee, Lizl hoef nie te weet nie. Sy hand reik na die telefoon. Daar is ook geen rede hoekom sy nie vanaand al die goeie nuus kan verneem nie. Sy was tog die enigste alternatief.

Toe haar telefoon lui, haas sy haar daarheen met bonsende hart, terwyl sy haarself maan dat sy nou regtig haar verstandelike vermoëns in twyfel moet begin trek. Willem sal nie bel en om verskoning vra nie. Hy sal nie bel en sê hulle moet die saak kalm en nugter uitredeneer nie. Hy sal nie . . .

"Ja? Lizl Landman wat praat." Sy staan doodstil en luister, maar die opgewondenheid en blydskap wat sy verwag het daar sou wees, bly uit. Haar stem klink amper formeel toe sy die goeie man bedank vir die wonderlike nuus, en dan vra sy: "Ag, dokter, sê my net . . . Weet Willem . . . dokter Claassen dat ek die aanstelling gekry het?"

"Ja, Lizl. Hy weet reeds."

"Dankie, dokter. Goeienag."

Nes sy gedink het! Hy het reeds geweet toe hy vanaand hier ingestap het met die kastige behoefte om met haar te trou. O, Willem! Hoe kón jy?

Toe sy haar die volgende oggend gereed maak om aan diens te gaan, staar sy 'n oomblik terug na haar eie spieëlbeeld. Willem het gesê sy is net 'n dokter, nie 'n vrou nie. Goed dan. Dan is sy van nou af net 'n dokter. En aangesien sy net dit kan wees, volgens hom, sal sy 'n goeie een wees, die beste.

Met vaste tred stap sy die hospitaal binne.

In die loop van die dag word sy van alle kante gelukge-wens met haar senior aanstelling, en sy erken dit met koele waardigheid. As enigiemand verwag het om dokter Lizl Landman stralend van opgewondenheid te sien, word hulle teleurgestel. Sy is en bly net die bekwame dokter wat sy gis-ter ook was. Selfs nie op hierdie groot dag sien sy enigiets oor die hoof nie, tot 'n paar verpleegsters se spyt. Selfs 'n kollega loop op 'n slag deur en dokter Willem glimlag sim-patiek.

"Sokkies optrek, kollega! Jul nuwe senior gaan julle vas-vat!"

"Ag, hemel, as sy tog net minder perfek was! Wat praat jy van óns senior? Sy's joune ook."

"Nee, maat. Sy is niks van my nie, dank die gode."

"Wat bedoel jy?"

"Ek gaan padgee voordat ek soos 'n wurm voel en nader-hand een is."

"Dokter Claassen . . . O, hier is jy . . ." Sy kom in die deur tot stilstand. "Ek wag vir daardie bloedmonster wat jy sou bring."

"Jammer, dokter Landman. Dis binne vyf minute ge-reed."

"Haai, dokter Lizl, het jy gehoor? Van ou Willem, bedoel ek."

"Nee, dokter Ferreira. Wat van . . . dokter Claassen?"

"Hy gaan weg. Waarheen gaan jy, Willem?"

Haar blik draai koel na die aangesprokene en sy vra ook op besadigde toon met skynbelangstelling: "Regtig, dokter? Wanneer het jy so besluit? Gisteraand?"

Hy ontmoet haar oë waterpas. "Eintlik nie, dokter. Ek speel al lank met twee alternatiewe. Omstandighede het dit egter vir my maklik gemaak om 'n finale besluit te neem."

"Ek begryp. Mag ek vra wat die ander alternatief is?"

"O, ek dink nie dit sal jou goedkeuring wegdra nie. Maar, nou ja," en hy glimlag teenoor Dave Ferreira, "ons kan nie almal senior poste hê of Chris Barnards wees nie, kan ons? Daar moet maar doodgewone dokters vir ipekonders en skete ook wees."

Sy kyk hom strak aan. "Ek sou eerder dink dat jy dan liewer verder sou gaan studeer."

"Nee, dokter Landman. Ek gaan nie verder studeer nie. My ouma het altyd gesê die mens se geleerdheid dryf hom tot raserny . . . en ek dink my ouma was reg. Jy sien, ek wil graag mens bly ook."

Die blou oë flits vererg. Willem is regtig openlik aan die skoorsoek! As hy nie hier gaan aanbly nie, móét hy net verder gaan studeer! Wat wil hy dan anders doen? "Jy dink dis nie goed om jou kennis te vermeerder en jouself nog verder te bekwaam nie? Ek verbeel my jy het eenkeer gepraat van verder studeer en in 'n spesifieke rigting spesialiseer."

Sy oë kyk koel terug. "Jy moes jou seker maar verbeel het, dokter." Sy oë tart haar om hom te weerspreek, terwyl albei terugdink en onthou. Hulle was nog studente en het groot drome gedroom . . . van eendag wanneer hulle miskien vennote sou kon wees . . . gespesialiseer het in rigtings wat mekaar sou aanvul . . . Dit was drome.

"Vir sommige mense, die briljantes, is dit goed om te gaan spesialiseer. Maar die gewone man moet hom liewer besig hou met gewone dinge. Sodra hy buite sy veld en vermoëns beweeg, kyk hy so maklik teen sy neus vas, nie waar nie?"

Sy is nie bereid om langer met hom te skermutsel nie. "Die vyf minute is om en ek het nog nie die bloedmonsters nie, dokter. Asseblief!"

"Dis binne die volgende vyf minute gereed, dokter."

Hy kyk haar met 'n kil glimlaggie agterna en Dave Ferreira waag dit om te sê: "Dit sou vir ons almal makliker gewees het as dit liewer jy was wat die pos gekry het."

"Nee, dankie. Ek gun haar dit van harte."

"Jy het nog nie gesê waarheen jy gaan nie."

Hy glimlag stram. "Tot vyf minute gelede het ek self nie geweet nie, vriend. Maar nou weet ek. Ek sal jou oor tien minute sê, as jy so gaaf sal wees om gou vir ons die bloedmonster te kry waarop die dame so aandring, asseblief."

Ondanks haar vaste voorneme dat niks wat Willem Claassen aangaan haar in die toekoms sal raak nie, bly hy in haar agterkop vir die res van die dag. Eintlik was sy nie verbaas om te hoor hy wil weggaan nie. Ná wat gebeur het, sou dit seker vir hom onmoontlik wees om aan te bly, en onder haar te werk. Sy het net vanselfsprekend aanvaar dat hy nou verder sal gaan leer, en sy was honderd persent ten gunste daarvan. Miskien sal hulle op hierdie manier 'n oplossing vir hul skynbaar onoorkomelike probleem kry: As Willem in 'n spesifieke rigting spesialiseer, sal hy voel hy is ten minste in een rigting haar meerdere. Miskien sal hulle dan tot 'n vergelyk kan kom, het haar ongehoorsame hart kliphard saamgesels.

Sy staan met dokter Luddick en gesels toe Willem in die gang by hulle verbykom. Dokter Luddick roep hom nader.

"Willem, ons gaan Saterdagaand 'n klein etetjie vir Lizl gee ter viering van haar aanstelling. Jy kom natuurlik ook?"

Lizl kyk die ouer dokter ontevrede aan en moet dan op Willem se antwoord wag: "Dankie vir die uitnodiging, dokter, maar ek is bevrees dis vir my onmoontlik. Ek vertrek reeds Vrydag sodra ek van diens af kom."

"Vertrek?" Die woordjie glip onverhoeds oor haar lippe.

Willem antwoord met opgetrekte wenkbroue: "Ja, dokter. Vrydagmiddag is my hospitaaljaar verby. Ek gaan my onmiddellik by my nuwe vennoot aansluit."

"Vennoot?" Sy begin vir haarself na 'n papegaai klink.

"Watter vennoot? Waar?"

"Ek dink nie jy sal belangstel nie, dokter Landman. Dis 'n rigting waarin jy nog nooit belanggestel het nie. Trouens, ek dink jy het niks anders as minagting daarvoor nie."

Sy voel hoe die ontsteltenis hoër in haar klim. "Ek het nog nooit minagting vir enigiets aangaande die mediese wetenskap gehad nie!"

"Nee. Maar jy het nie juis 'n hoë dunk van 'n kleindorpse mediese praktisyn nie."

"Jy gaan . . .? Willem, jy kan nie!" kom dit spontaan.

"Nie? Wie gaan my keer? Jy?"

3

Suster Tersia Louw kyk op toe die groot man in die spreekkamer se deur verskyn. Fritz is op 'n Dinsdagoggend op die dorp!

Hy lees die verbasing in haar oë, en verduidelik op sy altyd haastige manier: "Ek het net gou dorp toe gekom om iets vir my griep te kry. My kop is seer en my keel brand."

Haar kennersoog kyk hom fronsend aan. "Ek sien jy is koorsig. Jy hoort in die bed."

"Daar is nie tyd nie. Ek is besig om beeste te dip. Die wêreld stink van die bosluise."

Tersia knik maar net. Sy weet. Eie gesondheid is ondergeskik aan aardse besittings. Dis Fritz, vasgevang in 'n web van aardse goed. En hy het baie daarvan, ontsettend baie vir een man sonder kind of kraai. As 'n paar beeste vrek, sal hy dit nie eens agterkom nie. Maar nee. Liewer met eie gesondheid speel as om een bees te verloor.

"Daar is iemand by Derick. Ek . . ."

"Waar is Willem dan?"

"Hy is 'n paar dae weg." Sy sien sy verbasing. "Ja, die eerste keer in tien jaar het Derick dit reggekry om hom 'n paar dae verlof te laat neem. Willem is net so erg oor die praktyk as jy oor jou plaas. Julle verbeel julle mos alles sal vergaan as julle net een dag die rug draai, of een dag in die bed klim."

Hy frons "Ek gaan lê g'n in die bed vir 'n bietjie griep nie. Ja, ek was die afgelope tyd baie besig. Ek het jou afgeskeep, ek weet, Tersia . . ."

Haar oë kyk hom koel aan. Hulle is veronderstel om verloof te wees, maar sy sien hom maar min. Fritz se plase en diere kom eerste. As daar dan nog tyd oor is, is dit sy verloofde s'n. Dis maar min.

"Ja? Wat wou jy sê?"

"Wanneer trou ons?" Die opregte verbasing in haar oë laat hom dieper frons en sy seer kop net vinniger klop.

"Ons is verloof!"

Haar ooglede val. Dis waar, ja, maar vir die soveelste keer wonder sy hóékom hulle verloof is. Fritz is net so min op haar verlief as sy op hom. Om heeltemal eerlik te wees, weet sy vandag nog nie hoekom hy haar 'n jaar gelede gevra het om verloof te raak nie. Sy weet egter hoekom sý aan hom verloof geraak het, en sy voel weer die skuldgevoel in haar opstoot. Dis nie reg teenoor Fritz nie. Dis 'n onreg wat 'n meisie pleeg om aan een spesifieke man verloof te raak net omdat sy verloofring haar teen haar eie hart en gevoel vir 'n ander vrou se man moet beskerm. En om sover te gaan om selfs met Fritz te trou, sal 'n groter onreg wees.

Fritz staan en kyk haar fronsend aan, sy gedagtes min of meer op dieselfde golflengte as hare. Hy weet tot vandag toe ook nog nie hoekom Tersia ja gesê het toe hy haar gevra het om verloof te raak nie. Maar in sy hart weet hy hoekom hy háár gevra het. Hy wou net verloof wees, die veilige pantser van 'n verlowing besit. Hy is 'n skatryk man, op sy eie robuuste manier ook aantreklik vir die teenoorgestelde geslag. Hy is nie 'n ou wat nou juis uit sy pad sal gaan om verbode gelukkies by die skoner geslag te gaan soek nie, maar as dit wel daar is, sê hy ook nie maklik nee nie. Solank die vrou net besef hy is verloof en dat daar niks verder sal wees ná een nag of naweek nie.

Maar gisteraand toe hy siek en hondmoeg van die dipgate af in 'n groot, eensame, donker huis ingestap het, het hy skielik siek en sat gevoel vir die soort lewe wat hy sedert sy egskeiding lei. Hy is nie 'n kerkman nie en sy Bybel lees hy nooit nie. Maar uit sy kinderjare het 'n paar woorde tog skielik in sy gedagtes gespring: 'n Gejaag na wind. Dis alles net 'n gejaag na wind.

Hy het met 'n kloppende, warm kop op sy bed gaan neerval en sy seer oë toegemaak. Al word hy 'n honderd jaar oud, sal hy nie kan uitlewe wat hy vandag reeds besit nie. Hy het nie 'n vrou nie. Hy het nie 'n kind nie. Waarvoor al hierdie bloedsweet en liggaams- en sielsvermoeiing? Om net meer aan aardse goed te win?

Dis seker 'n vraag wat menige ryk man homself al herhaaldelik afgevra het. Maar soos menige ryk man bevind Fritz Hancke hom in die web wat aardse goed om 'n mens span sonder dat jy dit agterkom. Eers wanneer jy soos 'n magtelose vlieg daarin vasgevang is, besef jy jy sal nooit weer daarvan kan wegbreek nie. Want jy is nou eenmaal Fritz Hancke, 'n skatryk man met vyf plase, 'n paar duisend beeste – en ook die miljoene bosluise behoort aan jou! En jy het geen ander keuse as om net voort te gaan nie, om dit alles aan die gang te hou; om jou duisende beeste te dip teen jou miljoene bosluise. Jy sit vasgekeer in 'n loopgraaf met

229

jou aardse besittings bulkend om jou. En jy is 'n slaaf van aardse goed.

Wat 'n helse lewe, het hy kreunend van koors gedink, en sy bestuurder, Boet Liebenberg, beny. Want Boet kon met sy drie kinders 'n paar dae see toe gaan en van aardse goed vergeet. Hy moes net sorg dat sy vakansie-uitgawes nie sy salaris oorskry nie. Maar hy, Fritz Hancke, die man met derduisende in die bank, kan nie. Want afgesien van dít wat in die bank lê, besit hy ook nog duisende beeste wat deur bosluise opgevreet kan word as hy sy rug draai. Hy kan hom nie eens een dag in die bed gun om van die griep ontslae te raak nie, want solank hy hier lê, sak die bosluise toe. En hier is nie eens iemand, 'n enkele mens in hierdie groot, donker, eensame huis, vir wie hy kan sê hy is siek en sat van beeste en bosluise nie. Hy wens uit sy hart hy is net 'n gewone man met 'n gewone salaris wat weer baas van homself is!

Dis seker hoekom die vraag vanoggend so ontydig by sy mond uitgeglip het. Miskien sal dit makliker wees om 'n slaaf van jou aardse goed te wees as daar nog iemand saam met jou slaaf. Want die vrou wat met Fritz Hancke getroud is, het haarself ook aan slawerny verkoop . . . aan 'n groot, blink huis wat heeldag moet blink. Sy sal altyd moet regstaan om die talle rykmansvriende te onthaal. Sy sal 'n slaaf wees van al die aardse dinge wat haar man se geld vir haar kan koop. Hy het eenmaal 'n slaaf saam met hom gehad, maar op 'n dag het al die blink dinge vir haar net te veel geword, het sy twee koffers gepak en geloop . . . En sedertdien slaaf hy alleen, en hy sien nie meer kans daarvoor nie.

"Ek het gevra wanneer trou ons, Tersia?" herhaal hy sy vraag.

Sy ontwyk sy blik. Dis seker nie 'n onredelike vraag nie. Hulle is immers al 'n jaar verloof. Maar die hele jaar het nie een van hulle oor trou gepraat en gewonder wanneer ... en of dit moet gebeur nie.

"Ons wag maar totdat jy eers gesond is, Fritz. Dis kwalik nou die tyd of plek om troustories te gesels." Sy staan op. "Jy kan maar deurgaan."

Fritz se vraag bly Tersia die res van die dag by, want dit jaag weer 'n ander spook in haar op, 'n vraag wat dokter Willem Claassen aan haar gestel het pas voordat hy vir die paar dae van welverdiende ontspanning vertrek het. Sy was besig by die sterilisator toe sy vraag skielik agter haar opgeklink het: "Het jy en Fritz al 'n troudatum, Tersia?"

Sy was ietwat verbaas oor die persoonlike vraag, want vir Willem Claassen bestaan net sy pasiënte.

"Nee, ons het nog nie op een besluit nie."

Dat hy nie blind is vir dinge wat om hom aangaan nie, het uit sy volgende vraag geblyk: "Is jy baie seker dat jy Fritz liefhet?"

Hul oë het ontmoet en daar was skielik 'n koudheid in haar. Sou hy weet? Haar stem was waaksaam. "Nee, gaan voort. Wat wil jy vir my sê, Willem?"

"Dis baie gevaarlik om net met jou hart 'n lewensmaat te soek, Tersia. Dis ewe gevaarlik om net met jou verstand een te soek."

"En dit beteken?"

"Ek is net bang dat jy miskien dieselfde fout begaan as ... as baie ander."

"En dit is?"

"Om met jou verstand vir jou 'n ryk lewensmaat uit te soek en dan moet agterkom jy het net 'n sak vol geld en niks meer nie."

Sy was geskok dat hy iets so direk aan haar kon sê. "Wat jy eintlik vir my wil sê, Willem, is dat ek met Fritz Hancke wil trou net om sy aardse besittings. Is dit?"

231

"Nee, nie soos jy dit stel nie. Ek weet jy is nie 'n meisie wat net agter geld aan is nie. Maar daar is baie mense wat hulself al wysgemaak het: aangesien hulle nie geluk kan kry nie, kan hulle net sowel gerieflik ongelukkig wees. Uiteindelik verloor hulle altyd, Tersia. Aardse goed kan nie geluk koop nie. Geen aardse skatte kan 'n honger hart voed nie. Rika Hancke sou jou dit kon vertel het as sy nou nog hier was."

"En tog weet ek Rika het Fritz waaragtig liefgehad die dag toe sy met hom gaan trou het. Ons was vriendinne."

"Dan nog te meer moet jy baie goed dink, Tersia. Want net so min as wat geld alleen 'n huwelik kan laat slaag, net so min kan liefde alleen 'n huwelik gelukkig maak. Jy vergeet ek was al hier toe hulle die dag gaan trou het. Ek stem met jou saam. Hulle was regtig lief vir mekaar. En ek glo ook dat Rika Fritz nog liefgehad het toe sy daardie dag haar tasse gevat en geloop het. Maar hulle het te veel verskil. Rika was 'n diep mens, en Fritz leef net vir sy aardse goed, soos jy self weet. Die bronne waaruit hierdie twee mense lewensgeluk en huweliksgeluk moes put, het te veel van mekaar verskil. Net voordat Rika weg is van Fritz af, was sy eendag hier by my in die spreekkamer. Sy het daardie dag vir my gesê dat haar God en Fritz se god nie eenders geskryf word nie. En geen huis kan gelukkig wees waarin daar twee gode gedien word nie. Toe het ek geweet die skrif is aan die muur vir hul huwelik." Sy stem is deernisvol: "Maak net baie seker, Tersia, dat jy nie dieselfde fout begaan nie – voordat jy met hom trou, sal jy?"

Die dag daarna is Willem weg en vandag vra Fritz wanneer hulle trou.

Sy dink nou terug aan daardie dag toe die skokkende nuus die dorp soos 'n bom getref het: Rika Hancke het twee tasse gepak en geloop! Die hele gemeenskap was verslae.

Dit is nou maar eenmaal so: Dis nie so skokkend as dit met die gewone mens gebeur nie, maar as dit 'n Fritz Hancke se vrou is wat in die nag wegloop, is dit iets wat almal ruk en verslae laat vra: Maar hoekom? Sy het dan alles! En niemand wat dié vraag vra, besef dat daardie alles wat Rika Hancke gehad het, allermins geluk was nie.

Ook sy, Tersia, was diep geskok. Sy en Rika het saam in die plaaslike hospitaal verpleeg totdat Rika ontvangsdame in Derick se spreekkamer geword het. Toe het hulle minder kontak gehad weens die verskillende werktye. Toe Rika met Fritz Hancke getroud is, het Tersia haar as ontvangsdame opgevolg. In die vyf jaar dat die Hanckes getroud was, het sy en Rika nog minder kontak gehad. Die wêreld waarin die Hanckes geleef het, was 'n bietjie verhewe bo dié van Tersia Louw. Nietemin was Tersia baie ontsteld oor haar vriendin toe die nuus daardie dag die spreekkamer bereik het: Rika Hancke het Fritz verlaat.

Dit was ook daardie dag dat iets tussen dokter en ontvangsdame skielik 'n meer definitiewe gestalte aangeneem het.

Dit was eers 'n rukkie stil tussen hulle nadat hulle die nuus gehoor het. Toe het Derick gepraat, en die eerste keer het sy 'n bitter klank in sy stem opgemerk: "Sy is gelukkig."

Sy het hom verward aangekyk. "Gelukkig?"

"Ja. Gelukkig dat sy kon loop. Bevoorreg om twee tasse te pak en uit te stap. Nie almal kan nie." Toe het hy na haar gedraai. "Ek kan nie. Verstaan jy?" Sy kon net sluk, en dit wat deur maande tussen hulle soos 'n fetus gegroei het, het skielik pertinente buitelyne aangeneem, herkenbaar, onmiskenbaar ... en sy het geweet, ná hierdie oomblik kan dit nie meer geïgnoreer word soos hulle dit die afgelope maande probeer doen het nie. Dit was dáár.

"Ek kan nooit stap nie, Tersia. Omdat daar een groot

verskil tussen my en Rika is. Sy kon alles wat sy van Fritz ontvang het, teruggee, of laat agterbly. Sy kon die wêreld instap met net twee tasse klere waarop sy sekerlik geregtig is. Daarvoor het sy hard genoeg gewerk as sy vrou. Maar ek . . . ek kan nie aan Louise teruggee wat ek van haar gekry het nie."

Sy blik het van hare weggeswenk, om hom gedwaal. "Hierdie luukse spreekkamers, my praktyk, die nuwe vleuel aan die hospitaal, die twee broeikaste, die operasie-instrumente wat sy geskenk het . . ." Hy het sy kop geskud. "Hoe gee 'n mens dít terug? Hoe kan ek sê: Vat dit terug. Ek wil dit nie meer hê nie. Ek loop nou." Sy blik het teruggekeer na hare. "Sien jy die verskil?"

Omdat die erkenning van iets wat tussen hulle ontspring het met sulke woorde gepaardgegaan het, was dit 'n spontane menslike reaksie om terug seer te maak: "Ja, ek sien die verskil. Fritz kon Rika nooit regtig koop nie, maar jou vrou kon . . . hét."

Sy het die seerkry in sy oë sien verdiep, maar hy was roekeloos eerlik en genadeloos teenoor homself in sy antwoord: "Dis reg, Tersia, Louise het my gekoop. Ek is 'n besitting van haar. Daaraan kan nooit iets verander word nie."

Sy wou hom so graag haat en verag, maar sy kon nie. Sy het hom bly liefhê, hierdie man wat te koop was en toe deur Louise opgeraap is. Natuurlik was daar net een uitweg. Sy moes bedank. Sy het gewag totdat Louise en Derick 'n naweek weg is. Toe het sy haar bedanking by Derick se vennoot gaan indien, maar Willem Claassen het haar tot ander insigte gebring.

Hy was duidelik verbaas oor die skielike bedanking. "Waarheen gaan jy? Wat is jou planne?"

"O, ek . . . ek weet nie. Ek . . . wil sommer net weggaan . . ."

234

Die grys oë was stip. "As 'n mens nie weet waarheen jy gaan nie, is jy aan die weghardloop van iets af," het hy op sy kenmerkend reguit manier gesê. Hy het die erkenning in haar oë gelees. "Wil jy my nie daarvan vertel nie?" Sy het haar kop geskud. Nee. Hoe kon sy hom vertel dat sy wou wegvlug van haar eie hart af, van haar gevoel vir 'n ander vrou se man? Dat sy moet wegvlug van haar eie menslike swakheid teen ongeoorloofde begeertes wat in haar brand en teenstrydig is met alles in haar?

"Is dit vir jou baie duidelik dat jy moet weggaan? Soms is dit nie goed om weg te hardloop nie, Tersia. Soms is dit beter om te bly en die waarheid en die feite in die oë te kyk, te verwerk en te leer om daarmee saam te lewe." 'n Kort stilte. "Glo my, ek weet waarvan ek praat."

"Jy weet?"

"Ja. Ek was ook aan die weghardloop toe ek hierheen gekom het. Ek begin al meer wonder of ek destyds die regte besluit geneem het. Daar is een ding wat almal vergeet wanneer hulle weghardloop: Jy dra altyd iets met jou saam. Iets daarvan gaan saam met jou." Sy oë het vas na haar gekyk. "Is jy seker jy gaan nie iets met jou saamdra nie?"

Sy het die antwoord op daardie vraag geken en besluit om te bly. Waarheen sou sy in elk geval kon vlug sonder om die verbode liefde vir 'n ander vrou se man in haar hart saam te dra? Dis glo die dapperes wat bly staan en nie weghardloop nie, maar sy weet nie of sy dapper is nie . . . Selfs Willem Claassen het erken dat hy ook al weggehardloop het. Was dit oor 'n vrou? Is dít hoekom hy nog nie ernstig betrokke geraak het by een van die teenoorgestelde geslag nie? Is daardie iets wat hy met hom saamgebring het hierheen nog altyd daar?

Toe Tersia uit is, het Willem Claassen lank voor hom sit en uitstaar. Die probleem met weghardloop is dat dit nie altyd moontlik is om weer terug te gaan nie, al kom jy jou fout agter. As hy destyds gebly het, die pos aanvaar het wat hom aangebied is, was daar miskien tog hoop vir hom en Lizl, maar toe gee hy pad . . . En ná jare is dit nie moontlik om terug te gaan en die drade weer te probeer optel nie. Sy het van krag tot krag in haar professie gegaan. Hy het 'n kleindorpse dokter geword en dit gebly. Weliswaar vir hierdie gemeenskap van onskatbare waarde, maar in die oë van Lizl Landman sekerlik vandag 'n mislukking. Sy is hom vandag beslis nie net een tree voor nie, maar reusetreë. As hulle mekaar nie oor die afstand van een tree kon vind nie, hoe sal hulle mekaar ooit kan bereik oor die groot afstand wat hulle nou skei? Nee, teruggaan op gister se spore is nie vir hom moontlik nie. Dis deur sy eie toedoen dat daardie afstand onoorbrugbaar geword het. Dis iets waarmee hy sal moet saamlewe. Daarom dat hy vandag hierdie jong verpleegster gewaarsku het: Moenie te vinnig weghardloop nie, want as die afstand eers te groot is, kan jy dalk nie weer terugkom nie.

Tersia het gebly en voortgegaan asof niks gebeur het nie. Maar sy het geweet dit sal nooit weer wees soos voorheen nie. Sy, en so ook Derick, moes in hierdie eerste maande besef dat onsekerheid soms beter is as sekerheid. Solank dit net die taal van oë en die gevoel hierbinne was, was dit draaglik. Maar ná daardie dag was die sekerheid daar dat 'n wedersydse gevoel tussen hulle gelê het, en saam daarmee die kennis dat dit geen toekoms kan hê nie. Om dit, noudat dit gestalte aangeneem het, te probeer ignoreer, is veel moeiliker as wanneer jy nog nie seker is nie. Maar hul oë het mekaar elke dag vertel dit ís daar. Die toevallige aanraking van vingerpunte wanneer iets aangegee word, het verbode liefkosings geword.

"Hoe gaan dit met die nie-weghardloop-besluit? Voel jy

dit was die regte een?" het Willem Claassen op 'n dag skielik weer agter haar gevra.

Sy het omgedraai, en die onsekerheid het duidelik in haar oë gelê. "Ek weet nie. Ek weet nie of ek liewer maar moes gegaan het nie."

Daar was simpatie in sy oë. "Ek verstaan. Ek dink jy gaan verkeerd te werk, Tersia."

"Hoe so?"

"Wanneer 'n mens iets uitdryf, moet jy die vakuum met iets anders vul. Dis al manier om te keer dat die ding wat jy wil uitdryf, nie maar net elke keer skelm terugkruip nie. As jy jou kom kry, is jy vandag maar net weer waar jy gister was."

"Is dit hoekom jy soos 'n besetene werk, nie eens met vakansie wil gaan nie?"

Hy het geglimlag. "Miskien."

Sy het bewerig geglimlag. "Dan moet ek teruggaan hospitaal toe en vra vir 'n vier-en-twintig-uur-skof."

"Nee. Jy moet uitgaan, ander mans 'n kans gee."

"Wie preek vir wie?" wou sy droog weet, en sy skewe glimlaggie het effens skewer getrek.

"Ek weet. 'n Mens het altyd raad vir ander. Maar jy kan gerus na myne luister. Ek weet dat Fritz Hancke jou al 'n paar keer gevra het om saam met hom uit te gaan en jy het elke keer 'n verskoning gehad. Sê 'n slag ja."

Sy het hom fronsend aangekyk. "Moedig jy nou 'n vriendskap tussen my en Fritz Hancke aan?"

" 'n Vriendskap, ja. Daarmee skort niks nie. Maar dit is verkeerd om aand ná aand alleen te sit en jou te verknies oor 'n onbereikbare ster."

Sy het geweet hy het gelyk. Sy het haar die afgelope maande onttrek aan al haar ander vriende. Aand ná aand het sy alleen in haar woonstel gesit en tob. Toe Fritz weer bel, het sy ja gesê.

Nie lank daarna nie het Fritz haar gevra om verloof te raak. Weer het sy ja gesê. Die volgende aand was daar 'n klop aan haar woonsteldeur. Derick Serfontein het voor haar gestaan.

"Mag ek binnekom, asseblief?"

Sy kon kwalik weier. Hy het haar nog nooit probeer opsoek nie. Soos sy baie duidelik verstaan het dat hy deur sy vrou gekoop is en nooit van haar sal loskom nie, so het hy duidelik verstaan dat sy nie te vinde is vir 'n ongeoorloofde verhouding met 'n ander vrou se man nie. Sy kon nie dink wat hy daardie aand daar kom soek het nie, tot . . .

"Ek hoor jy en Fritz Hancke is verloof."

"Dis reg." Sy het byna vyandig vertoon soos sy geveg het om selfbeheersing. Hulle was nog nooit so intiem alleen saam soos op daardie oomblik nie. "Wat het jy vanaand hier kom maak, Derick?"

"Ek het jou kom vra om nie oorhaastig te wees nie."

"Met wat?"

"Om ander vriendskappe te sluit nie. Ek het jou kom vra om vir my kans te gee, tyd . . ."

"Waarvoor? Jy het my tog duidelik gesê presies . . ."

"Ek weet! Ek weet, maar . . ."

"Het daar intussen iets verander aan die situasie?"

"Nee, maar . . . dit dryf my tot raserny dat daar miskien 'n ander man in jou lewe is! Ek weet ek het geen reg . . ."

"Nee, jy het nie, dokter Serfontein!"

Sy het geweet sy is wreed, maar ook dat dit altyd wreed lyk wanneer 'n mens 'n wond wat dreig om septies te word, met een hou oopkloof. Daar is nie 'n ander manier nie. Die maande van onderdrukte begeertes, van stry teen homself, het 'n sweer in Derick gevorm. Sy kon dit in die oë lees wat na haar kyk.

"Dit maak my mal, Tersia!"

238

Die sweer is met hierdie woorde oopgeruk, en sy het in daardie oomblik besef dat die baie alleenaande en -nagte ook 'n sweer in haar laat groei het, een wat ook nou oopbars na buite.

"Jy praat van mal word, Derick. Mal raak by die gedagte dat ek aan 'n ander man sal behoort. Maar wat van mý? Ek wéét jy het 'n vrou; dat jy saans huis toe gaan, na haar toe, terwyl ek alleen na my woonstel terugkeer. En wanneer ek saans alleen in my bed lê, dan wéét ek jy lê langs haar, en dat jy daar mag lê, want sy is jou wettige vrou. En wanneer ek snags wakker word, nie kan slaap nie . . . dan wéét ek sy lê in jou arms, jy hou 'n vrou, jóú vrou teen jou vas . . . bemin haar miskien selfs op daardie oomblik, al is dit dan ook net met jou liggaam."

"Tersia!"

"Skok ek jou? Maar dis die waarheid! Dit is mý prentjie, Derick. Hoekom sal ek dit ontken of wegsteek? Jou prentjies wat jy vir jouself skilder en wat jou wil mal maak, bestaan tot dusver nog net in jou verbeelding. Mý prentjies is deel van die werklikheid. Wanneer ek saans my stukkie kos alleen hier voor die televisie sit en eet, weet ek jy en Louise sit saam aan tafel en gesels, al is dit oor kleinighede. Jy vertel haar miskien van 'n pasiënt en sy van 'n nuwe blom wat oop is in die tuin of die nuwe rok wat sy gekoop het. Julle gesels saam, lag saam. En later gaan julle saam bed toe. En dan sit ek hier alleen, en al wat ek kan doen, is onthou . . . van die jong vroutjie wat vandag stralend uit die spreekkamer is omdat sy haar eersteling verwag. En dan wonder ek watter dag sal Louise so stralend dieselfde vreugde ervaar . . ."

"Louise kan nie kinders hê nie. Tersia, jy martel jou onnodig . . ."

"Ek ken 'n hele paar vroue wat nie kinders kan hê nie, of

behoort te gehad het nie, volgens die mediese wetenskap, en hulle het. Derick, jy is 'n dokter en jy weet dat niks regtig onmoontlik is nie . . . nie as dit die Opperwese is wat die finale besluit neem nie."

"Louise sal nie 'n kind van my hê nie, Tersia. Jy het my woord daarvoor. As daar die dag iets gebeur, sal daar nie 'n kind wees om sake verder te kompliseer nie."

Haar oë het sielloos gestaar. "En wat presies is daardie iets wat miskien kan gebeur? Wat het jy vanaand vir my kom vra, Derick? Dat ek moet wag totdat sy dood is?"

"Nee, natuurlik nie! Wat dink jy van my? Maar dit kan gebeur dat sy self besef dat ons huwelik sinloos is en dat dit beter is om 'n einde daaraan te maak. Al wat ek jou vra, is om nie haastig te wees nie, Tersia! Enigiets kan gebeur!"

Sy het sonder 'n woord van hom af weggedraai. Hy het gevra wat dink sy van hom. Haar oë soek na buite, na die sterre . . . die onbereikbare sterre . . . Maar wat dink Hý van ons? Wat dink Hy van háár wat staan en redeneer met 'n ander vrou se man, wat in haar eie hart dieselfde vlammetjie van hoop voel brand wat haar so in hom skok? Want enigiets kan gebeur, soos hy sê. 'n Motor kan Louise môre omry . . . of so iets. Of Louise kan môre 'n ander man ontmoet . . . Of sy kan besef dat haar man haar nie liefhet nie en dat jy alles in die lewe kan koop behalwe liefde. Of . . . Liewe Heer, hoe sien U ons twee vanaand? Sal hierdie dorp se mense ons ooit herken as hulle ons vanaand moet sien soos U ons sien?

Hy was skielik agter haar, sy hande op haar skouers.

"Ek verstaan alles, Tersia. Ek besef dit moet seker in sekere opsig vir jou nog moeiliker wees as vir my. Maar dis nie nodig dat jy so alleen moet wees nie. Laat my toe om jou soms te kom besoek." Toe sy opkyk, was sy stem skor: "Asseblief! Dis beter as niks!"

Sy was eers stil, lank stil. Toe draai sy onder sy hande weg. "Derick, ek vind dit reeds al maande lank moeilik om my knieë te buig en my Bybel te lees. Waar sal ek dán die moed vandaan haal om te bid, om my God in die oë te kyk?" Sy het haar kop geskud. "Nee, dankie. Daar is seker vroue wat tevrede is met krummels, maar ek is nie een van hulle nie."

"Dit sal nie krummels wees nie, Tersia! Die krummels sal by die huis wees. Jy is die een wat ek liefhet!"

"Nee, Derick." Haar stem was bitter. "Dis wat almal sê, al die getroude mans wat vir meisies in woonstelle gaan kuier. Hulle sweer dis húlle wat die gedekte tafel kry en die vroue by die huis die oorskiet. Maar ons twee weet dit is nie so nie. Dis net omgekeerd. Dis eers op 'n dag wanneer die arme swape 'n ware gedekte tafel aanskou dat hulle besef hulle is gekul. Ongelukkig – of gelukkig – weet ek hoe lyk 'n ware gedekte tafel. Ek kom uit so 'n huis, waar man en vrou mekaar opreg liefgehad en gerespekteer het. Ek weet hoe die tafel moet lyk waar ek self graag sal wil aansit . . . en dis nie dié een wat jy my vanaand aanbied nie. Ek eet nie saam met 'n ander vrou van een tafel af nie, Derick. Ek wil my voete onder my eie tafel insteek."

"Jy is te goed om waar te wees!" Frustrasie, die vrees dat hy haar gaan verloor, selfs ook skaamte, het hom kwaad gemaak, amper beledigend laat klink. "Tye het verander! Hierdie soort dinge word vandag algemeen gedoen en aanvaar. Ons leef nie meer in 'n eeu van aartskonserwatisme nie . . ."

"Ek weet. Jy hoef my niks te vertel van die eeu waarin ons lewe nie. Ook nie hoe tye verander het nie. Die gesins- en selfmoordstatistiek, so ook die egskeidingsyfers, basuin dit in elke koerant uit. Maar hoe die wêreld waarin ons lewe ook al verander het, hoe die dekades ook al wissel en daar-

241

mee saam die norme en beginsels verwater, daar is een ding wat nog nooit verander het nie, nooit sal verander nie."

"En dit is?"

Hy het nie geweet dat sy in daardie oomblikke moes vasklou aan ankers uit haar kinderjare nie; hoe hard sy teen haarself en eie begeertes moes stry nie; hoe sy dít wat sy vir hom vertel, net so hard aan haarself vertel nie.

"Die vereistes van die hemel en die God wat dit gemaak het. Pa het dit eenmaal vir my gesê: 'Tersie, hoe ons ook al in hierdie eeu dinge goedpraat en probeer regpraat, daar Bó staan dieselfde vereistes by die poort vasgeplak soos dit daar aan die begin van die ewigheid vasgepen is. Dis die enigste standvastigheid wat die mens vandag nog op hierdie aarde het, my kind – dat die reëls van die hemel dieselfde gebly het!' Wat jy pas voorgestel het, is teen daardie reëls, of hoe, Derick?"

Hy het op 'n stoel neergesak, sy kop laat sak en sy hande weerskante daarvan vasgedruk, elmboë op die knieë. Sy stem was laag. "Dit klink alles baie goed en baie mooi, my meisie, maar ons is mense. Ek is 'n man. Net 'n man, nie 'n engel nie." Hy kyk na haar met iets soos gebreekte lig in sy oë. "Ek is engel genoeg om skuldig te voel oor hierdie verlange in my hart na 'n ander vrou, en dit terwyl ek so baie aan my eie vrou verskuldig is. Afgesien van alles wat sy my aan materiële dinge gegee het, is sy ook 'n goeie vrou vir my. Maar, my liefling, ek is 'n mens en ek leef op die aarde. Ek is op die oomblik hiér, nie voor die hemelpoort nie. Ek leef met menslike drange in my wat ek nie kan ignoreer of wegpraat nie. Ek is 'n aardse wese van stof gemaak en dis met aardse feite dat ek te doen kry. Wat doen ek nou? Jy preek vir my oor die hemel. Maar ons is nog nie dáár nie. Ons is nog hiér. Wat gaan jý omtrent die aardse feite doen? Kom, sê my!"

Daar is meer mense wat ook besef dat hul bestaan vasge-

242

vang is in die aardse begeertes waarvan niemand kan wegkom nie. Jy kan dit nie wegpraat nie, soos Derick gesê het; ook nie ignoreer nie; ook nie wegwerk nie; ook nie wegkoop soos wat Louise Serfontein aan haarself moet erken nie. Daar is dinge wat in die hart nesskop, en dis nie vir jou om te besluit of jy dit daar wil hê of nie. Op 'n dag is dit net daar – die verbode liefde, die liefde wat nie wil sterf nie of die verlange wat bly.

"Toe, Tersia, vertel my wat gaan jý doen omtrent die gevoel in jou hart vir 'n ander vrou se man. Gaan jy dit ignoreer? Kan jy? Sal dit help as jy eendag kom by daardie lys van reëls waarvan jy gepraat het en moet erken, want om te lieg sal nie help nie: Ek hét 'n ander vrou se man bemin. Ek hét hom begeer. Want dit is die waarheid, is dit nie?"

Hul oë kleef aan mekaar s'n. "Ek wil regtig baie graag weet, Tersia. Vertel my hoe 'n mens dit regkry om op te hou begeer? Om lief te hê en dit te ignoreer?" Hy het aangestap deur toe en sy stem was skor en laag: "Ek sou so graag eendag met jóú hand in myne die regte hemel wou binnestap. Dit skok jou. Ek sien dit. Maar dis die waarheid. Dis wat ek begeer, wat in my hart lê, en dit sal nie help om nou, en ook nie eendag, daaroor te wil lieg nie. Want Hy lees die harte. Dit staan ook in die Bybel, nie waar nie?"

Dit was 'n jaar gelede. 'n Moeilike jaar. Was dit nie vir die onderskraging van Willem Claassen nie, weet Tersia nie of sy dalk maar later die hasepad sou gekies het nie. Daar het 'n baie mooi en innige vriendskap tussen haar en hierdie dokter ontstaan. Tersia weet ook dat Willem Claassen nie net vir haar so baie beteken nie. Vir baie in hierdie gemeenskap is hy veel meer as net 'n dokter. Hy is ook vriend en biegvader, die man wat veel meer as net raad en genesing vir die liggaam het; die man met die helende hande, die simpatieke oor en die hart wat altyd begryp.

243

Dit was sowat ses maande gelede dat hy haar weer eendag met sy grys oë aangekyk en gevra het: "Jy lyk vir my die afgelope tyd rustiger. Is jou stryd klaar gestry?"

Sy het eerlik teruggekyk. "Nee, Willem. Die stryd sal maar seker altyd daar wees, maar jy het gelyk. Ek is kalmer, rustiger oor dié dinge wat my eers rondgejaag en amper weggejaag het. Want ek het skielik besef dat dit nie vir die mens self moontlik is om alleen teen die sonde te stry nie. Alleen kan jy dit nooit oorwin nie."

Hy het haar met 'n glimlaggie aangekyk. "En toe?"

Sy het teruggeglimlag, 'n veraf hartseer in die oë. "Ek het op my knieë gegaan en bely wat in my hart is, en ek het alles, ook die begeertes, voor God se voete neergelê en gevra . . ." Haar onderlip het verraderlik gebewe. "Ek het gevra dat Hy my en Derick moet help dat dit wat in ons harte lê, ons nie buite die hemelpoort sal hou nie, maar liewer sal binnehelp. Dis al."

Willem het sy kop geskud, haar bewende ken tussen duim en voorvinger vasgevat en met deernis in die swemmende oë afgekyk.

"Dis nie al nie. Dis alles. Dis die enigste wat daar is om te doen as 'n mens jou in so 'n situasie bevind. Gee dit vir God om te hanteer. Dis te groot vir die mens. Dis al manier waarop 'n mens jou selfrespek en geloof kan behou, want as jy daardie twee dinge verloor het, het jy niks meer om te verloor nie. Ek is trots op jou, Tersia."

En nou, vanaand, het sy weer iets om voor sy voete te lê. Ook hierdie besluit is te groot vir haar. Liewe Heer, moet ek met Fritz trou?

Die telefoon lui en dis Derick se stem wat aan die ander kant opklink.

"Tersia, ou Sanna van Fritz het so pas gebel. Sy sê hy bring bloed op. Ek gaan dadelik uit. Wil jy saamgaan?"

"Ja, asseblief."

"Ek kry jou binne vyf minute."

Dis stil in die motor op pad plaas toe. Hulle het selde iets vir mekaar te sê as hulle nie oor 'n pasiënt praat nie. Sy stem klink bot, asof hy dit nie wil sê nie, maar die woorde nie kan keer nie.

"Wanner trou jy en Fritz?"

"Ek weet nie."

"Gaan julle trou?"

"Ek weet nie."

'n Kort stilte. "Jy het nog nie van plan verander nie?" Haar hart krimp. "Nee, Derick."

"Besef jy hoeveel gelukkige ure ons al verloor het omdat jy steeds weier dat ek jou mag besoek, Tersia . . ."

Die motor kom tot stilstand, en sy maak die deur oop.

"Kom, Fritz wag."

4

"Dokter Lizl Landman! Dokter Lizl Landman! Dringend na Ongevalle, asseblief! Dokter Lizl . . ."

Die dokter word nog twee keer dringend oor die interkom van die groot stadshospitaal geroep en oomblikke later stap sy Ongevalle binne. Die jong huisdokter lyk verskonend.

"Jammer, dokter. Ek weet jy was seker al op pad uit . . ."

Hy word met 'n handgebaar stilgemaak. "Wat is die probleem?"

" 'n Nuwe pasiënt. Hy is so pas ingebring. Die dokter wat hom gebring het, het spesifiek vir jou gevra."

Sy frons liggies, knik kortaf. "Goed. Laat ons kyk. Waar is hy?"

"Skerm nommer twee, regs." Die jong dokter volg haar, sy blik bewonderend. Hierdie vrou moet dood op haar voete wees. Sy het seker al goed 'n vyftien-uur-werkdag agter die rug, maar niemand sal dit raai nie. Nie 'n haar van die formele Franse rol aan die goudblonde kop uit sy plek nie. Daar is geen moeë rimpeltjie op die satynvel te sien nie. Die helder blou oë is nie mat nie, haar rug reguit, skouers agteroor, haar bewegings rustig dog vlug, maar net 'n ervare dokter weet hoe om dit reg te kry.

"Derick!" Die herkenning is onmiddellik en Derick glimlag terug. Dis goed om 'n ou studentemaat weer ná tien jaar te sien.

"Hallo." Hy klink droog, dink by homself: Magtie, sy is mooier as ooit. Ou Willem se hart sal gaan staan as hy haar weer moet sien!

Maar selfs al skop Lizl se hartspiere skielik op 'n vreemde wyse, is en bly sy die dokter wat sy nou al tien jaar is, en haar blik sak dadelik af na die ondersoektafel. "Wat het ons hier?"

Derick . . . Die eerste keer in 'n lang, lang tyd is haar doktersbrein nie een honderd persent met die pasiënt voor haar besig nie. Derick behoort te weet waar Willem is . . . hoe dit met hom gaan . . . wat hy doen . . . Hulle was maats. Sy sal hom so terloops pols wanneer hulle met die pasiënt klaar is.

Besonderhede registreer terwyl sy met haar ondersoek besig is: Die pasiënt is Fritz Hancke, twee-en-dertig; hy boer waar Derick hom tien jaar gelede as algemene praktisyn gaan vestig het; persoonlike vriend van Derick, daarom dat hy hom self ingebring het stadshospitaal toe. So terloops, die suster aan sy sy is die pasiënt se verloofde, en ontvangsdame by Derick se praktyk. Die mediese feite: pasiënt het Dinsdag iets vir griep kom vra. Kenmerkende simptome:

koorsigheid, 'n effense naarheid, 'n dik kop en seer keel. Die algemene medikasie is aan hom verskaf. Dieselfde aand was daar die eerste vomering van bloed. Spierpyne. Nekspiere het begin styf span. Die voor die hand liggende diagnose was 'n hewige griepaanval, gepaard met hoë spanning. Sien, Fritz is 'n uithalerboer – vyf plase – en dit het hom vreeslik ontstel dat hy in die bed moet bly terwyl sy boerdery wag. Die volgende dag was daar geen verandering nie. Die pasiënt bring weer bloed op. Die daaropvolgende dag weer. Vrydag 'n herhaling. Saterdag weer. Sondag, en die pasiënt het reeds baie bloed verloor. Suster Louw is uit plaas toe en het hom versorg. Hy wou nie hoor van hospitaal toe gaan nie. Dis nou Maandagaand, en Fritz Hancke se dokter het besluit hy moet hom liewer inbring stadshospitaal toe. Hy voel nou regtig bekommerd oor sy vriend.

Lizl knik. Dis goed dat hy hom liewer gebring het. Die pasiënt het reeds te veel bloed verloor, is baie swak. Sy stem saam met sy diagnose: 'n kwaai griepaanval en 'n bloeiende maagseer. Daar sal volgehou word met bloedoortappings. Die pasiënt is op die oomblik te swak vir chirurgie. Derick – en so ook suster Louw – hoef nie bekommerd te wees nie. Fritz Hancke is nou in die bekwame hande van dokter Lizl Landman. Sy glimlag gerusstellend.

"Ons sal hom dadelik opneem en voortgaan met die bloedoortappings. Ek sal jou laat weet wanneer ons kan opereer." Sy stap saam met hulle deur toe. "Dit was goed om jou weer te sien, Derick. Gaan dit goed?"

"Ja. Baie goed."

"Weet jy waar die ander hulle bevind? Ek weet waar 'n paar is, maar die meeste het net verdwyn."

"O, ek het ook eintlik heeltemal kontak verloor. As 'n mens eers op die platteland beland het . . ." Hy hou sy hand uit. "Tot siens, Lizl. Jy sal ons op die hoogte hou?"

"Tot siens, Derick. Natuurlik." Sy glimlag haar dokters-glimlag vir Tersia. "Hy is in goeie hande. Moenie bekommerd wees nie."

Fritz Hancke word in saal B3 opgeneem, en dis eers nadat dokter Lizl hom weer in sy private kamer besoek het en haarself vergewis het dat daar niks meer vir die pasiënt te doen is nie, dat sy huis toe gaan. En huis is nog steeds ná tien jaar die woonstel in die dokterskwartiere.

Sy gaan gooi haar op die rusbank neer, skop haar skoene uit, staar voor haar uit terwyl sy vanaand die moegheid intenser oor haar voel toesak as enige ander aand ná so 'n lang dagskof. Sy leun met haar kop teen die rugleuning, sluit dan haar oë, laat toe dat die fisieke tamheid wat die afgelope ure met 'n ysterhand op die agtergrond gehou is, oor haar spoel. Maar vanaand is dit meer as net liggaamlike gedreineerdheid wat haar willoos en kragteloos laat.

Dis maar die nagevolge van die lang, vermoeiende ure wat verby is en waarin sulke streng eise aan liggaam, verstand en gees gestel is. Dis maar omdat sy vandag twee lewetjies moes afgee, twee jong lewetjies wat nog nie eens werklik gelééf het nie.

Die eerste enetjie was skaars vier-en-twintig uur oud. Sy ma het amper dertien jaar vir hom gewag. Ná vele opofferings en operasies en 'n klein fortuin was hy eindelik daar . . . net een dag lank. En dit was dokter Lizl se taak om die ma dit te gaan vertel.

Daar is nie 'n dokter op aarde van wie pasiënte nie sterf nie. Elke dokter dra in hom of haar die besef van menslike beperkinge rond. Maar die dood van 'n pasiënt, veral een wat hy of sy so graag wou help om te lewe, bly vir elke dokter 'n persoonlike verlies. Hoe klein ook al, laat dit 'n gevoel van frustrasie en mislukking agter.

Op pad na die ma het sy haarself afgevra: Hoe troos 'n

mens so iemand? Wat kan 'n mens sê wanneer jy in daardie ongelowige en geskokte oë afkyk? Dat sy dankbaar moet wees dat sy die kosbare ervaring kon smaak van 'n lewe wat in haar liggaam gegroei het, die unieke ervaring van lewe skenk? Dat sy moet onthou daar is duisende vroue wat, soos sy, ook 'n kindjie van hul eie begeer, maar nooit sal voel hoe dit is om 'n aktiewe deel aan die skeppingsplan te hê nie?

En toe sy in die kindersaal kom, was klein Faantjie nie meer daar nie. Maande lank was hy deel van die hospitaal, deel van dokter Lizl en baie ander se daaglikse roetine. Skielik was die bedjie net leeg; die dapper glimlaggie net weg. En weer moes dokter Lizl na 'n ma draai: Wees dankbaar vir die drie jaartjies wat hy joune was. Daar is 'n ma in 'n ander saal wat net een dag hare kon hê. Wees dankbaar dat jy by die huis 'n foto het van 'n glimlagseuntjie. Daar is so baie ma's wat nie eens 'n foto het nie, wat altyd sal wonder hoe hy sou gelyk het as daar enetjie was. Só baie . . . Soos ook dokter Lizl, in onbewaakte oomblikke . . . As die lewe anders verloop het, het sy dan gewonder, sou hulle kinders gehad het: enetjie met grys oë soos Pa s'n en miskien blonde hare soos Ma s'n?

Sy dwing haar gedagtes in 'n positiewe rigting. Goed. Daar is twee dood vandag, maar daar is talle lewens gered, talle se lyding versag. Daar is baie om voor dankbaar te wees. Sy is wat sy altyd wou wees: 'n goeie dokter. Sy doen die werk wat sy altyd wou doen: om menslike pyn en lyding te versag en, indien moontlik, te genees. Sy behoort sekerlik tog 'n volmaat bevrediging uit hierdie wete te put? Sy behoort net dankbaarheid in hierdie oomblik te ervaar.

En tog . . .

Wanneer sy van diens is, wanneer sy die bekende hospitaalgange agterlaat, uitstap uit die bekende gebou, het sy so dikwels die gevoel dat daar ná die veeleisende, vol, bevredigende dag as geneesheer, 'n leemte bly. Vanaand veral . . .

Sy kan nie langer met haarself wegkruipertjie speel nie. Dis omdat sy vandag vir Derick gesien het, en saam met hom lê gister se herinneringe wyd in haar. Sy ervaar weer die diep gevoel van teleurstelling toe Derick haar nie kon vertel waar Willem hom bevind nie. As hy geweet het, sou hy haar seker gesê het. Sy het haar al die jare gekeer om doelbewus navraag te doen. Elke keer wanneer daardie drang by haar opgekom het, het sy dit heftig onderdruk. Dis gister se dinge, en gister is dood, begrawe, vergeet. Maar is dit?

Op hierdie alleenaand moet sy maar erken: Gister is nie dood nie, nie in haar nie. Sy het nog nooit vergeet nie. Sy kan nie vier-en-twintig uur van 'n dag dokter wees nie, al probeer sy haar dag so lank moontlik rek. Vandag was sy byna sewentien uur lank net dokter. Maar daar bly nog sewe oor, en in hierdie ure is sy mens, net mens. Sy is 'n baie besige dokter – en 'n baie eensame mens.

Sy is amper dankbaar dat die nag nie onversteurd verbygaan nie. Dit maak die eensame ure immers korter en minder, want vannag kan sy nie so maklik in 'n uitgeputte slaap wegsink nie.

"Jammer om te pla, dokter, maar meneer Hancke het al weer twee keer bloed gevomeer."

"Ek kom, suster Marks. Dankie."

Dis eenuur die nag toe dokter Lizl weer die hospitaal binnestap.

Daar is altyd iets anders aan die atmosfeer van 'n hospitaal in die nag. Die lang gange lyk langer in die gedempte lig; groter, kaler. En die stilte is anders as ander stiltes.

Sy stap gedemp vinnig na private kamer nommer vyf in saal B3, en druk die deur oop.

250

Haar vingerpunte gaan werktuiglik na die pols, terwyl haar oë rondsoek, raak kyk. Hierdie pasiënt is besig om hom dood te bloei. Nog 'n bloedoortappingsapparaat word nader getrek. Binne minute voer twee eenhede lewegewende bloed in 'n gedreineerde liggaam in.

Niks op die beheerste gesig, in die kalm, seker bewegings van die slanke doktershande, verraai dat sy ontsteld voel oor hierdie pasiënt nie. Dit is die kalm, besadigde stem van die ervare dokter wat ná 'n rukkie opklink: "Ons sal maar moet wag en kyk hoe dit verder gaan. Laat my onmiddellik roep as daar verdere verswakking is. Dankie, suster."

Die junior in saal B3 kyk haar agterna. "Ek wonder hoe is sy buitekant die hospitaal. Ek bedoel, watter soort mens."

Suster Marks trek die deur agter haar toe nadat die spesiale verpleegster langs die bed wakend plek ingeneem het. Sjoe, dis weer 'n deurmekaar nag hierdie! Sy verdien beslis 'n koppie tee.

"Ek weet nie. Ek sien haar maar net in die hospitaal. Hoekom?"

"Nee, ek kan my haar net nie met 'n private lewe voorstel nie. Sy is net 'n dokter. En dis 'n sonde dat soveel skoonheid op haar vermors is. Sy gebruik net haar verstand. Sy het geen nut van al daardie uiterlike skoonheid nie. Sy is net 'n mediese rekenaar en 'n rekenaar se vorm maak nie saak nie. Dit kan maar vierkantig ook wees. Dit hoef nie goudblonde hare en blou-blou oë en kurwes op die regte plekke te hê nie!"

Suster Marks lag, maar simpatiek. Sy weet presies hoe die arme Heyns voel. Voordat jy dokter Lizl se skoonheid gewoond raak, is dit al asof jy opstandig wil voel oor jou eie tekortkominge. Totdat jy besef dokter Lizl is die een wat die minste daarvan bewus is en haar die minste daaraan steur. Daarna sien jy net die bekwame dokter raak. Verpleegster Heyns is nog maar kort hier. Sy sal wel mettertyd, soos die res van die verpleegpersoneel, daardie onnodige jaloesie verwerk.

"Wat wil jy dan met só 'n lyf en blonde hare en sulke blou oë maak, verpleegster Heyns?"

"Oe, suster! Jy vrá nog! Ek sou . . . sal . . ."

"Ja, ek kan raai. Al die verkeerde dinge. Dis hoekom die liewe Heer party mense maar liewer so gemaak en laat staan het – om jou op jou plek en uit die moeilikheid te hou; en weer al die regte dinge op die regte plekke vir dokter Lizl gegee het wat nie kwaad daarmee sal aanvang nie. Daar is die rooi lig van kamer twee. Toe, roer jou. Daardie ou oom het vanmiddag purgasie gekry!"

"Ag, liewe land, tog! As die prop tog net nie uitspring voordat ek daar is nie," en die vet lyfie dril die gang af.

'n Ruk later is sy terug om haar halfkoppie koue tee klaar te drink.

"Betyds gewees?" wil die suster met 'n glimlaggie weet.

"Ook net! Sjoe, dit was 'n storm!"

"Ek sal dit glo! As alle storms maar so vinnig verbygaan, nè?" lag suster Marks, kyk dan die jong verpleegster goedig aan. "Heyns, jy moet altyd onthou dat die uiterlike net vir die oomblik is. Dis die innerlike wat tel, die mens wat jy binne-in is. Eendag sal iemand jou mooi geaardheid raaksien en dan . . ."

"Aag, nee wat, suster, dít sal nooit gebeur nie. Voordat 'n man by my geaardheid kan uitkom, moet hy eers teen my bakkies en my vetrolle vaskyk en dis net waar hy in sy spore omdraai en maak dat hy wegkom. Nee wat, ek sal maar eendag dieretuin toe moet gaan om geholpe te raak!" spot sy met haarself.

Dis Derick wat die stilte verbreek toe hulle deur die hekke

van die hospitaal ry: "Moenie so bekommerd lyk nie. Hy sal regkom."

"Natuurlik." Maar Tersia kan hom uiteraard nie sê dat die kommerspore op haar gesig niks met Fritz se gesondheid uit te waai het nie. 'n Mens verbind immers nie die dood met hom nie. Haar kommer was oor die groot vraag waarop sy nog steeds nie 'n duidelike antwoord gekry het nie: Moet sy met Fritz Hancke trou of nie?

Dis weer hy wat praat toe hulle die stad se buitewyke bereik: "Jy kon my nog nie antwoord nie. Wanneer trou julle? Of moet ek liewer vra óf julle gaan trou?"

"Ons is verloof."

"Dis nie 'n antwoord nie." Die stilte rek. "Jy moet baie seker maak, Tersia. Rika het Fritz regtig liefgehad, en dit het nie uitgewerk nie."

"Ja, dan sal dit seker nog minder uitwerk as daar geen liefde ter sprake is nie, nè?"

"Moenie bitter word nie. Dis vir my so swaar soos vir jou."

Sy draai haar kop sywaarts, kyk na die verbyskietende nagtonele sonder om iets raak te sien. Is dit? Is dit altyd regtig só swaar vir die getroude man wat op 'n meisie verlief is as wat dit vir die meisie is wat op 'n getroude man verlief is? Sy twyfel.

Want vanaand is hy nie alleen nie. Al het hy sy vrou nie lief nie. Al wil hy liewer op 'n ander plek saam met iemand anders wees. Die feit bly, hy is nie alleen nie. Die groot eensaamheid, die groot alleenheid lê aan die meisie se kant wat wag dat dit môre word . . . Net so swaar vir hom soos vir haar? Nee! Maar om 'n einde daaraan te maak, moet sy met 'n man gaan trou wat sy nie liefhet nie. Gaan sy nie maar net een soort hel vir 'n ander verruil nie?

"Hoekom maak jy dit vir ons albei so moeilik, Tersia?"

Sy sluit haar oë 'n oomblik. Sy het nie vanaand krag om met hom hieroor te redeneer nie! "Jy weet hoe ek oor die saak voel, Derick."

"Ja. Jy het jou ouers se huwelik as ideaal wat jy nastreef. Jy het my vertel." Dis nou sy stem wat verraai dat hy hom aan bitterheid skuldig maak. "Maar wat jy nie besef nie – of wel goed weet, maar nie wil erken nie – is dat daardie soort huwelike seker kwalik vyf persent van alle huwelike verteenwoordig. Die res . . ."

"Bestaan uit krummels van gesteelde tafels af. Ja, ek weet."

"Maar krummels is beter as niks!" Stilte. Swaar, swart om hulle, in hulle. "Daar is 'n motel 'n paar kilometer hiervandaan." Swye, somber, swaar. "Gee ons dan ten minste net 'n herinnering . . . asseblief, Tersia!"

Sy voel die verbrokkeling in haar aan. Liewe Heer, ek is net 'n mens! Net van vlees en bloed! "Ons word terugverwag . . ."

"Nee. Ek het gesê ons kan eers môreoggend terugkeer, na gelang van Fritz se toestand. Ek kan van die motel af bel, sê dat ons môreoggend eers terugkom." Stilte. "Tersia . . .?"

Sy voel hoe die wal begin wegkalwe voor die smeking in sy stem, die trillende vibrasie van verlange en hartstog wat so duidelik weerklank in haar hart vind. Sy keer desperaat: "Om Fritz se toestand te gebruik as verskoning . . ."

"Dis al wat ons kan aanvoer! Ons sal nooit weer so 'n geleentheid kry nie. Ek smeek jou, Tersia! Net hierdie één keer!"

Sy sê nie ja nie. Sy sê ook nie nee nie. Sy sê steeds niks toe hy die motor van die teerpad afswaai en voor die motel stilhou.

Sy sit roerloos terwyl hy ingaan om 'n kamer te kry en huis toe te bel. Êrens, vaag, eggo 'n stemmetjie: Dis verkeerd! Dis 'n verkeerde ding wat julle doen! Sê hom wanneer hy terugkom dat julle dadelik terugry huis toe. Jy het vir hom gepreek oor die hemelpoort. Onthou jy? Dit was mos nie net leë, betekenislose woorde nie! Dis mos die dinge wat jy glo! Dis . . .

Toe die deur langs haar oopgemaak word, klim sy willoos uit.

Die kamerdeur gaan 'n rukkie later agter hulle toe. "Ons het niks by ons nie. Nie eens 'n tandeborsel nie . . ."

"Dis nie van belang nie. Ek gaan net weer huis toe bel; ek kon netnou nie deurkom nie."

Die deur gaan agter hom toe. Sy kyk om haar rond. Twee beddens wat teen mekaar geskuif is . . . Wat soek jy hier, Tersia? Haar bene wil onder haar knak en sy gaan sit vinnig op die voetenent van die bed. Wat soek jy hier . . . hier in 'n motelkamer op 'n bed . . . wagtend op 'n ander vrou se man? Tersia . . .? Tersia! Loop! Loop solank jy kan! Loop nóú!

Sy staan vinnig op. Maar die deur gaan weer oop, word ferm toegedruk. "Dis alles reg."

Sy kan hom nie in die oë kyk nie. Dis hý wat moet skaam wees, nie sý nie! Dit was sy voorstel!

"Louise sê Willem is terug. Hy het vanmiddag gekom."

Willem . . . As Willem moet weet waar sy nóú staan . . . En Louise . . .

'n Arm gly om haar rug. "Moenie so gespanne wees nie! Ek gaan jou nie opeet nie!"

Haar oë ruk op na syne. "Derick . . . Derick, as daar net die geringste kans bestaan dat jy . . . dat ons . . . eendag . . . Ek gee nie om om te wag nie."

Sy gesig verstyf. "Daar is nie. Ek het jou dit reeds gesê. Ek kan dit nie nou alles in haar gesig teruggooi nie! Só swak is ek nie!"

Maar swak genoeg om te swig voor jou begeertes . . .

om met 'n ander vrou vannag 'n motelkamer te deel . . .

"Ja. Ek . . . verstaan. Jy het my reeds gesê jou . . . Louise het jou gekoop."

"Verdomp, Tersia! Gaan ons werklik hierdie een nag wat ons gegun is, staan en omstry?"

"Jy verstaan nie . . ."

Hy swaai terug. "Ek verstaan. Ek is nie kwaad nie. Dis net . . ."

"Jy verstaan nie, Derick. Ek wil nie my liefde soos goedkoop lekkers in motelkamers uitdeel nie! Ek wil my eie man hê; my eie kinders! En Louise . . . Ek glo sy wil dieselfde as ek hê: haar eie man en . . . ek weet sy wil bitter graag haar eie kindjie hê."

Hy gaan sit op die bed, sy stem grof: "Laat ons asseblief nie weer op daardie onderwerp kom nie. Ek verseker jou weer eens dat daar nie kinders sal wees nie. Ek belówe jou dit!"

"Wil jy dan nie kinders hê nie?"

"Hemelsnaam!" Hy spring weer op, swaai sy hande gefrustreer. "Natuurlik wil elke man 'n kind hê, maar ek wil nie myne by haar hê nie! Tersia, ons deel 'n slaapkamer, maar dis al!" Hy sien haar oë en vervolg uitdagend. "Goed. Jy hoef my nie te glo nie, maar dit is so."

Sy staar na hom. Dit vertel hulle ook altyd aan die meisietjies. Die ou, ou storie. En hulle glo dit . . . omdat hulle dit wil glo . . . soos sy dit wil glo.

Hy kom voor haar staan. "As ons die hele nag oor Louise gaan praat, kan ons dit maar los. Moet ons ry?"

Die seerkry en teleurstelling vind weerklank in haar eie hart. "Ek is jammer, Derick."

Dan is sy in sy arms, hoor sy hom fluister: "Laat ons alles vir een nag vergeet, my liefling. Laat ons vannag 'n baie mooi herinnering maak . . . asseblief!"

Louise sukkel om hierdie nag aan die slaap te raak. Nie omdat haar man nie tuis is nie. Daaraan word 'n doktersvrou gou gewoond. Natuurlik was sy teleurgesteld toe Derick bel en sê dat hy en Tersia eers môreoggend terugkeer, maar soos die goeie doktersvrou wat sy is, stel sy haar man se pasiënte eerste. En dan is Fritz nog 'n vriend ook. Sy kan hom môre vertel . . .

Sy was verras om Willem se stem vanmiddag oor die foon te hoor. Hy word eers oor twee dae terugverwag.

"Wat maak jy so vroeg terug?"

"Ek het verlang na julle!" Hoe maklik skuil 'n mens agter woorde! Dit was 'n ander verlange wat hom teruggejaag het na sy kleindorpse praktyk.

"Ek is bly jy is vroeër terug. En veral noudat Derick ook weg is."

"Derick weg? Waarheen?"

Sy verduidelik vinnig en vervolg: "Ek wil iets met jou bespreek voordat hy terug is, Willem. Asseblief, ek weet jy het skaars aangekom, maar kan ek nie gou in die spreekkamer met jou kom gesels nie?"

"In die spreekkamer? Is jy siek?"

"Nee. Dis net iets . . ."

'n Ruk later kyk sy hom ademloos aan. "Is jy seker, Willem? Is jy báie seker?"

"Een honderd persent. Baie geluk." Toe glimlag hy met deernis, maar met kommer diep in sy oë. "Trane van vreugde. Gaan gerus voort. Ek verstaan. Jy sal verbaas wees hoeveel vroue aan die huil gaan wanneer hulle hoor hulle verwag. Soms moet ek eers wonder watter soort trane is dit nou regtig. Maar met jou weet ek."

Hy het die oorstelpte vrou by haar motor gaan wegsien. Toe het hy teruggestap en lank, baie lank peinsend agter sy lessenaar gesit.

Eindelik het hy die gehoorbuis opgetel. Hy het ná 'n lang gesukkel tog by die saal uitgekom waar Fritz Hancke lê. Die saalsuster was baie vriendelik. Nee, meneer Hancke is opgeneem vir 'n bloeiende maagseer. Hy kry nog 'n bloedoortapping. Nee, sover die suster weet, is dokter Serfontein wat hom gebring het weer terug huis toe. Nee, sy is seker, want sy was by toe die huisdokter gesê het die dokter wat meneer Hancke ingebring het, het gesê hy moet hom sterkte toewens sodra hy beter voel. Die pasiënt is nou so swak dat hy nie juis aandag gee aan wat om hom aangaan nie. Goed. Sy sal sterkte van dokter Claassen ook aan die pasiënt oordra sodra hy in staat is om boodskappe te registreer.

Later die aand bel hy na sy vennoot se huis om te hoor of alles in orde is. As Derick nie te laat tuis kom nie, moet hy hom asseblief bel. Maar hy kry die nuus dat Derick reeds gebel het en eers môreoggend terugkeer. Weer dink dokter Claassen baie diep.

Hy neem haar direk na haar woonstel toe hulle die dorp bereik. 'n Oomblik sluit sy hand oor hare, kleef hul oë aan mekaar s'n vas. Dan sê hy net: "Jy kan die res van die dag afneem. Tot siens, Tersia, en . . . dankie vir 'n wonderlike herinnering."

Sy staan met haar rug teen die deur geleun toe sy dit agter haar toedruk. En in hierdie uur van 'n ander dag – van die dag daarná – leer Tersia 'n ander les van die lewe: dat herinneringe dinge net bemoeilik, die hart net swaarder laat ly . . . Dat dit makliker is as daar niks is om te onthou nie, en niks is waaroor jou gewete jou gaan rondjaag nie.

Derick ry direk spreekkamer toe. Hy voer allerhande ander redes aan hoekom hy nie eers huis toe gaan nie, maar in sy hart – en gewete – weet hy hy kan Louise nie nou in die oë kyk nie . . .

Dis 'n ernstige Willem Claassen wat hy by die spreekkamer aantref.

"Wat is fout met Fritz?" wil hy dadelik van Derick weet en laasgenoemde doen verslag.

Sy frons is skerp. "Ek wil nie graag van jou verskil sonder dat ek hom self gesien het nie, maar . . . Fritz is mý pasiënt en hy het nie 'n maagseer nie."

Derick frons ook. "Dan het hy een ontwikkel, Willem, en dáároor is ek nie verbaas nie. Sy hele leefwyse leen hom tot een."

"Toegegee, maar ek het Fritz 'n maand gelede sy jaarlikse roetine-ondersoek gegee en daar was nie die geringste teken daarvan nie. Hy kry nie eens sooibrand nie!"

"Ja, maar . . ."

"As hy dan wel 'n maagseer gehad het, moet dit geweldig vinnig ontwikkel het om hom só te laat bloei dat hy te swak is vir chirurgie."

"Maar wat kan dit anders wees?" wil Derick half ongeduldig weet. Hy is moeg. Hy voel nie nou lus vir redenasies nie. Trouens, Lizl Landman het onmiddellik met sy diagnose saamgestem. Hy het klaar besluit dat hy Willem voorlopig nie sal vertel wie Fritz ook ondersoek het nie, net soos wat hy Lizl nie vertel het waar Willem is nie. Daardie honde moet liewer bly slaap.

Willem trommel met sy vingerpunte op die lessenaarblad, sy oë starend. "Ek . . . weet nie . . . Ek weet net hier is 'n groot skroef los . . . dis nie die regte diagnose nie."

Derick staan op, vee moeg oor sy oë. "Nou wel, wat dit ook al is, daar kan niks meer vir hom gedoen word as wat hulle nou doen nie. Van 'n operasie is daar nie sprake nie. Hoe was die paar dae toe?"

"Goed. Het darem 'n paar visse uitgetrek." Die grys oë bly somber.

"Gaaf. O ja, terloops, ek het Tersia die dag vry gegee."

Die grys oë kyk op. "Was jy al by die huis?"

"Nee." 'n Ligte fronsie. "Ek het direk hierheen gekom."

'n Kort, vreemde stiltetjie. "Hoekom?"

"Nee, ek . . . vra sommer. Miskien moet jy eers huis toe gaan. Ek sal die fort kan hou vir vandag."

"Skort daar iets?"

"Nee. Ek weet nie. Dis iets waaroor jy self sal moet besluit."

"Waarvan praat jy, man?" Derick is nou bekommerd. Hy was net 'n nag en 'n stukkie dag weg van die huis. Wat kon gebeur het?

"Ek dink dis iets wat jou vrou jou self moet vertel, Derick."

"Maar het daar iets gebeur? My kragtie, Willem, hoekom al die geheimsinnigheid? Is my vrou siek? Of het daar iets anders met haar gebeur?"

"Gaan huis toe, my vriend. Daar wag vir jou nuus – en of dit goeie of slegte nuus is, kan net jy besluit. Verskoon my nou. Die pasiënte wag."

Derick voel nou regtig onrustig. Iets is nie pluis nie. En Willem . . . hy kon sweer ou Willem se oë was koelerig, amper veroordelend netnou. Hy moet dan maar liewer huis toe gaan en gaan hoor wat aangaan . . . Ja, miskien is dit die beste om maar dadelik huis toe te gaan, want hy het vir Louise ook nuus . . . en dit gaan nie goeie nuus vir haar wees nie. Hoe gouer alles dus nou maar heeltemal in die reine gebring word, hoe beter.

Vanoggend op pad terug hierheen het hy skielik besluit: Sy en Louise se huwelik het die einde van die pad bereik. Ná verlede nag sien hy nie kans om met hul huwelik voort te gaan nie, hoe diep hy ook al in die skuld by haar is.

Want ook dokter Derick Serfontein word in die helder

daglig deur die lewe 'n lessie geleer: 'n Mens doen soms een keer 'n ding – net één keer, soos wat die vaste voorneme ook was – en dan, wanneer daardie één keer verby is, wil jy dit weer doen, en weer, en weer . . . Hy wou net één nag hê. Net één mooi, volmaakte herinnering om in die toekoms op te teer. Maar dit werk nie so nie. Dis nie soos die mens en sy menslike samestelling werk nie. Net die gedagte aan Tersia in Fritz Hancke of enige ander man se arms, só soos sy in syne gelê het, wou hom tot raserny dryf. Maar hy het nog iets geweet: Verlede nag het hy die heel eerste keer egbreuk gepleeg. Maar, al sien hy Tersia nooit weer nie, sal hy die res van sy lewe egbreuk pleeg, want elke keer wanneer hy 'n man vir Louise gaan wees, sal dit Tersia wees wat hy bemin. Hoe – in hemelsnaam hoe! – kán hy voortgaan met sy huwelik? Daar is geen ander weg oop as om haar eerlik en reguit te sê dat hy nie meer kans sien nie.

Toe kom hy by die huis.

Hy kry nie kans om een woord te sê nie. Háár nuus vir hom is blykbaar dringender as syne, want daar is trane in haar oë. Hy gee haar kans om eerste te praat. Miskien was daar dood in die familie . . .

Maar dis nie oor die dood wat sy wil praat nie. Dis oor 'n lewe, 'n nuwe lewe – 'n lewe waaraan hy 'n aandeel het, 'n verantwoordelikheid waarvan hy nie kan wegkom nie. Hy staan en kyk na haar, laat selfs sy blik sak na haar buik asof hy met die blote oog daardie feit wil sien, en die eerste keer in sy lewe ervaar Derick Serfontein daardie gevoel wat elke man ervaar wanneer hy hoor hy het 'n nuwe lewe verwek. Dis 'n onbeskryflike gevoel, amper 'n gevoel van godheid. Daar gaan 'n kind wees en dis syne. Sýne!

Hy kry hom eindelik van sy oorstelpte vrou weggeskeur met die verskoning dat die spreekkamer vol wagtende pasiënte sit. Eienaardig, dink hy met 'n gevoel van onwerklikheid toe hy wegry, hoe 'n mens se lewe soms maande lank, selfs soms jare lank op dieselfde patroon kan voortgaan. En dan, skielik, gebeur alles in die bestek van 'n dag of twee: deurslaggewende dinge wat die verloop van jou hele toekoms bepaal, wat jou geroetineerde lewe – soms só geroetineerd dat dit aan verveling grens – onherkenbaar verander.

Toe hy by die spreekkamer instap, lyk Willem verlig om hom te sien. Hy het blykbaar totaal vergeet dat hy sy vennoot die res van die dag vry gegee het.

"Derick, sal jy kan oorneem? Ek sal môreoggend terug wees."

Sy kollega kyk hom verbaas aan. "Waarheen wil jy gaan?"

"Stad toe. Ek wil Fritz self sien."

5

Derick aarsel 'n oomblik, word gedwing om sy gedagtes weg te skeur van die onderwerp waaroor sy kop sing.

"Lizl Landman is sy dokter."

"Ekskuus?"

"Ek sê Lizl Landman is sy dokter." 'n Oomblik stilte. "En sy was een honderd persent tevrede met my diagnose." Willem moet dit liewer weet.

"Ek verstaan." Willem trek sy doktersjas uit. "Kan ek maar gaan?"

"Ja, natuurlik. Willem . . ." Hul oë ontmoet vlugtig en dan skud Derick sy kop. "Toemaar. Dit kan bly vir later. Jy is haastig."

"As jy wou vra of ek een honderd persent seker is dat jou

vrou swanger is, dan is die antwoord ja. En ek verseker jou selfs nie eens dokter Lizl Landman sal van my kan verskil nie. Tot siens."

Dis nie etiket dat 'n dokter sommer 'n ander dokter se pasiënt besoek sonder sy medewete en goedkeuring nie, maar daar word geen etiketreëls verbreek wanneer 'n pasiënt tydens besoekuur 'n besoeker ontvang nie. Dat 'n man wat sy lewe daaraan wy om lewens te red met byna minagting vir sy eie lewe die afstand stad toe in 'n rekordtyd moes aflê om die hospitaal betyds vir die besoektyd te bereik, is nie ter sake nie.

Suster Marks het pas van die dagsuster oorgeneem en is baie behulpsaam toe die besoeker by die susterskantoor navraag doen na die kamernommer van meneer Hancke.

"Nommer vyf, meneer, maar hy is baie siek. Ek dink nie eens hy sal van jou besoek bewus wees nie."

"Dankie, suster, maar ek sal hom net graag wil sien. Ek sal nie steur nie."

"Goed dan. Jy kan maar ingaan. Wie sal ek sê het hom besoek as hy later beter voel?"

"'n Vriend. O ja, kan jy my presies sê wat skort? Jy kan maar tegnies raak. Ek sal verstaan."

Hy staan en luister woordeloos, knik dan net dankie en stap na nommer vyf. Toe hy 'n ruk later uitkom, aarsel hy weer by die suster se kantoordeur.

"Dankie, suster. Verskoon my dat ek dit voorstel . . . Ek dink 'n derde oortappingsapparaat is dringend nodig. Die pasiënt het weer bloed gevomeer toe ek by hom was. Alles is nou weer rustig. Ek kon die spesiale verpleegster help. Maar ek sal jou aanraai om meneer Hancke se dokter onmiddellik te laat kom. Tot siens."

Sy doen dit dadelik en minute later kom die bekende gestalte in die wit doktersjas haastig die gang afgestap.

Dokter Lizl knik goedkeurend toe sy binnestap en sien dat die suster reeds 'n derde bloedoortappingsapparaat gereed het en die pasiënt se been gereed maak vir 'n derde naald.

"Flink gedink, suster. Ons sal maar nog 'n stroom moet insit."

Suster Marks is 'n pynlik eerlike mens. Sy sal nooit lof wat haar nie toekom nie, vir haarself toe-eien. "Dit was daardie man se voorstel, dokter. Ook dat ek jou liewer dadelik moet laat kom."

"Die man? Watter man?"

"Meneer Hancke het 'n besoeker gehad. Dit was 'n dokter, glo 'n vriend van meneer Hancke."

Die vingerpunte verstil 'n oomblik en die blou oë kyk skerp op. "Wat is sy naam?"

"Ek weet nie, dokter. Hy het nie gesê nie."

Die hande gaan voort met hul taak. Belaglik van haar om sommer dadelik te kon dink dit was miskien Willem. Natuurlik was dit nie hy nie, kon nie gewees het nie. Seker maar iemand anders . . .

Toe sy haar rug reguit strek, kyk sy onrustig na die geelbleek gesig. Sy is bekommerd oor hierdie man. Diep bekommerd. As sy kon, sou sy die hele nag wou bly, maar daar is ander wat haar ook nodig het. En sy sal 'n paar uur rus moet kry. Môreoggend is menselewens van haar wakker verstand afhanklik.

Maar as daar later wel 'n paar uur slaap vir dokter Lizl moontlik is, is daar in hierdie nag geen slaap vir twee ander geneeshere nie. Dokter Willem Claassen gaan nie bed toe toe hy in die vroeë oggendure tuis kom nie. Hy gaan staan op die balkon van sy woonstel, kyk oor die rustige nagtoneel uit, maar daar is geen rustigheid in hom nie. Wat kan Fritz makeer? Hy sal sy kop op 'n blok sit dis nie 'n bloeiende maagseer wat al daardie bloed van hom dreineer nie. Hy wéét dit net. Hy wéét ook net hulle is op die verkeerde spoor, ook die briljante dokter Landman. Daar skort iets anders met Fritz Hancke. Maar wat . . .? Wat . . .? Ook sy vennoot slaap nie in hierdie nag nie. Hy lê en luister met oop oë na sy vrou se rustige asemhaling. Dit was een ding wat sy nie kon koop nie – 'n kind van haar eie. Geen geld kan dit koop nie. Dit is genade . . . 'n genade waarin die arme ryk vrou eindelik ook kan deel.

Die wete lê ook in haar man langs haar dat hy grootliks in die toekoms begenadig sal moet word. Die genade sal moet kry om die pad te stap wat vandag vir hom uitgestippel is. Genade om in die jare wat voorlê met sy gewete te kan saamleef. Want, skielik, so heel onverwags, was dit nie meer liefde en begeerte wat teenoor verskuldiging en pligsbesef gestaan het nie. Die stryd het nie meer gelê tussen die liefde van die vrou wat hy bemin en die geld van die vrou met wie hy getroud is nie. Dis nou liefde wat teenoor liefde die stryd voer. In hierdie ure van die nag ontdek Derick, soos so menig getroude man voor hom, dat 'n mens nie sommer met vuur moet speel nie, dat dit jou dalk kan brand. En nou is dit nie meer net een vuur wat brand en hom wil verteer nie. Hy bevind hom skielik tussen twee vure – en dan is die kans soveel groter om seer te kry. Want albei is ewe verterend en genadeloos. Die liefde vir 'n vrou . . . en die liefde vir sy kind. Eersgenoemde begeer jy; teenoor die laaste het jy 'n oneindig deernisvolle verantwoordelikheid. Die eerste liefde is nie van eie maaksel nie. Hy het nie doelbewus daarna gesoek nie. Op 'n dag was sy maar net daar – in sy lewe en in sy hart. Maar laasgenoemde was 'n saad wat ontkiem het waarvan hy alleen die saaier was met dié wete en kennis in hom dat – al het hy nie verwag dat dit sou ontkiem nie – die potensiaal tot ontkieming in elke saad opgesluit lê.

Die gloed van hierdie twee vure is weerskante van hom, voel hy dit reeds aan die branding van hart, gewete en verstand. En hy sal moet kies. Hoe kies hy? Hoe kán 'n mens kies? Is daar 'n keuse? Môre, oormôre sal sy die groot nuus hoor: Louise Serfontein is eindelik swanger ná tien jaar getroude lewe! En die smart sal hy nie van haar kan afweer nie. Want is daar 'n groter smart vir 'n vrou as die besef dat sy maar net gebruik is deur die man wat sy liefhet en wat haar vertel dat hy haar ook liefhet? Dis al slotsom waartoe sy sal kan kom . . . en hy sal stom voor haar staan met die wete dat sy hom nooit weer sal glo nie.

Maar ook suster Tersia Louw lê wakker. Tot voor verlede nag kon sy net sleg voel oor die gevoel wat sy in haar hart vir 'n sekere man dra. Ná verlede nag het dit verander in skuld en skaamte. Gister kon niemand nog met 'n vinger na haar wys nie. Vandag kan daar gesê word dat sy 'n verhouding met 'n ander vrou se man het.

Wat van môre en oormôre? vra sy haarself in die nagure af. Om hom haar woonstel te verbied ná wat gebeur het, sal belaglik wees. Maar kan hulle, kan sý met so 'n verhouding voortgaan? Is daar 'n toekoms in so 'n verhouding? Is daar ooit?

Sy het hom half en half vanaand verwag, maar hy het nie gekom nie. Nie eens gebel nie. Dis die groot hartseer van so 'n verhouding: die twyfel. Al sê jy vir jouself dis net die duiwel wat jou dinge wysmaak, help dit nie. Want op stuk van sake is dit 'n duiwelse ding waarmee jy besig is. Ook in hierdie nag lê Tersia weerloos teen die influisteringe van Satan: Was Derick se belangstelling, soos so talle ander mans s'n, maar net deur die jag geprikkel, en het sy liefde die oomblik toe die prooi gevang is, begin taan?

Sy is behoorlik bang om die volgende oggend spreekkamer toe te gaan. Want dis nie net in Derick se oë wat sy miskien iets kan lees wat hierdie dag se donker gedagtes sal bevestig nie. Maar sy sal in Willem Claassen se oë ook moet kyk, dié man wat vir haar nie so lank gelede nie gesê het hy is trots op haar. O, die dolke van verwyt wat jou binneste kan opkerf tot flentertjies toe! En jy moet daarmee saamlewe. Jy moet lag en gesels soos gister, dieselfde meisie bly. Want as jy anders optree, word agterdog gewek en stel mense miskien die verskriklike waarheid vas! Hoe kan hulle haar ook ken? Sy het haarself dan nie geken nie! Selfs nie geweet waartoe sy in staat is nie! Nog minder geweet hoe maklik 'n mens kan val terwyl jou mond nog vroom woorde uiter!

Sy is dankbaar dat Derick by die hospitaal met 'n kraamgeval besig is toe sy by haar werk kom. Verlig dat Willem Claassen in een van sy seldsame somber buie is en haar kwalik môre sê.

Eers later in die oggend, toe sy 'n koppie tee langs hom op die lessenaar neersit, sê hy: "Ek het Fritz gisteraand gesien. Dit gaan nie goed nie."

"Jy het?"

"Ja, ek is gister gou stad toe. Hy is baie siek, Tersia. Baie siek."

Sy kan hom net verslae aankyk. Fritz! Here, tot watter soort mens het ek in die korte bestek van 'n paar uur ontaard? Ek het van Fritz vergeet! Ná eergisternag het ek nog nie weer aan hom gedink nie! En hy is my verloofde! En hy is siek, baie siek, sê Willem!

Hy sien die merkbare verbleking van die gesig en sy grys oë kyk haar stil aan. Dis nie skok oor die nuus wat hy haar so pas meegedeel het wat haar só laat lyk nie. Miskien skuld? Sy mond gaan oop en dan sluit hy weer sy lippe. Nee. Die ander nuus moet sy maar van iemand anders hoor.

Toe Derick eindelik by die spreekkamer aankom, weet

Tersia dadelik dat baie van die vrese van die vorige nag bewaarheid is. Dit wat tussen hulle gebeur het, het hulle nie nader aan mekaar gebring nie. Dit het 'n wig tussen hulle ingedryf, en daar is niks wat twee mense wat mekaar liefhet verder uitmekaar kan dryf as juis 'n skuldgevoel nie. Sy lees hierdie bittere feit in sy oë. Die nag in die motelkamer is verby. Hulle staan vandag in die helder daglig van die werklikheid teenoor mekaar, en hulle leer saam aan 'n dure les wat die lewe al vir baie geleer het: Dat die vrug van verbode vreugde dikwels in die helder sonlig van die volgende dag net uitgebrande as word. Dat die vure wat met gesteelde hout aangepak word, net 'n enkele uur of wat opvlam en dan sterf en 'n koue agterlaat wat nie eens verdryf kan word deur die herinnering aan die oomblikke toe die vlamme hoog gebrand het nie.

Sonder 'n woord draai hulle van mekaar af weg en albei onthou waarvoor hy gesmeek het: 'n herinnering. Net een mooi herinnering. Maar nooit kan 'n herinnering mooi wees as dit skuld en skaamte in jou wek nie. Dan wens jy dit liewer weg; wens jy dat jy die tyd kan terugkoop en een nag in jou lewe uitwis. Maar dis nie moontlik nie. Tyd laat hom nie terugkoop nie en dit wat gebeur het, laat hom nie ongedaan maak nie. Dis die groot hartseer van die lewe. Die woord wat gespreek is, is gespreek. Êrens tussen die etergolwe van die ewigheid word dit bewaar. Die mond wat dit geuiter het, kan dit nie weer terugroep en agter geslote lippe verseël nie. Ook die daad . . . nie al jou trane, nie eens jou bloed, kan dit wegvee uit die bladsye van gister se boek nie, of uit die loopgrawe van die herinnering haal nie.

Dis 'n intense bewustheid van die feit dat sy haarself gefaal het, wat maak dat sy nie eens 'n poging aanwend om Derick se vreemde afsydigheid met hom te bespreek nie. Sy oë wat wegskram, sy emosielose stemtoon maak seer, en net meer skaam. Hy sien die seerkry, ervaar die pyn self ook, maar het net nie die moed om haar te vertel nie. Die nuus, die blye, verrassende nuus oor dokter Serfontein se vrou, is reeds soos 'n veldbrand deur die dorp en tog vertel niemand Tersia daarvan nie. Miskien juis omdat almal net aanvaar sy is seker een van die eerstes wat dit gehoor het. Sy is immers die ontvangsdame van die twee dokters. Hoe sal sy dan nie daarvan weet nie?

Ook haar vriend en vroeëre vertroueling – wat dit nie nou meer kan wees nie – meld dit nie teenoor haar nie. Want Willem Claassen se gedagtes is gedurig by Fritz Hancke. Laasgenoemde se toestand het 'n bietjie gestabiliseer, maar hy is op die gevaarlys. Fritz Hancke is steeds dodelik siek.

Boet, Fritz se plaasbestuurder, moet sy vakansie onderbreek om terug te kom en die leisels te kom vasvat terwyl sy werkgewer so ernstig siek lê. Dis hy wat twee oggende later by die spreekkamer opdaag. Een van die werkers is siek. Willem ondersoek hom, kry die besonderhede. Booi lyk of hy 'n hewige griep onder lede het. En vanoggend was daar bloed toe hy naar word . . .

Dis of 'n snaar in Willem Claassen losskiet. Hy swaai na Boet. "Waarmee is julle nou besig op die plaas?"

"Lusern. Hoekom?"

"Waarmee was Fritz besig toe hy siek geraak het?"

Boet lyk verbaas, frons. "Hy moes beeste gedip het."

"En was Booi ook by die dippery?"

"Ja, natuurlik. Hoe . . .?"

"Boet, ek gaan Booi hier hou, in afsondering plaas. En jý gaan direk terug plaas toe. Jy gaan nêrens afklim nie. Reguit terug . . ."

"Maar ek moet nog goed by die koöperasie oplaai . . ."

"Nee, Boet! Ek sê nee! Kom daarsonder klaar. Jy ry reguit

269

terug plaas toe en julle almal, wit en bruin, mag die plaas nie verlaat en geen kontak hoegenaamd met iemand buitekant hê nie. Verstaan jy?"

Boet se oë het verstrak. "Wat gaan aan, dokter?"

"Ek weet nog nie, nie vir seker nie. Maar ek het skielik aan iets gedink . . ." Dis sý oë wat nou strak lyk. "Ek hoop ek is verkeerd. Mag die Here gee ek is verkeerd." Dan kyk hy die verslae en diep bekommerde man vinnig aan. "Doen wat ek sê en bly maar eers stil. Moenie iets sê wat mense op hol kan jaag nie, maar sorg net dat jy my bevel stiptelik uitvoer totdat jy weer van my hoor. Goed?" Die ander knik. "Laai net vir my vir Booi by die hospitaal af, asseblief. Ek sal hulle dadelik bel."

Hy kom die voorste kantoor soos 'n stoomroller binne. "Kry vir my onmiddellik die hospitaal. En sodra ek klaar met hulle gepraat het, wil ek met dokter Lizl Landman van die stadshospitaal praat. Bel solank!"

Derick laat die vorm byna uit sy hand val. "Lizl! Wat wil jy . . .?"

"Kom na my toe. Toe, suster Louw, doen wat ek sê!" Die deur gaan agter die twee dokters toe en Derick kyk die ander man verbaas aan. Hy kan nie onthou dat hy Willem Claassen al ooit só ontsteld gesien het nie.

"Ons kan nou praat. Ek wil eers die twee oproepe afhandel. A! Daar's hy! Matrone . . . Ek wil met matrone of die superintendent praat, dadelik. Ek sê dadelik! Kry hulle vir my! Dankie. Matrone, ek stuur 'n pasiënt saam met Fritz Hancke se plaasbestuurder. Neem hom op, plaas hom in afsondering en laat hom alleen totdat ek daar kom. Ja. Dis presies wat ek sê. Sluit hom toe in die kamer. Laat niemand by hom toe nie. Ek is binne 'n kwartier daar." Hy plak die foon neer, tel dit dadelik weer op. "Dokter Landman, Tersia. Het jy al die hospitaal gebel?"

270

"Sy is nie op die oomblik beskikbaar nie, Willem. Wil jy met iemand anders praat?"

"Ja. Of nee, wag. Los maar." Hy sit die foon neer, staar fronsend voor hom uit.

Derick vra verbaas: "Wat is aan die gang, Willem?"

Hy kyk op, sê weer soos netnou: "Ek hoop ek is verkeerd, Derick." Derick sit en kyk hom net verslae aan toe hy stilbly, en 'n rukkie later kortaf vra: "Kan jy die fort hier hou? Ek gaan dadelik stad toe. Ek neem vir Booi saam."

"Willem, is jy seker . . .?"

"Natuurlik is ek nie honderd persent seker nie. Niemand kan wees voordat ons nie die uitslag van die toetse het nie en dit kan eers oor 'n paar dae gebeur. Maar ás ek gelyk het . . . ás my diagnose reg is, Derick . . . besef jy wat dít beteken?"

Sy kollega knik, en hy sidder. "Ry so gou jy kan."

Willem gaan laai eers vir Booi by 'n ander hospitaal in die stad af, en ry dan na die hospitaal waar Fritz Hancke 'n pasiënt is en waar dokter Lizl Landman 'n belangrike senior pos beklee. Hy wens hy kon liewer nadat hy vir Booi by die afsonderingshospitaal afgelaai het, terugkeer huis toe. Maar persoonlike gevoelens mag nooit eerste gestel word nie. As dokter het hy geen keuse nie. Vandag, ná tien jaar, sal hy Lizl Landman weer in die oë kyk. Die ironie van die hele ding is dat hy byna seker is hulle gaan met hierdie herontmoeting wegspring by die presiese plek waar hulle die drade tien jaar gelede afgeknip het. Hy gaan weer van haar verskil, en hierdie keer gaan hy sy diagnose nie terugtrek voordat hy nie een honderd persent seker is nie.

Hy stap by die hoofingang in.

"Ek wil dokter Lizl Landman onmiddellik spreek, asseblief. Dis uiters dringend. Ek sal haar kry in saal B3, kamer vyf. Dankie."

Die stem praat met soveel gesag dat daar onmiddellik aan sy versoek gehoor gegee word.

Sy hoor haar naam oor die interkom en sy haas haar daarheen. Fritz Hancke bly vir haar 'n bron tot kommer. Daar moes iets gebeur het. Sy stoot die deur oop.

Selfs ná tien jaar herken sy onmiddellik die gestalte, die breë span van die skouers, die manier waarop sy hare in die nek krul. Hy staan met 'n kenmerkende houding langs die pasiënt se bed, hande tot vuiste saamgedruk op die wit deken terwyl hy daarop rus, sy oë skerp, speurend op die man voor hom. Sy weet nie eens dat haar bene haar nader dra nie, dat sy sê: "Jy het my laat roep?"

Hy kom regop, draai stadig na haar, en hul oë ontmoet. "Ja. Middag, dokter."

"Middag." Is dit hoe hulle mekaar ná tien jaar groet?

"Ek wil asseblief die uitslae van meneer Hancke se bloed-monsters hê."

"Dis alles daar op die kaart." Sy haak dit van die voe-tenent van die bed af, oorhandig dit. Sommer net so. Hy wil haar pasiënt se bloeduitslae hê . . .

Hy kyk fronsend daarna, oorhandig dan die kaart weer, sy oë onpersoonlik. "Wat is jou diagnose, dokter? Steeds dieselfde – 'n bloeiende maagseer?"

"Ja."

Sy blik swaai eindelik weg, keer terug na die pasiënt. "Hoeveel eenhede bloed het hy al ontvang?"

"Byna dertig."

"Dan sal die toetse nie help nie. Dit sal negatief bly."

"Waarvan praat jy?" Sy begin haar vererg. Hierdie op-trede van hom is heeltemal buite orde. Dit voel vir haar be-hoorlik asof hy haar onder kruisverhoor het! Waar kom hy vandaan om skielik ná tien jaar hier op te daag en sommer 'n pasiënt van haar oor te neem!

"Daar moet onmiddellik selkweking gedoen word."

"Ekskuus?" Haar stemtoon waarsku hom dat hy nou regtig alle perke begin oorskry en dat dokter Lizl Landman so iets nie gaan duld nie, nie eens al is die man Willem Claassen nie!

Hy herhaal sy bevel, want dit ís 'n uitdruklike bevel: "Ek wil onmiddellik selkwekings gedoen hê, dokter."

Die blou oë wat terugkyk in die gryses is nie net koel nie, maar ysig.

"Hoekom?"

Die gryses kyk vas terug. "Sy bloedmonsters se uitslae is negatief, maar ek verwag dat die selkweking 'n positiewe uitslag sal gee."

"Positief op wat, dokter Claassen?" Formeler kan haar stem nie word nie.

"Ek vermoed jou diagnose van meneer Hancke is foutief, dokter Landman."

Sy kan haar ore nie glo nie! "Waarop grond jy hierdie opinie . . . as ek mág vra?"

"Instink."

"Instink!" Die kil oë kry 'n spottende lig by. "Ek het nie geweet die plattelandse dokters werk net op instink nie. Ons hier in die stad werk met feite." Hy staan haar net en aankyk, skynbaar heel koud gelaat deur haar sarkasme. "Mag ek weet wat jou instink gediagnoseer het?"

"Jou pasiënt het nie 'n bloeiende maagseer nie, dokter Landman. Hy het Krim-Kongokoors." Hy kyk haar vierkant in die oë. "En vir 'n dokter wat net op grond van feite werk, verbaas dit my dat jy so 'n moontlikheid nie raakgesien het nie. Die simptome wat hierdie pasiënt toon, is simptome ook van Kongokoors . . . nie waar nie?"

Sy sluk. "Kongokoors . . ." Haar stem klink flouer. "Maar ook van 'n griepaanval en 'n bloeiende maagseer."

273

"Presies. Maar dis miskien dan wanneer 'n bietjie instink handig te pas kom. Dit kan net die verskil tussen lewe en dood beteken."

"Willem . . ."

Die naam ontglip haar lippe spontaan, maar hy vervolg asof hy dit nie gehoor het nie. "Ons sal eers met sekerheid weet ná die selkweking, maar intussen sal dit miskien net verstandig wees om die moontlikheid van Kongokoors in gedagte te hou en vroegtydig die nodige reëlings te tref."

Haar verstand het gaan stilstaan van skok. "Reëlings . . .?"

Dis nou sy oë wat liggies spot. "Ja, dokter Landman. Soos jy seker weet, is Kongokoors 'n aansteeklike, hemorragiese koorssiekte wat epidemiese afmetings kan aanneem, veral as dit toegelaat word om ongehinderd in 'n groot stadshospitaal soos hierdie een te versprei. Die hele hospitaal kan tot 'n lykshuis omskep word."

"Dokter Claassen . . ."

"Net ingeval ék een keer in ons lewe reg is, sal ek jou aanraai om die infeksiebeheerspan onmiddellik te aktiveer en B3 dadelik tot afsonderings- en waakeenheid te omskep."

"Willem." Sy voornaam is die tweede keer op haar lippe. "Willem, ek glo dit nie! Ek kan nie . . ."

"Jy wíl dit nie glo nie, dokter Landman, komende van my."

'n Ou-ou bitterheid word weer gebore.

"Dis nie waar nie! Dis net . . ."

"Ja?"

Sy sluk, kry haarself onder beheer. "Ek gaan eers wag op die uitslag van die selkweking."

Hy knik, sy oë en stem ysig. "Ek het daardie antwoord verwag, maar ek gaan my nie by hierdie besluit neerlê nie. Ek gaan die hoofsuperintendent spreek."

Sy trek haar asem in, ongeloof 'n oomblik lank in haar oë. Dit sal 'n flagrante skending van etiket wees. Dokter Lizl Landman beklee immers 'n baie belangrike senior pos in hierdie hospitaal en sy was nog altyd bekwaam genoeg om die regte besluit oor haar pasiënte te neem. Om nou haar beslissing en optrede openlik by die hoofsuperintendent te gaan bevraagteken; meer nog, om dit in soveel woorde as blatante nalatigheid te gaan bestempel, is een te veel. Maar dan, Willem Claassen het reeds toe hy netnou hierdie hospitaal ingestap het, alle grense oorskry.

"Soos jy wil, dokter Claassen. Niemand keer jou nie."

Toe dokter Lizl Landman 'n rukkie later na die hoofsuperintendent se kantoor ontbied word, is sy kalm en in beheer van haarself. Sy het haar pasiënt weer eens ondersoek en haar bevinding bly dieselfde.

Tog, toe sy die kamer uitstap, het sy aan die suster in bevel gesê: "Daar is nog nie honderd persent sekerheid oor die diagnose nie, suster. Ons wag op die uitslag van selkweking. Intussen moet jy asseblief voltyds een verpleegster vir meneer Hancke afsonder."

Suster Venter het verbaas gelyk. "Wat bedoel jy, dokter? Ons sukkel net om hom sterk genoeg te kry vir die operasiesaal, nie waar nie?"

"Dit kan miskien nie 'n bloeiende maagseer wees nie. Sorg dat daar nie onnodige personeel met hom te doen kry nie."

Sy stap nou dokter Williams se kantoor binne, sien dat die hoofmatrone ook teenwoordig is, en, natuurlik, dokter Willem Claassen. Sy groet, neem die aangebode stoel en kyk na haar superintendent en matrone asof sy totaal onbewus van die persoon in die ander stoel is.

Dokter Williams lyk ietwat ongemaklik. Dis heeltemal ongewoon dat 'n dokter van die platteland so pertinent die bevinding van een van sy senior dokters bevraagteken. Hy maak liggies keel skoon, klink verskonend.

"Jy weet natuurlik waaroor dit gaan, dokter?"

Ja, om dokter Claassen se instink wat oortyd werk, wil sy sê, maar laat dit eerder daar.

Die superintendent vervolg: "Die moontlikheid dat daar 'n Kongokoors-geval in my hospitaal is, kan ek nie net so laat verbygaan nie. Jy besef dit, nie waar nie?"

"Natuurlik, dokter. Solank dit op feite gegrond is en nie . . . instink nie."

Dokter Williams en matrone Klue kyk na mekaar. Eersgenoemde knik dan, waag tog om uit te wys. "Instink is wel 'n belangrike eienskap by die meeste suksesvolle mense – ook dokters."

Die blou oë wat net vlugtig, báie vlugtig sywaarts draai, vra ernstig: Word 'n kleindorpse doktertjie dan ook onder die suksesvolles gereken? Haar blik keer terug na die ouer man, haar stem droog: "Ja, dokter."

"Dit is nie bloot net op instink dat dokter Claassen se diagnose berus nie, dokter Landman. Die simptome wat meneer Hancke toon, kan ook dié van Kongokoors wees. Jy sal daarmee saamstem, nie waar nie?"

"Ja, dokter. Maar ook van 'n bloeiende maagseer, soos daar talle in B3 lê. Dan moet almal in daardie saal potensiële Kongokoorsgevalle wees. Jy sal seker nou met mý ook saamstem?"

'n Stem langs haar klink op. "Foutief. Daar is 'n verskil tussen meneer Hancke se simptome en dié van die ander pasiënte in B3. Meneer Hancke is opgeneem met uitdruklike griepsimptome, wat die ander nie het nie."

Sy hou haar oë op die twee ander gerig. "Die helfte van die stad het nou griep. Hier is tans 'n griepepidemie, soos jy seker weet, dokter Williams?"

"Ja. Dit is so." Hy vou sy hande saam. Dis 'n moeilike situasie. Hy wil nie een van die dokters te na kom nie, maar hy is verantwoordelik vir hierdie groot hospitaal en word koud as hy dink die kleindorpse doktertjie, soos hy netnou na homself verwys het, kan dalk reg wees.

Hy kyk 'n oomblik stip in die grys oë. Hierdie man het bloot sy kantoor ingestap gekom, sy saak gestel en afgesluit: "Dokter Landman stem natuurlik nie met my saam nie, maar al moet ek toegee dat ek maar net 'n kleindorpse doktertjie is, voel ek só sterk oor hierdie saak dat, as jy nie gehoor gaan gee nie, ek verdere stappe sal moet doen."

Sy oë gaan amper pleitend na die bloues terug.

"Dis alles feite wat jy noem, dokter Landman, maar daar is ook feite aan die ander kant. Vier jaar gelede het ene meneer Theart in Tygerberg-hospitaal beland met presies dieselfde simptome as meneer Hancke. Hulle kon hom nie red nie, want hy was reeds te ver heen voordat hulle dié diagnose gemaak het. Aanvanklik is ook gedink hy het griep en 'n bloeiende maagseer. Sy bloedmonsters was ook negatief toe hy vir Kongokoors getoets is omdat hy teen daardie tyd omtrent nie meer bloed van sy eie in sy liggaam oorgehad het nie, soos in meneer Hancke se geval. Hy het ook nou reeds amper dertig eenhede ontvang. Die selkweking het egter getoon dat dit wel Kongokoors was, maar toe was talle mense reeds in direkte kontak met hom terwyl hy in 'n uiters aansteeklike stadium was. Hy is dood, en so ook 'n chirurg van dieselfde hospitaal nadat hy die virus opgedoen het. Op die ou end is talle mense binne en buite die hospitaal in afsondering geplaas. Talle ander wat met meneer Theart in aanraking was, moes daagliks gemonitor word. Dokter Landman, jy moet verstaan dat ek nie wil hê so iets moet in hierdie hospitaal gebeur nie."

Teen sulke redelikheid kan sy nie baklei nie. "Dis vir u

277

om te besluit wat gedoen moet word, dokter Williams. As u regtig voel u moet B3 onder kwarantyn plaas . . . U besef natuurlik dat 'n aantal van die personeel, ek inkluis, in afsondering sal moet gaan, en dat so iets noodwendig paniek in die res van die hospitaal sal saai. Dit gaan dalk op die ou end onnodige ontwrigting en ontsteltenis bring."

"Dalk noodsaaklike – nie onnodige nie." Ook dokter Claassen hou sy oë stip op die superintendent. "Ek is jammer dat ek gedwing word om dit te moet sê, dokter, maar ek dink ons het hier te doen met 'n dokter wat bang is sy sal 'n gek bewys word indien dit ná 'n dag of drie blyk dat dit wel Kongokoors is. Ek neem dus die onus uitsluitlik op my. Ek vra om saal B3 onder my beheer te kry en onmiddellik te begin met die nodige reëlings . . ."

"Onder jóú beheer!" Nou flits die blou oë ysig op hom, en ook die ander twee lyk verbaas.

Dokter Williams sê vinnig: "Jy verstaan nie, dokter. So iets is heeltemal buite die kwessie! 'n Dokter van buite . . ."

Maar die dokter van buite val hom kalm en beredeneerd in die rede: "Dis u wat nie verstaan nie, dokter. Indien my diagnose wel reg is en hier wel Kongokoors in die hospitaal is, gaan u elke paar hande nodig hê. Hoekom u personeel onnodig in gevaar stel as u 'n plaasvervanger kan kry? Soos dokter Landman tereg uitgewys het – u gaan tydelik van u personeel afstaan; ook vir haar. As dit ná 'n paar dae blyk dat my . . . e . . . instink verkeerd was, sal ek die gek wees, nie u of dokter Landman nie. Ek sal persoonlik sorg dat die hele hospitaal, die raad inkluis, weet dit was mý flater."

Dokter Williams sit fronsend. Deksels! Dis 'n hardekop hierdie!

"Ek sal die raad eers hieroor moet nader . . ."

"Dit kan u doen terwyl B3 in gereedheid gebring word."

"Hoe voel jy oor hierdie voorstel?" vra hy aan dokter Lizl.

Haar stem is beslis ontegemoetkomend toe sy antwoord: "Ek moet my neerlê by wat u en die raad besluit. Ek het geen keuse nie, het ek?"

"Maar ek én dokter Claassen het jou versekering dat jy jou volle samewerking sal gee?"

"Ek bly steeds 'n dokter," is die koue antwoord.

6

Dokter Lizl staan op. "Mag ek asseblief gaan? Ek word in die operasiesaal verwag."

Dis nie die superintendent wat haar vraag beantwoord nie. "Jy word nie meer in die operasiesaal verwag nie, dokter Landman."

Sy swaai na hom, haar oë blitsend, keer dan na die superintendent. "Werklik, dokter Williams! Dis verregaande dat . . ."

"En dis verregaande vir so 'n slim dokter soos jy dat jy nie kan besef dat jy nou 'n gevaar vir hierdie hospitaal is nie!" Willem kom neem stelling voor haar in en nou is die ysere selfbeheersing aan die knak.

"Kry dit in jou kop dat jy 'n potensiële gevaar vir elke pasiënt is op wie jy jou hande gaan lê, dokter Landman! Jy was in direkte kontak met 'n pasiënt wat moontlik Kongokoors onder lede het, en jy wil gaan opereer! Ek gee jou 'n kwartier tyd om die nodige te kry. Ek wil jou oor vyftien minute in B3 hê!"

Sy keer net betyds dat haar mond nie oopval nie. Die vermetelheid! Hy het nog nie eens die groen lig van die super-intendent of die hospitaalraad gekry nie, maar hy deel reeds bevele uit asof hy klaar in beheer is! Sy kyk ongelowig na die ander twee en lees met skok dat sy alleen staan. Hulle stem met hom saam!

"Ek is nie 'n junior verpleegstertjie wat jy sommer kan rondbeveel soos jy . . ."

"Hou dan op om jou soos een te gedra! Kry dit in jou verstand waarmee ons moontlik te doen het! Dis nie die sug van 'n kleindorpse praktisyntjie na belangrikheid wat my hier laat staan nie. Ek sou wat wou gee om nié nou hier te staan en met slim stadsdokters te redekawel nie, glo my! Maar ek het, voordat ek hierheen gekom het, 'n werker van Fritz Hancke wat presies dieselfde simptome as hy het, by die afsonderingshospitaal afgelaai. Ek weet . . ."

Dokter Williams val hom vinnig, nou regtig bekommerd, in die rede: "Jy het niks daarvan vermeld . . ."

"Daar was nog nie tyd nie. Ek het u ook nie vertel dat ek Fritz Hancke ken as vriend en as dokter nie; dat ek die agtergrond van die pasiënte ken nie. Dat ek weet hy was besig met beeste dip toe hy siek geword het nie. Dat ek wéét dat hy nié 'n bloeiende maagseer het nie, omdat ék sy dokter is en hom net 'n maand gelede sy jaarlikse roetine-ondersoek gegee het." Sy mond trek wrang en sy oë rus in die bloues. "Ten spyte van wat ander dink, is daar nogal iets ten gunste van die kleindorpse dokter te sê. Jy ken die agtergrond van jou pasiënt en daarom kan jy soms raai wat die oorsaak van die simptome is. Vir mense wat bloot net na feite kyk, het Fritz griep en 'n maagseer. Maar omdat ek Fritz ken, omdat hy nie net 'n geval is nie, en omdat ek weet dat hy hom in 'n situasie bevind het waar hy wel deur 'n bosluis gebyt kon gewees het, kon ek tot die slotsom kom dat hy Kongokoors het."

Sy is nou bleek. "Hoekom het jý hom dan nie inge-bring nie?"

"Omdat ek 'n paar dae met verlof was. Toe ek terugkeer, het ek gehoor wat gebeur het. Ek kon net afleidings maak op grond van wat ek gehoor en wat ander gesien het. Maar toe Booi vanoggend inkom met dieselfde simptome . . ." Hy swyg en dis nie nodig om verder te praat nie. Die saak het skielik 'n heeltemal ander kleur aangeneem. Dis nogal baie aan toeval oorgelaat dat werkgewer en werknemer skielik gelyktydig griep en 'n bloeiende maagseer ontwikkel. Dit besef dokter Landman ook.

Sy draai in haar spore om en stap uit.

Ondanks die moontlike erns van die situasie is daar tog ook 'n vonkeling in dokter Williams se oog toe die deur agter haar toegaan.

"Daardie dame gaan ons twee afslag as daar oor 'n dag of wat bewys word ons het spoke opgejaag!"

"Nee. Net vir my. Dit sal haar die grootste genoegdoe-ning verskaf om voor my te kan staan met die verwyt: Ek het jou mos gesê! En miskien, net miskien, sal sy mens ge-noeg wees om nog haar tong ook uit te steek."

Dit word egter sonder 'n glimlag of 'n greintjie humor gesê en dokter Williams vra openlik nuuskierig: "Ken julle twee mekaar dan?"

"Ons weet van mekaar, ja." Sy oë ontmoet net vlugtig dié van matrone Klue, en dan draai hy om. "Ek gaan eers na die virologiese afdeling en intussen kan u vir my die in-feksiebeheerspan op gereedheidsgrondslag plaas, asseblief, matrone. Dankie."

"Goed, dokter," antwoord die vername dame bedees, maar ook met 'n geamuseerde vonkeling in die oog. Dan verdwyn dit. "Laat my net asseblief so gou doenlik weet hoeveel van my personeel jy 'n paar dae betaalde verlof gaan gee sodat ek my rooster kan herskeduleer. Ek dink nou eers daaraan . . . Besef julle hoeveel van my personeel wel hierby betrek gaan word?" Sy lyk ontsteld.

"Natuurlik, matrone," is die koel antwoord. "Maar jy kan kies of jy drie dae lank met 'n tekort gaan werk, of oor 'n week met 'n klomp pasiënte en lyke."

Hy draai in sy spore om en stap uit, en matrone Klue herhaal dokter Lizl se woorde suur: "Ek het nie juis 'n keuse nie, het ek, dokter?"

Dokter Williams grynslag. "Net so min soos ek! Die raad se toestemming is bloot 'n formaliteit. As hulle weet wat goed is vir hulle, moet hulle liewer nie nee sê nie!" Hy lag skielik saggies. "Die man interesseer my. En wat is dit met hom en dokter Lizl? Dit lyk amper asof daar 'n vete tussen dié twee is. Weet jy iets?"

Matrone Klue knik, glimlag. "Ja. Die oeroue vete van die liefde."

"Dit het allermins na liefde vir mý gelyk."

"Ja. Miskien is ek verkeerd. Miskien is dit die vete van twee briljante breine teen mekaar. Ja. Ek ken Willem Claassen. Hy en dokter Lizl was saam hier. Ek was destyds nog ondermatrone. Toe kry dokter Lizl 'n senior pos bo dokter Claassen, en dis toe dat hy platteland toe verdwyn. Dit is jammer. Willem Claassen se potensiaal is te groot vir 'n plattelandse praktyk. Hy hoort eintlik hier."

"Maar dokter Lizl is ook hier, en blykbaar is een hospitaal te klein om albei te huisves."

Sy stap deur toe. Ja. Dis miskien die kinkel in die kabel. Albei is briljant. "O wel, laat ek gaan kyk wat ek met my klomp kinkels uitgerig kan kry wat Willem Claassen so gaaf was om in my hospitaalkabels te knoop."

"Ja, laat ek liewer ook aan die werk spring. Dokter Lizl se pasiënte moet ander dokters kry."

Matrone lag. "Sy gaan niks dáárvan hou nie. Voordat jy al die moeite doen, maak eers seker of onse dokter Willem nie reeds daardie reëlings ook al getref het nie!"

Hy frons liggies. "Ek veronderstel dis nie moontlik om die ding eers stil te hou totdat die uitslag van die selkweking gekom het nie?" sê-vra hy hoopvol.

"Stil hou, terwyl dokter Lizl en 'n klomp verpleegsters agter slot en grendel in een van die sale gehou word? Jy is seker van lotjie getik, Peter Williams!"

Terwyl dokter Willem Claassen die speurders van die mediese wetenskap in die laboratorium van die virologiese afdeling volstoom aan die werk kry, word daar ook vinnig en doelgerig aan die werk gespring deur die infeksiebeheerspan van die hospitaal. Saal B3 se dubbeldeure kry 'n ketting en 'n slot aan nadat die ander pasiënte na 'n ander afdeling oorgeskuif is. Fritz Hancke is in 'n private kamer en dus is die moontlikheid gering dat hy van die ander pasiënte kon aansteek. Hulle sal nietemin baie sekuur en gereeld vir die volgende paar dae gemonitor word. 'n Vier-en-twintig uur lange wagdiens word by die deur ingestel; afgesien daarvan ook 'n kennisgewingbord met 'n duidelike waarskuwing daarop: *AANDAG! GEEN TOEGANG TOT VERDERE KENNISGEWING!*

'n Vrag gesteriliseerde klere word by B3 afgelewer. Ekstra sterilisators word aangebring. Vir die volgende dag of drie sal saal B3 op homself aangewys wees.

Een ná die ander word die personeel wat in kontak met die vermeende Kongokoorsgeval was, opgeroep tot afsondering. Die jong huisdokter, Jan Liebenberg, wat die pasiënt die aand by Ongevalle ontvang het; suster Verwey van Ongevalle; suster Venter, die dagsuster van B3; twee van haar verpleegsters; suster Marks van nagdiens; die juniortjie Heyns, en dokter Lizl Landman.

283

Dokter Willem Claassen maak 'n langafstandoproep na sy vennoot.

Tersia herken die stem aan die ander kant.

"Willem! Hoe gaan . . .?"

"Dieselfde. Hy kry steeds oortappings. Ek wil onmiddellik met Derick praat."

"Ek skakel deur." Sy kyk vraend op toe Derick haar 'n rukkie later na sy kantoor ontbied. "Ja? Wat sê Willem?"

"Maak toe die deur." Sy gehoorsaam en hy bring die tyding in kortaf sinne. "Willem het ons gebel om ons te waarsku. Daar sal eers oor drie dae absolute sekerheid wees, maar intussen moet ons op die uitkyk wees vir simptome van Kongokoors."

"Kongokoors! 'n Paar jaar gelede was dit voorbladnuus, is mense dood . . ."

"Ja. Griep en bloeding. Die werkers op Fritz se plaas moet gereeld gemonitor word. Ons moet onsself ook dophou." Hul oë ontmoet. "Voel jy gesond?"

Sy knik net, bewus van 'n dowwe hoofpyn. Maar dis van te min slaap en te lank dink.

Hy vee oor sy oë. Hy voel ook nie soos hy elke dag voel nie, maar dis die nagevolge van skok en kommer.

"Ek dink jy moet dadelik uitgaan plaas toe en daar bly om die mense daar te monitor. Almal se koors moet twee keer per dag geneem en gekaart word."

"Maar jy is alleen . . ."

"Ek sal regkom." Weer ontmoet hul oë. "Tersia, ek moet met jou praat, maar . . . later. Nou is daar iets belangrikers as selfs ons."

Sy knik net. Ja. Die dood skuif altyd alles in perspektief. As hy voor jou kom staan, kry elke ding sy regte waarde. Soms is dié dinge wat nog altyd vir jou van groot waarde was, skielik waardeloos. En soms kry dié dinge waaraan jy

skaars waarde geheg het, min raakgesien het, selfs waarde-
loos geag het, nuwe waarde; is dit húlle wat die weegskaal
na die ander kant toe trek.

Sy gaan na haar woonstel, kry haar goedjies bymekaar
om 'n dag of drie lank haar intrek in die groot, deftige huis
van haar verloofde te neem. Dan gaan sy terug spreekkamer
toe om vir eers te groet.

"Asseblief, meisie, hou jouself fyn dop. Neem jou eie
koors ook. En by die geringste teken van griep by enigie-
mand, laat weet my dadelik."

Hy sien haar met verligting vertrek. Daar is altyd 'n geluk
by die ongeluk. Tersia het nog nie gehoor dat Louise swan-
ger is nie. Sy sal ten minste drie dae in afsondering op Fritz
se plaas wees waar sy dit nog minder sal hoor. Dit gee hom
nog drie dae . . . drie dae om te dink oor wat hy sal sê. Wat
kán hy sê wanneer hy voor haar staan? Hy wou nie regtig
vir haar lieg nie. Hy wou dit eintlik net makliker vir haar
maak toe hy haar die skreiende leuen vertel het dat hy en
sy vrou geen ware getroude lewe meer het nie. Op stuk van
sake, Tersia is nie só 'n kind dat sy dít regtig sou glo nie!
Maar sy het, besef hy met skaamte. Niemand is so blind as
hý wat nie wil sien nie. En niemand is so goedgelowig as 'n
verliefde meisie nie. Hy weet ook hy bluf homself selfs in
hierdie oomblik wanneer hy hom moet verontskuldig oor
hierdie gruwelike onwaarheid wat hy aan haar opgedis het.
Die rede, weet hy, is dat dit net nog iets was waarna hy
gegryp het om haar te oorreed om daardie nag saam met
hom deur te bring. Maar soos die mens maar is, het hy die
ou-ou waarskuwing verontagsaam. Daar is niks verborge
wat nie geopenbaar sal word nie. Sy gaan hom op die gru-
welike leuen betrap, want Louise verwag! Saam daarmee
is sy plegtige belofte verbreek – wat hy in daardie oomblik
wel ernstig bedoel het – dat Louise nooit 'n kind van hom

sal verwag nie. Omstandighede het hom egter drie dae tyd gegee om te dink hoe hy hierdie nuwe verwikkeling aan Tersia sal verduidelik.

Drie dae . . .

Maar watter mens weet ooit werklik hoeveel tyd daar is? Watter mens is seker van die volgende uur, selfs die volgende oomblik?

Elkeen wat hom of haar vir afsondering by B3 moet aanmeld, is intens bewus van die onomkeerbare onsekerheid van die menslike bestaan. Die bedrywige roetine van elkeen se lewe is wreed tot stilstand geruk. Hulle voel opgeskeep met hulself, onrustig. Skielik is hulle nie meer die bekwame dokter of verpleegster nie, maar self pasiënte.

Hulle gaan sit half verslae langs die groot tafel en elkeen se gedagtes keer binnewaarts.

Suster Verwey van Ongevalle se gedagtes dwaal onwillekeurig huis toe, na haar kinders toe. Daar is vier. Hulle sal haar nie mis wanneer hulle vanmiddag van die skool af kom nie. Hulle is gewoond daaraan, want dan is sy nog gewoonlik aan diens. Sy werk nog al die jare om Hans te help om hul kinders die nodige te gee. Maar nou wonder sy of dit werklik só nodig is. As sy nie weer uit B3 uitstap nie . . . Hulle sal met minder moet klaarkom, sonder daardie ekstra wat Ma se salaris moontlik gemaak het. Maar hulle sal voortgaan. Op die ou end is dit sý, die ma, wat die meeste verloor het – die baie ure wat sy saam met haar kinders kon wees. Skielik, hier in B3, besef sy hoe vinnig daardie ure verbysnel waarin 'n ma die vreugde van haar kinders onder haar dak kan hê; hoe vinnig die tyd verbyvlieg totdat hulle hul vlerkies sprei en die nes verlaat. En wie sê sy gaan die volle aantal ure van daardie voorreg hê? Wie sê sy gaan uit B3 uitstap om met nuwe waardering na die voorreg van moederskap te kyk?

Suster Venter, die dagsuster van B3, se gedagtes is by haar man. Hulle is albei naby aftrede. Die kinders is groot, gaan hul eie gang. Dis weer net sy en ou Piet soos toe hulle begin het. Jare al droom en werk hulle vir dié dag dat hulle sal kan ophou werk om dié dinge te doen waarvoor hulle nog nooit geld en tyd gehad het nie. Dis nog net ses maande, dan kan Piet met pensioen aftree en sy ook uiteindelik ophou werk. En dan . . .

Maar gaan hulle die geleentheid kry om daardie dag te bereik? Hoeveel mense het nooit die kans gekry om daar te kom nie? Die eerste deel van jou getroude lewe maak jy kinders groot, dan draai alles net om hulle, werk jy net vir hulle, sorg jy dat hulle kry wat hulle moet hê en soms ook nie behoort te hê nie, baiekeer ten koste van noodsaaklike dinge vir jouself. Daarna kom die tweede fase – wanneer die kinders hul geleerdheid gekry het, eindelik op eie bene kan vorentoe. Dan begin jy weer van voor af bymekaarmaak vir daardie dag wanneer jy regtig sal kan begin lewe, wanneer jy eindelik ook 'n bietjie selfsugtig kan wees en aan jou eie begeertes kan toegee; wanneer jy kan kom en gaan soos jy wil sonder inagneming van enigiemand anders; wanneer jy dié dingetjies kan aanskaf waarvoor jy nog nooit geld gehad het nie; kan rondreis. Dié dag wanneer jy oud genoeg is om af te tree, maar nog gesond genoeg om die lewe regtig te geniet.

En dan gebeur daar só iets ses maande voordat jy daardie wonderlike dag bereik. Jy beland in B3 – en iets hierbinne vertel jou dat die lewe by jou verbygegaan het voordat jy ooit regtig gelewe het. Dis verby voordat jy daardie punt kon bereik. Skielik, so onverwags, is die laaste fase moontlik daar: die tyd om te sterf.

Oorkant haar sit suster Marks, die nagsuster van B3. Van al die getroude susters om die tafel is haar lewe miskien die minste ontwrig. Haar afwesigheid sal haar man kwalik agterkom. Hy sal dit eerder verwelkom. Jare lank al leef hulle by mekaar verby. Dis ook die rede hoekom sy gevra het om op nagdiens geplaas te word – sodat sy en Clive so min moontlik van mekaar te sien sal kry. Saans, wanneer sy aan diens moet gaan, is hy nog nie terug van die klub waar hy hom gewoonlik ná werk vermaak nie. Soggens, wanneer sy tuis kom, is hy net op pad uit vir sy dagtaak. Soms sien sy die spore van 'n wilde nag op sy gesig en in sy oë. Soms sien sy baie meer onomstootlike getuienis daarvan wanneer sy die slaapkamer binnestap en 'n netjies opgemaakte bed verraai dat daar nooit die nag daarin geslaap is nie. Dit laat haar heeltemal koud, want dit maak lankal nie meer saak wat hy doen nie; of hy ooit die nag huis toe gekom het, of waar en by wie hy die nag deurgebring het. Sy is net veertig en haar lewe is sinloos. Van almal hier is sy die een wat maar hier kan agterbly. En tog . . . tog . . . Sy wil nog lewe . . . Miskien, ag, Here, miskien kan ek tog nog iets van my lewe maak as ek nie sterf nie.

Langs haar sit haar nagjunior, die ronde, glimlaggende gesiggie ongewoon ernstig. Sy is maar agtien. Haar lewe lê nog voor. Sy wil nie nou al doodgaan nie. Sy wil eers haar opleiding voltooi en eendag . . . eendag wanneer daardie man opdaag van wie suster Marks gepraat het – dié een wat verby haar doodgewone gesiggie en haar plomp lyfie sal kyk – wil sy trou en kinders hê . . . Sy wil nie nou al doodgaan nie . . . asseblief, liewe Here!

Haar blik val op dokter Lizl wat by die venster staan in 'n ongewoon ledige houding met haar arms gevou, die blou oë na buite gerig. Sy lyk so pragtig soos sy daar staan, maar snaaks, vandag wek dit nie 'n greintjie jaloesie in verpleegster Heyns nie. Want skielik is dit nie meer so belangrik om 'n beeld van skoonheid van buite te wees nie. 'n Mens moet net gesond wees, en die lewe met al sy wonderlikhede behoort aan jou. Op hierdie dag leer die jong verpleegster die belangrikste is om gesond te wees en te kan lewe.

Ook Jan Liebenberg staar somber by 'n venster uit. Hy het so hard gespook om te kom waar hy vandag is. Hy is 'n doodgemiddelde leerling op skool, en almal het vir hom gelag wanneer hy sê hy gaan eendag 'n dokter word. Bowendien was hy die arm seun van 'n arm man. Maar hy het 'n ideaal gehad en met bloedsweet en bid en trane en groot opofferings is hy vandag wat hy wou wees: 'n dokter. Ses maande lank al kan hy daardie titel voor sy naam skryf, kan sy sieklike pa en afgesloofde ma sê hul seun is 'n dokter. Gaan dit net ses maande wees . . . Liewe Heer, al daardie harde swaarkry net vir ses maande?

Die jong verpleegster sien hoe sy hande tot vuiste saamtrek, en sy staan op, stap na hom toe.

"Hallo."

Hy kyk haar aan, sê vaag: "Hallo."

"Ek is verpleegster Heyns. Ek weet wat jou naam is. Jy is dokter Liebenberg."

"Ja."

"As jy 'n dokter is, is jy slim. Ek het 'n klomp blokraaisels saamgebring. Sal jy my daarmee help? Ek weet gewoonlik die helfte nie."

Hy frons, kyk op die ronde gesiggie af. Blokraaisels . . .

"Ja, goed."

"O, dankie! Kom ons sit hier aan die punt van die tafel."

Dokter Lizl beweeg rusteloos voor die venster, laat haar blik oor die klompie dwaal. Tot dusver was hulle net vir haar verpleegsters en 'n jong huisdokter, ekstra instrumente waarmee sy haar werk goed kon doen. Vandag het hulle skielik mense geword. Sy beweeg weer onrustig. Hoekom het die moontlikheid dat dit Kongokoors kon wees nooit by haar opgekom nie? Maar nog voordat die vraag regtig gestalte in haar aangeneem het, breek daar 'n lig in haar deur.

Daardie aand toe Fritz Hancke ingebring is, was haar aandag nie ten volle by haar pasiënt nie. Toe sy Derick so skielik voor haar sien staan, was daar ou herinneringe in haar. Toe haar blik op Derick val, was Willem dadelik in haar gedagtes. Selfs terwyl sy met die pasiënt besig was, was 'n deel van haar verstand met gister besig. Sy het die ooglopende diagnose gedoen: griep en 'n bloeiende maagseer. Sy was tevrede dat sy reg was, want Derick het immers saamgestem. In die dae wat daarop gevolg het, het sy haar vasgestaar teen haar eerste diagnose, sonder om die moontlikheid dat dit verkeerd kon wees, in ag te neem. Selfs toe Willem skielik ná tien jaar voor haar staan en haar vertel dat sy 'n verkeerde diagnose gedoen het, wou sy nog nie van haar mening afsien nie. Is dit omdat sy regtig nog honderd persent oortuig is dat haar diagnose die regte een is, of is dit so dat sy weier om Willem se diagnose te aanvaar net omdat dit van hóm kom?

Sy voel die swaar klop van haar hart. Maar dan het sy onvergeeflik gesondig teenoor haar professie en teenoor hierdie mense wat nou hier om haar sit, miskien sit en wag vir die dood! As Willem se diagnose reg is, is daar vir haar geen verskoning nie, sal sy haarself nooit kan vergewe nie? Willem mag nie, hy mág nie reg wees nie, Here! wil sy byna hardop bid.

Sy beweeg vinnig na die private kamer waar haar pasiënt lê. Ook nie eintlik meer hare nie. Hy is ook nou Willem se pasiënt. Sy kom langs die verpleegster, geklee in steriele klere, tot stilstand.

"Hoe gaan dit?"

Bokant die masker flits die oë net vlugtig omhoog. "Dieselfde."

Dokter Lizl frons. "Ek het jou nie herken nie, suster. Is jy van die infeksiebeheerspan?"

"Ja, dokter Landman. Ek is die matrone."

"Maar het jy nie verpleegsters nie . . .?"

"Ek het gevra om persoonlik hier oor te neem." Die oë bokant die masker beweeg weer omhoog. "Ek is matrone Hancke." Sy sien die dokter staar, en laat haar blik sak na die stil man op die bed voor hulle. "Ek is Fritz se gewese vrou. Ons is geskei."

Dokter Lizl het geen verdere vrae nie. Geskei, ja, maar geskei beteken nog nie ophou liefhê nie . . . Sal sy dit dan nie weet nie?

Matrone Rika Hancke se oë bly stip op die pasiënt, kwalik daarvan bewus dat dokter Lizl weer net so stil uit die kamer verdwyn het.

Toe die hoofmatrone haar ontbied het om saal B3 in gereedheid te bring as 'n afsonderings- en waakeenheid, was dit net haar beroep wat sy beoefen het, sonder onnodige ontsteltenis en vrese. Dit is immers haar werk, waarvoor sy hier is. Selfs toe matrone Klue haar ingelig het dat daar 'n moontlikheid van Kongokoors bestaan, was sy nie bevrees nie.

Dis toe sy wou omdraai om die uitgereikte bevele te gehoorsaam, dat matrone Klue se stem haar tot stilstand geruk het: "Daar is nog iets, matrone. Dis ene meneer Hancke. Kan dit familie van jou wees?"

Nog voordat sy die besonderhede gekry het, het sy geweet dit is Fritz. En sy het dadelik om spesiale verlof gevra om persoonlik na die pasiënt om te sien. Dit is onmiddellik toegestaan. Die hoofmatrone is 'n wyse dame en sy het deur die jare geleer om dieper as die vel te kyk. Haar matrone van die infeksiebeheerspan is wel al lank van die pasiënt geskei, maar die uitdrukking in haar oë het die

ouer dame oortuig dat tyd nie altyd 'n suksesvolle genees-
heer is nie.

Rika het langs die bed tot stilstand gekom en afgekyk op
die gesig wat vir haar so pynlik bekend behoort te wees,
maar dit was nie. Haar hart het amper gaan staan toe sy op
die man afkyk. Hy was 'n karikatuur van die Fritz Hancke
wat sy geken en liefgehad het.

"O, my liefling!" Dit het gelyk asof hy haar nie kon hoor
nie. Toe het sy oë oopgegaan. Sy kon sien dat hy nie meer
heeltemal kon registreer nie. Maar sy het weer probeer,
dringend probeer om hom vanuit daardie vreemde wêreld
van niks na haar terug te roep. "Dis ek, Rika. Fritz! Dis
Rika wat by jou is. Verstaan jy? Dis ek, my man!"

Hy kon nie verstaan nie. Daar was verwarrende beelde
voor hom en iemand wat soos 'n maanreisiger lyk – met
Rika se oë en stem. Maar Rika is weg . . . weg van hom af,
en die lewe was nooit weer dieselfde nie. Al die aardse skat-
te kon daardie leemte nie vul nie. As sy . . . as Rika maar net
wou terugkeer, kan hulle maar alles vat, álles wat hy besit
– al die plase, al die beeste, al die skape, die bosluise, die
geld, die blink huis, blink motors . . .

"Dis regtig ek, Fritz! Kyk!" Sy doen 'n ontoelaatbare
ding. Sy laat die masker voor haar gesig sak, glimlag vir
hom deur haar trane. "Sien jy! Dis ek!"

"Rika . . ." Die droë lippe prewel. "Jy's weg . . ."

"Nee! Nie meer nie! Kyk, ek het teruggekom!"

Toe glimlag hy en sy oë val weer toe.

Soos die res van die mense in B3 dwaal Rika se gedag-
tes ver, ver terug op die paaie van gister, en die baie hart-
seer wat die mens toelaat in sy lewe. Alles so onnodig . . .
Ek het die onbelangrike te belangrik gemaak en dit wat
werklik belangrik was, nie na waarde geskat nie. Vir nietig-
hede het ek my geluk, die vrede van my siel verruil. Dit was

292

om nietighede dat ek myself en ander verwond het, waarin ek kosbare jare van potensiële geluk weggegooi het – jare wat nooit weer herroep kan word nie.

Toe die groot man, geklee in steriele drag, B3 binnestap, is elke oog op hom gerig. Afwagting, vrees, hoop wissel mekaar op die onderskeie gesigte af.

"Ek wil weer, soos ek aan julle elkeen gesê het toe ek die situasie verduidelik het, beklemtoon dat daar in hierdie stadium geen rede tot paniek is nie. Daar is nog nie met honderd persent sekerheid vasgestel dat meneer Hancke wel Kongokoors het nie. Intussen het ek vir julle die goeie nuus dat die ander verdagte geval, 'n werker op meneer Hancke se plaas wat dieselfde simptome as hy gehad het, nie Kongokoors het nie." Hy sien die verligting op die gesigte, is bewus van dokter Lizl Landman se starende oë en dan die vlugtige beweging van die wenkbroue. Hy hou sy hand omhoog. "Maar julle sal met my saamstem dat ons honderd persent seker moet maak. Ons het elkeen net een lewe. Ons kan dit nie terugkry as ons dit eers verloor het nie. Daarom gaan ons julle elkeen as voorkomingsmaatreël 'n antivirusmiddel toedien, net om aan die veilige kant te wees. Ons gaan julle steeds in afsondering hou totdat ons die finale uitslag van die selkweking ontvang het. Wees asseblief geduldig en gee my jul volle samewerking."

"Wat het die simptome in die ander geval veroorsaak, dokter?" wil Jan Liebenberg weet.

Hy kry dadelik sy antwoord. "Daar is 'n streptokok-bakterie in sy bloed geïdentifiseer – die oorsaak van die inwendige bloeding. Verder het hy net doodgewone griep gehad." Sy blik gaan dapper na die bloues. "Kan ek jou 'n oomblik spreek, asseblief, dokter?"

Sy volg hom die gang in en hy vervolg: "Ek het so pas met

293

Derick gepraat. Hy, en so ook meneer Hancke se verloofde, kom in vir waarneming."

Haar stem is baie egalig: "Met watter simptome?"

"Dieselfde as waarmee Fritz begin het: griep."

"Wat die tweede geval ook gehad het." Hul oë ontmoet. "Dink jy nie jy dryf dit nou 'n bietjie te ver nie, dokter Claassen? My diagnose van Fritz Hancke was reg en joune verkeerd. Is dit só swaar om dit te erken?"

Hy staan haar net en aankyk, en die room van haar wange kry 'n kleurtjie. Dis spanning en kommer wat haar so gemeen laat optree. Hy sal nooit weet waardeur sy hierdie afgelope ure was nie. Die verligting in haar is so groot dat sy kan huil! Hoekom is hy so koppig om nie te wil erken hy het onnodige spoke opgejaag nie? Is dit omdat hy dit teenoor haar moet erken? Sy skud haar kop.

"Jammer. Ek het nie bedoel . . . Willem, asseblief, moenie . . ." Sy sien sy oë en haar hart verhard weer. Goed. As hy dan wil voortgaan om sy lyf rond te gooi . . . Haar stemtoon verander terug na dié van die bekende dokter Lizl: "Ek gaan my nie langer hier in afsondering deur jou laat hou nie. Al is dit dan ook Kongokoors, is ek geen gevaar vir iemand nie, en jy weet dit so goed soos ek. Dis nie aansteeklik in die inkubasietyd nie en ek het nie 'n enkele simptoom wat net vaag in daardie rigting dui nie. Ek is so gesond soos 'n vis in die water en ek . . ."

"Lizl . . ." Om haar naam skielik uit sy mond te hoor, is genoeg om haar te laat swyg. "Jy gaan nie deur daardie deur na buite toegelaat word nie. Niémand stap deur daardie deur sonder my toestemming nie. Ek sal jou nie aanraai om die venster te probeer nie. Ons is op die vyfde verdieping." Sy oë hou hare vasgepen. "Jy het my ook nie kans gegee om klaar te praat nie. Tersia en Derick kom B3 toe, want Derick het benewens griepsimptome ook skielik bloed begin opbring. Wéér 'n maagseer, dink jy?" Hy sien sy verbleek, maar vervolg genadeloos: "Daar is nog 'n stukkie nuus wat jy nie gehoor het nie. Een van die skoonmakers van Ongevalle is vanoggend dood: dié een wat die vloer skoongemaak het waar Fritz bloed gemors het die aand toe hy hier aangekom het."

"Nee!"

Maar die stem gaan steeds genadeloos voort: "Ek het vyftig ander mense in afsondering in 'n ander eenheid geplaas vir monitering: almal wat met Fritz Hancke in aanraking was."

"Dan . . ." Dit kan nie wees nie! Liewe Heer, dit kán nie wees nie!

"Ou Sanna, Fritz se huishoudster, is ook op pad afsonderingshospitaal toe. Sy is kritiek. Sy het weer Fritz se bloed by die huis opgevee. Ek het hierdie feite nie netnou genoem nie, want paniek moet tot elke prys vermy word. Maar as Fritz Hancke nie Kongokoors het nie, sit ons met iets waarvoor ons nog nie 'n naam het nie, maar wat net so gevaarlik as Kongokoors is. Kry dit in jou kop, asseblief!"

Hy ignoreer die roerlose gestalte voor hom, en stap by die private kamer in, kom langs Rika tot stilstand. Toe hy hoor dat die matrone van die infeksiebeheerspan niemand anders as Rika Hancke is nie, moes hy tot die skokbesef kom dat die lewe maar net nog een van vele ironiese draaie in die bestek van 'n kort tyd gemaak het.

Dit moet vir haar eweneens 'n geweldige skok gewees het om te hoor dat die vermeende geval van hierdie gevreesde bloedingsiekte haar gewese man is. Die manier waarop sy nou langs sy bed staan, die pleitende blik na hom toe sy van die groot gestalte bewus word, verklap dat haar liefde vir dié man nog nooit gesterf het nie, al het sy hom verlaat.

"Willem . . . Willem, kan jy dan niks meer vir hom doen nie?"

Hy kan net die waarheid praat. "Nee, ongelukkig nie. Viroloë werk so te sê dag en nag om 'n entstof teen Kongokoors te kry. Maar die enigste teenliggame wat tans beskikbaar is, is van die bloedplasma van diegene wat sover bekend die siekte oorleef het. In Fritz se geval sal dit nie help nie. Hy is in te 'n gevorderde stadium. Rika, jy is 'n opgeleide persoon en kan die feite voor jou sien. Eintlik moes Fritz al dood gewees het. Dis net sy sterk gestel wat dit tot dusver verhoed het."

"En die wil van Bo."

"Natuurlik." Hy aarsel. Hy moet haar liewer vooraf waarsku. "Rika, Tersia – jy onthou haar? Tersia Louw?"

"Ja?"

"Sy en Derick is op pad hierheen. Hulle het ook simptome begin ontwikkel. Hulle behoort nou binnekort in B3 aan te kom."

Opregte kommer straal uit haar oë. "Ag, nee, Willem!"

"Ja, dis jammer. Veral noudat Derick se vrou hul eersteling verwag. Hulle is al tien jaar getroud." Maar daar wag nog 'n skok, en hy is ongelukkig die een wat dit moet oordra. "En Tersia . . . sy is Fritz se verloofde."

"Fritz se . . .?"

Albei paar oë kyk af na die man op die bed. "Ja. Hulle is al 'n jaar lank verloof."

Hy laat nog 'n roerlose, stom gestalte agter toe hy uitstap na die dubbeldeure van B3, sy gesig grimmig. Daar wag moeilike dae op almal in B3, en dit gaan nie makliker gemaak word deur die onvermydelike emosionele onderstrominge nie.

Dis stil in die motor op pad stad toe. In Derick en Tersia lê die intense bewustheid van die nietigheid van die mens. Jy beraam planne, dink dis die beste, besluit oor die dag van môre. En dan . . . Skielik sluk jy en voel 'n stekie in jou keel, en daardie eerste pynstekie gooi al jou planne, al jou drome, miskien jou hele toekoms omver. En namate die griepsimptome toeneem, word jy met elke gewaarwording van pyn teruggedruk na jou ware plek toe, na die bewuswording van jou verganklikheid en die nietigheid van al jou planne; dat jy stof is, en eendag – miskien binnekort – weer stof sal wees.

Jy besef dat jou dae op aarde die dae van nietigheid is. En wanneer jou verstarde oë die eerste druppel bloed sien, word jy, groot gewaande mens met al jou planne, baie klein, baie nietig. Dan roep jy spontaan na die enigste Een wat nietigheid nie ken nie.

Toe Tersia agterkom haar keel is gevoelig wanneer sy sluk, het sy gemeen dit is seker maar net 'n ligte verkoue. Natuurlik is dit net 'n ligte verkoue! Sy moenie op hol raak nie. Haar keel het al dikwels so gevoel. Dit het nog altyd weer reggekom. Maar Derick het uitdruklik gewaarsku: By die eerste tekens van griepsimptome . . . Maar dis geen griepsimptoom nie! Dis net 'n verkouetjie . . . En toe kom sy by ou Sanna in haar huis eenkant teen die rant, en dis net bloed.

Sy was verplig om dit aan te meld.

"Ek tref dadelik reëlings dat sy weggebring word stad toe. Moet in hemelsnaam nie toelaat dat iemand aan haar raak nie. Sy is in hierdie stadium ontsettend aansteeklik. Hoe is sy? Kan sy haarself op 'n manier skoon kry?"

"Ja, ek sal haar sê sy moet haar gereed maak."

"Goed." Sy stem het gespanne, byna vreemd geklink. "Is alles verder reg daar? Geen verdagte simptome by die ander nie?"

"Nee . . . Ja . . ."

Hy het gefrons. "Tersia? Wat bedoel jy? Skort daar iets? Ander gevalle?"

"Nee. Nie onder die ander nie, maar . . ."

"Maar wat?" het hy aan die ander kant geblaf.

"My keel is seer. Dis seker maar . . ." Dit was stil. "Dis seker maar net 'n verkoue wat aan die kom is, nè, Derick? Derick . . .?"

"Tersia, kom onmiddellik in dorp toe!"

"Derick . . .?"

"Ek sê onmiddellik! Ons moet hier padgee."

"Padgee? Ons? Wie is . . . ons?"

"Ek en jy." 'n Swaar, kort stilte. "My keel het ook vanoggend begin seer raak. Ons moet padgee voordat ons die hele wêreld besmet."

"Derick! Nee!"

Toe sy die spreekkamer binnestap, was daar geen pasiënte in sig nie. Derick het klaar reëlings getref dat sy pasiënte deur die drie ander dokters op die dorp oorgeneem word. Sy praktyk het tot stilstand gekom. Sy het vinnig deurgestap na sy kantoor, hom toe in die skropkamer gehoor, ingestap en in haar spore vasgeskok. Derick het oor die wasbak gebuk gestaan en daar was rooi bloed op die wit emalje. Sy wou dit nie glo nie.

"Maar jy het gesê jou keel het eers vanoggend begin . . ."

Hy het sy mond afgevee, regop gekom. "Nee. Eintlik het ek al vroeër iets verdags agtergekom."

Die skrif is aan die muur. Daar was niks verder te sê nie.

Terwyl sy na haar woonstel is om haastig alles gereed te kry vir die vertrek stad toe, is Derick huis toe. Hy moes aan

Louise verduidelik wat aan die gang is. Sy wou dit nie glo nie.

"Moenie nader kom nie! Bly asseblief waar jy is, Louise! Ek bedoel dit! Ek is nou ontsettend aansteeklik. Bly staan waar jy is!" Eers toe haar beweging verstil het, kon hy die woorde uitkry: "Jy moet sterk wees, juis noudat jy ons kind dra. Pas jouself en vir hom mooi op."

"Maar . . ."

"Gaan pak vir my 'n paar stukkies klere en nagklere in, asseblief, en sit die koffer op die voorstoep neer. Ek sal dit daar kry."

"Derick . . . My man, dit . . . dit kan mos nie waar wees nie! Ek het jou nou nodig . . . ek en ons kind. Asseblief! Asseblief, dit kán nie so wees nie!"

"Dit is so, Louise. Jy was nog altyd 'n sterk vrou. Dankie daarvoor. Ek wens ek kon vir jou 'n beter man gewees het . . ."

"Jy was! Jy is steeds 'n wonderlike man vir my! Ek het jou lief, Derick!"

Hy het geknik, gesluk, die brandpyn in sy keel gevoel. Maar, ag, Heer, die brandpyn van gewete is soveel erger!

"Doen nou wat ek sê, asseblief."

Hulle kon nie eens groet nie. Hy het die koffer waar sy dit neergesit het, opgetel en dadelik aangestap motor toe. Voordat hy ingeklim het, het hy teruggekyk na die vrou op die boonste stoeptrap, en binne-in hom het sy hart omgedraai in sy borskas.

"Pas my seun op, Louise!"

Eers toe hulle die stad se buitewyke bereik, kry Tersia dit reg om te vra: "Hoe verwerk Louise die . . . ding?"

"Dit was natuurlik 'n groot skok. Mag God gee dat ek haar nie reeds al aangesteek het nie."

Dan word dit weer stil.

Willem loop die twee verwese mense tegemoet toe hulle die gang afgestap kom na die dubbeldeure van B3. Hy is van kop tot tone in steriele drag en daar word nie hand geskud nie. Dis net oë wat mekaar ontmoet.

"Kom binne."

So moet dit seker vir 'n moordenaar voel wanneer die gevangenisdeure agter hom toeklik en hy weet daar wag 'n hel binne daardie mure op hom, dink Tersia toe sy die geskuur van die ketting hoor terwyl die deure agter hulle toegaan. Sal ek weer deur hierdie deur terugstap? Sal ek my seun ooit sien? wonder die man langs haar.

"Hierheen." Willem lei hulle eers na 'n private kamer. "Wat is julle simptome?"

"Ek het 'n seer keel," antwoord Tersia.

"Ek het al die griepsimptome en het vanoggend bloed gevomeer."

Die oë wat terugkyk, is byna uitdrukkingloos. Watter emosies hy ervaar by die aanhoor hiervan, word in die hart gebêre. 'n Goeie dokter se gesig vertel sy pasiënt nooit iets nie. "Ons begin onmiddellik met die eerste serologiese toetse." Hy hou Derick 'n oomblik agter toe Tersia uitstap. "Hoe gaan dit met Louise?"

"Goed."

"Het jy haar gewaarsku dat sy met die eerste tekens . . .?"

"Ja. Sy weet. Sy het gesê sy sal dadelik met jou kontak maak as daar iets verdags is." Kortaf woorde waaragter 'n berg van diepe kommer skuil. Vir 'n verwagtende vrou, veral in die begin van swangerskap, is hierdie gevreesde koorssiekte dodelik. Albei dokters weet dit. Dis nie nodig om dit hardop te sê nie.

Hulle word elkeen 'n private kamer aangewys. Hulle word nie toegelaat in die algemene saal waar die res gehou word nie. Dit kan net wees dat dié van hulle wat daar binne-in die groot saal sit, die virus vrygespring het. En dokter Willem vind dit in hierdie stadium nie nodig om die twee nuwe pasiënte van B3 te vertel dat ou Sanna dood by die afsonderingshospitaal aangekom het nie.

Derick neem plaas op die hoë hospitaalbed en kyk om hom rond. 'n Bekende toneel . . . en tog op 'n manier vir hom vreemd en skrikwekkend. Vir die eerste keer is die rolle omgeruil.

Willem volg Tersia haar kamer binne. Daar is iets wat hy haar eers moet sê voordat sy haar verloofde gaan besoek. "Fritz is in nommer vyf. Jy en Derick mag hom besoek." Sy knik net. "Tersia, Rika is sy verpleegster."

"Rika!"

"Ja. Sy is die matrone van die infeksiebeheerspan hier." Hy draai deur toe. "Sterkte, meisie."

Die matrone van die infeksiebeheerspan ken haar werk en doen dit deeglik. Sy weet wat afsondering aan die mens se gees kan doen, en dat dit een van die belangrikste dinge is om die pasiënte se moreel so hoog moontlik te hou. Te veel tyd vir gedagtes en die duiwel se influisteringe kan fataal wees. Daarom is daar allerhande dinge in die groot algemene saal van B3 om die ongelukkiges wat moet sit en wag sover moontlik besig te hou.

Daar is selfs 'n tafeltennistafel in die een hoek opgestel, en wanneer verpleegster Heyns en die jong dokter Jan moeg word van blokraaisel invul, gaan slaan hulle 'n paar houe. Daar is ook 'n boekrak vol leesstof ingebring, maar dis al of hulle moeilik konsentreer op wat hulle lees.

Van die meer ervare verpleegsters het vir hulle hand- of breiwerk van die huis af saamgebring, soos die een verpleegster wat besig is met 'n trui. Dis 'n trui vir haar verloofde, Lukas. Die end van die jaar skryf sy haar finale eksamen en dan gaan sy en Lukas trou . . .

Die ander een sit langs haar en borduur. Sy het nog nie 'n vaste kêrel nie, maar sy het al begin om mooi goedjies vir haar toekomstige huis te maak. Eendag, wanneer sy wel gaan trou, is alles klaar . . .

Suster Verwey is besig om Boetietjie se trui vas te werk. Hy is maar nog net vier en sy het die truitjie gou klaar gebrei. Sy sal die dokter in beheer vra of sy dit maar solank huis toe kan stuur. Natuurlik sal dit eers gesteriliseer moet word. Boetietjie . . . Sy sluk so hard aan die knop in haar keel dat sy seerkry.

Suster Venter sit en brei aan 'n frokkie. Sy het vertel die winkelfrokkies is nie warm en toe genoeg vir ou Piet se bors nie. En sodra hy aftree en sy ophou werk, gaan hulle Drakensberge toe. Sy brei nou maar sommer vir hom 'n paar warm frokkies vir die koue.

Suster Marks sit en lees. Dis die eerste keer in jare dat sy 'n roman lees. Want sy glo nie aan dié dinge wat die skrywers vir 'n mens opdis nie. Daar bestaan nie sulke liefde en sulke huwelike op aarde nie. Daar bestaan nie 'n man wat getrou aan sy vrou is nie. Daar bestaan nie so iets dat die liefde altyd mooi bly nie. Dis net die eerste rukkie wat die ekstase duur. En dan begin dit afneem . . . verwater later heeltemal . . . verander nog later in ontnugtering en bitterheid. Sy weet. Sý behoort 'n boek te skryf. Maar sê nou maar . . . sê nou maar dit kan moontlik wees . . . Clive . . . Wat het gebeur dat ons daardie eerste mooi liefde verloor het? Waar en wanneer het ons dit langs die pad verloor? Want toe ons dit besef, het ons dit reeds lankal verloor. Maar as ons kan terugstap, die plek gaan soek? Miskien kan ons dit weer terugvind? As ek net hier uitkom . . .

"Ek is nou moeg. Kom ons sit eers 'n bietjie." Verpleegster Heyns sit die tafeltennisraket neer, gaan sit eenkant en dokter Jan neem langs haar plaas.

302

"Jy is nogal rats vir . . . ek bedoel . . ."

Sy glimlag meewarig, maar haar oë lag goedig vir sy verleentheid. "Jy bedoel ek beweeg nogal rats vir my vet liggaam, nè?"

"Jy is nie rêrig vet nie. Mollig . . ."

Haar hartlike laggie klink skielik op en almal se koppe ruk omhoog. Dis die eerste lag wat in hierdie saal opklink sedert daar 'n slot voor die deur aangebring is. Sy bly onmiddellik stil, lyk skuldig. Dit lyk amper asof sy iets ongehoords gedoen het. Sy kyk weer na die jong man langs haar en verweer skielik heftig: "Moenie my so aankyk asof ek 'n moord gepleeg het nie! Ons is nog nie dood nie. En solank 'n mens nog lewe, mag 'n mens seker maar lag, of hoe?"

"Natuurlik. Ek het gesit en dink hoe mooi jou gesiggie ophelder wanneer jy lag en hoe jou oë vonkel."

"Rêrig? Jy jok, dokter Jan. Of ek nou lag of huil, ek kan nooit mooi wees nie."

"Hoekom?"

"Omdat ek lelik is. So gemaak en so laat staan."

"Jy is vir my mooi. Ek bedoel dit, Bessie. Rêrig. Jy is rêrig mooi wanneer jy lag. Jy moet altyd lag." Hy glimlag nou, skielike deernis in sy oë. "Belowe my jy sal altyd lag, wat ook al gebeur."

Haar gesig word 'n oomblik ernstig, maar dan glimlag sy haar kuiltjie-glimlag. "Ek belowe. Wat ook al gebeur. Ek sal tot lag-lag die dood tegemoetgaan, as dit moet gebeur."

"Moenie so praat nie!" Hul oë ontmoet en hy vervolg op lae stemtoon: "Niemand sal doodgaan nie, Bessie."

Sy knik, swaai haar blik weg. Sy het die vrees ook in sy oë gelees.

"Ek wil gou iets vir dokter Lizl gaan vra. Ek kom nou."

Sy stap na die vrou wat voor die venster staan en uitstaar. Vandat hulle hier in B3 beland het, het sy die manier om

303

by hierdie venster te kom staan en uitstaar. Dit lyk asof sy van almal om haar onbewus is, asof sy diep en ver dink. Maar nie altyd nie. Sy luister dikwels met 'n verstand wat gaan stilstaan het. Na suster Verwey wat vertel van haar kinders; na suster Venter wat vertel van haar en ou Piet se aftreeplanne; na die twee jong verpleegsters se drome, en sy het die gesprek tussen verpleegster Heyns en die jong huisdokter ook gehoor. Binne-in haar is dit koud.

"Dokter, mag ek jou iets vra, asseblief?"

"Ja. Seker."

Die gesiggie is bedees. "Ek weet eintlik niks van Kongokoors af nie. Ek weet nou al wat die simptome is, want die vreemde dokter het ons vertel waarvoor ons op die uitkyk moet wees. Maar wat gebeur verder?" Sy sien die dokter aarsel, en vervolg op ongeërgde toon: "Ek weet jy begin bloei, maar waar en hoe?"

"Al jou organe word aangetas. Die beenmurg en lewer word eerste aangeval en daarna versprei dit en lei tot massiewe inwendige bloeding."

"Ek verstaan. Is daar nie 'n entstof nie?"

"Nee. Nog nie sover nie. Maar hulle is op soek na een. Hulle is op hierdie oomblik op soek na een. Ons moet net moed hou."

"Ja, natuurlik. Ons moet net moed hou. En lag."

Dokter Lizl se ernstige oë kyk na die ronde gesiggie en die soet glimlag, en haar lippe trek ook in 'n glimlaggie met 'n bewing in die mondhoeke.

"Dis reg. 'n Moedige mens lag altyd."

"Ja. Jan sê ek moet altyd lag. Ek het hom belowe ek sal." En dan sê sy met haar steeds moedige glimlaggie: "Dokter, my keel en kop is seer."

Jong dokter Jan kom eers iets agter toe dokter Lizl en verpleegster Heyns begin aanstap na die dubbeldeur met die glasvensters. Niemand wat in die algemene saal is, word toegelaat om daardeur te gaan nie, want dit lei na die private kamers wat verbode terrein is.

"Waarheen gaan julle?" wil hy weet toe hy hulle by die deur inhaal.

Dokter Lizl klop aan die ruit en 'n gemaskerde gesig verskyn. Sy beduie dat sy met dokter Claassen wil praat.

"Bessie...?" Sy oë flits bekommerd oor haar. "Wat...?"

"Tot siens, Jan. Vul solank daardie blokraaisel in. Dit moet klaar wees as ek terugkom." Die laaste wat hy sien, is haar mooi glimlaggie. Dan druk die deure weer voor hom toe.

Lede van die infeksiebeheerspan dra haar goed uit na 'n private kamer terwyl die vyf verpleegsters en die jong huisdokter stilswyend toekyk. In die gang wend dokter Lizl haar pleitend tot die groot gestalte.

"Asseblief, Willem, ek sal mal word daar binne! Laat my toe om julle hier te help. Jan Liebenberg kan net so goed die moniteerwerk doen."

"Nee. Gaan terug."

"Maar..."

"Ek sê nee, Lizl! Ek gaan niemand onnodig blootstel aan infeksie nie."

"Maar wat van die beheerspan? En wat van jou?"

"Die beheerspan se mense is spesiaal opgelei en ek is die dokter in bevel hier."

"Dan is ek nie meer 'n dokter in jou oë nie."

"Nie op die oomblik nie," is die reguit antwoord. "Jy is net nog iemand vir wie se veiligheid ek verantwoordelik is."

Iets in die blou oë moet tog deur die pantser dring wat hy om hom gebou het, want hy vervolg toe sy stadig omdraai: "Ek sal jou roep as ons hier begin vasdraai."

Sy loop haar teen Jan Liebenberg vas toe sy weer die saal

binnekom. Die kommer in sy oë steek soos pyle deur haar hart. "Wat . . . wat sê hy?"

Sy skud haar kop magteloos, skuldig, bang. "Sy sal noukeurig dopgehou word." Wat is daar meer om te sê of te doen?

Die vyf mense by die tafel tel weer elkeen 'n brei- of handwerkie op. Onder hulle is daar iemand wat baie vinniger as netnou die naald deur die wol laat gly, byna asof sy nog net vandag het om klaar te maak waarmee sy besig is.

Toe dit die namiddag tyd word vir monitering, klem dokter Lizl die koorspen vas. Dan kyk sy vinnig af op die neergeslane ooglede.

"Suster Verwey . . . Hoe voel jy?" Die oë onwillig. "Jou temperatuur is bo normaal. Suster . . ."

Die ooglede val en sy trek die opgevoude truitjie vir Boetietjie oor die blad van die tafel. "Ek sal dit saamvat."

Dan staan die ma van vier op, sê stil: "Ons kan maar gaan, dokter."

Vyf paar oë volg hulle stom na die dubbeldeur met die ruite.

Die twee dokters se oë ontmoet. 'n Wêreld van angs lê in die bloues, meegevoel in die gryses. Hy ken teen hierdie tyd almal in B3 se agtergrond. Hy weet wie suster Verwey is. Hy weet sy is 'n ma met vier jong kinders. Die vasgeklemde truitjie in haar hande vertel hoe klein die jongste nog is.

Die private kamers begin vol raak.

'n Lid van die beheerspan kom roep Willem na die telefoon. Dis professor Wiehahn van die Virologiese Instituut. Hy is die gesaghebbendste viroloog in die land.

Willem luister net stil, sit die telefoon neer. Hy wil vir hom sê dis 'n fout; die toetse, die uitslag van selkweking is verkeerd, sý diagnose is verkeerd. Maar 'n mens stry nie met die hoof van die Virologiese Instituut nie. Want daar word net met feite gewerk, onomkeerbare feite met onweer-legbare uitslae.

Lizl staan in die deur toe hy van die telefoon wegdraai. Sy bly onbeweeglik staan totdat hy byna teen haar is. Hy sal die vraag in die blou oë moet beantwoord.

"Dit was professor Wiehahn. Die uitslae van die selkwe-king en bloedtoetse is bekend. Dis Kongokoors."

Sy is 'n skone wasbeeld voor hom. "Ek wens voor God dat jy my diagnose hierdie keer weer verkeerd kon bewys. Maar hierdie keer is ek reg." Hy sug saggies, die oë bokant die masker moeg en jammer. "Ek sal met Jan reël dat hy verder in die saal monitor. Gaan maak jou gereed en kom help in die private kamers. Ons sit met 'n epidemie."

Tersia stoot die deur van nommer vyf eindelik oop. Sy al-leen weet hoeveel moed dit kos om dit te doen; hoeveel ure se stryd dit gekos het om daardie moed bymekaar te skraap. Want sy is bang vir wat sy in hierdie kamer kan sien. Bang om 'n toekomsbeeld van haarself op die bed te sien lê. Bang om in oë vas te kyk wat tot in haar hart sal kan sien.

Maar sy is eindelik binne en die eerste keer ná baie jare ontmoet twee paar oë mekaar weer. Hulle was vriendinne. Toe het die een gaan trou. Toe sy wegloop, het die ander in haar plek ingestap.

"Rika . . .?"

"Ja? Hallo, Tersia."

Sy gaan aan die ander kant van die bed staan, laat haar blik sak.

Die oë bokant die masker hou haar reaksie fyn dop, sien die skok, die afgryse in die oë. Die vraende, strak oë soek hare.

Sy knik, haar stem gedemp agter die masker. "Ja. Daar was bloeding op die brein ook – breinskade."

"Jy bedoel . . ."

"Ja. As hy oorleef, sal hy nooit weer Fritz Hancke wees nie – nie dié een wat ek en jy geken het nie."

Dis stil, baie stil. Hierdie keer kos dit weer moed om die kamer uit te stap sonder om al die vrae in woorde om te sit.

En nou, Tersia? Willem sê jy en Fritz is verloof. Maar hy gaan 'n verstandlose, hulpelose baba wees as hy miskien op 'n dag hier uitkom. Wat gaan jy doen, Tersia? Jy dra sy verloofring – maar het jy hom lief? Lief genoeg om die moeilike pad vorentoe saam met hom te loop? Wat gaan jy doen, Tersia? Want dis ons twee wat oor sy toekoms sal moet besluit, Tersia. Fritz kan nie meer nie. Hy het nie meer verstand nie. En sy hart het doodgebloei. Daar is geen gevoel meer nie. Hy kan nie kies wie van ons twee saam met hom verder moet gaan nie. Dis ek en jy . . . Eintlik net jy, Tersia. Want jy is sy verloofde. Jy sou met hom die pad vorentoe stap. Sien jy nog kans daarvoor? Hoe groot is jou liefde, Tersia? So groot soos myne?

Daar is reeds met bloedoortappings op Derick begin. Hy lê en staar teen die wit plafon vas. Eindelik kyk hy na die meisie wat langs sy bed kom staan het. Dis twee leë oë wat mekaar ontmoet. Van gister se vuur is daar niks oor nie. Die verbeelding kan nie eens meer die hartstog van een nag herroep nie. Die begeertes het gesterf. Aardse emosies het hul regte plek gekry. Dit het waardeloos geword. Dis dinge met ewigheidswaarde wat op die voorgrond lê.

"Ek is jammer, Tersia."

"Waaroor?"

Tot hul stemme klink vreemd, hol, asof hulle in 'n groot saal is en nie in 'n hospitaalkamer nie.

"Oor daardie een nag. Ek het jou omgepraat . . ."

"Ek kon nee gesê het."

"Nee. Dit was my skuld. Vergewe my . . ."

"Ek is net so skuldig soos jy. Ek moet ook om vergifnis vra." Dit word stil. Hoe vergewe 'n mens jouself?

"Tersia . . . daar is iets wat ek jou moet vertel."

"Ja?"

"As ons hier uitkom . . ." As het 'n swaard aan 'n dun toutjie bokant hul koppe geword.

"Gaan jy terug na Louise om vir haar 'n goeie man te wees, natuurlik."

"Verstaan jy?"

"Natuurlik verstaan ek. Ek wil ook nie hê jy moet anders doen nie." Sy glimlag selfs gerusstellend, weet nie of die steekbrand in haar keel van koors of emosie is nie. Dit maak ook nie saak nie. "Jy kan nie iets anders doen nie."

"Dan het Willem jou vertel? Ek is bly hy het. Ek wou . . . maar ek het nie die moed gehad nie. Vergewe my daarvoor ook, asseblief."

"Natuurlik." Agter die glimlag soek sy in haar gedagtes rond. Willem het haar niks vertel nie. Sy weet nie wat sy nog moet vergewe nie.

"Maar ek sweer voor God dat ek 'n waardige pa vir my kind gaan wees. Ek gaan vir hom 'n spoor trap waarop hy kan loop. Ek gaan . . ."

'n Ferm hand trek haar weg van die bed af, kry net betyds die blink bakkie voor sy mond. Toe hy eindelik uitgeput en bleek teruglê, prewel hy voort met toe oë. "Ek gaan vir hom 'n pa wees om op trots te wees. Hy gaan hom nooit vir my skaam nie . . ."

"Natuurlik nie. Jy gaan 'n model van 'n pa wees." Dis dokter Willem se kalmerende stem wat praat, wat toesien dat die volgende eenheid bloed egalig drup. Toe hy omdraai, is die kamer leeg agter hom.

Hy loop dokter Lizl in die gang raak. "Gaan na suster Louw se kamer. Ek dink sy het hulp nodig."

Dokter Lizl gehoorsaam dadelik, vind dit nie meer vreemd om deur Willem Claassen in háár hospitaal rondbeveel te word nie. Snaaks. Dis al of dit so hoort. Sy stoot die deur oop, sien die jong vrou voor die venster staan, haar gesig 'n masker van doodsheid terwyl sy na buite staar.

"Suster Louw . . ." Sy kom langs haar staan. "Tersia . . ." Sy neem haar aan die skouers, draai haar sodat sy na haar kan kyk, trek dan haar asem in. Sy het nog selde soveel lyding in een paar oë gesien. En dis nie lyding van die liggaam nie. "Wat is dit? Kan ek help?"

Die kop skud. "Nee, dokter, jy kan nie. Want jy kan nie dinge uitwis wat was . . . en is nie, net so min as wat jy die virus uit Derick of Fritz se liggame kan verwyder."

Dokter Lizl frons liggies, kyk peinsend na die vrou voor haar, gaan staan dan met haar kenmerkende houding – arms gevou – aan die ander kant van die raam, kyk ook na buite, haar stem egalig. "Nee, jy is reg. Ek kan dit nie doen nie. Dinge wat is, kan ek nie verander nie. Maar ek kan iets maak met dié dinge wat was."

Daar is nie reaksie nie, en toe sy voortgaan, is dit amper asof sy met haarself praat: "Ek kan dié dinge van gister leer aanvaar . . ."

"Ook die verkeerdes?"

"Ook die verkeerdes."

"Maar as jy onvergeeflik gesondig het?"

"Dis die een ding wat geen mens kan doen nie. Niemand kan onvergeeflik sondig nie."

Die oë draai eindelik na haar. "Nie?"

"Nee. Want as daar 'n onvergeeflke sonde is, dan het ons Bybel nutteloos geword, kan ons dit maar weggooi." Die blou oë kyk met teer begrip na die jong vrou. "Gaan jou stryd werklik daarom dat jy glo dat God jou nie die verkeerde dinge van die verlede kan of sal vergewe nie? Ek dink nie so nie, Tersia. Ek dink jou stryd gaan daarom dat jy jouself nie kan vergewe nie. Is dit nie die waarheid nie?"

"Dokter . . ."

"Lizl."

"Lizl, daar is dinge in my verlede waaroor ek myself nooit sal kan vergewe nie. Daar was een nag . . ." Sy skud haar kop. "Vandag kan ek nie glo dat ek dit gedoen het nie! Ek sulke dinge doen? Maar dit is waar! Dit het gebeur! En nou moet ek dalk my dood tegemoetgaan en . . ."

"Jý sleep dit met jou saam, omdat jy jou as regter oor jouself aangestel het, terwyl die ware Regter dit reeds so ver van Hom af gewerp het asof dit by Hom nooit gebeur het nie! Weet jy wat, Tersia? Ek besef nou eers, terwyl ons hieroor gesels, dat die grootste straf wat 'n mens deur eiesondigheid ontvang nie die kwaad is wat jy daardeur aan ander doen nie. Nee, terwyl jy sondig teenoor jou Skepper en jou naaste, sondig jy die meeste teen jouself. Die kwaad wat jy God en jou medemens aandoen, word baie makliker vergewe as dié kwaad wat jy jouself aandoen. Want dáárdie kwaad kan jy alleen vergewe . . . en dis die moeilikste van alles."

Sy draai haar kop weg, kyk weer af. "Ek weet, want daar is dinge wat ek myself ook nie kan vergewe nie."

"Ek kan dit nie glo nie," roep Tersia verbaas uit. "Nie jy nie . . ."

Lizl se mond trek meewarig. "Natuurlik. Dink jy dan daar bestaan 'n mens wat nie sondig nie? Ek ook, Tersia. Soos dat ek die verkeerde diagnose gemaak het en daardeur talle mense se dood veroorsaak het en miskien nog gaan veroorsaak. Ek was nie op my hoede nie. Ek was te seker van myself. Jy praat van een nag. Wat moet ek sê?"

"O, Lizl!"

Sy knik. "Ja, Tersia. Ons is en bly maar net mense. Ek het gisteraand 'n stukkie in Prediker gelees – nog in die ou vertaling – en dis wonderlik watter troos dit meteens vir my gebied het. Miskien moet jy dit ook lees. Daar waarsku God die mens teen volmaaktheid, of die sug daarna op aarde. Want Hy ken sy maaksel so goed. Tussen die woorde lees jy só 'n deernis, só 'n volmaakte begrip van ons. Daarom weet ek ook dat Hy daardie een nag in jou lewe nie net lankal vergewe het nie, maar ook – met ontferming en begrip vir ons swakke vlees – verstaan. Ons is te geneig om Hom net altyd as 'n veroordelende Regter te sien. Ons moet Hom meer as 'n liefdevolle, begrypende Vader sien." Sy draai na die bedkassie. "Ek sien jy het ook die ou vertaling saamgebring."

"Ja. Die nuwe was 'n bietjie groot. Hierdie een pas lekker in my tas."

"Ja. Hier is dit. Lees van vers dertien af in Prediker sewe en hou op om jouself so onnodig te martel."

Sy stap uit en Tersia gaan op die bed sit, die Boek oop in haar hande.

Aanskou die werk van God, want wie kan reguit maak wat Hy krom gemaak het?

Wees goedsmoeds op die dag van voorspoed, en op die dag van onheil, bedink dan: Ook hierdie dag het God gemaak net soos daardie, sodat die mens ná sy dood niks meer sal ondervind nie.

Alles het ek gesien in die dae van my nietigheid: daar is 'n regverdige wat deur sy regverdigheid omkom, en daar is 'n goddelose wat deur sy goddeloosheid lank lewe.

Wees nie alte regverdig en hou jou nie buitengewoon wys nie: waarom sou jy jouself verwoes?

Wees nie alte goddeloos, en wees nie dwaas nie: waarom sou jy sterwe voor jou tyd?

Dit is goed dat jy aan die een vashou en ook van die ander jou hand nie aftrek nie; want die wat God vrees, ontkom aan dit alles.

Die wysheid versterk die wyse meer as tien maghebbers
wat in die stad is; want daar is geen regverdige mens op die
aarde wat goed doen en nie sondig nie.

8

Toe dokter Willem kans kry om by Tersia se kamer in te glip, tref hy 'n meisie aan wat skielik besonder kalm is en in 'n beheerste stemtoon oor die groot dinge in haar hart kan praat.

"Hoe gaan dit?"

Sy kan selfs glimlag. "Goed, dankie."

"Hoe voel die keel? Pyne in die lyf?"

"Niks. En die keel voel nie beter nie, maar ook nie slegter nie."

Sy oë verhelder. "Wonderlik!"

Sy knik. "Ja. Die Here is goed vir my. Willem . . .?"

"Ja?"

"Jy weet van daardie nag . . . Jy het geraai. Ek kon dit in jou oë sien."

"Ja."

"Jy het ook altyd geweet hoe ek oor hom voel."

"Ja."

"Dit was verkeerd – die gevoel én die nag."

"Ja."

"Daar is geen verontskuldiging behalwe vir die swakheid van my vlees nie. Maar ek het nie daardie nag geweet Louise verwag nie." Die oë pleit by hom. "Ek het nie geweet nie, Willem!"

"Ek weet jy het nie geweet nie. Derick ook nie."

Haar oë pen syne vas. "Het hy nie? Is jy seker?"

313

"Ek is. Ek het vasgestel dat sy swanger is terwyl julle weg was. Sy het my verseker dat Derick nie die vaagste vermoede het nie, omdat sy eers honderd persent seker wou wees voordat sy hom haar wonderlike nuus vertel."

"Dan . . ."

Die grys oë is sonder veroordeling: "Nee. Derick het jou nie daardie nag misbruik nie. Ek weet dat hy werklik vir jou omgee. Wees gerus. Wat daardie nag tussen julle gebeur het, was – reg of verkeerd – eg."

"O, Willem!" Die oë skiet vol trane. Dit was nie die nuus dat Derick se vrou verwag en daardeur hom vir altyd buite haar bereik plaas wat haar só ontstel het nie. Maar dit was die bittere wroeging in haar dat hy haar omgepraat het om 'n nag saam met hom deur te bring terwyl hy geweet het daar lê 'n vrou by die huis en wag vir hom met sy kind wat in haar liggaam groei. Maar ná Willem se versekering kan daar net 'n innige, liefdevolle jammerte in haar vir Derick wees. Dit moet vir hom 'n vreslike skok gewees het, en sy kan nou begryp watter sielewroeging hý die afgelope dae moes deurmaak. Hy moet in twee geskeur gewees het: aan die een kant sy liefde vir haar; aan die ander kant sy kind en sy plig teenoor die ma van sy kind. Arme Derick! Hoe moeilik maak ons mensies dit tog nie vir onsself nie!

Sy kyk nou weer op, en, hoewel die ooghoeke nog nat is, is die glimlag terug op haar lippe. "Jy weet, hierdie dokter Lizl is 'n wonderlike mens."

"Sy is 'n goeie dokter," beaam hy.

Maar Tersia skud haar kop. "Net so 'n wonderlike mens. Sy het my hierdie hele ding in perspektief laat sien. Ons aardse lewe staan in die teken van nietigheid. 'Die dae van ons nietigheid', noem die Bybel dit. En solank ons met nietige vlees beklee is, sal ons sondig. Die Bybel sê ook daar is geen regverdige mens op die aarde wat goed doen en nie

314

sondig nie. Dit help dus nie om volmaak te probeer wees en dan te wil krepeer wanneer jy agterkom jy het gesondig nie. Die strewe om nie te fouteer nie, moet altyd daar wees, maar wanneer jy sondig – en dit doen jy – is die belangrikste dat jy opregte berou daaroor sal hê, opstaan en aanstap." Die oë kyk eerlik en reguit. "Ek was so seker dat ek 'n mooi lewe lei. Só seker daarvan dat ek nie dié dinge doen of sal doen wat party ander mense doen en wat teen my beginsels en oortuigings indruis nie; dat ek volgens die reëls van die hemel lewe. En toe, op 'n dag, ontdek ek 'n gevoel in my hart vir 'n ander vrou se man. Dit was 'n groot skok. En hoe harder ek probeer het om dit uit my hart te weer, hoe liewer het ek hom gekry. Maar nog was ek selfversekerd dat ons dit reg hanteer. Ek kon my gevoel vir Derick nie uit my hart kry nie, maar ek het niks daaromtrent gedoen of probeer doen nie. En toe begaan ek dieselfde fout as dokter Lizl."

"Ja?" Die grys oë lyk geïnteresseerd.

"Ja. Sy het my vertel dat sy te selfversekerd geraak het. Toe het sy die verkeerde diagnose gemaak. Ek het ook oorselfversekerd in my eie krag geword, dermate dat ek gedink het ek is sterk genoeg om alleen teen Satan te veg. En toe . . . een nag . . . behaal Satan die oorwinning, wys hy my hoeveel my krag werklik werd is en leer ek dat geen mens, hoe sterk ook al, alleen teen hom kan stry nie – nie solank ons in die dae van ons nietigheid leef nie. Ek het in eie krag hierdie verbode liefde probeer oorwin. Ek het gefaal. Van nou af sal ek my op die krag van God beroep om my die pad te wys. Dit is die regte manier om dit te doen. In eie krag sal ek dit nooit weer waag nie."

Sy sug saggies. "Die herinneringe aan daardie een nag wou my tot raserny dryf. Die besef dat ek iets gedoen het waartoe ek nooit sou kon droom ek in staat is nie, wou my van balans af ruk. Die wete dat ek niks beter is as hulle

315

wat ek in die verlede – al was dit nie met my lippe nie, maar wel binne-in my – veroordeel het, wou my mal maak. Maar Lizl het my gehelp om ook daardie een nag in perspektief te sien. Daardie een nag was nodig. Dit moes my terugbring van hierdie hoë vlak van selfversekerdheid na afhanklikheid. Miskien eendag . . . sal ek sover kan kom om dankbaar vir daardie een nag te wees; dat ek geval het sodat ek kon leer dat ek nie die pad alleen kan loop nie; dat die mens in die dae van sy nietigheid altyd, altyd afhanklik sal bly."

Danksy die bewuswording van dit wat ook hy uit Tersia se dure les leer, kan hy met deernis sê: "Jy het gelyk, Tersia. Jy moet dankbaar wees vir daardie nag toe jy geval het. Ek onthou nou die woorde van Paulus, nie waar nie? – toe hy gesê het: Wees in alles dankbaar. Vir hulle wat in God glo, moet daar in alles dankbaarheid wees, ook wanneer hulle geval het. Ek kry vandag 'n ander, nuwer begrip van die sondeval. Wanneer jy val, kom jy terug aarde toe, en terug na die besef van jou nietigheid." Hulle glimlag vir mekaar. "Ek is diep dankbaar oor hierdie gesprek. Ek het weer nuwe moed om hier uit te stap. Dankie."

"Moenie vir my dankie sê nie. Sê vir Lizl dankie."

Hy doen dit nie in soveel woorde nie, maar skielik word dokter Lizl goed ingespan deur die dokter in bevel. Sonder dat selfs sy dit agterkom, is dit nie eintlik haar professionele begaafdheid wat altyd ingespan word nie, maar 'n ander sy van haar wat dokter Willem so onverwags ontdek het. En hy verwonder hom oor die blindheid van die mens. Hy het gedink hy ken Lizl Landman deur en deur. Maar al die jare het hy net een kant van haar geken – die briljante dokter. Dis eers in die afsondering van B3 dat hy die mens Lizl Landman ontmoet. As die ander in B3 baie het om oor na te dink, het die dokter in bevel beslis ook.

Selfs daardie dae toe hulle openlik verlief was op mekaar, het Lizl se professionele perfektheid hom altyd in 'n mate afgeskrik. Hy het hom blind gestaar teen die foutlose dokter, en die mens in haar nooit geken nie. Dis ironies dat hy eers jare later en in sulke ongelukkige omstandighede die mens ontmoet en leer waardeer. 'n Begrypende hart vol deernis het natuurlik niks te doen met 'n briljante brein nie. Jy kan die een hê sonder die ander. Jy kan die slimste mens op aarde wees, sonder 'n hart. En dan weer hoef jy nie baie verstand te hê om 'n hart vol meegevoel en begrip vir jou naaste te hê nie. Lizl was vir hom van die begin af 'n menslike rekenaar teen wie hy moes meeding. Maar in hierdie dae word sy vir hom 'n vrou op wie hy swaar leun wanneer die dood verby die slotte en kettings B3 binnestap.

Dit gebeur so vinnig dat dit hulle verslae laat. Miskien het nie een van hulle regtig verwag dat die dood sou toeslaan nie, hoewel hulle tog uit vorige gevalle besef het dat dit 'n groot waarskynlikheid is. Maar omdat Fritz Hancke teen alle menslike oordeel en begrip in oorleef, was dit asof hulle net aanvaar het dat die ander ook sal.

Terwyl hulle nog worstel met die vraag of hulle bly of jammer moet wees dat Fritz op pad is na herstel, sterf suster Verwey. Een van die beheerspan kom roep die twee dokters wat 'n welverdiende koppie tee drink. Toe hulle weerskante van die bed staan, besef albei gelyktydig dat 'n onwelkome Besoeker reeds daar plek ingeneem het. Nie al die eenhede bloed kan die lewe weer terug in die liggaam voer nie. En hulle staan verslae voor die smeking in die oë wat skielik helder is. Hoe kan 'n mens 'n ma weier om vir laas haar kinders te sien? Hoe kry 'n mens dit oor jou hart om jou kop in weiering te skud teen soveel smeking?

Dis dokter Lizl wat die een naald uittrek en dan 'n klein seunstruitjie in die bleek palm vasdruk. Dis sy wat help dat

317

die stywe, seer arm kan buig sodat die trui omhoog gebring kan word om 'n ma se trane op te vang. Dis sy wat later dit weer uit die koue vingers wegneem en die hande oormekaar kruis. Dis dokter Willem wat padgee, wat die gang afstap asof hy vlug.

Hy staan in die kantoor met sy rug na die deur by die venster en uitkyk toe sy binnekom. Hy draai nie om nie, sê net: "Ons moet haar man laat weet." Dan draai hy stadig na haar, sy stem skor. "Asseblief, Lizl . . ."

Sy knik. "Ek sal."

Hy stap die gang blindelings in, sommer by 'n deur in. Daar is vier kinders êrens in hierdie groot stad wat hul ma nooit weer sal sien nie.

"Willem! Wat is dit? Derick . . .?" vra Tersia verskrik toe hy so vinnig haar kamer binnekom.

Hy skud sy kop. "Nee. Suster Verwey . . . sy is dood."

'n Oomblik later stap dokter Lizl by die oop deur verby na die dubbeldeur met die ruite wat na die groot saal lei. Nie een van die vyf mense in die algemene saal het tot dusver kommerwekkende simptome getoon nie en behoort oor 'n dag of twee ontslaan te word. Maar hierdie dae in afsondering het ook sy spore op hulle gelaat. Die oë kyk vinnig op toe sy binnekom. Dokter Jan is dadelik by.

"Bessie . . . verpleegster Heyns . . .?"

"Sy kry nog oortappings. Sy laat weet baie groete . . . vir almal."

Die oë bly kyk. Hy weet sy het iets vir hulle kom sê.

"Dokter Claassen het gesê julle sal oor 'n dag of twee ontslaan word indien julle geen simptome in die volgende agt-en-veertig uur toon nie. Ons verwag nie iets nie, maar vir veiligheid gaan ons julle nog twee dae hou."

Intuïtief weet hulle dis nie al wat sy wil sê nie. Suster Venter vra: "Hoe gaan dit met suster Verwey, dokter?"

Dis 'n te direkte vraag om te omseil. Daar is net een antwoord. "Sy is 'n paar minute gelede oorlede."

Stilte. Dokter Lizl draai om.

"Dokter . . ."

"Ja, dokter Liebenberg?"

"Bessie . . . Sê vir Bessie . . ."

"Ja, Jan?"

"Sê vir haar ek het haar lief en sy moet gesond word."

Haar glimlag bereik net haar mondhoeke. "Ek sal haar sê."

Sy gaan dra die boodskap dadelik oor. Dis belangrik. In die private kamer van B3 het die tydfaktor allesoorheersend geword. Minute tel hier. Soms sekondes ook . . .

Sy kyk op die gesiggie af wat nie meer rond is nie. Selfs die kuiltjies het verdwyn. Verpleegster Heyns is nie meer mollig nie.

"Ek het 'n belangrike boodskap van Jan af, Bessie." Sy glimlag toe sy die flou vonkeling in die oë sien. "Hy laat weet dat hy jou liefhet en dat jy gou gesond moet word." Dan is daar tog 'n vae beduidenis van 'n kuiltjie in die een wang.

Maar 'n paar minute later kyk dokter Willem magteloos op Bessie se gesig af.

"Ek is bang, dokter!"

Sy sê nie waaroor nie. Sy hoef nie. Hy weet. Dis iets wat jy weet sonder dat jy weet hoekom. En hy weet nie wat om te sê nie. Hoe kan hy vir 'n jong meisie van agtien sê sy moenie bang wees vir die dood nie? Hoe kan hy vir haar sê dis haar tyd om te gaan? Almal het 'n tyd om te gaan, en dis nou hare – op agtien. Daar wil nie woorde by die knop in sy keel verbykom nie.

Dan is Lizl skielik weer langs hom; sien hy hoe sy oor die bed buk. "Jy het vir Jan belowe jy sal altyd lag."

"Ek is te bang om te lag, dokter!"

"Probeer. Onthou wat ek vir jou gesê het: 'n Moedige mens lag altyd. En jy is moedig. En as 'n mens lag, kan jy nie bang wees nie. Kom. Glimlag vir my."

Die mond trek moedig en langs dokter Lizl sluit die man sy oë 'n oomblik asof hy fisieke pyn ondervind.

"Dis reg. Jy kry dit amper reg! Hou aan probeer. Jy het vir Jan belowe."

"Ja, ek het. Ek het hom gesê ek sal lag-lag . . . die dood ook tegemoetgaan . . . Maar ek het nie geweet dis so swaar nie . . ."

"Net aan die begin. As jy dit eers regkry, is dit maklik."

Hy kan net staar na die twee glimlaggende mense, en in sy hart wonder hy watter een van die twee die dapperste is, van wie dit die meeste verg.

"Sal dokter vir Jan sê . . .?"

"Ek sal hom sê jy het woord gehou. Jy het bly lag. Jy is 'n dapper meisietjie . . . en sy liefde werd."

Toe sy in 'n koma raak, is daar nog die skaduwee van 'n glimlag om die mondhoeke. Ook toe sy sterf.

Dis dokter Lizl wat van die bed af wegdraai en stil sê: "Ek sal vir Jan gaan sê sy het woord gehou."

Toe hulle die bevel kry dat hulle maar hul goedjies bymekaar kan kry en gaan, is dit nie mense wat lyk asof hulle eindelik ná tien dae van afsondering en doodsvrees weer vrygelaat word nie – hul gesigte is ernstig en met harte vol botsende emosies maak hulle stilswyend hul goedjies bymekaar.

Suster Verster pak die drie gebreide frokkies vir ou Piet se bors in die plastieksak waarin sy die wol gebring het. Sy het so dikwels in hierdie dae gewonder of ou Piet dit ooit sou nodig kry. Hy sal tog nooit alleen Drakensberge toe gaan nie. En hy sal nou ook nie. Hulle twee sal saam gaan, soos hulle beplan het. Maar by die dankbaarheid is daar ook iets soos 'n skuldgevoel in die hart. Ja, sy kan amper skuldig voel om vandag hier uit te stap. Want haar lewe is al verby. Sy is amper by aftree. En suster Verwey . . . Sy was soveel nodiger as sy. Sy het nog vier kinders gehad om groot te maak. Miskien moes die Here liewer die lot op haar laat val het en vir Verwey teruggestuur het huis toe. Miskien . . .

Suster Marks druk die roman in haar handsak. Sy het toestemming gekry om dit by die huis te gaan klaar lees. Miskien is net 'n flentertjie van wat hierin staan waar. Dan sal die lewe nog die moeite werd wees. Dan is daar nog hoop vir haar en Clive. Sy is dankbaar om hier te kan uit-stap, maar as sy aan verpleegster Heyns dink . . . Miskien moes die Here liewer vir haar laat sterf het, vir haar wat reeds so baie aan drome verloor het, wat al soveel kanse en soveel mislukkings gehad het, en vir Heynsie laat bly leef het. Miskien sou Heynsie haar drome kon vervul en haar drome behou. Miskien sou sy en die jong dokter Jan 'n hu-welik soos die een in die storieboek gehad het . . .

Ook die twee jong verpleegsters kry hul naaldwerk byme-kaar. Daar is vreugde en dankbaarheid in hul harte, maar ook hulle is diep onder die indruk dat nie almal wat hier ingestap het vandag saam met hulle uitgaan nie.

Dokter Jan wag tot die laaste. Hy is dankbaar. Natuurlik is hy dankbaar. Hy tel die ou tydskrifte op. Niemand sal dit tog wil hê nie. Hy kan dit seker maar vat. Daar is een blok-raaisel wat nog nie klaar is nie. Hy moet dit gaan voltooi. Hy het belowe, soos sy belowe het . . .

Hulle stap soos 'n klompie verlore skape in 'n hopie verby die deurwag, die ketting en die slot en die kennisgewing.

Dan sien suster Venter die bekende boepie aan die on-derpunt van die gang. Ou Piet . . . Sy stap vinniger, breek weg van die klompie. Hy neem die pakkies by haar, sê nie 'n woord nie. Dis nie nodig nie. Hul hande vat mekaar vas en hulle begin aanstap.

Die twee verpleegsters begin die gang afhardloop, die een binne-in haar ouers en die ander in haar verloofde se arms in.

Dan is dit jong dokter Jan se beurt om sy skrede te rek toe hy verras die bekende gestaltes sien wat om die hoek kom. Pa, swaar leunend op sy krukke, met Ma se arm soos altyd ondersteunend daarby.

Dan bly daar net een man op die onderpunt van die draai agter. En 'n vrou aan die bopunt. Hul treë na mekaar is stadig, onseker. Hulle kom voor mekaar tot stilstand.

"Sandra . . ."

"Clive!"

Dan is suster Marks in haar man se arms, hou hy haar vas soos hy dit in jare nie gedoen het nie; klou sy hom vas soos nog nooit tevore nie.

"Ek was so bang jy gaan dood!"

"O, Clive!"

"Kom ons gaan huis toe, my skat."

"Ja, vat my huis toe, my man."

Hulle sien nie die vrou wat by hulle verbygestap kom nie. Die deurwag kom orent toe sy nader kom.

"Jy is by die verkeerde saal, dame. Dit is 'n afsonderings-eenheid hierdie en niemand . . ."

"Ek is by die regte plek." Sy kyk na die venstertjie in die een deur. "My man lê hier."

"Maar jy mag nie . . ."

"Ek wil dokter Claassen spreek. Roep dokter Claassen, asseblief."

Willem frons hewig toe hy die vrou buite die deur eien. "Louise! Wat kom soek . . . Nee! Moenie nader kom nie! Moenie my aanraak nie!"

Sy kyk hom verskrik aan, en hy verduidelik op sagter toon: "Dis steriele klere hierdie. Wat kom maak jy hier, Louise?"

"Ek moes kom. Asseblief, Willem, ek kan nie langer van hom af wegbly nie! Ek wil by my man wees!"

"En jou kind? Wat van jou kind, Louise?"

Die kop sak, die stem verwese: "Ek . . . weet nie, maar ek kan nie langer daar so ver weg sit en . . . Ek sal mal word!" Die oë pleit. "Asseblief, laat my dan net hier in die gang sit! Dan is ek tog nader aan hom! Dis mos nou veilig, nie waar nie? Julle het 'n klomp ontslaan en daar was nie weer nuwe gevalle nie. Wanneer word hy dan ontslaan?"

"Nie gou nie, Louise. Hy is nog baie siek. En jy kan nie . . ."

"Kan ek iets voorstel?" vra dokter Lizl agter hom. "Ek sal verlof vra en dan kan sy in my woonstel in die dokterskwartiere bly." Sy sien hom hewig frons en vervolg gedemp: "Asseblief, Willem. Ek verstaan hoe sy voel . . . As . . ." Sy swyg, vervolg in haar hart: As dit jy was wat hier gelê het, sou ek ook dag en nag in die gang voor die deur wou sit.

"Hier is sy stoksielalleen tussen vreemdes. Tuis is sy in 'n bekende omgewing."

"Ek weet, maar . . ." Die twee vroue se oë ontmoet, en Lizl pleit voort: "Laat haar maar vir eers bly. Dit sal seker nie vir lank wees nie."

Hy kyk weg, draai dan summier om en stap die gang af.

Dokter Lizl sê gerusstellend: "Gaan na die superintendent se kantoor. Ek sal bel en reël dat jy my woonstel kry."

"Dankie. O, baie dankie! Hoe . . . hoe gaan dit met hom?"

"Hy is nog baie siek, mevrou. Hy sal nie gou ontslaan word nie."

"En Fritz . . . meneer Hancke? Wanneer kan hy uitkom?"

"Oor 'n dag of twee."

"Dan kan Derick nie veel langer bly nie. Hy is nie so siek soos wat Fritz was nie, dan nie?"

Dokter Lizl sluk. "Meneer Hancke was baie siek, mevrou. Ek gaan nou bel. Kry die sleutel van die woonstel by die superintendent."

"Sê groete vir Derick. Sê liefde vir my man. Sê hom . . . dit gaan goed met sy seun."

Sy glimlag. "Ek sal hom sê. Tot siens, mevrou."

Maar hierdie boodskap kan dokter Lizl nie oordra nie. Hierdie keer is sy net sekondes te laat. Derick is klaar in 'n koma toe sy langs dokter Willem tot stilstand kom.

Oorkant die bed is daar nog 'n paar pleitende oë. "Ek het hier by hom gesit en . . . Willem?"

Sy stem is grof. "Jy ken self die antwoord, Tersia. Dis die een of die ander. Hoe sal ek weet watter een?"

Die een of die ander. Ja, sy weet. Hy gaan óf sterf, óf 'n tweede Fritz word. Na watter kant toe moet 'n mens bid?

"Ek het hom nog gesit en vertel . . . dat die goeie tog uit die kwaad gebore kan word. Ek wou nog vir hom sê dat ek nou dankbaar is vir daardie een nag, en dat dit tog op die ou end 'n mooi herinnering geword het."

Stilswyend sien hulle haar wegdraai van die bed en uitstap.

Rika Hancke kyk op toe sy binnestap. Sy het Fritz pas gemaklik gemaak en hy sit soos 'n maer semelpop teen die kussings, sy oë leeg voor hom. Tersia gaan staan aan die oorkant, wonder by haarself: Sou hy regtig niks sien nie? Of kyk jou onderbewussyn in sulke gevalle? Wat sou Fritz nou sien? Sy aardse skatte? Sy blink motor? Die baie beeste? Miskien die baie bosluise? Of is dit maar net 'n hele uitspansel van niks wat voor hom uitstrek? Is sy brein heeltemal dood of is daar nog iewers 'n groen grassie op die herinneringsveld? As hy nog iets kan onthou, wat, of wie sal dit wees?

Die twee vroue se oë ontmoet. "Derick het in 'n koma verval."

Rika se donker oë kyk vas terug. "Jy het hom baie lief."

Tersia laat haar blik sak. "Wie . . .?"

"Vir Derick."

Haar oë vlieg omhoog. "Ek het . . ."

"Jou oë het my dit vertel toe jy my sê hy is in 'n koma." 'n Diep sug. Dan erkenning. "Ja."

Twee paar oë draai na die beweginglose mens teen die kussings.

"Kan ek maar na hierdie poppie van ons kyk, asseblief?" Tersia kyk vraend na Rika toe sy met teer vingers deur die kuif bokant die uitdrukkinglose gesig vryf en daar 'n onbeskryflike teerheid en deernis op haar gesig verskyn. Tersia staar haar aan. Rika laat haar op hierdie oomblik dink aan 'n dogtertjie wat haar eerste mooi slaappop ontvang.

"Ek wil dit so graag doen, Tersia," vervolg Rika. "Ek wil hom oppas en versorg, hom was en aantrek en vertroetel en kos voer asof . . ."

"Rika! Weet jy wat jy praat?"

"Ja. Ek weet. Sal jy nie bereid wees om dieselfde vir Derick te doen nie?" Tersia kan haar net aanstaar, en Rika Hancke glimlag haar teer, hartseer mooi glimlaggie terwyl haar hande voortgaan met streel, haar oë voortgaan om die man in die bed te liefkoos soos met die oë van 'n ma. "Die mens is 'n snaakse wese. Toe Fritz Hancke 'n mooi, fris man was, het ek van hom weggeloop. Ek het nie kans gesien om een dag langer saam met hom te leef nie. En nou . . ." Haar vingerpunte streel oor die diep kepe om die mond. "En nou is hy maer en vergaan, verstandeloos – 'n regte lelike ou semelpop . . . maar daar is niks wat ek meer in die lewe begeer

325

as om hom altyd by my te hê nie . . . om na my ou semelpop te kyk totdat die laaste semels uitval."

"O, Rika . . ."

Trane loop ongehinderd oor die twee vroue se wange.

"Sal jy my toelaat, Tersia? Asseblief! Ek weet julle is verloof, sou gaan trou . . . Maar noudat hy nie meer weet wie hy liefhet of liefgehad het nie . . . Hy was darem eerste myne. Kan ek maar die stukke wat van hom oorgebly het, terugkry . . . asseblief?"

Dit neem tyd om snikke te smoor en trane weg te sluk. "Hy was nog altyd joune. Hierdie ring . . ." en sy trek dit van haar vinger af, ". . . het niks beteken nie. Jy was nog altyd in sy hart soos wat hy in joune was. Jy mag maar die semelpoppie vir jou vat, my liewe vriendin."

Sy stap vinnig uit na haar kamer, druk die deur agter haar toe. In hierdie oomblikke is sy nie in gedwonge afsondering nie; soek sy dit self op. Daar kom tye in 'n mens se lewe dat jy in afsondering moet gaan. Soos nou vir Tersia Louw.

Want dit is die toets van die liefde dat jy sal liefhê ook wanneer daar net 'n semelpoppie oorgebly het. Miskien juis dan dat die liefde sy ware diepte bereik. Dis so maklik om lief te hê wanneer dit net goed gaan. En is dit nie die Prediker wat uitwys nie: *Wees goedsmoeds op die dag van voorspoed, en op die dag van onheil, bedink dan: Ook hierdie dag het God gemaak net soos daardie . . .*

As dit moet gebeur dat daar ook net 'n semelpoppie in 'n ander kamer in hierdie gang oorbly, sal Louise oor hom voel soos wat Rika oor hare voel? Of sal sy miskien haar semelpoppie weggee?

Dokter Lizl sê niks toe sy langs Rika Hancke kom staan en die nat wange en bewende lippe sien nie. Die matrone van die beheerspan dra al 'n paar dae lank nie meer 'n masker wanneer sy by Fritz se kamer instap nie. Want Fritz is genees van Kongokoors. Hy kan môre huis toe gaan, terug na sy vyf plase en sy groot boerdery. Terug na sy stywe bankbalans waarmee hy niks kan koop nie.

"Ek is jammer, Rika."

Die aangesprokene kyk vinnig op, vee oor haar nat wange. "Jammer, dokter? Waaroor?"

"Omdat ons hom só aan jou moet teruggee."

Dis net iemand wat self die bodem van 'n smartput bereik het wat begrip vir 'n ander se smart kan hê . . . en vir 'n ander se foute.

"Dis nie jý wat hom so aan my teruggegee het nie, dokter Lizl. Dis nie nodig dat jy jou ooit hieroor moet verwyt nie, asseblief."

Dokter Lizl sug saggies, haar oë op die uitdrukkinglose gesig. "As ek betyds die regte diagnose gemaak het . . ."

"Die regte diagnose is betyds, onmiddellik met Derick, suster Verwey en ook verpleegster Heyns gedoen. Of dit nou betyds was of nie, dit lê buite jou beheer."

"As ek dit net kon glo." Sy verander die gesprek vinnig: "Gaan jý nou na hom kyk?"

"Ja. Ek het reeds met matrone gepraat. Ek gaan môre saam met hom wanneer hy ontslaan word. Ons gaan direk terug plaas toe."

"En dan?"

"Dan, dokter Lizl, gaan ek my ou semelpop oppas tot op die laaste, soos ek vir Tersia gesê het."

Dokter Lizl se oë bly op Fritz se gesig. "Derick is in 'n koma."

Rika kyk haar bekommerd aan. Dis die begin van die einde soos hulle albei weet. Eersgenoemde sug diep. "Dis jammer. Ek het gehoop hy sou herstel. Ek het nie besef hy is so ernstig nie. Sy vrou verwag hul kind ná tien jaar, het Willem my vertel."

"Ek verstaan so. Ek voel egter meer bekommerd oor Tersia. Derick se vrou sal ná die eerste smart nog iets oorhê: hul kind. Maar Tersia . . ."

"Toemaar, daar is darem nog Willem. Nou is daar niemand vir wie hy by Tersia moet terugstaan nie. Dis die beste wat met albei kan gebeur. Derick het my vertel dat daar jare gelede 'n meisie in Willem se lewe was. Maar dit was in sy studentedae. Sedertdien het hy hom nie juis aan die teenoorgestelde geslag gesteur nie. Maar Willem is 'n baie volwasse mens en ek glo nie hy sal steeds vasklou aan 'n illusie uit sy jeugjare nie. Ek glo eerder dat hy al lankal 'n dieper gevoel as vriendskap vir Tersia ontwikkel het, maar daaroor geswyg het omdat hy geweet het sy is op Derick verlief. Dit moet seker vir hom 'n groot skok gewees het toe sy aan Fritz verloof geraak het."

"Hoekom sou sy dit gedoen het?"

"As jy Tersia ken soos ek, sal jy dit verstaan. Sy sou baie skuldig gevoel het oor haar gevoel vir Derick en sou sommer aan Fritz verloof raak as 'n soort beskerming teen daardie gevoel. Ek hoop egter van harte dat hierdie twee mense mekaar eindelik nou sal vind en gelukkig sal wees. Albei verdien dit. Hulle is twee wonderlike mense."

Dokter Lizl is stil. Sy onthou 'n toneeltjie wat sy deur 'n oop deur gesien het pas nadat suster Verwey oorlede is. Sy onthou Willem het die kamer uitgevlug na Tersia toe. Sy onthou hoe Tersia haar arms om hom geslaan het en hoe hy haar 'n oomblik vasgehou het. Miskien is Rika reg. Nee. Rika het heeltemal gelyk. Willem is 'n te volwasse mens om met 'n droombeeld van gister saam te leef. Hy het hom eenkeer verbeel hy is op 'n slimkop-meisiekind verlief. Maar in sy volwasse jare het hy 'n meisie liefgekry wat op sy beste vriend, 'n getroude man, verlief was. Hy het, soos sy hom ken, geduldig eenkant toe gestaan en gewag dat tyd hierdie

328

probleem sal uitpluis. Hy sou, omdat hy die man is wat hy is, hom nooit opdring nie. Hy het nie . . . selfs toe sy aan 'n ander man verloof geraak het. Maar nou is nie Derick of Fritz meer op die toneel nie. Sy geduld sal eindelik beloon word. Tyd het, soos dit baiekeer doen, selfs hierdie probleem opgelos. Nog net 'n bietjie tyd is nodig vir Tersia om oor die dinge van die verlede te kom en met ander oë na Willem Claassen te kyk – die man wat jare lank bereid was om net 'n vriend te wees. Dan wag daar vir haar tog 'n mooi toekoms, al sou sy dit nie op hierdie oomblik glo nie.

Dokter Lizl besef sy het geen reg gehad of geen grond om te glo dat Willem se liefde nog aan haar behoort nie. Vir hom het dit wat eens tussen hulle was net 'n droom geword, soos Rika dit gestel het. In al hierdie dae in B3 was daar nie 'n gebaar of kyk van die grys oë wat haar anders kon laat dink nie. Dis sy self wat heeltyd gebid het dat hulle mekaar weer sou vind. Maar dit gaan nie so uitwerk nie. Dit werk selde uit soos wat 'n mens dit wil hê, want jy is nie die stuurman van jou eie lewe nie, ook nie van die hart nie.

Toe sy 'n paar uur later die naalde uit Derick se are trek en die laken oor sy gesig skuif, is sy skaars bewus van die man en meisie aan die ander kant van die bed; sien sy skaars hoe Willem vir Tersia teen hom vastrek sodat hulle hierdie oomblikke van smartvolle verlies kan deel. Sy het die man verloor wat sy teen alle wil, beterwete en oortuigings in liefgehad het; hy 'n vriend.

Toe Rika later die hartseer tyding van haar ontvang, is daar opregte meegevoel in haar stem: "Dan het daar nie eens 'n semelpoppie oorgebly nie."

Nee. Daar het niks oorgebly nie. Maar vir Louise het sy kind agtergebly en vir Tersia Willem. Maar wat het vir my oorgebly? wonder dokter Lizl toe sy na die hoofdeure stap

om die bevel te gee dat die slot en ketting en kennisgewing-
bord maar verwyder kan word. Die Kongokoorsepidemie
is verby. Maar die een of ander dag gaan dit weer toeslaan,
gaan daar weer miskien 'n verkeerde diagnose aan die begin
gemaak word, gaan daar weer mense sterwe. Sy gaan staan,
kyk peinsend voor haar uit. Miskien. . . ja, miskien het daar
tog ook vir dokter Lizl iets oorgebly.

9

Die onheilsdae in B3 is verby, maar vir die mense wat so
begenadig is om weer tot die volle lewe terug te keer, is dit
moeilike dae wat volg. Terwyl hulle in B3 was, was die lewe
en sy werklikheid so ver van hulle af weg. Maar solank die
bloed in are gevloei het en daar nog asem was, was daar
hoop. Vir hulle wat moet aanstap, is die finaliteit van die
dood iets wat verwerk moet word en dis nooit maklik nie.
Dit neem tyd om veral te aanvaar dat iemand agtergebly
het en dat die pad vorentoe sonder hom, of haar, geloop sal
moet word, of jy kans sien daarvoor of nie.

Dit is dokter Willem wat na dokter Lizl se woonstel gaan
en Louise die tyding van die dood bring. Nog nooit was
hierdie taak vir hom so swaar nie. Ook het die besef swaar
in hom gelê dat Tersia en Louise in die komende dae baie
swaar op hom gaan leun en dat hy sy bystand en onderskra-
ging aan hulle sal moet gee tot tyd en wyl die smart getem-
per het. Dan eers sal hy aan homself kan dink.

Louise en Tersia is reeds in sy motor toe hy en Lizl 'n
enkele minuut alleen voor mekaar staan. Hul oë ontmoet
ernstig. In die helder sonlig lê die spore van die spannings-
volle dae duidelik op albei gesigte.

Sy steek eerste haar hand na hom uit: "Tot siens, Willem. Sterkte vorentoe en dankie vir alles."

"Ek sê ook dankie, Lizl. Ons sal mekaar weer sien. Matrone sê my jy gaan nou eers 'n week of wat verlof neem. Gaan rus nou lekker uit. Wanneer jy terugkom. . . sal ons verder praat."

Sy knik net, en weet nie watse "verder praat" daar tussen hulle kan wees nie, maar sy vra ook nie. Willem gaan binne die volgende minuut finaal uit haar lewe ry. Dis nie net die twee vroue in die motor wat moet aanvaar dat iemand wat jy diep liefgehad het in gister agtergebly het nie. Ook sy moet dit aanvaar. Willem Claassen behoort tot die verlede.

Die drie mense is stil terwyl hulle die lang pad terug huis toe vat. In al drie lê die wete dat die lewe nooit weer heeltemal dieselfde sal wees nie. Agterin die motor verstil die smart in Tersia se oë tot iets byna konkreets toe hulle verby 'n motel langs die pad ry. Vir die res van haar lewe sal dit gemengde en teenstrydige gevoelens in haar opwek. Dis ook iets waarmee sy sal moet leer om saam te lewe.

Voor in die motor langs Willem kyk Louise stom hoe die kilometers onder hulle verbygly. Sy gaan alleen terug huis toe . . . sy en haar kind.

Toe hulle by Louise se huis aanland, haal dokter Willem ook Tersia se koffer uit die kattebak.

"Ek dink julle twee het mekaar nou nodig."

Daarna ry hy gou uit na Fritz Hancke se plaas, hou voor die indrukwekkende plaashuis stil. Hy kry hulle op die sonstoep en die toneeltjie is een van soveel vrede dat hy sy kake op mekaar moet klem. Eers wanneer jy nader stap, sien jy die leegheid in die een paar oë. Hoekom . . . toe hulle hierdie soort samesyn ten volle kon geniet en waardeer, hoekom was dit nie daar nie? Toe was dit 'n malle gejaag van

onthaal en pret en plesier sonder oomblikke van stilte tus-
sen hulle. Nou het daar net die stilte oorgebly . . .

"Hoe gaan dit?"

"Goed." Die oë blink trots. "Ek is seker hy het al 'n bie-
tjie gewig aangesit. Hy eet sy kos baie mooi soet."

"Rika . . . Rika, is jy seker jy wil hierdie ding doen? Jy
is nog jonk. Daar lê nog baie jare voor. Moontlik vir hom
ook. Dis 'n moeilike pad wat jy gekies het."

"Dit was my keuse. Niemand het my daartoe gedwing
nie."

"Maar het jy goed na al die aspekte gekyk? Dis nie net
Fritz nie. Dit is die boerdery . . ."

"Wat sal voortgaan soos altyd. Boet is 'n uiters bekwame
en betroubare bestuurder. Ek weet self iets van boerdery.
Tussen ons twee sal ons Fritz se plaas aan die gang hou."

In albei lê die ongeuiterde vraag: Vir wie? Wanneer die
laaste semels eendag uitgeval het, soos sy dit stel, wat dan?

Sy lees die vraag in sy oë en kyk moedig terug: "Ek
weet, Willem. Maar ek bekommer my nie daaroor nie. Aard-
se goed het vir my van minder belang geword. En wanneer
ek na hom kyk, dan het dit geen waarde meer vir my nie."

Toe hy weer by die groot gegote hekke met die wit pilare
uitry, beaam dokter Willem swyend: Jy is reg, Rika. As die
hart arm is, kan geen aardse rykdom dit ryk maak nie.

Miskien is sy jare van 'n arm hart eindelik verby. Sy het al
die tyd wat hulle saamgewerk het in B3 nooit iets laat blyk
wat hom kon laat dink dat daar van die ou gevoel vir hom
iets in haar hart oorgebly het nie. Tog glo hy dat hulle in
hierdie tyd nader aan mekaar beweeg het as wat hulle ooit
tevore was. Hy gaan haar eers in vrede laat sodat sy goed
kan uitrus. Daar is sekere dinge in haar hart wat sy moet
uitpluis, nes hy. Hy voel skaam as hy besef wat presies in
die verlede vir hom so vreeslik belangrik was, so belangrik

dat hy 'n mens soos Lizl Landman uit sy lewe geban het. Kan 'n mens werklik só blind wees? Kan die onbelangrike dinge in die lewe werklik soveel waarde vir jou kry dat jy jou eie geluk daarvoor inboet? Want dis wat hy tien jaar gelede gedoen het, het hy in B3 reeds besef. Dit was vir hom vreeslik belangrik, die belangrikste van alle ander dinge, dat hy beter as Lizl moet wees. Die feit dat die liewe Heer hom self 'n bogemiddelde brein en vermoëns gegee het, het hy nie eens raakgesien nie. Nee. Dit was net daardie een tree wat hy altyd agter Lizl was, wat by hom gespook het. En toe kyk hy in Fritz Hancke se leë oë . . . en hy het klein en nietig en skuldig voor sy Skepper gestaan. Ook voor Lizl. Daardie dag toe die besef die eerste keer tot hom deurgedring het, wou hy uit B3 weghardloop.

Hy kon Lizl nie in die oë kyk nie, want hy het homself skielik deur haar oë gesien en hy kon nie glo dat sy hom daardie tyd kon liefhê nie, en beslis nie meer vandag nie.

En tog het sy hart skielik weer begin hoop. In B3 het hy ook die begrypende hart binne die bekwame dokter leer ken en hy het teen sy nugter verstand in begin hoop dat Lizl tog sy dwaasheid van tien jaar gelede sou vergewe. Hy het die afgelope dae stom gestaan voor wat 'n vrou se liefde kan dra, waartoe dit in staat is. Daar is Rika Hancke, nog jonk en pragtig, wat haar lewe gee, haar hele toekoms, aan 'n man met leë oë, 'n man wat nie eens weet sy is by hom nie, dat hy self lewe nie. Maar sy doen dit omdat sy hom liefhet, selfs nou . . . Sal Lizl se liefde vir hom, as dit nog daar iewers in haar hart skuil, groot genoeg wees om hom te vergewe, so groot soos Rika Hancke se liefde? Sal sy dit kan regkry om hom te vergewe dat hy hul geluk jare gelede weggegooi het oor iets onbelangriks?

Want wat maak dit saak as sy een tree voor is? Dis God wat die gawes uitdeel. Wie is hy om ontsteld te wees omdat die Skepper aan Lizl Landman tien talente gegee het en aan hom net nege? Vandag sien hy dit so duidelik: As jy eers een maal in verstandelose, leë oë gekyk het, moet jy net dankbaarheid teenoor jou Skepper hê vir wat jy ontvang het, al is dit ook net een talent. God het hóm beslis nie meer as net een talent gegee nie, maar hy was ontevrede omdat hy nie tien, soos Lizl, gekry het nie. Trouens, hy wou eintlik al die jare elf gehad het – een meer as Lizl. En om daardie een meer het hy tien jaar van hul lewe weggegooi, tien jaar waarin hulle gelukkig kon gewees het; tien jaar waarin hy miskien die tiende en elfde talent sou bygekry het as hy hom nie blind gestaar het teen 'n ander se talente nie.

Hy wens nou dat hy liewer met haar gepraat het voordat hulle uit B3 is. Maar hy het gevoel dis seker onvanpas om hieroor te praat en oor 'n nuwe toekoms terwyl ander om hulle, goeie vriende, se toekoms die een ná die ander beëindig word of aan duisende skerwe spat. Maar sodra hy alles hier uitgepluis het, en sodra Lizl terug is van haar vakansie, gaan hy haar in die stad opsoek. Intussen kan hy net ongeduldig wag dat hierdie maand moet verbygaan, want hy het iets baie belangriks om aan Lizl Landman te sê . . . en 'n baie belangrike voorstel aan haar.

Maar in hierdie eerste maand ná die terugkeer uit die stad verg dit aanpassing vir meer as een. Daar is Louise wat só afhanklik van Tersia word dat dit eintlik later kommerwekkend is. Tersia het begryp hoekom Willem daardie dag van haar verwag het om vir 'n dag of twee by Louise te bly. In daardie eerste dae en nagte was sy ook dankbaar vir sy versiendheid, anders weet sy nie wat sou gebeur het nie.

Daar was eers die begrafnis wat moes verbykom en toe die aanvaarding van die finaliteit van die dood. Party swanger vroue ly soms aan depressie tydens hul wagtyd, en met die omstandighede soos dit is, moet Tersia baie dae en nagte Louise deur sulke tye dra.

"Hoe gaan ek my kind alleen grootkry?" wou Louise dikwels weet, en dan het die antwoord troostend gekom. "Ons sal almal help, Louise. Moet jou nie bekommer nie. Jy is nie alleen nie."

"Belowe jy, Tersia? Belowe jy dat jy my sal help om Derick se kind groot te maak?"

Dat dit 'n onregverdige vraag was, het nie by een van die twee opgekom nie. Die belofte was spontaan: "Ek belowe jou ek sal jou help net waar ek kan, Louise. Derick se seun sal grootword en opgroei in 'n man op wie sy pa trots sou gewees het."

Dan het die kommer 'n rukkie verdwyn, het net die vreeslike hartseer, die vreeslike gemis oorgebly. "Ek kan nog nie glo hy is regtig dood nie, Tersia! Dit voel vir my hy sal op 'n dag sommer maar net weer hier instap. Soms . . . soms verbeel ek my ek hoor sy motor stilhou. Dan stap ek voordeur toe om hom te ontmoet en wanneer ek daar kom en sien daar is niks nie, ek het my maar net verbeel . . . Daar is nie woorde om my gevoel te beskryf nie."

En Tersia het geknik. Sy het verstaan. Want ook sy het haar daardie eerste keer toe sy weer die spreekkamer instap en Derick se deur oopmaak, verbeel sy sien hom soos altyd agter die lessenaar sit. Toe het die skimbeeld vervaag en daar was niemand nie. Die stoel was netjies ingedruk en die lessenaar skoon en blink en kaal. Sy het haar vingers daaroor laat gly. Derick . . .

Sy draai om toe die deur agter haar oopgaan en hul oë ontmoet. "Dit sal nooit weer heeltemal dieselfde wees nie."

"Nee." Willem druk die deur agter hom toe. "Ek wou nog met jou praat, Tersia. Ek kan nie voortgaan met die praktyk nie."

"Wat?" Dis ook 'n groot skok.

"Nee. Ek onderhandel met iemand om dit oor te neem. Ek dink ek gaan binnekort weg."

"Willem! Maar dis . . . baie vinnig. Jy gaan ons hier alleen los?"

Die ongeloof in haar oë en die kwalik verbloemde verwyt in die stem maak seer, maar hy weet hierdie keer kan hy nie anders nie. Daar is reeds tien jaar verby . . .

"Dis nie 'n geval van julle in die steek laat nie, Tersia. Probeer asseblief verstaan. Jy weet self dat Derick dikwels gesê het ek hoort nie hier nie."

Sy knik, vee moeg oor haar oë. Dit was 'n moeilike tyd wat agter die rug lê. Dis steeds 'n moeilike tyd. En nou wil Willem ook weggaan . . . "Jy gaan seker stad toe?"

"Ja. Dis die plan. Ek het 'n groot guns om te vra, Tersia."

"Ja?"

"Ek kan net met 'n geruste hart weggaan as ek weet jy sal 'n oog oor Louise en Rika hou. Hulle gaan jou albei bitter nodig hê in die toekoms. Sal jy dit vir my doen, asseblief?"

Sy kyk hom stil aan. "Natuurlik. Dis vanselfsprekend. Ek weet net nie hoe hulle, veral Louise, hierdie nuus gaan verwerk nie. Waar dit die baba aangaan, steun sy ten volle op jou. Veral met die geboorte . . ."

"Ek sal spesiaal vir die geboorte kom as sy dit so wil hê. Maar ek móét gaan, Tersia. Probeer dit verstaan!"

Sy knik stadig. Ja, sy verstaan tog. Derick het dikwels gesê dat Willem vermors is op die platteland. Dat hy tot soveel groter dinge in staat is. Dat hy behoort te spesialiseer. Ja, sy verstaan dat hy moet gaan, anders word hy te oud daarvoor, gaan die tyd verby vir sulke dinge. En sy . . . sy moet bly, want sy is weer hiér nodig.

"Ek verstaan, my vriend. Ek kan jou net alle sukses toewens."

"Dankie, Tersia. Jy is so 'n begrypende mens."

Ja, maar baiekeer weet niemand wat werklik in die hart van die mens skuil nie. Jy kan net 'n hart vol begrip hê as jy die seer ook al in jou eie hart gevoel het, miskien nog voel.

"Moet vir niemand iets sê nie. My planne is nog maar in die beginstadium. Sodra daar finaliteit is, is daar genoeg tyd om te vertel."

Dis goed dat hy haar dit vra, want toe die lang maand eindelik verby is en hy stadshospitaal toe bel en vra om met dokter Landman te praat, verneem hy van die skakelbord-operateur dat sy nog nie terug is nie. Hy is verbaas, vra om met die superintendent te praat, maar dié en matrone is op die oomblik in 'n vergadering. Uiteindelik kom hy by jong dokter Jan uit. Hy het ontstellende nuus. Dokter Lizl Landman kom glo nie terug nie. Nie terug nie? Nee. Die jong huisdokter het verstaan sy het al haar bedanking ingedien pas nadat hulle uit B3 is. Hy verstaan sy is nou oorsee, studeer verder of so iets. Ja, hy is baie seker daarvan, want ene dokter Steyn het reeds haar vakante pos gevul.

Die gehoorbuis van die telefoon word op die mik teruggesit.

Hy sit lank so voor hom en uitkyk. Eindelik moet hy tot die slotsom kom dat daar geen misverstand is nie. Hy het haar uitdruklik daardie dag toe hulle gegroet het gesê dat, wanneer sy terugkom van vakansie, hulle verder sal praat. Hy onthou nou dat sy nie daarop gereageer het nie. Sy het toe al geweet, as sy dit toe nie al klaar gedoen het nie, dat sy gaan bedank en dat hulle mekaar nie weer sal sien nie.

Hy sit terug teen die rugleuning. Wel, Lizl, ek het die boodskap duidelik ontvang. Wat jare gelede tussen ons was, is verby.

Hy is daardie aand genooi vir ete by Louise en Tersia. Hy is stiller as gewoonlik, maar nie een van die twee vroue kom dit agter nie. Veral Louise het planne om te bespreek.

"Wat dink jy daarvan, Willem?"

"Ekskuus? Ek is jammer. My gedagtes het 'n bietjie gedwaal."

"Ek vra wat dink jy van die plan dat Tersia haar woonstelhuur opgee en haar intrek permanent hier by my neem? Hoekom sal sy daar en ek hier alleen sit? Dis net ekstra uitgawes vir haar."

Hy kyk na Tersia. "Sy alleen kan daaroor besluit, Louise. Hoe voel jy hieroor, Tersia?"

"Louise het 'n bietjie vinnig op my afgekom, maar ek dink nie dis 'n slegte plan nie. Dis soos sy sê. Ons is albei alleen . . ."

Hy glimlag met deernis. "Dit is so. Ek dink dis 'n puik plan. Nou sal ek regtig meer gerus oor julle twee wees." Maar toe hy later vertrek en Tersia saam met hom motor toe stap, waarsku hy tog: "Ek dink steeds dis 'n goeie plan, maar jy moet ook versigtig wees, Tersia. Jy is geregtig op 'n lewe van jou eie. Jy moet waak daarteen dat Louise nie dalk – onbewustelik natuurlik – jou heeltemal opslurp nie."

Sy glimlag. "Ek weet wat jy bedoel, maar ek dink nie daar bestaan gevaar daarvoor nie. Ek sal my onafhanklikheid nie prysgee nie – ek wil volgende maand terug spreekkamer toe. Dis eintlik maar net die aande en nagte wat so alleen is. Dan kan ons mekaar help."

"Tersia, jy is 'n baie mooi mens, van binne en buite. Daar kan nog 'n mooi toekoms op jou wag, 'n man, kinders van jou eie . . ."

Maar sy skud haar kop. "Nee, Willem. Ek dink nie so nie. Altans nie baie gou nie. Op die oomblik is ek dankbaar dat ek iets vir Louise kan beteken. En sý beteken vir

338

my baie. Ek sou nooit kon glo dat daar eendag so 'n mooi vriendskap tussen my en Derick se vrou sou kon ontwikkel nie."

"Ja, dis wonderlik hoe die lewe soms uitwerk."

"Dit is so. Wat ek vir Louise doen, doen ek ook vir Derick, voel dit vir my. En wanneer die kleintjie eers daar is . . . Dis Derick se kind. Dit voel reeds al vir my asof ek ook 'n aandeel in hom het. Op 'n wonderbaarlike manier voel dit vir my asof dit ook mý kind is."

Hy staan en kyk in die maanlig na haar mooi, sagte gesig en lê sy palm 'n oomblik teer teen haar wang. Want skielik sien hy 'n toekomsbeeld van hierdie mooi mens. Eendag sal mense verwonderd vra hoekom hierdie gawe, mooi vrou met die grys kop nooit getrou het nie. Êrens in haar verlede moet daar 'n liefdesteleurstelling gewees het, sal hulle maar dink. En vreemdelinge in die dorp sal verbaas wees oor die twee vriendinne wat saambly en saam die een seuntjie grootmaak, op só 'n wyse dat die jong seun self nie sou kon sê wie hy die liefste het nie, want albei sou 'n eie ma vir hom kon wees. Mamma en tannie Ters, soos hy haar seker sal noem, sal sy lewe só vul met hul liefde dat hy kwalik die gemis van 'n pa sal agterkom.

Daar is 'n dowwe pyn in sy hart. Tersia is so 'n pragtige mens, besit al die eienskappe wat 'n goeie ma moet hê. Sy behoort baie kinders van haar eie te hê, maar sy sal waarskynlik net een seuntjie hê . . . een geleende seuntjie.

Hy sug saggies. Ook vir Tersia is daar dinge wat in die toekoms wag wat sy maar net sal moet aanvaar . . . soos hý ook maar moet.

"Ek hoop nie jy het al laat glip dat ek van plan was om weg te gaan nie."

"Nee. Jy het mos gesê . . . Was? Gaan jy nie meer nie?"

"Nee. Altans nie so dadelik nie. Ek gaan voorlopig eers

aanbly, ek dink tot ná Louise se bevalling. Ek het vandag met die man gepraat wat die praktyk wil oorneem. Voorlopig neem hy nou eers net Derick se deel van die vennootskap oor en wanneer ek vertrek, sal hy my deel oorneem of iemand anders kry om saam met hom in vennootskap te gaan."

"Ek is dankbaar om dit te hoor. Dan het ons jou darem nog ten minste sewe maande by ons. En daarna? Nog stad toe?"

"Ja. Die plan is nog so. Maar jy kan Louise intussen verseker dat ek eers my deeltjie sal doen om Derick se seun veilig in die lewe te help voordat ek vertrek. Dis die laaste wat ek vir my ou vriend kan doen. Nag, Tersia."

Maar Rika aanvaar hierdie nuwe wending nie so gelate soos Tersia nie. Toe Willem haar die volgende dag besoek en haar van sy planne vertel, is sy ontstig en ontsteld.

"Maar hoekom wil jy weggaan? Jy is tog gelukkig hier. Hoekom nou wil gaan spesialiseer? Om meer geld te maak? Maar jy behoort genoeg te hê om . . ."

"Geld het niks met die saak te make nie."

"Wel, hoekom dan?"

"Ek gaan nie spesialiseer nie, Rika."

Haar frons word kwaaier. "Dan gaan jy 'n stadspraktyk begin? O, Willem!"

"Nee. Ek gaan navorsing doen."

"Navorsing?"

"Ja." Hy kyk na die man wat ook eens sy vriend was. Soos Derick is hierdie een ook dood. Hy is nog net nie begrawe nie. "Ek gaan in die virologiese rigting 'n entstof soek teen Kongokoors." Dit word baie stil terwyl haar blik ook na die ander stoel gaan. Dan skiet haar oë vol trane. Hy knik, neem haar uitgestrekte hand tussen syne. "Ek gaan dit 'n lewenstaak maak, Rika."

"Dan mag ek jou nie oorreed om te bly nie, my vriend. Mag God met jou gaan."

"Dankie."

Sy skud haar kop, sê met lippe wat steeds bewe: "Jy weet, Willem, dis maar goed dat God die een is wat ons voetstappe rig en nie ons nietige mensies self nie." Hy kyk haar vraend aan en sy lyk half verleë. "Ons beraam so maklik plannetjies, nie net vir onsself nie, maar ook vir ander. Ek het my eie plannetjies vir jou gehad."

"Vir my?"

"Ja. Ek kan jou maar daarvan vertel. Ek het gedink dit sal wonderlik wees as jy en Tersia gaan trou en . . ."

Hy kyk haar liggies fronsend aan. "Gaan trou? Maar jy weet tog dat sy Derick al die jare liefgehad het, dan nie?"

"Natuurlik, maar Derick is dood, Willem. En hoe lief 'n mens ook al iemand gehad het, jy kan nie met die dood saamleef nie. Al sou sy jou nooit so kon liefkry soos vir Derick nie, sou sy vir jou die ideale vrou uitmaak. Respek en waardering vir mekaar is daar genoeg om vir julle baie gelukkige jare saam te gee." Sy kyk hom eerlik in die oë. "Om die waarheid te sê, ek was vas oortuig dat julle nog eendag sou trou. Hoekom doen julle dit nie, Willem? Al gaan jy weg . . . 'n Navorser het ook 'n vrou nodig. Jy het 'n vrou nodig. Dis 'n sonde dat 'n man soos jy los rondloop!"

Sy probeer daarvan 'n grap maak, maar hy sien die erns in haar oë en weer draai hul blikke na die derde stoel. Willem kyk peinsend in die leë gesig. Ja, uit 'n sekere hoek gesien, is dit seker 'n sonde . . . Tersia . . . Net gisteraand het hy gedink wat 'n wonderlike vrou en ma sy sal uitmaak; dat dit 'n vermorsing is dat iemand soos sy wat al die potensiaal besit, 'n oujongnooi moet word. Hy voel 'n drukkie op sy arm en kyk in Rika se oë op.

"Dink daaroor, Willem. En moenie my verkwalik dat ek

miskien te persoonlik en voorbarig was nie. Maar julle lê my so na aan die hart." Teer gaan die blik na dit wat eens Fritz Hancke was. "En wanneer ek na my ou semelpop kyk, wonder ek of julle altyd besef hoe gou die tyd verbysnel, hoe vinnig iets gebeur wat die gelukkige dae altyd buite jul bereik sal plaas. Moenie met tyd speel nie, Willem. Dis gouer verby as wat jy dink."

Hy gee haar hand 'n drukkie, staan op. "Dankie, Rika. Ek is bly jy was so openlik met my. Dit was tyd dat iemand hierdie dinge vir my sê. Ek beloof ek sal hieroor dink."

En Willem Claassen is in die komende maande beslis baiekeer diep ingedagte, peinsend oor die groot waarheid wat hy daardie dag van Rika Hancke geleer het. Tyd . . . van die kosbaarste besittings van die mens op aarde. Net . . . niemand weet hoeveel hy of sy daarvan besit nie. Jy weet nie wanneer jou voorraadjie opgebruik is nie. Maar ons gaan te kere asof ons reeds die ewigheid hier op aarde ontvang het. Ons jaag illusies na, drome wat drome sal bly. Ons glo môre sal ons dié dinge bring wat ons so begeer wat vir ons die lewe die moeite werd sal maak. En ongemerk glip vandag deur ons vingers . . .

Is hy een van daardie dwase? wonder hy dikwels. Jaag hy steeds drome na, ou drome van gister wat lankal deur die winde van die lewe verwaai en weggewaai is? Eenmaal het hulle saam gedroom van dié dag dat hulle vennote sou wees, gespesialiseerde vennote. Daar het niks van gekom nie, sal nooit iets van kom nie. Haar deeltjie van die droom gaan sy nou bewaarheid, sover as wat dit moontlik is. Sy bekwaam haar oorsee in 'n spesifieke rigting. Oor 'n jaar of twee sal sy terugkeer, sal hy haar naam in die koerante of 'n mediese tydskrif lees, moontlik met haar foto daarby. Dokter Lizl Landman, terug van oorsee waar sy pas gespesialiseer het. En miskien, 'n rukkie later, sal die laaste flentertjie van 'n vergeefse droom wegwaai as 'n volgende aankondiging die wêreld ingestuur word: Die bekende spesialis, dokter Lizl Landman, is gister in die huwelik bevestig . . .

Hy het aan Rika erken dit was tyd dat iemand hom dié dinge sê wat sy aan hom gesê het. Is dit nie ook tyd dat hy erken dat gister onherroeplik verby is nie? Het dit nie nou tyd geword om nugter voorraad te neem en te besef wat hy aan 'n Tersia Louw het nie? Hy hoef nie verder te soek nie. Beter sal hy nie kry nie. Daar is ook soveel in hul guns. Hulle ken mekaar al jare. Daar is geen geheime nie. Hy weet van die een nag in haar lewe en dit hinder hom nie. Sy weet nie van die vergeefse droom wat hy soveel jare in sy hart gekoester het nie. Dit waarvan 'n mens nie weet nie, hinder ook nie. Daar is die wêreld se respek en waardering vir mekaar – op professionele vlak sowel as mens teenoor mens. Hulle verstaan mekaar en het waardering vir dieselfde dinge. Tersia Louw is 'n vrou met wie 'n man, met wie hý, 'n ver pad sal kan stap.

Hou op met jou dwase drome, Willem Claassen, en doen wat jou verstand jou sê om te doen: Gaan vra haar om met jou te trou en saam met jou weg te gaan en 'n nuwe toekoms saam met jou uit te werk! Onthou Rika se waarskuwing: Moenie met tyd speel nie! Dis gouer verby as wat jy dink! Want jy lewe in die dae van nietigheid.

Hy is een aand weer 'n gas aan huis van sy gewese vennoot. Later sê Louise nag. Haar tyd is baie naby. Sy gaan maar saans vroeg rus. Almal is baie dankbaar dat haar swangerskap tot dusver so goed verloop het. Daar word geen komplikasies met die geboorte verwag nie. Oor 'n week of twee sal Derick se seun normaal gebore word.

"Is jou reëlings nou al alles agtermekaar vir die weggaan?" wil Tersia belangstellend weet toe Louise uit is.

"Ja. Ek vertrek oor 'n maand."

Tersia sug saggies. "Ons gaan jou almal vreeslik mis, Willem. Ons is almal so gewoond aan jou. Jy moet darem gereeld van jou laat hoor, nè? En watter vordering jy met jou navorsing maak. Jy weet dat ons almal baie daarin gaan belangstel."

Hy aarsel, knik, lig die grys oë na hare op. "Natuurlik sal ek, maar daar is iets waaroor ek met jou . . . Louise! Iets verkeerd?"

Hy is dadelik by haar waar sy in die deur staan, haar hande op haar swaar buik gerus, haar oë groot. "Ek . . . weet nie . . . Iets voel nie reg nie. Ek dink . . . ek dink ek het begin, Willem."

Hy ignoreer die verligting wat vlugtig deur hom spoel, vertel homself terwyl hy Louise versigtig motor toe lei: Dit kan maar wag. Daar is nog 'n hele maand oor om Tersia te vra om met hom te trou. Nou moet hy eers al sy aandag skenk aan die taak op hande. Daar mag niks met sy ou vriend se seun skeefloop nie.

10

Trane van heimwee, trane van vreugde blink op wange toe dokter Willem ure later die nuweling in sy ma se arms lê. Daar is selfs 'n blinkigheid in sy ooghoeke. Wat 'n wonderlike oomblik sou dit nie vir sy ou vriend gewees het nie. Watter fantastiese oomblikke is dit nie vir elke man wanneer sy oë die eerste keer sy eersteling aanskou nie – bloed van jou bloed en vlees van jou vlees.

En die vreugde in die oë van haar wat aan hom die lewe geskenk het! Sy oë rus op die suster wat die kleintjie in die gretige arms lê. Ook op Tersia se gesig is dieselfde teerheid, in die oë louter vreugde. Hierdie kind is net soveel hare as Louise s'n, besef dokter Willem. In hierdie kind herleef Derick weer. 'n Man wat 'n kind verwek het, sterf nooit nie. Iets van hom bly voortlewe. Vir albei vroue het Derick vannag in sekere sin weer uit die dood teruggekeer.

"Kyk, hy lyk nes Derick."

"Ja, veral die neusie en die voorkop. En kyk, hy het Derick se lang vingers."

"Hy is pragtig!"

Hy laat hulle alleen, stap in die môreskemer uit na buite, kom tot stilstand voor die kraamafdeling, kyk op na die sterre wat begin verdof.

"Jy het 'n fris bul van 'n seun, Derick. Geluk, ou maat."

Hy moet weer sluk aan 'n knop in die keel toe hy 'n paar dae later vir Rika by die kraamafdeling se stoeptrappies raakloop. Hy sien dat haar traannat oë so verblind is dat sy hom nie eens raaksien nie. Sy arm gaan voor haar om, hou haar terug. Dan druk hy haar saggies teen hom vas, luister na die gebroke stem:

"Hy is pragtig! Louise en Derick se baba . . . Ek wens so . . . Ek het altyd gedroom daar heel aan die begin . . . selfs nadat ek weg was van hom af . . . dat alles eendag weer sal regkom . . . dat ons 'n kind sal hê. Nou is dit te laat."

Hy bly haar net vashou. Hy verstaan. Rika Hancke is maar nog iemand met 'n vergeefse droom . . . met 'n hoop wat gesterf het.

Twee weke later stap hy met die vrymoedigheid van 'n huisvriend by die voordeur in en tref Louise in die kombuis aan, besig om die baba se bottels vir die nag voor te berei.

"Tersia bad hom gou. Dis haar afdeling daardie. Ek is te bang hy glip uit my hande." Sy vee die bottel af, kyk na

345

hom op. "Sy is wonderlik met hom. So gemaklik en vol self-vertroue."

"Sy is 'n opgeleide verpleegster, Louise."

"Ja, maar sy is al jare in die spreekkamer. Sy behoort uit oefening te wees. Maar sy hanteer hom asof sy elke dag daaraan gewoond was, asof sy self die ma is. Ek weet nie wat ek sonder haar sal doen nie. Jy weet, Willem, dis te wonderlik, maar . . . ek gee nie om om hom met haar te deel nie. Elke ma is seker maar, veral heel aan die begin, 'n bietjie jaloers op haar baba. Dis jy wat hom maande lank gedra het, aan hom lewe geskenk het . . . Jy is baie besitlik, net bereid om hom met jou man te deel . . ."

Hy glimlag begrypend. "Dis heel normaal en as dit anders was, sou daar iets geskort het."

"Ja. Maar ek gee nie om dat Tersia ook 'n deel van hom kry nie. Dis amper . . . amper asof ek hom met Derick deel wanneer ek hom met Tersia deel. Dis asof ek Derick se deel vrywillig aan haar afstaan. Ek weet nie of jy verstaan nie . . ."

Hy knik, sy grys oë peinsend. "Ek verstaan en . . . ek dink dis wonderlik van jou om so te voel. Sy verdien Derick se deel."

"Ja. Dis soos ek ook voel. Deur hierdie maande het sy by my gebly. Daardie eerste ruk ná Derick se dood . . . Sy het nagte saam met my wakker gesit, saam met my deurgehuil. En daarna was sy net wonderlik vir my. Tersia is 'n wonder-like mens."

"Ja, sy is." Toe hy later instap met Tersia aan sy sy, weet hy dat hy die oomblik nie langer kan uitstel nie. Daar is nog net 'n week oor voordat hy vertrek. "Tersia . . ."

Sy kyk na hom op, glimlag. "Moenie so bekommerd lyk nie, Willem! Ek weet wat jy vir my wil sê en ek verseker jou jy is verniet bekommerd. Ek sal nie balans verloor nie."

Hy frons liggies. Hulle praat van verskillende dinge. "Praat jy van die baba?"

"Natuurlik. Waarvan anders? Ek sal nooit vergeet dat Louise hom gedra het nie. Onthou, ek het elke tree saam met haar gestap. Maar niemand kan my keer dat ek hom so liefhet asof hy my eie is nie en dat ek weet dat 'n deeltjie van hom in die toekoms altyd aan my sal behoort. Derick se seuntjie gaan opgroei en grootword, en al het hy nie 'n pa nie, 'n ma en 'n tannie Tersia sal hy altyd hê."

"Dan sal jy nie maklik hier weggaan nie?"

"Weggaan? Van klein Derick af? Nooit nie! Ek wil nêrens anders wees as hier by hom nie om te sien hoe hy groei en grootword, hoe hy die seun word wat sy pa graag sou wou gehad het. Ek het Louise belowe ek sal haar daarmee help."

Die grys oë kyk stil. "Jy kan jou eie kinders hê, Tersia."

Maar sy skud haar kop en haar glimlag skok effens. "Nee, Willem, ek dink nie daar sal ooit wees nie. Maar dit maak nie saak nie. Klein Derick is vir my genoeg."

Hy knik. Miskien moet hy liewers eers wag. Hy sal maar eers weggaan en gevestig raak in sy nuwe werkkring, die aardigheid van die nuwe klein Derick 'n kans gee om 'n bietjie af te skaaf.

Die lewe bly 'n raaisel, dink hy toe hy vir haar waai en wegtrek. Daar is 'n Rika Hancke, met baie aardse skatte tot haar beskikking; met 'n gesonde jong liggaam en die drang na 'n kindjie. Maar sy sal hom nooit hê nie, want die liefde het haar tot by 'n semelpop gelei. En daar is nou weer 'n Tersia Louw, met alles in haar guns ter vervulling van vrouwees en moederskap. Maar die liefde het haar na 'n dooie man en sy kind by 'n ander vrou gelei. Sý liefde gaan hom waarskynlik na 'n laboratorium en 'n mikroskoop lei. Miskien tog na 'n entstof teen Kongokoors, as God vir hom goed is.

Die maande rol verby. Dokter Willem kon hom 'n slag wegskeur van sy laboratorium en flesse en mikroskope en bloedsmere en 'n naweek vir ou vriende gaan kuier.

Dit is goed om hulle weer te sien.

Derick se seun is 'n fris, gesonde knaap van amper ses maande. En dis duidelik dat daar by hom geen keuse tussen sy ma en Tersia is nie. Ook is dit duidelik dat Tersia steeds bly by wat sy daardie keer vir Willem gesê het. Haar lewe is aan die klein Derick gewy. Sy sal nooit van hom padgee nie. Willem bêre nog 'n voorneme in sy hart. Dit sal 'n mors van asem wees om Tersia Louw te vra om met hom te trou.

Hy gaan besoek natuurlik ook die Hanckes op die plaas. Dit gaan goed onder omstandighede.

"Het jy Tersia toe nooit gevra nie, Willem?" word die vraag reguit gestel.

Die antwoord is ewe reguit: "Nee, Tersia sal nie. Sy het net een belangstelling en liefde: Derick se kind."

"Maar kan jy haar nie van haar dwaasheid laat afsien nie?"

Hy kyk haar agterdogtig aan. "Rika, vir die dwaas maak sy dwaasheid sin. Jou dwaasheid het ook vir jou sin gemaak."

"Mý dwaasheid?"

"Ja. So het ons dit almal destyds gesien toe jy besluit het om die versorging van Fritz op jou te neem. Vir ons was dit uiterste dwaasheid. Vir jou het dit sin gemaak. Nou nog?"

Sy glimlag meewarig, knik. "Ja. Nog steeds. Ek is jammer. 'n Mens is te geneig om 'n ander te gou 'n dwaas te noem."

"Ja, dit is so. Ek het destyds nog Iemand in so te sê soveel woorde 'n dwaas genoem. Toe ek besef het wat met Fritz aan die gebeur is, het ek God gevra: Is dit nie dwaasheid om hierdie man te laat bly lewe nie? Want hy leef nie

348

werklik nie. Verlede week het Hy my die sin van sy besluit getoon." Sy blik gaan na die ander stoel. "Die antiserum wat ons van Fritz se bloed gemaak het, kon 'n epidemie in Upington keer. Serum se leeftyd is maar net twee jaar. Maar solank Fritz Hancke leef, sal daar altyd vars serum wees vir nuwe gevalle wat uitbreek. Dit is hoekom 'n man soos hý bly leef." Daar is 'n innige deernis in die grys oë wat in die leës vaskyk. "Omdat hy nog 'n doel dien, Rika. Omdat hy met sy bloed ander lewens kan red hoewel hy, figuurlik gesproke, syne verloor het."

"Ek het van die geval in Upington oor die televisie gehoor. Hoe gaan dit nou met hom?"

"Goed. Die diagnose is onmiddellik gedoen en antiserum kon dadelik toegedien word. Dié wat vir veiligheid in afsondering gehou is, is reeds terug huis toe. Maar ons moet 'n entstof kry. Ons móét!"

Waar hy 'n paar weke later agter die mikroskoop in sy laboratorium sit, is Willem so diep geïnteresseerd in wat hy sien dat hy nie bewus is daarvan dat 'n paar blou oë hom verbaas, amper geskok aanstaar nie.

Wat soek Willem Claassen agter 'n mikroskoop in 'n laboratorium van die Instituut vir Virologiese Navorsing?

Dan kyk hy op, staar sy oë nikssiende in die bloues terug . . . totdat sy oë fokus en hy half orent kom in stomme verbasing. Lizl! Wat soek Lizl Landman hiér?

'n Lang oomblik kan hulle net na mekaar kyk. Dan kry hy sy tong terug. "Hoe kom jy hier? Wat soek jy hier? Waar kom jy so skielik vandaan?"

"Ek kom van oorsee af. Ek was weg . . ."

"So het ek verneem."

Sy is nog net so pragtig . . . pragtiger.

"Waar kom jý vandaan? Wat soek jý hier?"

"Jy het oorsee gegaan om te spesialiseer. In watter rigting?" is sy weervraag.

"Ek het nie gaan spesialiseer nie. Ek het gaan navorsing doen."

"Waaroor?"

"Oor Kongokoors."

'n Stilte – vreemd en wyd – ontvou in hom. "Hoekom?"

"Daar is mense dood, baie mense dood. Daar sal nog meer sterf as ons nie 'n entstof kry nie. Ek het dit my lewenstaak gemaak om daarna te soek."

Haar blik dwaal om haar rond, keer terug na die gryses. "En jy? Wat soek jý hier, Willem? Ek het gedink teen hierdie tyd is jy en Tersia lankal getroud en leef julle rustig op die platteland."

"Ek weet nie wat jou dit ooit kon laat dink het nie, maar ek en Tersia is nie getroud nie, sal ook nooit trou nie. Ons was al die jare net goeie vriende, is dit vandag nog." Die blou oë kyk net stil terug en hy kom om die tafel gestap. "Ek is al amper 'n jaar weg uit die platteland. Ek doen ook navorsing."

"Waaroor?"

"Oor Kongokoors." Die grys en die blou kykers smelt in mekaar. "Daar is so baie dinge wat ek nog altyd vir jou wou sê; veral hoe jammer ek is oor so baie dwaasheid van my in die verlede. Maar . . ." Dan lag hy skielik sag, warm, gelukkig. "Jy weet, Lizl Landman, vir twee mense wat veronderstel is om slim te wees, het ons albei baie dom dinge gedoen. Die domste van alles is dat jy op die een uithoek van die aarde na 'n entstof teen Kongokoors gaan soek en ek op die ander uithoek. Stem jy hierdie keer saam met my, dokter Landman?"

Haar glimlag is sag. Die blou oë ook. "Ek stem saam, dokter Claassen. Dis regtig baie dom van ons. Dit sal baie slimmer wees as ons koppe bymekaarsit. Twee koppe is nog altyd beter as een. Saam gaan ons die entstof dan gouer kry. As ons as 'n span saamwerk . . ."

Hy hou haar teen hom vas, kyk op die pragtige gesig af. "Wat het my en jou ooit laat dink dat ons sonder mekaar iets kan vermag? Ons het soveel kosbare jare verloor."

Die palm van haar hand lê teer teen sy wange. "Maar daar wag nog baie kosbare jare, my liefste, waarin ons kan saamwerk . . ."

"En saam liefhê?"

"En saam liefhê."

Die uurglas loop leeg

1

Karien voel hoe haar hartklop versnel toe die motor skielik langs haar stilhou.

"Kan ek jou êrens aflaai?" vra die welbekende stem wat sy tot dusver nog net binne die hospitaalmure gehoor het.

Sy aarsel, weet dat sy tog sal instem, sê dan effens huiwerend: "Dankie, dokter. Dis baie gaaf. Ek is op pad dorp toe vir 'n paar inkopies en my motortjie het besluit hy is vandag met vakansie."

Hy hou die deur met 'n sjarmante glimlag oop. "Miskien is dit ek wat vooraf met hom gekonkel het."

"O ja? En hoekom dan so?"

Hy glimlag weer, maar sy oë bestudeer haar ongemerk ernstig. "Ek wag lankal op 'n geleentheid om met jou te gesels."

"Waaroor?" vra sy, haar stemtoon so professioneel soos wanneer hulle saaldiens doen.

Sy aandag is nou op die pad voor hom. "Sommer net 'n begeerte om die mens agter die kliniese saalsuster te leer ken." Dan kyk hy vlugtig na haar. "Daar skort tog niks mee nie, of hoe?"

Die rooi liggie flits in haar verstand. Maar sy stry daarteen. Natuurlik skort daar niks mee om ook 'n vriendskap met hom te sluit nie. Dis mos nie te sê nie ...

"Nee, dis seker nie teen die hospitaalreëls nie, maar ek is 'n baie oninteressante mens om van nader te leer ken. Ek is maar 'n doodeenvoudige meisie."

Hy glimlag nou openlik geamuseer. Doodeenvoudig se voet! Afgesien van die besondere gelaatstrekke, raafswart hare en slanke figuur wat 'n verpleegstersuniform na 'n ontwerperskepping laat lyk, is dit juis haar pragtige geaardheid wat 'n mens na haar trek. Anders as die ander verpleegsters, het sy tot dusver nog geen teken getoon dat sy deur sy don Juan-glimlag beïndruk word nie. Sy gaan net haar normale, professionele gang wanneer dokter Arnold Lutz in haar saal verskyn. Maar tog het hy haar al 'n paar keer onverhoeds betrap dat haar oë met 'n vreemde lig op hom gerig is, wat hom laat wonder het . . .

"Laat dit maar aan my oor. Geen mens kan 'n objektiewe opsomming of beskrywing van hom- of haarself gee nie. Jy onderskat jouself. Kyk, feite ken ek reeds: Jy is 'n plattelandse medikus se dogter, het jou verpleegeksamen met vlieënde vaandels afgelê, en staan baie hoog aangeskrewe by 'n ieder en 'n elk in die hospitaal."

Sy kyk hom verbaas aan. Hy moet navraag oor haar gedoen het, of liewer dan, oor haar gesnuffel het, as hy hierdie feite ken. "Dit bly steeds algemene inligting oor 'n doodgewone mens," stry sy weer.

"Inteendeel, Karien Saayman, dit spreek boekdele."

Sy trek haar asem in. Dan ken hy al haar voornaam ook!

"En ek sou graag soms 'n bietjie met daardie mens wou gesels, miskien oor 'n koppie koffie. Ek weet jy het 'n rykdom binne-in jou wat jy ook met my kan deel."

Hier kom dit! flits die waarskuwingsliggie weer. Maar dit is 'n bietjie laat om dit te erken . . . ook dat dit 'n fout was om sy aanbod te aanvaar. Sy moes gesê het sy stap sommer vir oefening, of so iets. Sy voel skielik benoud in die klein ruimte wat hulle omsluit. Sy moes nooit ingeklim het nie!

"Jy praat in raaisels, dokter," sê sy koel. "Ek weet van geen rykdom nie. Die enigste rykdom, as jy dit so kan noem, is dat ek 'n tevrede mens is. Ek het bereik wat ek wou – nie vreeslike hoogtes nie, maar net hoog genoeg vir my om te kan hanteer. Ek is gelukkig in my werk; ek doen wat ek wil doen. Dis vir my genoeg."

Hy glimlag weer ietwat geamuseer. "Wat 'n gelukkige mens is jy dan inderdaad, Karien Saayman. Geen aspirasies in enige ander rigting nie?"

Sy sluk ongemaklik. "Nee," sê sy dan amper bot.

"Ek kan dit nie glo nie, Karien. Jou soort mens kan nooit tevrede wees met 'n stagnante situasie nie. Jy het te veel in jou wat altyd vorentoe en boontoe sal wil beur. Jy is ook 'n vrou. Wat van háár?"

Sy antwoord nie, en sy blik dwaal sydelings. "Is die vrou in jou ook volkome tevrede en vergenoeg met jou lewe soos dit nou is? Voel sy nie afgeskeep nie? Of liewer, heeltemal ontken en onderdruk nie? Of het jy 'n spesiale vriend?"

Sy laaste vraag betrap haar onkant. Haar gewone kalmte is skielik daarmee heen. Vir wat moet die man haar so sielkundig sit en ontleed? Wat het dit met hom te doen wat sy werklik hier diep binne-in voel?

Sy ontmoet sy blik en sê gelykmatig: "Jy sit en spot nou met my."

Hy bring die motor tot stilstand, draai na haar. "Spot? Spot ek wanneer ek 'n pragtige vrou vra of sy 'n spesiale vriend het? Dis die normaalste en vanselfsprekendste vraag denkbaar, Karien. Het jy 'n verhouding met iemand?"

Sy wil hom daarop wys dat dit niks met hom te doen het nie, maar sy hoor haarself antwoord, en op die koop toe nog skuldig klink daaroor. "Nee. Ek . . . daar is niemand spesifiek nie. Net vriende."

Haar blik is afgewend, en sy sien nie die verligting in sy oë nie. Hy lag saggies. "Nou is jy vir my kwaad en dis die laaste ding wat ek wou gehad het moet gebeur."

"Ek is nie kwaad nie."

"Bewys dit en kom drink saam met my 'n koppie tee."

"Ek dink nie . . ."

"Asseblief, Karien." Sy hand lê skielik baie liggies op hare. "Net tien minute. Ek het net tien minute vry, dan moet ek terug by die hospitaal wees."

Sy kyk hom fronsend aan. "Maar . . . wat het jy dan in die dorp kom maak?"

Dit is hy wat skielik skuldig lyk en bieg: "Ek het jou sien stap en besluit om jou te vra om saam met my dorp toe te ry." Hy glimlag skeef en sy oë dans in haar fronsende blik. "Kom ons sê dit was my goeie daad vir die dag!"

"Dokter . . ."

"Ons is nou baie ver van die hospitaal af, Karien. My naam is Arnold en ek het 'n broertjie dood aan onnodige formaliteit. Toe. Kom nou. Die tien minute raak al korter. Ek het nou skaars vyf minute oor."

Haar stem klink styf van ongemak. "Dankie, maar ek durf nie jou tyd langer in beslag neem nie, dokter. Baie dankie vir die vriendelikheid."

Sy maak die deur beslis oop, klim uit, kyk teen wil en dank terug en lees die onverbloemde teleurstelling in sy oë. Hy lyk soos 'n seuntjie wat 'n onverdiende klap in plaas van 'n beloning gekry het. "Ek is jammer . . . Arnold, maar regtig . . . daar is nie genoeg tyd oor nie. Tot siens."

Sy motor ry by haar verby toe sy op die sypaadjie aanstap sonder om die vaagste benul te hê na watter winkel sy nou eintlik op pad is. Hy is seker nou baie kwaad vir haar, dink Karien skuldig toe die motor om die eerste hoek verdwyn. Hy wou maar net gaaf wees. Wat is dit nou om 'n koppie tee saam te drink? Wat is dit nou . . .? As hy net nie getroud was nie.

Sy stap vinnig by die eerste restaurant in, bestel die koppie tee wat sy netnou bedank het. Toe die kelnerin dit voor haar neersit, sit en speel sy ingedagte met die teelepel. Soos dit maar oral in die lewe gaan, het die nuusdraers van die hospitaal baie gou gesorg dat 'n ieder en 'n elk alle moontlike besonderhede ken van die dokter wat drie maande gelede in hul midde verskyn het. Arnold Lutz het sy praktyk op 'n plattelandse dorpie verkoop om hierheen te verhuis waar die nodige geriewe vir sy vrou beskikbaar is. Sy is verlam sedert 'n motorongeluk waarin hulle albei betrokke was. Hy het niks oorgekom nie, maar sy vrou wel. Behalwe ander primêre beserings, het die sekondêre besering van die rug verlamming tot gevolg gehad. Sy ontvang reeds langer as ses maande behandeling by die hospitaal, maar tot dusver sonder veel sukses. Dit is die ware feite, soos hy dit gestel het, oor dokter Arnold Lutz.

Die vae skuldgevoel oor haar reaksie op sy uitnodiging begin vaster vorm aanneem. Sy kan haar voorstel wat hy die afgelope maande moes deurmaak. En hier wil hy maar net 'n koppie tee saam met iemand drink en 'n bietjie gesels. En sy tree op soos . . . ja, presies soos 'n oujongnooi wat bang is sy word aangerand. Hy kan na dese nie 'n te hoë dunk hê van die suster wie se lof, volgens hom, so deur haar kollegas en seniors besing word nie. Sy het baie kinderagting opgetree.

Wat daarvan as hy 'n glimlag het wat almal, van die jongste junior tot die mees verstokte suster, betower en verower? Wat daarvan as hy ook deeglik daarvan gebruik maak wanneer dit hom pas? Is dit nie bloot menslik nie? Is dit sy skuld as die verpleegsters se harte allerhande vreemde toertjies begin uithaal wanneer hy glimlag? Hoe kan sy dit teen hom hou dat selfs die suster van die mansaal se hart al vreemde draaie gemaak het?

Maar daar was al praatjies dat hy 'n paar verpleegsters

uitgeneem het . . . hy, 'n getroude man, baklei die waarsku-
wingsliggies flitsend terug.

Sy frons diep en neem 'n slukkie van haar koue tee. Maar
is hierdie feite werklik so erg as wat dit klink? Daar is 'n
verhaal agter die feite – 'n man wat eensaam is, miskien
nog met 'n swaar skuldgevoel rondloop, 'n man wat maar
net soms geselskap wil hê. Dis nie te sê dat hy 'n verhou-
ding aanknoop met elke meisie wat hy uitneem nie. Om die
waarheid te sê, dit klink asof hy nooit dieselfde meisie twee
keer uitneem nie. Dit kan ook wees omdat hy nie na 'n on-
geoorloofde verhouding soek nie, maar bloot na geselskap
en begrip. Soos wat hy ook vandag, helder oordag, in 'n vol
restaurant oor 'n koppie tee net na geselskap en begrip wou
soek, en hom toe teen 'n preutse oujongnooi vasgeloop het
wat oënskynlik verwag het om die naaste bosse ingesleep
te word!

As hy nie te kwaad vir haar is nie, moet hy haar seker
nou in sy hart uitlag . . . en Karien voel hoe 'n verleë blos in
haar nek opkruip.

Daardie aand saam met Hannes Eksteen, die jong boer wat
onder die vriende tel na wie sy verwys het in haar gesprek
met Arnold Lutz, is sy stil en ingetoë en die jong man se
moed wil hom begewe. Hy doen nou al maande sy bes om
meer as net 'n vriend vir hierdie verpleegsuster te word,
maar hy kon nog nie daarin slaag nie. Sy gevoel vir haar is
geen geheim vir Karien nie, en dikwels het sy al gedink sy
moet die vriendskap liewer verbreek. Sy kan net nie meer as
platoniese vriendskap vir hom voel nie. Maar Hannes klou
soos 'n neet. Hy is slim genoeg om hom nie op te dring nie,
en omdat sy regtig sy geselskap geniet, stel sy dit maar elke
keer uit om hom die trekpas te gee. Sy weet Hannes glo, of
hoop, dat hy haar hart eindelik sal wen.

Hy kyk haar teer aan toe hulle ná 'n rolprentvertoning by die verpleegsterstehuis instap.

"Jy lyk moeg en bekommerd, my meisie. Nee, ek sal nie inkom vir koffie nie, dankie. Ek kan sien jy het rus nodig."

Sy kyk hom dankbaar aan. Voel oor hóm ook skuldig. O, as hy net minder gaaf en begrypend wil wees, sal sy maklik hierdie vriendskap kan verbreek. Maar dis juis sy bedagsaamheid wat Hannes Eksteen bo die ander laat uitstaan. Sy weet dat hy die aand nie soveel kon geniet het nie. Sy kyk verskonend na hom op.

"Ek is jammer, ou Han. Ek was vanaand 'n regte droë stoppel."

"As alle droë stoppels soos jy moet wees . . ." Hy trek haar liggies nader, en sy weet by die geringste beduidenis dat sy nie geneë voel nie, sal hy haar onmiddellik laat gaan. Maar vanaand laat sy toe dat hy haar vas teen hom aantrek, leun selfs uit haar eie teen hom aan. Karien het skielik so 'n behoefte aan 'n begrypende hart, al weet sy nie self mooi wát Hannes nou juis moet begryp nie.

"Jy trek jou jou pasiënte te ernstig aan, Karien. Jy is te veel van 'n gevoelsmens vir hierdie soort werk. Ek het 'n ander betrekking om jou aan te bied."

Sy glimlag, skud haar kop en onttrek haar uit sy omhelsing, want 'n ander paartjie is ook in aantog deur toe. Laat hom maar glo dat dit een van haar pasiënte se toestand is wat haar vanaand ontstel.

"Eendag gaan ek jou nog op jou woord neem oor daardie ander betrekking en dan sal ons sien hoe 'n jong boer die hasepad kies!" probeer sy skerts.

Maar hy skud sy kop, sê ernstig: "Ek wens met my hele hart jy sal dit nog eendag ernstig oorweeg, Karientjie. Dis 'n aanbod wat pal bly staan. Sal jy dit onthou?"

Sy sug diep. Dis juis wat sy nie wil hê nie! Dan lê sy haar hand 'n oomblik teen sy wang en sê waarderend: "Ek sal onthou, Hannes. Dankie, my vriend. Goeienag."

Karien is nie haar beheerste, kalm, professionele self toe dokter Arnold Lutz die volgende oggend die mansaal binnestap nie. Inteendeel, sy laat selfs een keer die pasiëntkaart uit haar hande val, en toe hulle albei buk om dit op te tel en mekaar byna omstamp, is sy heeltemal verbouereerd. Wat makeer haar?

"Dankie." Sy neem die kaart by hom en weier om hom, soos van die begin van die saaldiens af, in die oë te kyk. Maar hy hou die kaart vas en sê gedemp: "Jy kan maar 'n slag vir my kyk, Karien. Ek sal jou nie opeet nie."

Sy is verplig om haar oë te lig, en toe hy stadig glimlag, het dit 'n bedwelmende uitwerking op haar. Heeltemal onvanpas en ongehoord vir dié saalsuster, vra sy iets wat niks met 'n pasiënt te doen het nie: "Dan . . . dan is jy nie kwaad vir my nie?"

"Nee. Ek verstaan."

"Maar jy verstaan nie! Dis nie wat jy dink nie!"

Sy wenkbroue lig en hy tree voor haar in sodat die res van die saal agter sy rug inskuif. "Wat dink ek?"

"Dat . . . dat ek my soos 'n . . . 'n ware kinderagtige oujongnooi gedra het . . ."

Sy lag klink skielik helder in die saal op en Karien voel hoe sy bloedrooi word.

"Jy is dierbaar! Ons sit hierdie gesprek in jou kantoor voort sodra die saaldiens klaar is. Volgende: meneer Verkuil. Galblaas . . ."

Sy volg sy opmerkings en opdragte werktuiglik en het geen ander keuse as om in te stap in haar eie kantoor toe hy beleef opsy staan vir haar om voor te stap nie. Hy verbreek eerste die ongemaklike stilte. Sy stem is ernstig en daar is geen teken van die joviale glimlag nie.

"Jy is ver van 'n oujongnooi af en allermins kinderagtig. Hoe kan ek vir jou kwaad wees oor feite waaraan geen mens iets kan verander nie? Jy het geweier omdat ek 'n getroude man is. Daaraan kan ek minder as ooit tevore iets verander. En daarvoor respekteer ek jou nog net meer. Ek wou maar net soms . . . net soms 'n bietjie met jou gesels, maar ek begryp dis te veel gevra en ek vra verskoning dat ek jou in 'n verleentheid gestel het. Dis jy wat my moet vergewe."

Nou voel sy nog skuldiger. Nes sy gedink het! Hy wou maar net 'n luisterende oor gehad het, en sy . . .

"Ek sal graag soms 'n bietjie wil . . . gesels, Arnold. Ek is jammer oor my kinderagtige gedrag van gister."

Sy gesig verhelder. "Dan sal jy vanmiddag êrens saam met my iets gaan geniet? Ek bely dat ek reeds jou rooster nagegaan het. Ek weet jy is vir middagete vry."

Karien glimlag. "Graag, Arnold."

'n Verpleegster kom verby om die koorskaarte te kom wegpak en hy bring sy stemtoon terug tot op professionele vlak. "Dankie, suster. Dan kyk ons maar hoe dit vanmiddag gaan." Met 'n glimlaggie wat die junior verpleegster se hart laat ruk, stap hy by die kantoor uit.

Wat die verpleegster nie weet nie, is dat haar suster in bevel se hart 'n oomblik lank gaan staan het. Dit is egter die gewone saalsusterstem wat dissipline afdwing wat die jong verpleegster na die aarde terughelp, en haar eie hart weer tot sy ritmiese klop laat terugkeer: "Verpleegster Marais, wanneer jy klaar is met die koorskaarte, wil ek hê jy moet meneer Stander in private kamer tien gereed kry vir die operasiesaal. Hy moet om halftwaalf ingaan. Sorg dat . . ." gaan sy voort en sy verbaas haar heimlik hoe 'n mens in staat is om al die regte dinge te doen en te sê terwyl jou verstand in werklikheid glad nie funksioneer nie. Maar hoe sy vir haarself ook al redes opnoem waarom daar geen kwaad in skuil om vanmiddag saam met dokter Lutz te gaan eet nie, is die tergende geflikker van 'n waarskuwingsliggie nie uit te blus nie.

Natuurlik is Karien dankbaar vir sy keuse van eetplek toe hy die motor daardie middag net buite die dorp by die padkafee tot stilstand bring. 'n Oorvol restaurant is seker nie die beste plek om te gesels nie, en dit is hoekom hulle vanmiddag saam gaan eet – sommer net om te gesels.

"Ek is bly ons het hierheen gekom. Dis soveel lekkerder as 'n volgepakte restaurant."

Hy knik. "Ek het gedink jy sou hiervan hou. My opsomming van jou was nog elke keer in die kol."

Sy kyk hom betigtend aan. "Jy moet ophou om alles wat ek doen of sê of van hou so te ontleed, dokter . . . Arnold. Daar kan teleurstellings wag. Geen mens het net goeie eienskappe nie."

"Ek sal maar liewer die risiko waag van 'n moontlike en vir my eerlik onwaarskynlike teleurstelling in jou. Tot dusver het ek nog net goeie eienskappe ontdek: 'n bekwame verpleegster, 'n diep gevoelsmens, 'n natuurliefhebber en 'n vrou met die potensiaal om iemand eendag baie gelukkig te maak."

Sy is dankbaar dat die kelnerin hul kos bring en so vir 'n onderbreking sorg. Terwyl sy haar mes en vurk optel, sê sy: "Ons het nie gekom om oor my te gesels nie, Arnold."

Hy glimlag. "Maar laat ons maar eers van die goeie praat; van die ongeskonde. Dit is jy ook, is jy nie, Karien? Nog geheel en al ongeskonde." Toe hy haar verleentheid sien, tel hy sy mes en vurk ook op, vervolg dan op 'n ernstiger stemtoon: "Ja, ons het seker oor my kom gesels. Wat moet ek jou vertel?"

Sy kyk vinnig op. "Daar is nie 'n moet nie. As jy nie voel om te gesels nie . . ."

"Maar ek wil. Ek wil met jou gesels. Ek wil jou vertel in watter gemors my lewe ontaard het en dat ek nie weet hoe om daaruit te kom nie."

Sy knik net en luister stil terwyl hy sy hart oopmaak . . . oor 'n man en vrou wat lankal weet dat 'n gelukkige huwelik nie vir hulle twee saam moontlik is nie. Van gedurige rusies, agterdog en frustrasie. Van een besondere rusie wat hom uit woede die petrolpedaal te diep laat intrap het en 'n draai in die pad teen 'n hoë snelheid laat aandurf het. Van 'n boom langs die pad, 'n slag en 'n gesplinter van glas . . . en die senutergende gekraak van metaal wat byna dubbel vou. Van 'n man wat tevergeefs langer as 'n uur die motorwrak met kaal hande probeer oopskeur om 'n vrou, sý vrou, uit daardie opgefrommelde hoop metaal te kan kry. Van noodoperasies en wag en kyk, nog operasies en weer wag en kyk. Dan die finale slotsom: verlamming van die nek af ondertoe. 'n Mooi, jong vrou in die fleur van haar lewe . . .

Maar sterker as wat 'n egband kan bind, is die band van die gewete, die swart boeie van skuld. Hy hét te vinnig bestuur. Sy hét gesê hy moet stadiger ry. Hy hét 'n ongeluk gemaak. Dit wás sy skuld. En nou lê sy verlam en 'n huwelik in naam gaan voort waar daar oorspronklik geen huwelik meer oor was nie.

Jy gaan lê die daaglikse pligsbesoek in haar kamer af, voel die stroom van bitterheid en verwyt wanneer jy binnestap, lees die veroordeling en die haat in die vertroebelde oë. En jy stap na buite soos 'n dronk mens, bedwelm van die skuld en wanhoop oor jou toekoms.

Daar is trane op haar wange toe hy stilbly.

Haar hand gaan spontaan na hom uit en hy gryp dit met albei syne vas. "Moenie huil nie. Ek wil nie hê jy moet oor my lewe huil nie. Dis nie een traan van jou werd nie."

"O, Arnold!"

"Maar kan jy nou verstaan dat ek soms met iemand moet praat?"

"Natuurlik. Natuurlik verstaan ek, Arnold. Ek waardeer dit dat jy my in jou vertroue geneem het. Ek wens net daar was iets wat ek kon doen om te help."

"Daar is nie, maar jy sal nooit weet wat dit beteken om te weet daar is iemand wat verstaan nie. Dit maak dit soveel . . . draagliker."

Dit is vanselfsprekend onmoontlik dat die vriendskap tussen suster Saayman en dokter Lutz onopgemerk by die hospitaalpersoneel sal verbygaan. Nóg Karien nóg Arnold is so naïef om te hoop dat dit nie skinderpraatjies tot gevolg sal hê nie. Dokter Lutz is egter sy glimlaggende self in die hospitaalgange en wanneer hy van 'n gefluister agter sy rug verneem, is hy horende doof.

Karien, hoewel sy weet daar word oor hul vriendskap gefluister, is egter tog naïef genoeg om te glo dat dit nie kwaadwillige praatjies is nie. Die hospitaalpersoneel ken haar immers goed genoeg om te weet sy sal haar nooit skuldig maak aan 'n ongeoorloofde verhouding nie. Sy glo vas dat almal wat hulle soms saam sien dit beskou soos wat dit werklik is – 'n mooi, platoniese vriendskap. Dat die mensdom net nie so ingestel is om altyd na die mooiste te soek nie en beslis baie skepties staan teenoor platoniese vriendskap – veral tussen so 'n aantreklike dokter en 'n ewe aantreklike verpleegsuster – kom in die eerste weke nie by haar op nie.

Miskien sou sy lankal onraad gemerk het, die sydelingse

en soms ongelowige, soms beskuldigende blikke na haar kant gouer opgemerk het, as sy nie in hierdie dae 'n kommer in haar begin ronddra het wat haar aandag na binne gerig het nie.

Dit het so ongemerk gebeur dat sy dit nie dadelik agtergekom het nie: dat hy haar hand soms spontaan vashou wanneer hulle gesels; dat hy haar dan en wan komplimenteer; dat hy soms vir haar 'n bos blomme stuur met net 'n dankie op die kaartjie; dat hy haar al meer opsoek, al meer haar vrye tyd opeis; dat sy behoefte om te gesels oor dié dinge wat so swaar op sy hart druk al meer afneem, sodat hy haar deesdae telkens wanneer sý daarna verwys, stilmaak en sê hy wil liewer nie daaroor praat nie.

Maar toe Arnold haar een aand voor die verpleegsterstehuis aflaai nadat hulle sommer net 'n ent gery het, besef sy dat iets skort, toe hy ietwat ongeduldig laat hoor: "Ek is moeg vir hierdie spul agies, Karien. Liewe land, 'n mens het geen privaatheid nie. Hoekom kry jy nie vir jou 'n woonstel nie?"

" 'n Woonstel?"

"Ja. Ek weet van een wat dadelik beskikbaar is. Om die waarheid te sê, ek het reeds 'n opsie daarop geneem. Jy kan môre intrek as jy wil."

"Maar, Arnold . . ."

"Ek weier om jou langer hier by die verpleegsterstehuis te ontmoet, Karien. Jy is dit aan ons verskuldig dat ons darem meer privaatheid het. Ek is moeg daarvoor om in die veld met jou te gaan rondry wanneer ek alleen met jou wil wees."

Net vlugtig flits 'n bekende waarskuwingsliggie weer. Toe stem sy in. Dit is hoog tyd dat sy haarself 'n bietjie weelde gun. Dit is soos Arnold sê: 'n mens het darem nie privaatheid in 'n verpleegsterstehuis nie. Al weet sy daar is niks om haar oor te skaam nie, kan sy die skuldgevoel nie afgeskud kry wanneer sy soms van die ander personeel by die ingang ontmoet nie.

Toe sy deur die sitkamer van die senior personeel stap, kom sy in haar spore tot stilstand, kyk verbaas na die man wat uit 'n leunstoel opstaan en met 'n grimmige gesig op haar afgestap kom.

"Hannes! Wat maak jy hier?"

"Vir jou gewag."

"Maar . . . maar dis al baie laat! Skort daar iets? Het iets gebeur?" vra sy bekommerd en bestudeer hom 'n oomblik met 'n professionele oog.

"Ek weet dis laat. Ek sit en wag al hier van sewe-uur af en dit was nou pas middernag. Ja, Karien. Daar skort iets. Daar het iets gebeur – nie met my nie, maar met jou."

"Ek . . . begryp nie."

"My meisie wat nog altyd so vas op koers was se kompas het begin kantel. Sy is van koers af . . . en iemand moet dit vir haar sê, want sy stuur direk op die rotse van selfvernietiging af. Daardie persoon is ongelukkig ek. Kom."

"Hannes, maar . . ."

"Kom. Ons gaan in my motor gesels. Hier is geen privaatheid nie."

Sy volg hom fronsend, klim gehoorsaam in, wag totdat hy langs haar inskuif en laat hoor: "Ja, ek gaan binnekort in 'n woonstel intrek. 'n Mens is nooit privaat hier nie."

Sy gesig is 'n donker vlek, sy stem steeds vreemd grimmig toe hy sê: "En mag ek raai dat dit dokter Lutz is wat vir jou die woonstel gekry het?"

"Ja. Dis reg. Hoe het jy geweet?"

"Geraai, liewe Karien. Soos wat die res van die hospitaal ook môre sal raai dat Lutz jou al sover het dat jy in 'n woonstel van hom gaan bly."

Dit is asof sy met 'n bak yswater reg in die gesig gegooi word. "Hannes . . . Hannes, ek hou nie van die manier waarop jy dit stel nie."

"En ek hou nie van die manier waarop jy alles oorboord gooi vir daardie man nie."

"Hannes!"

"Ek hou niks van die gedagte dat jy Lutz se houvrou is of gaan word nie."

Doodse stilte heers skielik in die motor. Maar toe haar hand instinktief reik na die deurhandvatsel, word sy teruggehou. "Ek gaan nie verskoning vra vir wat ek gesê het nie, Karien. Weet jy hoe gons hierdie hospitaal en verpleegsterstehuis van stories oor jou en Lutz?"

Haar gesig is 'n witbleek vlek in die lig van die straatlig. "Ek weet dis onwaar en dat ek niks het om my oor te skaam nie. Laat hulle sê wat hulle wil. En baie dankie vir jou lojaliteit en vertroue in my, Hannes. Ek dink nie ek en jy het iets verder vir mekaar te sê nie, nie vanaand of ooit weer nie. Goeienag."

Maar dit is nie so maklik om die naakte feite te ignoreer nie. Haar verskonings vir haarself wil nie meer geloofwaardig klink nie. En 'n lang en pynlik selfbewuste dag in die saal en hospitaalgange volg. Die skille het skielik van haar oë geval. Nou sien sy alles raak . . . en sy word yskoud binnekant. Dieselfde koue is nog in haar toe sy daardie middag saam met Arnold na die aangebode woonstel gaan kyk, en dié keer kan sy die skokkende besef nie ignoreer nie. Dit is van hoek tot kant gemeubileer en sy hou haar oë afgewend terwyl sy praat: "Verhuur hulle dan die woonstelle gemeubileer? Dis . . . baie luuks."

"Nee. Ek het sommer eiereg gebruik en dit klaar vir jou gemeubileer. Ek wou vir jou 'n heerlike nessie hier skep."

Hy kyk haar fronsend aan. "Skort iets? Hou jy nie van my smaak nie? Dan kan jy verander soos jy wil."

"Wat jy eintlik bedoel, Arnold, is dat jy vir jouself hier 'n heerlike nessie vir owerspel en wellus geskep het. As ek dit nie aanvaar nie, sal daar wel iemand anders wees wat die betrekking sal aanvaar."

"Karien!"

"Dis die feite, is dit nie? Dankie, Arnold, maar ek soek nie 'n ander betrekking nie."

"Karien, luister na my. Nee. Jy sál na my luister! Goed. Ek het alles hier so beplan vir jou en vir my, om hier saam gelukkig te wees."

"Hoe kan 'n mens gelukkig wees met gesteelde goed?"

"Karien, ek kan, want dis al manier waarop ek geluk kan vind – deur dit te steel, soos jy dit stel. Ek is 'n man, Karien. Ek is 'n normale man en ek het jou lief . . ."

"Is dit liefde of begeerte?"

Hy lag kortaf, bitter. "Wat is liefde? Wat is begeerte? Is daar werklik 'n verskil? As jy liefhet, begeer jy vanselfsprekend. En as jy begeer, moet daar tog 'n gevoel wees waarop dit gegrond is. Hoe sal jy weet, Karien? Of weet jy? Kan jy werklik op hierdie oomblik sweer dat jy nog nooit iets meer as die geoorloofde vir my in jou hart voel roer het nie? Sal jy my toelaat om jou te soen, regtig te soen?"

"Nee!"

"Is jy bang ek sal daarmee bewys dat wat in my hart lê ook in joune lê? Jy begeer my soos ek jou begeer, Karien!"

"Dis nie . . ."

Maar hy gryp haar skielik vas, soen haar die eerste keer met die volle drang en begeerte wat al van daardie eerste ontmoeting af in hom brand, en hy voel hoe sy meegee in sy arms.

"Karien! Karien! Moenie 'n klein dwaas wees nie! Ons

kan so gelukkig wees! Wat maak dit saak wat die wêreld sê? Wat maak dit tog saak?"

Die aarde wentel om haar. In haar verstand duisel dit. Iemand . . . iemand het van 'n kantelende kompas gepraat . . . van rotse van selfvernietiging.

"Nee, Arnold!"

Hy moet haar laat gaan toe sy haar so beslis teësit, en sy stem is bitter: "Dan verstaan jy regtig nie. Het maar net al die tyd so voorgegee. Jy begryp nie dat ek . . . ek . . ."

"Ek begryp, Arnold. Ek begryp dat jy kan liefhê waar jy nie mag nie, dat jy 'n man is en dit net menslik is dat jy begeer. Maar wat jý nie begryp nie, is dat ek niemand se houvrou kan wees nie, nie eens al het ek die man werklik lief nie. Sal jy my asseblief nou terugneem?"

Voor die verpleegsterstehuis hou hy stil, vra skor: "En nou? Wat nou?"

"Dis die end, Arnold. Ek gaan my bedanking indien."

Hy kyk haar vinnig aan. "En wat dan?"

"Dan gaan ek weg. Ek is jammer. In plaas van om jou te help, het ek jou lewe net meer deurmekaargekrap."

Om nie die aandag nog verder op haar te vestig nie, is Karien verplig om Hannes die volgende aand in die sitkamer te ontvang.

Die nuus van haar bedanking het soos 'n veldbrand deur die hospitaal versprei en Hannes het wel sy inligtingsbronne wat hom hiervan verwittig het.

"Ek het jou gesê ons het niks verder vir mekaar te sê nie, Hannes."

"Jy het bedank."

"Ja."

"Waarheen gaan jy?"

Die eerste keer in haar lewe hoor sy 'n bitter toon in haar

stem toe sy sê: "Weg – nié na dokter Lutz se woonstel toe nie. Heeltemal weg."

"Trou met my, Karien. Asseblief!"

Dit ruk haar, en sy kan hom net aanstaar, dan skor sê: "Jy kan nie regtig ernstig wees nie!"

"Ek is. Ek het jou lief. Trou met my."

"Terwyl jy glo . . ."

"Nee. Nie regtig nie. Maar ek was seergemaak en, ja, jaloers en . . . Vergewe my, asseblief."

"Daar is niks om te vergewe nie, Han." Sy draai vinnig weg, is dankbaar dat die sitkamer vir 'n wonder nie vol ander besoekers is nie. Want dan sal almal kan sien hoe skuldig sy voel . . . Skuldig, want op daardie oomblik toe Arnold haar vasgegryp het in sy arms, het sy geweet dat sy haarself al die tyd gebluf het, dat sy wel op hom verlief is, en dat sy hom wel begeer!

Sy voel Hannes se hande huiwerig oor haar skouerknoppe vou. "Asseblief, Karien. Jy gaan nie weg nie. Trou liewer met my."

Sy draai stadig onder sy greep om, kyk met hartseer oë na hom op, haar mond bewend in 'n doelbewuste glimlag. "Ek het jou al tevore gewaarsku dat ek jou eendag ernstig gaan opneem . . ."

"Maak daardie eendag vanaand, Karien, asseblief . . . en sê ja."

Sy trek haar asem in. "Ja, Hannes. Ja, ek sal met jou trou."

2

Toe Karien die volgende oggend diens gaan doen, is daar 'n boodskap dat sy na die matrone se kantoor moet kom. Sy gehoorsaam teësinnig. Sy het haar bedankingsbrief by die ondermatrone ingedien en nou wil die hoofmatrone seker met haar daaroor praat . . . en daar is niks te sê nie. Tog help die gedagte dat sy eerlik sal kan verduidelik dat sy bedank het om te gaan trou. Goeie ou Hannes . . . Hy het weer tot haar redding gekom, haar die vernedering en verleentheid gespaar.

Dit verbaas haar dat matrone, 'n vrou met baie lewenservaring en die een wat ook die bewaker van die etiese reëls van die professie is, haar nie eerder na haar kantoor ontbied het nie. Sy moet soos die res van die hospitaal bewus gewees het van die vriendskap tussen die suster van die mansaal en een van die dokters, 'n getroude man.

Karien staan verleë en skuldig voor die lessenaar.

"Suster, ek is ontsteld oor jou bedanking," val die ouer vrou sommer met die deur in die huis. "Ek sien in jou bedankingsbrief dat jy geen rede verskaf nie. Sal ek jou privaatheid skend indien ek vra hoekom jy bedank?"

Karien sluk. "Geensins, matrone. Ek gaan trou."

"Trou?" Sy lyk verras, dan onseker. "En wie is die bevoorregte man?"

"Hannes Eksteen, 'n boer in die distrik."

"Werklik?" Openlike verligting, só openlik dat Karien innerlik daarvan terugdeins, verskyn op haar gesig. "Wel, suster, dan durf ek jou seker nie probeer oorhaal om jou bedanking terug te trek nie!" skerts sy. Dan neem haar gesig die moederlike sagtheid aan wat haar personeel ken en waardeer en wat haar so bemind maak. "Karien, ek is so bly dat dinge vir jou mooi reggekom het. Jy was nog altyd my oogappel onder die susters, en ek kan dit maar vandag vir jou sê omdat jy binnekort weggaan. Maar daar was 'n tyd dat ek diep bekommerd oor jou was."

Sy sug liggies."Ek wens so dat julle – die hele personeel – my nie net as die matrone sal beskou nie, maar as iemand wat persoonlik belangstel in elkeen van julle; dat julle nie net my kantoor sal ken as 'n plek waarheen julle ontbied word nie, maar ook 'n plek waarheen julle om raad en hulp kan kom wanneer dinge in jul persoonlike lewe deurmekaar raak. Ek het so gehoop dat jy die een of ander tyd 'n bietjie met my sal kom gesels. Daarom het ek jou nie ontbied nie."

Karien voel die warm trane in haar oë skiet. Hoekom het sy nie? wonder sy nou self. Hoekom het sy nie uit die staanspoor uit met hierdie begrypende mens kom gesels oor die vriendskap tussen haar en Arnold nie? Maar dan . . . so dierbaar as wat matrone is, is sy ook 'n mens met vaste beginsels en hoë norme. En sy is intens eerlik. Sy sou haar reguit gevra het of sy werklik niks meer voel as bloot suiwer belangstelling en begrip vir Arnold Lutz nie. Karien weet sy sou toe al moes erken dat Arnold dinge aan haar hart doen wat niks met 'n platoniese vriendskap te make het nie. Van daardie eerste dag af dat hy haar vervoer dorp toe aangebied het, het sy geweet sy beweeg op dun ys, want die waarskuwingsliggies het van daardie eerste oomblik af geflikker. Maar sy het dit geïgnoreer, wóú dit ignoreer.

"Ek is so jammer dat ek u rede tot kommer gegee het, matrone. Ek kan net sê dat . . . dat daar nooit iets gebeur het waaroor ek my hoef te skaam nie, maak nie saak wat die hele hospitaal dink nie. Ek verseker u."

"Ek aanvaar jou versekering volkome, Karien. En onthou altyd, liewe kind, dat dit wel belangrik is wat mense van jou dink en sê; maar wat veel belangriker is, is wat jou eie hart wéét." Sy glimlag. "Ek gaan nie stry dat ek jou geweldig gaan mis nie, maar ek wens jou uit my hart 'n baie, baie gelukkige huwelik toe. Jy was 'n puik verpleegsuster. Ek weet jy sal nog 'n puiker vrou en ma uitmaak. Baie hartlik geluk, Karien."

Tydens Karien se kennismaand moet Arnold noodwendig weer in die saal verskyn. Karien moet hom in die oë kyk en hom aanspreek, en ter wille van die nuuskierige oë om haar moet sy so normaal en kalm optree soos almal haar ken.

Maar Arnold is geensins sy ou self nie. Die eerste keer sien die verpleegpersoneel 'n dokter Lutz sonder die hartebrekerglimlag.

Toe hy 'n week later onverwags in Karien se kantoordeur verskyn en dit agter hom toedruk, is die uiters formele front wat sy die afgelope dae aan hom voorhou aan die wankel.

"Maak asseblief die deur oop, dokter."

"Nie voordat ek en jy eers gesels het nie."

Sy is die toonbeeld van voorbeeldigheid toe sy ernstig vervolg: "Die suster se kantoor is nie 'n plek vir persoonlike gesprekke nie, dokter. Maak oop die deur!"

"Ek hoor jy gaan trou." Sy antwoord nie, en hy kom vinnig nader, trek haar aan die skouers van agter haar lessenaar orent. "Is dit waar wat ek hoor, Karien? Gaan jy regtig trou?"

"Ja."

"Doen jy dit om van my af weg te kom? Dan kan ek jou sê dis nie nodig nie. Ek sal my nie aan jou opdring as . . . Karien, ek is lief vir jou en ek weet jy is lief vir my. Moenie dit doen nie!"

"Dokter, ek . . ."

"Na die duiwel met jou gedokter!" val Arnold haar in die rede. "Besef jy wat jy gaan doen? Besef jy wat dit is om getroud te wees met iemand wat jy nie liefhet nie? Weet jy hoe stadig die tyd dan verbygaan? Weet jy dat elke jaar 'n ewigheid kan word? Karien, besin! Odelia sal nie vir ewig lewe nie. Haar toestand verswak stelselmatig. Die een of ander tyd, miskien oor ses maande, oor 'n jaar, miskien oor twee jaar, sal sy dood wees. Is dit te lank om te wag?"

Sy kyk hom met 'n wasbleek gesig aan, ongeloof en teleurstelling in haar oë. "Vra jy my om te sit en wag totdat jou wettige vrou sterf?" Die woorde kom in 'n skor fluistering uit, en hy trek haar teen hom vas.

"Ja! Wat anders kan ek doen? Ek vra jou om saam met my te wag totdat ek jou my wettige vrou kan maak. Intussen . . ."

"Ja, Arnold? En wat van intussen. . . terwyl ons wag?"

"Ons kan so gelukkig wees, my liefling. Ek beloof ek sal elke moontlike tydjie wat ek het by jou in die woonstel deurbring. Jý sal my vrou wees."

"Die ander vrou . . ."

"Nee. Dié vrou."

"En . . . Odelia? Wat van haar?"

"Wat van haar? Ek kan niks meer gee as wat ek haar reeds gee nie. Sy kry die allerbeste behandeling . . ."

"En 'n daaglikse besoekie . . ."

"Ja!" Hy sug diep gefrustreer. "Wat moet ek méér vir haar doen? Wat kán ek meer vir haar doen? Kom, sê my! Ek kan nie haar hand dag en nag sit en vashou nie . . ."

"Maar dit sal help as jy dit soms doen." Sy kyk hom vas in die oë. "Arnold, ek begryp jou kant van die saak heeltemal. Ek het alle begrip en simpatie vir die situasie waarin jy jou bevind, en daarom is ek nie vir jou kwaad oor . . . oor jou voorstel nie. Maar die afgelope dae het ek ook baie aan Odelia gedink, háár prentjie gesien . . . en ek het gewonder of jý dit helder sien? Weet jy wat dit beteken om dagin en daguit op jou rug te lê met net jou oë wat kan draai? Het jy al werklik besef wat jou vrou elke dag deurmaak?"

Sy gesig verstrak. "Dan begin jy my nou ook verwyt oor haar toestand?"

"Nee! Ek glo aan beskikking. Dis so beskik dat alles so moes gebeur het. Maar dikwels staar 'n mens jou blind teen jou eie behoeftes in 'n moeilike situasie. Jy dink net aan wat dit jóú kos, hoe dit jóú raak, en jy vergeet van die hel waardeur die ander persoon gaan. Sou jy plekke met haar wou ruil, Arnold?"

Sy sien haar vraag tref, en hy is 'n oomblik stil, antwoord dan skor: "Nee, natuurlik nie, maar dit het niks met my en jou . . ."

"Dit het alles met ons te doen, Arnold. Ek is nie bereid om te sit en wag dat 'n vrou moet sterf voordat ek my geluk kan opraap nie. Ek is nie 'n aasvoël nie." Sy stap by hom verby en maak die deur beslis oop. Dan draai sy terug na haar lessenaar, gaan sit en buig oor die vorms voor haar op die blink blad sonder om dit regtig raak te sien. Haar hart bloei vir hom, vir hierdie man wie se lewe in so 'n on-moontlike web van omstandighede vasgevang is . . . maar ook vir 'n vrou, 'n mooi, jong vrou wat moet lê en wag om te sterf.

In die maande wat volg nadat Karien haar verpleeguni-form vir oulaas uitgetrek het, word die hospitaal en dokter Arnold Lutz deel van 'n verlede wat sy soos met 'n mes afgesny het. Sy het doelbewus alle kontak met haar ou lewe verbreek. Dat 'n mens egter nie jou gedagtes en die dinge van die hart sommer net so kan agterlaat nie, weet net sy.

Hannes Eksteen, wat aanvanklik self vol twyfel oor die wysheid van hul vinnige trouplanne was, se onrus bedaar gou. Wanneer hy soms voel dat hy nog nooit regtig tot die ware Karien deurgedring het nie, probeer hy dit nie naspeur nie. Daar is dinge wat selfs tussen man en vrou liefs onbeantwoord en onaangeraak moet bly.

Op die oog af lyk Karien gelukkig, tevrede en rustig en dit is genoeg vir haar man. Dat hulle nooit oor die verlede praat nie, is 'n stilswyende ooreenkoms wat deur man en vrou eerbiedig word. As daar 'n knaende vraag in Hannes se hart bly vassteek, wys hy dit nie en noem hy dit nog minder. Hoe sy vrou vandag ná byna 'n jaar van getroude lewe saam met hom oor 'n sekere dokter voel, is die een vraag waarop die jong boer liewer onsekerheid as 'n antwoord verkies.

Karien weet dat haar man gelukkig is. Boonop weet sy dat sy sy liefde volkome besit en dat daar nooit 'n ander vrou vir hom sal wees nie. Sy word daagliks oorlaai met liefde en al die voordele wat daaruit voortvloei. Sy het al baie gewonder of daar 'n bedagsamer mens op hierdie aarde rondloop as haar man. Ook in hul intiemste oomblikke sal hy haar altyd eerste stel.

En dit alles laat die skuldgevoel in haar al meer aangroei.

Sy sien nou in dat sy na Hannes se huweliksaanbod gegryp het soos 'n drenkeling na enigiets wat dryf. Hannes was die naaste ding om na te gryp, om haar te red uit die stormwater waarin sy beland het toe die kompas vir haar gekantel het. Met 'n bykans verterende skuldgevoel besef sy dat dit suiwer selfsug en die ingebore drang tot selfbehoud was wat haar laat instem het om met Hannes te trou.

Daarom het sy doelgerig haar bes gedoen om 'n goeie vrou vir hom te wees. Sê nou net hy was nie destyds daar om na te gryp nie . . . Hoe maklik kon sy onder die golwe vergaan het – die golwe van begeerte en 'n ander soort selfsug, daardie selfsug wat net toe-eien en niks teruggee nie.

Namate die maande verbygaan, maak sy haarself wys dat sy 'n gelukkige vrou is. Hoe kan 'n vrou anders as om Hannes lief te kry? Dit sal kom. 'n Onverbeterlike fondament is reeds daarvoor gelê. Dankbaarheid, waardering, respek . . . dis tog wat sy vir Hannes voel. Die liefde, soos wat só 'n man behoort te ontvang, sal wel mettertyd kom.

Maar dít wat ná byna een huweliksjaar uit hierdie ryk teelaarde voortgebring word, is 'n flou uitspruitsel en Karien weet dit. Dit is wel liefde, maar dit kan net sowel as gehegtheid beskryf word. Dit is beslis nie daardie soort liefde wat die hartklop versnel en die bloed laat jaag nie . . . daardie allesoorheersende gevoel en besef dat hy dié belangrikste mens vir jou op die hele aarde is nie. Om een met hom te wees, beteken nie terselfdertyd om saam met hom 'n paradys te betree nie. Dit beteken eerder 'n diepe gevoel van sekuriteit en beskerming. Daar is geen ekstatiese ervarings nie. Haar huwelik met Hannes laat haar dink aan 'n stilvloeiende stroom onder rustig hangende treurwilgers deur.

In onbewaakte oomblikke van onrus en frustrasie is sy gou om al haar seëninge vir haarself op te noem. Wat meer kan 'n vrou verlang as wat sy reeds in oormaat ontvang? Maar elke keer groei die skuldgevoel in haar aan. Sy weet sy het haar man nie waaragtig lief soos 'n vrou haar man behoort te bemin nie, soos wat sy weet Hannes háár liefhet.

Maar dit is dinge van die hart. Op die oog af, vir almal wat die Eksteens van Franskraal ken en hul mooi lewe saam sien, is hulle 'n gelukkig getroude paartjie.

Ook op finansiële gebied gaan dit goed. Hannes is 'n vooruitstrewende, wetenskaplike boer. Dikwels maan Karien haar man tot meer rustigheid. Sy laggende antwoord is altyd dat hy nie net vir homself werk nie, maar vir haar en hul kinders. Elke keer wanneer hy dít sê, keer haar hart in haar om. Die kwessie van kinders, wanneer en hoeveel, is nog nooit werklik bespreek nie. Sy het dit ook nie aangemoedig nie. Eers moet die dinge van die hart regkom. Maar hulle is nou al byna 'n jaar getroud en sy weet Hannes begin uitsien na 'n nageslag.

Toe hy daardie middag sy kos vinnig afsluk, sê sy in haar beste verpleegsterstem: "Stadig, my man. Die lusern sal nie wegloop nie. Eet rustiger."

Hy glimlag tussen die slukke deur. "Ek kan nie anders nie. Die lusern moet nog voor vanaand alles klaar gesny wees, want ek het so 'n gevoel dit gaan nog hierdie week reën. Net voordat ek vir ete ingekom het, het ek weer daardie handgrootte wolkies agter die kim sien uitkruip."

Sy kyk hom teer aan. "Jy werk so hard, Hannes."

Hy glimlag, stoot sy halfleë bord terug, en staan op. "Bêre dit vir my in die lou oond vir vanaand. Ek kan nie langer wag nie." Hy buig oor haar, sit sy arm om haar skouers en druk haar 'n oomblik styf teen hom vas ten spyte van sy haas. "Ek gee nie om nie, my skat. Dis vir jou en vir ons kleingoed." Skielik kyk sy oë diep in hare af, en haar hartklop verstil by die aanhoor van sy volgende woorde: "Ons is nou al amper 'n jaar getroud, my vrou. Dink jy nie dis tyd dat ons aan 'n gesin begin dink nie?"

Sy weet die oomblik het gekom dat sy dit nie weer kan wegpraat nie. Daarom antwoord sy moedig: "Ja, my man. Ek dink dis tyd daarvoor."

Die skemering van angs in sy oë verdwyn en hy glimlag breed. Met 'n hart wat skielik wil ween, sien sy hoe vreugde soos dié van 'n kind onverbloem in sy oë lê.

"Karien . . . my vrou . . ."

Sy sluk, probeer die intense emosie van hierdie oomblik verlig. "Vanaand, my man. Nou wag die lusern buite en jy was so haastig."

Hy soen haar teer, gryp dan sy ou plaashoed van die kapstok af. "Vanaand, skat!"

Sy hoor hom gaan, haastige voetstappe op die sementagterstoepie, en dan is hy weg . . . die stilte swaar en benouend om haar. Karien bly verslae by die eetkamertafel sit, bang vir hierdie vreemde hart wat sy in haar ronddra.

Wat 'n voorreg om saam met jou man vir 'n nuwe lewe te beplan. Wat 'n genade om dit sonder kommer of finansiële probleme te kan doen. Wat 'n genadegawe om dit te kan doen saam met 'n man soos Hannes . . . en sy wil nie!

Here, vergewe my my ondankbare hart! fluister sy woordeloos. En leer hierdie vreemde hart van my wat hy aan Hannes Eksteen en al u wonderlike genade en gawes het!

In die loop van die middag word die wolke vinnig meer en pak dreigend saam.

Teen skemer begin die eerste reëndruppels uit die bewolkte lug oor Franskraal neersak.

Toe Karien haastige voetstappe op die agterstoepie hoor, aanvaar sy dat dit hy is wat eindelik terug is, maar daar word aan die agterdeur geklop en sy kyk teen die wydgerekte oë van hul staatmaker op die plaas vas.

"Pool! Wat . . .?"

"Kom tog gou! Kom tog net baie gou, asseblief! Daar was 'n ongeluk . . . 'n lelike ongeluk. Hy is omtrent in twee gesny deur die lusernlem!"

Van daardie oomblik af registreer niks werklik by haar nie, is haar reaksies werktuiglik terwyl haar verstand feitlik gaan stilstaan het. Haar verpleegagtergrond kom haar te hulp toe hulle die ongelukstoneel bereik en sy Hannes in die ligte van die trekker in die moddervoor sien lê. Die reën sif saggies op hom neer en meng met die bloed wat uit hom vloei. Soos 'n robot doen sy die regte ding. Dié ramp is egter ver bokant haar vermoë as verpleegsuster. Sy stuur Pool terug huis toe om die ambulans te ontbied en komberse saam te bring. Toe hy later een van die komberse oor haar hou om die ergste reën van haar af te keer, voel sy dit nie eens nie. Sy sit net magteloos en kyk na die man wat sulke groot planne gehad het en wat nou vermink in 'n moddervoor lê.

Net een keer praat sy, meer met haarself as met Pool: "Hoekom het hy nog lusern gesny? Hy kon mos sien dat dit gaan reën, en wat help dit dan? Dan sou . . ."

Pool antwoord, maar of sy hom hoor, weet hy nie. "Nee, ons het vanmiddag al ophou sny, want die lusernlem het gebreek. Ons het toe net die droë lusern betyds probeer baal. Ek en die meneer het die ander so 'n rukkie terug in die onderste land agtergelaat om gou die lusernlem te kom regmaak en die lusernsnyer terug te kry by die huis. Hoe die ongeluk gebeur het, weet ek nie, maar toe beland hy reg voor die lem toe ons dit uittoets en . . ."

Daar volg 'n lang, donker tydgaping waartydens Karien nie weet waar sy is of wat met haar gebeur het nie. Maar dan kom sy weer tot haarself toe bekende tonele voor haar oë verskyn, bekende reuke in haar neusgate prikkel. Sy kyk om haar rond en vra: "Waar is hy? Waar is Hannes?"

"In die operasiesaal. Hulle is nog besig."

"Hy . . . lewe? Hy lewe?"

"Ja." Dat die bevestigende antwoord 'n wonderwerk is, laat die suster na om by te voeg. Solank iemand lewe, word daar geveg. Dit is nie vir die man wat nou oor die operasietafel buk en orde uit 'n bloederige massa probeer skep om te besluit of hierdie man, of wat van hom oor is, nie liewer sou wou sterf as hy kon kies nie. Dit is nie vir hulle wat 'n eed afgelê het om lewe te behou om te besluit dat die dood soveel genadiger sal wees nie. Die dokter wat so versigtig 'n lewe probeer red, is self 'n man. Dit is nie vir hom om te besluit dat as dit hy was wat hier gelê het, hy liewer die dood sou verkies as om die res van sy lewe nooit weer regtig mens, beslis nooit weer man te wees nie. Hy doen wat hy kan en laat die res aan Iemand anders oor om verder te besluit.

Die man wat hom bystaan, vloek gedemp agter die groen masker. "Was dit ek wat hier gelê het, sou ek die laaste een van julle doodgeskiet het wanneer ek bykom. Genade, wat gaan hierdie man se lewe hierna wees? Het jy al daaraan gedink?"

Die oë word nie afgewend van die taak nie, en die antwoord kom gedemp: "Dis nie nou tyd vir dink nie. Nou doen ons net."

Dokter Arnold Lutz laat toe dat die suster die sweet van sy voorkop afvee terwyl hy 'n klomp are toeklem. Hy was net op pad huis toe, toe die noodgeval die hospitaal bereik. Hy kon nie glo dat enige dokter kans sien om te opereer nie.

"Wat wil jy opereer? 'n Mens weet nie waar is wat nie."

Dokter Weich, die superintendent, het self twyfelmoedig gelyk, maar hy het geantwoord: "Dokter Willems wil probeer."

Arnold het na die ander man gekyk wat reeds die operasieklere begin aantrek het. "Wie is hy?"

"Hy is die nuwe dokter wat ons verwag het. Hy het so pas hier aangekom. Trouens, sy motor is nog nie eens afgepak nie. Ek het hom so pas verwelkom toe die geval inkom. Hy het dadelik aangebied om te opereer." Hy beweeg na die skropkamer se deur. "Ek sal hom bystaan. Ons kry dokter Conradie nie in die hande nie. Wil jy nie ook kom help nie?"

Arnold het hom gevolg, nie dat hy geglo het dat daar hulp te verleen is aan die arme mens op die operasietafel nie, maar net om te sien wat hierdie dokter Willems nou eintlik gaan doen.

Voor sy oë het hy gesien hoe die hande met sekerheid orde uit die chaos begin skep het, tot op hierdie punt dat hy, saam met 'n bewonderende dokter Weich, begin glo dat hierdie nuwe dokter tog daarin gaan slaag om die eerste rondte te wen.

Hoewel Arnold help waar hy kan, is dit nie bewondering wat die botoon in hom voer nie. Hierdie dokter Willems weet nie wat hy aanvang nie. Sy vak ken hy, maar hy weet nie wat hy aan die mens binnekant doen nie. Hy weet nie wat dit is om nie 'n volwaardige mens te wees nie. Hy weet nie wat dit is om met 'n verminkte, gestremde mens saam te leef nie. Arnold weet nie wie dit is wat hier so weerloos voor hulle lê nie, maar sy hart gaan na hom uit as hy moet bly lewe.

"Hoe oud is die man? Is hy getroud?"

Dokter Weich aarsel net 'n sekonde. "Ja. Hy is jonk getroud en ek skat so agt-en-twintig jaar oud."

"Liewe aarde, en julle wil hom deurhaal om só aan 'n jong vroutjie terug te gee!"

Die geboë rug aan die ander kant kom eindelik regop. "Ek kan nou niks verder doen nie. Ons sal maar eers moet kyk." Dan lig die oë bokant die masker en kyk vas in Arnold s'n. "Ja, dokter. Dis presies wat ek besig is om te doen. Ek hoop net sy jong vroutjie sal haar plig beter ken as wat jy joune as dokter ken. Dankie vir jul hulp." Hy draai weg en verdwyn in die skropkamer.

Arnold stroop die masker voor sy gesig af, kyk na dokter Weich en sê grimmig: "Ek ken my plig as dokter. Natuurlik moet 'n mens die arme drommel probeer deurhaal, al is hy so beseer. Dis maar net . . . Om so iets oor te kom ná 'n paar maande se getroude lewe . . . Wat van die jare wat voorlê?"

Weich knik, simpatie in sy oë. Hy druk vlugtig 'n hand op

Arnold se skouer: "Ek weet, dokter. Ek begryp hoekom jy so voel. Maar dokter Willems weet nie . . ."

"Nee, hy weet nie. Hy sal nooit regtig weet nie. Ek weet net nie wie ek die jammerste kry nie – vir hóm of vir sy jong vroutjie. Vir albei wag daar ná dese 'n hel op aarde . . . en vir daardie pyn is daar geen medisyne of operasiemes wat help nie."

Dokter Weich sien hom wegstap, en daar is kommer in sy hart. Want Arnold Lutz het gelyk. 'n Marteling gaan dit wees, en soos hy suster Saayman leer ken het toe sy nog in beheer van die mansaal was, weet hy dat dokter Willems se hoop nie onbeskaamd sal bly nie. Karien sal by haar man staan . . . wat nooit weer regtig 'n man vir haar sal kan wees nie. En dokter Weich wonder wat Arnold Lutz gaan sê wanneer hy hoor dat dit Karien se man is wat hulle vandag na die lewe teruggehelp het . . . 'n lewe wat vir die gesonde, fris, volwaardige man wat hy was, net 'n marteling in die toekoms kan wees. Diep in sy hart is hy geneig om met die jong dokter Lutz saam te stem. Eties of oneties, maar die gedagte bly vassteek . . . dit sou beter gewees het as Hannes Eksteen liewer vannag gesterf het.

Hy is egter dankbaar dat die nuwe dokter nie hierdie laaste gedagte kan lees nie, want hy sal dit nie verstaan nie. Tog voel hy hy moet 'n lansie vir Arnold breek. Dié twee dokters het op 'n slegte voet weggespring, en dit is nie goed nie, want hulle moet heeldag saamwerk en teen mekaar vaskyk.

"Jy moet maar verskoon as dokter Lutz hom 'n bietjie kras uitgedruk het, dokter Willems. Wanneer jy sy omstandighede ken, sal jy verstaan. Sy vrou is al langer as 'n jaar verlam – van haar nek af ondertoe – ná 'n motorongeluk. Hy weet wat dit beteken om in 'n onnatuurlike huwelik vasgevang te wees."

Toe die ander dokter niks daarop te sê het nie, vervolg

hy: "Baie dankie vir jou hulp vannag. Ek is jammer ons moes jou sommer met die intrapslag inspan. Maar nou kan jy maar gaan rus en jou goedjies in orde kry."

"Dankie, dokter, maar ek wil vannag by die pasiënt bly."

Dokter Weich frons. "Maar jy moet moeg wees. Jy was ure lank op pad in die motor en toe ure gebukkend oor 'n operasietafel. Ek belowe ek . . ."

"Ek bly by die pasiënt. Jy kan maar gaan rus, dokter Weich. Goeienag."

Hy stap beslis weg en die superintendent kyk hom eers verslae, dan geamuseer agterna. Dank jou die duiwel! dink hy heimlik. Baie dankie vir jou toestemming om te gaan rus, dokter Willems. Dan lag hy saggies toe hy aanstap.

In die private kamer langs die mansaal vul sy groot gestalte oomblikke later die deur en die verpleegster maak plek vir hom langs die bed, maar hy kyk nie dadelik na sy pasiënt nie. "Neem haar weg."

Suster Vermaak kyk hom fronsend aan. Sy en Karien was baie jare lank die twee susters wat in beheer van die vroue-en mansale was. "Dis sy vrou."

"Ek weet. Neem haar weg."

Suster Vermaak aarsel. Sy is nou op spesiale diens en is vannag uit haar bed ontbied om al haar aandag te kom gee aan 'n noodgeval wat ure lank in die operasiesaal was. Groot was haar skok toe sy Karien by die ongevalle-afdeling aantref en hoor dat dit Hannes is wat so 'n ongeluk gehad het. Sy het net gehoor 'n nuwe dokter is besig met die operasie. Dit moet dan hierdie man wees.

"Sy is 'n opgeleide verpleegsuster, dokter. Sy was tot 'n jaar gelede suster van hierdie saal."

Hy kyk af na die pasiënt, en sy arendsoog neem alles waar. "Dankie vir die inligting, suster, maar ek het nie daarom gevra nie. Neem haar weg." Net vlugtig flits sy blik omhoog na Karien se geskokte gesig. "Gee aandag aan haar. Ek sal self 'n oog hier hou. Baie dankie."

Dit word op so 'n toon gesê dat suster Vermaak om die bed loop, Karien aan die arm optrek en uit die kamer lei asof sy 'n slaapwandelaar is. Hierdie dokter moet maar self môre aan matrone verduidelik hoekom sy, wat spesiaal ontbied is, toe nie die nag aan diens was by die pasiënt nie.

Dat dokter Willems die volgende oggend wel die saak aan matrone verduidelik, en dat hierdie lewenservare vrou hom innig dankbaar is vir sy besluit, weet nie Karien óf haar kollega nie.

"Dit was baie gaaf van jou om suster Vermaak af te staan om na Karien om te sien. Sy is nog steeds in 'n geweldige toestand van skok. Maar ons kon gereël het dat 'n ander suster . . ."

"Onnodig, matrone. Ek wou self by die pasiënt bly."

"Ek verstaan van dokter Weich dat jy gisternag 'n wonderwerk verrig het. Baie dankie . . ."

"Ek weet nie van wonderwerke nie, matrone. Ek ken net genade. Moenie haastig wees met jou dank nie. Miskien sal jy later ook soos dokter Lutz voel om my te skiet oor wat ek gisternag gedoen het."

"Dokter Lutz?" Daar is openlike kommer op haar gesig te lees. "Dan weet hy dis Karien se man wat . . . wat . . ."

"Wat ontman is?" Die oë kyk skerp. "Het hy dan enige belang daarby?"

"Nee, natuurlik nie!" Matrone ruk haar reg. "Dis net . . . Hulle ken mekaar, natuurlik. Sy het tog hier gewerk. Dis maar net dat ons almal so innig jammer vir haar is, diep geskok voel . . ."

"Natuurlik. Maar daar is baie skokkende dinge wat 'n mens maar net eenvoudig moet aanvaar . . . en moet leer om mee saam te lewe. Tot later, matrone."

387

Karien weet nie hoeveel uur by haar verbygegaan het voordat sy eindelik weer sekere dinge begin registreer nie. Daar is net sulke flitsoomblikke wat sy onthou . . . reën en bloed wat meng . . . Elsa Vermaak se geskokte gesig bokant hare . . . Matrone se dierbare oë wat so vol trane is en hande wat hare vashou . . . en iemand uit die ver verlede wat net 'n oomblik lank in die deur kom staan en soos 'n wit spook na haar staar, haar naam op sy lippe.

Die eerste helder oomblikke is eers 'n dag of twee later toe 'n vreemde man voor haar verskyn. Sy gesig lyk bekend, asof sy hom al voorheen gesien het, maar sy kan nie onthou waar nie. Waar sy in haar eie hospitaalbed lê in die kamer net langs dié van Hannes – soos matrone en dokter Weich aangedring het toe sy van die ergste skok herstel het – lê en kyk sy heeltemal weerloos terug in die skerp, deurdringende blik.

"Ek is Christian Willems. Ek het jou net kom sê jou man gaan lewe."

3

Lank, fronsend, kyk hy af in die dankbare oë. Hy weet hoe lyk oë wanneer 'n dokter vir 'n vrou sê haar man gaan lewe. Hy het dit al tientalle kere gedoen. Dankbaarheid is daar altyd te lees, natuurlik, maar oorheersend is altyd die vreugde, 'n onmeetbare vreugde, by die aanhoor van die goeie tyding. Maar Karien Eksteen se oë kyk net met 'n onmeetbare, sagte dankbaarheid terug. Daar is geen wilde ondertoon van allesoorheersende vreugde in haar innige dankie te bespeur nie.

Sy formele dokterstem gaan voort en stel die feite sonder

om haar om die bos te lei. Sy is immers 'n opgeleide verpleegsuster.

"Maar dit gaan maande in die hospitaal beteken, asook 'n hele paar opvolgoperasies."

"Dit maak nie saak nie. Solank hy net lewe, maak niks saak nie."

So dankbaar, só vreeslik dankbaar dat hy lewe en sal lewe . . . maar nie bly nie, dink hy nog eens.

Daar is nog een feit wat hy nagelaat het om te noem, miskien die belangrikste. Dan laat hy dit daar. Selfs hý kry dit nie reg om nou aan hierdie dankbare vrou te vertel dat sy nooit weer 'n man in die volle sin van die woord gaan hê nie. Hy sal dit nie nou kan verdra om te sien hoe ook die dankbaarheid uit daardie oë wegsypel nie. Nie ná al hierdie uitmergelende ure wat hy langs Hannes Eksteen se hospitaalbed deurgebring het en met volgehoue konsentrasie die wil om te lewe in 'n sterwende mens aan die brand gehou het nie. Nie ná drie dae en nagte se kaalhandstryd met die dood wat hy net altyd 'n paar sentimeter van die wit hospitaalbed weggehou het nie. Nie nadat 'n mediese wonderwerk, soos matrone en die res van die hospitaalpersoneel dit reeds noem, plaasgevind het nie. Nie nádat daar soveel genade van Bo oor 'n dokter en sy pasiënt uitgestort is nie. Sy moet dit maar self te wete kom.

"Dis moeilike maande wat voorlê, mevrou. Jy weet dit sonder dat ek dit vir jou hoef te sê. Jou man gaan al die morele steun nodig hê. Jy moet dit vir hom gee – selfs al wil hy nie meer lewe nie."

Hoe sou sy weet wat agter hierdie bevel – want 'n versoek is dit nie – skuil? Omdat sy nie weet nie, kan sy spontaan antwoord: "Dis vanselfsprekend, dokter. Natuurlik sal ek my man bystaan. Hannes het alle rede om te wil leef."

Die oë priem. "Dan is julle gelukkig?"

Verbasing flits in haar oë oor hierdie vraag: "Natuurlik. Ons . . . ons het juis beplan om nou met 'n gesin te begin. Ons is al amper 'n jaar getroud."

Hy knik net, stap dan sonder 'n verdere woord by die vertrek uit, en sy kyk die vreemde man met die vreemde vrae en die vreemde, onverstaanbare houding agterna. Wat 'n onnodige vraag, om vir 'n vrou te vra of sy haar man sal bystaan!

'n Sekonde of twee later kyk dieselfde priemende oë op Hannes Eksteen se bleek gesig met die toe oë af. Hy hoor steeds die naklanke van haar stem: Natuurlik . . . natuurlik sal ek my man bystaan. Natuurlik is ons gelukkig. Maar die vrou met die dankbare oë weet nog nie wat op haar wag nie. Hy het in sy loopbaan as medikus al gesien hoe die beloofde bystand kwyn en verdwyn wanneer die maande te lank word en die uitslag onbevredigend bly. En om gelukkig getroud te wees is bloot genade. Hannes en Karien Eksteen wás gelukkig getroud. In dié geval sal dit onnatuurlik aan die mens se aard wees om gelukkig getroud te bly. Hy sien flitsend 'n ander gesig voor hom verskyn, hoor iemand sê: Ek skiet julle dood as dit ek was! En dokter Lutz weet waarvan hy praat. Hy weet, soos wat die vrou met die dankbare oë hier langsaan binnekort ook sal weet . . .

Die twee paar oë kyk al 'n rukkie in mekaar voordat die dokter die dinge hierbinne op die agtergrond skuif vir later, en sy aandag nou weer ten volle op sy pasiënt rig.

"A, ou grootman, dan is jou oë weer oop!"

"Waar . . .? Wat . . .?"

"Jy is in die hospitaal en jy lewe en dis al wat nou van belang is."

"Karien . . ."

"Sy is in die kamer langsaan. Ek sal haar gaan roep. Maar wees tog kalm, vriend. Baie kalm. Goed? Jy wou net padgee na waar ek jou nie kon bykom nie. Maar nou is alles reg."

Hy veroorloof hom 'n minuut as toeskouer toe man en vrou herenig word. Tot dusver gehoorsaam sy sy bevele onverbeterlik. Is dit net sy bevel en haar agtergrond as verpleegsuster wat maak dat sy die ontmoeting so beheers laat afloop? Sy gaan langs die bed staan, neem sy een hand in hare, druk haar lippe sag op die rugkant, sak dan langs hom op die stoel neer en hy hoor haar vra: "Hoe gaan dit, Han?"

Niemand wat by die nuwe dokter in die hospitaalgang verbystap, sal raai van die mengelmoes gedagtes wat agter die kalm, byna stroewe gesig skuil nie. By die hoek van een van die gange loop hy hom byna vas teen iemand, staan opsy . . . en die twee mans kyk mekaar 'n oomblik woordeloos aan.

"Môre, dokter Willems."

"Môre, dokter Lutz."

"Hoe gaan dit met jou wonderpasiënt?"

"Jammer, maar hy gaan lewe."

Arnold Lutz kyk die in wit geklede rug agterna en bal sy hande tot vuiste saam. Karien . . . arme, arme Karien.

Hy bespied die gang wat na die mansaal en die tien private kamers lei soos iemand wat nie daar hoort nie voordat hy dit betree. Hy moet haar liewer nie nou sien nie. Hy het meer tyd as drie dae en nagte nodig om hom met die gedagte te vereenselwig dat Karien haar in dieselfde bootjie as hy bevind, 'n bootjie wat met 'n kantelende kompas op see is, 'n bootjie wat so dikwels, so onrusbarend dikwels naby die rotse van vernietiging kom. Sy arme Karien.

Aan die suster van die mansaal vra hy net voordat hy na sy saaldiens vertrek: "Hoe gaan dit met dokter Willems se pasiënt?"

"Meneer Eksteen? Dis 'n wonderwerk! Hy het netnou bygekom en is by sy bewussyn. Sy vrou is nou by hom."

Hy knik net. "Ja, dis 'n wonderwerk. Dankie, suster."

Hy stap aan. In die jare wat voorlê, sal daar nog baie wonderwerke moet plaasvind . . . wonderwerke van genade. Dit is al manier waarop Karien haar pad sal kan stap . . . en soms, dit sal sy nog agterkom, bid jy tevergeefs om sulke wonderwerke.

Dat hul paadjies die een of ander tyd tog moet kruis, is onafwendbaar. Dit gebeur dan ook 'n paar dae later, een aand laat toe Arnold na 'n pasiënt in die mansaal ontbied word. Met die bekende gevoel van frustrasie en verydeling wat elke dokter ervaar wanneer 'n pasiënt op pad na herstel was en daar onverwags 'n wending kom en die dood as oorwinnaar uitstap, skud Arnold sy kop, draai van die bed af weg en laat dit aan die nagverpleegsters oor om die nodige te doen. Toe hy die deur agter hom toetrek, kyk hy vas teen Karien se gesig toe sy in die deur van die private kamer langsaan verskyn. 'n Oomblik lank staan hulle mekaar net en aankyk.

Dis hy wat eerste die stilte verbreek. "Hoe gaan dit?"

"Goed, dankie. Hy slaap rustig. Ek bly maar saans by hom sit totdat ek sien hy slaap vas voordat ek gaan. Hallo, Arnold. Hoe . . . hoe gaan dit met jou?"

Daar is 'n wrangheid in sy stem toe hy die stereotipe antwoord gee: "Goed, dankie." Hy aarsel. "Het jy vervoer?"

Noodwendig flits albei se gedagtes terug na daardie eerste keer toe hy haar ook vervoer aangebied het.

"Ja, dankie."

"Dokter Willems het 'n wonderwerk met jou man vermag," sê hy toe hulle saam in die gang afstap.

"Ja. Ek besef dit. Ek is so dankbaar."

Hy kyk nie na haar nie. "Ja. Gaan jy nou uit plaas toe?"

"Nee. Ek is in die hotel tuis. Ek is maar soveel moontlik by Hannes."

"Natuurlik." Hy stap saam met haar tot waar haar motor geparkeer staan, neem die sleutel by haar, sluit die deur vir haar oop, en druk dit weer agter haar toe. Dan buk hy, kyk na haar deur die venster. "Karien . . ."

Sy vra vinnig: "Hoe gaan dit met Odelia?"

"Soos altyd. Karien . . . ek wil net vir jou sê . . . ek is so innig jammer so iets moes met jóú gebeur. Ek kon die gedagte dat jy die vrou van 'n ander man is, in hierdie maande nie regtig verwerk nie. Ek sal dit nooit kan verwerk dat jy nou in dieselfde bootjie as ek is nie. Dan het ek jou liewer in die arms van 'n ander man gesien, as dat . . . dinge is soos dit nou is. Glo my, as daar iemand is wat saamvoel, is dit ek en . . . as jy my ooit nodig kry . . . as vriend of as enigiets anders . . . ek sal altyd daar wees. Onthou dit, asseblief."

"Ek . . . ek . . ."

"Ek weet my woorde klink op hierdie oomblik vir jou na heiligskennis, want alles is nog te vars en jou verstand kon nog nie die volle implikasie van wat gebeur het werklik absorbeer en verwerk nie. Maar, Karien, eendag sal dit . . . en dan is ek daar. Nag, my meisie."

Hy stap vinnig weg, sien nie hoe sy soos 'n standbeeld agter die stuurwiel bly sit nie. Toe sy motor al weggetrek het, kom daar eers weer lewe in Karien. Sy klim uit. Dan stap sy vinnig deur die ingangsportaal.

Sy weet wat Hannes oorgekom het met die ongeluk . . . Sy het die kateter en die fles wat so diskreet onder die beddegoed hang, gesien. Sy het nog nooit laer as die buik gekyk nie. Op haar bekommerde vraag is die versekering gegee: Hannes is nie verlam nie. Hy kan sy kop draai en sy arms gebruik en hy sal loop. Daar is geen skade daar nie. Wat dan . . .?

Christian Willems kom net uit die gang wat na die operasiesale lei, toe hy haar vinnig om die hoek sien verdwyn. Sy hardloop amper. Sy treë is lank en haastig agter haar aan.

Hannes slaap steeds vas onder die uitwerking van die

sterk verdowingsmiddel waaronder hy pal gehou word. Dokter Willems tref haar so langs die bed aan – beddegoed opgelig oor die slapende man en haar oë wat staar en staar na waar 'n kateter tussen wit verbande uitkom.

Dit is hy wat haar greep om die beddegoed losmaak en haar hande weer versigtig laat terugsak. Dit is hy wat haar stil daar uitlei, die onbesette kamer verder af in die gang binnelei, die deur agter hulle toedruk. Dit is dokter Willems, die man wat wonderwerke op die operasietafel verrig, wat haar saggies teen hom aantrek en lank, baie lank net so vashou terwyl hy wag dat die besef ten volle wortel moet skiet in 'n verdwaasde hart.

Toe hy dink die tyd is ryp, vra hy: "Het jy tot netnou toe nog nie daarvan geweet nie?"

Sy skud haar kop, onttrek haar van hom, kyk met verbysterde oë in syne op, haar stem fluisterend: "Nee. Ek het nie geweet nie . . . Niemand het my vertel nie. Niemand het ooit gesê dat . . . O, is dit waar? Is dit dan wáár?"

"Ja. Hannes is geheel en al deur die lusernmes ontman." Hy druk haar in 'n sittende posisie op die bed neer. "Ek het gedink dis 'n feit wat jy verkieslik self te wete moet kom. Ek het almal verbied om dit eerste vir jou te vertel. Jy moes eers oor die ergste skok kom voordat jy aan hierdie skok blootgestel word."

"Jy . . . Almal weet dit en niemand . . . niemand vertel my nie?"

"Ja. Jy was 'n verpleegsuster. Ek het gedink jy sou dit lankal self agtergekom het."

"Ek het nooit . . . nooit verder as . . . sy buik gekyk nie. Nooit gedink . . . gedroom . . . Hannes . . . Hannes is nie meer 'n man nie?" fluister sy steeds.

Sy antwoord kom beheers en besadig: "Nee. Maar hy is 'n mens."

" 'n . . . Mens . . ." Eindelik skeur haar blik uit syne weg, dwaal koersloos deur die kliniese hospitaalkamer. Watter soort mens is 'n man wat nie 'n man is nie? Net 'n geslaglose mens?

"Ja. 'n Mens. Wanneer hy die dag hier uitstap, sal hy 'n volwaardige mens wees afgesien van een tekort. Hy sal in besit wees van al sy sintuie, al sy liggaamlike krag, en die volle verstand wat die Skepper hom toebedeel het. Binnekant sal hy 'n siel hê soos hy voor die ongeluk gehad het. Hy sal Hannes Eksteen wees. Kan een liggaamsdeel wat kortkom só swaar weeg? Wat van die voorreg om te kan lewe en God se genade elke dag te geniet en te ervaar? Die lewe is veel meer as seks, mevrou Eksteen."

Sy kan hom net stom aanstaar.

"Dit gaan van jou afhang of Hannes hierdie feit so sal aanvaar. Dit gaan van jou afhang, mevrou Eksteen, of jou man wil lewe of sterf wanneer hy al die feite ken. Ek het my deel gedoen. Jou deel lê voor, en ek verwag van jou om dit na die beste van jou vermoë te doen soos ek my deel gedoen het. Het ek jou woord?"

Wat kan sy anders doen as knik? dink sy heimlik.

Hy knik ook. "Goed, mevrou. Dan verstaan ons mekaar. Kom, jy moet gaan rus."

Die tweede keer hierdie aand word sy na buite vergesel, haar motordeur vir haar oopgehou, toegemaak, en verskyn 'n man se gesig in die vensterraam langs haar.

" 'n Mens dink maar soms dis die einde van die wêreld. Dit is nie so nie. Die ou aardbol hou aan draai en niks is ooit regtig só erg as wat jy jou dit aan die begin voorstel nie. 'n Mens kan leer om met alles saam te lewe . . . of om sonder 'n spesifieke iets klaar te kom as dit moet. Nag, mevrou Eksteen."

Ure, dae, maande, jare, 'n ewigheid gaan in hierdie nag oor Karien heen. Daardie vreemde dokter het van God se genade gepraat . . . en in hierdie nag moet Karien diep uit daardie bodemlose dam van genade put.

Ek verwag van jou dat jy jou deel sal doen. Dit gaan van jou afhang. Niks is regtig so erg as wat jy jou dit verbeel nie . . . Die ou aardbol bly draai . . . 'n Mens kan leer om met alles saam te lewe . . .

Dít wat met Hannes gebeur het, is nie so erg nie. Solank hy net lewe. Solank hy 'n mens is. Hy ís 'n mens. Hy is Hannes, binnekant dieselfde dierbare mens wat hy nog altyd was. Wat maak dit regtig saak as hy nie meer 'n man is nie?

Hulle het van kinders gepraat . . . Hy was so bly. Hulle sou met 'n gesin begin . . 'n seun wat saam met sy pa op die trekker kan ry . . . vir wie sy pa die plaasbakkie kan leer bestuur lank voordat hy deur die wet toegelaat word om te bestuur. En miskien later 'n dogter . . . Pa se oogappel . . .

Toe Karien die volgende oggend by die gang na die mansaal instap, word sy deur die saalsuster voorgekeer.

"Dokter Willems is in my kantoor. Hy het gesê jy moet eers daarheen kom voordat jy ingaan."

"Is daar . . .?"

"Nee, alles is eksieperfeksie met jou man," glimlag sy gerusstellend. "Dokter wil seker maar net eers iets vir jou sê of met jou bespreek."

Sy kom in die deur tot stilstand, en dokter Willems se deurwinterde hart wat elke dag leed en loutering sien, draai 'n oomblik om. Die spore van die nag wat verby is, lê op haar afgeëts. Omdat hy geweet het dat sy dié nag deur 'n persoonlike hel sou moes worstel, het hy haar laat voorkeer.

"Ek dink nie jy moet vanoggend daar ingaan nie . . ."

Haar oë rek ontsteld. "Maar suster sê daar skort niks met . . ."

"Dis reg, maar met jou skort bepaald iets."

"Met my?"

"Ja. Jý lyk vanoggend eerder na die pasiënt, nie Hannes nie." Haar ooglede sak. "Hier. Gaan sluk hierdie twee pille en klim terug in die bed. Jy kan vanaand weer kom wanneer jy goed uitgerus is."

"Nóú gaan slaap?"

"Ja. Nóú. Ek sal aan Hannes verduidelik."

Hy doen dit dadelik nadat hy haar om die hoek van die gang sien verdwyn het. "Ek het jou vrou bed toe gestuur. Terug hotel toe. Daar skort niks met haar nie. Sy is net oormoeg. Sy sal vanaand weer kom."

"Ja, sy moet moeg wees. Sy is die wonderlikste vrou . . . my Karien." Hy glimlag. "Ons het daardie selfde middag voordat die ongeluk gebeur het, besluit dat ons met 'n gesin gaan begin. Hoe lank sal ek nog in die hospitaal wees, dokter?"

" 'n Paar maande, en daar sal nog minstens twee operasies uitgevoer moet word." Hy kyk Hannes vas in die oë. "Die gedagte aan 'n gesin moet jy asseblief maar vergeet, my vriend."

Hannes kyk hom verward aan. "Ek verstaan nie . . ."

"Jou beserings . . . Jy moet dit al agtergekom het."

"Ek weet. Ek het so 'n eienaardige gevoel, maar . . ." Sy oë begin verstyf. "Jy bedoel . . .?"

"Ek dink nie jy verstaan heeltemal wat ek bedoel nie, Hannes. Jy moet liewer self kyk wat presies gebeur het." Hy trek die beddegoed af, skuif 'n sterk arm onder sy pasiënt se rug in en help hom effens orent. Dit is 'n wasbleek man met verstarde oë wat hy weer op sy rug laat terugsak.

"Dis nie waar nie!"

"Dis waar."

Sy hele liggaam ruk. "My hemel, dis nie waar nie! Ek sê

jou dis nie wáár nie! Dit kán nie waar wees nie!" Toe die oë net bly terugkyk, bedag op enige gebeurlikheid, gryp sterk boerearms vir Christian vas. "En jy laat my lewe! Jy laat my aanhou lewe!"

"Ja. Want dis nie ek wat oor lewe en dood besluit nie. Ek doen net my werk, dis al."

"Jy doen net jou werk! Dis al! Dis jou werk hierdie! Jóú werk om halwe mense nie te laat doodgaan nie! Jóú werk om 'n man wat nie meer 'n man is nie, uit die dood terug te bring en hom te maak lewe!"

Daar is geen kommentaar hierop nie. Die dokter sowel as mensekenner weet dat dit goed is dat Hannes in hierdie eerste oomblikke van ontnugtering tier en vloek. Netnou sal hy hom 'n sterk verdowingsmiddel ingee en wanneer hy weer homself is, sal sy pasiënt die volle besef van wat werklik met hom gebeur het in hom hê. Christian weet dat dié wrede oomblik nie langer uitgestel kan word nie. Dit is iets wat man én vrou moet weet voordat die dokter se verdowingsmiddel tydelike vergetelheid bring. Net . . . hy sou die oomblik van wrede ontnugtering nog 'n week wou uitstel totdat Hannes van die gevaarlys af is. Maar iemand het hom voorgespring om Karien in te lig, en daarom moes Hannes vandag ook daarvan hoor. Karien sal nie oortuigend kan toneelspeel met hierdie wete in haar nie. Dis nie menslik moontlik nie.

Die man op die bed word stil. Dit lyk asof hy reeds onder verdowing is en ongemerk skuif gevoelige vingerpunte oor sy pols.

"Karien!" Die woord skeur uit hom los asof 'n stuk van sy eie hart saam daarmee na buite kom.

"Sy weet."

"Weet? Sy wéét ek . . .?"

"Natuurlik." Versigtig word die spuit volgetrek, begin

die een hand se vingers na 'n aar soek. "En ter wille van haar moet jy sterk wees, my vriend."

"Ter wille van haar moet ek . . ." Die naald dring in toe die pasiënt 'n bitter laggie gee. "Jy bedoel seker sterk wees om te sterf."

"Nee. Om te lewe." Die pasiënt wil weer heftig protesteer, verloor beheer oor sy tong en dan sak sy oë toe. Die dokter se hand gaan na die bedklokkie: "Suster, ek wil suster Vermaak voltyds by hierdie pasiënt hê. En reël vir een vir die nag wat voorlê ook." By die deur kyk hy terug na die man wat in genadige vergetelheid asemhaal.

Slaap maar, ou grote. Môre, en die dae wat kom, gaan genoeg aan hul eie kwaad hê.

Karien lyk nog deur die slaap toe sy haar deur in antwoord op die klop oopmaak. Nog voordat haar oë behoorlik kan begin rek, sê hy: "Alles in orde. Ek het net kom seker maak dat jy wel goed gerus het."

"Ja, dankie. Ek het pas vyf minute gelede die eerste keer wakker geskrik."

"Gaaf. Ek wag vir jou onder."

"Waarom?"

"Om jou hospitaal toe te neem. Ek dink jy moet vannag, terwyl jy nou vandag goed gerus het, by Hannes bly."

"Hoekom? Is daar . . .? Het daar . . .?"

"Fisiek so goed as wat 'n mens onder omstandighede kan verlang. Geestelik in die afgrond van wanhoop en ontnugtering en skok – en hy sal jou daar nodig hê wanneer hy wakker word."

"Jy . . . Hy weet?"

"Ja. Ek het hom vanoggend vertel. Jy het my jou woord gegee dat jy jou deel sal doen. Dit begin vannag."

Sy sluk. "Ek . . . ek sal met my eie motor . . ."

"Nee. Jy ry saam met my en ek sal jou weer terugbring."

Eers in die motor langs hom, terwyl die skemer van die nag oor die strate en geboue begin kruip, kry sy dit reg om die vraag te stel: "Was hy baie ontsteld?"

"Te verstane, ja. Dit sal mettertyd temper."

Sy kyk na sy profiel. Hierdie man praat so rustig en kalm oor die vreeslike dinge wat met 'n mens kan gebeur, dat dit byna koelbloedig klink.

"Kan tyd ooit so iets temper?"

Sy stel die vraag sonder om 'n antwoord te verwag, maar sy kry wel een toe hy die motor voor die hospitaal tot stilstand bring en na haar draai. "Die aardse tyd is die grootste heelmeester, mevrou Eksteen. Tyd is die enigste bondgenoot wat jy het. Maar hy is nie haastig nie. Hy werk langsaam."

Die nagmatrone het net aan diens gekom en kry opdrag om toe te sien dat mevrou Eksteen 'n bord kos kry en dat sy dit eet.

Elsa Vermaak se hart wil in hierdie nag breek vir haar ou kammie van weleer. Sy kan maar net haar werk in stilte doen met die wit spokie aan die ander kant van die bed se bang oë onafgebroke op die slapende gesig gerig. Wanneer hy wakker word . . .

Toe gebeur dit. Sy oë gaan oop, soek . . . en vind hare . . . en die eerste keer sien Karien haar man sy gesig van haar wegdraai, hoor sy hom skor sê: "Gaan weg! Gaan asseblief weg!"

"My man . . ."

"Ek is nie jou man nie! Gaan weg!"

Uit watter oord put jy in sulke oomblikke krag? Uit watter oord anders as van Bo? Haar stem is stil, beheers, en sy luister daarna asof sy na iemand anders luister: "Jy sal altyd my man wees. Ek het geen ander nie. Wat gebeur het, maak jou nie minder my man nie, want . . . ware gevoel tussen man en vrou se wortels lê in die hart. En my hart is nog dieselfde. Joune ook. Jy kan nie vannag minder my man wees as wat jy dit altyd was nie, en ek . . . ek kan nie minder jou vrou wees as wat ek dit ook nog altyd was nie."

Eindelik draai hy sy kop terug, soek die blink oë vol wanhoop hare op, en sy glimlag vir hom. "O, Han, niks is belangriker as dat jy lewe en vir my gespaar is nie. Die liefde van die gees se grense is eindeloos . . ."

"Maar word deur die vlees gedemonstreer, Karien."

"Maar die liefde sal nog altyd daar wees." Sy raak hom eindelik aan, neem sy hand en trek dit tot teen haar wang, laat die kant van haar gesig in sy handpalm rus, soen dit dan en hul vingers krul pynlik om mekaar. "Dis álles nog daar. Die hand wat myne sal vashou. Die arms waarin ek veilig sal slaap. Die vreugde om na jou te kyk, jou te sien, te sien jy is dáár, jou voetstap op die agterstoep ná die dagtaak, die vreugdes en die gawes van 'n lewe met jou gedeel."

"Dit klink alles so mooi . . . amper asof jy dit uit 'n boek voorlees, Karien, maar . . . daar sal altyd iets kortkom."

"Opgeweeg teen al die ander, is dit nie so belangrik nie."

Sy stem is rou. "Maar tog belangrik. Noodsaaklik vir . . . 'n huwelik."

"Belangrik, ja. Nie noodsaaklik nie. Daar is baie mense met 'n innige huweliksband daarsonder."

"Moenie my probeer bluf nie, my vrou. Jy praat van die oues van dae. Ons is nog jonk. Ons wou . . . kinders gehad het."

Sy stem breek en dit lyk asof die skraal vrouegestalte ook wil knak onder die groot smart van 'n groot man.

'n Hand op haar skouer laat haar meegee. Dokter Willems steun haar terwyl hy die suster nader wink en sy die spuitnaald aangee. Dan beduie hy weer met sy kop en Elsa Vermaak lei die verwese vrou die vertrek uit terwyl die skor

401

snikke van 'n volwasse man die kamer vul en hy nie eens agterkom toe die naald deur sy vel dring nie.

Christian Willems neem by suster Vermaak in die gang oor. "Laat my weet wanneer hy wakker word – dadelik. Ek verwag komplikasies." Dan word Karien weggelei. By die hotel word sy tot binne-in haar kamer gehelp, op die bed gedruk, haar skoene uitgetrek en die beddegoed oor haar getrek. Iets word in haar mond gedruk toe sy met 'n arm agter die rug effens orent gehelp word, en sy sluk werktuiglik toe 'n glas se rand haar lippe raak. Haar kop vind 'n holte in 'n skouer en bokant haar kop kyk sy oë somber voor hom uit terwyl hy wag dat sy vas moet slaap.

Toe suster Vermaak se pasiënt later, ondanks die sterk verdowingsmiddel, tekens van rusteloosheid begin toon en die lesings voor haar aandui dat alles nie pluis is nie, weet sy dat dokter Willems se vermoede bevestig is. Skok het komplikasies laat intree.

'n Hernude stryd teen die dood begin, dié keer selfs intenser as daardie eerste nag op die operasietafel, want dié keer is daar geen wil in die pasiënt om saam te werk en aan die lewe vas te klou nie. Christian Willems probeer 'n man aan die lewe hou wat wíl sterf. Dié keer is dit net hy en die genade waarvan hy altyd praat aan die een kant, en die dood en die willose pasiënt aan die ander kant. Maar hy veg terug, verbete, uur ná uur.

"Pols?"

"Ek voel niks meer nie, dokter."

"Gou! Roep die eerste dokter wat jy in die hande kry!"

Ironies genoeg is dit Arnold Lutz wat op daardie oomblik die naaste is. Verbyster kyk hy na die toneel wat sy oë begroet. Hannes Eksteen se borskas is oopgesny en Christian Willems staan met sy hart in sy hand . . . druk . . . laat los . . . druk . . . laat los . . .

"Genade!"

Openlike verligting skyn vlugtig in die oë toe hy gewaar word. "Gou! Hier is inwendige bloeding ook."

Arnold Lutz se verstand, of sy redenasievermoë, het gaan stilstaan. In sulke oomblikke redeneer hy nie. Jou mediese verstand dink vlug en jou opgeleide paar hande beweeg onder die groot lig bokant die operasietafel. Dit is asof almal deur 'n enkele brein beheer en gelei word.

Arnold kyk na die man aan die oorkant van die tafel wat die natgeswete masker soos 'n tweede vel van hom afstroop. Daar is donker kringe onder sy oë en sy gesig is grys. Hy is briljant, maar 'n mens.

"Dankie."

Arnold knik saam met die ander dokters, begin die operasieklere uittrek. Hannes Eksteen lewe nog – sover.

4

Toe Karien die volgende oggend die nou al bekende paadjie na Hannes se kamer aandurf, word sy deur Arnold in die gang voorgekeer. Dit is opvallend dat hy deesdae nooit meer glimlag nie. Hy lyk ook altyd moeg.

"Môre, Arnold. Dit lyk nie asof jy 'n goeie nagrus agter die rug het nie. Ek hoop tuis is alles wel?"

Sy vra dit doelbewus. Net soos Hannes mag Odelia nie op die agtergrond geskuif word nie.

"Daar is gisternag maar min geslaap. Jy moet sien hoe lyk jóú dokter."

Karien ignoreer die ondertoon van sarkasme wat in sy woorde skuil. Sy kyk vraend op. "Wat skort dan? Hannes . . .?"

"Daar was 'n terugslag. Ons was ure lank in die operasiesaal met hom besig. Maar Willems het weer die onmoontlike reggekry. Hannes lewe, maar hy lyk baie sleg. Ek wou jou maar net waarsku wat om te verwag."

Sy verbleek. "Dankie."

Sy blik is skerp. "Karien, wil jy regtig hê hy moet lewe?"

"Natuurlik! Hoe kan jy so iets vra?"

Sy gesig is geslote. "Ek het maar net gedink . . . noudat jy alles ten volle besef . . . Jou man wou gisternag liewer sterf . . . maar Willems wou hom nie toelaat nie."

"Jy . . . jy het gehelp."

"Natuurlik. Ek het geen keuse gehad nie. Sterkte, my meisie." Hy stap aan, maar hy gaan woordeloos met die gesprek voort: Oor 'n jaar of twee vra ek jou dalk weer dieselfde vraag, my dierbare Karien – en dan twyfel ek of jy weer so geskok sal lyk, weer so vinnig "natuurlik" sal sê.

Toe sy by Hannes se kamerdeur kom, word sy weer voorgekeer – deur die man wat Hannes 'n tweede keer uit die dood se kloue gaan teruggryp het.

"Net 'n oomblik, mevrou. Daar was komplikasies . . ."

"So het ek reeds verneem, dokter."

"O. By wie?"

"Ek het dokter Lutz in die gang raakgeloop. Hy het my ook vertel dat jy 'n tweede wonderwerk verrig het. Ek moet weer dankie sê." Christian Willems lyk bepaald uitgemergel. Tot dusver was sy skaars bewus van hom as mens. Hy was net Hannes se dokter, 'n dokter van wie sy skaars kon sê dat sy hou, veral wanneer hy so onomwonde met feite vorendag kom wat soos dolke deur die hart steek . . . Maar nou sien sy hom skielik as mens raak – iemand wat wonderwerke verrig, maar ook van vlees en bloed is. "Hoekom neem jý nie 'n slag twee pille en gaan rus nie, dokter?"

Sy oë flikker 'n oomblik verward. "Wat . . . ?"

"Jy vergeet ek is 'n opgeleide suster, dokter. Ek kan self na Hannes kyk. As jy nie nog ander pasiënte het wat op die gevaarlys is nie . . ."

"Nee, genadiglik nie op die oomblik nie. Maar . . ."

"Dan stel ek voor dat jy gaan rus. Indien ek oor die geringste dingetjie bekommerd raak, sal ek jou dadelik laat roep."

"Suster Vermaak is binne . . ."

"Dan is daar twee van ons. Dit sal niks baat as daar weer iets gebeur en jy is te gedaan en suf om iets uit te rig nie."

Sy besef nie hoe gesaghebbend haar stem klink nie. 'n Oomblik lank kyk hy haar net sprakeloos aan. "Is jy seker jy is in staat . . .?"

"In staat is ek wel, dokter. Ek ken my werk. En ek verseker jou ek is ook in volle beheer van myself. Jy kan gerus gaan slaap."

En die eerste keer vandat sy hierdie man ontmoet het, sien sy hom glimlag. "Dankie, suster Eksteen."

Sy kyk hom 'n oomblik agterna. Die aanspreekvorm wat hy gebruik het, spreek vanself. Dit is in die opgeleide verpleegsuster in wie hy sy vertroue plaas.

Suster Vermaak kyk op toe Karien binnekom, sien hoe die wange 'n tikkie kleur verloor toe haar blik oor die gestalte op die bed gaan.

"Môre, suster Vermaak." Elsa kyk haar verbaas aan, en Karien vervolg met 'n glimlaggie: "Ek is suster Eksteen wat van nou af saam hier diens doen. Ek het myself aangestel!"

Die ander vrou glimlag verras, sê dan huiwerig: "Dis gaaf, Karien, maar . . . gaan dit nie te veel van jou verg nie? Ek weet nie of dokter Willems . . ."

"Ek het die groot dokter se toestemming. Natuurlik kan ek dit doen, Elsa. Dis verspot dat ek hier met gevoude hande langs die bed sit terwyl ek net so goed soos jy na hom kan omsien. Buitendien is dit . . . iets om te doen."

405

Elsa knik begrypend. Ja, ledigheid verdubbel net die smart se gewig. Sy kyk haar ou maat met deernis aan. Tot nou toe was Karien nog in 'n toestand van skok. Maar dit is asof sy vanoggend skielik weer rigting gekry het. Karien lees haar vriendin se gedagtes en knik: "Ja, my maat. Ek het die feite aanvaar. En netnou in die gang toe ek hoor die Hemelvader het Hannes met 'n tweede kans by die poorte van die dood laat omdraai en teruggestuur, het ek geweet dat Hy 'n doel daarmee het. Hy wil hê dat Hannes moet lewe . . . en ek is Hannes se vrou. As daar 'n doel vir Hannes hierin is, is daar sekerlik ook 'n doel vir my." Dan draai sy dadelik na die bed, vra koel en professioneel: "Hoe gaan dit met ons pasiënt, suster?"

Elsa Vermaak sluk swaar. "Redelik stabiel, suster."

In die dae wat volg, word dit algemeen aanvaar dat mevrou Eksteen bedags self na haar man omsien en net snags deur 'n nagsuster afgelos word. Karien se lewe word weer eens tussen die wit hospitaalmure vasgevang, maar hierdie keer sonder vrye ure gedurende die dag en net tussen vier spesifieke wit mure . . . vasgevang in die stryd om Hannes Eksteen te laat berus in die feite en hom sy geloof te laat behou.

Dis geen maklike taak nie, maar sy bring haar kant . . . soms doen sy meer as háár deel, soos sy Christian daardie dag beloof het voordat sy nog geweet het wat dit alles gaan behels.

En sy weet sy word deur 'n arendsoog dopgehou. Niks ontglip dokter Willems se waaksaamheid nie.

By Hannes het 'n soort passiewe houding jeens sy toestand ingetree. Daar is by hom geen opstand te bespeur nie. Wat alles binne-in hom kolk en kook wanneer Karien se plek deur 'n nagsuster oorgeneem word en hy met geslote oë lê terwyl die vreemde vrou 'n wakende oog oor sy fisieke toestand hou, weet net hy.

Behalwe een lang gesprek nadat hy 'n tweede keer uit die dood teruggekeer het, word daar op sy versoek nie weer na die naakte werklikheid verwys nie. Karien het weer met soveel deernis as waartoe sy in staat was die stil man van haar liefde verseker. Dié keer het hy sonder teenspraak gelê en luister – fisiek miskien te swak daarvoor, geestelik miskien te wanhopig vir woorde. Uiteindelik het hy net gelate gesê: "Goed, Karien. Ons praat nie weer hieroor nie. Dis afgehandel."

Dat daar nog 'n lang, bitter pad tot by aanvaarding gewag het, het Karien en dokter Willems albei geweet. Maar sy kon niks meer doen as om die lewensdrade vir hulle op te tel en die lewe elke dag so natuurlik moontlik te benader nie. Wat sy kon sê, is gesê. Die versekering van trou en bystand is gegee.

Dit is Christian se onbenydenswaardige taak om die laaste flou hoop in Hannes se hart finaal uit te doof.

"Dokter, ek wil graag weet . . . Daar was al gevalle . . . ek het daarvan gelees in die tydskrifte . . . waar mans hul geslagsdele verloor het en dit toe agterna weer aangewerk is . . . suksesvol."

Hy bly selfbewus stil, maar Christian antwoord kalm: "Ja, veral as daar 'n skoon amputasie was, is dit suksesvol. Ook, natuurlik, moet dit so gou moontlik weer geheg word vir die beste resultate. In jou geval was dit om verskeie redes onmoontlik. Toe die ongeluk gebeur het, het dit gereën en dit was al amper donker. Daar het 'n tyd verloop toe die werker eers van die land af huis toe moes hardloop om Karien te gaan sê. Toe moes sy eers helpers kry en land toe jaag. Nie een het besef wat werklik gebeur het nie. Hulle het net gejaag om jou by die hospitaal te kry.

"Toe ons hier die ware toedrag van sake besef, het ons dadelik mense plaas toe gestuur om die geslagsdeel te gaan soek. Weens die stortreën was daar feitlik oral net plasse modderwater. Ek was al klaar met jou operasie toe hulle eindelik met die geslagsdeel hier aankom. Dit was in so 'n toestand dat dit nie geheg kon word nie. Die mes het dit behoorlik aan rafels gekerf."

Harde, kliniese feite. "Maar daar is ander kosmeties kliniese operasies. Ek kan 'n plastiese chirurg nader . . ."

"Nee. Nee, los eers." Die stilte lê swaar tussen hulle. "Hou Karien eers 'n rukkie hier weg. Ek . . . moet eers alleen wees . . ."

Christian begryp, staan op, trek die kamerdeur agter hom toe. 'n Paar minute alleen tussen 'n man en sy Vader . . . In sulke oomblikke is selfs hulle wat die naaste aan jou is indringers.

Die saalsuster kry opdrag om hom ongemerk dop te hou, maar die pasiënt in private kamer nommer agt moet 'n uur alleen gelaat word.

Karien word op pad terug voorgekeer. "Ek wil met jou praat." Hy lei haar na 'n klein wagkamer. "Die langste en moeilikste pad lê nog voor."

"Ek weet. Hannes het dit nog nie aanvaar nie."

"Selfs wanneer hy daardie punt bereik het, sal hy nog maar halfpad wees."

Sy kyk hom vraend aan. "Wat bedoel jy?"

"Dit beteken nie dat as jy iets aanvaar het, jy terselfdertyd ook kans sien om daarmee saam te lewe nie."

Sy frons. "Ja. Dis waar. Ek het dit nog nie so besef nie." Haar oë pleit: "Wat dan?"

"Jy sal 'n ander deur vir hom moet oopmaak in die plek van dié een wat toegeklap het."

"Wat?"

"Jy sal hom moet leer om met nuwe oë na die lewe te kyk en na alles wat vir hom oorgebly het. Jy sal sy aandag van die vleeslike af na geestelike waardes moet weglei, 'n nuwe waardebepaling van alles leer."

Hy sien hoe haar wange verbleek en die vrees in haar oë opspring. "Ek kan nie. Dis te veel gevra. Ek kan dit nie doen nie! Moenie dit van my verwag nie!"

"Dis net jy wat dit kan doen, Karien." Hy noem haar die eerste keer op haar naam. Hy is skielik nie meer haar man se dokter nie. Hy word die man na wie sy in hierdie storm hardloop vir beskerming en raad en hulp, die stewige tak waarna haar hande gryp nadat sy van die ander veilige tak, Hannes Eksteen, weggeskeur is. Want Hannes is nou 'n geknakte riet wat sý moet ophelp . . .

Haar hande reik hulpsoekend uit na hom. "Ek kan nie, Christian!"

"Jy kan. Ek weet jy kan."

Dan sak haar voorkop teen sy bors vas en die eerste keer vandat hy hierdie vrou op die krisispad ontmoet het, hoor hy rou snikke uit haar binneste losskeur. Hy kan haar net teen hom vashou en wag dat die storm verbytrek. Dit is sy sakdoek wat eindelik die ergste nat wegvee.

"Kom. Ek neem jou terug hotel toe."

"Maar Hannes . . ."

"Hannes is nie meer op die gevaarlys nie. Die saalverpleegster kan 'n paar uur lank na hom omsien. Ek sal sê jy het inkopies gaan doen. Gaan koop vir jou 'n nuwe rok."

Sy kyk hom aan asof hy die kluts kwytgeraak het. Hy praat van nuwe rokke terwyl haar en Hannes se toekoms en huwelik in chaos is, terwyl hy pas 'n onmoontlike taak aan haar opgedra het!

Sy gesig bly ernstig. "Dis goed om jou tot die alledaagse dingetjies te wend wanneer die lewe te veel word, om te

409

wag dat die berg weer terugkrimp na 'n molshoop toe. Ek het 'n ou vrou geken wat op haar knieë gaan en haar hele huis se vloere met 'n borsel en 'n emmer water skrop, of dit vuil is of nie, wanneer die lewe haar vasdruk. Sy het eenkeer vir my gesê: 'Weet jy, Christian, wanneer ek met die laaste vertrek klaar is, dan sien ek kans vir daardie berg. Dan weet ek weer dat Hy allermins aan jou 'n taak sal opdra wat bo jou vermoëns is. En dan gooi ek die vuil skropwater weg en ek pak hierdie dinge aan wat vir my menslik gesproke onmoontlik gelyk het.'"

Die tweede keer flits 'n glimlag oor sy sterk gesig. "Jy hoef nie 'n borsel en 'n emmer te koop nie. Koop liewer vir jou 'n nuwe rok en gaan eet vanaand saam met my êrens, want daar is 'n vloer wat ek wil hê jy moet skrop tot tyd en wyl jy en Hannes terug plaas toe gaan en jy gereed is vir hierdie taak waarvoor jy nou nie kans sien nie."

Karien lyk eerlik verward. "Jy praat in raaisels."

"Ek sal vanaand verduidelik. Ek kry jou om halfagt – mits daar nie 'n noodgeval opduik nie."

Sy glimlag dankbaar. "Vanselfsprekend! Dankie . . . Christian."

"Vir wat? Ek moet nog betaal vir daardie beloofde ete."

"Vir . . . alles. Toemaar. Ek is nou weer in beheer van my-self. My motor is buite en ek belowe ek sal nie doelbewus 'n ongeluk op pad hotel toe maak nie."

Toe Karien hom daardie aand in die hotelingang tegemoet-loop, voel sy die eerste keer in 'n baie lang tyd weer vrou. Toe sy by die hotel gekom het, het sy 'n rukkie geaarsel, en toe, asof dit vanselfsprekend geword het om Christian Willems se bevele te gehoorsaam, in haar spore omgedraai, winkels toe gery en gesoek totdat sy 'n rok na haar smaak gekry het.

Die eerste keer in weke het sy haar met sorg geklee, gegrimeer en gereed gemaak.

Hy lyk amper vreemd in die donker pak. Karien is dankbaar dat daar toe nie 'n noodgeval opgeduik het nie. Die tikkie opgewondenheid terwyl sy haar gereed gemaak het, is te verstane, het sy haar wysgemaak. Weke lank volg sy net die paadjie van die hotel af hospitaal toe en terug, net die vier mure en die wit hospitaalbed. Dit sal haar goed doen om 'n slag uit haar gewone roetine weg te breek. Christian het dit besef. Hy is 'n wonderlike mens . . .

Die feit dat haar opgewondenheid teen halfagt begin toeneem het, is bloot omdat sy nuuskierig is oor watter voorstel hy mee vorendag gaan kom. Met Hannes van die gevaarlys af is 'n heeltydse verpleegster langs sy bed onnodig. Soms sit en verveel sy haar byna openlik en dit is net haar pligsgevoel wat haar daar langs hom hou.

Toe hulle eindelik bedien word, kan sy dit nie langer uithou nie. "Jy het gepraat van 'n vloer wat jy wil hê ek moet skrop," glimlag sy sag. "Is dit miskien jou woonplek, Christian?"

Hy skud sy kop en sê ernstig: "Nee. Die mansaal s'n."

"Jy speel! Hulle het mense wat dit doen."

"Ja, maar hulle soek 'n suster daarvoor. Die huidige suster gaan na 'n ander afdeling oorgeplaas word, en aangesien die vorige suster Saayman hierdie saal uiters bekwaam hanteer het, het ek vir matrone en die hospitaalraad gesê dis dalk nie nodig om die pos te adverteer as dieselfde suster reeds binne-in die saal is en net amptelik kan oorneem nie. Hulle het my gevra om haar te pols."

Dís dan die rede vir vanaand se afspraak.

"Ek het gedink dit sal jou ideaal pas. Jy is nog steeds by Hannes, maar jy sal ook besig genoeg wees om nie van molshope berge te maak nie."

411

Sy kyk opgewonde op, stoot die verspotte gevoel van teleurstelling weg. "Dit sal wonderlik wees! Dink jy hulle sal instem daartoe?"

"Hulle het klaar. Dis jý wat ja moet sê."

"O, ek sal baie graag ja sê!"

"Gaaf. Ek sal hulle dan môreoggend die goeie nuus meedeel. Hoe smaak jou voorgereg?"

"Heerlik!" En dit word 'n heerlike aand. Asof 'n stilswyende ooreenkoms aangegaan is, word daar nie verder oor Hannes gepraat nie. Die geselskap is lig en ontspanne sonder dat die een bang hoef te wees dat hy of sy dalk in 'n slaggat kan trap. Die ernstige dinge word vir die volgende dag gebêre.

En toe hy haar later na die hotel se voordeur begelei, weet albei sonder dat hulle dit bespreek het dat Hannes nie van hierdie aand hoef te weet nie.

Hannes lewer geen kommentaar toe sy vrou hom die volgende oggend opgewonde die goeie nuus vertel nie. Hy wys haar nie daarop dat sy hóm nie eers gevra het of hy saamstem of nie. Hy verraai niks van sy gedagtes, en hoekom hy dink sy so opgewonde is om haar ou pos terug te kry nie. Haar verduidelikings klink oortuigend genoeg, en sy het nie die vaagste benul van die agterdog wat nou by hom spook nie.

"Jy word nou so pragtig gesond dat jy nie meer 'n heeltydse suster langs jou bed nodig het nie, skat. Maar ek sal heeldag hier naby jou wees, gedurig hier inloer en tog ook besig bly. Jy verstaan mos, Han?"

Natuurlik knik hy. Natuurlik verstaan hy. Dit is genoeg dat hy aan 'n bed vasgekluister is en niks anders het om te doen as dink en dink en dink totdat hy waansinnig kan word nie. Sy hoef nie aan dieselfde kastyding onderwerp te word nie. Sy was immers nie in 'n ongeluk nie. Sy makeer niks . . . niks . . .

'n Week later stap Karien in haar uniform die mansaal se kantoor binne nadat sy eers gou vir Hannes gaan groet het. Arnold Lutz kyk fronsend van die kaart in sy hande op en lyk amper geskok.

"Wat soek jy in uniform?" vra hy bot.

"Ek is van vanoggend af weer hierdie saal se suster."

"Hoekom?"

"Hoekom nie?"

Dokter Lutz kan 'n paar goeie redes opnoem. Om haar weer elke dag te sien, saam met haar te werk . . . en haar te begeer. Maar sy lyk eerlik verbaas. Sy vind dit skynbaar nie 'n netelige situasie nie.

As Arnold se gedagtes taamlik met dié van Hannes Eksteen ooreenstem, weet hy dit nie. Terwyl hy dink dit is die begin van 'n nuwe marteling vir hom, skop dieselfde gedagte ook in die verskeurde man se binneste nes.

Karien was baie opgewonde om die betrekking te kry, woed dit in Hannes se verwarde gedagtes. En sy het netnou so onaantasbaar in die wit uniform gelyk . . . en byna onnatuurlik vrolik en opgeruimd. Daar moet 'n ander rede as bloot die uitdaging van haar roeping wees. Hunker sy reeds na bevryding en ontvlugting? Of is dit dalk die feit dat sy weer die dokter wat so 'n groot rol in haar lewe gespeel het, gereeld sal sien? Het Arnold Lutz iets met sy vrou se opgeruimde luim en haar skielike werkywer te doen?

Die rooiwarm vuuryster van agterdog brand in 'n hart wat reeds rou is, in 'n verstand wat nog vergeefs probeer om perspektief te kry. En nou het daar nog iets bygekom om te verwerk . . . en mee saam te lewe. Sy vrou is nie meer elke oomblik van die dag langs sy bed nie. Sy kamerdeur is meestal toe of op 'n skrefie oop . . . Hy kan maar net lê en wonder wat anderkant die deur aangaan, in die gange, in die saal, in die suster se kantoor.

Toe Christian later die oggend 'n broeiende blik in sy pasiënt se oë gewaar, laat hy dit daar, menende dat Hannes bloot besig is met sy stryd om aanvaarding. En dít is 'n paadjie wat hy alleen moet stap. Net hy kan vrede maak met sy omstandighede.

Dat meer as net Hannes Eksteen se kompas gevaarlik aan die kantel is en dreig om hom onbereikbaar ver van nugtere denke te dryf, weet nie een van die karakters wat in hierdie drama vasgevang is nie. Elkeen is net bewus van sy of haar eie kompasnaald wat soms byna onbeheers swaai. Elkeen besef die gevare wat dit inhou, maar is magteloos om dit te beheer en op 'n vaste koers terug te stel.

Gedagtes wat hy die afgelope jaar doelbewus onderdruk het, vlam nou weer op in dokter Lutz se hart. Die man sal tog sekerlik besef dat hy Karien nie aan hom gebonde kan hou nie. Die enigste eerbare ding om te doen, is om haar 'n egskeiding te gee. En Odelia se toestand versleg . . .

Karien gaan haar gewone gang sonder enige teken dat 'n ontstellende vermoede al sterker in haar verwarde gemoed begin posvat. Dit kan tog nie waar wees nie, maal dit voortdurend in haar gedagtes. Dié keer het dit hoegenaamd geen betrekking op haar man nie. Maar soos Hannes ervaar sy ook dat meer as een tragedie jou lewe gelyk kan tref. Want dit is tragies dat sy 'n spesiale gevoel ontwikkel het vir dié lojale vriend wat haar en Hannes deur hul tragedie begelei het en steeds bystaan. Sy kan die naakte feite nie meer ontken nie. Sy het op Christian Willems verlief geraak . . . sonder dat sy dag of datum kan noem. Hy was eers net Hannes se dokter, die steunpilaar wat op sy eie manier raad en leiding gee . . . en toe word hy skielik veel meer as dit. Wanneer hy in die deur van die saal verskyn, versnel haar hartklop. As hul vingers toevallig aan mekaar raak wanneer sy vir hom 'n instrument aangee, maak die lewe meteens weer sin.

Ná die eerste skokkende besef het Karien haar gevoel vir Christian Willems as blote heldeverering afgemaak. Dit sal oorwaai, soos die gevoel wat sy eens vir Arnold Lutz gekoester het en wat haar blindelings in Hannes se arms gedryf het. Maar Hannes kan haar dié keer nie teen haarself beskerm nie . . . Net die feit dat sy sonder twyfel weet dat haar eertydse gevoel vir Arnold werklik iets van die verlede is, vertel haar hoe diep hierdie nuwe gevoel werklik gaan. Karien besef sy is die eerste keer werklik lief vir 'n man, maar sy mag nie . . .

Wat nog erger is, is dat sy hierdeur die vriend in Christian verloor het. Die ou spontaneïteit tussen hulle moes plek maak vir selfbewustheid. Hy het haar al 'n paar keer skeef aangekyk. Dit het so erg geword dat selfs Hannes die ongemak begin aanvoel het en haar op 'n dag daarmee gekonfronteer het.

"Wat is dit met jou en dok?"

"Niks, hoekom?"

"Het julle gestry oor iets?"

"Nee, natuurlik nie!"

"Nou hoekom was jy dan netnou so kortaf met hom?"

"Jy verbeel jou dit, Hannes."

"Nee, glad nie. Ek het gesien hy het jou so 'n vreemde kyk gegee. Ek het nog altyd gedink julle kom goed klaar, maar ek kry nou die indruk dat jy nie baie van die man hou nie. Is dit so?"

Nie baie van Christian hou nie! "Jou verbeelding is regtig met jou op loop. As ek kortaf was, was dit nie doelbewus of teen Christian . . . dokter Willems gemik nie."

Hannes se blik is speurend. "Wie het jou dan ontstel?"

"Ag . . . sommer . . . dinge in die saal . . . Ag, 'n kleinigheid. Verskoon my nou eers, Hannes. Ek moet die saal se tydrooster gaan uitwerk."

Sy oë rus met al die frustrasie van 'n magtelose man op die deur wat agter haar toegaan. Dinge in die saal . . . of dokter Arnold Lutz, my vrou? En die tydrooster . . . Ek vra jou nooit wat jy saans doen wanneer jy van diens af gaan nie. Maar sit jy regtig elke aand alleen in jou nuwe woonstelletjie?

Dit is egter wel wat Karien doen, al dink haar man anders. Christian het nog nie een aand sedert Karien in die woonstel ingetrek het, 'n draai daar kom maak nie. Aand ná aand sit sy daar alleen en worstel met haar eie gewete. Toe daar wel op 'n aand 'n klop aan die deur is, is sy amper te bang om oop te maak. Sy probeer haarself nie meer bluf nie. Sy weet sy verlang na hom. Daarom het sy die ekstra leunstoel gekoop . . . en 'n groot hap van haar salaris daarvoor gebruik. Sy kon dit nie oor haar hart kry om Hannes se geld daarop uit te gee nie.

Karien kan die teleurstelling nie heeltemal verberg toe sy Arnold Lutz voor haar sien staan nie.

"Naand. Mag ek binnekom?"

Sy is so verbaas dat sy hom binnenooi voordat sy dit besef. "Ja, natuurlik. Wat is dit?"

Hy kyk haar fronsend aan. Daar is iets vreemds aan die gang met Karien. Hy glimlag wrang. "Dis 'n vreemde vraag, Karien."

"Hoekom?"

Hy kyk haar gesteurd aan. "Hoekom? My magtig, wat 'n vraag om te stel! Hoekom dink jy is ek vanaand hier?"

Sy kyk hom fronsend aan. "Nee, ek . . . weet nie . . . Behalwe as jy my iets oor Hannes . . ."

416

"Goeie genugtig!" Hy kyk haar stip aan. "Jy praat asof jy aan geheueverlies ly! Kan jy niks van die verlede onthou nie?" Sy staan hom net sprakeloos en aankyk, en hy vervolg sarkasties beledigend: "Toe ek en jy vriende was en . . ."

"Arnold," val sy hom vinnig en beslis in die rede, "dit was gister. Dis verby. Beslis en finaal verby." Sy voel skielik lus om te huil. Hoe kon sy destyds gedink het dat sy hierdie man liefhet? Daar is geen vergelyking met wat sy nou vir 'n ander man voel nie.

"Ek weet wat jou dit laat sê, en ek en jy weet albei dis leë woorde daardie. Ons hoef nie aan mekaar 'n front voor te hou nie, my meisie. Onthou jy nog wat ek daardie aand by jou motor gesê het? Dat ek daar sal wees, as 'n vriend én meer as 'n vriend, wanneer jy my nodig het? Wel, hier is ek nou. Jy móét my nodig hê. Ek weet dit."

Sy skud haar kop, hewig ontsteld. "Nee, ek het nie! Ek bedoel dit, Arnold. Ek het jou beslis nie as 'n vriend of as iets meer nodig nie. Aanvaar dit, asseblief."

"Staak hierdie toneelspelery, Karien! Jy is nie nou voor Willems óf jou man óf die hospitaalmense se oë nie!"

Net die noem van hierdie naam ruk haar selfbeheersing aan flarde en sy sis dit amper huilend van woede uit: "Loop! Loop na jou vrou toe! Jy hét een! Loop en gaan ken jou plig dáár soos ek myne moet ken! Loop voordat ek skree!"

Hy beweeg vinnig deur toe, bly in die opening staan en kyk woedend terug na haar. "Jy is nou te emosioneel om mee te redeneer. Maar ek kom weer, Karien. Dan moet ons die feite onder die oë sien. Ons is twee grootmense en ons kan nie so voortgaan nie. Jy het nie meer 'n man nie, en Odelia gaan baie vinnig agteruit. Dit sal nie meer lank wees nie, dan sal ons albei vry wees. Nag, my meisie . . . Hou moed."

Hy trek die deur toe, gaan die trap af, en die man wat hom teruggetrek het in die skaduwees van die klein portaal staan nog 'n hele rukkie doodstil voordat hy in sy spore omdraai en sonder om aan 'n deur te klop terugklim in sy motor.

Christian staar stip voor hom uit terwyl hy terugry hospitaal toe. Sy blik is peinsend toe hy 'n rukkie later op sy pasiënt afkyk en na sy rustige asemhaling luister. Môreoggend word die eerste opvolgoperasie op Hannes gedoen. Hy bly steeds peinsend totdat hy die privaatheid van sy woonstel in die dokterskwartiere bereik.

Dan slaan hy met sy vuis teen die muur, prewel met meer emosie in sy stem as wat enigeen nog ooit by die beheerste, onversteurbare dokter Willems gesien of gehoor het: "Dit kan nie wáár wees nie! Dit kan net nie waar wees nie!"

5

Soos 'n bloedhond volg Christian Willems die volgende oggend die spoor.

Toe Hannes terug is uit die operasiesaal en sy dokter hom vergewis het dat sy pasiënt se toestand stabiel is, stap hy uit die private kamer sonder dat hy gewys het dat hy van die saalsuster aan die ander kant van die bed se teenwoordigheid bewus was.

Karien kyk hom met 'n seer hart agterna, laat dan maar haar wakende blik weer terugsak na haar man wat nog steeds onder die invloed van die narkose is. Sy weet sy was al 'n paar keer kortaf met dokter Willems, juis omdat sy senuweeagtig in sy teenwoordigheid voel, in die grootste angs verkeer dat hy op 'n onbewaakte oomblik iets sal agterkom van wat in haar hart aan die gang is. Sy kan hom glad nie kwalik neem nie!

Matrone lyk verbaas toe hy haar kantoor binnestap. Daar

is 'n beslistheid in sy blik wat net een ding kan beteken: hier is moeilikheid.

"Wat kan ek vir jou doen, dokter?"

"Matrone kan my iets vertel – eerlik, sonder doekies omdraai."

Sy glimlag effens. Die man lyk en klink omtrent kwaai vanmôre. Sou een van haar personeel gesondig het? "Ek sal my bes doen. Wat wil jy weet?"

"Was daar vroeër 'n verhouding tussen dokter Lutz en mevrou Eksteen voordat sy met Hannes getroud is?"

Die vraag betrap matrone onverhoeds. "Hulle . . . hulle het mekaar geken, ja, natuurlik . . ."

"Dis nie wat ek gevra het nie."

Matrone frons ontsteld, al haar geamuseerdheid weg. Agter hierdie vraag kan 'n lelike ding skuil. Sy probeer 'n direkte antwoord omseil, sê in haar koel matronestem wat dokters gewoonlik op hul plek sit, maar beslis nie dié een nie: "Ek bespreek nie my personeel se private sake nie . . ."

"Dan is die antwoord ja. Dankie, matrone."

Hy is reeds op pad deur toe, toe sy hom vinnig keer: "Dokter Willems! Net 'n oomblik. Kom sit, asseblief." Sy is duidelik ontsteld, maar die dokter bly kil.

"Ek het nie die saak kom bespreek nie. Ek wou net 'n eenvoudige ja of nee hê."

"Dis nie so eenvoudig om altyd 'n reguit ja of nee te antwoord nie, dokter. Asseblief, kom sit. Jy kan nie nou hier uitloop sonder 'n verduideliking waarom jy so 'n vraag aan my kom stel het nie. Karien is afgesien van 'n verpleegsuster ook iemand vir wie ek groot respek en deernis het."

Sy stem is ysig. "Ek het nie kom stories dra nie, matrone. Ek moes 'n antwoord op die vraag kry, en u was die enigste vir wie ek dit durf vra."

"Ek weet, dokter Willems. En ek waardeer dit dat jy wel

419

vir my kom vra het. Maar, asseblief, moenie vir my sê Karien trap in dieselfde slagyster as tevore nie! Die arme kind!"

Dit is nou die ma in matrone wat na vore tree, en die man se gesig versag onwillekeurig. Hy neem eindelik plaas op 'n stoel.

"Hoe ernstig was die verhouding? Hy was toe reeds 'n getroude man, nie waar nie?"

"Ja. Hy het getroud hier aangekom. Sy vrou . . ."

"Ek ken al die besonderhede van sy vrou. Haar toestand versleg vinnig."

"Ja, so het ek verneem. Ek weet nie of daar 'n verhouding was, dokter, of net vriendskap nie. Van haar kant af, altans. Dokter Lutz het geen geheim van sý gevoelens gemaak nie. Almal in die hospitaal het geweet hy was tot oor sy ore verlief op haar."

"As sy met hom uitgegaan het, was dit onwaarskynlik dat sy die verhouding tussen hulle bloot as vriendskaplik sou kon hou. Lutz is nie 'n man wat net sal kyk en begeer en niks daaraan doen nie," wys hy op sy blatante manier uit. Matrone weet sy kan nie stry nie.

Maar sy skerm nogtans vir haar oogappel. "Die dag toe Karien haar bedanking kom indien het om met Hannes Eksteen te trou, het sy my die versekering gegee daar was nooit iets tussen haar en dokter Lutz waaroor sy haar hoef te skaam nie, en ek glo haar volkome."

Hy kyk reguit terug. "Die stadium waar 'n mens jou vir 'n verhouding begin skaam, matrone, het verskuifbare grense van mens tot mens. Dit sê niks nie."

Haar oë flits vererg. "Nietemin! Ek sal nooit aanvaar dat Karien haar skuldig gemaak het aan . . ."

" 'n Intieme verhouding met 'n getroude man nie?" Net vlugtig flits die toneel en woorde van die vorige aand voor hom verby. "Nee, ek sou ook nie, maar . . ."

"Maar wat?" Sy klink amper vyandig, en hy staan op.

"Maar sy is net 'n mens, en sy bevind haar in 'n situasie wat haar ryp maak vir die aandag van dokter Lutz. Dit moet gekeer word. Daar wag nog 'n groot taak op haar."

"Hoe keer 'n mens so iets?"

Hy kyk matrone stip in die oë, sê beslis: "Moenie bekommerd wees nie. Ek gaan dit keer."

Sonder om 'n oomblik uit te stel gaan soek hy Arnold Lutz totdat hy hom kry, trek hom aan die arm by die vrouesaal se pankamer in en druk die deur voor 'n verbaasde en haastige junior verpleegster toe.

Arnold lyk eerlik verbaas.

Die deur gaan weer oop en dokter Willems se stem klink kwaai: "Kan jy nie sien ek is besig hier nie?"

Die verpleegster se oë rek wawyd oop. Wat twee mansdokters in 'n vrouesaal se pankamer kan besig hou, weet sy nie. Wat sy wel weet, is dat daar 'n aardigheid op haar wag as sy nie dadelik 'n pan vir 'n pasiënt in die hande kry nie.

"Ek móét 'n pan kry, dokter, asseblief!"

"Hier." Dit word in haar hand gestop en sy en die benodigde apparaat word saam by die deur in die gang uitgedruk.

"Wat de duiwel gaan met jou aan?" vra Arnold dan reguit en vererg.

"Ek het jou net kom sê jy los vir mevrou Eksteen uit. Verstaan ons mekaar?"

"Wat de . . ." 'n Rooi gloed spoel oor Arnold se gesig.

"Jy kom nie weer naby haar nie; nie in die hospitaal nie en beslis nie by haar woonstel nie. Ek waarsku jou."

"Jy is mal!" Maar dokter Lutz lyk ietwat ongemaklik. "Sy is die saalsuster en ek het pasiënte in daardie saal . . ."

"Hou dit dan net streng op 'n professionele vlak, ou vriend. Baie streng, of jy sal vinniger uit hierdie hospitaal waai as wat jy al ooit hier ingehardloop het."

Nou is dokter Lutz ietwat bleek, die oë openlik vyandig. "Ek verstaan. Jy het jouself aangestel as bewaker van jou kosbare pasiënt, wat vir jou soveel roem en bewondering ingebring het, se vrou." Sy oë glinster uitdagend. "Of kan dit dalk net wees dat jy haar om persoonlike redes wat niks met jou pasiënt . . .?"

Die hoeveelste keer word hy nie toegelaat om sy sin te voltooi nie; hierdie keer op 'n baie ongewone wyse wat beslis nie in 'n vrouesaal se pankamer tussen twee hoogaangeskrewe dokters behoort te geskied nie. Dit klink asof die stapels blink panne skielik besluit om almal vloer toe te tuimel. 'n Mens kan ook nie juis anders verwag as 'n hou op die oog 'n groot man sy balans laat verloor en met sy volle gewig teen die rakke laat steier nie!

Dit is moeilik om te sê wie se gesig die grootste ongeloof en verdwasing dra – die man wat sit-lê tussen die panne, of die jong verpleegster wat met die pan in die deur verskyn. Die groot dokter skuif versigtig langs haar verby en knik styf. Dan glimlag hy. "Dankie, verpleegster Roets. Die pankamer is weer joune – en alles wat daarin is!"

" 'n . . . 'n Plesier, dokter," stamel sy en ruk dan soos sy skrik toe 'n ander stem in haar oor bulder: "Kyk wat jy doen, vroumens! Hou daardie pan regop!"

'n Bitter ontstoke dokter Lutz haal Christian Willems by die hoek van die gang in.

"Ek sal jou hof toe vat, Willems!"

Hy ontvang 'n koel kyk vanuit die hoogte. "Niks keer jou nie." En albei weet hy het weer reg. Nóg die hof nóg die hospitaalraad sal hiervan hoor.

Dat die res van die hospitaal – van die jongste verpleegster tot by die matrone – egter almal hiervan sal hoor, is gewis.

Die arme Roets se maats kraai soos hulle lag. "My wêreld,

422

Roets, jy keer die hele pan se inhoud toe op dokter Lutz om!"

Sy trek 'n suur gesig. "Ongelukkig nie. Ek skrik toe so groot toe hy so hard op my skree dat ek die pan terugruk en die inhoud verder oor myself uitstort. Dit was 'n gemors, sê ek jou!"

Matrone lag nie toe sý die storie hoor nie. Dié soort gedrag laat sy nie in haar hospitaal toe nie! Twee dokters wat mekaar in die pankamer met vuiste toetakel! Maar die storie lui dit was net een wat geslaan het, en een wat 'n seer oog het . . . En dan giggel sy skielik asof sy self nog 'n juniortjie is. Aardetjie, dit moet iets gewees het om te aanskou! Dan vernou haar oë peinsend. Daar is soms dinge wat haar ore vanuit die sale en gange van haar hospitaal bereik wat sy besluit sy het nie gehoor nie. En dit is een van hulle dié. Matrone het niks gehoor van 'n slanery in een van haar sale nie. Daardie dokter Willems is darem beslis 'n man van sy woord . . . en daad! Sy voel sommer nou geruster oor Karien.

Nadat Elsa Vermaak lekker saam met die ander susters gelag het oor die storie wat soos 'n veldbrand deur die hospitaal trek, versober sy weer en besluit Karien moet liewer nie hiervan te hore kom nie. Hierdie voorval móét met Karien verband hou – en Karien het genoeg bekommernisse.

Nog voordat die storie die superintendent se kantoor bereik, word hy formeel daarvan in kennis gestel.

"Ek kom net aanmeld dat ek dokter Lutz so pas in die vrouesaal se pankamer platgeslaan het, dokter Weich." Toe dié verdwaasde man Christian net verstom kan sit en aankyk, is daar skielik 'n veraf vonkeling in sy oë. "Ek verseker jou dit was noodsaaklik."

"Waarom?"

"Skoktaktiek bring partykeer mense weer tot hul sinne."

423

Dokter Weich lyk tegelyk verward, ongelowig en geamuseer. "Jy dink dit gaan help?"

"Om sy onthalwe hoop ek so, dokter. Ek hoop van harte so."

Dokter Weich verberg 'n glimlag, lyk ernstig. "Mag ek weet waaroor dit gaan?"

"Dit gaan oor die beswil van 'n pasiënt en sy vrou."

Die ouer man se oë vernou. Dit is meer as genoeg verduideliking vir hom. Hy weet nou waaroor dit gaan. Hy self was bekommerd oor Karien en Arnold Lutz . . . Daar was destyds allerhande stories.

Hy sê bedaard: "Dan kan ons net wag om te sien of dit die gewenste uitwerking het, dokter. Solank daar nie 'n formele klag teen jou by my ingebring word nie, het ek geen rede om op te tree nie."

"Dis soos jy sê, dokter. Niemand het nog kom kla nie."

Toe die suster van die mansaal verneem dat dokter Lutz se pasiënte 'n paar dae aan dokter Scholtz oorgedra is, wonder sy nie eintlik baie daaroor nie. Sy voel eintlik verlig. Odelia se toestand versleg, het hy gesê. Dit het seker maar daarmee te doen. Sy is net dankbaar dat sy hom 'n paar dae nie te siene sal kry nie. Hoe minder hulle van mekaar sien of met mekaar te doen kry, hoe beter.

Haar kollega se hoop dat die storie nie haar ore moet bereik nie, word nie beskaam nie. Omdat sy nie juis veel met die res van die susters in aanraking kom nie, is daar niemand wat haar daarvan vertel nie.

Boonop lyk suster Eksteen deesdae so somber en in haarself gekeer dat niemand eintlik daaraan dink om haar van die groot grap van die hospitaal te vertel nie. Vertraagde skok oor haar man se toestand, diagnoseer hulle, en laat haar in vrede.

Net een laat haar nie in vrede haar paadjie van selfkastyding loop nie.

"Wat gaan die afgelope tyd met jou aan?" is die direkte vraag. Karien het dit die een of ander tyd verwag. Christian Willems is nie 'n aap nie. Hy weet daar skort iets – en vandag wil hy weet wat.

Sy probeer dit nie ontken nie. Dit sal nie help nie, daarom antwoord sy vaag: "Ek voel net depressief. Seker maar vertraagde skok. Dit sal oorwaai."

"Ek hoop so. Jy lyk asof jy regmaak vir 'n galgdood en nie vir 'n groot taak wat op jou wag nie."

Dit voel asof sy woorde soos skerp naels oor haar rou senuwees krap, en Karien snou hom toe: "In hemelsnaam, almal kan nie 'n wondermens soos jy wees nie!"

"Daar bestaan nie 'n wondermens nie, mevrou Eksteen. Daar is net mense wat hul plig ken en dit doen."

Sy sit terug teen die stoel se rugleuning, gooi die pen neer en kyk hom amper openlik vyandig in die oë: "Maar almal is nie ewe sterk nie, dokter Willems. Party kan die pad stap en . . . daar is ander wat struikel . . ."

"Dis waarvoor ek daar is. Laat my net weet wanneer jy voel na struikel. Ek sal keer."

Hy draai om en loop uit en sy staar teen die hoekkas vas waar die medisyne vir die saal geberg word. Ek sal keer! Hoe ironies! Juis as gevolg van haar gevoel vir hóm is sy aan die struikel in haar geloof en voornemens vir haar taak! Omdat sy hom liefhet, sien sy nie meer kans vir 'n lewe saam met Hannes nie! Hoe kan sy Hannes ophelp na 'n nuwe lewe as sy self geval het? Geestelik sowel as liggaamlik is sy elke dag op haar knieë . . . ook snags wanneer sy bid om genade en krag om dié verbode gevoel in haar hart met wortel en tak te kan uitroei!

Sy sal 'n daadwerklike poging móét aanwend om haar

uit hierdie negatiewe gemoedstemming te ruk. Dit het ook 'n uitwerking op Hannes. Hy het dit al begin agterkom, en sy wil liewer nie dink wat sy verklaring daarvoor is nie. Hy dink seker dat sy haar bedenkinge begin kry oor hul huwelik en die toekoms. Hy is deesdae so stil en byna onnatuurlik passief. Hy vorder ook nie na wense ná sy opvolgoperasie nie. As Hannes nóú moet sterf . . . behalwe dat Christian haar dit nooit sal vergewe nie, sal sy haarself nooit vergewe nie! Sy sal soos 'n moordenaar voel!

Karien besef egter dat dit hierdie keer meer as woorde sal kos om Hannes te oortuig dat sy dit dié keer nog ernstig bedoel oor hul huwelik. Daar is geen sin in om Hannes nou in die steek te laat en êrens in eensaamheid 'n lewe van selfveragting en selfverwyt te gaan voer nie. En dit is wat sal gebeur as sy Hannes nou moet faal. Daar is geen hoop dat hierdie verkeerde liefde in haar hart ooit vervul sal word nie.

Dit is 'n lang nag wat op hierdie dag volg. Die woonstelmure druk Karien vas. Die pad van plig is 'n diep rivier wat haar wil verswelg. Maar toe die daglig oor nog 'n veelbewoë nag breek, is die kentering klaar. Sy sal daardie diep rivier met 'n vaste geloof betree. Sy het geen ander keuse nie.

Toe Karien later by Hannes se kamer instap, speel 'n moedige glimlag om haar lippe en haar môresoen is inniger as ooit tevore. Arme ou Han! Hulle is albei verdwaaldes in 'n vreemde wêreld. Hulle het net mekaar.

"Weet jy wat, Hannes? Ek het gisternag gelê en dink . . . Ek het 'n briljante plan!" Hy lê haar net op sy nuwe swygsame manier en aankyk, en sy vervolg opgewonde: "Daar is geen rede hoekom . . ."

Die deur gaan agter haar oop en Christian Willems stap binne. Hy kyk vlugtig na die breë glimlag op haar gesig, dan na die uitdrukkinglose gesig van die man voor hom. 'n Ligte frons tussen sy wenkbroue verraai sy kommer. Hannes Eksteen verander stadig maar seker in 'n robot wat asemhaal . . . 'n man sonder siel.

"Laat ons hoor. Ek het iets gehoor van 'n briljante plan . . . of mag ek nie daarvan weet nie?"

"Natuurlik mag jy weet, dokter! Trouens, jy sal moet help." Sy trek haar asem in. "Daar is mos geen rede hoekom ek en Hannes nie 'n kind kan hê nie, en . . ." Dit is asof 'n elektriese skok deur die man op die bed gaan. Sy gaan moedig voort: "Ons eie kind, bedoel ek. Syne en myne. Kunsmatige . . ." Sy swyg. Christian staan haar geslote en aankyk. Dan vervolg Karien met 'n bewing in haar stem: "Dit . . . dit word elke dag gedoen! Dis nie iets . . . vreemds nie! Kunsmatige bevrugting! Hannes kan die pa wees. Hy kán! Hy . . . is mos nie só erg beseer nie! Dit kán gedoen word!"

Dit is asof hy die woorde afmeet. "Dis julle wat daaroor moet besluit. Sien jou later, Hannes."

Die deur gaan agter hom toe en haar blik soek verward na haar man s'n. Die trane spring skielik in haar oë. "Ons . . . ons het mos al klaar besluit dat ons 'n kind wil hê. Hoekom . . . hoekom kyk jy my nou só aan, Han?"

Dan sak sy op haar knieë, lê haar kop teen sy bors en begin snik. Eindelik lig hy sy arm en lê sy hand teen haar hare, begin dit bewend streel terwyl hy hard sluk om sy eie emosies te beheer.

"Moenie huil nie."

"Maar jy . . . jy lyk nie eens bly . . . of gewillig . . ."

"O, Karien, my vrou!" 'n Ander hand kom by, druk haar kop hard teen hom vas, sy lippe ook bewend in haar hare, sy oë toe. "Dis net . . . jy het 'n bietjie vinnig daarmee op my afgekom. Ek sal eers daaroor moet dink . . ."

427

"Hoekom?" Sy lig 'n traannat gesig na hom op, soek sy oë. "Hoekom moet jy eers daaroor dink? Ons het mos klaar besluit ons wil 'n kind hê. Ons moet nog net besluit wanneer . . . en dis nóú. Ek wil nóú 'n kind hê, Hannes! Asseblief tog, my man! Jy mág nie weier nie!"

"Karientjie . . . my liefling . . ."

"Asseblief, Han!"

Hy skud sy kop stom, sê dan skor: "Goed . . . as dok ook so voel."

"Wat het hy hiermee te doen? Dis ons saak! Ons het nie sy toestemming nodig nie . . ."

"Ek moet nog weer geopereer word, Karien! Ek sal nog 'n ruk in die hospitaal wees . . ."

"Wat daarvan? Eendag gaan jy hier uitkom en dan kan die baba al op pad wees . . . Hannes . . ."

"Asseblief! Asseblief, my vrou! Gee my net eers kans om . . . om aan die gedagte . . . gewoond te raak!"

Sy kom orent. "Goed. Maar nie te lank nie. Dis onnodig om daarmee te wag. Dit gáán gedoen word, Hannes!"

In haar kantoor tref sy Christian Willems voor die venster aan, sy rug na haar gekeer. Sy aarsel, sê dan: "Dokter, ek . . ."

"Hoekom het jy die saak nie eers met my bespreek nie?"

Sy kyk fronsend na sy rug. "Hoekom? Dis 'n saak tussen my en Hannes. Hoekom . . .?"

Hy draai skielik om, en sy skrik vir die kilheid in sy oë. "Soos jy sê, mevrou. Dis 'n saak tussen jou en jou man. Jammer," sê hy en stap by haar verby, verdwyn in die gang.

Sy sak agter haar lessenaar neer, laat haar gesig in haar hande sak. Sy is aan die struikel op die pad van plig . . . en sy het nie die moed om Christian agterna te hardloop en hom te smeek om haar te help om te keer dat sy val nie, want . . . soos matrone eenkeer vir haar gesê het . . . die hart wéét. En haar hart wéét dat 'n kind van Hannes eintlik die laaste ding op aarde is wat sy begeer . . . want dit sal haar onlosmaaklik verbind aan 'n man wat sy nie liefhet nie, wat nie vir haar 'n man kan wees nie . . . verbind aan 'n toekoms van frustrasie en verydeling en smart . . . 'n toekoms waarvoor sy nie kans sien nie, maar nie kan ontwyk nie.

Daar is 'n stramheid tussen die twee mans toe hulle later 'n paar oomblikke alleen is. Uiteindelik vra Hannes pleitend: "Hierdie . . . nuwe idee van Karien . . . Wat dink jý daarvan, dok?"

Christian Willems hou hom besig met die kaart voor hom. "Dis uitsluitlik 'n saak waaroor julle twee moet besluit. Dit het niks met my te doen nie."

"Natuurlik, ja, maar . . . ek wil jou eerlike mening hê. As jy ék was . . ." Hy swyg toe die dokter 'n gedempte geluid uiter en die waterbeker optel wat hy van die tafel af omgestamp het.

"Jammer. Nou is jou yswater daarmee heen. Ek sal . . ."

"Dis niks. Ek kan later kry. Wat dink jy, dok? Is dit . . . wenslik . . . wys om . . .?"

Eindelik kan hy nie meer bly wegkyk nie. "Dis vir my baie moeilik om jou raad te gee, Hannes. Dis so 'n uiters private en persoonlike aangeleentheid tussen jou en jou vrou."

"Dan dink jy ook soos sy . . . dat dit moontlik is om deur kunsmatige bevrugting . . ."

"O ja. Daar sal natuurlik eers toetse gedoen moet word, maar jy was nog altyd 'n gesonde, sterk man. Daar is, uit die vuis gesê, seker niks wat in jul pad staan nie."

"Maar dit sal nie wys wees nie, sal dit, dok? Dis beter dat dit nié gedoen word nie."

"Dis iets waaroor jy alleen kan besluit. Dit het niks . . ."

"Hou op vir my sê dit het niks met jou te doen nie, magtie!" Die eerste keer in baie dae is daar weer 'n bietjie vuur in Hannes Eksteen. "Jý is die man wat my nie wou laat sterf nie! Jy kan nie nou daar staan en jou hande in onskuld was nie! Jý het besluit oor my lewe en dood. Nou is dit jou plig om my te help besluit, of liewer besin, oor my toekoms. As jy my laat gaan het, sou ek nie vandag moes worstel met . . . waarmee ek nou sit nie . . . 'n halwe man met 'n vrou wat 'n kind wil hê!"

"Jy maak 'n fout, my vriend. Ek het net my werk gedoen, soos ek jou voorheen al gesê het. Ek beheer nie lewe en dood nie."

"Goed! Goed!" Hannes sug diep, skud sy kop radeloos. "Maar sê my wat ek moet doen! In hemelsnaam, ek . . . word mal!"

Dan is sy vriend en vertroueling se stem weer vol deernis: "Ek sal jou aanraai om een ding op 'n keer aan te pak. Die volgende op die lys is jou laaste operasie, dan herstel, dan teruggaan plaas toe, die lewe opnuut aandurf en 'n nuwe lewenspatroon vir jou en . . . Karien vleg. En dán 'n kind."

"Dankie." Hannes laat die hand los. "Ja. Dis die patroon . . . een ding op 'n slag. Ek sien kwalik kans vir die eerste; wat nog te sê vir nog meer. Maar Karien gaan nie daarvoor te vinde wees nie. Sy het haar hart daarop gesit . . ."

Of haar verstand. Dit is waarskynlik net haar verstand wat hierdie plan bedink het . . . 'n plan om haar gewete mee te salf en om die skuldige gevoel in haar mee dood te smoor, dink Christian wrang.

Hy sê egter net: "Sê haar reguit hoe jy voel – een ding op 'n keer. Jý is die man. Jy het die finale seggenskap."

Weer die wrangheid in sy stem wat deur hart en siel sny toe hy antwoord: "Ag, kom, man! Daardie seggenskap het ek verloor; ek het geen reg op . . ."

En skielik sien Hannes sy dokter se oë blits. "Staak dit! Van wanneer af is dit 'n geslagsdeel wat van 'n man 'n man maak? Moenie 'n sot wees nie, Hannes! Manlikheid lê veel dieper as die vel; ware manlikheid kom van binne. Waaragtig, ek het al in my professie met mans te doen gekry wat bloot op die oog af duidelik 'n man is, maar net so min 'n man is as wat ek dit nié is nie! Rig die oog na binne, en jy sal miskien vind dat jy vandag méér het as voor jou ongeluk! En dis iets wat niks in die wêreld ooit van jou kan wegneem nie."

Hannes is eers 'n oomblik stil, dan kom sy stem skaam: "Jammer, dok. Ek weet nie wat sou van my geword het as jy nie hier was nie."

Hy kry 'n ligte klap teen die wang. "Jy sou mos dood gewees het, sê jy!"

"Gaan na die duiwel!"

"Kan nie. Ek het nog werk om te doen. Jy is nie al ou wat ek moet probeer keer wanneer hy ontydig 'n verkeerde koers wil inslaan nie. Die wêreld is vol sotte soos jy." Dan versober sy gesig. "Ek sal jou nie aanraai om vir Karien te sê dat dit van my af gekom het dat julle eers 'n rukkie moet wag met hierdie nuwe gedagte van haar nie. Sy sal miskien voel ek het my perke oorskry deur 'n mening te lug. Ek sou ook nie, as jy dit nie uit my gedwing het nie."

Hannes frons. "Nee, ek sal nie. Sy is juis so happerig deesdae. Seker maar haar senuwees. Sy gaan ook deur 'n moeilike tyd, my arme vrou."

"Ja. Moenie jou te veel daaraan steur nie. Dis menslik en sal mettertyd weer regkom."

Dat Karien regtig happerig is, soos Hannes dit gestel het, is beslis waar. Toe hy haar later meedeel dat hy die saak oordink het en dat hulle eers moet wag totdat hulle terug op die plaas is, is sy dadelik op haar perdjie.

"Hoekom? Daar is geen rede om te wag nie . . ."

"Karien, daar is alle rede!" Die ongewone vuur in haar

man se stem laat haar verbaas frons. Daar het baie skielik 'n verandering in sy passiewe houding gekom. "Ek wil eers klaar geopereer word, klaar herstel, en dan moet ons 'n tyd van aanpassing hê voordat daar weer aan 'n baba gedink word."

"Jy het alles baie mooi vir jouself uitgeredeneer, het jy nie, Hannes? Of is dit vir jou gedoen?"

Die vinnige wegswenk van sy oë verklap sy geheim, en sy stem oortuig haar nie. "Ek het so besluit en dis klaar! Ons praat nie weer daaroor nie – nie voordat die tyd ryp is nie."

"Jy en jou dokter moet net oppas dat julle nie te lank wag vir die tyd om ryp te word en dan agterkom dis al vrot nie!"

"Karien!"

Maar 'n blinde, redelose woede het van haar besit geneem. Nog nooit vandat sy en Hannes 'n jaar gelede getroud is, het hulle gestry of baklei nie. En vandag – op hul troudag wat hy vergeet het – maak hulle rusie omdat 'n ander man sy groot, lang neus in hul private sake steek!

"Moenie my daar lê en 'Karien' nie! 'n Mens sou sweer jy is met Christian Willems getroud! In daardie geval, baie geluk met jul eerste huweliksherdenking! So slaafs as wat jy dáárdie man se mening navolg, sal julle altyd baie gelukkig wees!"

"Karien . . . Karien! Kom hier! Kom terug!"

Maar sy is met 'n woedende heupswaaipassie by die deur uit en Hannes bedek sy oë met sy een hand. Liewe land, hoeveel kan 'n man dan regtig verdra? En dit is vandag hul troudagherdenking . . . die eerste. Sy wou 'n baba hê . . . en hy het die troudag vergeet en nee vir die kind gesê . . . nee vir 'n vrou wat die pragtigste ma op aarde sal wees.

En sy ís voorwaar pragtig toe sy in al haar woede en frustrasie skielik voor Christian staan. "Ek het jou net kom gelukwens met jou troudag. Baie hartlik geluk! Ek wens julle nog vele gelukkige jare saam toe!"

Sy diep frons verraai nie hoe haar bitter woorde hom tref nie. "Moenie verspot wees nie! Waarvan . . .?"

"Van jou en Hannes, natuurlik. Júlle twee is mos getroud, nie ek en hy nie. Dis . . ."

"Jy is belaglik."

"Nie ék nie! Dít is belaglik, ja. Dat 'n ander man vir my en Hannes moet besluit wanneer ons met 'n gesin mag begin. Jy het gelyk, dokter Willems. Dis verregaande belaglik en vermetel en . . ."

"En die toppunt van selfsug van jou kant af om in hierdie stadium so iets van jou man te vra. Dít ook, mevrou Eksteen."

"Selfsugtig? Jy sê dis selfsugtig van my om 'n kind van Hannes te vra?"

"Ja. Dink jy nie daardie man het genoeg om te verwerk nie? Daar is 'n groot operasie wat op hom wag, pyn wat hy moet verduur . . . en nou wil jy nog boonop by sy swaar vrag byvoeg . . . kommer oor jou . . . oor die baba . . . of jy dit sal oorleef. Het jy 'n ander benaming as suiwer selfsug daarvoor, mevrou?"

Sy staar hom geskok aan, swaai dan in haar spore om en storm terug na haar kantoor. In die proses loop sy iemand amper onderstebo.

"Suster . . . Karien . . ."

"Ja, wat is dit?" Dan eers sien sy wie voor haar staan. "Ja, wat is dit, Arnold? Ek is haastig. Ek wil van diens gaan."

"Ek is terug."

Sy frons ongeduldig. "So sien ek. Is dit oor een van jou pasiënte? Dokter Scholtz het mooi na hulle omgesien. Dit staan alles in die verslae. Meneer Hendriks is ontslaan en meneer Brits vorder baie goed en . . ."

"Odelia is dood."

6

"Wat?"

"Odelia is dood . . . gisteroggend."

Sy kyk hom met groot, geskokte oë aan. Wat kan sy sê? Hoe durf sy met hom simpatiseer, terwyl sy weet sy vrou se dood is vir Arnold Lutz 'n verligting? Dit is die begin van die bevryding waarna hy al so lank smag. Maar Odelia . . . Haar hart gaan uit na haar hoewel sy haar nooit geken het nie. Om in die fleur van jou lewe te moet weet jy gaan sterf . . .

Hy staar uitdrukkingloos voor hom uit, en sy kan sy gedagtes op hierdie oomblik nie peil nie.

Toe die tuisverpleegster die vorige oggend voor ligdag in Arnold Lutz se kamer kom en hom vertel dat Odelia gesterf het, het hy haastig na haar kamer gegaan, op die lewelose gelaat afgekyk . . . en skielik wou hy hê dat sy nog net een keer haar oë moes oopmaak sodat hy kon sê hy is jammer dat hul kort huwelik in so 'n gemors ontaard het, en dat hy ewe min as sy in staat was om iets daaraan te verander. 'n Paar oomblikke lank het hy van homself vergeet en van dít wat haar dood vir hom inhou . . . het hy net aan sy vrou en haar lyding gedink. Hoekom het hy nie meer begrip en geduld aan die dag gelê nie? Hoekom het hy nie soms langs haar bed gaan sit, haar hand geneem en dit vasgehou nie? Maar die kans om te sê hy is jammer is hom ontneem in die donker uur voor ligdag . . .

Karien kyk af, vra dan: "Het dit . . . skielik gebeur?"

"Ons het dit verwag, maar nie so gou nie. Ek het gedink . . ."

Hul oë ontmoet en albei weet: Arnold Lutz is 'n vry man.

"Ek het jou gesê dit gaan nie lank wees nie . . . lank om te wag . . ."

"O, Arnold, asseblief. Ons praat nie weer oor daardie dinge nie. Dis verby. Begryp dit nou finaal, asseblief. Jou vrou is dood, maar my man lewe . . . gaan lewe . . . en ons gaan oor 'n maand of twee terug plaas toe en gaan aan met ons huwelik."

"Dis jý wat nie finaal wil begryp nie, Karien. Dit sal geen huwelik wees nie . . ."

"Dit sál. Ons gaan selfs kinders hê." Sy kyk hom uitdagend aan. "Daar gaan kunsmatige bevrugting toegepas word en . . ."

"Jy is van jou sinne beroof om so iets te wil doen, Karien!"

"Ons gaan kinders hê, Arnold. En ek bespreek dit nie verder nie – nie met jou, of met enigiemand anders onder die son nie," herhaal sy vasberade. 'n Geluidjie by die deur trek haar aandag.

Sy swaai om, en met 'n uitdagende uitdrukking in haar oë teenoor die man wat skielik in die deur verskyn het, sê sy: "Dokter Lutz se vrou is gisteroggend oorlede." Toe stap sy by hulle verby saal toe.

Soos Karien, voel Christian nie om met die ander man te simpatiseer nie. Dit sal die toppunt van huigelary wees. Hulle staan mekaar dus net woordeloos en aankyk en dan stap Arnold ook by hom verby en verdwyn die gang af. Christian laat sy kop sak, kyk peinsend af op die lessenaar voor hom . . . en wens dat hy Hannes Eksteen en sy vrou vandag al plaas toe kon sien vertrek het.

Dit is miskien een van die redes wat Hannes se dokter laat besluit om die datum vir die laaste opvolgoperasie te vervroeg. Dit is, soos die voriges, 'n groot sukses. Wat menslik moontlik is, is vir hom gedoen. Al wat nou oorbly, is sy liggaamlike herstel. Dit sal van homself afhang hoe die toekoms vorentoe gaan lyk. Van hom en sy vrou.

435

In die dae wat volg ná Hannes se laaste operasie en Odelia Lutz se afsterwe, word persoonlike sake tussen dokter Lutz en die saalsuster nie weer aangeraak nie. Daar is 'n broeiende lig in die dokter se oë wanneer hy die mansaal binnestap en die suster haar by hom voeg vir die saaldiens. Karien merk dit op, maar maak asof sy dit nie sien nie. Sy is die toonbeeld van professionele formaliteit. Ook nie net teenoor Arnold Lutz nie. Nog 'n dokter kan glad nie deur die professionele skans dring nie. Maar daar is niks in sý oë wat verraai of dit hom ook so frustreer en irriteer soos vir Arnold Lutz nie, en of dit hom heeltemal koud laat nie.

Toe die deur van Hannes se private kamer skielik een aand oopgaan en weer stilletjies toegedruk word, weet iemand daarvan nie. Die dagpersoneel sowel as die saalsuster is reeds van diens, en die nagpersoneel is doenig in die groot saal. Die skerp ligte is afgeskakel en net die dowwe bedliggie skyn. Hannes slaap egter nog nie. Hy lê en dink oor die toekoms en dinge wat was, toe 'n dokter skielik langs sy bed verskyn.

Hy kyk verbaas op. Christian hét al 'n draai kom maak . . . Dan herken hy met 'n skok die gesig. Arnold Lutz!

Hierdie naam is in al die maande nog nie een keer tussen hom en Karien genoem nie. Ook Christian het nooit na dié man verwys nie. Dit was soos 'n stilswyende ooreenkoms tussen hulle al drie dat hierdie naam verbode is.

Ook het Hannes hom nog nooit met 'n oog hier in die hospitaal gesien nie, hoewel hy geweet het dat hy daagliks by sy deur verbystap, dat hy Karien daagliks sien, daagliks met haar saamwerk. Nie een keer in al hierdie maande het dokter Lutz, soos so baie van sy kollegas, kom inloer om dokter Willems se wonderpasiënt van nader te beskou nie. Hy was die een dokter wat geen nuuskierigheid oor hierdie mediese wonder geopenbaar het nie . . . en Hannes was dankbaar daarvoor. Dit het gehelp in die stukkie ironiese toneelspel wat hy aan homself opgedis het – om te maak asof daar nie so 'n mens soos dokter Arnold Lutz bestaan nie.

Maar vanaand staan hy hier langs hom, kyk vas in sy oë en die man in die bed is weerloos teen wat ook al gaan kom.

"Meneer Eksteen, ek is dokter Arnold Lutz."

"Ek weet."

Die dokter frons. "Jy weet? Ek kan nie onthou dat . . ."

"Nee, ons het nooit persoonlik ontmoet nie, maar ek ken jou. Jy is die man wat destyds vir Karien misbruik het, haar amper in 'n woonstel aangehou het vir jou . . ." Hy sluk die walglike woorde terug. "Ek dink nie daar is iets wat ons twee vir mekaar te sê kan hê nie."

Arnold antwoord styf: "Ek sal nie eens probeer om met jou oor die dinge van die verlede te redeneer nie . . ."

"Nee, moenie, want dit sal nie help nie. Ek ken jou soort. Julle speel op goeie mense soos Karien se gevoel om jul doel te bereik."

Alle pretensie is oorboord gegooi. Hulle staar openlik vyandig na mekaar. "Ek het in elk geval nie oor die verlede kom praat nie. Dis die toekoms wat van belang is . . . Karien s'n."

"Karien s'n! Is jy seker jy het nie oor jóú toekoms kom praat nie?"

"Dis vanselfsprekend dat my toekoms ook in gedrang kom."

"En wat het mý vrou se toekoms met joune te doen, Lutz?" Hy staan sy man, maar diep in sy hart weet hy dat hy 'n verlore stryd voer.

"Moenie dat ons met woorde speel nie, meneer Eksteen. Ons albei weet presies wat die posisie is. Ek het vanaand hierheen gekom om man teenoor man met jou te praat, 'n beroep op jou manlikheid en gewete te doen om nie die menslik onmoontlike van Karien te verwag nie."

"Man teenoor man . . ."

"Ja. As daar regte is waarop jy kan staan, het sy seker ook regte om in ag te neem. En as jy haar regtig liefhet, sal jy háár regte respekteer."

"Regte?"

"Ja. Die reg om 'n vrou te wees vir haar man in die volle sin van die woord, en die geboortereg van elke vrou tot moederskap. Die eerste kan jy haar nooit weer gee nie, en sy is jonk, haar lewe lê nog voor. Die laaste kan net geskied op 'n kunsmatige wyse, 'n sonde teenoor 'n vrou soos Karien wat die Vader ten volle vrou gemaak het."

Kurkdroë oë kyk op. "En jý is die man wat haar daardie dinge wil gee . . ."

"Ja. Soos jy weet, was ons bevriend voordat . . . voordat sy met jou getroud is."

"Ja, ek weet. Jy was 'n getroude man . . . is een . . ."

"Nee. Wás. My vrou is 'n rukkie gelede oorlede. Meneer Eksteen, daar is niemand wat in die pad van Karien se toekomstige geluk as vrou en ma staan behalwe jy nie. Gee haar 'n egskeiding." Hy draai terug deur toe, aarsel dan met sy hand op die knop, kyk terug. "Dit kan nooit uitwerk nie, meneer Eksteen. Moet dit nie van Karien verwag nie. Al wat jy gaan bereik, is om alles in haar dood te smoor. As daar 'n stukkie manlikheid in jou oorgebly het, sal jy weet ek praat net die waarheid vanaand. Nag, meneer Eksteen."

Toe die nagsuster later saaldiens doen, word daar die eerste keer onraad gemerk.

Dokter Willems is in 'n rekordtyd langs die bed, en luister verstom na die suster se verslag.

"Hy was om halfnege vanaand heeltemal rustig en gemaklik toe ek by hom was. Hy was gereed om te slaap. En toe ek netnou hier kom . . ." Sy skud haar kop en swyg verslae.

Sy hoef nie verder te verduidelik nie. Alles is daar om met die eerste oogopslag waar te neem: Hannes Eksteen het skielik 'n ernstige insinking gehad. Hy is terug op die gevaarlys . . . en die hoeveelste keer sal daar met alles tot die beskikking van die mediese wetenskap om sy lewe geveg moet word.

Daar lê 'n gevoel van teleurstelling, te groot vir woorde, in Christian se hart toe hy van voor af die geveg aanknoop. Hannes was op pad na algehele herstel – en nou dit! Dit gebeur, vertel hy homself. Dit het al baie gebeur dat 'n pasiënt byna reg is om ontslaan te word en dan weer 'n terugslag kry. Maar nie Hannes nie!

Dit het nooit by hom opgekom dat dit ook met Hannes kon gebeur nie! Maar dit hét – so onverklaarbaar as wat sulke dinge gebeur . . . en al wat hy kan doen, is om maar weer net sy werk na die beste van sy vermoë te doen en te hoop en te bid om genade.

Toe Karien die volgende oggend die hospitaal binnestap, weet sy nog nie van die stryd om Hannes se lewe gedurende die nagtelike ure nie; ook nie dokter Arnold Lutz nie, en hy stap vinnig nader toe hy haar gewaar.

"Ek moet net gou met jou praat."

Sy kyk hom openlik ontevrede aan. "Ek moet aan diens kom, Arnold. Asseblief! Hou nou op om my te verpes!"

"Jý kan gerus ophou om die rol van 'n heilige of 'n engel te probeer speel, Karien! Jy is 'n mens en nog boonop 'n vrou."

Sy moet haar bedwing ter wille van die ander hospitaalpersoneel wat heen en weer by hulle verbybeweeg, maar haar stem verraai alles wat sy binne-in haar voel toe sy sê: "Kry dit nou oplaas in jou kop, Arnold Lutz: Ek is nie verlief op jou nie! Ek was nooit nie. Ek weet dit nou. Dis verby! Verby! Verby! Verstaan jy?"

Sy begin vinnig aanstap, maar hy haal haar in. "Jy en jou man is ewe groot gekke as julle dink julle kan hierdie ding laat uitwerk. Ek het hom dit gisteraand gesê. Die enigste weg is om jou 'n egskeiding te . . ."

Sy kom botstil in haar spore tot stilstand. "Jy het . . . wát gedoen?"

Hy trek sy asem in. "Iemand moes dit vir hom sê. Liewe land, Karien, al wil jy dan ook niks verder met my te doen hê nie, moet jou gesonde verstand vir jou sê dat 'n toekoms saam met Hannes net nie sal uitwerk nie! Jy behoort te weet . . ."

"Wat jý behoort te weet, Arnold Lutz, is dat 'n mens nie so iets vir 'n man sê wat deur al die vure van die hel gegaan het nie! Jy skop nie 'n hond wat reeds in die stof lê nie! Ek wil jou nooit, nooit weer voor my oë sien nie! Hoe kan jy jouself 'n dokter noem?"

Hierdie keer laat hy haar gaan en dis suster Elsa Vermaak wat vinnig nader stap. Sy het om die hoek gekom en die hewige ontsteltenis op Karien se gesig gesien.

"Môre, maat. Karien, wat is dit? Jy kan nie só saal toe gaan nie. Kom eers hier in." Sy trek haar vriendin aan die arm by 'n linnekamer se deur in. "Hoekom huil jy? Wat het daardie . . . dokter Lutz vir jou gesê wat jou so ontstel het?"

"O, Elsa, ek . . ." Die eerste keer is sy swak genoeg om dit wat binne-in haar spook teenoor 'n lewende siel te laat deurskemer. "Ek is so bang vir die toekoms, dat ek nie sterk genoeg sal wees om . . . om my plig te doen nie! En Arnold wil my nie uitlos nie! Hy het dit nou vas in sy kop dat ek op hom verlief is . . . van destyds af, en noudat sy vrou dood is en Hannes . . . arme Hannes is wat hy is . . . Hy wil nie verstaan dat ek niks vir hom voel nie en niks met hom te doen wil hê nie! En hy het sowaar vir Hannes gaan sê hy moet vir my 'n egskeiding gee."

"Wat? Wanneer?"

"Gisteraand, glo. Wat hy alles vir die arme Hannes gesê het, wil ek liewer nie weet nie. Hy . . ."

"O, liewe genade, liewer hy as ek as dokter Willems dít te wete moet kom. Hierdie keer sal hy hom papslaan, nie net 'n vuishou gee nie."

"Wat? Wat . . . praat jy? Vuishou . . .? Van wat . . .?"

Karien kyk haar met groot oë aan, en Elsa besef sy het klaar haar mond verbygepraat.

Sy kan niks anders doen as om die insident van 'n ruk gelede aan Karien te vertel nie, maar sy sê vinnig toe sy haar vriendin se gesig sien: "Natuurlik het dit niks met jou te doen gehad nie. Dis natuurlik die een of ander kwessie tussen hulle wat toe net opgevlam het. Maar terwyl daar nou klaar onmin tussen dié twee is . . ."

Maar hulle albei weet dit het alles met haar te doen, en skielik word dinge vir haar duidelik. Tot dusver het dit kwalik by haar geregistreer, maar soos die res van die hospitaal is sy ook bewus van die feit dat dokter Willems en dokter Lutz nic juis ooghare vir mekaar het nie. 'n Persoonlikheidsbotsing, het sy gedink. Maar nou . . . nou weet sy hoekom, en dit word koud binne-in haar.

Natuurlik sou Christian die een of ander tyd gehoor het dat daar vroeër 'n verhouding tussen haar en Arnold was. Sy was 'n dwaas om te dink dit sou nie sy ore bereik nie. En ter wille van sy pasiënt wat hy hoeveel kere voor die hekke van die dood gaan weghaal en teruggebring het, het hy Arnold nou in die vrouesaal se pankamer platgeslaan.

Dit is hoekom hy so hamer op die taak wat vir haar wag, die pad van plig wat sy móét stap. Want al die moeite en harde werk om weer van Hannes Eksteen 'n mens te maak, sal vergeefs wees as sy vrou hom in die steek laat vir 'n ander man en hy dan miskien self 'n einde aan sy lewe maak . . . Nou verstaan sy die uitdrukking in sy oë toe hy daardie oggend in haar kantoor op hulle afgekom het en sy vir hom gesê het van Odelia se afsterwe. Nou verstaan sy hoekom hy net daarna besluit het om Hannes se opvolgoperasie te vervroeg. Nou verstaan sy wat agter daardie oë skuil wanneer sy sy blik soms op haar betrap, watter gedagtes by hom opkom: dat sy steeds verlief is op Arnold Lutz en dat dié se vrou nie meer in hul pad staan nie, net Hannes. Nou weet sy hoekom hy Hannes aangeraai het om nie toe te stem tot 'n kind nie. Want hy vertrou haar nie. Hy vertrou haar nie dat sy enduit die pad met Hannes sal stap nie, omdat hy glo dat sy na 'n ander man hunker!

"Karien . . ."

Sy kyk verslae op. "Dankie dat jy my vertel het, Elsa. Kom, ons moet gaan werk."

"Ek is so jammer oor al hierdie dinge, kammie. Een troos is dat jy en Hannes een van die dae terug op die plaas sal wees en dan kan 'n mens sake in perspektief sien."

"Ja, ek kan nie wag om terug op Franskraal te wees nie."

Maar dat Franskraal nog 'n entjie in die toekoms lê, weet sy onmiddellik toe sy Hannes se kamer 'n paar minute later binnestap. Die geboë rug van Christian Willems kom regop en sy kyk hom geskok aan.

"Wat het gebeur? Hoekom . . .?"

"Dit het net om die een of ander onverklaarbare rede gisteraand gebeur. Hy is nou 'n bietjie beter."

Sy stap vinnig nader na die bed, lê 'n hand oor die een stil hand, kyk met deernis af op die lykagtige gelaat. Haar arme man! Hy is al deur soveel diep waters. "Hoekom het julle my nie laat roep nie?"

"Dit was nie nodig nie. Jy kon niks hier doen nie."

"Nie nodig nie!" Haar oë flits omhoog. "Ek is sy vrou!"

Hy antwoord nie, en sy laat haar ooglede vinnig sak. Noudat sy weet hy weet, of dink hy weet, kan sy hom nie in die oë kyk nie. "Ek gaan by matrone hoor of sy iemand vir die saal kan kry. Ek wil self by hom diens doen."

"Ek sal dit gaan reël."

Natuurlik word dit gereël, en 'n rukkie later, nadat dokter Willems teësinnig sy pasiënt aan ander moes oorlaat, daag Elsa in die saal op.

"Ek neem oor as saalsuster. Wees gerus. Jy kan jou volle aandag aan Hannes gee."

Karien knik dankbaar. "Dankie. O, Elsa, hy lyk so bitter sleg! Gister was alles nog reg en . . ." Hul oë ontmoet en albei weet hoekom Hannes van gister af tot nou toe so versleg het. Karien kyk haar vriendin smekend aan. "Hy moet nooit weet nie. As dokter Willems van gisteraand moet weet, sal hy my nooit vergewe nie."

"Maar hoe kan hy jóú daarvoor verantwoordelik hou? Dit was mos . . ."

"Hy sal. Hy sal dink ek sit daaragter. Hy sal dink ek het Arnold opgesteek om met Hannes te kom praat. Hy sal nooit glo dat ek niks daarvan geweet het nie, en nog minder dat ek dit nooit wou hê nie."

"Maar . . ." Elsa skud haar kop. Dit is nie nou die tyd om te staan en redekawel nie. Maar hoe dokter Willems vir Karien kan kwalik neem vir wat Arnold Lutz gedoen het, verstaan sy nie. Hy, wat nou al soveel maande die moeilike pad saam met hierdie twee mense stap, behoort te weet dat Karien nooit tot so iets in staat sal wees nie; dat sy haarself liewer sal kruisig as om haar man verdere leed aan te doen. Maar sy stem saam. Dit is beter dat Hannes se skielike insinking aan natuurlike oorsake toegeskryf word. Die hospitaal sal in rep en roer wees as hy die ware toedrag van sake te wete moet kom. Want by Elsa, soos by Karien, bestaan daar geen twyfel nie dat die gesprek tussen Hannes en Arnold gisteraand die direkte oorsaak vir sy agteruitgang is.

Soos tevore wíl Hannes sterf, maar soos tevore baklei dokter Willems met alles in hom terug. Hy word selfs brutaal in die stryd, ontsien niks en niemand nie, nie eens vir Hannes self nie.

Toe 'n teësinnige Hannes so te sê gedwing word om 'n dag later weer sy oë in hierdie wêreld oop te maak, is dit in Christian Willems se oë dat hy eerste vaskyk.

"Is jy terug by ons?"

Hy sluit sy oë vinnig, prewel: "Laat my gaan, dok! Asseblief, laat my gaan!"

"Nee!" 'n Hand vat syne vas en die bevel kom: "Kyk na my! Hannes, kyk na my!" Dit moet gehoorsaam word, en die bruuske stem gaan voort: "Ek sal nie! Verstaan jy my? Ek sál nie! Ten spyte van jou ondankbaarheid, sal ek dit nie toelaat nie! God sal besluit of jy gaan sterf; nie ek of jy nie, Hannes Eksteen! Al verdien jy miskien nie om te lewe nie, is dit nie vir my om daaroor te besluit nie, en of die man op wie Hy al soveel grenslose genade uitgestort het, vir wie Hy soveel kanse gegee het om na die lewe terug te keer, dit werd is.

"Solank jy lewe, solank sy asem in jou is, het jy 'n plig . . . 'n plig om daardie asem te behou. Niemand, nie die beste dokter op hierdie aarde nie, kan dit weer vir jou teruggee as dit eenmaal weg is nie. As jy dood is, is jy dood, Hannes. Wie is jý, Hannes Eksteen, om sy baasskap oor ons lot te bevraagteken, om jouself die reg toe te eien om oor lewe en dood te besluit . . . jý wat nie eens asem in 'n klein miertjie

444

kan terugblaas nie? Waar kom jy daaraan om jou lyf skepper te hou?"

"Jy verstaan nie . . ."

"Nee, seker nie. Geen mens sal ooit verstaan wat in 'n ander mens omgaan nie. Hoe sal ek, wat maar net 'n mens is, verstaan wat in die hart van daardie vrou omgaan vir wie ek vanoggend moes sê haar kind van vyf het kanker? Ek sal nie eens probéér verstaan nie. Ewe min weet ek van wat al die maande binne-in jou aangegaan het. Maar Hý weet, Hannes. Hy weet presies wat en hoe daardie ma vanoggend gevoel het oor haar kind wat binnekort gaan sterf. En Hy weet ook van jou, Hannes, van elke minuut, elke sekonde. Meer nog, my vriend, Hy ken die toekoms waarvan jy nog niks weet nie. Jy kan jou dinge verbeel oor die toekoms, vir jouself voorstellings maak van hoe dinge gaan wees, maar net Hý wéét hoe die toekoms gaan verloop. Het Hy jou in die verlede gefaal? Het Hy nie die pad saam met jou gestap nie, Hannes? Jou hand al die pad vasgehou nie? Glo jy regtig dat Hy nóú jou hand sal los, ná al die genade wat Hy op jou uitgestort het? Glo jy dit werklik?"

Die oë kyk stil na hom op en Christian gee skielik een van sy seldsame glimlaggies. In die werk wat hy doen, is daar maar min tyd vir glimlag. Maar hy doen dit nou, en druk die hand in syne.

"Hy het jou nie in die steek gelaat nie, Hannes. Sy asem is nog in jou."

Karien maak dat sy uitkom, wegkom van waar sy asof versteen gestaan en luister het. Sy laaste sinne hoor sy nie; sy is te diep geskok. Om 'n haas sterwende man in te vlieg oor sy ondankbaarheid!

Christian tref haar bewend met haar gesig in haar hande in die suster se kantoor aan. Toe hy haar skouer aanraak, swaai sy na hom om. Sy gesig verstrak toe hy haar gelaat sien.

"Dan het jy gehoor . . .?"

"Ja, ek het gehoor. Ek het na jou koelbloedige woorde gestaan en luister."

'n Oomblik lank is dit stil, lyk dit asof hy iets wil sê, hom dan bedink en begin omdraai, maar haar stem, swanger van emosie, hou hom terug. "Dokter Willems, terwyl ek na jou gestaan en luister het, het ek heimlik gewonder: Doen hierdie man hierdie koelbloedige ding ter wille van Hannes of van homself? Ek wonder steeds."

"Van myself?"

"Ja, ter wille van die beroemde dokter wat wonderwerke verrig. Dit sal regtig jammer wees as die pasiënt oor wie hy al soveel roem verwerf het, nou skielik, hier op die end, moet sterf, sal dit nie? Is dit dáárom dat jy Hannes wil máák lewe, dokter? Of wil jy regtig hê hy moet lewe ter wille van homself?"

Hy frons liggies, dan kom sy antwoord gelykmatig, kalm: "Jy lê daardie kwelvraag in die verkeerde een se binneste, Karien. Dis 'n kwelvraag in jou eie gemoed, nie in myne nie. Ondersoek jou eie hart en jy sal dit dáár vind. Enersyds wil jy hê Hannes moet lewe ter wille van homself; andersyds is jy bang hy gaan lewe as gevolg van jou. Ek het geen kwelvrae nie. By my is dit eenvoudig: Hannes wil ek graag sien lewe ter wille van my Skepper, en om geen ander rede nie. Jou man het jou laat roep."

Hy draai om en stap uit. Karien staar hom met wydgerekte oë agterna. Is hy reg? Is dit sý wat moet wonder – wonder of sy regtig wil hê haar man moet lewe, of . . .?

Sy gaan staan langs sy bed.

"My vrou . . ."

"Hannes . . ."

"Kom sit hier langs my. Ek wil met jou praat."

"Kan dit nie wag nie? Jy is nog so moeg, my man."

446

Maar hy glimlag stil. "Nie só moeg nie, Karien. Kom sit hier by my."

Sy moet gehoorsaam, herken die vrees in haar hart. Wat wil Hannes vir haar sê wat nie kan wag nie? "Hoe voel jy nou?"

"Baie swak en tog . . . beter as in maande. Dis asof ek skielik perspektief gekry het. Ek het skielik moed om te lewe." Sy kyk hom verward aan, en hy neem haar een hand, laat sy vingers oor haar ringe gly. "Ja. Die eerste keer sien ek regtig vir die toekoms kans. Daarom moet ek met jou praat . . . ek moet weet . . . Is jy lief vir my, Karien?"

Sy sluk, vra hees: "Hoe kan jy so iets van my vra? Jy weet mos . . ."

Sy hand druk hare saggies, en hy glimlag. Ja, hy weet mos. Hy het dit daardie tyd toe hulle gaan trou het reeds geweet. Dit was 'n onnodige vraag. "Daar is geen ander man vir wie jy lief is nie?"

"Hannes!"

"Vergewe my, my skat, maar ek wil graag 'n antwoord hê. Is daar iemand anders vir wie jy lief is?"

Sy kyk verslae terug in sy oë. Is daar 'n ander man vir wie jy lief is? Die vraag eggo sonder ophou in haar verwarde hart: "Nee! Nee, natuurlik nie, Hannes! O, hoe kan . . .?"

"Toemaar, my vrou. Dis alles reg. Moenie huil nie."

"Ek . . . huil nie . . ."

Baie sag vee sy voorvinger oor haar nat wang, al die liefde in sy hart lê in sy oë. "Nee. Ons gaan nie meer huil nie. Ons gaan lewe uit dankbaarheid vir 'n God wat so goed is vir ons. Dok sê as alles goed gaan, kan ons oor twee of drie weke plaas toe gaan. Ons het so baie om na te streef, my vrou, dan nie?"

"Ons het, Hannes! O, ons het! Ek is so bly, my man. Ek verlang al so na Franskraal."

"Ek ook." Haar soen is sag en innig en nat op sy lippe en hy ontvang dit met liefde en ook medelye in sy hart. Want Karien, sy dierbare, moedige Karientjie, kon nog nooit 'n leuen suksesvol vertel nie. Daar ís 'n man wat sy liefhet, en dis nie haar eie nie . . . en hy hoef nie te wonder wie dit is nie. "Ek gaan nou slaap."

Maar hy slaap nie dadelik nie. Hy lê met toe oë, stel in sy gedagtes die eerste mikpunte vir die toekoms op . . . syne en Karien s'n. As dit afsonderlik is, weet net hy dit. Daardie man het gelyk. Dit is die enigste eerbare weg. Die bietjie manlikheid wat diep binne-in hom lê, vertel hom dit ook. Dit kan nooit uitwerk nie. Dit is elke vrou se reg om 'n vrou vir haar man te wees; haar geboortereg om ma te word.

Langs sy bed sit Karien en afkyk op die bleek, moeë, stil gesig. God was tot dusver so goed vir hulle; só goed om hulle deur al hierdie smart te dra. Hy sal hulle ook deur die toekoms dra. Sy móét dit glo. Soos Christian gesê het: Hy sal nie nóú hul hande los nie, hulle eers deur die diep rivier dra en dan anderkant op die droë vlaktes alleen laat nie. Hy sál nie!

Toe Christian Willems se telefoon daardie aand langs sy bed lui, is dit 'n stem wat hy skaars herken wat aan die ander kant sy naam fluister.

"Christian . . ."

"Ja?"

"Ek is jammer oor vanoggend . . . wat ek gesê het. Ek kan nie slaap voordat ek nie vir jou om verskoning gevra het nie. En ek wil ook dankie sê vir wat jy gesê het. Want jy is reg. Dis al manier om te lewe, om die toekoms aan te pak – in dankbaarheid teenoor God wat goed is. Dankie. Nag, Christian."

Hy sit nog 'n rukkie met die gehoorbuis in sy hand, sit

dit dan eindelik neer. En toe hy terugsak teen die kussings weet hy dat dit nie net die Eksteens is wat baie swaar in die komende dae en jare op genade sal steun nie. Ook hy – die dokter wat wonderwerke vermag, soos die mense sê – sal daarop moet steun. Want hy is net 'n mens, en hy weet hy durf nie nou aan die drang in hom toegee om op te staan, hom aan te trek en na haar woonstel te gaan nie. Hy mag nie toegee aan die begeerte van sy hart om Karien Eksteen in hierdie nag te gaan help dra aan die afgemete deel wat vir haar eenkant gesit is nie; so min as wat sy hom kan help dra aan syne.

7

"As jy eendag tyd het, wil ek graag met jou gesels oor 'n paar persoonlike sake, dok."

Christian Willems frons liggies. "Ek sal vanaand kom wanneer my werk afgehandel is. Dit kan dalk net 'n bietjie laat wees."

"Dit maak nie saak nie. Ek gaan slaap nooit vroeg nie."

Toe Christian halftien daardie aand die deur agter hom toedruk, laat Hannes verskonend hoor: "Ek is jammer om jou te pla. Jy moet moeg wees."

Hy gaan sit op die stoel. "Ek sou in elk geval nie dadelik gaan lê het as ek nou woonstel toe gegaan het nie. Wat is die probleem?"

"Wel, miskien soek ek net by jou die versekering dat ek reg besluit het; dat dit die enigste besluit is."

"Laat ek hoor."

"Ek gaan van Karien skei."

Die stilte hang swaar tussen hulle.

Hannes kyk Christian fronsend aan, sê dan amper ongeduldig: "Dis al wat ek kan doen, dan nie? Jy moet tog saamstem! Liewe aarde, ek het darem seker nog soveel manlikheid in my om die enigste eerbare ding te doen wat oor is?"

Steeds kry hy nie 'n antwoord nie, en hy vervolg driftig: "Sy is jonk. Sy is 'n vrou. Sy het die reg om 'n vrou te wees, 'n vrou in die volle sin van die woord. Dis haar geboortereg om ma te wees. Dis elke vrou se geboortereg. As ek haar liefhet, sal ek haar laat gaan – en ek het haar waaragtig lief. Sê iets, man!"

"Ek probeer agterkom wat gebeur het dat hierdie feite skielik so deurslaggewend vir jou geword het. Dit is gedagtes dié wat nie van gister af kom nie, Hannes. Hulle was daar van die begin af, van die eerste oomblik af dat jy besef het wat werklik gebeur het. Maande het nou verbygegaan, en skielik kom dít nou na vore, en dan wil jy vanaand by mý weet of jou besluit reg is. Wanneer het jy tot hierdie besluit gekom om van jou vrou te skei?"

Hannes skud sy kop, trek sy vingers oop en toe. "Ja, dit was daar van die begin af. Maar maande lank het ek dit probeer omseil, wegredeneer, selfs probeer ignoreer. Maar ek kan nie langer nie."

"Jy het nie my vraag beantwoord nie. Wanneer presies het jy finaal besluit om van jou vrou te skei? Daardie nag toe jou toestand skielik so versleg het?" Hy lees die woordelose erkenning in die oë en sy stem is onrusbarend besadig: "Wie het jou daardie aand help besluit, Hannes?"

"Niemand nie."

Hy ignoreer die ontkenning. "Karien?"

Hannes kyk hom ontsteld aan. "Natuurlik nie! Liewe land, sy wil dan selfs 'n kind hê, haarself verby alle redelike perke dryf ter wille van my!"

"Wie dan?"

Hannes se gesig neem 'n bot uitdrukking aan. "Wat maak dit saak? Maar hy is reg. Dis al eerbare ding wat ek kan doen. Ek kan Karien nie aan my gebonde hou nie."

"Hy? Wie is hy?"

Hannes is 'n oomblik stil, sug dan diep en kyk weer terug in die priemende blik, begin onseker bieg: "Ek moet jou iets vertel. Voor ons troue was daar 'n . . . vriendskap tussen Karien en Arnold Lutz . . . dokter Lutz."

"Ek weet."

Hannes frons. "Hoe weet jy?"

"Die hele hospitaal weet daarvan, hoekom nie ek ook nie?"

"Ja, ek weet. Dit was voor jou tyd, maar noudat sy vrou dood is en ek . . . oorgekom het wat ek oorgekom het, sal hulle weer van voor af begin bespiegel."

"Wie het jou vertel Lutz se vrou is dood?"

"Hy self. Goed. Hy was hier. Hy het man teenoor man met my kom praat en . . . ek sê jou, ek is bly hy het gekom. Niemand het die moed gehad om dit reguit vir my te sê nie. Nie jy nie, nie die predikant nie, ook nie Karien nie. My verstand het my dit van die begin af vertel, maar ek wou nie daarna luister nie."

"En nou luister jy daarna omdat Lutz dit vir jou gesê het."

"Dok, hy is reg. Ek kan daar nie verbykom nie." Sy oë daag die ander man uit om dit te weerspreek, maar toe Christian Willems praat, is dit oor iets heeltemal anders.

"Ons het seker al vantevore hieroor gepraat. Wat jy verloor het, kan weer opgebou word." Dit lyk asof Hannes nie dadelik snap waarna verwys word nie, en hy verduidelik: "Ek het 'n lang gesprek met 'n plastiese chirurg gehad wat, met redelike sukses, al 'n paar geslagsveranderingsoperasies gedoen het."

"Redelike sukses?"

"Ja, wel, dit kan nooit weer wees soos dit was nie, maar ná die opbouing kan metodes ingespan word om selfs seks moontlik . . ."

"Stop dit net hier." Sy stem is laag en skor.

Maar Christian Willems is gewoond om tot verby die perke terug te baklei. Hy doen dit nou weer. "Ek verstaan as jy nie nou dadelik kans sien daarvoor nie. Jy het maande van hel agter jou. Maar ná 'n tyd . . ."

"Ook nie dan nie. Ek gaan nie weer deur nog 'n hel om soos 'n normale man 'n blote liggaamsfunksie te kan verrig nie."

"Jy het 'n vrou," word sonder skroom uitgewys.

"Ja, maar nie vir lank meer nie. Daar wag nie 'n huwelikslewe vir my vorentoe nie."

Christian slaag nie daarin om langer die teuels van sy humeur in toom te hou nie. Hy laat op sy kenmerkend blatante manier hoor: "Ek verstaan. Jy is van plan om jou vrou op 'n skinkbord vir Lutz present te gee."

"Dok . . ."

"Ná alles wat verby is; ná alles wat sy ook in hierdie maande deurgemaak het; ná alles wat sy vir jou gedoen en beteken het . . . sommer net so vir iemand anders gee." Hy staan driftig op. "Ek dink ek het jou al tevore van ondankbaarheid beskuldig . . ."

"Hoe kan jy sê ek is ondankbaar as ek my vrou wil vrylaat om 'n gelukkige, normale huwelik te vind saam met die man wat sy liefhet?"

"Is dit ook Lutz se praatjies?"

"Nee!"

"Dan het Karien jou self vertel sy is lief vir Lutz?"

"Nie in soveel woorde nie, maar sy was ontwykend toe ek haar direk gevra het of sy iemand anders liefhet."

"Jy het jou vrou só 'n vraag gevra?"

"Ek moes, net om honderd persent seker te maak, hoewel ek tog die antwoord geken het. Karien was nie op my verlief toe ons getroud is nie. Ek het dit geweet. Maar sy was vasgevang in 'n situasie waarmee sy nie raad geweet het nie en sy het na my huweliksaanbod gegryp om daaruit te kom."

"En nou wil jy haar terugdruk in daardie situasie . . ."

"Dis nie meer dieselfde nie. Dit het heeltemal verander. Lutz se vrou is intussen oorlede en ek is . . ."

Hy word bruusk in die rede geval: "En jy is 'n ondankbare, selfsugtige swyn wat haar gebruik het toe jy haar nodig gehad het en nou vir die wolwe wil gooi!"

"Dok! Christian . . ."

"Doen dit dan, maar moenie verwag ek moet jou vergewe, jou gewete sus nie! Ek kan amper jammer wees dat ek daardie eerste aand teen my beterwete in aanhou opereer het op jou!"

Hannes is te verbyster om iets hierop te sê. Dit sou ook nie help nie, want die deur gaan agter sy dokter toe.

Karien skrik merkbaar toe Christian so skielik in haar woonsteldeur verskyn. Die uitdrukking in sy oë laat haar na asem snak.

"Mag ek binnekom?"

Sy kan net knik, en hy stap binne, gaan dan ongenooi sit en bedek sy oë met sy een hand.

Sy is amper te bang om te praat, moet dan vra: "Skort . . . daar iets? Hoekom . . .?"

Sy kop ruk omhoog en sy oë blits. "Hoekom is ek hier? Omdat ek die eerste keer in my lewe na moord voel! En as ek Lutz vanaand wéér hier gekry het, sou ek maklik 'n moord kon begaan!"

Sy is tot stomheid geslaan. Hy praat van moord! En hy hét gesê as hy Arnold wéér hier moes kry . . .

"Was hy al weer hier? Kom hy hier? Ek praat van Lutz."

"Nee." Sy fluister haar antwoord, sê dan vinnig. "Dis waar! Hy kom nie hier nie! Hy was net daardie een aand . . . Ek weet nie hoe jy daarvan weet nie, maar . . ."

"Ek weet daarvan. Ek weet van alles! En een ding sê ek vanaand vir jou: Al kos dit ook my lewe, maar jy sal saam met jou man teruggaan plaas toe wanneer hy ontslaan word." Weer is sy stil en hy sê sissend: "Hannes is nie in staat om sy eie goed op te pas nie. Dan sal ék dit vir hom oppas! Jy moet dit weet . . . en Lutz ook!"

In 'n dwaal sien sy hoe die deur agter hom toegaan, kan sy net verbysterd daarna bly staar.

Op die een of ander manier moet Christian gehoor het van Arnold se besoek – nie net aan haar woonstel nie, maar ook sy besoek aan Hannes. En hy het tot allerlei ongegronde gevolgtrekkings gekom.

Hy sê hy weét alles. Wat hy daarmee bedoel, kan sy maar net raai. Hy het snuf in die neus gekry oor haar en Arnold se vriendskap voor haar troue. Hy weet dat Arnold se vrou intussen dood is. Hy weet presies wat die situasie met Hannes is. Hy weet van Arnold se besoek aan haar woonstel; weet dan seker ook wat gesê is. As hy daardie aand binne hoorafstand was, moes hy gehoor het wat Arnold gesê het toe hy in die oop voordeur gestaan het. Hy weet dat Arnold vir Hannes besoek en geëis het dat Hannes haar 'n egskeiding gee. Soos hy gesê het, hy weet alles . . . of dink hy weet alles.

Die volgende oggend probeer Arnold Christian Willems se groot gestalte in die skropkamer vermy, maar hy word nie

454

toegelaat nie. Die oë bokant die groen masker pen hom vas, die stem is gedemp, net hoorbaar vir hom.

"Ek gee jou 'n keuse, en net omdat jy 'n goeie dokter is en om geen ander rede nie. Jy kan nou jou bedanking by die superintendent indien óf jy waai vandag nog uit hierdie hospitaal."

Arnold trek sy masker af, en probeer 'n ongeërgde toon aanslaan. "Hoekom moet ek . . .?"

"Jy weet, Lutz. Jy ken die rede so goed soos ek. Jy het jou aan onetiese en onvergeeflike wangedrag skuldig gemaak deur my pasiënt se lewe om persoonlike redes in gevaar te stel. Ek gaan jou bloots ry as jy nie die end van hierdie maand weg is nie. Die keuse is joune."

Dit kos Karien al haar moed en 'n groot hand vol genade om die volgende oggend Hannes se kamer binne te stap, maar sy kry dit reg om te maak asof niks gebeur het nie.

Sy soen hom, vra: "Hoe gaan dit vanmôre?"

Hy lyk moeg, maar kalm. "Goed dankie, my vrou. Ek sê nou net vir dok . . . hy kan seker darem al 'n datum gee wanneer ons kan huis toe gaan."

Die antwoord kom op so 'n normale stemtoon van die ander kant af dat dit aan haar reeds rou senuwees skaaf. "Dit help nie om nou ongeduldig en oorhaastig te raak nie, ou vriend. Ek beloof jou ek sal jou nie een dag langer as wat nodig is in die hospitaal hou nie. Maar jy sal ook nie een dag voor die tyd uitgaan nie."

Hannes se oë is ernstig. "Jy is 'n harde man."

"Ja, ek is – wanneer dit nodig is."

Hannes glimlag net. Christian ís 'n harde man en hy spaar niemand nie, maar hy weet ook dat hy volkome betroubaar is; dat hy sy enigste ware vriend is. Hy kyk vraend na Karien. "Ons moet seker maar na hom luister, skat."

Dit is die dokter wat antwoord: "Ja, liewer. Julle het nie eintlik 'n keuse nie, het julle?"

Nog iemand elders in die hospitaal besef dat hy ook maar liewer moet luister; dat ook hy nie juis 'n keuse het nie.

Die superintendent is enersyds jammer om dokter Lutz se bedanking te aanvaar. Hy ís 'n goeie dokter. Andersyds is hy ietwat verlig. Spanning tussen twee dokters wat moet saamwerk, is nie goed nie. Hy verloor liewer vir dokter Lutz as vir dokter Willems. Nie dat hy dink laasgenoemde sal padgee omdat een van die ander dokters nie van hom hou nie. Dit is soos water op 'n eend se rug vir hom.

Maar nie almal berus hulle sonder meer by die diktatoriale dokter se voorskrifte nie. Karien is oortuig daarvan dat haar vermoedens oor die dokter se beslissing juis is. Christian is bang om Hannes te ontslaan – nie omdat hy bang is dat daar weer komplikasies met sy gesondheid sal intree nie, nee. Hy hou Hannes in die hospitaal om vir Arnold Lutz en vir haar in die oog te hou.

Toe hierdie gedagte die eerste keer by haar posvat, wou sy dit summier verwerp. Hy kan nie só belaglik wees nie! Maar dit bly steek, word al hoe sterker. Want die storie dat dokter Lutz bedank het en die einde van die maand terugkeer na sy vorige praktyk op 'n kleiner dorp, bereik ook haar ore. Maar dit is eers die einde van die maand. Hy kan dit miskien waag om weer 'n besoek aan Hannes te bring wanneer hy op die plaas is en onder die arendsoog van sy dokter uit is.

En natuurlik, die res van hierdie maand moet Hannes se vrou opgepas word soos wat hy haar ook wel reguit laat verstaan het gaan gebeur. Solank Lutz in die omtrek is, sal ene dokter Willems sorg dat sy haar gedra.

Karien se vermoedens word bevestig. Daardie aand klink 'n ferm klop aan die woonsteldeur. Dit is Christian.

Dat hy nie welkom is nie, is duidelik op haar gesiggie geskryf.

"Ek het hier verbygery en gesien jou lig brand nog. Het jy koffie?"

Wat anders kan sy doen as om opsy te staan sodat hy kan binnekom? Sy hou die deur wyer oop, maar antwoord sonder geesdrif: "Ja. Ek sal gaan maak."

Terwyl die water kook, vertel sy haarself presies wat nou aan die gang is. Hy ry natuurlik elke aand 'n keer of wat in die straat af om te kyk of 'n ander dokter se motor nie êrens geparkeer staan nie. En vanaand het hy, net om dubbel seker te maak dat hy nie miskien die motor misgekyk het nie, besluit om tot binne-in die woonstel ondersoek te kom instel of sy kosbare pasiënt se vrou alleen en kuis daar sit.

Toe sy ná 'n rukkie die skinkbord indra, is sy stomend van verontregting. Hy lyk sowaar só tuis in daardie stoel! Sy plak die skinkbord op die lae tafeltjie langs die stoel neer.

"Wat van jou?"

"Nee, dankie. Ek drink nie hierdie tyd van die aand koffie nie."

Hy begin melk ingooi. "Slaap jy sleg?"

"Geensins. Ek slaap soos 'n klip."

"Wonderlik." Hy proe aan sy koffie. "A! Dis lekker – veral wanneer jy weet jy hoef nie die koppie te gaan was wanneer jy klaar is nie." Geen kommentaar van haar kant nie, en ná nog twee slukke vra hy: "Vertel my van Franskraal."

"Dis 'n plaas."

"Ek weet. Watter soort plaas? Wat verbou Hannes daar?"

"Dis gemengde boerdery, maar veral . . . lusern."

"Dan is daar genoeg water?"

"Ja. Kruisrivier loop deur die plaas en Hannes het dit op verskillende plekke opgedam. Daar is 'n oorvloed water."

"Is daar wilgerbome en eende op die dam en groen kweek?"

"Ja."

"En 'n perd en 'n paar koeie en boklammers en 'n paar skape?"

"Ja." Hoe lank moet hierdie belaglikheid nog voortduur? Hy sit sy koppie neer, staan op. "Dankie. Nag, Karien."

"Nag, dokter Willems."

Toe sy al in die bed lê en met oop oë na die plafon lê en staar, staan Christian nog langs 'n bedjie in die hospitaal. Sy is so klein, so tenger, skaars vyf. Môre moet daar weer toetse gedoen word. Môre moet hierdie tenger liggaampie weer oorbuig sodat 'n lang naald in haar gedruk kan word. En sy vra so min – om op 'n plaas te bly waar daar skapies en bokkies is . . . en pienk varkies . . . om 'n donsige eendjie vas te hou en bo-op 'n perd se rug te sit. So min vir die kort tydjie wat oor is . . .

Daar word nie weer tussen dokter en pasiënt verwys na 'n bepaalde aand en 'n baie vertroulike gesprek nie. Hannes waag dit nie om weer dié spesifieke onderwerp van daardie aand op te haal nie, en sy dokter vra hom nie daarna nie. Op die oog af lyk dit asof dit Christian nie skeel wat Hannes besluit het nie. Hy het sy mening gegee, sy sê gesê en dit daar gelaat. Maar as Hannes moet weet van sy dokter se besoeke aan sy vrou se woonstel, sou hy weet dat Christian beslis nie nou sake hul gang sal laat gaan sonder om 'n stokkie daarvoor te probeer steek nie.

Toe daar 'n tweede keer kort ná daardie eerste aand aan haar woonsteldeur geklop word, kyk Karien vererg op haar polshorlosie. Liewe land! Dit is al halftien! Gaan hy haar nou al snags ook begin oppas? Sy is nie in 'n baie goeie luim toe sy die deur oopmaak nie.

"Naand, dokter." Sy bly reg voor hom in die deuropening staan. Hy is lank genoeg om bo-oor haar kop die sitkamer te besigtig om te kyk of daar ander besoekers is. Sy gaan nie weer vir hom koffie maak nie!

"Naand, Karien." Sy blik dwaal dan ook oor haar kop na binne. "Ek het 'n halfuur beskikbaar voordat ek weer moet terug wees by die hospitaal. Toe onthou ek van daardie stoel wat so lekker sit. Gee jy om as ek 'n paar oomblikke daarin ontspan?" Hy druk by haar verby na binne, sê terloops oor sy skouer: "Gaan gerus voort met waarmee jy besig was. Ek sal nie steur nie."

Sy bly bedremmeld staan terwyl sy toekyk hoe hy hom neerplak, sy bene behaaglik lank voor hom uitstrek, agteroor skuif totdat sy skouers gemaklik is en sy oë sluit.

Sy druk die deur toe. Haar badwater is al ingetap . . . Sy kom by hom verby, aarsel. Natuurlik gaan sy bad. Sy gaan nie toelaat dat hy haar in haar eie woonstel kom ontwrig nie! Hy doen dit genoeg buitekant!

Hy lyk moeg en . . . ja, selfs weerloos.

Karien aarsel effens by die kort gangetjie wat na die badkamer lei. Sy wonder of hy al vanaand geëet het. As hy weer moet terug hospitaal toe, het hy seker nog nie tyd gehad vir so iets nie. Nee, sy gaan nie nog kos ook vir hom maak nie! Netnou begin hy dink . . . Dit lyk amper asof hy slaap toe sy oomblikke later langs hom staan.

"Ek het vir jou 'n warm melkdrankie gemaak." Sy oë gaan oop en sy sit die beker vinnig voor hom neer. "Dis beter as koffie dié tyd van die aand."

"Dankie."

"Verskoon my, my badwater staan al gereed." Hy hét mos gesê sy moet voortgaan met waarmee sy besig was!

"Natuurlik."

Toe sy 'n rukkie later weer verskyn, is die beker leeg en lê sy kop eenkant teen die stoel. Hierdie keer slaap hy regtig. Haar horlosie vertel haar die halfuur van grasie is so te sê verstreke. Sy sal hom moet wakker maak.

"Dokter . . . dokter Willems!" Sy is verplig om hom aan te raak. "Dokter!" Die man lyk morsdood. Hy werk te hard. Haar hand gly na sy wang. "Christian! Jy moet wakker word!"

Sy oë gaan onwillig oop, vang 'n oomblik hare vas, en dan trek sy haar hand vinnig terug. "Jy het gepraat van 'n halfuur. Dis verby."

Hy kom dadelik op sy voete. "Ja. Dankie."

Sy bloos onwillekeurig. Liewe land, 'n vrou in haar kamerjapon is so 'n algemene gesig vir 'n dokter as sy eie in 'n spieël! Wat makeer haar om selfbewus te voel? Dit is tog háár woonstel!

"Nag, Karien. Dankie vir die melkdrankie."

"Dit . . . dit was 'n plesier. Nag, Christian."

Die volgende dag begaan Hannes nie weer die flater om 'n belangrike datum te vergeet nie. Toe Karien binnekom om môre te sê, is hy jammer en tog ook bly dat sy dokter reeds besig is met saaldiens en langs die bed staan.

"Baie geluk met jou verjaardag, my skat." Sy oë kyk ernstig in hare terug. "Ek wens jou net die mooiste en gelukkigste toe, my vrou."

Sy bloos verleë. Hannes kon daarmee gewag het totdat hulle alleen was. "Dankie, my man."

"Ek kon nie vir jou 'n geskenkie koop nie, maar . . . Nee, wag, dok, moenie loop nie. Ek is bevrees ek moet jou hierin betrek. Ek het 'n groot guns om jou te vra."

"As ek kan, graag."

"Ek betaal alles, natuurlik, maar sal jy Karien vanaand uitneem vir 'n verjaardagete, asseblief?"

"Hannes!" Sy kyk hom onthuts aan. "Jy kan nie . . ."

"Natuurlik kan hy my dit vra en ek doen dit met graagte. Ek sal jou omstreeks halfagt kom kry, Karien."

Sy frons openlik ontevrede toe hulle alleen gelaat word.

"Regtig, Hannes, dis darem . . . Hy het seker ander dinge aan die gang."

"Dan kan hy dit kanselleer. Jy verjaar net een keer in 'n jaar."

"Maar . . . Ag, nee, Hannes, jy het my nou in die verleentheid gestel! Die feit dat hy jou dokter is, beteken nie dat hy ook jou . . . jou . . ."

"My plaasvervanger moet wees nie? Hoekom nie? Hy gee nie om nie. Hy het dadelik ja gesê. Of . . ." Sy blik dwaal weg, sy stem baie ongeërg. "Of het jy reeds ander reëlings vir die aand getref?"

Haar gesig verstil. Sy lees sy gedagtes soos 'n oop boek. Of neem Arnold Lutz jou vanaand uit? is wat hy eintlik wou vra. Sy sluk swaar. Dit is natuurlik ook die rede hoekom Hannes se dokter so onmiddellik toegestem het om sy pasiënt se vrou vanaand uit te neem. Om te keer dat iemand anders dit nie miskien doen nie . . .

Haar stem is baie sag: "Nee, Hannes. Ek het hoegenaamd geen reëlings vir vanaand behalwe my gewone roetine nie – televisie kyk, gaan bad, gaan slaap."

Hy kyk terug en daar is skaamte in sy oë en 'n smeking om vergifnis. "Dis hoekom ek gedink het dit sal jou goed doen om een aand weer 'n bietjie uit te gaan, êrens te gaan eet. Ek bekommer my oor jou – so aand ná aand alleen in die woonstel, Karien."

Sy skud haar kop. "Ek geniet dit, Han. Jy ken my mos maar vir 'n ou huishen."

"Nietemin. Dis onnatuurlik . . ." Hy swyg en in albei lê die besef: Hul hele toekoms lê in die kloue van onnatuurlik-

461

heid vasgevang. "Asseblief, Karien. Gaan dan net om my ontwil."

Sy knik, buk oor en soen hom met 'n onmeetbare hartseer. "Goed, my man. As jy dit dan so graag wil hê . . . Ek sal gaan en jou môreoggend goed kom honger maak met alles wat op die spyskaart was. Jou verdiende loon!"

Hy glimlag verlig. "Kyk daar in die kassie se boonste laai is my beursie. Gee dit hier aan. Netnou vergeet ek om vir dok die geld te gee wanneer hy vanaand saaldiens doen."

Die res van die dag is daar 'n ongemak in Karien wat sy nie afgeskud kan kry nie. Sy wens sy kon hierdie ding vermy wat so op haar afgedwing word, maar sy weet ook nie hoe nie. Aan die ander kant weer . . . Sy onthou 'n ander aand toe Christian haar ook vir ete uitgeneem het. Dit was 'n heel aangename aand, al moes sy later agterkom dit was alles net om haar te oorreed om die saalsusterpos te aanvaar! En vanaand sal daar ook 'n bybedoeling wees . . . bloot net om Hannes gerus te stel dat sy vrou haar verjaardag in betroubare geselskap vier! En natuurlik om homself te vergewis dat sy haar streng soos 'n getroude vrou gedra!

Dokter Lutz toon geen teken dat hy ook hierdie datum onthou nie. Sy optrede teenoor haar sedert sy bedanking ingedien is, is streng professioneel en Karien is dankbaar daarvoor. Arnold het eindelik besluit om feite te aanvaar en wanneer hy die end van die maand vertrek, sal dit ook uit haar lewe wees. Dit is ten minste iets om voor dankbaar te wees.

Die buurvrou van die woonstel langsaan verwittig Karien die middag toe sy tuis kom dat daar twee ruikers vir haar afgelewer is en dat sy hulle solank in bewaring geneem het. Albei is pragtig, maar net een het 'n kaartjie. Dié lees sy vinnig, gooi dit dan weg en kyk misnoeg na die blomme. Dit is Arnold wat haar gelukwens met haar verjaardag en die voorneme uitspreek dat hulle mekaar wel weer te siene sal kry wanneer dinge meer normaal is. Die ander ruiker het geen boodskap en geen afsender nie, maar sy weet van wie dit kom. Hierdie ruiker gaan sit sy in die sitkamer en die ander plak sy eenkant in die kombuis neer. As dit van haar afhang, gee sy dit sommer môre vir die buurvrou.

Soos 'n vorige keer klee Karien haar met sorg en kies dieselfde rok as daardie eerste aand. Toe haar telefoon lui, wil sy dit nie dadelik antwoord nie. Sy is nie nou lus om met welmenende vriende te praat nie. Maar dit is haar gasheer vir die aand wat aan die ander kant praat.

"Karien, ek is jammer. Ek het 'n noodgeval. Ek sal nie vroeg daar kan wees nie."

Sy vertel haarself dit is verspot om te wil huil van teleurstelling. Dit is mos 'n gedwonge afspraak. "Dis alles reg, Christian. Dit kan maar bly ook. Ek verstaan."

Daar is 'n kort stilte aan die ander kant. "Ek kom nietemin, maak nie saak hoe laat ek klaarkry nie."

"Dis nie nodig nie . . ." Maar hy het reeds die gehoorbuis neergesit en sy voel soos 'n geprikte ballon.

Sy dwaal rusteloos deur haar woonstelletjie. Sy voel nie lus om televisie te kyk nie. Gaan bad kan sy nie. Sy het gebad net voordat sy haar aangetrek het. Gaan slaap . . . Dit is nog te vroeg. Sy kan dan maar iets eet, al is dit net om die tyd om te kry. Daar gaan tog niks van haar verjaardagete saam met haar bewaarder kom nie . . .

Voor die yskas staan en dink sy 'n oomblik. Hoekom nie? Ja, hoekom maak sy nie haar eie verjaardagete nie? Sy het gister sagte beesfilet van die plaas af gekry . . . Sy kan die tafeltjie in die hoek dek, selfs 'n nagereg aanmekaarslaan . . .

Dit word tienuur, halfelf . . . en dan is die voetstap en die klop eindelik daar. Hy is weer baie deftig geklee in sy donker pak.

"As ons gou maak, sal ons seker nog êrens iets te ete kry.

Dit is gelukkig Vrydagaand. Die plekke bly 'n bietjie later as gewoonlik oop. Ek het bespreek maar . . ." Hy swyg toe sy blik op die gedekte tafel en die kerse val. "Ek sien jy het al klaar reëlings getref?"

"Ja. Ek het gedink . . ." Sy swyg ook toe sy die geslotenheid oor sy gesig sien toesak, frons dan.

"Ja, ek sien wat jy gedink het. Maar ek is bevrees dat jy verniet die moeite gedoen het. Daar was 'n groot busongeluk net buite die dorp en Arnold Lutz sal tot môreoggend toe besig wees met wonde toewerk en skrape ontsmet. My twee noodoperasies het ek gelukkig afgehandel."

Sy kan hom net 'n oomblik aanstaar. "Jy dink . . . jy dink ek verwag vir . . ."

"Hy is na die telefoon geroep pas nadat ek klaar met jou gepraat het."

"En dit kan natuurlik net een ding beteken. Die oomblik toe ek hoor my oppasser is vertraag, het ek Arnold Lutz dadelik geskakel en vir 'n intieme verjaardagetetjie saam met my in my woonstel genooi." Sy kyk hom vas in die oë. "Vat jou blomme en loop."

"Karien, ek is jammer . . ."

"Ek ook, Christian Willems. Ek ook. Só jammer dat jy, by al jou goeie punte, by al jou briljantheid, met so 'n sieklike, agterdogtige binneste rondloop – én jou medemens op hoorsê oordeel en veroordeel. Jy het nog nooit feite gehad waarop jy my kon veroordeel nie, net dinge wat ander mense dink en jy self dink."

Die bekwame, selfversekerde dokter lyk skielik bleek en moeg. "As ek dit gedoen het, het ek onvergeeflik gesondig. Antwoord my dan net hierdie een vraag, asseblief."

"Ja?"

"Het jy Arnold Lutz lief?"

"Nee. En nee! En néé! Daar was 'n tyd dat ek gedink

464

het ek is op hom verlief, maar dit was nie so nie. Sal jy my vanaand glo as ek jou sê dat daar nooit 'n verhouding tussen my en Arnold was nie?"

"Ja."

"En sal jy my glo as ek jou sê dat dit alles van sy kant af gekom het, dat ek hom daardie aand waarvan jy weet hier uit my woonstel gejaag het? Dat daar nooit iets in daardie rigting tussen my en Arnold sal wees nie?"

"Ja."

Sy trek haar asem in, probeer haar selfbeheersing behou, sê dan met bewende lippe: "Dan kan jy bly en my verjaardagete saam met my geniet, as jy wil."

"Ek wil."

Sy swaai met die hand, en skielik het haar swaar hart weer begin sing. "Gaan sit in jou stoel en ontspan. Ek kan sien jy is hondmoeg. Ek gaan solank ons kos regkry. Kan ek eers iets vir jou bring om te drink?"

Hy gaan sit in sy stoel, strek sy bene lankuit, kyk na haar: "Ek sal liewer later saam met jou iets geniet, dankie."

"Goed."

'n Ruk later kom sy binne en hulle neem plaas. Hy skink vir hulle elkeen 'n glasie wyn, hou dit na haar uit: "Ek het nog nie geluk gesê nie. Baie geluk, Karien. En dankie dat ek hierdie aand saam met jou kan deel."

"Ek is bly jy kon kom, Christian. Baie bly." Sy laat haar blik vinnig sak. Dit is iets om te onthou, om op te teer in die jare wat voorlê . . . een aand toe sy verjaar het.

Hul borde is leeg en hy gaan sak weer behaaglik terug in sy stoel.

"Koffie en likeur, Christian?"

Hy kyk na haar, mis niks nie. "Karien . . ."

"Ja?"

"Hannes moet die voorkeur kry. Hy moet eers op die

been kom, die lewe weer vierkant in die oë kyk, feite volkome aanvaar én daarmee kan saamlewe. Dit móét die belangrikste wees." Sy kyk net terug in sy oë. "Dit kan nie anders nie, want ons moet met ons gewete saamleef . . . nog baie jare. Verstaan jy?" Sy knik net, verstaan nie. Hy staan op. "Ek moet liewer nou gaan."

"Maar die koffie en likeur . . ."

"Ek moet liewer gaan."

Sy keer, probeer hom langer hou. Wanneer hy weg is, is hierdie aand verby. "Ek moet jou nog bedank vir my mooi ruiker. Dankie."

Hy glimlag effens en sy verbeel haar seker maar dat daar 'n hartseer flits deur sy oë gaan.

"Nag, Karien." Hy kyk af in die pleitende oë wat vra dat hy net nog 'n rukkie moet bly, sonder dat sy weet hulle vra dit. Hy sluk, trek haar dan vinnig nader, druk sy mond 'n oomblik teen haar voorkop, draai die deur oop en trek dit agter hom toe.

"Nag, Christian."

Maar hy hoor dit nie, stap met lang hale na sy motor, want hy weet hy moet padgee. Binnekant hom is 'n kantelende kompas besig om hom na die rotse te stuur . . . die rotse van 'n gewete waarteen hy homself te pletter gaan loop as hy nie nou padgee nie . . . hy en daardie wonderlike vrou wat hy weet op hierdie oomblik huil. En hy kan niks vir haar doen nie.

8

Karien is nie verbaas toe sy die volgende oggend verneem dat Christian Willems eindelik sy toestemming gegee het dat sy pasiënt ontslaan sal kan word nie. Sy het dit in 'n mate verwag. Noudat Christian die versekering uit haar eie mond ontvang het dat hy, of Hannes, geen vrese oor Arnold Lutz hoef te hê nie, is daar geen nodigheid om hul huwelik langer te beskerm teen 'n indringer van buite nie. Dit is ook opmerklik dat dokter Willems vanoggend baie vroeg sy saaldiens afgehandel het, selfs voordat die saalsuster en Hannes se spesiale verpleegster aan diens gekom het.

Hulle kan huis toe gaan . . . Môreoggend kan hulle huis toe gaan. Hoekom nie vandag al nie? Hy het nie redes verskaf nie. Hy het gesê môre . . . en soos altyd moet man en vrou hulle by sy besluit neerlê.

Hannes is ook teleurgesteld dat daar toe niks van sy vrou se verjaardagete gekom het nie. Dok het hom vanoggend die geld teruggegee. Daar was glo 'n busongeluk en hy was tot laat in die operasiesaal besig. Die dokters het almal gewerk, party deur die nag. Toe kon dok haar nie uitneem soos beloof is nie.

Ag, sulke dinge gebeur. Sy weet mos. Sy is dan 'n verpleegster. Natuurlik verstaan sy en natuurlik maak dit nie saak dat sy nie kon gaan uiteet nie. En sy glimlag haar breë glimlag wat haar man, en ook ander mense, so dapper en terselfdertyd pateties vind.

Elsa Vermaak, haar vriendin en kollega, is maar te dankbaar om Karien se woonstel net so oor te neem. Behalwe die stoel wat Karien graag plaas toe wil neem.

Sy is daardie aand besig om in te pak toe daar weer aan haar voordeur geklop word. Sy voel eerlik verbaas. Sy het hom nie verwag nie. Selfs om hom voor haar te sien staan, kan die swaarmoedige gevoel in haar binneste nie verlig nie. Want dit is met 'n skuldige en swaar hart dat sy begin inpak het. Skuldig oor haar ondankbaarheid dat die dag aangebreek het dat Hannes weer gesond kan terugkeer na sy plaas; beswaard omdat sy weet dat die werklike toets vir die toekoms nóú begin. Solank Hannes nog in die hospitaal was, was die toekoms ver weg. Maar van môreoggend af moet dit gelewe word . . . en sy is bang . . .

Ook Christian se gesig lyk ernstiger as gewoonlik toe hy in sy leunstoel neersak en die aangebode koppie koffie ontvang. Sy blik dwaal deur die deurmekaar vertrek.

"Al klaar gepak?"

"So te sê. Daar is nog net 'n paar los goedjies wat laaste moet in. Pool sal die goed môre met die bakkie kom oplaai."

Dan kan die oomblik nie langer uitgestel word nie. Twee paar oë ontmoet.

"Die groot toets begin môre."

"Ek besef dit."

"Jy moet hom baie fyn dophou."

"Ek sal, so goed ek kan."

"Los maar jou huiswerk en ry saam met hom na die landerye totdat jy seker is alles is weer normaal." Sy knik net. Sy verstaan. Hy frons. "Hannes móét die lewe weer kan aanvaar, Karien. Dis noodsaaklik."

"Ja. Ek weet."

Hy sug saggies, staan op, sit sy leë koppie neer. Daar het nie veel meer oorgebly om te sê nie, net: "Jy weet dat jy my enige tyd van die dag of nag kan laat weet as jy my nodig kry. Ek sal dadelik kom."

"Ja." Sy ontwyk sy oë. "Dankie."

"Goed." Hy begin deur toe beweeg. Hierdie keer word daar 'n veilige afstand tussen hulle bewaar. "Alle sukses, Karien. En sterkte. Goeienag."

Sy kan net knik, nie in staat om sy naggroet te beantwoord nie. Met groot, bang, blink oë kyk sy hoe die deur tussen hulle toegaan.

Hoewel nog wankelrig, staan Hannes die volgende oggend op sy eie bene langs sy dokter toe Karien binnekom. Die eerste keer in baie maande kan hy sy arms om sy vrou slaan en haar teen hom vastrek, en die dokter sien hoe krampagtig haar hande agter om haar man se middelrug saamsluit.

"Dok is klaar met my. Ons kan maar dadelik ry. Het Pool al jou goed kom oplaai?"

"Ja. Vroeg vanoggend al. Ek het ook klaar die woonstelsleutel vir Elsa gegee."

"Gaaf." Dan draai hy na die man in die wit doktersjas, steek sy hand uit, en twee mans wat nader aan mekaar gekom het as twee bloedbroers, groet mekaar. "Ek sal nie probeer om dankie te sê nie."

Christian gee sy seldsame glimlaggie. "Dit was 'n voorreg om jou te leer ken, my vriend. Laat dit goed gaan."

Dan staan hy voor Karien.

Op haar sagte dankie kan hy net knik, en haar handjie raak weg in syne.

By die hoek van die gang waar hul paadjies skei, laat Hannes met bewing in sy stem hoor: "Moet ons nie vergeet nie, dok. Kom kuier."

Hy knik weer. "Nee. Ek sal julle nie vergeet nie. Tot siens."

Hy draai in sy spore om en 'n oomblik lank kyk hulle die breë wit rug agterna.

Dan slaan Hannes sy arm om sy vrou se skouers. "Kom ons gaan huis toe, my vrou."

Die eerste paar dae terug op Franskraal gaan so natuurlik en kalm verby dat dit amper abnormaal voel. Hannes neem sommer dadelik weer die leisels van die plaas in sy eie hande. As dit so gaan bly, gaan dit maklik wees om 'n pad deur die wilde verlatenheid van die toekoms te vind, maak Karien haarself hoopvol wys.

Selfs daardie aand toe man en vrou ná maande weer langs mekaar in die bed lê en hy haar teen hom vastrek, is daar niks wat ontstellend is nie. Hy soen haar sag op die lippe, sê nag, lê en streel dan haar rug en skouer totdat sy gerusgestel aan die slaap raak.

Twee weke gaan so verby, twee weke van byna onheilige rustigheid en kalmte. Totdat Hannes die een oggend vra: "Hoekom pas jy my so op, Karien?"

Sy kyk hom verbaas, dan verleë aan, bly by die plaasbakkie se deur staan. Soos sy aan Christian beloof het, kan Hannes hom nie draai nie, of sy is by.

"Ek . . . ek wil maar net graag saam met jou gaan, Han. Ek . . . ek het so baie na Franskraal verlang."

"Maar jy wou vanoggend koek bak, het jy gesê."

"Ja . . . a . . . Maar dit kan wag. Ek wil liewer saam met jou ry."

Sy gesigsuitdrukking bly kalm, maar die eerste keer sien sy iets in Hannes se oë wat haar ontstel. "Gaan bak die koek. Ek is oor 'n uur terug."

Hy trek weg met onnodige vaart en sy kyk hom verslae agterna . . . en sien 'n wolkie so groot soos 'n man se hand aan die tot nou toe helder hemelruim verskyn.

Dit is van daardie dag af dat sy van 'n broeiende, swaar atmosfeer bewus word. Dit groei elke dag aan – in sy stem, in sy houding, in sy oë, in sy lang stiltes. Sy veg verbete daarteen. Christian het gesê sy moet Hannes leer om deur nuwe oë na die ou wêreld om hom te kyk. Sy besef egter dat 'n mens net iets vir iemand anders kan leer wanneer jy dit self ken. Ook sy moet 'n heel nuwe benadering tot die lewe aanleer. Ook sy moet eers die nuwe waardebepaling leer; dat gister se belangrike dinge nie meer belangrik is nie, in sommige gevalle nie eens meer bestaan nie. Dat gister se vanselfsprekende dinge nou belangrik is, van die allergrootste belang moet wees – om elke dag te kan lewe en God se genade te ervaar en te waardeer. Om net altyd dankbaar te wees vir wat sy het, en nie vas te staar teen die dinge wat daar nie is nie.

Maar namate elke dag verbygaan, voel sy hoe sy die stryd begin verloor, nie net vir haarself nie, maar ook vir haar man.

Saans klim hulle nog saam in een bed, maar ná die eerste klompie nagte slaap elkeen op sy en haar eie kant van die bed. Slaap . . . of lê met oop oë met hul rûe na mekaar die leë nag en instaar.

Sy het een aand nader gekruip na hom en haar arm om sy lyf probeer sit.

"Ek is moeg, Karien."

"O . . . jammer, Han. Lekker slaap."

"Jy ook."

Sy het haar opgerol in haar hoekie, die wanhoopsnikke in haar binneste vasgedruk en, soos Christian voorspel het, haar op God se genade beroep omdat dit al was wat oor was: Help ons, Vader! Help ons!

Op 'n dag in die laatmiddag het die oproep gekom wat Christian verwag het die een of ander tyd sou kom.

"Karien! Wat is dit?"

"Hannes . . ." Deur die snikke het hy die naakte vrees en wanhoop van 'n radelose vrou gehoor. "Hy is vanoggend al van die huis af weg met 'n geweer . . . gesê . . . gesê hy gaan ystervarke skiet by die aartappelland en . . . hy is nou nog nie terug nie . . . die plaasmense kry hom nêrens nie! Christian, kom help my!"

"Ek kom dadelik. Laat die mense aanhou soek, maar jy

bly by die huis. Hoor jy my, Karien? Jy bly by die huis! Ek is so gou moontlik daar."

Toe hy later Franskraal se huis binnestap – die skaduwees lank oor die werf, want die nag is in aantog – is daar nie meer tyd of energie vir pretensies nie. Sy werp haar in sy arms en hy hou haar vas, luister na die snikke en die belydenis van 'n verslane vrou.

"Ek het probeer, Christian! Die Vader weet, ek het probeer! Maar ek kry niks reg nie! Ek kan hom nie bereik nie! Ek het hom nooit alleen laat ry nie, totdat hy op 'n dag vir my reguit gevra het hoekom ek hom so oppas. Daarna het hy altyd alleen gery, was hy reeds weg wanneer ek dit agterkom. En vanoggend het hy so normaal met die geweer by my verbygekom, en toe ek vra wat hy gaan doen, sê hy hy gaan ystervarke by die aartappelland skiet. Hy het my so snaaks aangekyk en gevra: 'Of wat het jy gedink wil ek met die geweer doen?' Wat kon ek antwoord? O, Christian . . ."

Sy hand vou warm om haar agterkop, druk haar gesig teen hom vas. "Toemaar. Toemaar . . ."

Maar haar traannat oë soek syne pleitend. "Ek kan nie doen wat jy van my gevra het nie, Christian! Ek is te swak daarvoor! Ek kry dit nie reg nie! Asseblief . . ."

"Stil nou, Karien. Jy is die wonderlikste vrou wat ek ken. Dis nie jou skuld nie . . . Het hulle nog geen spoor van hom gekry nie?"

"Nee. Pool was nou net hier, gesê hy sal nou maar op die aangrensende plase ook begin soek."

"Ek moet maar die polisie bel . . ."

"Dis nie nodig nie."

Hulle swaai om. Hy staan in die deur, bleek en moeg en so gespanne soos 'n boogsnaar, geweer in die hand. Dan kom hy 'n entjie nader, laat die geweer val en sak op 'n stoel neer, verberg sy gesig in sy hande.

472

"Ek kon dit nie doen nie. Ek wou, maar ek kon dit nie regkry nie!"

Karien se harde snak na asem laat hom opkyk en met 'n verwronge gesig uitroep: "Dis jóú skuld!" Byna waansinnige oë pen die man langs sy vrou op die vloer vas. "Dis jý wat my in hierdie hel gedompel het! Dis deur jou dat ek vandag ook nie 'n einde daaraan kon maak nie! Jy met jou praatjies van 'n God wat alleen besluit oor lewe en dood!" Hy begin soos 'n riet bewe. "Ek het die geweer opgetel, maar dis asof my arms styf geword het. Ek kon hulle nie gebuig kry nie! Ek wou dit doen en ek kon nie!"

En dan begin hy huil met wrede, harde snikke wat klink asof dit hom gaan stukkend ruk; wat die ander man 'n oomblik in 'n standbeeld laat verander; wat 'n vrou van binne in fyn repies opkerf.

Dit is Christian wat hom later ophelp op sy bene, na die slaapkamer lei, op die bed neerdruk en by hom bly sit en wag totdat die inspuiting sy werk doen.

Dan stap hy terug na die vrou wat verwese in die ander vertrek sit en voor haar uitstaar.

"Gaan sluit toe daardie geweer."

Sy kyk stadig op en sy hart ruk binne-in hom. "Daar is nog vier ander."

"Gaan sluit almal toe en hou die sleutel by jou." Maar albei weet dat niemand regtig 'n mens kan oppas nie. En geen mens kan 'n man keer as hy selfmoord wíl pleeg nie.

"Hy slaap tot môreoggend. Hier is pille wat hy dan dadelik moet neem en 'n voorraad vir elke vier uur 'n paar dae lank. Jy moet toesien dat hy dit sluk."

Sy knik net, neem die pille by hom. Kalmeerpille vir 'n siel wat verby alle redelike perke gemartel is. Maar jy kan nie die res van jou lewe elke vier uur 'n pil sluk om van die werklikheid te ontsnap nie. Die een of ander dag moet jy ophou pille sluk, moet jy en die werklikheid weer reg voor mekaar staan en mekaar in die oë kyk.

"Hier is twee pille vir jou ook."

"Nee."

"Karien . . ."

"Nee, Christian."

'n Nuwe vrees word by die oue in sy hart gebore. "Karien, mag ek iemand hiernatoe bring?"

"Iemand?" Sy kyk na hom asof sy nie verstaan nie.

"Ja. 'n Vrou. Tydelik."

Sy sluit haar seer oë 'n oomblik. Wie moet sy kom oppas, liewe Christian – vir Hannes . . . of vir my? "Soos jy wil."

"Ek bring haar nog vanaand. Nou, kom ons gaan sluit die gewere toe."

Hy gooi die sleutel in sy eie sak en sy laat hom begaan. Wat Christian nie weet nie, is dat hy verniet bekommerd is oor haar. Vanaand is sy te moeg om te kan dink, selfs hoe om 'n einde aan hierdie lewe te maak. Môre miskien . . . maar nie vanaand nie.

Sy sit nog willoos daar toe hy 'n hele ruk later met iemand binnekom.

"Karien, dis Marie Kempen." Hy kyk byna bevelend na die ander vrou. "Sit haar in die bed, kyk dat sy iets warms drink en sorg dat sy hierdie twee pille sluk. Haar man is in die eerste kamer regs in die gang af."

"Goed, dokter. Ek sal na haar kyk, by haar in die kamer slaap."

"Dankie, Marie." Sy hand rus 'n oomblik op die swart kop langs hom. "Ek kom môreoggend weer. Nag. Ek hoop julle het 'n rustige nag verder."

Toe Hannes die volgende oggend wakker word, kyk hy teen 'n vreemde vrou se gesig vas. "Wie is jy?"

"Marie Kempen. Dokter Willems het my gisteraand hierheen gebring. Hier is koffie en hierdie twee pille moet jy asseblief sluk."

"Ek is nie siek nie."

"Is jy nie?" Sy kyk kalm terug in sy fronsende blik. "Jy hoef nie die pille te sluk ter wille van jouself nie, maar ter wille van jou vrou."

"Karien . . .?"

"Sy is kalm onder omstandighede, maar sy kan nie veel meer dra nie. Jy moet een ding nooit vergeet nie, meneer Eksteen. Niemand het ooit 'n hel van sy eie nie. Daar is altyd ander wat saam met jou daarin is. Jou vrou is saam met jou in joune. Vergeet 'n slag van jóú lyding, en sien háre raak."

Sy oë kyk weg, sy stem beskuldig haar gedemp: "Jy praat van goed waarvan jy niks weet nie . . ."

"Nie? Ons praat later weer, meneer Eksteen. Maar nou sluk jy eers daardie pille. Toe, ek wag."

Toe hy later skielik in die kombuisdeur verskyn, kyk Karien op, vra met 'n kalmte in haar stem wat sy nie binne-in haar voel nie. "Goed gerus, Hannes? Kom eet. Jou pap is gereed."

Nog 'n dag van onnatuurlike natuurlikheid het begin. Hy eet sy pap in stilte, sê dankie, stap by die agterdeur uit en sy hoor hom aan Pool sê: "Stuur vir Kleinjan aartappelland toe om te kyk of daar nie ystervarke in die slagyster sit nie. Dan kom jy garage toe. Ons moet vandag daardie groot trekker aan die gang kry, ou. Ons het hom nodig."

Toe dokter Willems later die dag weer voor Franskraal se huis stilhou, is hy nie alleen nie.

Karien kyk verbaas op toe 'n seuntjie langs hom uit die motor klim en die handjies saamslaan met die vraag: "Is dit 'n rêrige plaas, omie dok?"

"Ja, kleinding. Dis 'n rêrige plaas hierdie. En sommer 'n spogplaas boonop. Daar is Mamma. Ek het jou mos gesê sy wag hier vir jou."

"Mamma!"

"Bekkie!"

Karien word noodgedwonge uit die niks waarin sy verkeer, geruk, kyk verbaas af na die kleintjie wat hom in sy ma se arms werp. 'n Snaakse bynaam vir 'n seuntjie en dít nog een met geen haar op sy kop nie! dink sy heimlik.

Bo-oor die haarlose koppie ontmoet Marie haar verbaasde blik, sê dan kalm terwyl sy die skraal lyfie teen haar vasdruk. "Dis 'n dogtertjie. Sy het al haar haartjies verloor vanweë die bestraling."

"Bestraling?"

"Ja. Sy het kanker."

Christian draai om, stap na die garage waar hy Hannes 'n oomblik gelede sien soek het na iets. Hy is besig om onder die trekker in te skuif toe die dokter langs hom op sy hurke sak.

"Dag, ou grote."

"Dag, dok." 'n Oomblik se stilte heers en 'n hand wat effens bewe, begin 'n moer losdraai. "Sal jy my verskoon as ek voortgaan? Ons het hierdie trekker regtig dringend nodig."

"Gaan voort. Ek sit sommer hier by jou en gesels." Hannes gaan voort, wag vir die sedepreek wat noodwendig gaan volg. "Ek moes jou seker vooraf eers gevra het, vir jou en Karien, maar ek het eiereg gebruik en 'n gas 'n paar dae vir julle gebring."

"So het ek gesien."

"Nee, ek praat nie van Marie nie. Ek praat van haar dogtertjie, Bekkie. Ek het haar vanoggend gebring." Daar is net 'n diep frons op Hannes se voorkop, maar sy oë bly op die werk voor hom gerig. "Sy is vyf, het kanker en gaan bin-

476

nekort sterf. En sy het net een groot wens – om 'n paar dae op 'n rêrige plaas te kuier waar bokkies en lammertjies is, varkies en eendjies en, o ja, sy wil vreeslik graag nog perdry voordat sy dit nie meer kan doen nie." Die oë draai eindelik reguit na hom. "En dis so min gevra. Franskraal het tog al daardie goed . . . en toe bring ek haar maar 'n paar dae hierheen. Gee jy om?"

Hannes se kop sak grond toe, lig dan weer, en die twee mans kyk mekaar vas aan. "Wat probeer jy nou doen?"

"Net 'n meisietjie gelukkig maak solank sy binne my bereik is. Oor 'n maand sal dit miskien nie meer moontlik wees nie. Sy vra net 'n paar dae saam met dié dinge wat ons Hemelvader vir jóú gegee het."

Hannes kyk weg, tel weer die gereedskap op, sy stem gedemp: "Dis alles reg. Ek gee nie om nie. Sy kan maar 'n rukkie hier kuier."

"Dankie."

Op die stoep ontmoet hy Karien se blik. Binne-in die huis is Bekkie druk besig om haar ma te help teekoppies regsit. En nou is haar bynaampie begryplik. Die tongetjie is nie 'n oomblik stil nie.

". . . en toe vertel omie dok my daar in die hospitaal hy het gehoor van 'n plaas met eendjies op die dam en met koeitjies, ag, kalfies, en lammertjies en bokkies en . . . maar hy weet nie of hier varkies ook is nie. Hy het vergeet om te vra. Is hier varkies ook, Mamma?"

En Karien onthou van 'n gesprek een aand wat sy uiters belaglik gevind het . . . Toe wou dié belangrike dokter van haar weet of daar sulke goed op Franskraal is en sy het gedink hy probeer snaaks wees.

"Kan sy maar 'n rukkie hier kuier, asseblief?"

"Natuurlik, maar . . . Hannes . . ."

"Hy het sy toestemming gegee."

"Dan is dit goed so."

Die geluid van 'n trekker klink op en die meisietjie wat weer saam met haar ma op die stoep verskyn, se oë rek groot toe sy die groot ding by die garagedeur sien uitkom.

"Dis 'n trekker, Ma, kyk daar! Sjoe, hy's groot, nè? Die oom gaan hom ry! Ek wil saamgaan! Haai, oom, wag vir my! Ek wil saamry!"

Hy kan nie anders nie, hy moet stilhou. Hy tel die tenger gestaltetjie sommer met een hand op, sodat sy voor tussen sy bene kan staan. Dan kry hy 'n stralende glimlag en die stemmetjie skree in sy oor bo die geraas uit: "Waarheen ry oom?"

"Landerye toe!" skree hy terug.

"Ek gaan saam!"

Hy knik en die handjie waai vir die drie grootmense op die stoep. Haar laggie klink bo die geraas uit toe Hannes deur 'n voor ry. "Dis tog te lekker, oom! Dis lekker om trekker te ry!"

"Ja! Hou vas, jong! Jy moenie afval nie!"

"Nee! Ek sal nie! Ek hou vas! O, hier is nog 'n voor!"

Hy kyk op die wippende, kaal koppie af. Ja, dit is lekker om trekker te ry in die son, in die lig, in God se genade. Maar dok het gesê oor 'n maand sal sy miskien . . . 'n maand . . . vier wekies . . . Dertig daggies waarin sy 'n hele leeftyd moet inprop, al die vreugde van hoe die lewe moet smaak . . . om al die eendjies vas te hou wat sy kan, al die lammertjies en al die bokkies en . . . Liewe Heer, maar sy het dan nog nie gelewe nie! Sy is nog so klein! Sy is nog maar aan die begin!

"Daar is 'n dam! Is daar eendjies op, oom?"

"Ja!" skree hy terug, swaai die trekker in die rigting van die dam. "Kom ek gaan wys jou! Daar is vinke ook . . . vinke in die riete." Sy het seker nog nooit gesien hoe 'n vink sy nes bou nie. As sy dit nie nou sien nie, sal sy dit seker nooit sien nie. Die ploeëry kan wag. Dié saak is belangriker. Sy moet eers sien hoe wonderlik die Heer die skepping gemaak het, hoe 'n vink sy nes vleg.

Karien stap saam met hom motor toe, kyk hom aan in stille bewondering en dankbaarheid. "Waar kry jy al jou wysheid vandaan?"

"Dis nie my wysheid nie," sê hy beskeie en skud sy kop. "Ek moes dit eerder onthou het."

"Wat?"

"Dat die geheim van geluk en vrede en die koninkryk van God op hierdie aarde in 'n kind se oë lê. As ons nie soos 'n kind word nie, sal ons nooit al hierdie dinge beërf nie. Bekkie gaan vir Hannes daardie koninkryk ontsluit, want hy gaan na die wêreld om hom, en na die lewe, deur haar kinderoë kyk." Hy glimlag vir haar. "Ook jy, ook ek, kan van Bekkie leer."

"Ja, sy gaan ons almal leer hoe om die dag van vandag te waardeer en dankbaar daarvoor te wees."

Haar oë is vol trane toe sy vir hom waai terwyl hy deur die motorhek ry. Sy stap peinsend terug stoep toe. Wat sy, Karien, as vrou en grootmens nie kon regkry nie, gaan 'n meisietjie met gemak regkry. Sy weet dit. En sy dank God in hierdie oomblikke in haar hart vir 'n Christian Willems in wie Hy soveel begrip en wysheid gelê het, en vir 'n meisietjie met 'n kaal koppie . . .

Die twee vroue hoor hulle later aankom, en nie net omdat hulle die trekker hoor dreun nie. Daar is 'n hoorbare kinderlag en dan die dieper klank van 'n man se lag. Dan is die trekker stil, maar nie Bekkie se tong nie.

". . . en ons het lank gesit en kyk hoe die vink die gras knoop met sy bekkie, en toe tel oom Hannes my op sy skouers en ek kon tot binne-in een van die nessies sien en, weet

479

Mamma, daar was twee sulke spikkeleiertjies in en een was al gepik en oom Hannes het gesê hy sal my môre weer op sy skouers tel en dan sal ek sien die kleintjie is uit die dop en dan kan ons kyk hoe die mamma- en die pappavink die kleintjie voer en . . ."

"Ná al hierdie gepraat voel mý tong droog! Is daar 'n bietjie koffie, my vrou? En 'n glas melk vir Bekkie, asseblief."

Karien lag. "Natuurlik! Ek is dors geluister! Koffie vir jou ook, Marie?"

"Dankie. Dit sal lekker wees. Bekkie, jou hande lyk afgryslik! Gaan was hulle. Ja, gaan was eers en dan kan jy verder van die eendjies kom vertel. Toe, luister!"

Hannes kyk haar reguit aan toe hulle alleen is. "Marie, ek . . . moet om verskoning vra vir wat ek vanoggend vir jou gesê het – dat jy van dinge praat waarvan jy niks weet nie."

Sy glimlag. "Dis alles reg, Hannes."

"Nee, dit is nie. Gaan sy . . .? Is sy regtig . . .?"

"Besig om te sterf? Ja, Hannes." Marie se blik dwaal oor die werf, oor die groen land na die gesigseinder toe. "Aan die begin was dit vir my iets . . . ondenkbaars . . . vreeslik. Mettertyd het ek opgehou om met ons Hemelvader te redeneer om sy plan vir my kind te verander. Want weet jy wat het dokter Willems eendag vir my gesê toe ek wou ingee onder die besef dat my kind nie kan genees nie en dat sy gaan sterf?" Haar oë keer na syne. "Hy sê toe vir my ons is maar almal sterwend. Van die oomblik dat ons gebore word, begin ons sterf – die een net vinniger as die ander. Maar vir ons almal is die uurglas aan die leegloop. Die lengte van tyd tussen geboorte en dood wat aan elkeen van ons gegun word, word bepaal deur hoeveel genadetyd ons nodig het om die hemel te bereik. Party mense moet stokoud word voordat hulle daardie punt bereik. En dan is daar mense soos Bekkie wat 'n kort tydjie nodig het. En toe ek dit só sien, kon ek dit aanvaar. My kind hoef nie eers 'n lang lewe van pyn en smart en loutering deur te gaan om die hemel te kan betree nie. Bekkie het net vyf jaar genadetyd nodig gehad, 'n paar maande van liggaamlike pyn en . . . sy is gereed om opgeneem te word. My kind is reg vir die hemel, Hannes . . . en watter ma kan haar kind van die hemel af probeer terughou?"

Dit is nou sy oë wat na die gesigseinder soek. "Jy glo dus vas dat Hy jou die lewe gee, soms selfs 'n paar keer weer die lewe teruggee, om jou genadetyd te verleng sodat jy vir die hemel gereed kan wees?"

"Dis soos ek glo, Hannes. Dis al manier."

Hy staan vinnig op en sy vra: "Gaan jy nie vir jou koffie wag nie?"

"Nee. Sê vir Karien ek sal later kom drink. Daar is eers iets . . . iets wat ek moet regmaak."

En Marie Kempen weet hy praat nie van 'n plaaswerktuig nie.

Toe Karien oomblikke later met die skinkbord verskyn, vra sy: "Waar is Hannes?"

"Hy sal nie nou dadelik koffie drink nie. Hy het eers iets gaan regmaak."

"Maar die koffie gaan koud word."

"Laat dit maar koud word, Karien. Jou man het sy saak met sy Vader gaan regmaak." Marie glimlag gerusstellend. "Dis belangriker as koffie, of hoe? Waar is Bekkie?"

Karien glimlag, 'n vreemde, ongekende stilte van vrede binne-in haar. "By die hoenderhok. Die kapokhennetjie het ses kuikens!"

Hy het net begin stap en aanhou stap. Jy lewe omdat jy nog tyd nodig het om gereed te wees vir die hemel. Hy spring oor 'n leivoor. Jy moes dood gewees het daardie dag toe die ongeluk gebeur het, maar jy het nog tyd nodig vir die hemel. Daarna is jy 'n paar keer van die poorte van die dood af teruggestuur na die lewe . . . Hy gaan sit op 'n leiwal. Jou arms het styf geraak, wou nie buig toe jy die geweer wou optel nie. Jy het nog tyd nodig, Hannes. Jy is nog nie gereed vir die hemel nie. Nie soos Bekkie nie. Oor 'n maand of so kan sy al by die hemelpoort ingaan. Sy is reg. Maar jy . . .?

Hy weet dit nie, maar daar waar hy nou sit, is die presiese plek waar die lusernlem getref het, die plek waar hy gedink het hy alles verloor het. Maar vandag, op hierdie selfde plek, vind hy alles terug en méér, soveel meer as wat hy ooit kon verloor. Hannes Eksteen kniel net daar in die nat leivoor, en Pool draai om, stap weg. Wanneer 'n groot man op sy knieë in die modder is, dan praat hy met sy Vader . . . en dan moet 'n mens hom alleen laat.

Bekkie se gebedjie is vanaand baie lank. Maar die drie groot-mense wat daarna luister – die ma langs haar bed, oom Hannes en tannie Karien in die kamerdeur – is nie haastig nie.

"... en sê groete vir Pappa wat daar by U bly en dankie vir Mamma en vir omie Dok en oom Hannes en tannie Karien en dat ek op 'n rêrige plaas kan kuier en vir al die voëltjies en . . . o ja, help tog asseblief vir daardie mank vinkie wat sy huisie bou . . . en vir die eendjies en die kapok-kuikentjies en dankie dat oom Hannes vir my môre 'n pienk babavarkie gaan koop en help onthou tog vir oom Hannes asseblief van die perd en . . ."

Styf, styf word Karien teen hom vasgedruk. "Die Hemel-vader is goed vir ons, my vrou."

"Ja, Han. Hy is goed."

9

Toe Hannes die volgende oggend nie sy plaasklere aantrek nie, kyk Karien hom vraend aan. Dit was 'n rustige nag, in skerp kontras met die vorige nagte. "Waarheen gaan jy?" Hy glimlag. Hy het gisteraand dadelik aan die slaap geraak en hy voel vanoggend soos 'n nuutgebore mens. "Ek gee jou net één raaiskoot!"

Sy frons liggies, dink 'n bietjie en dan helder haar gesig op. "O, ek weet! Daar moet vandag 'n pienk varkie gekoop word en . . . en dan is daar ook nog die perd waaraan oom Hannes herinner moet word!"

Hannes is duidelik teleurgesteld toe hy in die kombuis kom en hoor Bekkie kan nie saam met hom gaan om die inkope te gaan doen nie.

"Sy het nie so baie krag nie, Hannes, en al die opgewondenheid en ongekende aktiwiteit van gister het haar pap gemaak. Ek is jammer."

Sy oë straal kommer uit. "Ek is jammer. Ek moes onthou het . . . Ek moes gesorg het dat sy haar nie ooreis nie. Maar sy is so 'n bondeltjie lewenslus dat 'n mens vergeet . . ."

Marie glimlag sag. "Ja, sy is, en daar is niks om jou oor te verwyt nie. Jy sou haar in elk geval nie gekeer gekry het om so 'n wonderlike dag ten volle te benut en te geniet nie. Maar ek hou haar vanoggend 'n bietjie later in die bed sodat sy weer genoeg krag kan opbou vir die groot oomblik wanneer die pienk varkie opdaag!"

Hy glimlag. "En die perd. My buurman het 'n paar Shetlandponies. Mag ek gaan tot siens sê?"

"Natuurlik! Sy sal jou verkwalik as jy dit nie doen nie. Sy sit en speel met haar poppe in die bed."

Haar armpies is wyd oop met vreugde en liefde toe haar wonderlike oom Hannes in die deur verskyn. Hy druk die lyfie teer en versigtig teen hom vas, kry 'n stewige, innige soen. "Ek is lief vir jou!" sê sy skielik.

"En ek is lief vir jou, kleinding." Hannes moet eers sluk. As sy arms nie styf geraak het toe hy die geweer wou oplig nie, het hy hierdie aardse engeltjie nooit leer ken nie . . . en wat sou hy gemis het!

Op pad na die buurman is dit asof hy met die blik van 'n nuutgeborene na alles kyk. Na die blou hemel en die sonskyn se goud op landery en blaar en grasspriet. Na die ryk bruin aarde wat Hy in sy goedheid aan Hannes Eksteen gegee het. Na die voëltjies wat grassies aandra na 'n nuwe nessie, 'n nuwe begin van lewe. Na die rustigheid van die wilgerboom by die dam en sy goedheid wat oor alles hang. En hy wou homself van dit alles beroof. Hy wou 'n end daaraan maak, om alles te verruil vir 'n donker graf wat wag.

Here, vergewe my. Ek het nie geweet wat ek doen nie. Dankie dat U vir my deur die oë van 'n sterwende kind getoon het hoe mooi die wêreld en die lewe is! bid hy woordeloos.

En hoe mooi is so 'n pienk varkie tog nie! Sy hou die vet bondeltjie 'n hele ruk later teen haar vas terwyl die ogies 'n kinderhemel van vreugde uitstraal.

"Is hy rêrig myne?"

"Net joune, engel. En daar is nog iets. Kom kyk hier om die draai."

Die ogies peul byna uit. "Dis 'n rêrige perd! Mamma, kyk, hy lyk maar nes 'n speelgoedperd. Dis eintlik 'n rêrige, rêrige perd!"

Daar en dan, met vark in die arms, word sy op die ponie getel terwyl oom Hannes wakend bystaan. "Karien, gaan haal die kamera. Dit móét verewig word!"

Terwyl Hannes die ponie met sy twee ruiters weglei na die naaste landery waar hy 'n oog oor die waterleiery wil hou, lui die telefoon.

"Karien . . . Hoe gaan dit daar?"

"Christian . . . ek kan jou nie vertel nie. Jy moet self kom kyk. Dis te wonderlik om te beskryf! Jou oë moet dit sien!"

"Ek is bly."

"En dankbaar. My hart wil bars van dankbaarheid."

"Ek verstaan. Tot siens, Karien."

"Tot siens, Christian."

'n Rukkie later kyk hy af op die vrou wie se oë flikker en dan oopgaan. "Hoekom het julle dit gedoen? Ek wíl nie lewe nie! Ek wíl nie langer lewe nie!"

Die gif van 'n oordosis slaappille is uit haar liggaam gepomp, maar nie die gif wat die siel vernietig nie.

"Hoekom? Ek het net my werk gedoen, mevrou."

"En dis mý saak of ek wil lewe of dood wees!"

"Nee. Dis God se saak, sy werk om oor lewe en dood te besluit, mevrou. Jóú saak en jóú werk is om te lewe. Daar is 'n meisietjie van vyf wat so graag wil lewe, maar sy moet sterf. Hier voor my lê 'n welgeskape, gesonde, jong vrou wat kan lewe . . . en sy wil nie. Ek sal dit nooit waag om God se werk te wil oorneem nie. Dis te groot en te moeilik vir 'n mens soos ek en jy. Daarom bepaal ek my maar net by my werkie wat ek kan doen en doen dit na die beste van my vermoë. Jou werkie is om te lewe. Doen jy dít maar, en los die dood vir Hom."

Namate die dae verbygaan, groei Hannes so vas aan die meisietjie met die kaal koppie dat Karien, en ook Marie, 'n heimlike vrees in hulle voel ontwikkel. Elke aand wanneer hulle in die bed lê, wil Karien haar man herinner aan die werklike toedrag van sake . . . dat Bekkie net met 'n kort vakansie hierheen gekom het voordat sy in die hemelkoor moet gaan sing. Elke keer laat sy die kans ongebruik verbygaan, het sy net nie die moed nie.

As Christian dieselfde vrees in sy hart koester, wys hy dit

nie toe Hannes een oggend skielik voor hom verskyn nie. Soos Karien gesê het: 'n mens moet jou met jou eie oë oortuig dat hierdie man dieselfde man van drie weke gelede is. Hy het gewig aangesit, is weer bruingebrand en fris, kalm en bedaard, die ou Hannes van weleer. Maar die ander man weet Hannes Eksteen sal nooit weer die óú Hannes wees nie. Hy is vandag veel meer.

Hulle gee mekaar die hand, en daar is 'n ligte verwyt in Hannes se stem: "Ons het jou weke laas gesien. Hoekom kom kuier jy nie, man?"

"Ek doen 'n werk waarin ek nie kan rondrinkink na willekeur nie." Hy weet dit is sommer net 'n rookskerm. Maar die mense van Franskraal moet liefs alleen gelaat word om hul eie lewenspatroon uit te werk, 'n patroon waaraan hy geen deel het nie. "Hoe gaan dit tuis?"

"Goed. Baie goed. Karien en Marie stuur groete en Bekkie het gesê ek moet jou 'n lang klapsoen gee namens haar!" Sy oë dartel. "Ek weet ongelukkig nie hoe is 'n lang klapsoen nie, dus . . ."

Christian glimlag. "Sê vir haar ek sal dit eendag self kom haal. Dankie."

"Eendag . . . Hoe ver is eendag nog, Christian . . . vir Bekkie?" Erns en kommer neem skielik die plek van geamuseerdheid in.

"Hoe sal ek weet, my vriend? Dag en datum word nie deur my bepaal nie."

"Maar jy is nog oortuig daardie eendag is binnekort?"

"Medies gesproke, ja."

"Daar gebeur soms wonderwerke . . ."

"Ja, dit is so. Maar daardie wonderwerke kom van Bo, kan deur geen mens verrig word nie."

"Is jy baie seker, Christian? Geld speel nie nou 'n rol nie. As sy miskien oorsee . . ."

Hy swyg toe die dokter sy kop ontkennend skud. "Jy kan haar oor die sewe seë van die aardbol neem, Hannes, maar hulle kan vir haar niks meer doen as wat hier gedoen is en gedoen word nie."

Stilte volg, swaar en swanger, en dan sê 'n stem wat bewe van emosie. "Ek kán dit nie verwerk dat sy moet sterf nie, Christian!"

"Daar is niks wat die gelowige hart nie kan verwerk nie, Hannes."

"Ek weet dit. Ek weet dit nóú, maar Bekkie . . . Sy is iets anders."

"Bekkie, Hannes, is net 'n meisietjie wat jou hand moes vat en jou teruglei na die lewe en die geloof. Jy is dáár, is jy nie?" Twee paar oë kyk na mekaar, en Hannes knik stom. "Dan is haar werk afgehandel, vriend. Sy is maar vyf, maar sy het iemand terug na die lewe en na God gelei. Dis meer as wat baie wat grys hare het, kan sê."

"Ek weet, maar . . ."

"Nie 'maar' nie, Hannes. Haar werk is klaar. Joune nie. Jy het nog 'n taak om te verrig."

Hannes skud sy kop. "My lewe gaan leeg wees sonder haar."

Christian sug saggies. Hy weet hoe Hannes voel. O, hy weet! 'n Mens se lewe word leeg wanneer 'n besondere persoon daaruit verdwyn. "Dit sal jammer wees as dit die waarheid moet wees, Hannes. Jy kan dit nie aan Bekkie doen nie. Sy het jou kom leer leef terwyl sy sterwend is. Uit dankbaarheid aan haar moet jy verby haar dood bly leef, voluit en dankbaar, anders het sy verniet gesterf."

"Christian . . ."

"As sy nie sterwend was nie, Hannes, sou jy haar nooit leer ken het nie; nooit eens geweet het van so 'n meisietjie se bestaan nie. Maar juis omdat sy gaan sterf, het jy haar leer ken, het sy in jou haar lewenstaak volbring. Hoe jammer sal dit wees as al Bekkie se moeite, al haar seerkry, al die naalde wat in haar liggaampie gesteek is, al die ure waarin sy in 'n koma sal wees, tevergeefs sou wees. As haar oom Hannes, wanneer sy sy hand los, weer die pad gaan byster raak. Dit gaan 'n onvergeeflike sonde teenoor haar wees, Hannes."

Sy oë staar strak in die ander vas; dan sak die kop en word daar na 'n sakdoek gesoek, 'n neus gesnuit. "Dan . . . dan verwag jy sy sal teen die end in 'n koma wees?" vra 'n bewerige stem.

"Ja. Dis gewoonlik die geval."

Hannes knik net, staan op. "Ek moet gaan."

Twee hande vat mekaar weer styf en innig vas. "Wees dankbaar vir elke uur, elke minuut wat sy nog daar is."

"Ek sal dankbaar bly die res van my lewe. Tot siens, Christian . . . en dankie."

"Sê groete tuis en gee vir Bekkie 'n lang klapsoen namens my."

"Ek sal. Tot siens."

Dit is in haar oom Hannes se arms dat Bekkie drie dae later die hospitaal ingedra word. Die twee vroue volg. Die man met die wit doktersjas is dadelik by.

"Sy het sommer net skielik . . . skielik ingegee." Drie paar oë draai na hom, kyk hoopvol, byna desperaat na hom, en sy blik dwaal af na die bedjie. Dit is die begin van die end. Hy hoef dit nie in woorde vir hulle te sê nie.

Al drie waak daardie nag by haar, praat nie, sit net . . . sit net en kyk na 'n meisietjie wat al meer na 'n engeltjie begin lyk . . . 'n vlerklose klein engeltjie.

Die volgende oggend toe Christian oor haar buig, uiter die lippies 'n swak versoek: "Ek wil vir Bekkie hê . . ."

Hy kyk vraend na haar ma en sy antwoord: "Dis haar vark se naam. Sy't gesê dis haar vark en daarom moet hy haar naam kry."

"Oom Hannes sal vir Bekkie gaan haal," kom die belofte en hulle kyk vinnig na hom. Maar sy gesig bly ernstig.

"Gaan haal haar vark, Hannes."

"Maar . . ."

"Toemaar. Ek sal hom self die hospitaal inbring. Hoe groot is hy?"

"Effens groter as speenoud."

"Dan kan ek hom indra. Weg is jy."

Dis nie 'n versoek wat aan matrone gerig word nie. Sy word net in kennis gestel dat daar in die loop van die oggend 'n vark in haar hospitaal opgeneem sal word. En sy stemtoon vertel haar sy kan net dankbaar wees die vierbeen-Bekkie wat op pad is, is 'n vark en nie 'n olifant nie, want al was hy ook 'n olifant, sou Bekkie haar Bekkie kry.

"Natuurlik, dokter. Ek verstaan."

Hospitaalpersoneel het nie tyd om te staan nie; nog minder om te staar. Maar vanoggend kom 'n ieder en 'n elk in sy of haar spore tot stilstand toe een van die dokters met 'n varkie wat sy misnoeë luid te kenne gee, die hospitaalgang afstap.

Dokter Weich skud sy kop. "Gaan jy 'n hartoorplanting doen, dokter Willems?"

"Nee. Net 'n hartjie bly maak."

Hannes kyk die superintendent glimlaggend aan. "Ek het hom gebad voordat ek hom gebring het. Hy's silwerskoon, ek sweer dit."

"Dit ruik amper asof jy hom gepoeier het ook."

Hannes erken verleë. "Ek het!"

Die twee vroue lag met traanblink oë vir die prentjie van Christian met die vark in sy arms, maar hy het geen erg nie.

"Hier is Bekkie, Bekkie."

Die ogies gaan oop, met 'n vonkie van vreugde in. "Kan hy maar hier by my lê?"

"Natuurlik kan hy. Ons sit hom hier by jou onder die beddegoed in . . . So ja . . . Met sy kop op die kussing langs jou . . . So ja!"

'n Swak giggeltjie klink op. "Bekkie is ook nou in die hospitaal! Wat makeer hom, omie dok?"

Die stetoskoop word plegtig uitgehaal en op 'n paar plekke gedruk. "Hmm. Ja, ek kan nie eintlik iets verkeerd kry nie, Bekkie. Al wat hom makeer, is dat hy oorvreet is. Hopeloos oorgewig. Suster . . ." Die kindersaalsuster glimlag vanuit die deur.

"Ja, dokter?"

"Niks kos vir hierdie pasiënt die volgende maaltyd nie, hoor? Ek gaan hom op 'n streng dieet plaas!"

"Goed, dokter."

'n Halfuur later word die vierbeen-Bekkie in sy salige slaap op die wit kussing gesteur en na die bakkie teruggedra. Sy naamgenoot kom dit nie agter nie. Sy kom niks meer agter nie. Sy is in 'n koma.

En toe die son die volgende oggend hierdie lang, bewoë nag se skaduwees verdryf, verhuis Bekkie na 'n beter plek.

Vir Marie Kempen wat die eerste sonstrale sien kop uitsteek, is dit 'n paslike tyd vir haar kind om te gaan. Bekkie was altyd so 'n sonstraaltjie. Dit hoort so dat sy met die stygende son hemelwaarts gaan.

Dit is Hannes oor wie sy bevrees was wanneer die oomblik aanbreek. Maar hy trek die huilende Karien teen hom vas en troos: "Moenie hartseer wees nie, Karientjie. Sy was 'n bevoorregte meisietjie. Sy het net vyf jaartjies nodig gehad om die hemel te bereik." Bo-oor haar kop ontmoet hy 'n ander paar oë, bring hy die laaste sprankie kommer oor hom wat nog in Christian se hart kon oorgebly het, vir altyd tot rus: "Ek wil vorentoe net so lewe dat ek eendag ook kan gaan waarheen sy nou is."

Bekkie word in Franskraal se goeie aarde weggelê. Naby die dammetjie waar die mankbeenvinkie sy huisie klaar gebou het en die twee spikkeleiers albei uitgebroei is, waar die eendjies swem en die oupa padda op die spesiale klip in die son sit en bak. Marie kon aan geen ander plek dink om Bekkie se liggaampie aan die stof terug te gee nie. Want daar kan Bekkie, die vark, soms kom wei, en Poon, haar ponie, langs haar in die koelte van die wilgerboom kom rus.

Maar die lewe gaan voort vir hulle wat nog lewe. Karien se lippe bewe teen al haar pogings in toe hulle groet.

"Jy kon maar gebly het, Marie. Wat sal jy so alleen in die woonstel gaan doen?"

"Ek gaan vir my werk soek, Karien. Ek moet nou besig bly."

Die wysheid van so 'n besluit, om besig te bly veral wanneer die hart huil en verlang, besef Hannes en Karien ook. Besig bly . . . om nie 'n kinderlaggie te hoor opklink wat nie meer daar is nie. Besig bly om 'n weerlose meisietjie se sterwe sinvol te maak . . .

Wanneer Hannes met rukke baie stil is, veroorsaak dit nie meer kommer in sy vrou se hart nie. Hannes se voet sal nie weer afdwaal of struikel nie. Wanneer hy die geweer vat om die jakkals te gaan soek wat deur die kampdraad gekom en twee lammers gevang het, is daar geen vrees dat hy iets anders gaan doen as net dít wat hy sê nie.

Tog besef man én vrou in hul harte dat hulle 'n bestaan van niks voer. Daar móét meer in die lewe wees as om elke oggend op te staan en die kosbare dag wat Hy aan jou gee net te gebruik om aardse goed te versamel, jou met verbygaande dinge besig te hou en te vermoei totdat jy vanaand weer gaan slaap.

Dit is goed om te werk, om veral met die warm aarde te werk, om te ploeg en te saai en te plant en te oes, maar dit alleen bevredig Hannes nie meer nie. Hy versamel net, en hy weet nie vir wat en vir wie nie. Wanneer hy langs die graffie by die riete stilstaan of hurk, voel hy skuldig. Die aardse is ook belangrik; dáár moet jy jou deel ook doen. Maar elke mens behoort ook iets te doen, iets te vermag wat ewigheidswaarde het . . . soos Bekkie. Bekkie wat 'n groot man aan die hand geneem en die pad hemel toe gewys het. Hy moet ook iets vind, iets wat sin aan sy aardse bestaan sal gee.

In die deftige huis van Franskraal maak Karien skoon, stof af, pak reg, kook kos . . . en sy weet dit is nie genoeg nie. Sal sy dit waag om die saak weer op te haal? wonder sy dag ná dag. Sal sy Hannes daaraan herinner dat hulle eens van 'n kind gepraat het . . . dat hulle ook daaroor in die hospitaal gepraat het? Daar is geen rede om langer daarmee te wag nie; miskien alle rede om nou hul eie kindjie te hê.

Maar iets hou haar terug om die saak weer aan te raak, en sy weet wat. Wat sal dit help om teen haar gewete te stry? 'n Kind gaan finaliteit aan haar gebondenheid gee.

Toe Marie een naweek kom kuier, kan sy sien dat die groot gemis wat Bekkie gelaat het, nog nie deur ander dinge gevul is nie. Daar is 'n rusteloosheid in Hannes en Karien wat sy opmerk, en sy wonder of hulle self daarvan bewus is. Daarom het sy die vrymoedigheid om 'n versoek tot hulle te rig. Sy het met dokter Willems se hulp werk as ontvangsdame in die hospitaal gekry en daar leer ken sy baie mense.

Sy vertel die Eksteens van Franskraal van 'n seuntjie wat 'n opehartoperasie moet ondergaan, maar hy moet eers aansterk en die omstandighede tuis is nie van so 'n aard dat dit sal gebeur nie.

"Laat hom hierheen kom," sê Karien vinnig, kyk dan na haar man. "Nè, Hannes?"

"Ja. Hy kan hier kom aansterk. Vars plaasmelk en Karien se tuisgebakte brood en droëwors en biltong. Ja, hy moet hierheen kom."

Daardie middag gaan hurk Hannes weer by die riete, praat hy soos hy dikwels met haar praat. Wat dink jy, Bekkie? Is dit nie 'n wonderlike gedagte nie? Franskraal se huis is groot . . . vyf slaapkamers en ons gebruik net een. Hier is plek vir baie kinders. Ek het gedink . . . kindertjies wat eers moet krag opbou vir 'n groot operasie soos dié klein Kowie van wie jou ma ons vertel het . . . En meisietjies soos jy wat klaar geopereer is en moet aansterk . . . 'n Soort kinderhersteloord op Franskraal.

Daardie aand verdwyn Hannes na sy kantoortjie op die stoep, haal iets uit 'n papieromhulsel en hang dit dan reg bokant sy lessenaar op. Dit is 'n foto van 'n kaalkopmeisietjie op die rug van 'n Shetlandponie, met 'n pienk varkie in die arms. En hy glimlag terug vir haar, knipoog en sê: "Ek gaan hulle nou van ons planne vertel!"

Marie en Karien is eers doodstil toe hy klaar gepraat het, en hy lyk skielik onseker. "Wel, ek het gedink dis 'n goeie gedagte, maar as julle dink dis nie . . ."

"Maar dit is!" Karien spring op, gooi haar arms om haar man se nek. "Dis 'n wonderlike gedagte! Fantasties! Marie . . ."

Marie se oë blink, glimlag deernisvol. "Ek het nie woorde om dit te beskryf nie! Hannes, dis . . . net wonderlik!"

Hy glimlag verlig, bly. "Dit gaan baie werk vir julle twee beteken."

"Vir ons twee?"

"Ja, wel, sê nou maar ons het 'n hele paar hier? Dan is die

werk te veel vir Karien. Toe't ek gedink ons moet jou ook maar betrek, Marie. Sal jy kom help? Ek sal jou dieselfde salaris gee as wat jy nou . . ."

"Moenie verspot wees nie. Wie wil geld hê? Ek het nie geld nodig nie. Ek werk om besig te bly. Natuurlik kom ek ook."

Die drie kyk mekaar beurtelings met breë glimlagte en blink oë aan. Dan sê Hannes: "Kom, ek wil julle iets gaan wys."

Hy staan agter die twee vroue terwyl hulle na die foto bokant die lessenaar kyk. Dan sê Hannes weer: "Dis eintlik Bekkie wat die plan in my kop gesit het. Ons praat al lank daaroor. Ons moes nog net jul toestemming kry. Sy het nie regtig weggegaan nie. Solank daar siek kindertjies is, sal Bekkie lewe, ook hier op Franskraal."

Hulle moet sluk. Dan sê Karien hees: "Jy is reg, my man. Geen mens wie se lewe die moeite werd was, sterf ooit regtig nie. Iets van hom of haar bly altyd agter. Bekkie sal altyd 'n inspirasie bly."

Die plan vir 'n hersteloord vir kindertjies op Franskraal, wat eers as 'n klein saadjie in 'n man se hart vol trane begin ontkiem het, groei by die dag aan. Daar word besluit dat nog 'n paar vertrekke aangebou sal word, met groot vensters waardeur die son kan skyn op hulle wat miskien nie buite mag of kan kom nie.

Toe Marie vir Christian vertel van wat aan die gang is op Franskraal, is hy eers te verstom om iets te sê.

"En jy sal klein Kowie nie ken nie, dokter! Hy het al drie kilogram aangesit vandat hy daar is!"

Die groot dokter sit eers lank stil agter sy stuurwiel toe hy ná die dagtaak kan gaan rus. 'n Kinderhersteloord op Franskraal! 'n Lewende monument vir 'n dapper meisietjie! 'n Lewenstaak vir 'n man wat gedink het sy lewe is verby!

'n Klomp kinders vir 'n vrou wat weens omstandighede buite haar beheer kinderloos is! Sy hande vou saam op die stuurwiel en hy sê dankie.

Dit is Hannes wat die motor voor die huis sien stilhou en uitstap. Sy gesig bly so kalm dat die ander man selfbewus rondtrap.

"Jy . . . jy het seker nie verwag om my weer te sien nie, maar . . ."

Toe glimlag hy. "Miskien het ek jou tog verwag, Arnold. Dis goed dat jy gekom het. Dag. My naam is Hannes."

'n Hand word na hom uitgehou en hy neem dit verdwaas. Hy het alles behalwe 'n verwelkoming verwag.

Op pad hierheen het hy dít wat hy moet sê, oor en oor in sy gedagtes herhaal. Nie een daarvan was om Hannes Eksteen te vra hoe dit met hom gaan nie. "Hoe gaan dit?"

"Goed. Baie goed, dankie. En met jou?"

"Nee, goed."

"Kom, stap nader. Karien is binne besig met gordyne maak." Hy glimlag. "Ons omskep Franskraal se huis tot 'n hersteloord vir kinders en is nou in die finale stadium. Volgende week kry ons ons eerste vyf loseerdertjies. Ons het intussen al hier en daar een begin huisves. Kom binne."

Arnold volg hom stomgeslaan.

"Karien, ons het 'n gas. Jy ken hom," sê hy met 'n glimlag.

"Arnold!"

"Dag, Karien. Ek . . ek sien julle is baie besig."

"Ja, ons het groot planne. Ons gaan . . ."

"Hannes het my vertel. Dis 'n bewonderenswaardige gedagte."

"Sit, Arnold."

"Dankie, maar ek . . . ek het net 'n draai kom maak."

495

"Om oor Karien te praat. Ja, ek weet. Sit en luister eers na my." Hannes se stem is vol bedaarde gesag. Hy kyk na sy vrou. "Karien, ons het die punt bereik dat ons finaal oor ons toekoms saam moet besin."

"Hannes!" Haar oë kyk hom grootgerek en geskok aan.

"Ja, Karien. Ek was van plan om met jou daaroor te praat sodra alles in verband met die hersteloord afgehandel was. Maar Arnold is hier en nou is net so goed soos later."

'n Koudheid slaan oor Karien. "Wat wil jy vir my sê, my man?"

"Dat ons twee gaan skei en dat jy vry is om te gaan, vandag nog saam met Arnold te gaan as jy wil."

"Jy . . . jy jaag my weg?"

"Nee, Karien. Ek gee jou jou vryheid omdat jy ten eerste daarop geregtig is, en ten tweede omdat ek dit wíl gee, so wil hê. Ek is innig dankbaar vir die vrou wat jy vir my was tot vandag toe, maar jy kan nie my vrou bly nie." Sy kan hom net stom sit en aankyk. "Jy hoef geen vrese oor my te hê nie, Karien. Jy moet dit teen hierdie tyd weet. Bekkie het haar werk goed gedoen."

Haar ooglede sak. Nee, hy is reg. Al stap sy vandag hier uit, vir altyd weg uit sy lewe, sal Hannes se voet nie wankel nie. Hy het 'n lewenstaak gevind. Hy het sin in sy lewe wat nie 'n vrou insluit nie. Maar sy . . .

Hannes se blik draai na die man wat stom sit en luister: "Ek vra jou net een ding: Wees goed vir haar. Sy is goud werd."

Karien se stem is ewe ernstig toe sy die verstomde Arnold met 'n antwoord voorspring: "Goed, Hannes. Ek verstaan wat jy eintlik wil tuisbring. Ons kan skei. Ons gáán skei. Maar met my lewe daarna het jy niks te doen nie. En baie beslis gaan jy nie vir my 'n man soek nie."

"Moenie kwaad word nie, Karien. Ek bedoel dit . . ."

"O, ek weet. Jy bedoel dit baie goed, en ek is nie kwaad nie. Net jammer dat jy, soos dit nou lyk, 'n baie lang tyd met 'n wanindruk saamgeleef het. Jy het nog altyd gedink ek is op Arnold verlief, nie waar nie?" Sy kyk kalm na die man wat half verbouereerd na haar staar. "Jy ook, Arnold. Jy glo tot vandag toe dat ek op jou verlief is, anders sou jy nie vandag hier gewees het nie. Julle is albei verkeerd." Haar blik keer terug na haar man wat nou op sy beurt verstom sit. "Ek het Arnold Lutz nie lief nie, Hannes – en al skei jy my 'n honderd keer, sal ek nie met hom trou nie. Dis 'n feit wat julle albei nou moet aanvaar, want dis die waarheid."

Sy staan op, stap uit. Dan staan Arnold ook op, steek hierdie keer eerste sy hand uit. "Tot siens, Hannes. En . . . dankie vir wat jy wou doen . . . Dit werk blykbaar nie so nie."

Hy neem die hand, sy stem verwonderd: "Nee, dit werk blykbaar nie so nie. Maar sy . . ." Hy swyg vinnig, glimlag meewarig. "Tot siens, Arnold. Sterkte vorentoe, ou maat."

"Dankie." Hulle kyk mekaar weer 'n oomblik vas aan. "Jy ook."

Hannes staar die motor agterna, weet dat hy en Arnold Lutz hulle vandag in dieselfde bootjie bevind. Laasgenoemde is nie beter daaraan toe as hy nie. Karien het nie een van hulle twee lief nie.

"Karien . . . Ek kan trane in jou oë nie verdra nie. As ek jou gekwets het . . . ek is jammer, maar . . . maar jy weet dis die beste; dit kan nie anders nie. Ons móét skei."

Sy draai na hom, vee die nat wange sommer met die rugkant van haar hand af en knik. "Ja. Ek weet. En ek huil nie omdat jy my gekwets het nie. Ek huil omdat . . . omdat ek jou so graag só lief wou hê, en nie kon nie."

"Ek weet. Maar daar is tog iets tussen ons twee wat in waarde nie kleiner geag kan word as die liefde tussen man

497

en vrou nie. Ons het saam deur diep waters gestap, Karien. Ek wil vandag vir jou dankie sê dat jy nooit my hand gelos het nie, dat jy selfs bereid was om dit steeds die res van jou lewe vas te hou. Dis nie nodig nie, Karien. Dis nie nodig dat jou hart, jou vrouehart, in jou moet sterf nie. Bekkie het klaar gesterf vir my nuwe lewe. Jy kan nou maar my hand laat los. Ek is reg."

"Ek weet, Han. Ek weet dit. Maar hoekom kan ek nie maar hier bly en jou help met die hersteloord nie? Waarheen moet ek dan nou gaan?"

"Na waar jy hoort."

"Waar is dit?"

Hy aarsel, draai om. "Ek het reeds iemand in jou plek gekry om hier te help. Christian het my op haar spoor gesit. Dis 'n vrou wat 'n paar maande gelede 'n oordosis slaappille geneem het. Sy wou nie meer lewe nie. Daar was vir haar geen sin of doel in die lewe oor nie. Sy kom nou hierheen om te werk en om ook Bekkie se les van ander kindertjies te leer. Die les, Karien, dat die lewe te kort en te mooi is om dit in ongelukkigheid deur te bring. Elke dag wat verbygaan, is verby. Jy kry dit nooit weer terug nie. Hoekom dit dan in hartseer en frustrasie en verlange deurbring as jy gelukkig kan wees? En jy, liefste vrou, verdien net al die geluk wat 'n vrou kan ondervind. Ek gaan gelukkig wees, Karien. Jy moet ook."

Sy het haar maar daarby berus. Hannes het so seker geklink, so oortuig van sy saak, so beslis dat daar 'n egskeiding moet wees dat sy nie verder met hom daaroor geredeneer het nie. Karien het teruggegaan na die naaimasjien en die nuwe gordyne vir die kindersaal, soos hulle dit gedoop het, klaargemaak. Sy het alles in gereedheid gekry vir Marie wat die volgende dag vir goed na Franskraal sal kom, en vir die vrou wat moeg is vir lewe en wat hier in liefdesdiens weer lus vir die lewe sal kom kry.

498

Toe het sy haar goed gaan inpak. Matrone het haar oor die telefoon verseker sy kan in die ongevalle-afdeling begin. Hulle sal 'n ekstra paar opgeleide hande daar verwelkom. En Elsa het gesê haar ou kammie kan die woonstel met haar deel. Soos Hannes kalm en bedaard en nugter 'n nuwe skets-plan vir sy toekoms opgetrek het sonder dat daar ruimte vir haar gelaat is, so trek sy nou haar toekomsplanne op . . . weet nie wat om met die oop, kaal ruimtes te maak wat oorbly nie.

Dit is die veel besonge vroulike intuïsie wat matrone na dokter Willems laat soek en na haar kantoor ontbied.

"Ek is jammer om jou tyd te gebruik, dokter, maar ek is bekommerd. Ek moet met iemand daaroor praat."

"Alles reg, matrone. Wat is dit? Kan ek help?"

"Ek weet nie . . . Ek weet nie of enigiemand meer kan help nie. Dis Karien . . ."

"Karien! Wat van haar?"

"Sy kom terug. Sy het my netnou gebel en om werk ge-vra. Ja, ek kon dit self nie glo nie, en vra haar toe reguit hoekom soek sy werk. Sy sê toe kalm sy en Hannes gaan skei." Hy antwoord nie, en sy vervolg: "Ek het natuurlik dadelik ja gesê."

Hy staan op. "Dis goed dat u haar dadelik kon help, ma-trone. Ek is bly."

"Dan dink jy nie ons moet probeer . . . wel, kyk of ons nie die dinge tussen haar en Hannes weer kan regkry nie?"

"Nee, matrone. Teen hierdie tyd is hulle ryp en volwasse genoeg om te weet wat die beste is. Dit is hulle saak," en hy voeg nie weer by dat dit niks met hom te doen het nie.

"Dis nogtans baie jammer, dokter Willems. Dié twee mense is deur sulke diep waters saam en nou . . ."

"Dis reg, matrone. Toe het hulle mekaar se hande vasgehou, mekaar nie in die steek gelaat nie. Nou het hulle miskien nie meer mekaar se hande nodig nie. Dan is dit wys om die greep te laat losgly."

Sy voel ietwat verbaas toe die deur agter hom toegaan. Sy het gedink die nuus sou hom hewig ontstel. Maar hy lyk nie ontsteld nie. Hannes het 'n groot vriend geword en vir Karien, weet sy, koester hy net die grootste bewondering. Miskien is hy reg. Wanneer twee mense mekaar nie meer nodig het nie, is daar geen sin om verder saam te stap nie. Dit sal net wrywing en ongelukkigheid veroorsaak as dit 'n gedwonge saamstap is . . . en die lewe is te kort daarvoor . . . die uurglas loop te vinnig leeg.

10

Dit is moeiliker om van Franskraal en sy mense afskeid te neem as wat Karien verwag het.

Die vreemde vrou met die blonde hare sien hoe die pragtige swartkop se blik vir oulaas om haar ronddwaal. Haar hart krimp in meegevoel saam. Marie het haar reeds ingelig oor die ware toedrag van sake op Franskraal, maar ook sy het nie geweet dat Karien weggaan voordat hulle nie vandag hier aangekom het nie. Sy kon die skok in Marie se oë lees, en toe die innige meegevoel.

Berta Roodt se ooglede sak. En daar was 'n tyd toe sy gedink het sý het swaar, te swaar om aan te hou lewe. Maar elkeen het sy vrag wat hy in die lewe moet dra, en as jy goed om jou rondkyk, sal jy baie sien wie se afgemete deel groter as joune is en dat hulle moedig aanstap daaronder, soos hierdie vrou voor haar.

Sy onthou nou die prekie wat sy van dokter Willems ontvang het daardie dag toe sy uit die hospitaal ontslaan is. Dit was eintlik net 'n kort storietjie wat hy vertel het, maar dit sal haar haar lewe lank bybly.

Hy het vertel van drie mans wat deur die ys- en sneeubedekte Siberië moes stap. Die temperatuur was onder vriespunt en dit was bitter koud. Hulle wou verkluim, maar hulle het ook besef dat hulle dood sal wees die oomblik wanneer hulle tot stilstand kom. Solank hulle aan die beweeg bly en die bloed bly sirkuleer, het hulle 'n kans om die eindpunt te bereik. Uur ná uur het hulle voortgestrompel, gevoel hoe dit kouer en kouer word, hoe die sneeu aan hul baarde begin ys, hoe hulle al moeiliker en stadiger die een voet uit die sneeu oplig en voor die ander neersit. Toe val een. Hy kon nie weer opkom nie. Een van die twee het net bly voortstrompel. Hy kon niks vir sy vriend doen nie, het hy gedink. Elkeen moet na homself kyk. Hy kan homself skaars voortsleep. Maar die derde man het gebuk, die man met moeite uit die sneeubed opgetrek en oor sy skouers gesit en toe weer begin stap.

En Berta onthou hoe dokter Willems se oë gelyk het toe hy gesê het: "Dit was net hierdie man, met sy vriend oor sy skouer, wat die eindpunt bereik het. Die ander man het loop-loop verkluim. Maar die man met die vrag op die skouers het sy eie lewe én dié van sy vriend gered. As gevolg van die ekstra vrag, moes hy hom meer inspan, en die groter inspanning het veroorsaak dat sy bloed vinnig genoeg bly sirkuleer het om hulle veilig anderkant te kry. Dit is goed om 'n vrag op die rug te hê, mevrou Roodt, goed om ander te help dra. So red jy dikwels nie net ander nie, maar ook jouself."

Toe sy later, op 'n dag, 'n vreemde man wat homself as Hannes Eksteen voorgestel het, voor haar sien en hoor wat hy van haar vra, het sy hierdie verhaaltjie van die drie mans in die Siberiese yswoestyn onthou . . . en dadelik ja gesê. Sy sal klein, siek kindertjies gaan help dra aan hul vraggies wat soms so onmoontlik groot en ondraagbaar vir die klein skouertjies lyk . . . en so haar eie met moed en geloof leer dra.

Hulle sien Karien wegry in haar motortjie wat tot by die dak gepak is. Pool sal later háár stoel, soos almal daaraan dink, vir haar woonstel toe terugbring. Marie en Berta sien hoe Hannes waai, dan 'n koers inslaan, en Marie weet waarheen sy voete hom dra.

Met trane in die oë draai sy om en sê: "Kom. Ons het werk om te doen." Die lewe is so hartverskeurend hartseer . . . en tog ook so aangrypend mooi.

Hy gaan hurk naby die riete, kyk met verwese oë na die nessies, sê dan skor: "Hulle is uit – mankbeenvink se kleintjies. Hulle is byna heel kaal met net hier en daar 'n geel donsie. Hulle is eintlik baie lelik en tog ook so vreeslik mooi, Bekkie. Jy sou mal oor hulle geword het. En jy moet net sien hoe spog Mankbeen met hulle! Sy . . . sy is weg, Bekkie. Sy het netnou gery . . . weg . . . Sy kon nie bly nie . . . Dis net nie moontlik nie, maar . . ." en 'n groot man breek 'n paar oomblikke, laat homself die weelde van trane en 'n rou snik toe, ". . . maar ek het haar so verskriklik lief, Bekkie! Ek sal haar altyd liefhê . . . die wonderlikste vrou op aarde."

Elsa is tuis om haar ou kammie te ontvang toe Karien by die woonstel aankom. Daar word so natuurlik opgetree as wat omstandighede dit toelaat. Karien laat haar blik om haar dwaal, sien dat Elsa nie intussen veranderinge aangebring het nie. Alles is nog net so soos dit was toe sy die woonstel gehuur het. Ook die plek vir die stoel is daar.

"Ek hoop nie jy gee om nie, Elsa. Ek het net een stoel wat ek met my saambring. Ou Pool sal dit netnou bring. Dit het altyd dáár gestaan."

"Natuurlik, Karien. Daar is plek daarvoor. Enigiets wat jy nog wil bring . . ."

Die kop skud. Nee. Niks meer nie. Daar is nie meer plek nie . . . nie in die woonstel nie . . . ook nie in die oorvol hart nie.

Dan slaan twee vriendinne hul arms om mekaar en huil.

Dit is egter die kalm, beheerste verpleegsuster wat haar die volgende oggend by matrone se kantoor aanmeld vir diens. Die wyse oë sien so baie raak, so baie wat haar hart pynlik vasgryp, maar ook sy is net haar kalm self. "Ek het jou voorlopig in die ongevalle-afdeling geplaas, suster, tot tyd en wyl ek 'n saal vir jou kan gee."

"Dis goed so, matrone. Baie dankie."

Dan vervolg haar moederlike stem: "Ek is so bly dat jy na ons toe teruggekom het, Karien, en nie weggegaan het nie."

Karien knik net, glimlag en stap uit. Maar in haar hart is daar nie sekerheid nie. Miskien moes sy liewer weggegaan het, heeltemal weg na 'n ander plek toe, 'n ander omgewing, 'n ander hospitaal. Miskien sou dit verstandiger gewees het om êrens anders vir haar 'n nuwe lewe van voor af te begin uitwerk.

Christian maak die oomblik van herontmoeting maklik. Geen verwelkoming of leë woorde wat gebruik word om 'n groot oomblik daarvan te maak nie. "Môre, suster. Bring maar die pasiënt, asseblief."

Dit is dan ook die patroon wat in die daaropvolgende dae gevolg word: Suster en dokter besig met dieselfde taak. Nie in woord óf gebaar skemer 'n teken deur van gisters en diep water wat saam deurleef is nie; van ontspanne ure in 'n stoel met die bene lank uitgestrek of van 'n aand toe daar 'n ete by kerslig was nie . . .

Hannes, wat soms soos 'n goeie vriend vars plaasgroente

of lekker vars plaasmelk by die woonstel afgee, se oë kyk, sien raak, maar sy tong swyg. Sy groet is dié van 'n broer, en haar vreugde om hom te sien, is opreg, ongekunsteld en dié van 'n waarderende maat. Haar belangstelling in Franskraal se dinge bly warm en innig, en soos ou vriende deel hulle die vreugde van sukses wat gevolg het. Franskraal se hersteloord vir kinders het 'n genadegawe van Bo geword.

"Ek moes nog twee ponies bykry. Die kleingoed kry stry wanneer daar net een is."

"Dit sal ek glo!"

"En Bekkie het die pa van sestien kleintjies geword!"

"Hannes! Ag, hulle is seker te pragtig!"

"Ja. Die kinders is mal oor hulle. Eergisteraand het klein Kowie sowaar een ingesmokkel bed toe! Jy onthou mos vir Kowie?"

"Ja. Die outjie wat die opehartoperasie moes ondergaan."

"Ja. Die operasie is toe gedoen en dit was 'n groot sukses. Hy is nou terug by ons om aan te sterk."

"Dis wonderlik. Hoe gaan dit met Marie en, Berta is haar naam, nè?"

"Ja. Goed. Marie het die huishouding en koskokery op haar skouers geneem en Berta konsentreer op die kinders. Jy moet daardie vrou sien! Sy is 'n ware ma. Die kinders is mal oor haar. Elke keer wanneer enetjie moet weggaan, huil sy haar hart uit. Elkeen van die kinders word soos haar eie."

Karien se oë is teer. "Ek is so dankbaar dat alles so mooi uitgewerk het, Hannes. So innig dankbaar dat jy, julle almal op Franskraal, geluk en vrede gevind het."

Hy knik, staan op. "Ja ons het. Ons is gelukkig. Dankie vir die koffie. O ja . . ." Hy hou iets na haar uit en sy neem die koevert.

"Wat is dit?"

"Kyk maar self binne-in. Tot siens, Karien. Groete vir Christian."

Toe hy weg is, skeur sy dit oop, vou die inhoud oop. Voor haar sien sy die bevestiging van haar en Hannes se egskeiding in die vorm van 'n koerantknipsel. Sy staan 'n oomblik lamgeslaan, die finaliteit van die egskeiding skielik te veel vir haar. Nou is die bande met haar verlede finaal verbreek, is sy weer heeltemal vry om met haar lewe te doen soos sy wil . . .

Toe Hannes by die verkeerslig kom waar hy regs moet draai na Franskraal, besluit hy skielik anders en swenk links. Hy kan sy groete aan Christian self gaan oordra.

Hy moet 'n rukkie wag. Die dokter is besig. Hy wag. Dit sal nie lank duur nie, net 'n minuut of twee.

"Ons was nog altyd reguit met mekaar, Christian."

"So is dit."

"Ek kom nou van Karien af. Sy is nie meer my vrou nie. Sy het vandag finale bevestiging daarvan gekry." Twee paar oë pen mekaar vas. "Jy het al so baie vir my gedoen, Christian. Maar daar is nog een ding wat ek jou gaan vra." Die ander knik net. "Vat Karien en maak haar gelukkig."

"Dis nie so eenvoudig nie . . ."

"Dit is. Dis so eenvoudig om gelukkig te wees. Selfs 'n kind kry dit reg. Dis ons grootmense wat daarvan 'n ingewikkelde saak maak, soms só ingewikkeld dat ons dit nie regkry nie." Hy glimlag skielik. "Dat ek vandag vir jóú, Christian Willems, moet preek!"

Die ander glimlag ook effens. "Ek is net 'n mens, Hannes. Ek het ook soms preke nodig."

"Nee, jy het nie, my vriend. Ek verstaan hoekom jy hierdie tyd 'n bietjie afgelê het. Dis nou nie meer nodig nie. Sy is nou 'n geskeide vrou – vry om saam met iemand anders 'n gelukkige toekoms uit te werk. Die uurglas loop so vinnig

505

leeg, Christian. Moenie kosbare tyd mors nie, my vriend. Die aangewese tyd is die dag van vandag . . . om te lewe, om gelukkig te wees . . . en daar is nie twee ander mense op hierdie aarde vir wie ek meer geluk toewens, uit my hart, as vir jou en Karien nie."

Oor die interkom bo in die gang se hoek kom die roep: "Dokter Willems. Dringend na die mansaal, asseblief. Dokter Willems . . ."

Twee hande vat mekaar vlugtig styf vas.

"Dankie, Hannes. Tot siens."

"Tot siens, my vriend."

Elsa Vermaak is op nagdiens toe daar daardie aand 'n klop aan die woonsteldeur opklink.

Dis Christian wat voor Karien staan, net soos sy hom in die lang maande onthou het. Soos voorheen stap hy reguit na 'n sekere stoel wat hy dadelik raaksien, konfiskeer dit vrymoedig vir homself en strek sy bene lank voor hom uit, roer sy skouers totdat hulle gemaklik is.

"Koffie?"

"Nee, dankie. Koffie is sleg vir 'n mens dié tyd van die aand. Miskien 'n melkdrankie?"

"Goed. Hannes het vanoggend juis lekker romerige melk van die plaas af gebring."

Sy verdwyn in die kombuis en hy sluit sy oë. *Die uurglas loop so vinnig leeg, my vriend. Die aangewese tyd is die dag van vandag . . . om te lewe . . . om gelukkig te wees . . .*

Bo-oor die rand van die beker kyk hy, vra hy: "Verstaan jy hoekom ek nie vroeër kon kom nie; eers vanaand kon kom?"

"Nee."

Hy sit die beker neer. "Daar was 'n hele paar redes, Karien. Ten eerste was jy nog wettig Hannes se vrou. Maar dit was nie die belangrikste rede nie. Die belangrikste was dat jy tyd moes hê om baie seker te maak."

"Seker te maak?"

"Ja. Onthou jy wat ek een aand vir jou hier gesê het? Dat Hannes eers sy voete moet vind, want ons moet met ons gewete kan saamleef?"

"Ja."

"Maar jy het nie regtig verstaan wat ek daarmee bedoel het nie, lyk dit my nou."

"Nee."

"Karien, voordat Hannes nie weer sy houvas op die lewe teruggekry het nie, was daar geen hoop op geluk vir jou nie. Jy sou nooit gelukkig met iemand anders kan wees, terwyl jy weet hy is ongelukkig nie. Daarom was Hannes ons eerste prioriteit."

Sy knik. Dit is waar. Sy sou nooit toegelaat het dat Hannes van haar skei as hy nie was wat hy vandag is nie. Sy sou die res van haar lewe aan hom gebonde bly, die pad van plig en 'n skoon gewete stap. En hierdie man het dit geweet. Daarom het hy so daarop gehamer dat sy saam met haar man moes teruggaan plaas toe en daar 'n nuwe lewenspatroon vir hom gaan help uitwerk. Want hy het geweet dat vryheid vir haar slegs langs daardie weg lê, al het dit destyds na 'n teenstrydigheid gelyk. Nou verstaan sy.

Hy sien die begrip in haar oë kom, en hy glimlag. "En verstaan jy nóú wat ek destyds bedoel het toe ek van ons gewete gepraat het?"

"Gedeeltelik. Ek verstaan nou wat jy bedoel het met my gewete, maar . . ."

"Liewe mens, ons was in 'n situasie vasgevang wat my lippe gesluit gehou het. Jy was een van my pasiënte se vrou! Terwyl ek Lutz wou verwurg omdat hy jul huwelik wou verongeluk, was ek so skuldig soos hy! Dit het nie so gelyk nie, maar ek het alle simpatie met hom gehad! Hoe kon ek anders as om jou ook lief te kry?" Haar oë kyk groot en geskok terug. "Ek moes jou aan Hannes teruggee. Maar ek kon jou nie aan Arnold Lutz afstaan nie. Dít kon ek nie doen nie." Ernstig, innig, kyk die oë in hare terug.

"Daar is nog 'n rede hoekom ek solank weggebly het, Karien. Jy moes eers baie seker maak van hoe jy regtig voel, oor Hannes, en oor my. Hannes het my vertel dat jy hom nie liefgehad het toe julle gaan trou het nie. Jy het toe gedink jy was verlief op 'n ander man. Ná daardie aand toe jy my so reguit op my direkte vraag geantwoord het, het ek Lutz uitgeskakel. Maar Hannes was nog daar. Jy het hom nie liefgehad toe julle getroud is nie, maar jou gevoel kon intussen verander het. Veral toe jy met die storie van 'n kind kom, het ek gewonder, want jy moet tog besef het dat 'n kind finale gebondenheid sou meebring. Nou verstaan jy seker hoekom ek my in so 'n uiters persoonlike saak ingemeng het, gekeer het dat jy jou plan dadelik in werking stel."

Sy knik, kan net verslae sit en luister.

"En selfs nadat jy weg is van Hannes, terug was in die woonstel, jul egskeiding aan die gang was, het ek jou nog tyd gegee. Miskien, noudat jy weg is van hom, sou jy dalk besef dat Hannes 'n groter plek in jou hart begin inneem het as wat jy ooit besef het. Miskien wou jy hom terughê. Karien, ter wille van jou wou ek niks waag nie, niks wat jou oë ooit weer só sal laat pyn soos ek hulle al gesien het nie."

Hy sit meer regop, trek sy bene terug. "Dan moet jy onthou, ek het geen sekerheid gehad oor wat jy regtig in jou hart vir mý voel nie. Net wat Hannes my een keer vertel het en wat jou oë my een aand vertel het toe ons hier saam by kerslig geëet het."

"Hannes? Wat kon hy jou vertel?"

"Dat hy weet sy vrou het 'n ander man lief. Hy het jou dit

508

reguit gevra en jy kon nie suksesvol daaroor jok nie. Maar hy, en in daardie stadium ook ek, het gedink dit was Lutz. Maar toe jy my verseker dat jy niks vir hom voel nie, het ek geraai, gehoop, dis ek. Hannes moes ook die ware toedrag van sake die een of ander tyd agtergekom het, want . . ."

Sy trek haar asem in, glimlag dan. "Ja, hy het. Arnold het op Franskraal aangekom en toe het ek hom én Hannes goed laat verstaan dat al skei Hannes 'n honderd keer van my, ek nooit met Arnold Lutz sal trou nie."

Christian glimlag en sy oë praat met haar soos sy hulle nog nooit sien praat het nie. "Toe kon hy nie anders as weet wie die man is vir wie sy vrou lief is nie. Maar ek sal dit graag van jou eie lippe af wil hoor, Karien."

"Ek het jou lief, Christian. Baie lief."

Hulle staan voor mekaar, en hy trek haar nader, kyk in die blink, bly oë af. "Is jy nou gelukkig, my liefste?"

"Volkome, Christian. So heeltemal, volkome gelukkig!"

Hy sluit sy oë 'n oomblik, trek haar vas teen hom aan. "Ek ook. Dis so maklik om gelukkig te wees . . . so eenvoudig saam met die regte een."

En sy beaam met haar lippe teen syne: "So eenvoudig . . ."

Ena vertel waar alles begin het . . .

Dit was die groot, vet letters van 'n opskrif in 'n koerant wat my oog gevang het: *JESUS VAN JOHANNESBURG.* Dié titel tref my eers as 'n bietjie vergesog. Selfs vir 'n deurwinterde joernalis is dit darem 'n baie gewaagde stelling om te maak.

Maar nadat ek die artikel klaar gelees en dit daarna opgevolg het, moes ek met die joernalis saamstem. Tannie Swannie (tant Bes van die boek) ís 'n besonderse, uitsonderlike vrou, 'n werklik lewende mensengel met wie ek ook die voorreg gehad het om oor die telefoon te gesels. Ná die koerantartikel was daar ook 'n televisieopname van wat hierdie vrou oor baie jare al vir die arm mense van Jan Hofmeyr gedoen het en tot in daardie stadium nog steeds aan 't doen was.

Jan Hofmeyr – onder die inwoners sommer bekend as Jan Bom – is 'n woonbuurt wat destyds deur die regering vir die armblankes gebou is. Ek het tannie Swannie in 1992 daar ontdek, en toe het sy al vir baie jare elke dag kos gekook vir 'n paar honderd mense sonder enige hulp van staat of kerk, net met geloof en eie liggaamskragte en 'n hart só vol naasteliefde dat die grootste onder ons beskaamd sou kon staan. Daarom het ek ook *Sonneblomstraat 7* aan haar opgedra as 'n huldeblyk aan 'n moedige, nederige en wonderlike vrou, mens en Christen.

Sy is nie die vredesprys toegeken soos vir Moeder Teresa nie, maar in honderde dankbare harte sal sy bly voortlewe lank nadat die laaste kospot leeggeskep is.

Kongokoors het die eerste keer onder my aandag gekom toe ek in 'n koerant gelees het van 'n jong dokter in sy vroeë dertigs wat aangesteek het by 'n pasiënt en toe gesterf het.

Hierdie siekte het baie misleidende simptome, is geweldig aansteeklik in die begin- en middelfase, en dodelik as dit nie onmiddellik gediagnoseer word nie. Dit word veroorsaak deur die byt van die bontpootbosluis.

Nadat *Die dae van ons nietigheid* verskyn het, het ek op 'n dag 'n brief van 'n verpleegsuster gekry. Sy vertel my toe dat daar 'n pasiënt by hul hospitaal toegelaat is en die dokters kon nie met sekerheid 'n besliste diagnose doen nie. Sý het toe vir hulle gesê hulle moet onmiddellik begin behandel vir Kongokoors, en sy was so oortuigend dat hulle dit toe wel gedoen het. Toe die uitslag van die toetse ná 'n paar dae kom, wás dit toe Kongokoors. As die pasiënt nie onmiddellik daarteen behandel gewees het nie, was hy teen daardie tyd reeds dood. Maar hy het gesond geword en is terug huis toe. Die dokters wou by haar weet hoekom sy so absoluut seker was dit is Kongokoors. Haar antwoord was dat sy toe pas *Die dae van ons nietigheid* gelees het, en toe sy die pasiënt sien, was sy seker dis Kongokoors.

Enigeen wat miskien skepties voel oor bogenoemde, kan NALN in Bloemfontein kontak, en hulle sal 'n afskrif en 'n foto van die pasiënt verskaf.

Weet julle wat dit vir my beteken om te weet een van my verhale het bygedra om 'n lewe te red? Geen letterkundige prys kan daarby kom nie.

Die uurglas loop leeg is uit die werklike lewe gehaal. Die karakters van Hannes en Bekkie is mense wat werklik gelewe het, hoewel hulle weliswaar nooit iets met mekaar te doen gehad het nie. Maar dis mense wat ek persoonlik geken het. Hoewel die werklike Hannes se lewe nie verloop het soos dié in die boek nie, het ek besluit om hierdie twee karakters bymekaar te bring: die groot, fris ontmande boer wat wou sterf maar moes aanhou lewe, en die dogtertjie van vyf wat so graag nog wou lewe maar moes sterf.

Ek hoop hierdie verhaal sal vir julle tot inspirasie dien soos vir my, en ons almal tot nadenke en besinning stem oor ons eie lewens.

Die uurglas het nou ook vir die Ena Murray-omnibus-reeks uitgeloop. Nommer veertig is die laaste een. Ek kan net die Here dank dat Hy dit vir my moontlik gemaak het, en dat julle, my lesers, gelees het wat ek in ontelbare ure agter my lessenaar op papier vasgepen het. Baie dankie vir julle pragtige terugvoer deur die jare. Dit was vir my baie kosbaar. En baie dankie vir die lang pad wat ek bevoorreg was om saam met julle te stap.

ENA MURRAY